Logan Likes Mary Anne!

Ann M. Martin

GREY CASTLE PRESS

Library edition:
GARETH STEVENS PUBLISHING

This book is for my old baby-sitters,
Maura and Peggy

First Grey Castle Edition, Lakeville, Connecticut, September, 1988

Published in large print by arrangement with Scholastic, Inc., New York.

Printed in the U.S.A.

The Library of Congress Cataloging in Publication Data Available.

ISBN 0-0942545-71-0 (lg. print)
ISBN 0-0942545-81-8 (lib. bdg.: lg. print)

CHAPTER 1

It was the last day of summer vacation. I couldn't believe more than two months had sped by since the end of seventh grade. One day the weather had been fresh and cool with the promise of summer and fun, and now it was stale and hot with the promise of autumn and school. Tomorrow my friends and I would become eighth-graders. An awful lot had happened over the summer. In fact, it had been a more eventful summer than usual. Something important had happened to every single member of the Baby-sitters Club.

I guess that, first of all, I should tell you what the Baby-sitters Club is, in case you don't know. The club consists of me (I'm Mary Anne Spier) and my friends Kristy Thomas, Dawn Schafer, Claudia Kishi, and Stacey McGill. The five of us run a business, which Kristy started. We baby-sit for the kids in our neighborhoods, and we have a lot of fun — and earn pretty

1

much money, too. We meet three times a week to take calls from people who need baby-sitters, and also sometimes to gossip and fool around. But we're very professional about the way we run our business.

Anyway, here's what happened to us over the summer. I'll start with Kristy, since she's the president of the club, and since her event was the biggest and most exciting of all. Her mother got married again and Kristy was her bridesmaid! Honest. She wore a long dress and her first pair of shoes with heels. Claudia and Dawn and Stacey and I were guests at the wedding. And *then* Kristy and her family (her two older brothers Sam and Charlie, and her little brother David Michael) moved out of their old house, which was next door to mine, and across town to her stepfather's mansion. Kristy's really got a good deal in her new place — she has anything she wants (within reason) plus built-in baby-sitting charges. Andrew and Karen, her little stepbrother and stepsister, spend every other weekend (and some in-between time, too) at Watson's. Watson is Kristy's stepfather.

Then there's Claudia Kishi. Claudia is the vice-president of our club. We always hold our meetings in her room, since she has her own phone and even her own private phone num-

2

ber. Claudia's summer event was the saddest of all, but it has a happy ending. Her grandmother Mimi (who lives with the Kishis, and who's a favorite of the Baby-sitters Club) had a stroke one night in July. She had to stay in the hospital for a long time and she still has to have physical therapy, but she's getting better. She can walk and talk, and someday (maybe) she'll be able to use her right hand a little more.

Dawn Schafer is my new best friend. She's the official alternate officer of the club, which means she can take over the duties of anyone who has to miss a meeting. Her family used to live in California, but her parents got divorced, so her mother moved Dawn and her younger brother Jeff all the way across country to Stoneybrook, Connecticut. Claudia and Kristy and I grew up here, but New England has been kind of an adjustment for Dawn. Anyway, over the summer, Dawn and Jeff got to fly to California to visit their father, and (after they'd come back) Dawn discovered a secret passage in the old farmhouse she lives in!

The fourth member of the club is Stacey McGill. She's our treasurer, and also sort of a newcomer to Stoneybrook. She moved here exactly one year ago from big, glamorous, exciting New York City. Stacey, by the way, is sort of glamorous and exciting herself. That's why she and Claudia are best friends. They're both sophisticated and love wearing flashy clothes and weird jewelry and doing things to their hair. The two of them really stand out in a crowd, and I've always been envious of them.

Anyway, Stacey's summer excitement was mine, too. We got jobs as mother's helpers with one of the families we sit for and went with them to the beach — Sea City, New Jersey. We stayed in Sea City for two weeks and not only had a great time, but found boys we liked! I guess that wasn't such a big deal for Stacey, but it was a big deal for me. I'm kind of shy and tend to be on the quiet side. I'd never been very interested in boys, either. This wasn't because I didn't like them; it was because I was afraid of them. I used to think, What do you say to a boy? Then I realized you can talk to a boy the same way you talk to a girl. You just have to choose your topics more carefully. Obviously, with a boy, you can't talk about bras or cute guys you see on TV, but you can talk about school and movies and animals and sports (if you know anything about sports).

When Stacey and I were in Sea City, Stacey started out by being a real pain. She fell in luv (as she always writes it) with this gorgeous lifeguard who was years too old for her, and left me on my own. With no one my age around, I started talking to this nice-looking boy who was hanging around on the beach because he was a mother's helper, too. We really hit it off. We talked about lots of things, and by the time I had to leave Sea City, we had exchanged rings with our initials on them. We bought them on the boardwalk. I don't know if we'll really write to each other (as we promised), but it's nice to know boys aren't aliens from the planet Snorzak or something.

Ding-dong. The doorbell. I wasn't sure how long I'd been lying on my bed daydreaming. I looked at my watch. It was almost time for our last Baby-sitters Club meeting of the summer.

"Coming!" I called.

I ran out of my bedroom, down the stairs, and through the hall to the front door. I peeped through the window. Dawn was standing on the steps. She sometimes comes to my house before a meeting, and then we walk over to Claudia's together.

"Hi!" she greeted me. Dawn was fussing with her hair. She has the longest hair of anyone I know. It's even longer than Claudia's. And it's pale, pale blonde. Dawn was wearing

5

a pretty snappy outfit — hot-pink shorts with a big, breezy island-print shirt over a white tank top.

"Hi," I replied. "You look really terrific. Is that shirt new?"

Dawn nodded. "Dad sent it to me from California."

"Ooh, don't tell Kristy," I said.

"I know. I won't."

Kristy never hears from her real father. He hasn't been very nice to her, or to her brothers. He doesn't even send them birthday cards anymore. I'm glad she's got Watson now. If she'll just let herself like him a little more . . .

"We better go," said Dawn.

"Okay, I'm ready. Let me make sure I have my house key." I found my key and locked the front door. I'm usually the only one home during the day. My dad is a lawyer and he works long hours, I don't have any brothers or sisters, and my mother died when I was little. I barely remember her. Sometimes it's lonely at my house. I wish I had a cat.

Dawn and I crossed my front yard, and I stopped to check our mailbox.

"Aughh!" I shrieked when I opened the box. "It's here! It came!"

"What did?" asked Dawn, looking over my shoulder.

6

"*Sixteen* magazine. Oh, no! I'm dying! Look who's on the cover. It's Cam Geary! Isn't he adorable? The last issue had an article about him, but here's his gorgeous picture — " (I gasped) " — and a poster of him, too. A free poster!"

Dawn looked at me, amazed. "You sure have changed this summer, Mary Anne," she said. "I've hardly ever heard you talk so much. And I've *never* seen you go this crazy over a boy."

I flinched, remembering how, not long ago, I'd been accusing Stacey of talking about boys too much. But Dawn didn't seem annoyed.

We crossed the street and Claudia's lawn. Dawn rang the Kishis' bell.

"But Cam is a*dor*able," I said, hugging the magazine to me. "It's those eyes of his. They're so . . . so . . ."

"Hello, girls," Mimi greeted us, speaking slowly and clearly. The Kishis are Japanese and Mimi has always spoken English with an accent, but she isn't hard to understand. She speaks slowly now because of the stroke. "The other girls are here. They are in Claudia's room," she told us.

"We're the last ones?" I cried. "We better hurry. Come on, Dawn." I paused long enough to give Mimi a kiss. Then Dawn and I raced upstairs. As we ran by Janine's room (Janine is Claudia's older sister), we called hello to her, but we didn't stop. We didn't stop until we were in Baby-sitters Club headquarters. We closed the door behind us and flopped on the floor. The good spots were already taken — Stacey and Claudia were lying on the bed, and Kristy was sitting in the director's chair as usual. (She loves being in charge.)

"How did you get over here so early?" Dawn asked Kristy. Now that Kristy lives across town, she depends on her big brother Charlie to drive her to and from meetings. The Baby-sitters Club pays him to do that. It's part of running our business.

Kristy shrugged. "Charlie wanted to leave early. He was on his way to the shopping center. . . . Well, let's get started."

"Oh, Kristy," said Claudia. "We don't have to be in a rush. This is our last meeting of the summer. Nobody has to go anywhere. Let's have some refreshments first."

I grinned. Refreshments to Claudia are junk food. She's addicted to the stuff and has it hidden all over her room. I watched her reach inside her pillowcase. Then her hand emerged with two bags — one of gumdrops, one of pretzels. The pretzels were for everybody. The gumdrops were for herself and Kristy and me.

Dawn won't eat them because she says they're too unhealthy, and Stacey can't eat them because she has diabetes and has to stay on a strict diet — no extra sweets.

While Claudia passed around the food, Kristy got out our club record book and our notebook. She handed the record book to me. As secretary, it's my job to keep it up-to-date. I write down our baby-sitting appointments on the calendar pages and keep track of all sorts of things, such as our clients' addresses and phone numbers. Stacey, the treasurer, is in charge of recording the money we earn.

Our other book, the notebook, is a diary in which we write up every job we go on. Each of us is responsible for reading the book once a week or so. It takes a lot of time, but it's helpful to know what's happened at the houses where our friends have baby-sat.

"Any club business?" Kristy asked.

The rest of us shook our heads.

"Have you all read the notebook?"

"Yup," we replied.

"Okay. Great. Well, we'll just wait for the phone to ring."

The club meets three times a week — Monday, Wednesday, and Friday — from five-thirty until six. Our clients know that they can call

Claudia's number at those times and reach the five of us. They like the arrangement because they're bound to find a sitter.

I leaned back against Claudia's bed, opened *Sixteen*, and gazed at the free poster.

"Who's that? Cam Geary?" asked Stacey, peering over the edge of the bed at the picture.

I nodded. "Mr. Gorgeous."

"You know who he goes out with?" said Claudia.

"Who?" replied Stacey.

"Corrie Lalique."

"Corrie Lalique?" she shrieked. "The girl from 'Once Upon a Dream'? Does he really?"

"I read it in *Young Teen*," said Claudia.

"I read it in *Sixteen*," I added.

"But she's too old for him," Stacey protested.

"No she's not," Kristy spoke up. "She's fourteen."

Now it was my turn to be surprised. "You're kidding! Have you noticed the size of her — the size of her . . ."

"Chest?" supplied Claudia. "Well, she is kind of big, but believe me, Kristy's right. She's only fourteen. And she *is* going out with Cam."

"Boy — " I began, but I was interrupted by the phone.

Dawn answered it. "Hello, Baby-sitters

Club," she said. "Oh, hi! . . . When? . . . Okay. . . . Okay. I'll call you right back. . . . 'Bye."

Dawn hung up the phone. I was already holding the record book in my lap, opened to the appointment calendar.

"Mrs. Prezzioso needs someone for Jenny on Saturday afternoon, from four until about six-thirty," said Dawn.

This was met by groans. "I'll just check my own schedule," I replied. I'm the only one who likes Jenny at all. The others think she's bratty. It's a club rule that a job has to be offered to all the club members (not snapped up by the person who takes the call or something), but I didn't even bother to see if Kristy or Stacey or Claudia or Dawn was free. They wouldn't want the job. "Tell Mrs. Prezzioso I can sit," I said to Dawn as I noted my job in the appointment book.

Dawn called Mrs. Prezzioso back. When she got off the phone, Kristy's mother called needing a sitter for David Michael one afternoon when Kristy had a dentist's appointment. Then Dr. Johanssen called needing a sitter for Charlotte, and Mrs. Barrett called needing a sitter for Buddy, Suzi, and Marnie. It was a busy meeting. With school starting again, business was probably going to pick up a little. Everyone's schedules seemed to become more crowded.

The meeting was supposed to be over at six, but we all kind of hung around. No one wanted to end our last summer meeting. Finally I had to leave, though. So did Kristy. "See you in ..." (gulp) "... school tomorrow!" she called, and I wanted to cry. Summer was really and truly over.

CHAPTER 2

Claudia and Stacey and I walked to school together the next morning, since the three of us live in the same neighborhood. It was the first time ever that Kristy and I hadn't walked off together on day number one of a school year. But Kristy had to take the bus from her new home. (Dawn, who lived not too far away, often took a different route to school, and sometimes her mother drove her there on her way to work.)

I was all set for eighth grade. My brand-new binder was filled with fresh paper; I had inserted neatly labeled dividers, one for each subject, among the paper; and a pencil case containing pens, pencils, an eraser, a ruler, and a pack of gum was clipped to the inside front cover. My lunch money was in my purse, the photo of Cam Geary was folded and ready to be displayed in my locker. (That was what the gum was for. You're not allowed to tape things up in the lockers of Stoneybrook Middle School, so a lot of kids get around that rule by sticking them up with bits of freshly chewed gum.) The only thing about me not ready for eighth grade was my age. I had the latest birthday of all my friends and wouldn't turn thirteen for several more weeks.

Starting eighth grade seemed like a breeze to me. I'd been a chicken when we'd begun sixth grade, and I was going to be one of the youngest kids in the school. I hadn't been much better when we'd started seventh grade the year before. But now I felt like king of the hill. The eighth-graders were the oldest kids in school. We would get to do special things during the year. We would have a real graduation ceremony in June. After that, we would go on to the high school. Pretty important stuff.

But I couldn't decide whether to be excited or disappointed about the beginning of school. When we reached Stoneybrook Middle School, Stacey and Claudia and I just looked at each other.

Finally Claudia said, "Well, good-bye, summer."

Then Stacey started speaking in her Porky Pig voice. "Th-th-th-th-th-th-th-that's all, folks!" she exclaimed, waving her hand.

Claudia and I laughed. Then we split up.

There were three eighth-grade homerooms, and we were each in a different one. I went to my locker first, working half a piece of gum around in my mouth on the way. "Hello, old locker," I said to myself as I spun the dial on number 132. I opened the door. This was the only morning all year that my locker would be absolutely empty when I opened it. I pulled the poster of Cam Geary out of my notebook and set the notebook and my purse on the shelf of the locker. Then I unfolded the poster. I took the gum out of my mouth, checked the hall for teachers, and divided the gum into four bits, one for each corner. There. The poster stayed up nicely. I could look at Cam's gorgeous face all year.

I picked up my notebook and purse, closed my locker, and made my way upstairs. The hallways were already pretty crowded. Kids showed up early (or at least on time) for the first day of school.

My homeroom was 216, about as far from my locker as you could get. I entered it breathlessly, then slowed down. Suddenly I felt shy. Dawn was supposed to be in my homeroom, but she wasn't there yet. The room was full of kids I didn't know very well. And where was I supposed to sit? The teacher, Mr. Blake, was at his desk, but he looked busy. Had he planned on assigned seating? Could we sit wherever we wanted? I stood awkwardly by the door.

"Mary Anne! Hi!" said someone behind me. Oh, thank goodness. It was Dawn.

I spun around. "Hi! I just got here," I told her.

Mr. Blake still wasn't paying attention to the kids gathering in his room.

"Let's sit in back," suggested Dawn.

So we did. We watched Erica Blumberg and Shawna Riverson compare tans. We watched a new kid creep into the room and choose a seat in a corner without looking at anyone. We watched three boys whisper about Erica and Shawna.

At last the teacher stood up. "Roll call," he announced, and the first day of school was truly underway.

This was my morning schedule:

> First period – English
> Second period – math
> Third period – gym (yuck)
> Fourth period – social studies
> Fifth period – lunch

My afternoon schedule wasn't so bad: science, study hall, and French class. But I thought my morning schedule was sort of heavy, and by lunchtime I was starved.

Kristy (who was in my social studies class) raced down to the cafeteria with me. We claimed the table we used to sit at last year with Dawn and some of our other friends. (Stacey and Claudia usually sat with their own group of kids.) In a moment Dawn showed up. She settled down and opened her bag lunch while Kristy and I went through the lunch line. Last year we'd brought our lunches, too. This year we'd decided brown bags looked babyish.

When we returned to the table with our trays, we were surprised to find Stacey and Claudia there with *their* trays. Since when had they decided to eat with us? We were good friends, but last year they always thought they were so much more sophisticated than we were. They liked to talk about boys and movie stars and who was going out with whom. . . . Had Stacey and Claudia changed, or had Kristy and Dawn and I? I almost said something, but I decided not to. I knew we were all thinking that eating together was different and nice — and also that we weren't going to mention that it was happening.

I opened my milk carton, put my napkin in my lap, and took a good long look at the Stoneybrook Middle School hot lunch.

"What *is* this?" I asked the others.

"Noodles," replied Kristy.

"No, it's poison," said Dawn, who, as usual, was eating a health-food lunch — a container of strawberries, a yogurt with granola mixed in, some dried apple slices, and something I couldn't identify.

"I don't see any noodles here," I said. "Only glue."

"According to the menu, that glue is mushroom and cream sauce," said Claudia.

"Ew," I replied.

"So," said Dawn, "how was everybody's first morning back at school?"

"Fine, Mommy," answered Stacey.

Dawn giggled.

"I have third-period gym with Mrs. Rosenauer," I said. "I hate field hockey, I hate Mrs. Rosenauer, and I hate smelling like gym class for the next five periods. . . . Do I smell like gym class?" I leaned toward Kristy.

She pulled back. "*I'm* not going to smell you. . . . Hey, I just figured something out. You know what the mushroom sauce tastes like? It tastes like a dirty sock that's been left out in the rain and then hidden in a dark closet for three weeks."

The rest of us couldn't decide whether to gag or giggle.

18

Maybe this was why Claudia and Stacey didn't sit with us last year. I changed the subject. "I put the poster of Cam Geary up in my locker this morning," I announced. "I'm going to leave him there all year."

"I want to find a picture of Max Morrison," said Claudia. "That's who I'd like in my locker."

"The boy from 'Out of This World'?" asked Stacey.

Claudia nodded.

I absolutely couldn't eat another bite of the noodles, not after what Kristy had said about the sauce. I gazed around the cafeteria. I saw Trevor Sandbourne, one of Claudia's old boyfriends from last year. I saw the Shillaber twins, who used to sit with Kristy and Dawn and me. They were sitting with the only set of boy twins in school. (For a moment, I thought I had double vision.) I saw Erica and Shawna from homeroom. And then I saw Cam Geary.

I nearly spit out a mouthful of milk.

"Stacey!" I whispered after I'd managed to swallow. "Cam Geary goes to our school! Look!"

All my friends turned to look. "Where? Where?"

"That boy?" said Stacey, smiling. "That's not Cam Geary. That's Logan Bruno. He's new this year. He's in my homeroom and my English class. I talked to him during homeroom. He used to live in Louisville, Kentucky. He has a southern accent."

I didn't care what he sounded like. He was the cutest boy I'd ever seen. He looked exactly like Cam Geary. I was in love with him. And because Stacey already knew so much about him, I was jealous of her. What a way to start the year.

CHAPTER 3

The next day, Friday, was the second day of school, and the end of the first "week" of school. And that night, the members of the Baby-sitters Club held the first meeting of eighth grade. Every last one of us just barely made the meeting on time. Claudia had been working on an art project at school (she loves art and is terrific at it), Dawn had been baby-sitting for the Pikes, Stacey had been at school at a meeting of the dance committee, of which she's vice-president, Kristy had had to wait for Charlie to get home from football practice before he could drive her to the meeting, and I'd been trying to get my weekend homework done before the weekend.

The five of us turned up at five-thirty on the nose, and the phone was ringing as we reached Claudia's room. Dawn grabbed for it, while I tried to find the club record book. Everything was in chaos.

21

"I love it!" said Kristy when we had settled down.

"You love what?" asked Claudia.

"The excitement, the fast pace."

"You should move to New York," said Stacey.

"No, I'm serious. When things get hectic like this, I get all sorts of great ideas. Summertime is too slow."

"What kinds of great ideas do you get?" asked Dawn, who doesn't know Kristy quite the way the rest of us do. I was pretty sure that Kristy's ideas were going to lead to extra work for the club.

I was right.

"Did you notice the sign in school today?" asked Kristy.

"Kristy, there must have been three thousand signs," replied Claudia. "I saw one for the Remember September Dance, one for the Chess Club, one for cheerleader tryouts, one for class elections — "

"This sign," Kristy interrupted, "was for the PTA. There's going to be a PTA meeting at Stoneybrook Middle School in a few days."

"So?" said Stacey. "PTA stands for Parent Teacher Association. We're kids. It doesn't concern us."

"Oh, yes it does," replied Kristy, "because

where there are *parents* there are *children*, and where there are children, there are parents needing baby-sitters — *us*. That's where we come in."

"*Oh*," I said knowingly. Kristy is so smart. She's such a good businesswoman. That's why she's the president of our club. "More advertising?" I asked.

"Right," replied Kristy.

The phone rang again then, and we stopped to take another job. When we were finished, Kristy continued. "We've got to advertise in school. We'll put up posters where the parents will see them when they come for the meeting."

"Maybe," added Dawn, "we could make up some more fliers and figure out some way for the parents to get them at the meeting. I think it's always better if people have something they can take with them. You know, something to put up on their refrigerator or by their phone."

"Terrific idea," said Kristy, who usually isn't too generous with her praise.

Dawn beamed.

"There's something else," Kristy went on after we'd lined up jobs with the Marshalls and the Perkinses. "When we started this club, it was so that we could baby-sit in our neighborhood, and the four of us — " (Kristy pointed to herself, Claudia, Stacey, and me) " — all lived in the same neighborhood. Then Dawn joined the club, and we found some new clients in her neighborhood. Now I've moved, but I, um, I — I haven't, um . . . ."

It was no secret that Kristy had resented moving out of the Thomases' comfortable old split-level and across town to Watson's mansion in his wealthy neighborhood. Of course she liked having a big room with a queen-sized bed and getting treats and being able to have lots of new clothes and stuff. But she'd been living over there for about two months and hadn't made any effort to get to know the people in her new neighborhood. Her brothers had made an effort, and so had her mother, but Kristy claimed that the kids her age were snobs. She and the Thomases' old collie, Louie, kept pretty much to themselves.

I tried to help her through her embarrassment. "It would be good business sense," I pointed out, "to advertise where you live. We should be leaving fliers in the mailboxes over on Edgerstoune Drive and Green House Drive and Bissell Lane."

"And Haslet Avenue and Ober Road, too," said Claudia.

"Right," said Kristy, looking relieved. "After

all, I know Linny and Hannie Papadakis — they're friends of David Michael and Karen. They must need a sitter every now and then. And there are probably plenty of other little kids, too."

"And," said Stacey, adding the one thing the rest of us didn't have the nerve to say, "it might be a good way for you to meet people over there."

Kristy scowled. "Oh, right. All those snobs."

"Kristy, they can't *all* be snobs," said Dawn.

"The ones I met were snobs," Kristy said defiantly. "But what does it matter? We might get some new business."

"Well," I said, "can your mom do some more Xeroxing for us?"

Kristy's mother (who used to be Mrs. Thomas and is now Mrs. Brewer) usually takes one of our fliers to her office and Xeroxes it on the machine there when we need more copies. The machine is so fancy, the fliers almost look as if they'd been printed.

"Sure," replied Kristy, "only this time we'll have to give her some money for the Xerox paper. We've used an awful lot of it. What's in the treasury, Stacey?"

Stacey dumped out the contents of a manila envelope. The money in it is our club dues. We each get to keep anything we earn baby-sitting (we don't try to divide it), but we contribute weekly dues of a dollar apiece to the club. The money pays Charlie for driving Kristy to club meetings and buys any supplies we might need.

"We've got a little over fifteen dollars," said our treasurer.

"Well, I don't know how much Xerox paper costs," said Kristy, "but it's only paper. How many pieces do you think we'll need?"

"A hundred?" I guessed. "A hundred and fifty?"

Kristy took eight dollars out of the treasury. "I'll bring back the change," she said. She looked at her watch. "Boy, only ten more minutes left. This meeting sure went fast."

"We couldn't come early and we can't leave late," said Dawn. "Summer's over."

There was a moment of silence. Even the phone didn't ring.

"I found a picture of Max Morrison," Claudia said finally. "It was in *People* magazine. I'm going to bring it to school on Monday."

"Where is it now?" asked Stacey.

"Here." Claudia took it out of her desk drawer and handed it to Stacey.

"Look at his eyes," said Stacey with a sigh.

"No one's eyes are more amazing than Cam's," I said. "Except maybe Logan Bruno's." I'd seen Logan several more times since lunch the day before. Each time I'd thought he was Cam Geary at first. I wished I'd had an excuse to talk to him, but there was none. We didn't have any classes together, so of course he didn't know who I was.

"Logan Bruno?" Claudia repeated sharply. "Hey, you don't . . . you do! I think you like him, Mary Anne!"

Luckily, I was saved by the ringing of the telephone. I took the call myself, and Stacey ended up with a job at the Newtons'.

By the time I had called Mrs. Newton back and noted the job in our appointment book, my friends were on to another subject.

"Kara Mauricio got a bra yesterday," said Dawn.

I could feel myself blushing. I cleared my throat. "I, um, I, um, I, um — "

"Spit it out, Mary Anne," said Kristy.

"I, um, got a bra yesterday."

"You *did*?" Kristy squeaked.

I nodded. "Dad came home early. He took me to the department store and a saleswoman helped me."

"Was it *awfully* embarrassing?" asked Dawn. "At least my mother helped me get my first one. She kept the saleswomen away."

Kristy was gaping at me. We've both always

been as flat as pancakes, but I'd begun to grow a little over the summer. Kristy must have felt left out. She was the only one of us who didn't wear a bra now.

But suddenly she was all business again. She doesn't like us to get off the subject of the club for *too* long during meetings. "Let's try to get these fliers out next week. Business will really be booming. Who can help me distribute them?"

We looked at our schedules. A few minutes later, the meeting was over. Little did we know what we were getting ourselves into.

CHAPTER 4

"Emergency club meeting at lunch! Tell Kristy!" Claudia flew by me in the hall, her black hair flowing behind her. I caught a whiff of some kind of perfume.

"Wait! What — ?" I started to ask, but Claudia had already been swallowed up by the crowd.

I thought over what she had just said. Emergency meeting . . . *tell Kristy*. That meant Kristy didn't know. But our president was usually the one to call emergency meetings. So who had called it? And what was going on? It was only the beginning of third period. I'd have to wait more than an hour and a half to find out.

I snagged Kristy at the beginning of social studies class. "Emergency meeting at lunch today," I said urgently, leaning across the aisle to her desk.

"Who called it?" Kristy asked immediately,

but before I could tell her that I didn't know, our teacher walked in the room.

I snapped back to my desk like a rubber band.

When the class was over, Kristy and I shot out of the room and ran to the cafeteria. We dumped our stuff on our usual table, staking out five chairs at one end. Then we joined the hot-lunch line.

"I wonder what it is today," I said, breathing deeply.

"Smells like steamed rubber in Turtle Wax."

"Kristy, that is so disgusting. What is it really?"

Kristy stood on tiptoe, trying to see over the tops of kids' heads. She jumped up and down a few times. "I don't know," she said finally. "Maybe macaroni and cheese. I can't really see."

She was right. It was macaroni and cheese. Plus limp broccoli, a cup of canned fruit salad, and milk. Kristy and I each bought a chocolate eclair Popsicle, since we don't like macaroni or canned fruit salad. Kristy even considered buying two Popsicles since she doesn't like broccoli, either, but I stopped her. As it was, Dawn was going to die when she saw our lunches.

But when we got to our table we didn't have much time to talk about food. Stacey and Claudia had been not far behind us on the line, and Dawn was already there. So as soon as we had settled down, Kristy said abruptly, "Who called this meeting?"

"I did," said Claudia. "I'm going crazy. I can't handle everything. I've been getting non-stop phone calls ever since that PTA meeting, and since we advertised in your neighborhood, Kristy. I don't mind if people call during our meetings, of course, or once or twice in the evenings, but they're calling all the time. Look at this." She pulled a list out of her notebook. "These calls came last night. And this one came at seven-thirty this morning."

We leaned forward to look at the paper. It was a list of seven names with phone numbers, and notes that said things like "3 kids, 2b, lg" or "allergic to pets" or "6 yrs, 4 yrs, 3 yrs." None of the names was familiar.

"I would have phoned you guys last night to offer the jobs around as they came in, but that would have meant more than twenty calls. Mom and Dad would have killed me. I'm already behind in my math and English homework." (Claudia is a fabulous artist, but she's not a very good student. In fact, she's only allowed to be in the Baby-sitters Club if she keeps her grades up, which for her means C's.)

"Anyway," Claudia continued, "my social studies teacher assigned a big project this morning, and I guess I just panicked. That was when I called the meeting. I really don't see how I can take art classes, go to school, baby-sit, and be vice-president of the club, too."

Claudia looked near tears, which was unusual for her.

Stacey must have noticed, because she put her hand on Claudia's arm and said, "Hey, Claud, it's okay. Really. We'll work everything out."

"Sure we will," said Dawn.

"We'll take it step by step," added Kristy. She forced down a mouthful of macaroni and cheese. "First things first. What did you tell these people when they called?"

(Kristy really was feeling sorry for Claudia, but you could tell that, underneath, she was thrilled with all the new business we were getting.)

"I told them they would definitely have a sitter, but that I'd have to call them back to say who'd be taking the job."

"Perfect," said Kristy. "That was a good idea."

32

"Excuse me," I interrupted, "but we can save Claudia a little time if the *sitter* calls back. Claudia shouldn't have to do that."

"Right," said Kristy. "Now let's just hope we can schedule all those jobs."

"I brought the record book with me," said Claudia. She pulled it out from between her math book and a reading book. "I know we're not supposed to bring it to school, but I wanted to get this straightened out today, even if we didn't have an actual meeting." (Once, months and months ago, we'd been bringing the record book to school, and Alan Gray, this big pest, had stolen information out of it and used the information to torment Kristy and Claudia.)

"That's all right," said Kristy. "Just be careful with it. Now let's see." She peered at Claudia's list, trying to read her sloppy handwriting. "The first job is on Friday, from six until eight, right?"

Claudia nodded. "A cocktail party."

We turned to the appointment calendar and began assigning jobs. It took some doing but we were able to take care of all of them. Stacey only had to miss one meeting of the dance committee, and Claudia only had to switch around a pottery class.

"Whew," I said, when we were finished.

"You know, that wasn't easy. I'm beginning to wonder if . . ." I paused and unwrapped my Popsicle thoughtfully.

"If what?" asked Dawn.

"If we're in over our heads. Maybe we have *too much* business. What happens if we start getting a lot of jobs we can't handle? What do we tell our clients?"

"Tell them we're busy," suggested Claudia.

"Once or twice, yes. But what if it happens a lot? We shouldn't advertise that we can baby-sit — and then not be able to do it," I pointed out.

"That's true," said Kristy, looking worried for the first time.

"And," I said, starting to feel a little annoyed with her for not having thought about these things in advance, "we definitely shouldn't do any more advertising. We were already pretty busy as it was."

Everyone looked at me. It wasn't the first time I'd criticized Kristy, but I don't do things like that very often.

Kristy bristled. "If you remember, we advertised in my neighborhood so I could get some jobs nearby. Our regular clients would rather have one of *you* sit than *me*, because *somebody* has to drive *me* back to *your* old neighborhood each time *I* have a job there."

Kristy stuck her fork viciously into a spear of broccoli but couldn't bring herself to take a bite.

"Okay, okay," I said grumpily, "but we didn't have to advertise at the PTA meeting." Nobody could argue with that.

After an uncomfortable silence, Claudia, who had calmed down, said practically, "Well, we can't un-advertise, so we better just figure out what to do. We're too busy. How are we going to handle the problem?"

"I've done a lot of baby-sitting," spoke up an unfamiliar male voice.

The five members of the Baby-sitters Club swiveled their heads toward the opposite end of the long table.

"In Louisville," the voice continued. "I've had plenty of experience."

I froze. I froze into an ice statue of Mary Anne. I couldn't even blink my eyes. The voice belonged to Logan Bruno, the wonderful, amazing Cam Geary look-alike.

He really did have a southern accent, too. It sounded as if he'd just said, "In Luevulle. Ah've haid plainy of expuryence."

My friends began to fall all over each other.

"*Really?*" asked Stacey, as if it were the most interesting thing anyone in the history of the world had ever said.

"You're a *sitter*?" exclaimed Claudia, tossing her hair over her shoulder.

"I don't believe it!" cried Dawn.

"Why don't you come talk to us?" asked Kristy.

(I was tongue-tied. My mouth was still frozen.)

Logan was out of his chair in a flash, as if he'd been waiting for the invitation since the beginning of lunch period. The boys he'd been sitting with said (loudly) things like, "Go, Logan!" and "Whoa!" and punched him on the arm, grinning, as he walked to our end of the table. He sat down next to me.

If anything should have made me melt, it was Logan, but I was frozen solid. I couldn't even turn my head to look into his dark eyes. I was dying.

"Hi," said Logan lightly, as if he were used to plopping himself down with a bunch of strange girls. "I'm Logan Bruno." He looked around at us. "Oh, hi, Stacey," he added, and a little wave of jealousy washed over me.

"Hi," replied Stacey. "Logan, these are my friends." She pointed to each of us in turn. "Claudia Kishi, Dawn Schafer, Kristy Thomas, and Mary Anne Spier."

Logan smiled warmly at me, but I couldn't return the smile.

36

"I didn't mean to eavesdrop," he said, "but I did overhear you say that you were sort of in a jam."

"We are," said Kristy. "See, we run this business called the Baby-sitters Club." Kristy explained how the club had started and how it works. "So you've really done a lot of sitting?" she added when she'd finished.

Logan nodded. "I've got a nine-year-old sister and a five-year-old brother, and I sit for them a lot. And I used to baby-sit for our neighbors, too, when we lived in Louisville. I haven't found anyone to sit for here, though." Logan paused. "I've even taken care of babies. I don't like changing diapers, but . . ." He shrugged as if to say, "It's just part of the job."

"How late can you stay out at night?" asked Kristy.

(We were all staring at Logan. Not one of us could take her eyes off him.)

"Oh, I don't know. I guess about ten-thirty on a weeknight. Maybe midnight on Fridays and Saturdays."

"Super!" exclaimed Stacey.

We all nodded. (I was thawing out.)

"Want to come to our next meeting?" asked Kristy abruptly. "I mean, just to see what the club's all about?"

"Sure," replied Logan. Kristy told him when it was, and then he unfolded his long legs from under the cafeteria table and returned to the boys he'd been sitting with.

"Way to go!" exclaimed one of the boys.

"Yeah," added another. "All those girls. Are you ever lucky."

Suddenly I found myself beaming. The boys were *jealous* of Logan because of *us*. Not only that, Logan was going to attend our next meeting!

CHAPTER 5

Needless to say, I was a nervous wreck before the next meeting of the Baby-sitters Club. I was sitting for Jamie and Lucy Newton, and Mrs. Newton had said she'd be back between five and five-thirty. When she showed up at 4:45, I had never been so glad to make an early getaway. I ran home, locked myself in the bathroom, and studied myself critically in the mirror. My hair is mouse-brown, but it looks okay if I let it flow down over my shoulders. My dad used to be really, really strict, and he made me wear it in braids, but not anymore. Now I wear it loose. If I just brush it and leave it alone, it ripples nicely, kind of as if I'd had a body wave, which I haven't.

I brushed my hair one hundred times. I don't have any makeup, but I do have some jewelry, so I put on a pair of small hoop earrings and a gold chain bracelet that used to belong to my mother. Then I took off the sweat shirt I'd been wearing and put on a bright vest over a short-sleeved white blouse. I looked . . . not bad.

When it was only five-fifteen I ran to Claudia's. I was not the first one there. We were all excited about Logan Bruno. I met Stacey and Kristy at the front door, and when we reached our club headquarters, we found Claudia and Dawn already lying on the bed. They were eating popcorn.

"I can't wait!" Claudia was squealing.

"I know," said Dawn. "He is *so* a*dor*able."

They were talking about Logan, of course.

Kristy practically bounced into the director's chair. I trailed after her, the last one into the room.

"Hey!" exclaimed Claudia. "You look nice, Mary Anne!"

"Thanks," I replied, blushing.

There was dead silence.

I didn't think I looked too different, but I must have, because all at once, everyone realized what I was doing.

"It's for Logan, isn't it," said Stacey softly, not even asking a question. She knew she was right.

"Of course not," I replied.

"Oh, come on, Mary Anne. You can tell *us*. We're your friends."

But just then the doorbell rang. Claudia sprang off her bed and dashed out of the room, through the hall, and down the stairs. A few seconds later, we heard the front door open. Then we heard two voices, one male and one female.

Logan had arrived.

Now, I don't know about Claudia, but there has never been a boy in *my* bedroom. (I mean, a boy who counts. Kristy's little brother doesn't count.) What would a boy have thought of my horse books and Snowman, my white teddy bear? What would a boy have thought of my lacy pillow sham or Lila, my antique doll?

I looked around Claudia's room. There were the four of us, the bowl of popcorn, and this rag doll of Claudia's named Lennie. Before Claudia and Logan reached the top of the stairs, I stuffed Lennie under the bed. Then I checked Claudia's bureau to make sure there was no underwear sticking out of drawers or anything. Her room wasn't too neat, but it seemed safe.

I cleared a spot on the floor for Logan.

I cleared it next to me.

"Hey, everybody," drawled Logan's familiar voice.

There he was, framed in Claudia's doorway.

He looked more handsome than ever.

Claudia was settling herself on the bed again. "Come on in," she said. "Pull up a patch of floor." She began to giggle.

Logan grinned and sat next to me. "Mary Anne, right?" he said.

I nodded. But my tongue felt as if someone had poured Elmer's glue on it and then covered it with sawdust.

"Let me make sure I have this right," Logan went on. He looked at each of us in turn. "Claudia, um, Kristy . . . Dawn?" (Dawn nodded.) "And Stacey. You, I know."

Stacey smiled charmingly.

"So," said Logan. "What do we do here?" (I loved his southern accent. I *loved* it!)

Kristy, Claudia, Stacey, and Dawn all began to talk.

"We answer the phone."

"People call in."

"We find the record book."

"We look in the treasury."

Logan glanced at me. "What do *you* do?"

The glue and sawdust just wouldn't go away. I tried clearing my throat. Ahem. *Ahem.* "I — " I croaked. "I, um — "

Stacey handed me the record book. "She's our secretary," she spoke up. "Mary Anne sets up our appointments."

"Oh," said Logan. "I see." But he gave me a funny look.

At last the phone rang. The five of us jumped for it. Dawn got there first. "Hello, Baby-sitters Club," she said. "Oh, hi! . . . Yes. . . . Monday? . . . Okay, I'll get back to you." She hung up. "That was Mrs. Perkins. She has a doctor's appointment next Monday afternoon. She needs someone to watch Myriah and Gabbie from three-thirty till five-thirty." Dawn turned to Logan. "The Perkinses live right across the street. They've got two little girls, and Mrs. Perkins is expecting another baby. That's why she has to go to the doctor."

"Okay," said Logan.

"Well, who's free?" asked Dawn, looking at me.

Why was she — ? Oh, right. The appointment book. I picked it up, dropped it, picked it up, and dropped it again. Finally Logan handed it to me. I turned to the appointment calendar.

"What day did you say?" I asked Dawn.

"Next Monday."

"Um . . . I'm free and Claudia's free."

"You take it," said Claudia. "I've got to have a little time for my pottery."

"Thanks," I murmured, and penciled myself in.

Dawn called Mrs. Perkins back to tell her who the sitter would be.

"And that's how we work things," said Kristy to Logan as Dawn was hanging up.

"That's great," said Logan. "And you really get a lot of calls?"

As if in answer to his question, the phone rang three more times — Mrs. Pike, Mrs. Prezzioso, and a new client, a Mr. Ohdner, who needed a sitter for his two daughters. We assigned the jobs — but just barely. Claudia and Stacey were now busy with something every afternoon after school next week.

Claudia passed around the popcorn. Suddenly she burst out laughing. "You know what this reminds me of?" she said, patting the bowl.

"What?" we all asked.

"You know Dorianne Wallingford? Well, last weekend Pete Black takes her to the movies, and about halfway through, he reaches around behind her and snaps her br — " Claudia stopped abruptly.

I knew what she'd been about to say. *Her bra strap.* (Pete was always doing that, just to be mean.) Claudia had almost said *bra strap* in front of a *boy*.

Claudia began to blush. So did I. So did everyone in the room including Logan.

It was an awful moment. Logan tried to cover up. "Here, have some," he said, passing me the popcorn.

I don't know how it ended up upside-down, but it did.

"Oh, no!" I cried. I scrambled around, trying to put the kernels back in the bowl.

Logan and Stacey leaned over to help and knocked heads.

Somebody better do something fast, I thought. Bring up a new subject . . . anything.

Claudia must have been a mind-reader because she turned to Logan then and said, "What was your worst baby-sitting experience ever?"

"Well," said Logan (only it sounded like way-ull), "let me see. There was the time Tina Lawrence flushed one of her father's neckties down the toilet." (We laughed.) "And there was the time my brother got into Mom's lipsticks and colored the bathroom pink and red. But I think the worst time was when I was sitting for this little kid named Elliott. His mother was trying to toilet-train him and she showed me where his special potty was and everything. All morning after she left I kept asking Elliott if he needed to go, and all morning he kept saying, 'No, no, no.' So finally I took him into the bathroom and . . ."

"And what?" I dared to ask.

Logan was blushing again. "I just realized. I can't say that part. . . ."

"Oh," I said lamely.

A horrible silence fell over Claudia's room.

I looked at my watch. Ten more minutes before the meeting was over.

"Anyone want some soda?" asked Claudia.

"I do!" we all said instantly.

Claudia got to her feet. Logan jumped up and followed her out the door. "I'll help you," he said.

As soon as they were downstairs, the other members of the Baby-sitters Club began moaning horribly. "Oh, this is so em*barr*assing," cried Stacey.

"I *know*," said Kristy. "Can we really ask a boy to join the club? I didn't think about stuff like this. We're not even having a regular meeting. At least, it sure doesn't feel like it. We're hardly talking about club stuff at all."

My head was spinning. I wanted Logan to be in the club, but if he joined — would I ever speak again? Or would I have a sawdust-covered tongue for eternity? And would we ever have another nice, normal, businesslike meeting?

When Claudia and Logan returned, Logan sat down next to me and handed me a glass of Diet Coke, while Claudia handed glasses to the others. He smiled at me. "What was *your* worst baby-sitting experience?" he asked.

I'd had several pretty bad ones, but they all flew right out of my head. "Oh . . . I don't, um, know," I mumbled.

Logan nodded. What could he say to that? He turned to Kristy the chatterbox.

"Stacey told me the club was all your idea," he said.

Kristy nodded. "It just sort of came to me one evening," she replied loftily.

Ring, ring.

Kristy reached over and picked up the phone, somehow managing not to take her eyes off Logan. (The things a cute boy did to our club. . . .)

"Hello, Baby-sitters Club." We all listened to Kristy's end of the conversation. From the questions she was asking, I could tell the caller was another new client. When she hung up the phone, she said, "Okay, that was someone named Mrs. Rodowsky. She has three boys. They're nine, seven, and four. They live way over on Reilly Lane. She picked up one of our fliers at the PTA meeting."

"Reilly Lane?" interrupted Logan. "Isn't that near where I live?"

"Yup," said Kristy. "A few streets over. And

I'd like you to take the job. They'd be good clients for you, living nearby with three boys and all. The only thing is — I hope you don't mind — I'd kind of like one of us to, you know, see you in action first. I mean, I know you've done a lot of baby-sitting, but . . ."

"That's okay," said Logan. "I understand."

"Oh, good," said Kristy. "Well then, even though there's only going to be one of the Rodowsky boys to sit for next week — the seven-year-old — I want two baby-sitters to go on the job. Logan and someone who's free. Mary Anne?"

For once I was on my toes. I picked up the record book. "What day?" I asked.

"Thursday. Three-thirty till six."

I looked at Thursday. I gasped. Then I cleared my throat. "I'm the only one free," I croaked.

Logan smiled at me. "I guess we've got the job," he said.

I nearly fainted. "I guess so," I replied.

CHAPTER 6

Kristy had called Mrs. Rodowsky back and explained why two sitters would be coming for the price of one. Mrs. Rodowsky had been very impressed and said we sounded responsible and mature.

Maybe that's how we had *sounded*, but I *felt* like I had spaghetti for bones. I'd felt that way ever since the club meeting. Now it was the day Logan and I were supposed to baby-sit.

I met him in front of the Rodowskys' at 3:25. As soon as I saw him, my legs and arms felt all floppy. The sawdust returned to my tongue. It was like this every time I got within a mile of him. Or even if someone mentioned his name.

"Hi!" Logan called.

I was going to have to shape up. I really was. This was a job. This was business. I couldn't have spaghetti-bones and a sawdust-tongue while I was trying to baby-sit.

"Hi!" I replied brightly. I smiled. (There. That hadn't been so bad.)

"Ready?" asked Logan. He smiled, too.

"I hope so," I said. "How much trouble can one little kid be?" (Obviously, I wasn't thinking straight. Otherwise, Jenny Prezzioso would have come to mind, and I'd have kept my mouth shut.)

Logan and I walked to the Rodowskys' front door and Logan rang the bell. It was answered by a tall, thin woman wearing blue jeans and a jean jacket. She didn't look like most mothers I knew.

"Hello," she said. "You must be Mary Anne and Logan. I'm Mariel Rodowsky. Call me Mariel. Come on in." She held the door open for us.

Logan and I stepped inside.

"Jackie!" Mrs. Rodowsky called. (I just couldn't think of her as Mariel. It's hard to call adults by their first names.) "Your sitters are here."

We heard footsteps on a staircase, and in a moment, a red-haired, red-cheeked, freckle-faced little boy bounded into the front hall.

"This is Jackie," said Mrs. Rodowsky. "Jackie,

this is Mary Anne, and this is Logan."

"Hi," Logan and I said at the same time.

"Hi," replied Jackie. "I got a grasshopper. Wanna see him?"

"Honey," his mother said, "let me talk to Logan and Mary Anne first. Then you can show them the grasshopper." Mrs. Rodowsky turned back to us. "Jackie's brothers have lessons at the Y today and I have a meeting. I've left the number of both the YMCA and the Stoneybrook Historical Society by the telephone. We should be back at six or a little before. I guess that's it. Jackie's used to sitters. You shouldn't have any problems. Just . . . just keep your eye on him, okay?"

"Oh, sure," said Logan. "That's what we're here for."

"Great," said Mrs. Rodowsky with a smile.

(One point for Logan, I thought. He was good with parents.)

A few minutes later, Mrs. Rodowsky left with two other redheaded boys.

Jackie began jumping on the couch in the rec room.

"Boing! Boing! Boing!" he cried. "I'm a basketball! Watch me make a basket!"

Jackie took a terrific leap off the couch, his knees tucked under his chin as if he were going to cannonball into a swimming pool. Logan caught him just before he crashed into the piano.

I'm not sure what I would have done if *I'd* caught Jackie, but Logan raised him in the air and shouted, "Yes, it's the deciding basket, fans! The Rodowsky Rockets have won the Interstellar Championship, and it's all due to Jackie, the human basketball!" Then he carried him away from the couch and the piano. (Another point for Logan.)

I hung back. This was really Logan's job, not mine. I was just along to watch.

Jackie giggled. He squirmed out of Logan's arms. "I gotta show you guys my grasshopper," he said. "His name is Elizabeth."

"You've got a grasshopper named Elizabeth?" said Logan.

"A *boy* grasshopper?" I added.

"Yup," replied Jackie. "I'll go get him for you. Be right back."

Jackie dashed up the stairs.

Logan glanced at me. "Whoa," he said. "That kid's got energy."

I nodded, feeling shy.

Logan wandered into the living room and waited. I followed him.

"Mr. and Mrs. Rodowsky must have their hands full," Logan commented.

"Probably," I managed to reply.

"Maybe they'll need sitters often," he added. "I wouldn't mind."

I gazed at the walls of the Rodowskys' living room. They were covered with the boys' artwork, professionally framed. Logan wandered over to one of the pictures — a house formed by a red square with a black triangle sitting on top of it. A green line below indicated grass, a blue line above indicated sky. A yellow sun peeked out of the corner.

"Well, what do you know," said Logan. "We've got a painting just like this at our house. Only it says *Logan* at the bottom, not *Jackie*. And all these years I thought it was an original."

I giggled. We had one of them, too. Why couldn't I say so? I looked at the other paintings. Logan picked up a magazine.

"It's, um, it's — it's taking Jackie an awfully long time to — " I was stammering, when suddenly we heard a noise from upstairs.

KER-THUD!

The crash was followed by a cry.

Logan and I glanced at each other. Then we ran for the stairs. Logan reached them first. We dashed to the second floor.

"Jackie!" Logan bellowed. "Where are you?"

"Ow! . . . I'm in the bathroom."

Logan made a sharp left and skidded to a stop. I was right behind him. Jackie was sitting on the floor. The shower curtain was in a heap around him, and the rod that had held the curtain was sticking crazily out of the tub.

My first thought was to run to Jackie, give him a hug, and find out what had happened. But I hung back. This was Logan's job.

"Are you hurt?" exclaimed Logan.

"Nope," said Jackie. He stood up.

"Well, what happened?"

(So far, so good, I thought. But as far as I was concerned, Logan had made one mistake. After letting Jackie go upstairs alone, he had let far too much time go by. He should have checked on him after just a couple of minutes. Minus one point.)

Jackie looked a little sheepish. "Today in gym we were exercising. We were climbing ropes and chinning on these bars — "

"And you thought you'd try chinning on the curtain rod," Logan interrupted.

"Yeah," said Jackie. "How did you know?"

"I did it myself once."

Jackie nodded. (What was this? Some sort of boy's ritual I'd never heard of?) "I stood on the edge of the tub," said Jackie, "grabbed onto the rod, and as soon as I pulled myself up, the bar crashed down!"

"When I did it, I had to have six stitches taken in my lip," said Logan. "Look, here's the scar."

I shook my head. Logan hadn't checked Jackie for bumps or cuts, and he hadn't told him not to try chinning again. I waited a few moments longer. The boys were discussing gym class catastrophes. It was time to break in.

"Um, Jackie," I said, "I'm glad you're not hurt, but you better let us check you over, just in case."

Logan looked at me in surprise. "Oh, yeah," he said. "Good idea."

I checked Jackie's arms and legs while Logan rehung the curtain rod. A bruise was already coming out on one of Jackie's knees, but it didn't look too bad. "Now let me feel your head," I said. "You wouldn't want a big goose egg, would you?"

"Goose egg?" repeated Jackie, giggling.

Logan smiled. "I should have thought of this, Mary Anne," he said. "Sorry. I'm glad you're here."

"Thanks," I said, and actually smiled. (*I* was glad *he* was there.) I decided the talk about not chinning could wait until later.

Jackie's head seemed fine. The three of us went downstairs. "I need some juice," Jackie announced. He made a beeline for the refrigerator and took out a jar of grape juice.

"Better let me pour," said Logan. (Score another point.)

"No, no. I can do it." Jackie got a paper cup and filled it to the brim. "I'll have it in the living room," he said, and before we knew what was happening, he ran out of the kitchen, tripped, and spilled the entire cup of juice on the living room carpet.

"Oh, no," I moaned.

But Logan kept his head. For one thing, the carpet was dark blue, so the juice didn't show — much. Logan sent Jackie into the kitchen for paper towels. He got busy with water, soap, and finally a little soda water. When he was done, the rug was smelly and damp, but he assured me there wouldn't be a stain.

I was pretty impressed.

"Hey!" said Jackie. "I never showed you Elizabeth." He started up the stairs.

"We'll come with you," said Logan hastily. (I was relieved. He was doing okay after all.)

We followed Jackie into his bedroom. He removed a jar from the windowsill. "This is Elizabeth," he said softly. He reached into the jar, let Elizabeth crawl onto a finger, pulled his hand up — and found that his hand was stuck.

No matter how we pulled and twisted, Logan and I couldn't get the jar off Jackie's hand.

"Do you think we could break it without cutting Jackie?" I asked.

Logan frowned and shook his head. "I've got a better idea," he said. He went downstairs and returned with a tub of margarine. A few seconds later, Jackie's greasy hand was out of the jar.

"Good thinking!" I exclaimed.

Logan grinned. "What was it you said just before we rang the doorbell this afternoon?"

"I said . . . oh, yeah." (I'd said, "How much trouble can one little kid be?" but I didn't want to repeat that in front of Jackie.)

Before Mrs. Rodowsky returned, Jackie managed to fall off his bicycle, rip his jeans, and later to make *me* fall over backward into Logan's arms. (Sigh.) I felt that Logan had earned every penny he was paid. I was really proud of the job he'd done — and I was glad the Rodowskys were going to be mostly *his* clients.

As Logan and I crossed the Rodowskys' lawn, the front door safely closed behind us, Logan said, "I'll never forget the look on your face when Jackie spilled that juice."

"I'll never forget the look on your face when the jar got stuck on his hand!"

"And," Logan added, "I'll never forget the

look on your face when Jackie knocked you into me."

I blushed furiously.

"Oh, no," said Logan quickly. "It was a *nice* look. Really nice. You know, you have a pretty smile."

I do?

I was melting, melting away. I was turning into a wonderful Mary Anne puddle. And all because of Logan.

CHAPTER 7

Friday

I love ~~most Mysik~~ Myriah and Gabbie. I really do. But that Chewy. What a dog! This afternoon I was suposed to hav a nise easy siting job at the Perkins but Chewy caused so many problems I can't believe it. Mrs. Perkins asked Gabie and me to meet Myriah when the bus from the comuty center ~~s~~ droped her off we did but we brought Chewy whith us. What a mistake! Heres a tip for everyone in the club. Never ever let Chewy out of the bake yard! I'm not kidding !!!!

Claudia really wasn't kidding. After her experience, no one will ever let Chewbacca Perkins loose again — unless we're told to walk him or something. He's a sweet, lovable dog, but he's so *big*. And he gets so ex*cit*ed.

Claudia went to the Perkinses' house right after school on Thursday. Gabbie answered the doorbell. "Hi, Claudee Kishi!" she cried, jumping up and down.

"Hiya, Gabbers." Claudia let herself inside.

Gabbie held up her arms. "Toshe me up, please."

Claudia picked her up and gave her a squeeze. Gabbie is very huggable. "Hi, Mrs. Perkins," she called.

Mrs. Perkins was frantically folding laundry in the living room. "Oh, Claudia, thank goodness you're here. It's been one of those days. The dryer just broke, although not till after I'd done this load, we have a leak in the bathroom, and Gabbie spent all morning gluing stickers to her bedroom door."

"Want to see, Claudee Kishi? My door is very beautiful."

"You did a nice job, sweetie," said Mrs. Perkins, struggling with a sheet, "but stickers don't go on doors. They go on paper."

"My door is very beautiful," Gabbie repeated, looking serious.

"Where's Myriah?" asked Claudia.

"Oh, she's at the Community Center." Mrs. Perkins stood up, carrying a pile of folded clothes. "She takes Creative Theater there on Thursdays after kindergarten. The Community Center bus will drop her off at the corner of Bradford and Elm. I need you and Gabbie to meet her there at four, okay?"

"Sure," replied Claudia.

"I'll be back a little after five. I have a checkup with the doctor, and then I'm going to drop by a friend's house. Both numbers are posted on the refrigerator. So's the number of the Community Center, just in case."

"Okay. Where's Chewy?"

Mrs. Perkins smiled. "You missed his galloping feet? He's out in the backyard. He's fine there."

Chewbacca is a black Labrador retriever. He has more energy than all eight Pike kids plus Jackie Rodowsky put together. The Perkinses have fenced in the entire backyard for him so he has a big safe area to run around in.

Mrs. Perkins checked her watch. "Oh, I'm going to be late! Claudia, could you carry these clothes upstairs for me? Leave them anywhere. By the way, the girls can have a snack later. Myriah is usually starving by the time she gets home from the center."

"Okay," said Claudia. "See you later. We're going to have lots of fun. Right, Gabbers?"

"Right, Claudee Kishi."

Mrs. Perkins rushed off. Gabbie helped Claudia carry the clothes upstairs. When they'd finished, she took Claudia by the hand and led her to her bedroom.

"See my beautiful door?" she said.

Claudia smiled. It really was covered with stickers — wildlife stickers with gummed backs — from the floor to as high up as Gabbie could reach, which wasn't very high.

"You must have worked hard," said Claudia.

Gabbie nodded. "Yes," she agreed. "I did."

Claudia wondered what she would have done if Gabbie were her little girl. The door wasn't ruined, but it would take a lot of work to scrape off the stickers. Gabbie didn't think she had done anything wrong, though. She had only wanted to make her door "beautiful." It must be hard to be a parent, Claudia thought.

"Well," said Claudia, "what do you want to do? We don't have to meet your sister for a while."

"I want to . . ." Gabbie frowned. "I want to play with Cindy Jane." (Cindy Jane is an old Cabbage Patch doll. Myriah says her name is really Caroline Eunice.)

Gabbie found the doll. She placed her in a baby carriage and wheeled her around the house, singing to her. By the time she got bored, Claudia was ready to meet Myriah.

"Let's go, Gabbers," she said. "It's almost four o'clock. Your sister will be getting off the bus soon."

Claudia and Gabbie left the house through the garage door. As they started down the driveway, Chewy barked at them from the backyard.

"Poor Chewy," said Claudia, turning around. "I bet you want to come with us, don't you?"

Chewy was standing on his hind legs, front paws resting on the fence. He whined pitifully.

"What do you think, Gabbie?" Claudia asked. "Should we bring him with us? He looks like he'd enjoy a walk."

"Mommy doesn't walk him to the bus stop," Gabbie replied.

"But we could. Do you know where his leash is?"

"Yes," said Gabbie. "It's in the mud room."

Sure enough, Claudia found a fancy red leash hanging from a hook in the "mud room." It said *Chewy* all over it in white letters.

"Okay, boy. Here you go," Claudia murmured as she clipped the leash on Chewy's collar.

Chewy began wriggling with joy — tail first, then hindquarters. The wriggle slowly worked its way along his body until he was yapping and wagging and grinning. If he could talk, he would have been saying, "Oh, boyo, boyo, boy! What a great day! Are you guys really taking me for a walk? Huh? Are you? Oh, boyo, boyo, boy!"

Claudia grinned. "I wish *we* had a dog," she told Gabbie.

"Daddy says having Chewy is like having three dogs," remarked Gabbie.

Now that should have told Claudia something, but both she and Chewy were too excited for Claudia to pay much attention.

"Okay, boy. Here we go." Claudia took Chewy's leash in one hand, and Gabbie's hand in the other. They set off with a jerk as Chewy bounded out of the yard.

"Whoa, Chewy, slow down!" cried Claudia. She held him back, but he strained and pulled on the leash, whuffling and sniffing at everything he saw — rocks, patches of grass, cracks in the sidewalk.

Claudia and Gabbie passed a work crew repairing the road and reached the corner where they were to meet Myriah. A few moments later the yellow Community Center bus pulled to a stop.

"There's your sister!" Claudia told Gabbie.

"Where?" Gabbie stood on her tiptoes and craned her neck around.

"There. Look in the window."

Myriah was waving from a seat near the front, but Gabbie exclaimed, "I still can't see her."

So Claudia picked her up, dropping Chewy's leash as she did so. "Uh-oh," said Claudia.

As the bus door opened, Chewy bounded away. Claudia made a grab for the leash and missed. Myriah stepped off the bus then and Chewy ran to her with a joyous woof. But he didn't stop when he reached her. He snatched her schoolbag out of her hand and gallumphed away.

"Chewy!" Myriah screamed.

"Chewy!" Claudia and Gabbie screamed.

The bus drove off.

"Claudia!" cried Myriah. "He took my bag. Get him! There's a note from my teacher in there! And a permission slip and my workbook pages with stars on them!"

Chewy was halfway down the block by then, his leash trailing behind him. He tore along, every now and then looking over his shoulder at Claudia and the girls with a doggie grin, as if the chase were a big game.

"My bag's going to be all slobbery!" said Myriah.

"Well, come on, you guys!" shouted Claudia. She took off after Chewy, with the girls behind her.

Chewy ran into the Newtons' yard.

"Look out, Mrs. Newton!" yelped Claudia.

Mrs. Newton was working in a flower bed, with Jamie and Lucy playing nearby. When she saw Chewy, she dashed to Lucy and picked her up, whisking her out of Chewy's path.

"Help us catch Chewy, Jamie!" called Myriah.

Jamie joined the chase.

Chewy ran into Claudia's yard. Mimi, Claudia's grandmother, was taking a teetery stroll down the front walk.

"Look out, Mimi!" cried Claudia.

Mimi stepped aside, but actually tried to grab Myriah's bag as Chewy flew by.

She missed.

"Thanks anyway, Mimi!" Myriah shouted.

Chewy gallumphed on, and Charlotte Johanssen, Stacey's favorite baby-sitting charge, rounded a corner. She saw Chewy coming at her full speed.

"Aughh!" she screamed.

Chewy put on the brakes to avoid her.

"Get the bag!" yelled Claudia.

And Charlotte did just that — but then Chewy sped up and tore away again.

"Oh, *thank* you," Myriah said breathlessly to Charlotte. "This bag is full of important stuff."

Well, the bag was back but Chewy wasn't. Claudia didn't know what to do. She couldn't catch Chewy, so she simply returned to the Perkinses' with Myriah and Gabbie, and waited. Mrs. Perkins would be home around five. At 4:40, Claudia began to feel very worried. At 4:45, she was a bundle of nerves. At 4:50, the doorbell rang.

Claudia answered it. A workman wearing blue overalls was standing on the steps. "Hi," he said. "I'm fixing the road." He jerked his thumb in the direction of the repair crew that Claudia and Gabbie had passed earlier.

"Yes?" said Claudia curiously.

"Well," the man continued, "I really like

your dog. He's very nice and all, but he won't give me my cones back."

Claudia didn't have the faintest idea what the man was talking about.

"Go look in your backyard," the man said.

Claudia left him at the door and ran through the house. She looked out the kitchen window. There was Chewy dragging a big orange plastic roadmarker over to a pile that he had gathered by the swingset. Claudia snuck outside and trapped Chewy on his next trip to the road crew. The workman took his cones back. Mrs. Perkins came home. Claudia told her what had happened while she was gone. But she wasn't sure Mrs. Perkins believed her. Claudia couldn't blame her.

CHAPTER 8

"Ahem, ahem. Please come to order," said Kristy.

Every now and then our president becomes zealous and tries to run our club meetings according to parliamentary procedure.

We couldn't come to order, though. The rest of us were still laughing over the story of Chewy and the orange cones.

"Well, I guess I'll just have to decide about Logan by myself," said Kristy.

That brought us to attention. I'd been sprawled on Claudia's bed. I sat up straight. Stacey and Dawn stopped giggling. Claudia even forgot to look around her room for hidden junk food.

"Okay," said Kristy more casually. "We've all talked to Logan. He's come to one meeting. And now, he's gone on a job. Mary Anne, what did you think?"

"Well, for awhile, I wasn't too impressed,"

I admitted. I told them about the shower rod incident. "But he was great with Mrs. Rodowsky, and getting along with the parents is always important. Plus, he's good in a crisis, really levelheaded, and he's good at distracting kids from things they shouldn't be doing." I added the stories about the grape juice, the stuck jar, and the cannonball off the couch.

"Jackie Rodowsky sounds like a real handful," said Stacey incredulously when I was finished.

"Well, he is, but he doesn't mean to be," I told her. "He's just sort of accident-prone. He's really a nice little kid. You could tell he loved Elizabeth. He was very gentle with him."

"Would you say Logan is a responsible baby-sitter?" asked Kristy. "Could we safely send him to our clients?"

"Definitely," I replied, and I wasn't just thinking of being in love when I said that.

"And we all like him, right?" Kristy went on.

"Yes," we agreed. It was unanimous.

Kristy paused. "But do we want to ask him to be a member of the club?"

Silence.

Even I couldn't say yes to that. I had visions of one uncomfortable meeting after another, each of us trying not to talk about boys, trying

not to mention things that were unmention-
able, and of poor Lennie the rag doll spending
the rest of her days under Claudia's bed.

"I thought so," said Kristy after awhile.

We all began to talk at once:

"I really like Logan."

"Logan's great, but . . ."

"The Rodowskys need Logan."

"I was so embarrassed when . . ."

"Logan was so embarrassed when . . ."

"Okay, okay, okay," said Kristy, holding up
her hands. "We've got a little problem here."

The phone rang and I answered it. I heard
Mrs. Rodowsky's voice on the other end. "Hi,"
I greeted her. "How's Jackie?"

"Oh, he's fine. As a matter of fact, he hasn't
stopped talking about you and Logan. He had
a wonderful time with you. And Mr. Ro-
dowsky and I need a sitter next Saturday night
for all three boys. We have tickets to a play in
Stamford."

"Okay," I said. "I'll have to check our
schedule. I'll call you back in a few minutes."
I hung up the phone. "That was Mrs. Ro-
dowsky," I told the others. She needs a sitter
next Saturday." I flipped through the record
book to the appointment calendar.

"Who's free?" asked Kristy, leaning for-
ward.

"Uh-oh. No one is," I said.

Kristy exhaled noisily.

"What about Logan?" asked Dawn.

"He really isn't a club member yet," Kristy replied.

"He might be free, though," spoke up Stacey.

"But we can't count on that," said Kristy. "And I don't want to start recommending him if he isn't a club member."

I didn't quite follow Kristy's reasoning on that, but I said, "Well, look, I'm busy that Saturday, but I'm not baby-sitting. These clients of Dad's are going to be visiting. He asked me to go out to dinner with them, but I know it's going to be really boring. I think Dad will let me baby-sit if I explain that we're in a tight spot. That way, I can call Mrs. Rodowsky back now, tell her that either Logan or I will be able to sit, and after we decide what to do about letting Logan in the club, we'll tell her which one of us will be coming."

"Fine," agreed Kristy.

So I did that, and then Kristy said, "Okay, what about Logan?"

We all looked at each other. We just couldn't decide what to say.

Finally Claudia found some Doritos and

passed the bag around. The munching didn't help us make a decision, though.

"Well, look," said Stacey after awhile. "I think Logan was embarrassed at the meeting, too. Maybe he doesn't even want to be part of the club."

"He went on the sitting job, though," I pointed out. "He must still be interested."

"He probably felt like he had to go," said Claudia.

"All right," said Kristy. "Here's what I think we should do. Call Logan and be completely honest with him. Tell him we think he's a great baby-sitter, but that the meeting was a little . . . awkward. Then just see what he says."

"I think that's a good plan," said Stacey. "Who should call him?"

"Well," Kristy said, and very slowly four heads turned toward me. Kristy, Claudia, Stacey, and Dawn were grinning mischievously.

"Me?" I exclaimed.

"Who else?" said Kristy.

"Well, at least let me call him in private."

I left the meeting a few minutes early that day. I wanted to make sure I got done with the phone call before Dad came home from work. It was going to be a tight squeeze. Our meetings are over at six, Dad usually gets home between 6:15 and 6:30, and I'm responsible for having dinner started by then.

If I'd had any extra time at all, I would have delayed calling Logan. I might have put it off for a day, a week, a decade. But I was pressed. And I had an entire business to be responsible to.

I used the phone upstairs, just in case Dad should come home early. I sat in the armchair in his room holding a slip of paper in one hand. Logan's number was written on the paper. I took ten deep breaths. I was trying to calm down, but the breaths made me dizzy. I think I was hyperventilating. I stretched out on Dad's bed until I'd recovered.

All right. Okay. Time to dial.

K-L-five-one-zero-one-eight.

Maybe no one was home. Maybe the line would be busy.

Ring.

"Hello?"

Someone answered right away! I was so flustered I almost hung up.

"Hello?" said the voice again. It was a woman.

I cleared my throat. "Um, hello, this is Mary Anne Spier. Is Logan there, please?"

"Just a moment."

There was a pause followed by some muffled sounds. Then, "Hello?"

"Hi, Logan. This is Mary Anne." My voice was shaking.

"Hey," he said. "What's up?"

"Well, we just had a club meeting," I began, "and we agreed that you're a good sitter, someone, you know, we could recommend to our clients. So about joining the club — "

Logan interrupted me just as I was getting to the most difficult thing I had to tell him. "Mary Anne," he said, "I don't know how to say this, but I — I've decided not to join the Baby-sitters Club."

He *had*? A funny little shiver ran down my back. I wanted to ask him why he'd decided that, but I was afraid. Hadn't we laughed together as we'd left the Rodowskys'? Hadn't Logan told me I had a pretty smile? Had I misunderstood everything?

I must have been quiet longer than I'd thought because Logan said, "Mary Anne? Are you still there?"

I found my voice. "Yes."

"I was wondering something, though. Would you come to the Remember September Dance with me?"

(Would I?!)

"Sure!" I exclaimed, without thinking of all

sorts of important things, such as I don't like crowds of people, I don't know how to dance, and my father might not even let me go. "I'll have to check with my father, though," I added hastily.

I got off the phone feeling giddy. Logan liked me! Out of all the girls in Stoneybrook Middle School, he'd asked *me* to the Remember September Dance. I couldn't believe it. I'd have to learn to dance, of course, but no problem.

I was so excited, I just had to call someone and spread the news. I called Dawn. When we got off the phone, I started dinner. I was walking on air. I was almost able to ignore the voice in the back of my mind that kept saying, "Why doesn't Logan want to join our club?"

CHAPTER 9

Tuesday

Boy, is the Charlotte Johanssen I baby-sat for today different from the Charlotte I used to sit for last year. She has grown up so much! Skipping a grade was the right thing to do for her. She's bouncy and happy and full of ideas, and she even has a "best friend" -- a girl in her class named Sophie McCann. (Last week her "best friend" was Vanessa Pike. I remember when "best friend" meant almost nothing -- Just whoever your current good friend was. Do you guys remember, too?)

Oh, well. I'm way off the subject. Anyway, there's not much to say. Charlotte's easy to sit for. I brought the Kid-Kit over, and we had a great afternoon.

Actually, there *was* more to say, but Stacey couldn't write it in the club notebook because she didn't want me to read it! Something had happened that day that I wasn't going to find out about until my birthday, which was quickly drawing nearer.

Stacey showed up at the Johanssens' after school with her Kid-Kit. A Kid-Kit is something us baby-sitters invented to entertain the kids we sit for. We don't always bring them with us (because the novelty would wear off, as Kristy says), but we bring them along on rainy days or sometimes in between as surprises. A Kid-Kit is a box (we each decorated our own) filled with games and books from our homes, plus coloring books and activity books that we pay for out of the club treasury. Charlotte, especially, likes the Kid-Kits.

When Stacey rang the Johanssens' bell, it was answered by a bouncy Charlotte. "Hi, Stace, hi! Come on in! Oh, you brought the Kid-Kit! Goody!"

Dr. Johanssen appeared behind Charlotte and smiled as Stacey walked through the doorway. "Charlotte's speaking in exclamation points these days," she said fondly.

"Did you have a good day at school, Char?" asked Stacey.

"Yes." (Bounce, bounce, bounce.) "We're learning fractions! And map skills. I love map skills!" (Bounce, bounce.)

"And how are you doing, Stacey?" asked Dr. Johanssen. (Charlotte's mother knows about Stacey's diabetes. She's not her doctor, but she's helped her through some rough times. She's always willing to answer any questions Stacey has.)

"I'm fine, thanks," replied Stacey. "I was getting a little shaky before, but my doctor adjusted my insulin. Now I'm feeling okay again. And I gained a little weight."

"Well, that's a good sign, hon."

"Stacey, is *Paddington Takes the Air* in the Kid-Kit?" Charlotte interrupted.

"Yes," replied Stacey. "And *Tik-Tok of Oz*, too."

Dr. Johanssen smiled at her daughter. "I better get going," she said. "I've got a couple of patients to look in on at the hospital, and some work to do in the children's clinic. Mr. Johanssen will be home around six, Stacey. You know where his office number is. Oh, and if you don't mind, could you put a casserole in the oven at five o'clock? You'll see a blue dish in the refrigerator. Just set the oven to three-fifty, okay?"

"Sure," replied Stacey.

As soon as Dr. Johanssen was out the door, Charlotte took Stacey by the hand, led her into the living room, and pulled her onto the floor. She opened the Kid-Kit eagerly and began pulling things out: a coloring book, a connect-the-dots book, crayons, Magic Markers, drawing paper, Candyland, ("Too babyish," remarked Charlotte), Spill and Spell, a Barbie doll, and at last the Paddington book and the Oz book. Underneath them she found one more book, a Dr. Seuss story called *Happy Birthday to You*.

"Hey, what's this?" asked Charlotte, opening the cover. "I never saw it before."

"I just added it to the Kid-Kit," Stacey told her. "I liked that book a lot when I was younger."

Charlotte glanced at the busy pictures and the funny words. "Let's read this instead," she said.

"Instead of Paddington?" asked Stacey.

"Yes. I like birthdays." Charlotte settled herself in Stacey's lap, even though she's almost too big to do that, and Stacey began to read.

Now, Charlotte is perfectly capable of reading to herself. After all, she skipped a grade. She's incredibly smart, but she loves to be read to. So Stacey read her the long, silly story.

When she was done, Charlotte leaned her head back and sighed. "That's just the way I'd like my birthday to be."

"When is your birthday?" asked Stacey.

"In June. I'll be nine. I can't wait."

"But you've just turned eight."

"I know. But nine sounds like a good age to be. It sounds so grown up."

Stacey smiled. She remembered when she longed to be nine. "It's almost Mary Anne's birthday," she told Charlotte. "She's going to be thirteen."

"Really?" squealed Charlotte, twisting around to look at Stacey.

"Yup."

"Gosh. Thirteen is *old*."

"She'll be a teenager."

"Is she going to have a party?"

"You know, I don't know," said Stacey. "Probably not."

"How come?" asked Charlotte.

Stacey shrugged. "Well, maybe she'll have a little party. Us baby-sitters will go over to her house or something."

"You guys should *give* her a party."

Stacey thought about that. But before she could say anything, Charlotte rushed on, "No, no! Hey, I've got it! You should give her a *surprise* party!"

"Oh, I don't know, Char."

But Charlotte was so excited that she didn't hear Stacey. She stood up and began jumping up down. "Really, Stacey! A surprise party. You invite all of Mary Anne's friends to come at one time, and you invite Mary Anne for half an hour later. Then everybody hides in the dark, and when Mary Anne comes over, you switch the lights on," (Charlotte made a great flourish with her hand), "and everybody jumps out and yells 'surpri-ise'!"

Stacey smiled. "Charlotte, that's a really terrific idea, but Mary Anne is shy. I don't think she'd like to be surprised that way."

"She wouldn't?"

"No. She doesn't like being the center of attention — you know, having everyone look at her."

"Oh." Charlotte sat down again. "How'd she like just a little surprise?"

"What do you mean?"

"Well, maybe you could have a regular party but bring out a surprise cake for Mary Anne."

"You know, that's not a bad idea. I've been wanting to give a party anyway. I don't think Mary Anne would mind a surprise *cake*. After all, we're only doing it because we like her. She should feel flattered."

"Yeah," said Charlotte. "What kind of party

would you tell Mary Anne it was?"

"Just a party, I guess. Back-to-school, or something like that. A chance for all our friends to get together after the summer."

What Stacey didn't tell Charlotte was that she was already thinking about the guest list — and the list included boys.

At home that night, Stacey began to make plans. My birthday was on a Monday, so Stacey asked her parents if she could have a party at her house the Friday before. Her parents gave her their permission. They especially liked the idea of the surprise cake.

Stacey started her guest list: Kristy, Claudia, Dawn, and me (of course), Dori Wallingford, Pete Black, Howie Johnson, Emily Bernstein, Rick Chow. She didn't worry about whether there were an equal number of boys and girls. She was going to tell each person to bring a date! Stacey's party would be one of the first boy/girl parties our class ever had!

The next day, Stacey made other lists:

Food — potato chips and dip, pretzels, Doritos, M&M's, pizzas, soda, a big salad (more for Stacey and Dawn than anyone else) and a large birthday cake to be ordered from the Village Bakery.

Supplies — paper plates, cups, napkins, etc.

To do — start calling guests, check tape collection, buy me a birthday present.

Stacey's plans were elaborate. She told each guest except me that she was giving a party and was going to surprise me with a cake. The guests were supposed to buy a present and keep quiet about the cake. Stacey told me only that she was giving a party. She hinted (not very subtly) that I'd probably want to ask Logan.

I got so caught up in the idea of inviting Logan that it never dawned on me that the party would have something to do with my birthday.

And that, of course, was just what Stacey had been counting on.

CHAPTER 10

The Remember September Dance was on a Friday. Dad had not only given me permission to go with Logan, he'd seemed happy about it. In fact, he'd given me his Bellair's Department Store charge card and told me I could buy a new outfit.

When he handed me the card, his eyes looked sort of teary. I hugged him tight.

A few days later, the entire Baby-sitters Club went to Bellair's to find an outfit for me. We descended on the store after school. Everyone began pulling me in different directions.

"Shoes," said Claudia.

"Juniors," said Dawn.

"Underwear," said Stacey.

"Sportswear," said Kristy.

"*Sportswear!*" the rest of us exclaimed.

Kristy shrugged. "This isn't the prom, you know. You might find a nice sweater in Sportswear. Or an accessory."

"We'll keep it in mind," said Dawn. "Let's go to Juniors first. You can find a dress there, Mary Anne. Then we'll buy shoes to go with it."

"And underwear," said Stacey.

"If necessary," I added.

In the junior department I tried on a green sweater dress that made me look like a mermaid, and a yellow sweater dress that made me look as big as a house. Then Claudia handed me a full white skirt with the words Paris, Rome, and London, and sketchy pink and blue pictures of the Eiffel Tower, the Tower Bridge, and other stuff scrawled all over it. She matched it up with a pink shirt and a baggy pink sweater. I would never, ever have tried on that skirt, but with the shirt and sweater it looked really cool.

In the shoe department we found white slip-ons with pink and blue edging that matched the pink and blue in the skirt. I'd never have looked twice at those shoes, either, but with the rest of the outfit they were perfect.

I charged everything, and talked Stacey out of the underwear department and Kristy out of the sportswear department. I'm not much on shopping, and I'd spent enough of Dad's money already.

*   *   *

I might have felt calm and cool while we were shopping on Thursday. I was even feeling okay while I did my homework that night. But the next day during school my stomach began to feel queasy, and by that afternoon I was a nervous wreck.

"I must be crazy," I told my friends as school let out. "I'm going to a dance and I don't know *how* to dance. And what if Logan and I can't think of anything to say to each other? What if I stomp on his feet while I'm trying to dance? What if I spill something on him?"

"You know what?" said Kristy. "I say we cancel today's club meeting and go over to Mary Anne's instead. We can pay Janine a couple of dollars to answer the phone for us. Then we can help you get ready for the dance, Mary Anne. I'll walk home with you guys, call Charlie, and tell him where I am so he can pick me up later."

That was just what we did. We gathered in my bedroom. Dawn inspected my outfit and ended up ironing the skirt and shirt for me.

Kristy looked at the soles of my new shoes. "Aughh!" she cried. "Mary Anne, scuff up the bottoms of those or you'll slip at the dance and fall flat on your face."

"Oh, no," I moaned. "Something else to worry about."

Stacey showed me a few easy dance steps.

Claudia gave me some tips on Logan. Things like, "Let him hold doors open for you and get you punch. If he brings you a corsage, wear it no matter what color it is."

"What if it's dead?" asked Kristy, giggling.

Claudia scowled at her.

At 5:30, everyone left. My friends were all going to the dance, too. Kristy and Dawn were going stag, Stacey was going with Howie Johnson, and Claudia was going with Austin Bentley, whom she'd gone out with a few times before. I was glad they would all be there.

My dad volunteered to pick up everyone in the club and take us to the dance. Logan and I had arranged to meet at the entrance to the gym at 7:30. Dad dropped the five of us off at school at precisely 7:25. I leaned over and kissed his cheek. " 'Bye," I said. "Thanks for driving us."

"Have fun, honey."

My friends and I got out of the car with a chorus of "thank you's."

"Remember," I called to Dad as I shut the door, "Mr. McGill will drive us home. The dance is over at nine-thirty."

As I watched the taillights of the car disappear in the parking lot, part of me wished I were with my father, heading to our safe home where I could be alone and not have to worry about people and dancing and spilling punch and slipping in my new shoes. But the rest of me was excited.

I joined my friends and we walked to the gym in a noisy bunch. We were all smoothing our hair and picking lint from our clothes and fussing with our jewelry. I thought we made a pretty good-looking group. Claudia was wearing short, tight-fitting black pants and a big white shirt that said BE-BOP all over it in between pictures of rock and roll dancers. She had fixed a floppy blue bow in her hair. Stacey was wearing a white T-shirt under a hot pink jumpsuit. Dawn and Kristy looked more casual. Dawn was wearing a green and white oversized sweater and stretchy green pants. Kristy was wearing a white turtleneck shirt under a pink sweater with jeans. We just couldn't seem to get her out of blue jeans.

That evening while I was getting dressed, I'd imagined how Logan and I would meet at the door. I'd spot him from across the hallway and walk over to him ever so casually.

"Hi, Logan," I'd say softly.

"Hi, Mary Anne," he'd reply, and he'd hold out a sweet-smelling pink carnation.

As soon as we entered the hall, my dream was shattered. It was a mob scene, wall-towall laughing, screaming kids. I stood on my tiptoes and looked all around. After a few seconds I spotted Logan. He was across the hall. Twenty thousand people were between us.

"Logan!" I called. I jumped up and down and waved my hands, but since I'm short, it didn't do any good.

"I see Logan," I told my friends. "I better try to get to him."

"Okay," replied Kristy. "See you later."

"Good luck!" added Dawn excitedly.

I elbowed and squeezed and shoved my way through the kids. When I finally reached Logan, I felt as if I'd just fought a battle. I was hot and sweaty, and the dance hadn't even started.

"Hi — *oof* — hi, Logan," I said as someone slammed into me from behind.

"Hi," replied Logan. Then, "Here," he said ruefully, handing me a smushed orange flower. "Sorry about that. I dropped it and someone stepped on it."

The flower (whatever it was) looked absolutely horrible against my pink sweater, but I pinned it on anyway.

"Thanks," I said.

Logan smiled. "Mah play-sure," he drawled. "Come on. Let's dance."

He led me inside. The only really good thing

I can say about the gymnasium was that it was less crowded than the hallway. I couldn't appreciate the decorations or the refreshments table or the band. I was too busy worrying.

There I was — actually at the dance. In a few minutes, the entire school would see that I had no business being there.

Luckily, Logan wasn't too keen on the idea of dancing until a lot of other people were dancing, so we stood by the food for a long time. We drank three cups of punch each, and ate handfuls of cookies. I couldn't think of a thing to say to Logan. He kept asking me questions, and I kept answering them . . . and then the conversation would lag. I sneaked a peek at my watch. Eight-fifteen.

Finally Logan took my hand. "Want to dance?" he asked.

I nodded. What could I say? No? After all, we were *there* to dance.

By that time, the gym was so crowded that there was barely room to move around. I tried to remember the steps Stacey had shown me. Then I tried to imitate Logan.

Imitating Logan turned out to be fun. He smiled when he realized what I was doing, and began fooling around, dancing sort of the way I imagined King Kong would. I kept up with him. Logan started to laugh. He waved his hands in the air. I waved mine. He stomped his feet and spun in a circle. I stomped my feet and spun in a circle. Logan was laughing hysterically, and I was feeling pretty good myself. He put his arm across my shoulder and kicked his legs Rockette-style. I kicked my legs.

One shoe flew off.

It sailed through the air, narrowly missing Mr. Kingbridge, our vice-principal. It hit a wall and fell to the floor. Mr. Kingbridge picked it up. Leaving a speechless Logan behind, I had to limp through the crowd and claim my shoe.

Please, please, I prayed, let me wake up and find out that this is all a nightmare.

But it wasn't. A whole bunch of kids had seen my flying shoe and they were laughing. By the time I'd put it on and was wending my way back to Logan, he was standing with Stacey and Dawn, and the three of *them* were laughing, too. I had never, never, never been so embarrassed in my whole life. How could I have been feeling so happy just a few moments earlier? I should have known something like this would happen. I am not the kind of person who's cut out for boys or dances or parties. I'm just not. I *knew* this evening was going to be horrible.

"Well, *I* don't think it's so funny," I said stiffly to my friends and marched over to the bleachers which lined one wall of the gym.

"Mary Anne!" Logan called.

But I could hear Dawn say, "Let her go. I think she wants to be alone."

She was right. Except that I wanted to be aloner than by myself in a gym with twenty thousand people. I wanted to be by myself in my room . . . in bed . . . under the covers.

From my perch on the top row of bleachers, I watched Logan dance with Dawn. When the song was over, he climbed the bleachers and sat down next to me. "Mary Anne," he said, "everyone's already forgotten about your shoe. Don't you want to dance?"

I shook my head. Logan brought us some more punch and we drank it while we watched the kids below. After three more songs, Logan said, "Now?"

I shook my head again. "But why don't you go dance?" I didn't really mean it, but I felt I had to say it since Logan looked incredibly bored.

"Are you sure?" he asked.

"Yeah. Go ahead."

So Logan trotted down the bleachers. He danced with Stacey, then Claudia, then Kristy. Then he began with Dawn again. He even broke in on Austin Bentley the next time he wanted to dance with Claudia. In between dances he kept coming back to me, but I couldn't bear to leave the safety of the bleachers. I looked at my watch a million, billion times, waiting for nine-thirty to arrive.

When it did, Logan climbed the bleachers once again. "You'll come down *now*, won't you?" he asked with a little smile.

I smiled back, relieved that he wasn't mad. "Sure," I said.

As we approached the door to the gym I added, "Thank you for the flower."

"Thanks for coming with me. I'm glad you did."

"Honest?"

"Honest. Dancing with you was really fun. No girl has ever fooled around with me like that. Most of them like to prove how well they can dance."

Really? I thought. Well, maybe I could try it again at the next dance. . . . If there was a next dance with Logan.

CHAPTER 11

Friday

Neither Dawn nor I ever want to hear the word "memory" again. Karen, Andrew, and David Michael played that game all evening while Dawn was over to spend the night, and they drove us crazy with their arguing! I was glad Karen wasn't scaring everyone with her stories about Morbidda Destiny and the ghost of Ben Brewer, but — when she's telling her tales, there's no fighting. On the other hand, Mom says she'd rather see Karen and David Michael fight than ignore each other. She says ignoring each other would be a much worse stepfamily problem — at least when they fight they're interacting. But there must be something in between ignoring and fighting.... oh yeah - scaring each other.

Kristy's notebook entry was complete in terms of baby-sitting concerns, but not in terms of everything that happened that night. A lot of talking (especially about my birthday) went on, but I didn't find out about it until much later.

Let me start at the beginning, though. It was Friday night again. Logan hadn't seemed too upset about the dance. In fact, he'd called me the next morning to ask if I wanted to go over to school to watch the junior varsity football game. On Monday and Tuesday he'd sat with our club at lunchtime. On Wednesday, he and I had sat by ourselves (but we joined the club again the next day). On Thursday he had invited me to go to the movies on Friday.

Needless to say, I was ecstatic! We still had a little trouble talking sometimes, but Logan always seemed so *interested* in me, and in everything I did or said. It's hard to be shy around someone who thinks you're wonderful.

On Friday night, Kristy was stuck at home baby-sitting for Karen, Andrew, and David Michael, so her mother and Watson said she could invite a friend over. Usually she would have invited me, but since I was busy with Logan, she asked Dawn to come over.

Talk about ecstatic. Dawn still hasn't gotten over the days when Kristy was jealous of Dawn's friendship with me, and would barely speak to her. And Kristy had never invited just Dawn to sleep over. So Dawn gladly accepted. Her mother drove her to the Brewer mansion not long after Kristy's mom and Watson had left.

When Dawn rang the doorbell, she heard shrieks coming from inside, only they sounded like terrified shrieks, not joyful ones.

Nervously, Dawn turned around and looked at her mother who was waiting in the car until Dawn was safely inside. What should she do? She didn't want to call her mother to the door and then find out there was nothing wrong. That would be embarrassing.

Dawn rang the bell again. More shrieking. She screwed up her courage. With a shaking hand, she turned the knob and slowly peered around the door and into the front hall.

"Aughh! Aughh! Au — Dawn?"

"Karen?"

"Oh, I thought you were Morbidda Destiny, creeping into our house to put a sp — "

"Karen, that is enough." It was Kristy's impatient voice. "I don't want to hear another word about poor old Mrs. Porter — or the ghost of Ben Brewer — tonight. And I mean it." Kristy appeared in the hall, followed by Louie the collie, and Dawn waved to her mother who waved back, then started down the drive.

"Okay, okay." Karen flounced off.

"Sorry about that," said Kristy. She reached out to help Dawn with her things. "I was in the kitchen. I could hear Karen screaming and I knew what she was doing, but I was too far away to stop her."

Dawn grinned. "That's okay." She held her hand out to Louie, who gave it a halfhearted lick.

"I don't think Louie's in top condition tonight," said Kristy. "He's getting old. Well, come on. We'll put your things upstairs. Then we'll have to keep an eye on the kids. After all, I'm baby-sitting."

"No problem. You know I like the kids."

Kristy and Dawn settled Andrew, Karen, and David Michael on the living room floor with the Memory set. Louie lay down nearby, his head resting mournfully on his paws. Then Kristy and Dawn retreated to a couch, where they sprawled out with a box of graham crackers — one of the few snack foods they'll both eat, since Kristy considers graham crackers semi-junk food and Dawn considers them semi-health food.

"I wonder what Mary Anne and Logan are doing right now," said Kristy.

Dawn looked at her watch. "The movie's probably just beginning."

"Yeah. The theater's all dark. . . ."

"Maybe they're holding hands. . . ."

"Kristy!" shouted Karen. "David Michael cheated. He just peeked at one of the cards." Karen stood indignantly over the blue cards that were arranged facedown on the floor.

(I guess I should explain here how Memory is played. It's very simple. The game consists of a big stack of cards. On each is a picture — and each card has one, and only one, matching card. The cards are laid out facedown. The players take turns turning two cards over. If someone gets a pair, he or she goes again. When all the cards have been matched up, the winner is the one with the most pairs. Simple, right?)

Wrong!

"I did not cheat!" cried David Michael. "It's a rule. Each player gets one peeksie during a game."

"Show me where it says anything about a peeksie in the rules," answered Kristy, holding her hand out.

"Well, that's how we play at Linny's."

"Why don't you play by the rulebook?" suggested Kristy.

The game continued.

"Where were we?" Kristy asked Dawn. "Oh, yeah. In the dark theater."

"Holding hands — maybe," said Dawn. "I wonder if they'll, you know, kiss."

"Ew!" exclaimed Kristy, looking disgusted, but then she grew quiet. "You know," she said after several moments, "maybe they will. Mary Anne seems more serious about Logan than Claudia ever was about Trevor."

"How do you mean?"

"Well, she's not silly about him. Remember how Claudia used to giggle about Trevor all the time? It was as if she liked the idea of going out with him better than she liked Trevor himself."

"Karen! No fair! You didn't let me finish my turn!" Now Andrew was shrieking.

"Woof?" asked Louie from his spot on the floor.

"Hey, hey!" cried Kristy.

"I got a match and Karen took her turn anyway! No fair! No fair!"

"Andrew, I just forgot, okay? Finish your turn," said Karen.

"But you've already turned over two cards," said David Michael indignantly. "And An-

100

drew saw them. He knows where two more cards are. So nothing's fair now. The game's ruined."

"Excuse me," said Kristy, "but did you *all* see which cards Karen turned over?"

"Yes," chorused the three kids.

"Then *every*thing's fair. You all got an advantage. Think of it as a bonus or something. Andrew, finish your turn."

Kristy sighed. "You know," she said, picking at a tiny piece of lint on her sweater, "I was always the brave one and Mary Anne was always the scaredy-cat. Now everything's reversed. And suddenly she's . . . I don't know . . . ahead of me, and I've been left behind."

Dawn nodded. "But you're still her friend, one of her very best friends."

"I know. I just have a feeling this is going to be an awful year. I moved away from you guys, and Mary Anne's moving away from me, if you know what I mean. And I haven't made any friends here in Watson's neighborhood. My brothers have, but I haven't." Kristy stretched her hand toward Louie, but he wouldn't come over to her for a pat. He looked exhausted.

"It might help," said Dawn carefully, "if you stopped thinking of it as Watson's neighborhood and started thinking of it as your own."

101

"Karen, you give those back!" This time, the indignant voice belonged to David Michael. "Kristy, she keeps hiding my pairs under the couch. Look!" David Michael pulled up the slipcover on the loveseat he and Karen were leaning against. He revealed a row of paired Memory cards.

"They're not his, they're mine!" squawked Karen.

"Are not!"

"Are, too!"

Kristy stood up. "The game is over," she whispered.

Karen and David Michael had to stop screaming in order to hear her.

"What?" they said.

"The game is over."

Kristy's patience had worn thin, although she kept her temper. A half an hour later, the three children were in bed, and Dawn and Kristy were seated side by side on Kristy's big bed. Louie was sacked out at the end. The portable color TV that Watson had given Kristy was on, but neither Dawn nor Kristy was paying attention.

"Clothes?" Dawn was saying.

"Tapes, maybe," Kristy suggested. They were trying to decide what to get me for my birthday.

"It has to be something she wants, but that she won't be embarrassed to open in front of boys."

"I really wish Stacey hadn't decided on a boy/girl party," said Kristy woefully.

"How come?" asked Dawn.

"Well, who are *you* going to invite?"

Dawn's eyes widened. "Gosh, I hadn't thought about it."

"Even if I could think of a boy I wanted to go with, I wouldn't know how to ask him," confessed Kristy.

"You know who I like?" Dawn said conspiratorially.

"Who?"

"Bruce Schermerhorn. He's in my math class. You know him?"

"I think so."

"He's really cute."

"I *could* ask Alan Gray," said Kristy. "He's a pest, but we always end up doing stuff together. At least I'd know what to expect from him . . . I think."

Kristy and Dawn looked at each other, sighed, and leaned back against their pillows. Louie sighed, too. Eighth grade came complete with problems nobody had counted on.

CHAPTER 12

*R*ing, ring, ring.

"Hello?"

"Hi, Mary Anne."

"Logan! Hi." (I was always surprised to hear his voice on the phone.)

"How're you doing?"

"Fine. How are you?" (It was four o'clock on a weekday afternoon. We'd just seen each other an hour earlier.)

"Fine. Guess what's on TV tonight."

"What?"

"*Meatballs*. Have you ever seen it? It's really funny."

"I don't think so. I mean, I don't think I've seen it."

"It's on at eight. Try to watch it."

"I will."

"So? What's going on?"

"I'm going to baby-sit for Jackie Rodowsky tomorrow. The last time I sat for him, he fell out of a tree, fell down the front steps, and fell off the bed. But he didn't get hurt at all."

Logan laughed. "That kid should wear a crash helmet," he joked.

"And carry a first-aid kit," I added.

There was a pause. I had no idea how to fill the silence. Why did this always happen with Logan? There were hardly any pauses when I talked to the members of the Baby-sitters Club. I knew I was blushing and was glad Logan couldn't see me.

"Want me to tell you about *Meatballs*?" asked Logan.

"Sure," I replied, relieved. A movie plot could take awhile to explain.

And Logan took awhile. In fact, he took so long that we reached my phone conversation limit. My dad still has a few rules that he's strict about, and one of them is that no phone conversation can last longer than ten minutes. Even though Dad was at work, I felt I had to obey the rule. For one thing, what if he'd been trying to call me for the last ten minutes?

Logan reached a stopping place, and I knew I had to interrupt him.

"Um, Logan?" I said.

"Yeah?"

"I hate to say this, but — "

"Your time's up?" he finished for me.

"Yeah. Sorry."

"That's okay. So are you going to watch *Meatballs*?"

"I'll try. If I get my homework done."

"Great. Well . . . see you tomorrow."

"See you tomorrow."

We hung up.

Whewwwww. I let out a long, slow breath. I love talking to Logan, but it makes me nervous.

Ring, ring.

Aughh! Dad *had* been trying to call! And I'd been on the phone for over twelve minutes.

"Hello?" I said guiltily. Excuses began flying around in my head: I'd needed a homework assignment explained. Someone else had needed homework explained. The phone had accidentally fallen off the hook.

"Hi, Mary Anne!" said a cheerful voice.

"Oh, Stacey. It's only you!" I exclaimed.

"*Only* me! Thanks a lot."

"No, you don't understand. I thought you were Dad. I mean, I thought you were going to be Dad. See, I've been on the phone for — Oh, never mind."

"More than ten minutes?" asked Stacey, giggling.

"Yeah."

"Well, listen. I just wanted to make sure

you were coming to my party — and that you'd invited Logan."

"Well . . ." The thing is, I'd been putting that party off a little. I was nervous about asking my father if I could go to a boy/girl party, and even more nervous about inviting Logan. How do you go about inviting a boy to a party?

"Mary Anne?"

"What?"

"Are you coming and have you invited Logan?" she repeated.

"I don't know, and, no, I haven't."

"Mary *A*-anne."

"Okay, okay. Sorry. Really I am." (I didn't know then why Stacey sounded so exasperated. I was the guest of honor at her party, but I had no idea.)

"Get off the phone and call Logan."

"I, um, have to call my father, too. I have to get permission to go to the party first."

"So call him, *then* call Logan."

"I've been on the phone since four."

"The rule is ten minutes per call. Just keep these calls short. It's the easiest rule in the world to get around. My mother put a five-minute limit on my calls to Laine Cummings in New York. So I just keep calling her back. If I call six times we can talk for half an hour."

I laughed. "All right. I'll call Dad."

"Call me back after you've talked to Logan."

"Okay. 'Bye."

I depressed the button on the phone, listened for the dial tone, and called my father at his office.

His secretary put me through right away.

"Hi, Dad," I said.

"Oh, hi, Mary Anne. I'm in the middle of something. Is this important?"

I was forced to talk fast. "Sort of," I replied. "Stacey's having a party at her house. It's for both boys and girls. We're supposed to ask guests. Can I go? And can I invite Logan?"

"Will Mr. and Mrs. McGill be at home during the party?"

"Yes," I said, even though I hadn't asked Stacey about that. I was sure they would be at home, though.

"What time is the party?"

"It starts at six."

"You may go if you'll be home by ten, and if you *meet* Logan *at* the party."

"Oh, thanks, Dad, thanks! I promise I'll be home by ten! I promise everything!"

I called Logan with a bit more enthusiasm than I'd felt before. I punched his phone number jauntily — K-L-five-one-zero-one-eight.

Logan answered right away.

"Hi," I said. "It's me again. Mary Anne Spier."

"I know your voice!" he exclaimed.

"Oh, sorry."

"Don't apologize."

The call was already going badly. I wished I could rewind time and start over.

"Um . . ." I began.

"Hey," said Logan, more softly. "I'm really glad you called. You never call me. I always call you. I'm glad you felt, you know, comfortable enough to call."

(This was better, but still not the conversation I'd imagined.) "Well, I have to ask you something. Not a favor. I mean . . . Stacey's having a party. I wanted to know if you'd — you'd go with me. If you don't want to, that's okay," I rushed ahead. "I'll understand."

"Slow down, Mary Anne! Of course I want to go. When is it?"

I gave him the details.

"Great," he said. "I can't wait."

As long as I was doing so well, I decided to ask Logan one more question. "Have you thought anymore about joining the Baby-sitters Club?"

Pause. "Well, I said I didn't want to join."

"I know, but . . ."

"I'll think about it some more, okay?"

"Okay." (After all, the rest of us hadn't decided that we *wanted* Logan to join.)

There was some muffled whispering at Logan's end of the phone, and then he said, sounding highly annoyed, "Mary Anne, I have to get off the phone. I'm really sorry. My little sister has a call to make that she thinks is more important than this."

"It is!" cried a shrill voice.

I laughed. "I better get off, too," I told Logan.

So we hung up. But I had one more call to make. "Hi, Stacey?"

"Hi!" she said. "Did you call Logan already? Did you call your dad?"

"Yes and yes."

"And?"

"And I can come and Logan's coming, too."

"Oh, great! Awesome! Fabulous! I can't believe it!"

Stacey was so excited that her excitement was contagious. My heart began pounding, and I was grinning.

We hung up.

Ring, ring.

"Hello?"

"Mary Anne! What on earth have you been doing? What happened to your ten-minute limit? I've been calling you forever!"

"Kristy?"

"You ought to get call-waiting or something. Did your dad take away your limit? . . . Oh, yeah, this is Kristy." (*Click, click.*) "Oh, hold on, Mary Anne. We've got another call coming in over here." (Kristy put me on hold for a few seconds.) "Mary Anne?" she said, when she was back on. "That was Stacey. I better talk to her. Call you later. 'Bye!"

The plans for the birthday surprise were in full swing — and I suspected nothing.

CHAPTER 13

I dressed carefully for Stacey's party, even though I didn't have much choice about what to wear. My best-looking outfit was the one I'd worn to the dance, so I decided to put it on again.

By six o'clock I was ready and had to kill time. Stacey had originally said that the party would start at six, but that afternoon she'd called to say that everything was going wrong and could I come at six-thirty instead?

"Sure," I'd replied. "I'll call Logan and let him know."

"Oh, no. Don't bother," said Stacey quickly. "I'll call him. I have to call everyone else." She was talking very fast. I decided she must be nervous about the party.

So at 6:15 that night, dressed in my famous-cities skirt, the pink sweater, and the lethal white shoes, I was standing around in the kitchen

112

while my father started his dinner. At 6:25, I flicked on the TV and watched the news. At 6:35, I decided not to leave quite yet because I didn't want to be the first to arrive at the party. Finally, at 6:40, I left for Stacey's. I wished I could have walked with Claudia, but she had told me that she and her mom were going to pick up Austin Bentley first. I kind of got the feeling that I wasn't wanted.

When I rang Stacey's bell at 6:45 I could hear an awful lot of voices inside. Stacey flung the door open. "Oh, you're here!" she cried. "Come on in!"

I stepped inside.

"Let's go downstairs. Everyone's in the rec room," she said giddily.

"Gosh," I replied, "it sounds like everyone else has already arrived." I glanced at my watch. "I'm sorry I'm so late."

"Oh, you're not — not late," said Stacey. "I guess the others were early."

All of them? I wondered. "Is Logan here?" I asked.

"Yup. You're the last to arrive."

That made me feel a little uncomfortable, but I tried to shrug the feeling off. I still wasn't suspicious. After all, I was used to feeling uncomfortable in a crowd.

Stacey and I descended the stairs to the rec

room. On the way down, I thought of something important. "Stacey, your parents are home, aren't they?"

"Yes," Stacey answered, "but I made them promise not to come into the rec room. I think they're in the kitchen. That way, they can keep an eye on the food and an ear on the party."

From my vantage point halfway up the stairs, the start of Stacey's party looked a lot like the start of the school dance. Although the tape deck was playing loudly, no one was dancing. The girls were bunched up in a corner, and the boys were bunched up by the table where Stacey had put out pretzels, potato chips, M&M's, soda, and salad.

Austin Bentley was tossing pretzels in the air and trying to catch them in his mouth. Mostly, he missed.

Alan Gray had put yellow M&M's in his eyes and was going around telling the boys he was Little Orphan Annie.

Pete Black was dunking potato chips in his Coke before eating them.

Across the room, Dori Wallingford was showing her new bracelet to Claudia, who was pretending to be impressed, but who was really watching Austin toss the pretzels in his mouth.

Kristy was whispering to Dawn, who was giggling.

Emily Bernstein was saying loudly, "Alan Gray is *so* immature," and glaring at Kristy — for having invited him, I guess.

As Stacey led me down the stairs it seemed — for just an instant — that everyone stopped talking, that the entire room paused. But I decided it was my imagination. The room was as noisy as ever when I reached the bottom of the steps.

I looked for Logan. Before I found him, I felt a hand on my shoulder. I turned around and there he was.

"Hey," he said, giving me his wide, warm grin. "How ya doin'?"

"Great," I replied.

"Boy, you look nice."

"Thanks, but this is the same outfit I wore to the dance."

"You still look nice."

A phone on the wall nearby began to ring. "Mary Anne, can you get that?" yelled Stacey from across the room.

I picked up the receiver. "Hello, McGills' residence."

With all the music and talking, it was hard to hear the person on the other end of the line, but I *thought* the voice said, "Hello, this is the Atlanta Pig Corporation. When would you like your pig farm delivered?"

"What?" I shouted.

"We have a pig farm reserved in the name of Stacey McGill. When would you like us to ship it to you?"

"Just a sec." I paused, putting my hand over the mouthpiece. "Stacey!" I yelled. "Come here!"

Stacey edged through the rec room. "What?"

"It's for you. Something about . . . a pig farm?"

Stacey got on the phone, frowning. "Hello . . . A *pig* farm? . . . Justin Forbes, is that you? You are *so* immature!" *Clunk.* She hung up. Stacey turned to Logan and me. "Justin's all bent out of shape because he wasn't invited to the party," she informed us. She went back to Claudia and the other girls.

Immediately, the phone began to ring again.

"*I'll* get it this time," said Logan, reaching for the receiver. "Hello, Disneyland. Goofy speaking. How may I help you?"

I giggled.

"He hung up," said Logan, pretending to look surprised. "I can't imagine why."

Nobody was dancing and only the boys were eating. Logan steered me toward a couch. "Let's sit down," he said. "Wait, I'll be right back."

I sat, and a few minutes later, Logan returned with two cups of soda and a bag of pretzels. We sipped our sodas in silence for a few moments but for the first time, our silence seemed comfortable, not uncomfortable. Then Logan asked me a question and we began to talk. We talked about school and our families. Logan told me about Louisville, and I told him about wanting a cat. We talked for so long I lost track of the time. I didn't even hear all the noise around me, except for when Alan Gray shouted, "Let's play Spin the Bottle!" and Emily Bernstein shouted back, "You are *so* immature, Alan!"

It was as if Logan and I were in our own world, and nobody and nothing else existed. A scary thought occurred to me. Was this part of being in love? Nah. I was only twelve-going-on-thirteen. I couldn't really be in love . . . could I?

"You know," said Logan, polishing off his Pepsi, "I'm glad to be getting to know the real Mary Anne. This *is* the real Mary Anne, isn't it?"

"What do you mean?"

"Well, when I first met you, I liked you okay, but you were so quiet and shy. I've never known anyone as shy as you."

"Believe it or not, I'm better than I used to be."

"You're kidding!"

"No, really. . . . Well, maybe I'm still not very good around boys."

"Yeah?"

"Yeah."

Logan considered that. "If you could just open up more — I mean, be the way you are right now — people would have a much easier time getting to know you. I almost didn't ask you to the dance, you know."

"Why *did* you ask me?"

"Because you're different from other girls. More . . . something."

"More what?" I asked, puzzled. I really wanted to know.

"More serious. Not serious like some old professor, but serious about people. You listen to them and understand them and take them seriously. People like to be taken seriously. It makes them feel worthwhile. But you have a sense of humor, too, which is nice. The only thing is, sometimes you're too sensitive. I really wasn't sure things would work out between us."

"I've always been too sensitive," I told him.

"AUGHH! AUGHH! HELP!"

The room was slowly darkening and everyone was screaming.

"Oh, would you guys grow up," said Stacey's impatient voice as the lights brightened again. "I was dimming the lights. I just wanted to make things more romantic."

I smiled at Logan and we looked around. While we'd been talking, the boys and girls had started to mingle. Claudia and Austin and some other kids were dancing. Alan was torturing Emily with his Little Orphan Annie eyes. Most of the food was gone.

"I'm sending Dad out for pizza now," Stacey informed me.

Mr. McGill returned later with three pizzas (which he wasn't allowed to bring into the rec room) and they were eaten in no time. After Logan and I finished our slices, we sat on the couch again.

For the second time that night, the lights began to dim. Only this time, they went all the way out and nobody screamed. In the darkness, I heard only some muffled whispering and sensed that someone was coming down the steps.

Suddenly the lights were turned on full force, and everyone began singing "Happy Birthday."

I felt totally confused. What was happening? Stacey hadn't said this was a birthday party. Not until the kids sang, "Happy birthday, dear Mary Anne," did I understand. Then I saw that Stacey was at the bottom of the stairs carrying a big birthday cake that said HAPPY BIRTHDAY, MARY ANNE in pink frosting and glittered with lighted candles. Behind her were Kristy and Dawn, each holding a stack of gifts.

Stacey set the cake on a table next to Logan and me. Kristy and Dawn piled the presents on the floor near my feet. Logan held out a small box wrapped in silver paper and tied with a silver bow.

Silence had fallen over the rec room. The song was finished. Austin had paused in his pretzel-throwing. Alan was staring at me with his blind M&M eyes. Pete had stopped in the middle of a dunk, and the soggy potato chip had fallen into his Coke. Claudia, Dori, and Emily were standing in an expectant bunch, a safe distance from Alan, their eyes on me. All the guests were waiting for me to react, to blow out the candles, to cry, or something.

It was a nightmare. It was like one of those dreams in which you go to school naked, or study and study for an important test and then sleep through your alarm clock and miss it.

I had only one thought: I had to get out of there.

So I did.

I ran up the stairs, out the McGills' front door, and all the way home, leaving my nightmare behind.

CHAPTER 14

"**M**ary Anne," my father exclaimed as I barged into our house. "What are you doing home so early? I thought you were going to call me for a ride when the party was over."

"Sorry," I replied. I slowed down and caught my breath. I didn't want my father to know anything was wrong. I just couldn't explain this to him.

"Everything okay?" asked Dad.

"Oh, sure. The, um, party broke up early."

Dad looked suspicious. "Were Mr. and Mrs. McGill there?" he asked.

"Oh, yes. Stacey wouldn't let them go into the rec room, but they were right in the kitchen the whole time. Honest. It just wasn't a very good party. No one was having fun. So it kind of ended."

"I'm sorry," said Dad, and he really did look sorry.

"Me, too," I replied. "Well, I'm tired. I guess I'll go to bed."

I went slowly up to my room and stretched out on my bed, but I had no intention of going to sleep. I hadn't even taken my party clothes off. How dare Stacey have done that to me? I thought. She knows how I feel about parties and people and surprises and being the center of attention. My other friends know, too. Especially Kristy and Dawn and Logan. But they had all let it happen.

I was beginning to put the pieces of the puzzle together. Everyone had known about the cake except me. I must have been the only one who was told to arrive at six-thirty. The others had probably come at six, as originally planned, so I wouldn't see them arrive with gifts. That's why Claudia hadn't wanted to go to the party with me.

I lay there, and the memory of the lights coming on flooded back: everyone singing, Stacey with the cake, Kristy and Dawn with the presents. I recalled that Logan had been grinning at me like a Halloween mask. How *could* he? Hadn't we just been talking about how I was shy and quiet? I took people seriously, but no one took *me* seriously.

I felt tears streaming down my cheeks, but I didn't bother to dry them. I had run away.

I had humiliated myself. As mad as I was at Stacey and my friends, I realized that they had wanted to do something nice for me, and I hadn't let them. I'd spoiled everything.

But still . . . how *could* they?

I looked at my watch. I'd only left the party fifteen minutes earlier. Any moment now, Logan or Stacey would call. The thought cheered me. They would apologize for embarrassing me, and invite me back, and say they didn't know what they could have been thinking.

I tiptoed to my door and set it ajar so I'd be sure to hear the phone when it rang. Then I lay on my bed again.

When another ten minutes had gone by, I realized that Stacey (or Logan) was probably going to come over instead, to give things the personal touch. Of course. That was just like them.

I opened my window a crack so I'd hear them when they got to the front door. I hoped Dad had left the porch light on. I peeked outside. He had.

When an hour had gone by and my room was chilly with the night air, I knew that no one was going to call or come over. My stomach felt like I'd swallowed a brick. I'd really blown it this time. I should have seen it coming. My friends had finally had enough of my behavior. I'd gone one step too far. No one likes a party-spoiler, no matter how well he tries to understand that person. And Logan had surely decided that I wasn't right for him after all. I really was just plain too shy.

Well, I was sorry I was different. I couldn't help it. But it was their fault for doing something they knew I wouldn't enjoy.

My anger was no comfort, though. All I could think was that I'd lost my friends. I tried to cheer myself with the thought that the last time that had happened I'd been forced to make a new friend — and I'd found Dawn. But the thought wasn't all that cheery. I didn't want any new friends now. I only wanted Kristy and Dawn and Stacey and Claudia and Logan.

Tomorrow might be a good time to ask my dad for a cat.

I fell asleep with my clothes on and awoke to a beautiful Saturday morning. But it felt bleak to me. As soon as I saw my famous-cities skirt, the awful evening rushed back. I realized that the brick was still in my stomach.

It was nine o'clock. Dad had let me sleep late. I felt as if I hadn't slept at all, though. I staggered to my feet, washed up, and changed my clothes. I found my father in the living room, drinking coffee and reading some papers for work.

"Morning," he greeted me.

"Can we get a cat?" I replied.

Dad raised an eyebrow. "What brought this on? . . . Oh, your birthday, right? I didn't forget, Mary Anne. We'll do something special on the big day. I was thinking of dinner at a restaurant in Stamford. Wouldn't that be fun? I've got some presents, too." Dad grinned. "And I had a little help picking them out, so I know you'll like them."

"That sounds great," I said, mustering a tiny smile, "but this doesn't have anything to do with my birthday. I just want a cat to keep me company. Then I wouldn't feel alone when you're not here."

"I don't know, Mary Anne. We've never had a pet before. We'd need a litter box and a carrier. And what would we do with the cat if we went on vacation?"

"Get Mallory Pike to come feed it?" I suggested.

"Well," said my father, "I'll think about it. Do you know any vets? We'd need a vet, too."

"The Thomases go to Dr. Smith," I told him. "They really like her."

Dad sipped his coffee and stared into space. At last he said, "Okay, I've thought about it. You may get a cat."

All I could say was, "What?" I couldn't believe he'd made the decision so fast.

"You may get a cat," Dad repeated. "If you'll use some of your baby-sitting earnings to buy dishes and toys and a litter box, I'll buy the carrier and pay for food and the vet bills. Consider it an early birthday present. After all, thirteen is an important birthday."

"Oh, Dad! Thanks!" I flung myself at my father, giving him a fierce hug.

"We probably should have gotten a pet a long time ago," he said. "The only two things I ask are that *you* take care of the cat as much as possible — "

"Oh, I will, I will!"

"And that you get the cat, or a kitten, from the animal shelter. Give a home to a pet that really needs one. Most of the animals in the pet store will eventually be sold, but the animals in the shelter are in a bit of trouble."

"No problem," I said. "I'd rather get a stray, too."

Suddenly I had an excuse to do something I'd sort of been thinking about ever since I woke up. I went into the kitchen, closed both doors, and called the Brunos' house.

126

Logan's little sister answered, shouted, "Logan, it's for you — a gi-irl!" and giggled nonstop until Logan got on the phone.

"Hello?" he said.

I cleared my throat. "Hi, it's me."

"Mary Anne?"

"I thought you always knew my voice," I teased him.

"I didn't expect to hear from you, that's all. I thought you were mad at me."

"You did?"

"Well, actually, we *all* thought you were mad at *us*. I'm really glad you called." Logan sounded relieved.

I bit my lip. "Is that why no one called me last night?" I asked.

"Well . . . yeah. We were sure you never wanted to speak to us again. We're really sorry about what we did. We should have known better."

"Wow," I said. "I thought all of *you* were mad at *me* — for being so, you know, ungrateful. And spoiling the party."

"Oh, boy," said Logan, letting out his breath. "Sorry."

"Me, too. . . . But listen. I have some good news. Dad said I could get a cat! Want to meet me at the animal shelter and help me pick one out?"

"Sure! When? Today?"

"This afternoon. Dad and I have to buy a few things first."

So that morning my father and I went shopping for cat stuff, and that afternoon, we met Logan at the Stoneybrook Animal Shelter. Dad waited in the car so Logan and I could go looking alone.

The shelter was clean and the people were nice, but I sure wouldn't have wanted to be an animal stuck there. It was like an orphanage for pets. Row after row of wire cages, each holding a lost or homeless dog or cat. Most of them looked frightened and nervous.

A woman led Logan and me into the cat area.

"I think I'd like a kitten," I told her.

"Well," she said, "I'm afraid it's the wrong time of year for kittens, so we don't have many. Just one litter. They're over here. Someone left these four kitties outside the shelter a couple of weeks ago without their mother. We weren't sure they were going to make it. But now they're all healthy and frisky."

I peered inside a cage that was larger than most others. The four kittens were snoozing in a relaxed heap on an old blanket. There were two red tabbies, one splotchy, patchy calico, and a gray tiger cat.

"Are they old enough to be separated?" I asked.

The woman nodded.

"Then I want the gray one, please," I said.

Logan nudged me. "Don't you want to play with them first or something? Maybe you'd like one of the others better."

"Nope," I said. "I've always wanted a gray tiger cat, and I've always wanted to name it Tigger after the tiger in *Winnie-the-Pooh*."

This seemed to make sense to Logan.

The woman opened the cage, gently pulled the sleeping kitten from its litter mates, and handed it to me. "It's a boy," she said.

Dad and Logan and I took Tigger home in his carrier, and he cried all the way. He didn't seem to want milk or kitten chow or anything, and refused to leave the carrier, so Logan and I left him in it and watched him fall asleep.

When Tigger was as limp as a little rag doll, Logan reached into his pocket, pulled something out, and handed it to me. It was the silver-wrapped box he'd had at Stacey's party.

"Happy birthday," he said. "I wasn't sure I'd ever be giving this to you. After last night, I thought we were through. I really didn't think things could work out between us. But you took the first step and called me today. I know that wasn't easy. Anyway, happy birthday."

While Tigger napped, I opened the box and found a delicate silver bracelet.

"Oh, thank you," I breathed.

"You're welcome," Logan said softly. "Want to come to the Fifties Fling with me next month?"

Did he have to ask? Of course I did!

CHAPTER 15

Saturday had turned out to be a pretty good day after all, what with Tigger, Logan's birthday present, and Logan's invitation to the dance. But I wasn't through with my apologies. I knew I had to call Stacey, too. So, late in the afternoon, with a now frisky Tigger playing in my lap, I picked up the phone and dialed her number.

"Stacey," I said, a lump rising in my throat, "it's me, Mary Anne."

"Oh."

I couldn't read that "oh" at all. Had it sounded surprised? Annoyed? Sarcastic? But before I could decide what to say next, Stacey mumbled, "I guess you're wondering why I haven't called."

"Well," I replied, "I thought *you* might be wondering why *I* hadn't called."

Then Stacey and I proceeded to have the same sort of conversation that Logan and I had had that morning. Each thought the other was mad, we both apologized, and then we cried a little. I promised to try to be more outgoing (after all, the kids at the party had been my friends), and Stacey promised to try to be more understanding.

"Ow!" I cried as she was finishing her promise.

"What? What?"

"Something bit me!" (Tigger, of course, with his baby teeth, which were like needles.)

I told Stacey all about Tigger then, and she suggested that we hold a special meeting of the Baby-sitters Club at my house the next day so everybody could see him.

It turned out, though, that she had another reason for wanting to hold a meeting at my house, but I didn't find that out until Sunday.

On Sunday afternoon at three o'clock, the doorbell rang.

"Time for our meeting," I told Tigger. I picked him up and carried him to the door so he could meet the first club member.

When I opened the door, though, I found the entire club on our doorstep, along with the remains of my birthday party — a chunk of cake, and all the presents.

"Surprise," whispered Kristy, Dawn, Claudia, and Stacey.

I giggled. "Come on in."

Tigger watched my friends with wide, bright eyes as they settled themselves in the living room. Dad stuck his head in the room, said hello to everybody, and then sensibly retreated to the den.

"You sort of missed the birthday part of your party," Stacey explained, "so we decided to bring it over. You can open your presents, and we'll meet Tigger."

"There are so many presents!" I exclaimed.

"Everyone at the party brought one. And they all wanted you to have them, even after you'd left. So here they are."

"Wow," I said. "Well, you can play with Tigger while I open them."

But Tigger didn't want to play with my friends. The wrapping paper was much more interesting. He rolled on his back, leaped in the air, and batted at the ribbon with his paws.

"He sure is lively," said Claudia.

"I know. We have to have the vet look him over, though. I mean, since he was a stray and all. The shelter gave us this little book on cat care and it said that kittens should be checked for worms and mites. Plus, the vet has to tell fixed the Pikes up with a sitter, and the phone rang again immediately. It turned out to be one of those days.

After we lined up a sitter for Jenny Prezzioso, Mrs. Barrett called. Then Kristy's mom, Mr. Newton, and Mrs. Rodowsky. By the time we hung up with Jackie's mother, our heads were spinning.

"Oh," groaned Kristy, and the phone rang again.

This time I answered it. "Hello, Baby-sitters Club."

"Hello, my name is Mr. Morgan. I live across the street from Mariel Rodowsky. She recommended your group to me. I need a sitter on Saturday night."

"How many children do you have?" I asked.

"Four. All boys."

"And how old are they?"

Mr. Morgan gave me all the information, and I hung up the phone with a sinking feeling — not because this new client had four boys, but because I knew none of us was free on Saturday.

"We've *got* to do something about this," I said. "We're in a jam. No one can take the job. Logan would be perfect for the Morgans. He's good with boys and he lives right nearby."

"But he doesn't want to join the club," said Kristy.

"I know. But couldn't we make him some kind of special member? Someone we could call when we need help, but who doesn't have to go to the meetings? That way everyone would be happy. Our club would look good because we'd be able to provide sitters instead of saying no one's available, Logan would get a job every now and then, and we wouldn't be embarrassed at the meetings."

"Well," said Kristy, "it really isn't a bad idea."

"Isn't a *bad* idea?! It's a great idea!" exclaimed Dawn. "Call him, Mary Anne."

"All right," I said. I waited for the usual nervousness to run through me, but I felt fine. I dialed Logan.

"Hello?" he answered.

"Guess who."

"I don't have to guess, I know," Logan replied. I could almost *hear* him smiling.

"Then guess where I am."

"At a Baby-sitters Club meeting."

"Very good! And guess what I'm going to ask you."

There was a pause. "To join the club?"

"No. I have a better idea. See, a whole bunch

of people have called today and, as usual, we're really busy. A new client just phoned — a man who lives across the street from the Rodowskys. He's got four boys, and none of us can sit. We don't want to turn him down the very first time he calls, so I thought of you. Do you want this job?"

"Yes, but . . . Mary Anne, I've got to tell you the truth. I don't want to come to your club meetings."

"Why not?" I asked, my heart thumping.

"Because they're too embarrassing. I didn't like being the only boy. And Claudia told that story about the . . . you know."

So Logan didn't want to say "bra strap" either.

"I know," I replied. I was glad that was the *only* reason he didn't like the meetings. "Well, to be honest, we were embarrassed, too. So that's why I was thinking you could be some special kind of club member — "

"An *associate* member," whispered Kristy.

"An associate member," I said. "And we'll only call on you when we really need extra help. You won't have to go to the meetings."

"Really?" said Logan. "Hey, great!"

"So you want to do it?"

"Definitely."

I put my hand over the mouthpiece. "He'll do it."

"I'll make it official," Kristy announced, gesturing for the phone. "Hi, Logan," she said. "I hereby make you an associate member of the Baby-sitters Club. . . . You do? Okay, sure. We'll need to meet them and stuff, but that's great."

Kristy handed the phone back to me, and I hung it up, wishing I could have said a more private good-bye to Logan.

"Guess what," said Kristy. "Logan knows a couple of other guys who might want to be associate members."

We all began talking. Then we called Mr. Morgan with the news that Logan Bruno would be baby-sitting.

I sat back and let the excitement sink in. Our club had *boy* members. Well, one anyway. I had Logan. The Fifties Fling was coming up. It was my thirteenth birthday. And when I went home after the meeting, Tigger would be there to greet me.

About the Author

ANN M. MARTIN did *a lot* of baby-sitting when she was growing up in Princeton, New Jersey. Now her favorite baby-sitting charge is her cat, Mouse, who lives with her in her Manhattan apartment.

Ann Martin's Apple Paperbacks are *Bummer Summer, Inside Out, Stage Fright, Me and Katie (the Pest)*, and all the other books in the Baby-sitters Club series.

She is a former editor of books for children, and was graduated from Smith College. She likes ice cream, the beach, and *I Love Lucy*; and she hates to cook.

Be sure to read
all the books in the
Baby-sitters Club series:

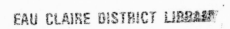

Söner av ett folk

VÄINÖ LINNA

Söner
av ett folk

AB Wahlström & Widstrand

Originalets titel
Täällä Pohjantähden alla 3

——

Översättning av
N.-B. Stormbom

Omslag av
P. O. Nyström

——

ISBN: 91-46-13021-7

Tryckt i England, 1979,
av W & J Mackay Limited

FÖRSTA KAPITLET

I

Den vintern trampades vägen till Koskela sällan upp. Kom det spår på den kunde det bli översnöat innan någon gjorde nytt. Mattisgranens grenar hängde tunga av snö över vägen.

Det var bara fotspåren i torpets närmaste omgivningar som visade att man levde och verkade som förr, fastän kontakterna med yttervärlden var sparsamma.

De hade så föga ärende till folk nuförtiden. Eftersom korna var få skickade man inte ens mjölk till mejeriet, utan Elina kärnade smöret hemma och Vilho tog det i ryggsäcken till handelsman. Han gick i skola, men använde aldrig vägen utan genade på skidor.

En tystlåten och ensam man hade dragit sig undan till sitt ide. Där var förråden knappa. Men bröd fanns det ändå, och potatis och björkved. Allt det väsentliga. Också lampolja fast den fick man hushålla med.

Ofta när pojkarna vaknade om morgnarna såg de far ligga på knä vid spisen och göra upp eld. Man eldade morgon och kväll för att få den nödvändiga belysningen på köpet. Eldskenet lyste fladdrande i stugans morgonmörker, och fars oformliga skugga flöt ut över golvet och bortre väggen. När han hörde prassel från pojkarnas säng vred han på huvudet och sa lågt och vänligt över axeln:

— Hålls där nu en stund till ... så hinner e bli lite varmare.

Så gick han över till bakstugan. Pojkarna låg och kurade en stund under sina varma täcken innan de steg upp och klädde på sig i spisvärmen. Sedan klafsade de kvickt barfota över det kalla farstugolvet till bakstusidan. Far och mor satt vid kaffebordet. De hade redan varit ute på morgonsysslorna men kommit in emellan. Far för att tända i spisen och mor för att koka kaffe.

Bakstugan lystes upp av en stormlykta på minsta sparlåga. Lyktan hade far tagit in från fähuset. Tyst och försiktigt satte sig

5

pojkarna på sina platser vid bordet. Mor log mot dem och frågade om nattsömnen, som ett gomorron. Någon av dem gav ett mumlande svar, men mest i förbigående. Mor hällde i en knapp kopp åt var och en. Bredvid varje kopp låg en skiva jästbröd påstruken med smör — mycket tunt eftersom de just ingen annan inkomst hade än den från smöret. Det hade mor förklarat för dem en gång när de klagade över att det fanns så lite. Far och mor åt sina skivor utan smör.

I allmänhet var det tyst vid bordet, för inte heller far och mor pratade just. När kaffet var drucket beredde sig föräldrarna att gå tillbaka till fähuset, och mor gjorde i ordning skolmatsäcken åt Vilho och förmanade de yngre att bara inte leka med elden i stugspisen.

Vilho gav sig iväg till skolan på egen hand. Han hade redan lärt sig klockan och visste när han skulle starta. Han tog skidorna ur farstun, spände dem på sig på gården och försvann tyst och stilla bakom knuten ut i spåret. Ibland hände det att farfar eller farmor råkade gå över gårdsplanen och sa nånting, vartill pojken gav ett enstavigt svar när han skidade förbi mot skogsbrynet bakom sytningsstugan.

Eero och Voitto blev ensamma kvar. De satt i spisvärmen i stugan och lekte med sina trähästar. De växlade inte många ord de heller, en liten fråga och ett kort svar då och då. Fåmälda, linluggiga små karlar.

Far hade redan tagit i tu med utearbeten om dagarna. Knaggligt gick det i början. Ibland hörde pojkarna föräldrarna prata lågmält med varandra, men de förstod inte vad det var om. Mor sa nånting tröstande, och far satt på bänken och tittade i golvet. Så kunde far säga nånting som:

— Jag måst nog försöka hugg i ... Jag tror int e finns nå anat som håller än grepskafte.

Ja. Han var en slagen man, till själ och kropp. Han hade återvänt till utgångspunkten, till det trånga gråa torpet. Här hade alltsammans börjat, på stuggolvet, och sedan vuxit sig större och större i allt vidare ringar tills han själv bara var ett spån i hög sjö. Nu fanns bara spillrorna efter sammanbrottet kvar, och mitt bland dem han själv, slocknad och tom.

6

Det gällde att börja från början, att åter gå in i det som smått och vardagligt var och stanna där. Ibland när han lassade på dyngflaket hände det att grepen stannade av och hans blick dröjde sig någonstans i fjärran. Så ryckte han sig lös och högg i på nytt med häftiga och beslutsamma tag.

Men inte heller kroppsligen var han samma karl som förr. Och var gång det kom tydligt till synes grep honom förtvivlan. En gång lyfte han en säck på ryggen från bodtrappan, men greppet höll inte, utan säcken damp i backen och rullade framför fötterna på honom. Akseli satte sig på den och lutade huvudet i händerna. Elina kom gående över gården och såg det:

— Va är e nu ...

— ... huru ska jag ... inlösen komber å alltihopa ... he sku gäll ti få loss pengan ur skogen ...

Den ångestfyllda rösten var så nära gråten att Elina gick fram till honom, satte sig bredvid honom och sa:

— Ha vi bärga oss hittills, så bärgar vi nog oss framgent å ... Tänk på allt som ha vari ... dehä ä småsaker ...

Mannen teg en lång stund, och så sa han:

— Men he ä slut me mej ...

— Du måst vil ännu å bli starkare ...

Småningom lugnade han sig och baxade upp säcken på ryggen. På kvällen tog Elina saken till tals igen, i sängen strax innan de skulle till att somna, den stunden då de brukade komma varandra allra närmast i orden.

— Du ha allti streta utöver kraftren dina ... Mänskan måst va förnöjsam ... Du vill allti meir än du kan ...

— Jag är tvungi ... Jag är ju int karl ti få en stock i slädan ens ... å jag som borda få dit tusentals ...

Småningom började Elinas ord göra verkan. Inte på grund av tankarna, utan bara tack vare själva tonfallet. Det kom rent av en stund då mannen med stor möda fick fram:

— Int sku jag ork utan dej ...

Elina svarade inte. Hon visste, att sa hon något nu skulle rösten brista av rörelse och glädje. Därför teg hon, men åter var ett svårt ögonblick överståndet.

Det kom många nya. Men för var gång blev det lättare att klara

7

av dem. Och det fanns en sak som hjälpte honom hugga tag i livet på nytt: den skriande bristfälligheten överallt. Verktygen och fordonen var i eländigt skick. Jorden likaså. Det växte buskar i dikena. Jussi var illa skamsen, men kunde ingenting göra åt saken. Till och med det nödvändigaste hade hotat överstiga hans krafter.

Överallt fanns det något att reparera, förnya och planera. Långsamt fylldes hans tomma medvetande av alla dessa småsaker, och allt mera sällan såg Elina det där slocknade uttrycket i hans blick som hade gjort henne så rädd i början.

En gång i månaden besökte Akseli kyrkbyn. I morgondunklet åkte han genom byn sittande baki släden, och folk glodde på honom och sa:

— Han ska åsta anmäl sej. En gång i mån måst han te bifallningsman å vis passe sitt ... Å utanför sockengränsen lär int han ska få far utan lov.

Det var sant. Överheten måste ständigt vara på det klara med hans göranden och låtanden. Gärna hade den också velat veta vad han tänkte, men det sa han inte. Länsmannen och han växlade inte många ord. Efter några besök sköttes saken nästan utan något prat alls. En förströdd hälsning, och Akseli räckte fram sitt pass. Länsman satte sig vid sitt bord, kastade en blick i almanackan och mumlade:

— Jaha ... vad var det för datum i dag då ...

Och därmed var saken kvitterad.

Han uträttade också endel ärenden på sina byresor. Ofta när han kom in i butiken blev atmosfären egendomligt förtegen, om vissa personer råkade vara där samtidigt. Akseli hälsade lågmält och klev närmare disken för att vänta på sin tur. Hans blick vandrade uttryckslöst längs hyllorna. Men han anade att man gav varandra ögon bakom ryggen på honom. Och av det trevande och obestämda pratet omkring sig förstod han instinktivt att samtalet och stämningen inte hade varit likadana nyss.

När det blev hans tur gjorde han sina uppköp och gick ut ur butiken. Han åkte genom kyrkbyn utan att se åt sidorna. Någon gång hände det att Yllö, Mellola eller Pajunen mötte på bygatan.

Då stirrade han stint på hästens svansrot, och husbönderna för sin del såg stelt rakt fram medan de passerade honom. Men senare sa de till varandra:

— Torpargenralen tycktes va ut åsta kör. Lite vingklippt är an väl nu.

— Å int alls heller ... Di sa att han åkt genom byn utan ti låddas känn nåen. Int så mytji som en smulo skam i kroppen ... Men va ska e bli åv alltihopa. Ståhlberg tycks önsk sej ett nytt uppror på halsen ... Bandit efter bandit blir benåda.

— Han är full åv hemli rögardistanda ... Tro mej bara.

Men Akseli åkte hemåt. Någonstans utanför byn stod kanske en gumma vid vägkanten och spanade försiktigt uppåt och neråt landsvägen. När Akseli kom närmare hejdade hon honom och frågade, halvviskande och alltjämt sneglande omkring sig, efter en försvunnen man eller son. Akseli gav henne besked i den mån han visste något. Gumman torkade sig i ögonvrån med ärmen eller huvudduken, men så kunde det plötsligt hända att en gammal eld flammade upp i hennes blick och röst.

Akseli lyssnade och svarade tvunget, mumlade något om brådska och körde vidare.

Det var inte ofta han stannade för att tala med någon i Pentinkulma heller. Här hade han inte varit inne i butiken en enda gång sedan han kom ur fängelset. Råkade handelsman stå på gårdsplanen när Akseli åkte förbi försvann han hastigt in. En gång hade han mött Töyrys Arvo. De hade passerat varandra utan att hälsa. Med Kivioja-Vicke, Lauri eller Elias växlade han några likgiltiga ord ibland, men inlät sig inte i längre samspråk. Varje gång tittade Vicke granskande på Poku och sa:

— Han blir älder ... Du såld int i tid ...

Mot Preeti hade han inte hjärta att visa sig tvär och lyssnade därför längre stunder på honom ibland. Preeti hade så mycket av vikt att berätta. Bland annat om salig Aleksis rock, som han tog för han tänkte att de annars kunde fara iväg med den när som helst. Och att nu stod de sig riktigt bra. Jäntan har arbete emellanåt och mor ser efter pojken.

Han mötte Aune också, och hon krävde inte att han skulle tänka på det förgångna. Hon skällde på Janne, som klämde åt henne med redovisning för det kommunala vårdbidraget hon fick för Valtu.

— Ä he säger jag, herrigud, att jag ha försörji ungen min ... Fast han ä släkt mä dej så säger jag reint ut, att en tåkodä varg ha di gjort ti barnatillsyningsman. Jag ska annonser i blade om va han sjölv ha vari för ein. Herrigud, jag veit nog hur mytji kläppar som ha trilla bakett han.

För Akselis del fick Aune gärna skälla ut Janne bäst hon ville. Han bara drog läpparna till ett blekt leende när han lyssnade på hennes störtskurar. Men innan de skiłdes åt hann hon också med att berömma honom själv:

— He säger jag, att di ha valt feil karl ... Att Akseli borda di ha valt ... så sku foltje ha fått rättvison ... Ä int handä helvites skosstenin som rafistulerar efter någer penni. Jag ha int givi nåenting åt Elias ... He kan slut i lagstugon för döm som sprider ut tåkodä ...

Aune hade fetmat en smula de senaste åren. Akseli drog lite på munnen när han tänkte på henne sedan de skilts åt. Sitt eget förhållande med henne i ungdomen hade han lyckligen glömt.

När bysborna inte fick något ur honom undrade de det ena och det andra.

— Han ha blivi relisjös .... Di säger att han kom ti väckelse i dödscellin ... Ungan hanses lär ska måsta läs aftonbön å allt ...

När prosten hörde det sa han:

— Om det bara var sant. Då skulle ett straff för en gångs skull ha burit frukt.

Men Akseli grubblade inte på religiösa ting. När han återvände från kyrkbyresan och selade av Poku framför stallet kände han sig bara nöjd att vara hemma igen. Pojkarna kom springande i förväntan på de oansenliga små gåvor han alltid hade med sig. Elina frågade om han hade kommit ihåg det ena och det andra, och han var belåten över att ha gjort det. Det var i sådana stunder han tydligast kände att han hade fått nytt grepp om tillvaron.

Han började stå på gårdsplanen igen om kvällarna när han kom från stallet. Han lyssnade till landskapets ljudlösa stillhet och såg bort mot huset med dess matt lysande fönster och dess snötäckta tak. Var det månsken kunde han få se hur en ensam

10

hare försökte krafsa fram rågbroddar under snön. Han följde dess försiktiga rörelser med blicken och hans ansikte smälte i något slags första antydan till ett leende.

Förr i världen skulle man i samma situation ha fått höra smällen av två sammanslagna handflator och ett ilsket rytande:

— Jasså ... tan ... Ska du nu tär på didä fatiga broddan å.

II

Med prästgårdsfolket hade de ingen kontakt längre. Elina hade bara varit och betalt arrendet efter hand som hon fått ihop pengar. De hade årshyra, men hon hade bett att få betala lite i sänder, rädd att inte orka få ihop tillräckligt mycket på en gång. Nu hade man åter en summa lagd åt sidan, och Elina sa att hon skulle gå och göra en avbetalning. På kvällen när hon talade om saken med Akseli frågade hon ändå lite tveksamt:

— Eller går du?

— Vaför int ... eller gå du bara ...

Hennes blick och försiktiga tonfall skvallrade om vad hon tänkte. Det gick honom till sinnes, och när hon skulle till att ge sig av följande dag sa han:

— Jag går nog sjölv ... Så får man klar opp hedä inlösningsärende å.

På vägen kände han hur spänningen ökade, men desto beslutsammare tog han ut stegen medan trevande och obestämda tankar fyllde hans hjärna:

— ... bihöver jag ... för nåen ... å böri han ... så säger jag reint ut ...

Gårdsplanen låg tom. Han gick in i köket och frågade efter prosten. Han stod vid dörren med mössan i hand, nästan på samma fläck som senast då han var här, för fyra år sedan, för att beslagta Ilmaris hagelgevär. Tjänarinnorna var inte längre desamma, men de var bysbor och kände Akseli och hela sammanhanget. Flickorna gav varandra menande blickar, och när Akseli märkte det upprepade han lite tvärt:

— Ä prosten heim?

— Joo ... va har Koskela för ärende?

11

— Jag sku villa tal me an.

Den ena flickan gick in i våningen. Akseli lade ifrån sig mössan på ett skåp invid köksdörren utan att tänka på att sådant inte riktigt passade sig i prästgårdsköket. När flickan kom tillbaka och bad honom gå till kansliet gick han först mot dörren men vände sedan om och tog mössan. När han själv märkte sin nervositet bestraffade han flickorna för den med ett ilsket och trumpet ögonkast och klev en smula upphetsad in i salen. Ytterdörren till kansliet var i allmänhet stängd utom på tjänstetid. Därför måste folk som kom köksvägen och ville tala vid prosten passera genom salen, trots att prostinnan inte tyckte om det. Just som Akseli var på väg mot dörren till paradtamburen kom prostinnan ut ur något inre rum. Hon visste ingenting om hans närvaro, och de blev båda överraskade. Prostinnan återvann dock hastigt fattningen och sa:

— God dag. Söker Koskela prosten?

— Jaa ... jag ha nog fråga redan ...

Han tvekade ett ögonblick och undrade om han borde tillägga något, men när han inte fann på något lämpligt att säga gick han hastigt ut i tamburen. Därifrån ledde en dörr till kansliet. Han knackade på och fick en uppmaning att stiga in, och när han öppnade dörren var prosten redan på väg att möta honom.

— Se, Koskela. God dag. Slå er ner ... jaha ... jaha ... Här har vi en stol. Var så god.

Prosten hälsade i hurtig och förtrolig ton så att man tydligt märkte hur han med avsikt försökte lätta på den spänning mötet skapade. Akseli satte sig men steg genast upp igen:

— Jag sku ha ... nå lite ärende ... Jag kom för ti betal hyron ... Var e int justsom en tre månaders rat?

— Så var det väl, ja ... men det var nu ingen brådska ... Jag sa till Elina att hon inte behövde ta det så noga.

Men Akseli grävde fram plånboken ur innerfickan med knyckiga och nervösa rörelser. Han aktade sig noga för att prosten skulle märka att där inte fanns ett öre mer än hyrespengarna:

— He va väl liksom hundratjufem mark då ... för ett kvartal liksom.

— Ja, jaa så är det väl ... Men sådan brådska var det nu inte.

— Nå ... vi tänkt ... så är e ur världen ...

Akseli satte sig igen. När ärendet nu var avklarat följde ett pinsamt tyst och dött ögonblick. Ingendera hittade genast på något att säga. När prosten hade fått höra att Akseli var där hade det väckt en spänd nyfikenhet hos honom. Han hade hört talas om Akselis isolering och förtegenhet och tänkt att mannen tydligen hade blivit ödmjukare nu. Tanken hade kommit honom att omfatta Akseli med större medkänsla än förr, och nu försökte han forskande iaktta honom. När tystnaden hade varat opassande länge sa prosten:

— Snart bortfaller ju hela arrendet för resten ... De lär vara på väg till vårt hörn av socknen nu ...

— Jaa ... He hadd jag igentligen ... Red ut he å nå lite ...

— Nå, där finns väl inte mycket att reda ut ... Fallet är ju klart, området sammanhängande och villkoren noga fastslagna i alla avseenden ... Det sägs ju att dedär ... muntliga och obestämda avtalen vållar mycket besvär ... Gräl och oklarheter...

— Ja, såleiss är e väl ... Men vår sak ä ju nog ...

Han teg ett ögonblick och samlade mod, och eftersom han hade svårt att komma fram med saken fick tonfallet en onödig skärpa:

— Jag hadd bara tänkt ... att om man sku kunn få nå lite tilläggsjord ... resten åv hedä kärre.

— Jaha ... jaså ... Det är ju egentligen inte min sak ... Det faller ju utanför kontraktet och rör närmast kyrkofullmäktige, och så inlösningsnämnden naturligtvis.

Akseli tyckte sig märka en avvisande tveksamhet i prostens röst och sa:

— Jag tänkt bara ... när nu prästgålin int har nåen nytta åv e ... Men jag sku gräft opp e ... Men såleiss att int e sku räknas bort nå skog i ställe ... utan bli liksom på köpe.

— Nå, det är ju möjligt att Koskela får det ... Men som jag sa ... jag står utanför därvidlag ... Hur är det. Jag har hört att ni ska få Kivivuori också.

— Jaa ... He stämber nog int ... He ä ju Kivivuoris föståss.

— Jaja. Men han börjar ju vara till åren.

— Int veit jag. He ha int vari nå tal om e ... Men blir gubbin gambel så finns ju Janne där.

— Han blir väl knappast jordbrukare ... Torpet är ju ganska

13

litet om jag minns rätt, och Janne Kivivuori har ju stor framgång med sina byggnadsföretag ... Knappast lönar det sej för honom att byta yrke.

Enda orsaken till att prosten fört över samtalet på Kivivuori var egentligen att Akselis anhållan hade kommit honom att tänka på de rykten han hört. Men Akseli trodde att anspelningen på Kivivuori skulle antyda att han inte behövde någon tilläggsjord. Han satt lite framåtlutad på stolen med mössan i knät. Han vaggade med överkroppen ett par gånger och tittade i golvet. Den irrande blicken mörknade och orden kom egendomligt tyst:

— Ja. Int veit jag. He ha int vari nå tal om e. Jag tänkt bara jag sku få gräft opp resten åv kärre ti bruksjord ... När e vart ogjort för far i tiden. Fast han nog hadd mena gör e ... träna å vart fälld där ti största delin. Å utfallsdike finns där också en beta färdit, liksom enkom ... Men när e sedan blev ... när heila alltihopa ändradest ...

Prosten satt vid sitt skrivbord med sidan åt och armbågen på bordet. Han skruvade på sig en aning och flyttade en tjock kyrkbok fast den inte alls var i vägen för hans armbåge. Han såg på Akselis hopkurade gestalt, och den medlidsamhet han nyss känt ersattes av en lätt irritation. Det var inte utan att han på något obestämt sätt kände sig lite stött, liksom över att hans medkänsla inte hade respekterats. Han reste sig och sa:

— Koskela måste tala med dem det vederbör. Kanske de ... När de nu kommer till vår ända av socknen.

Akseli reste sig också. Båda kände att det förflutna hade kommit hotande nära. Laddat lurade det bakom ord och attityder, och de steg båda upp liksom för att avvärja ett utbrott. Innan Akseli hann säga något fortsatte prosten som till avsked:

— Med hyran ska ni ta det lugnt. Det är ingen brådska med den ... Den kan ni betala när det bäst passar er.

Akseli svarade någonting otydligt och bröt upp. Han klev mot dörren, lite tveksamt och ryckigt, för han hade en känsla av att det hela hade blivit oavslutat på något vis. Men det prosten senast sa betydde en så klar och tydlig avslutning på samtalet att han inte kunde ta upp det igen. Vid dörren försökte han åstadkomma något slags bockning innan han öppnade den och gick.

14

Så snart han gått kom prostinnan in i kansliet. Hon höjde på ögonbrynen lite tillgjort ironiskt och sa frågande:

— Nåå.

— Han är sej fullkomligt lik. Samma gamla Adam. Samma gamla Adam. Bad att få tilläggsjord i den oröjda delen av kärret ... Eller egentligen bad han inte, utan krävde ... och det är just det ... det är just det ...

— Lovade du honom?

— Jag kan ju ingenting lova ... Det kan jag inte besluta ensam ... Dessutom är det knappast troligt att det skulle gå igenom.

Prostinnan fortsatte inte på det kapitlet, för hon hade viktigare saker att tala om. Hon bad sin make läsa igenom en artikel som hon skrivit för att motivera Olonets-expeditionen. Den framställdes som en filantropisk hjälp åt gränsbygderna.. Prosten läste och sa sedan försiktigt:

— Ja, den är ju nog ... Ett och annat skulle jag kanske stryka ...

Prostinnan rynkade pannan. Visserligen hette det att hon bad sin make läsa artiklarna för att få kritik, men kritiserade han dem verkligen blev hon besviken, för egentligen var det beröm hon var ute efter.

— Vad skulle du stryka?

— Inte mycket ... din stilart tangerar det överdrivet patetiska ibland ... det är närmast det jag ...

— Men kära nån. Man måste ju ta i beaktande var den ska tryckas och för vem den är avsedd.

— Javisst ... javisst ... det förstår jag nog. Jag hade säkert fel.

På vägen till Koskela fanns inga andra spår än dem Akseli själv hade gjort när han gick hemifrån. På återvägen försökte han trampa i samma fördjupningar, men allt som oftast kom han ur takten och fick inte stegen att passa. Som alltid då han var upphetsad gick han med högra axeln lite framskjuten och vänstra armen pendlande i raskare takt än den högra:

— Nänä ... Int hanses sak ... Va må nu ska va hanses sak sist å slutligen. He va int hanses sak då han for iväg med jolin hel-

15

ler ... Föståss kan int han bislut nåenting som innehavar åv prästgålin ... men nog som medlem åv församlingsstyrelsen ... om han vill ... Int ä nu didä böndren såna baddare så int an sku kunn nå åt döm ... Hmhy ... Men tror an jag tänker böri kryp så tar han miste ... å he ordentlit ... Såleiss är e nog ...

Men hans upphetsning var starkare än hans kropp, och innan han var hemma började han tappa andan och flåsa. Han fick slå av på takten en smula. Hans uppsyn skrämde hemfolket som satt i stugan och väntade spänt. De var besvikna, för de hade alla i sitt stilla sinne hoppats att besöket skulle leda till något slags försoning. I synnerhet nu då inlösningsärendena åter gjorde en närmare beröring med herrskapet nödvändig.

Ingen vågade säga något. Akseli hängde sin mössa på knaggen och satte sig på bänken. Elina pysslade beskäftigt om Voitto, Alma tittade ut genom fönstret och Jussi stirrade i golvet och skrapade med fötterna. Till slut sa Akseli muttrande:

— He vart int nå tilläggsjord.

Elina svarade lågmält:

— Nå, vi lär väl klar oss utan å.

— He var int hanses sak igen, kantänka ... Å så försöka han bland in Kivivuori å.

Jussis förtret började också ladda ur sig:

— Nåja. Där sir ni nu, där sir ni ... Hur ofta sa jag int ... Men allt ska måst basuneras ut åt heila världen ... sku ha babbla nå lite minder om e ...

— Vem ha babbla om e då?

— ... nåen bara ... ein ett, ein ander nå anat ...

Jussi talade i lite vaga ordalag, för hans anklagelse var falsk och bara ett uttryck för hans harm. De hade mestadels tigit som muren om Kivivuori.

Lite betryckta gick de var och en till sitt. Dagen var stillsam och nedslagen. På kvällen, på tu man hand med Elina, sa Akseli liksom till sammanfattning av dagens tankar:

— Nog är e mänskon sist å slutligen ein rikti fan ... Just he ja.

Förr skulle prästen ha varit en riktig fan, men nu var alla likadana.

III

Utåt var Pentinkulma samma gråa by som förr. Här och var syntes nog en ny planka i en farstukvist eller nya foderbräden i fönstren, men förändringarna var små.

Småningom återgick också livet i sin gamla fåra efter den stora översvämningen. Då och då kom det alltjämt folk tillbaka från lägren. När den värsta mattheten var över gick de sedan för att tala vid någon bonde eller herrgårdens inspektor. Förvaltaren fanns inte kvar längre, han hade återvänt till Sverige när den nya innehavaren kom till herrgården. Kanske han också hade fått nog av att pröva moderna jordbruksmetoder med dessa människor, som ibland under arbetet gick bort till dikesrenen, kräktes grimaserande av smärta och sa med elak röst:

— Hedä frihetskrige tar på ibland, såhä efteråt å.

Så skrattade de, ett bittert liknöjt skratt som tycktes komma tröstlöst långt ifrån. Någonstans ifrån där ingenting längre betydde något. När de kom för att fråga efter arbete var det med aningen av ett förtäckt leende. Som om de vetat mer än andra.

Några av de yngsta stannade i arbetet bara ett par dagar. Enbart för att mitt i allt få stöta tjugan i marken och säga:

— He känns som denhä pojkin int riktit sku trivs här i trakten. Som man sku känn nå lite fjärrlängtan di kallar. Om spektoren sku räkn opp pengan. Jag kom med ens ihåg att jag borda gå heim.

Träl var man inte längre. Nej.

Dagen därpå vandrade samma man sedan demonstrativt genom byn med ett knyte under armen, om han nu inte råkade vara ägare till en kappsäck av faner.

— Vartåt tänker du dej?

— Dit stormen, dit havets vågor mej för. Morjens.

Men de flesta återgick snart i gamla gängor. Stockarna i de små grå stugorna gav lä åt livet som uppehölls av bröd, potatis och strömming.

Herrgården hade ny herre. Han var studerad karl och kallades agronom. Med folket hade han just ingen beröring. Gick bara snabbt förbi arbetsplatserna och nickade artigt redan på långt håll som om han velat komma ifrån mötet så hastigt som möjligt.

Var det någon som framförde ett ärende lutade han sig framåt, liksom närmare orden, och innan den andra ens hade hunnit tala ut ordentligt sa han, sedan underläppen först letat efter ord ett slag:

— Var så god. Gå och tala med inspektorn.

»Var så god.» Det lät konstigt.

Han hade hustru och tre barn, men de levde helt isolerade i sin park. Frun tycktes direkt gå ur vägen för de underhavande. Kanske hon var ängslig att de förskräckliga människorna skulle drämma henne med en yxa i skallen ur något mörkt bakhåll. Även hon försökte dock vara vänlig på ett spänt och forcerat sätt. Det var bara så svårt att få kontakt med folket. Språket ställde också hinder i vägen. Frun lekte med sina barn i parken när fähuspigan Tyyne andfådd kom klampande:

— Ha frun sitt fåren nå?

— Har de kommit hit?

— Nä men di ha rymt, å jag tänkt om di sku ha laga sej in i parken.

Just då råkade frun inte komma ihåg vad rymt betydde, och därför förstod hon inte riktigt.

— Har inspektorn sagt till?

— Nä, men då jag tänkt att di ha rymt.

— Ni skall gå fråga herr agronomen. Om han har gett order.

Där stod de. Den ena svettig, ilsken över det fåfänga springet och därför glömsk av sitt vanliga respektfulla beteende, barbent med lerstänkta vader, solbränd och bastant. Den andra storögd, mager och plattbröstad, beredd att hjälpa om hon bara kunnat fatta vad människan ville.

Tyyne gick, och kunde inte förmå sig att vänta tills hon var utom hörhåll:

— Fråg nåenting åv döm jävlan sedan ... begriper int ett smack ... står som ein humlestör me händren dingland ... Satan, ti ränn bakett tåkodä stjitisvansar, di sku reis gärsgålan helst...

Gamla friherrinnan hade dött utan någon särskild sjukdom. Hon bara tynade av allt mera efter mordet på hennes make, tills hjärtat en natt mot morgonsidan slog för sista gången. En krans från de underhavande lades ner på hennes grav, och ögonblicket var så högtidligt att gamla Koivisto som utförde förrättningen

18

brast i gråt. På kransbanden tackade de för allt gott som kommit dem till del. Dock inte alla. Till exempel Siukola gormade:

— Vadå för gott. Kulor i knoppen.

Siukola hade varit dräng på herrgården, men när han kom hem från fånglägret var han uppstudsig alltför öppet och återfick därför inte sin fasta städsla. Husrum fick han nog i en av gårdens baracker, och tillfälligt arbete också på somrarna, men på vintern försörjde han sig mest som skogsarbetare. När den nya herrgårdsherrn passerade arbetsplatsen med hund och hagelbössa nickade också Siukola goddag med allvarsam och respektfull min. Men när hunden ränte runt på tegarna nosande efter spår och råkade komma i närheten av honom, kastade han en blick efter herrn som redan hunnit ett stycke bort, stampade i marken framför nosen på hunden och väste:

— Slafs åpå nu bara som satan.

Om mordet på baronen talade man inte gärna. Och kom man in på saken, sa man undvikande och mumlande:

— Di va därifrån ... varifrån di nu va. Va slags anarkister di nu va.

Segrarna talade i stället ständigt och jämt om de begångna morden. De katalogiserades och skildrades detaljerat, och det publicerades statistik om dem.

Och ibland sa någon bland småfolket:

— När ska di böri gör listor över arbetaren som ha blivi döda.

— Hä, hä, hä ... Int kan man kataloger döm. Di ha ju fari ti Ryssland ...

Hungergropen var nu omgärdad med ett rödmålat spjälstaket. Det fanns där för att ingen skulle gräva i själva den med marken jämnade graven om man tog grus ur gropen. Då och då uppenbarade sig på graven en liten blombukett, som alltid plockades bort igen på order av skyddskårens stab. När samma sak upprepades ideligen försökte man ställa ut en hemlig vaktpost nattetid, men ingen åkte någonsin fast. Och så snart vakten drogs in var det åter blommor på graven. Så envis och illvillig var man.

Också Pentinkulmaborna hade många »saliga». Där fanns salig Halme, salig Laurila, salig Aleksi, salig Akusti, salig Valentin, salig Alina och många andra saliga. Helt små barn vilkas minnes-

19

bilder inte sträckte sig så långt kunde hitta på att fråga vem salig den och den hade varit:

— He va nu handä Halme. Tant Emma, du veit, hennases man.

— Var är an nu?

— Han strök me i upprore.

Barnen hade ett dunkelt minne av en tid då det hade spankulerat omkring karlar med bössor på ryggen, men begrep ändå inte riktigt vad det betydde att stryka med i upproret.

Arbetarföreningens hus såg underligt övergivet ut där det stod på sin tallbacke. Föreningens verksamhet låg nere. Torparna hade mycket annat att tänka på och herrgårdens underhavande vågade sig sällan till föreningen numera. Janne hade lyckats få huset tillbaka ur skyddskårens besittning efter ett långvarigt tvistemål, men besökarna var få. Han hade övertalat Otto att bli ordförande, men denne hade inte tillräckligt med energi. Nyckeln till föreningshuset förvarade han hemma hos sig, liksom ordförandeklubban och de av föreningens papper som blivit över efter skyddskåristernas rotande. Arbetarföreningen Rientos fana, som Halme hade sytt en gång i tiden, fanns inte längre, för skyddskåristerna hade hittat den och bränt upp den. Föreningens verksamhet skulle kanske ha dött ut helt och hållet om inte Janne hade hållit den i gång från kyrkbyn.

Till råga på allt hade partiet spruckit. Det hade uppstått ett kommunistiskt parti som kallade sig Socialistiska arbetarpartiet, och dess ombud i Pentinkulma var Siukola. Vid ett möte försökte han erövra föreningen, men Janne var på sin vakt och avvärjde kuppen. Det var lätt, för bysborna vågade inte riktigt uppträda offentligt som kommunistsympatisörer. Hemliga anhängare hade Siukola nog, i synnerhet bland herrgårdsfolket, men de drog sig för att visa sin inställning öppet. Utom Kankaanpää-Elias, men honom var det mindre glädje med, för Elias söp och slog dank, och ingen tog honom på allvar. Inte ens herrar och bönder, hur demonstrativt han än bar sig åt.

En gång råkade han möta Töyry-Arvo i Mäenpää-backen. Arvo var på väg till en skyddskårsövning och gick och ledde sin cykel uppför. Elias stannade, lyfte på mössan och sa med en artig bockning:

— Välkommen.

Arvo fortsatte rodnande och harklande utan att svara, och Elias stämde upp en sång när han gick vidare genom byn:

Slaktargardets flaggstång ä svarvad åv gamla rödingarmar, jo, revolverremmana rödingskinn
å sabelbaljona tarmar, jo.

Sådana sånger skulle inte ha tolererats från någon annan.

Siukola var en kortvuxen vesslelik karl med nervöst ilsken energi långt utöver det vanliga. Han läste ymnigt med politisk litteratur, var ateist och tvistade lika gärna om religion som om politik. En gång mötte han Akseli när denne skulle för att anmäla sig. Siukola var på väg till skogsarbetet med sparkstötting. Den kådiga ryggsäcken, hängd över sparkstöttingens tvärslå, gungade argsint i takt med Siukolas sparkar. Han stannade när han fick syn på Akseli, och denne gjorde likadant när han hann fram:

— Ska du åsta vis passe ditt åt ochranan?

— Jaa.

— Nog är e ett satans spel. I går aftse kom di ti oss. Polisen å Yllös pojk å handä Töyrys ynger spolingen ... Fråga efter litteratur ... Sökt efter böcker me rö pärmar. Jag sa att om jag skaffar en bibel me rö pärmar, så far ni iväg me hon då också ... Där fanns en tåkodä bok Från imperialism till kommunism, som di säljer i bokhandlan å, men int veit didä jästhuvuna nåenting om he ... Hon tog di, för där stog kommunism på pärmen ... Di sa då di gick, att he sku va bäst ti slut åv me kommunistagitasjonen ... Å jag sa att slut ni åv ti ränn ikring me byssona på ryggen. He va just å just så di int slo till mej ... Va tänker du nuför tiden ... Mång torpare tiger still nu då di får jolin sin ... Å handä svåger din, handä stornosken riktit, han bedrar foltje ...

Akseli höll in Poku och lyssnade på Siukolas utbrott. Så sa han:

— He löns int för mej ti demonstrer nå mytji ... Jag åker tibakas ti Ekenäs innan jag veit orde åv ...

Siukola fortsatte att ösa ur sig, men märkte sedan att Akseli inte hade lust att prata om saken. Till avsked svor han över Kylä-Penttis skog, där han var i färd med att hugga ved.

21

— Satans rukoan skog å. Ett trä stämpla här å ett anat där ...
Jag måst släp å dra på vedaklabban kilometervis för ti få ihop ett
mått ... Men lever gör jag, perkele, hur di än försöker ...
Han satte fart med ilskna sparkar.

Många lyssnade nog på vad han sa också om de inte vågade
stämma in. När Siukola av sitt parti fick i uppdrag att samla ihop
smärre verktyg att sändas till Ryssland var det inte mycket som
bragtes samman. De skulle användas i uppbyggnadsarbetet i det
revolutionära riket, men i Pentinkulma hade man inte annat att
avstå för ändamålet än en skaftlös hammare som Preeti Leppänen
kom dragande med.

— Pojken ha bruti åv skafte ... Såleiss är e me barnungan.
Men nog träffar man huvu på spiken me an alltjämt, om man
lagar ett nytt skaft.

En vacker dag avslöjades hela insamlingsbestyret. Partiet för-
klarade att cirkulärbrevet var ett fruntimmers privata påhitt och
idel provokation. Så Preeti fick sin hammare tillbaka. Siukola var
en smula brydd när han räckte den till honom på herrgårdens
stallsbrygga.

Preeti stack hammaren i fickan, men fickan var trasig och
tingesten föll i backen:

— Nå, när ska jag lär mej att he ä höger sidon som ä hel ...
Int för jag bryr mej i an nå särskilt, men jag tänkt att nog hamrar
man väl me an ännu.

— He va provokasjon alltihopa ... Ids int språk om e nå alls
... Int bihöver di tåkodä grejor där ... Där gör di allt me ma-
skiner.

Preeti bar hem hammaren och sa till Henna och Aune:

— Di lär gör nästan allting me maskinren där ... Å va ä he
för konst för döm som ä stor å mäkti. Anat är e me sånt folk
som vi.

IV

Torparna hade fått många nya ord. Inlösningsnämnden, flytt-
ningskostnader, obligasjon, dimensionsavverkning. De gjorde sina
dagsverken motvilligt och bara för formens skull och skärskådade

herrgårdens och böndernas skogar i smyg. Var skulle deras bitar tas ut?

Ännu på själva tröskeln till frigörelsen råkade Kivioja-Vicke i gräl med husbonden på Mäki-Pentti. Det kom två sekteristpredikanter till Kivioja och bad att få hålla bönemöte i torpet, men prosten fick nys om det och vände sig till husbondsfolket. Predikanterna var irrläriga och egentligen inte alls kristna, förklarade han. Husbonden hade inget intresse för saken, men gammelmoran tvang sin son att förbjuda mötet. Vicke måste böja sig men sa:

— Vänt du, bara befrielsen komber. Så ska du få skåd att di predikar fast antikristus evangelium ve Kiviojas. Bara för ti jävlas me dej.

Hos Kankaanpääs hade det blivit tvist om äganderätten till torpet redan före inlösningen. Moran överlät torpet på sin yngre son Antero och lämnade Elias lottlös eftersom han inte arbetade utan bara söp och lorvade. Då och då snöt han till och med en påse spannmål eller ett kalvskinn till brännvinspengar. Om torprättigheterna brydde han sig inte stort, men av lösöret krävde han sin andel. Det hjälpte emellertid inte, och han svor och gormade över behandlingen ute i byn när han var full. Aune kallade honom för sin fästman, och han var ofta hos henne, klämde om henne och sjöng:

— Glöm, o glöm blott allt, om du glömma kan ...

Och Aune sa:

— Aah ... du ä då nå ti bock.

När inlösningsarbetet började närma sig Pentinkulma såg man Akseli ute i byn oftare än förr, på väg till Kivivuori:

— Han ränner där å språkar om arve.

Och faktum var att de pratade lite om det.

Otto satt på sängkanten och Akseli på bänken vid dörren medan Anna dukade kaffebordet. Det var lika skinande rent och snyggt som förr hos Kivivuoris. Men både Otto och Anna hade åldrats och hela hemmet verkade underligt tomt och öde.

Akseli hade förklarat, att fick han Kivivuori och dessutom tilläggsjord till Koskela så kunde han ge alla sina tre söner något slags ställe. Otto hade svarat att han för sin del var med om saken, men att man måste komma överens om villkoren med Janne. Nu satt de och väntade på Janne.

Då sa Otto mitt i allt:

— Du ska int smid tåkodä planer än. Ni ska väl int slut åv helt å hålle heller, ungaste mänskona ... Du kan ha dussine ungar än om e vill till.

Akseli skrattade lite undvikande, för Annas skull, för koppar och assietter började plötsligt skramla och klirra så nervöst när hon ställde dem på bordet. Hon teg några ögonblick som om hon gjort en kraftansträngning att behärska sig, men sa sedan:

— Så låter e hos oss ... Prisis som förr. Mot graven går man, men allt ogudaktigare blir man.

Akseli svarade inte. Han fann inte på något att säga. Elina hade nämnt för honom att hon tyckte hennes far och mor blev allt mera främmande för varandra, och han kände det själv när han såg det kalla och spända uttrycket i Ottos ögon och ansikte under tystnaden som följde på Annas ord. Det fanns nånting av det också i Ottos tonfall när han sa med släpig röst:

— Joo ... Fast här ha vi lega i graven långa tider redan ... Vi bara hoppar opp på kanten å illfänas nå lite ibland ... ja .. a ... Men var dröjer handä muspolisen våran. Han borda nog va här nu.

Otto gick fram till fönstret och Akseli vände sig också ditåt där han satt på bänken. Han försökte lätta upp stämningen genom att säga i förströdd ton:

— Han komber väl bara an hinner.

Han förstod att det var med flit som Otto använde sin specialbenämning på Janne. Det var Otto själv som hade hittat på den när sonen blev barnatillsyningsman. Janne råkade komma just medan de tittade ut, och därmed skingrades spänningen i atmosfären.

Janne satte sig i gungstolen. Han kastade en hastig blick omkring sig, såg på minerna att luften var laddad och slätade över det hela med att sätta stolen i kraftig gungning och konstatera:

— Jaha. Man är liksom bjuden på arvskifte.

Ordet arvskifte fick Akseli att skratta lite ihåligt. Det kändes pinsamt och obehagligt på något sätt fast saken egentligen var

24

klar redan och det enda som återstod var rent praktiska frågor. Han visste nog att Janne inte skulle ställa hinder i vägen men ängslades ändå en smula för villkoren.

Men Janne fortsatte inte på det kapitlet. Han hade märkt moderns inbundenhet och ville få henne lättsammare till mods.

— Nå, hur mår morsgumman?

— He går mot graven.

Men så började Anna trots allt kvickna till ur sin betryckthet och fråga om Sanni och i synnerhet om Jannes son Allan, som gick i läroverk i Tammerfors. Sakkunnigt frågade hon efter hans vitsord i matematik. Vanliga ungar som gick i folkskola lärde sig bara räkning, men hennes sonson som skulle bli herrskap läste matematik.

Klimakteriet hade liksom släckt ut Anna. Upproret och de olyckor det vållat familjen hade infallit mitt under hennes svåraste tid och berett marken väl för depressionen. Hon hade torkat ihop till en liten knotig gumma, vars gudlighet mest tog sig uttryck i ett slags fördömande ilska. Ofta grät hon över Oskar, närmast därför att han låg någonstans i en okänd och osignad grop. En tid hade hon med allt våld velat åka iväg för att söka efter Oskars grav, och när Akseli släpptes ur fängelset bad hon honom följa med som vägvisare. Men Akseli vägrade och förklarade att det var omöjligt att reda ut var Oskar låg. I själva verket kändes tanken att vandra denna olyckornas väg på nytt olidligt motbjudande för honom.

Utom religionen hade Anna egentligen bara ett glädjeämne här i livet, och det var just Jannes son. Visst var hon vänlig mot Elinas pojkar också, men på ett vardagligt sätt, sådär som lite gnatiga mormödrar brukar. Med Allan var det annat, han såg ut att bli den som äntligen skulle förverkliga de drömmar hon själv hade haft och hennes längtan till »ett bättre liv».

På Jannes uppsving reagerade hon med blandade känslor. Sonen var ledare för socknens socialdemokrater nu, deras självskrivna ledare till och med, sedan hans snabbt hade fått föreningarna på fötter igen efter upprorsnederlagets kaos. Dessutom satt han numera i »kommunen» sedan den kommunala rösträtten hade trätt i kraft och arbetarbefolkningen därmed fått in sina

25

representanter i de kommunala organen. Janne var barnatillsyningsman, medlem i många nämnder och hade andra förtroendeposter. Men han var socialist, och eftersom socialismen enligt Annas uppfattning var ett av ogudaktighetens utflöden kunde hon inte helhjärtat glädja sig åt sonens framgång.

Nu satt sonen själv där i gungstolen, avspänd och självsäker, och höll den i rörelse genom en knuff med skospetsen då och då. Emellanåt småmuttrade han för sig själv eller sa helt omotiverat:

— mm ... tjaa ... hm ... joo ...

Det verkade som om han varit någon annanstans i sina tankar och deltagit i denhär sammankomsten bara helt förstrött. Hans klädsel var till hälften herrskapsmässig. Den solbrynta, väderbitna hyn på hans händer och i ansiktet visade att han alltjämt klev omkring på murarställningarna, men hans nya filthatt av god kvalitet, kravatten och den mörkblå cheviotkostymen skvallrade om hans verkliga position i samhället.

Han uppträdde lika frigjort slängigt som förr, men kring ögonen och munnen hade han numera ett hårt drag som ibland fick nästan ett uttryck av leda. En gnutta bitterhet blandad med en nypa föraktfull överlägsenhet.

När ingen annan kom till själva saken sa Janne:

— Nåja. Ska vi ta opp den historien då. För min del har jag int mycke att säja. Jag drar mej ifrån hela skräpet, på villkor att ni tar hand om far och mor på ålderdomen. Hur det ska gå till får ni komma överens om er emellan. Å sku det gå så att far int orkar klara av alla inlösningsskulder så tar du på dej dem också. Så vad menas om det?

Akseli hade svårt att se oberörd ut, för Janne hade på pricken klätt hans hemliga förhoppningar i ord. Han blev smått virrig i talet av iver:

— Int vill jag ... Nog ska jag ersätt dej å ... Jag har int alls meningen ti sko mej ... Jag tänkt bara på jolin ... Eller dedäran ... Int .. int ä ju dehä min sak nå alls .. He ä ju Elinas föståss ... men när vi nu liksom tisammans ... men nog ska jag för min deil ...

Janne märkte hur till sig Akseli var, och ett litet småleende spelade i hans mungipa:

26

— Det kan nog bli ersättning mer än tillräckligt. Man vet ju int hur länge far å mor lever. Men dör di snart så är ju det till fördel för er.

Otto och Anna hade redan på förhand sinsemellan kommit överens på ungefär samma boliner, så egentligen var alltsammans alldeles klart. Stämningen lättade också genast när ärendet var ur världen, och när de slog sig ner vid kaffebordet sa Otto:

— Försök hitt på nå knep så du får live ur oss bikvämt. Mor kan man ju föståss fäll i brunnen i all stillhet, å mej kund du ju fast häll förgift i på nå vis.

— Rävgift, föreslog Janne och Akseli skrattade befriat. Så hade han väl inte skrattat sedan upproret. Det fanns en antydan av den schvungfulla styrkan från förr i greppet när han med ena handen lyfte fram en stol till bordet. Livligt tog han del i samtalet också. Det var som om ett källsprång åtminstone för ett ögonblick hade öppnats i hans ödsliga själ. Tvärt emot sin vana började han ivrigt berätta om sina framtidsplaner. Han skulle bli kapabel att ge alla sina tre söner var sitt ställe som åtminstone tryggade livhanken för dem. Och eftersom Janne var medlem av inlösningsnämnden bad han honom utverka att han fick den tilläggsjord han begärt från prästgården. Men Janne bara skrattade och sa:

— Herregud karl. Giriheten din kommer att ta död på dej.

Akseli var för glad för att bli stött. Han fortsatte att förklara, men Janne sa att nämnden inte kunde tvångsinlösa jord som inte fanns upptagen i kontrakten.

— Men säljer församlingen den godvilligt så är det en annan sak.

Akseli svarade lite lamt:

— He händer väl knappast så läng där sitter såna karar som nu.

— Va sku du göra uppror för. Ni borde int ha tagit till bössorna.

Först drog Akseli tankspritt på munnen. Så dog leendet bort ur hans ansikte och ögonen fick en dystert stirrande blick. Rösten darrade av upphetsning och hans goda humör var med ens sin kos. En vrede kvällde upp någonstans djupt ifrån och rösten blev sträv:

27

— Jag ha gjort upproren mina färdit. På käftan ha jag fått å bitala räkningen dubbelt opp ... Jag ha svara för gärningan mina... å jag ä biredd ti svar för döm inför lagen när som helst... Men jag ä int skyldi ti redovis döm för all världens bönder... å he ä just he... om... om jag sku ha fått rättviso... men karbas fick jag... å skrivelser... En tåkodä pamp å som int ha skåda tårna sina på tjugu år minst...

Var gång han tänkte på böndernas skrivelse till högförräderidomstolen var det främst Mellola som drabbades av hans hat. Och det berodde mest på dennes fetma och pösigt primitiva uppenbarelse. Yllö-husbondens häradsdomargestalt tycktes som en värdigare motståndare. Den liksom utstrålade något slags moralisk och ideell rättfärdighet, men Mellola tyckte han inte var något annat än en girig och flåsande stockuppköpare, och därför var det honom det gick ut över.

Janne rörde om i sin kopp och sa småleende:

— Nånå nånå. Han sitter både i inlösningsnämnden å kyrkofullmäktige. Så det är bäst du stämmer ner tonen.

Det dröjde innan Akselis humör steg igen efter utbrottet. Först blev han dyster och trumpen, men när samtalet återgick till överenskommelsen de nyss träffat förändrades hans stämning igen. Det kom till en liten dispyt mellan Janne och honom, för Janne förhöll sig ointresserad och kallsinnig till hela torparfrigörelsen och sa i ett slags ordförandeton:

— Naturligtvis måst den verkställas. Men jag begriper int va fan som går åt dethär landet å folket. Under hugg å slag går man från det ena reaktionära systemet till det andra. För tretti år sen sku dethär ha varit till nån nytta. Men framtidens samhälle kommer i varje fall att vara ett industrialiserat samhälle. Det må nu sedan vara socialistiskt eller kapitalistiskt, det gör detsamma, men industrialiserat blir det i varje fall. Livsmedlen, alltså jordbruksprodukterna, blir en allt mindre del av konsumtionen. Industri borde här skapas å int nya backstusittare.

Han gestikulerade med skeden framför näsan på Akseli och talade som för ett större auditorium, och det syntes att han gav luft åt tankar som ivrigt sysselsatte honom.

— Fabriker, fabriker som kan suga in dehär trasfolket till stä-

28

derna. Jag sku int stycka dihär herrgårdarna, utan tvärtom förstora dem. Men va tänker di på. Litet bo jag sätta vill...

Med ens slocknade hans iver. Han stack skeden i koppen och sa trankilt:

— Ja. Men när det int finns fabriker, så va hjälper det. Ett å annat pappersbruk ... å ett par sågar ... Får en herrkarl en villa, en kusk å ett par pigor så är allt bra ... Hmhy ... Di blir beskyllda för maktlystnad... men när di saknar tillåme den...

Han gjorde en liten paus och sa liksom till avslutning:

— Didär skitarna.

Akseli inlät sig inte på vidlyftigare diskussion. Han bara avvärjde Jannes tankegång med att fråga om allt borde ha lämnats som det var.

— Nä. Det sa jag ju int... Jag sa ju att det fattas industri.

— Man måst väl ät å.

— Javisst, javisst... Jaha. Man måst väl börja ge sej iväg, det blir mörkt att trampa. Jag borde titta in hos Leppänens också å se hur di sköter pojken. Men det får vara denhär gången.

Ja. Janne hade många plikter. Barnatillsyningsman hade han inte själv haft någon större lust att bli, men den sysslan hade hans motståndare skaffat honom på pin kiv:

— Han är utlärd i tåkodä affärder ända sedan ungdomen.

I allmänhet lyckades han verkligen sätta fast barnafäderna. Den misstänkte slingrade sig och kom med klumpiga förklaringar, som Janne snart kunde utantill, men stod inte länge pall för tillsyningsmannens stickande, genomträngande blick och sluga frågor.

Bekännelsen kom nästan alltid frivilligt.

Benämningen som Otto stått till tjänst med hade kommit i allmänt bruk. Vanligen skrattade man när man sa ordet, men det fanns också åtskilliga ställen där sonen i huset tvangs betala underhåll genom Jannes ingripande och där man sa med elakhet i rösten:

— Kivivuoris muspolisen komber.

När Janne hade brutit upp satt Akseli kvar en stund tillsammans med Otto och Anna. De pratade förberedelsevis om anordningarna för framtiden men beslöt skjuta på de slutliga avtalen till längre fram. Otto skulle sköta Kivivuori så länge han orkade, och var Akselis pojkar tillräckligt vuxna när hans krafter inte längre stod bi skulle någon av dem få flytta över och ta vid.

Vårkvällen var redan sen och skymningsdunkel när Akseli ivrigt stegade hemåt. Det fanns en gnutta av den gamla brådskande framåtviljan i stegen.

Pojkarna sov redan, men Elina väntade.

— Nå, va sa han?

— Han sa opp sej helt å hålle ... Jag sa nog att vi sku kuna ersätt an nå lite ... men he öra hörd int an alls på.

Elina var inte snål, men hon var mor till tre pojkar. Hennes glädje kom till uttryck i en våg av sympati för brodern:

— He visst jag nog på förhand för Jannes deil ... Jag tänkt bara, va nu Sanni ska säj.

Och hon tillade med lite naiv värme i rösten:

— He ä nog så mång som skäller på han. Men jag veit huru gohjärta han ä då allt går ikring.

Lovprisandet av Janne var bara ett av uttrycken för belåtenheten. De pratade om allt möjligt annat också där de låg i sängen. Om vad allt de skulle skaffa och göra. Ett nytt fähus och en rilada också.

— Nu kan pojkan kanski få egit allihopa då.

— Han sa opp sej helt å hålle ... Jag sa nog att vi sku kunn

Samtalet och planerna värmde upp dem. Först låg de bara och höll varandra i handen, men den natten sprack alla kalkyler som byggde på tre söner. För Elina blev havande.

V

Det var en dag på våren, solig och varm ända sedan arla morgon. Här och där syntes redan tecken till grönska i det bruntorkade gräset. Gårdsplanen var krattad, stalls- och fähustunen likaså. Verktyg och redskap var omsorgsfullt ställda på plats och till och med rengjorda.

Alltsammans hade farfar Jussi gjort. I ett par dagars tid hade han gnott an, flåsande och pustande av överiver. Alma hade hjälpt honom, och småpojkarna likaså. Tunet var ju aldrig vårdslösat hos Koskelas, men denhär gången verkade det renhållet och pyntat nästan till överdrift. Jussi lade stor vikt vid saken:

— He löns int ti böri vänt på tilläggsjord å bra skog om allting här ligger huller om buller . . .

Och till Akseli hade han muttrat:

— . . . si opp nå lite . . . håll tungon i styr . . löns int ti böri spel nå mytji storkax här . . .

Det hade varit storstädning inomhus också. Ännu samma morgon bredde Elina ut rena mattor på golven och ren duk på bordet i stugan. Ett nytt förklä knöt hon också om sig.

Så blev det en sysslolös stund. De släntrade i rummen och på gården utan någonting bestämt att ta sig för men utan att heller kunna hålla sig stilla. Alma rultade av och an mellan nya och gamla sidan och pratade för sig själv om än det ena, än det andra som råkat falla henne i ögonen. Hon skämtade med Eero och Voitto fast ingen av de andra i sin tysta spänning ägnade pojkarna någon uppmärksamhet.

Akseli hade dragit på sig bättre kavajen fast resten av hans klädsel var vardagsplagg. Emellanåt gick han ut och ställde sig på gårdsplanen och tittade sig omkring. Svarta plöjåkrar där vårbruket skulle börja inom de närmaste dagarna, bruna gräslindor och djupmörk skogsgrönska.

— . . . ska håll mej ti saken . . . men visar di nå miner ska di få veit vem di har ti gör me . . . Di må låt bli ti ge då, men di ska int tro att . . .

Han tänkte inte tankarna till slut. Det räckte med dunkla försäkringar inombords till lindring för oron.

I dag skulle de komma allesammans. Yllö, Mellola, Pajunen och prosten.

Först kom prosten, makligt promenerande och tittande sig omkring. Akseli skyndade emot honom ända fram till rian och hälsade. Prosten sträckte fram handen och lyfte artigt på hatten. Han sa hastigt något likgiltigt om de andras ankomst och eventuella dröjsmål. Så gick han brådskande fram till det övriga gårdsfolket, och när han fick syn på Jussi sa han redan på håll:

— Jaha . . . God dag, god dag. Hur står det till. Vi har vän-

31

tat så att Koskela skulle titta in nån gång, men aldrig har ni synts till.

Jussi nickade till hälsning och mumlade något om sin skröplighet. Kyrkoherden gjorde en halvt äkta, halvt överdrivet bekymmersam min.

— Jasså ... I Koskelas ställe skulle jag nog gå och låta undersöka mej ordentligt. Någon lindring för krämporna står det säkert att finna.

— Veit man här ... Graven ä bästa boten för åldringan ... graven ja ...

— Nå, ingalunda ... Jaha ... Och pojkarna bara växer. Den äldsta går väl i skola redan.

— Jaa, visst gör an he.

Prosten lät inte samtalet dö ut ens för ett ögonblick. När Elina bad honom stiga på förklarade han att han hellre väntade utomhus.

— Det är ju så vackert väder. I dag börjar våren på allvar ... Det har ju varit lite kallt och blåsigt ... Nu börjas det snart på åkrarna.

På det sista svarade också Akseli, med reserverat och förstrött tonfall, men annars höll han sig tyst. Prostens ivriga talträngdhet skvallrade tydligt om hur angelägen han var att släta över allt det som ohjälpligt spökade i bakgrunden vid detta möte. Så hördes det kärrskrammel från skogsvägen och de första hästarna blev synliga. På ekipagen satt egentligen kommunens hela »regerande minoritet», för jordinlösningsnämnden hade i huvudsak samma medlemmar som kommunal- och församlingsstyrelserna. Bönderna kom med häst, men socialisten Janne kom trampande på cykel strax efteråt.

Akseli lyfte på hatten och fick nickningar till svar. Bestyrsamt började han anvisa plats för hästarna vid riväggen och på andra lämpliga ställen.

— Där ve takstolpan går e bra ... Då int vi har nå särskilda ställen ...

Den första som klev ner från sin kärra var Yllö. Akseli tog ett par steg emot honom liksom för att hälsa, men Yllö märkte inte eller låtsades inte märka hans ansats utan muttrade nånting

32

ut i luften. Mellola hade svårigheter att kravla sig ner från kärran. Han stod med ena foten på steget medan den andra höjdes och sänktes trevande efter marken. Men den nådde inte ända ner, och Mellola vågade inte hoppa, rädd att falla omkull. När han hållit på och kämpat en stund sa han:

— Sku du Artturi... kunn dedäran... ta imot nå lite...

Yllö skrattade, till hälften road till hälften irriterad och med en hastig min av generad motvilja mot Mellolas flåsningar. När denne slutligen stod säkert på sina båda ben tittade han sig omkring och sa:

— ...eee...hjoo...Jasså...här va ju som ett helt län... tjaa...

Prosten hade också kommit fram till rian och hälsade på de nyanlända. Akseli märkte tydligt hur husbönderna undvek att ta befattning med honom själv. De pratade sinsemellan eller med prosten, till vilken de ställde de första frågorna om torpet. Först när de stod på gårdstunet vände sig Yllö till Akseli:

— Här ä då tre frågor som ska klaras opp. Anhållan om tilläggsjord å var skogen ska tas ut. Å så prise naturligtvis.

— Ja. Nå meir är e väl int.

— Bäst å börja genast. Vi måst gå ikring i skogen å skåda nå lite.

Husbehovsskogen som Koskela skulle få hade på kartan planerats så att rån mot prästgården skulle löpa längs åkerkanten helt nära byggnaderna. Akseli hade emellertid anhållit att den skulle flyttas bort till Mattisgranen, ett par hundra meter närmare prästgården, för mellan granen och torpet var det prima skogsmark. Församlingen hade inte direkt satt sig på tvären, utan husbönderna ville inspektera området själva innan de avgjorde saken. I en del privata samtal hade det nog sagts att »int ska vi böri bilön handä upprorsmakaren. Han ska få va lagen tvingar till å därme basta».

Prosten hade tvärtemot vad Akseli trodde förordat hans anhållan om tilläggsjord, men bönderna hade satt sig emot. Inte en bit utöver det lagstadgade och tvungna.

De gav sig iväg på rundvandringen i skogen, och när de kom till Mattisgranen lade Akseli ut sin egen fundering om gränsen.

33

Yllö såg sig omkring och sa torrt:

— Jaja. Här sku an gå mitt i mörka skogen då... Man sku måst hugg opp en rågång...

— Vi ha allti räkna hemområde liksom hit ti granen...

Prosten som hade mera sinne för en sådan synpunkt inföll:

— Varför inte, den är ju ett bra råmärke.

Bönderna svarade inte. Pajunen sa bara halvt för sig själv:

— En bra skog... en bra en... He sku va synd reint åv ti ta ut allt he grova...

Så vek de av från vägen in i skogen. Bönderna märkte nog de små alsnåren och blåbärstuvorna mitt bland de välväxta stammarna och visste vad det betydde.

— Nä så fänin heller... Int kan man ju ge han tåkoan skog ändå...

Så resonerade de inom sig, och Akseli förstod av deras reserverade tystlåtenhet att stämningen inte var gynnsam. Efter hand som han blev på det klara med deras avvisande attityd vaknade den gamla ilskan till liv hos honom:

— Satans blodsvittnen... låt bli då... men om ni inbillar er...

När husbönderna efter rundvandringen bara kom med några betydelselösa och intetsägande anmärkningar utan att klart ta ställning för eller emot blev han allt säkrare på saken. Mellola var redan andtruten och stod och vaggade i takt med sina flämtningar:

— ... he va mej en fin skog ... jo ... eh ... joo ... dedäran ... mytji bätter kund int an vara .. nä ... häää ...

De andra svarade avmätt instämmande och växlade beslöjade och uttryckslösa blickar. Dess vidare beslut fattades inte på ort och ställe, utan stegen styrdes bort mot åkerkanten. Akseli gick först som vägvisare med kliv som upphetsningen gjorde häftiga. Takten började bli för hård för Mellola, och han bad att de skulle slå av på den. Eftersom de andra följde uppmaningen måste Akseli också sakta in, men i sitt stilla sinne hittade han på diverse elakheter om Mellolas fetma.

När de kom fram till åkern tog de av längs utfallsdiket och Yllö tittade ut över kärret och sa:

34

— Denhä delen ä ju i prästgålins besittning. Prosten jakade utan att tänka dess mera på saken, men det var med möda Akseli lyckades hålla sin tunga i styr och låta bli att säga det som inte kunde sägas just nu. De kom fram till kanten av kärrets oröjda del. Också där fanns ett stycke färdiggrävt men orensat utfall. Träden var fällda och där växte inte annat än några mariga telningar.

— Här är e då.

— Jaha, javisstja... Det är ju ganska mycket... jag trodde det var mindre...

— He ska va omkring tre hektar... Men går man nå lite länger ditåt skogsbryne så kund man nog få fyra hektar jord åv e.

— Vaför int... kanske he... kanske he, ja...

Åter vände de sig bort och fortsatte utan att någonting avgörande blev sagt. De tog sig över utfallsdiket, men medan de andra hoppade från kant till kant måste Mellola hasa sig ner på bottnen och kliva över vattenrännilen där. Sedan lyckades han inte ta sig upp på egen hand utan sträckte ut handen mot närmaste man som råkade vara Akseli. I sista ögonblicket upptäckte han det, drog åt sig handen och trevade i stället i riktning mot Pajunen medan han sa som till förklaring:

— Jalmari... ta i nå lite...

Pajunen halade upp honom, och han stod stilla ett slag för att låta andhämtningen lugna av. När ingen sa något förklarade Akseli att han gärna betalade bra för området bara han fick det. Han gjorde en antydan om sina söner också, men husbönderna tycktes inte lyssna på honom. Janne hade inte sagt mycket, för detta var inte en sak mellan Akseli och inlösningsnämnden utan mellan Akseli och församlingen och angick därför egentligen inte honom. Nu sa han:

— Ge karln jord. Eftersom han nu vill påta i den... Å förblir den i församlingens ägo så kommer den alltid att va lika improduktiv som nu.

Yllö såg sig omkring ytterligare ett slag innan han svarade:

— Jaa... He ligger nåenting i e... Men ti sälj allmänningsjord ä int så... He ä int så enkelt.

— Lite möten å papperskrig... Annat behövs ju int.

— Jaa... he... he... Men he ä tiräcklit he å...

— I samband med inlösningen **går** det ju alldeles smärtfritt.

Det svarade Yllö inte på. När de hade gått av och an en stund och sparkat upp torv och mossa för att bedöma jordmånen sa Akseli:

— Jag hadd tänkt på e lite därför å ... Då prästgålsdelin också hörd ti torpe i tiden... He va far som röjd där ein gång i världen... Så vi sku liksom få dehä i ställe... Jag sku ta opp e sedan... Så sku he bli som e va mena från början... Å bital sku jag nog... Så heila arbete sku bli liksom ti församlingens förmån... He å som blev gjort tidigare...

Prosten började med påfallande intresse iaktta någonting borta vid kärrkanten. Yllö sa korthugget:

— He faller ju utanför avtale... å lagen veit int nå om sådant.

Fundersamt lät han blicken vandra ut över kärret. Akselis ord nyss hade kommit hatet och bitterheten på djupet i honom att stiga mot ytan. Koskela var nog samma gamla upprorsmakare som förr. Inte ett dugg förändrad. Varenda bit han får är en bit för mycket.

Men under hans torrsakliga kommunalmansyta dvaldes också en gnutta av bondeidealism, av aktning för röjarförfäderna och jordens välsignelse. I andanom såg han det brunkala kärret förvandlas till havreåker, och det var en syn som verkade starkt på honom.

— Om e bara sku gäll en annan karl.

Hade det åtminstone varit fråga om en vanlig röding, men nu var han ju ledare till råga på allt. Nyss hade Yllö redan haft ett positivt ord på läpparna, men det blev osagt, och han gick vidare.

— Vi får väl skåd sedan ... Ska vi inspekter skogin ti slut nu.

De vandrade omkring i skogen på andra sidan kärret. Här var den av sämre kvalitet än den första skogslotten, och nu hade bönderna ingenting emot överlåtelse. Men Mellolas gång blev allt mödosammare, och det dröjde inte länge innan han började gena där de andra gjorde krökar och rundor. Till slut vände han tillbaka till torpet i förväg och satte sig pustande och flåsande på ladtröskeln. Småpojkarna tittade i smyg på honom ur skuggan vid husknuten och Eero viskade till Voitto:

— Far sa att an väger över hundra kilo . . .

Voitto skärskådade främlingen under lugg och svarade:

— Vaför pustar an på hedä vise.

— Han ä andfådd.

Mellola var inte bara anfådd, han mådde illa. Han glodde i marken framför ladan med sitt domnade medvetande fullt av betryck. Än så länge trevade tankarna kring saker och ting utanför honom själv. Av finskogen ska ingenting ges. Och om tilläggsjorden fick man säja att församlingen inte kan göra sej av med . . .

Men tankarnas bana blev trängre och trängre. Till slut såg han bara stigen framför sig och en rundnött sten som låg på den. Det kröp en myra på stigen. Tankarna slocknade. Den tunga, trötta kroppen vaggade fram och tillbaka i takt med andhämtningen. Elina gick förbi med ett ämbar, och eftersom det hade känts lite onaturligt att passera honom tigande på så nära håll sa hon:

— He står en bänk där ve trappan . . . Om ni vill slå er ner där.

— Jag tog å . . . å gina nå lite . . .

Medvetandet slocknade igen och fylldes bara av en förvirrad, nerslående känsla av att han började bli gammal. Koskelas inlösningsfråga tycktes inte alls viktig just nu.

När de övriga sedan kom tillbaka till gårdstunet kastade Yllö en egendomligt ilsken blick på Mellola. Han såg att denne hade tappat sugen igen. Det hade hänt ofta på sistone. På förmiddagarna orkade han ännu hänga med, men på eftermiddagarna började han sacka efter, och det var en källa till förargelse i många sammanhang. Yllö sa också lite irriterat och anklagande:

— Borda man int ta en titt där bakom torpe å.

— Om man sku lämn he . . . Å skåd nogare efter sen . . . sen när lantmätaren komber . . .

— Nå, int ska vi väl böri hopp ikring här mång gångor . . . Å nog måst vi färdit välj ut var e ska mätas.

— Ja . . . Men om vi hugger till bara utan ti skåd efter där.

Yllö vände argsint rappt på klacken. Naturligtvis kunde man dra upp rån därborta på kartan utan granskning, men om jordmånen där var ännu bättre än åt Mattisgranen till . . .

De kunde ju ha slutfört inspektionen utan Mellola, men hans obeslutsamhet hade redan ofta nog försatt Yllö i pinsam belägenhet i nämnden. Först kunde en sak vara av särdeles vikt, och så miste den med ens all betydelse. I synnerhet Janne var snar till att slå ner på sådant, och Yllö fick ofta försvara Mellola mot hans angrepp. Nu var det samma sak igen, och Yllö kände sig så eftertryckligt harmsen att han utbrast:

— Går vi int dit så måst vi ge av di ställena som vi ha granska. Jag börjar åtminstondes int fatt nå beslut utan å skåd efter.

Mellola förstod orsaken till hans förargelse. Han lyfte på baken en tum, men så var det slut med energin igen:

— Om du... sku gå dit...

— Int besluter jag nåenting allena.

Mellolas ansikte rynkades i hjälplösa och generade påsar och veck. Ögonen blinkade undvikande för Yllös vrede. Nog hade han gärna gjort den andre till viljes. Men ändalykten var för tung.

Yllö såg att Mellola inte skulle komma loss, och hans röst lät allt mera som en straffdom när han sa:

— Nå, va är e vidare då... Då ska vi bara kom överens om prise... Å så lägger vi rån där ve granen... För man kan ju int veit utan ti skåd efter... Jaha... Å byggnaderna tillhör prästgålin.

Lite besvärad hade prosten lagt märke till spänningen mellan de två bönderna, och nu grep han ivrigt tillfället att släta över:

— Ja, det gör de... Men gamla Koskela har själv byggt dem. Virket är förstås prästgårdens.

Mellola skyndade sig att försöka reparera det nyss timade, glad att få kämpa mot Akseli sittande:

— Jaa. Virke då åtminstondes... virkesprise, dedäran...

Men det hjälpte inte. Yllö sa ännu beslutsammare än nyss:

— Va värde sku he virke ha, stockar som ä tiotals år... Vem minns prise heller från han tiden nu länger... Int går e ti prissätt. Han punkten ä klar.

Efter det gick allt som en dans. Ilskan och irritationen försatte Yllö i en sinnesstämning som han ofta råkade i när han ledde ordet vid de sinas sammanträden. När han tröttnade på böndernas tradiga tjat hit och dit och deras oförmåga att fatta beslut brukade han börja klubba av ärendena i en iltakt som han själv bestämde. Det har föreslagits så och så, finns det andra förslag? Och innan någon hann öppna munnen drämde han klubban i bordet. Eventuella protester avfärdade han sedan kort:

— He gäller ti öppna mun i rätta stunden.

Med samma rutin klarade han av resten av fallet Koskela. Hektarpriset satte han mycket lågt. Därtill var man för övrigt nödd och tvungen på grund av lagens bestämmelser, för det arbete som torparen hade gjort skulle också prissättas, och jordvärdet beräknades på basis av prisnivån före kriget. Hans muntliga löften var naturligtvis inte bindande, men givna i så många vittnens närvaro hade de dock avgörande betydelse. När Janne såg vartåt det lutade blandade han sig inte alls i saken för att bara inte komma Yllös förargelse att ändra riktning. Pajunen och prosten instämde hela tiden och försökte komma så snabbt som möjligt med sina yttranden för att inte bli helt överflyglade av den beslutsamme Yllö. Ingendera hade heller någon större lust att sätta sig på tvären nu när de såg att Yllö själv hade slagit om helt och hållet.

Till slut sa Yllö till Akseli:

— För församlingens deil kan man tänk sej ti kom överens på dihä villkoren. Jag tror int di komber ti ändras nå vidare. Tillfredsställer di int, så finns e föståss allti möjliheit ti lagsöka.

Han talade i kategorisk acceptera eller låt bli-ton, men Akseli begrep nog utan vidare att det inte var någon idé för honom att anföra besvär. Han sa bara:

— He passar nog för mej å... Men hondä tilläggsjolin...

— He kan int beslutas här... Vi ska skåd va vi kan gör... Jaha... He börjar va tid på ti lägg iväg... Vi har sammanträde i kväll ännu... He gäller ti få e att rulla... Me att sitt på fläcken får man ingenting uträtta...

Mellola reste sig och försökte se ut som om han inte hade fattat piken. Han vaggade iväg bort till hästarna. Janne skyndade efter bönderna, men innan han gick gav han Akseli ett ögonkast som skulle betyda att denne gjorde klokast i att godta de erbjudna villkoren.

Mellola försökte kravla sig upp på kärran med egna krafter,

men så blev han nödd att säga till Pajunen, halvhögt för att Yllö inte skulle höra det:

— Jalmari... sku du... nå lite. Hedä fotstege ä så opasslit...

Efter ytterligare några dagars spänd förväntan kom Otto med ett förhandsbesked från Janne. Akseli skulle få tilläggsjorden och skogen ända fram till Mattisgranen. Dock inte helt i enlighet med hans egen anhållan; rån skulle dras från granen rakt till närmaste åkerhörn. Men den inskränkningen betydde inte mycket. Priset hade församlingen satt till niotusen mark, och Janne bad hälsa att Akseli borde godta det utan vidare, för enligt inlösningsnämndens mening var det ett lågt pris.

Akseli sådde när Otto kom med budet. Han ställde sin skäppa på åkerrenen, och de gick in tillsammans. Klockan var nära fyra och Akseli hade tänkt så åkern färdig den dagen. Men vid sjutiden sa han till Vilho:

— Gå åsta för skäppon i magasine, sel åv Poku å för an i stalle.

Hela familjen hade samlats i stugan på gamla sidan. Alma och Elina stökade brådskande undan i fähuset mellan kaffekopparna och pratet. Länge kunde de inte hålla sig ur stugan, där det fanns så mycket att tala om nu. Också pojkarna tittade in allt som oftast. Tysta satt de eller stod de och lutade sig mot väggen, lyssnande till samtalet. Allting begrep de inte riktigt, men bra hade det gått för dem, det förstod de av den allmänna stämningen. I synnerhet av att far var så livlig och lätt till sinnes.

Det var också Elina allra nöjdast över. Visst insåg hon sakens rent praktiska betydelse också, men det viktigaste för henne var att mannen liksom tycktes ha vaknat till liv.

Otto berättade att Yllö enligt Janne hade drivit igenom Akselis sak därför att han inte kunde ta tillbaka vad han själv hade sagt. Mellola hade nog opponerat sig, men Yllö hade sagt att här ändras ingenting längre, eftersom du assit gjorde då under inspektionen.

Akseli bytte ofta sittplats i stugan. Ur själens skrymslen steg en egendomlig glädje, bemängd med kraftkänsla. Till och med

40

hatet sköt den undan. Men eftersom det inte gick an att visa att det for sin kos så lätt måste han säga:

— Va i all världen... Hedä gjord di nog i misstag.

Efter några ögonblick fortsatte han:

— Fast man veit int me handä Yllö... En förnufti karl är an nog... Int för he. En fan ti sinnelage ä nog han å... Men han veit å förstår nåenting i alla fall. Handä Mellola-patron ä dum ti råga på allt...

Men den domen satt bara i strupen denhär gången, inte i själ och hjärta. I kväll fanns det inte plats för hat.

Länge stod han på den tysta gårdsplanen efter det Otto hade gått. Det hände sig till och med att han spetsade öronen för att höra spovens lockrop från sjöstranden. Sådant hade han inte brytt sig om på åratal.

ANDRA KAPITLET

I

Även bytorpen blev självständiga. Akseli fick ofta besöka kyrkbyn för att sköta sitt inlösningsärende och träffade andra torpare på vägen. De pratade om sina egna hemmansaffärer och frågade efter hans. Och i deras sätt att yttra sig hade kommit en hel del självkänsla och framtidstro. Ett tryck hade lättat.»Jag ska lag. Jag ska bygg bara jag hinner. Jag ska ta opp handä betesmarken bara pojkan växer nå lite så di kan va ti hjälp.» Och de började bli vana att kalla sig småbrukare.»Torpe mitt... eller hemmane menar jag... eller va e nu ska kallas...» En gång mötte Akseli Kivioja-Vicke, som redan på långt håll steg upp och stå i kärran och hojtade:

— Herrigud... ein enda fest alltihopa.

I förbifarten bjöd han bullrande Akseli på en sup ur en kvartliters plåtkanister medan han skroderade om att Lauri och han nog hade kommit över en lite större bytta också.

Det hade de mycket riktigt. Förbudslagen hade satt langarspriten i omlopp även i Pentinkulma. Innan han fortsatte hann han också berätta för Akseli om sitt gräl med husbonden på Mäki-Pentti.

— För didä fänins troendes skull... Du veit... He komber två lurvhuvun inom ve oss å frågar om di får håll bönemöte... Joå, säger jag... Vi ä frisinna folk hos oss. Men så komber husbond å säger att i dehä torpe ska int e hållas nå bönemöten. Ä he ska e visst he, säger jag... Int så läng torpe ä hanses, säger han... att så står e i kontrakte... Å då säger jag, att så fort bislute komber i ärende så håller vi bönemöte tvärt på fläckin... Bara för ti jävlas me dej, säger jag... Int bryr e gubbin sjölv sej i e. He ä gambelmaron som pressar åpå. Å prosten eggar opp on. För di ä nå slags sekterister å lär ska va mot körkon. He förstår du ju nog, perkele, att prästen tar i då di böri sätt åt bröbetan hanses... Du ä en så rejäl karl så för dej ska jag berätt

42

ein par saker ... Pojkin å jag va ut på en lillan reso ... tie liters-
bytto ... å snart så komber e meir bakett. Hit löns int e, men ti
körkbyin ... ti handä go Lehmus du veit ... jävlar ... Pojkin
talar om ti köp en bil ... Men håll käftan om dehä, så mytji du
veit ...

Vicke gav sig iväg men ropade ännu på långt håll av idel
fröjd:

— Kom på bönemöte ... å sitt en stund ... på fanskap bara ...
Så ska vi hör på predikan å skoj nå lite ...

Så gladdes var och en på sitt vis. Men herrgårdens och bön-
dernas drängar och statare sa med stillsam och inrotad bitterhet
i rösten:

— Nog sku e ander å ha bihöva jolin lika väl.

De talade om sin egen gård som stod i kyrkbyn, sin egen stora
gemensamma gård. De menade fattighuset. Jord hade de också
i sikte i kyrkbyn. »Ein ryggbredd.» Ja, nog kunde de.

Gärna hade de lyssnat på Siukola och hållit med honom. Men
om det kommer till herrarnas öron. Och inte är det lönt för en
arbetare annars heller nu för tiden. Di går ikring där med gevär
på ryggen, och öppnar man mun kan det sluta med en kula i
knoppen än i dag.

För sitt höga nöjes skull hade Kankanpää-Elias lockat också
Preeti att anhålla om »befrielse», hade förklarat att Preeti egent-
ligen var backstusittare och därför själv borde äga stuga och
tomt. Preeti greps av iver. Nog skulle han också försöka bli sin
egen. Och Henna förkunnade för alla som ville höra på:

— Preeti försöker bli sjölvständi. Han ä så svår bakett sjölv-
ständiheiten, Preeti våran.

Han gick med sina förhoppningar till Janne, som borrade dem
i sank. Preeti var inte backstusittare, utan statkarl. Bostaden och
tomten ingick i hans lön och föll inte under arrendelagen.

Livet hade redan bultat Preeti så mör att han inte längre var
känslig för nya slag.

— Jag tänkt bara ... att he kund ha vari som nå slags framtid
för pojkin ... nå slags hållpunkt liksom ...

Det var dottersonen han tänkte på. Men skaparen skulle väl
dra försorg om sitt skapade verk.

Aunes liv och leverne hade väckt förtrytelse hos alla anständiga människor. Prostinnan Ellen Salpakari var särdeles ond på henne och manade sin make att ta i tu med saken. Egentligen vore det herrgårdsherrns plikt också att hålla ett öga på sina underhavandes livsföring, men han tycktes nu en gång för alla vara blind och döv för sådana ting. Han lade sig inte i folks privata angelägenheter och var enligt prostinnans mening förty ingen riktig husbonde.

Prosten tog inte i tu med Aune. Inte ens fast lille Valtu ibland stod vid vägkanten och skrek oförskämdheter åt dem när de åkte förbi om söndagarna på väg till kyrkan.

Blek, mager, rå i synen stod den lilla karlen där, slickade snoren av överläppen, glodde på dem under sin trasiga mösskärm och vrålade, samtidigt som han höll ett öga på sin reträttväg:

— Präst, klockare, bonde å koppare ...

Ellen, som hade blivit allt nervösare och mera obehärskad, glömde totalt sin prostinnevärdighet och skrek tillbaka:

— Skamlöst ... hur vågar du ...

— Håll käftan, kärng.

Ellen skulle kanske ha marscherat in i stugan, men prosten lyckades förhindra det.

— Gå inte dit.

— Måste jag tåla sånt.

— Du förstår inte ... Vi skulle bara göra oss löjliga ... och det skulle inte ha någon effekt.

— Jaja. Så säjer du hela tiden. Och så blir vi förolämpade offentligt ... Du bara ser på hur hon lever ihop med dendär busen Kankanpää ... olaglig samlevnad ...

— Var vänlig och visa mej ett medel att göra slut på det.

— Hm ... Det medlet tycks du inte vara kapabel att ta till ...

Ellens haka darrade och hon teg hela resten av färden. Men prosten gjorde ingenting åt saken.

Ja, Elias bodde en kort tid hos Leppänens, för han blev bortkörd hemifrån. Den yngre brodern Antero och dennes hustru drev honom iväg. När inlösningsbeslutet kom och papperen skrevs på Antero medan Elias blev helt utan gick han ut i byn och drack sig full. På kvällen dök han upp hemma med en yxa i näven. Antero hann slå igen dörren, och Elias bankade på den med yxan medan han ömsom svor och ömsom snyftade. Till bärsärk dög han inte riktigt, men hemska hotelser hävde han ur sig. Antero vågade inte komma ut och ge honom respass, utan de brukade munnen på var sin sida om dörren och genom farstufönstret, som Elias slog sönder med yxklacken. Till slut blandade sig också Anteros hustru Lempi i grälet, och skrikandet hördes ända till byn, så att Kivivuori-Otto sa där han stod på sin gårdsplan:

— Jaha. Di skiftar hemmane ve Kankaanpääs.

Emellanåt klagade Elias med gråten högt i halsen:

— Satan... jag ha sliti å släpa sen jag va kläpp, men dej höll di i ullkorgen som liten... Å alltid hadd du större strömming än jag på bröbiten... Men he ska du veit, att läng får du int gon dej åt denhä gålin...

Gammelmoran satt och beskärmade sig i kammaren utan att våga visa sig, men Antero svarade bakom dörren:

— He räcker nog till me allt som du ha stuli å he brö som du ha äti gratist här.

— Tåkodä satans brö kostar int ett penni... Å käringen din är e som slafsar i sej allt va som finns i ett sånthä torp...

Det var ett ord till Lempi, och det kom en störtskur till svar:

— Skäms du int, satans skamlösing... Byke ditt ha jag tvätta å allt... För e ti hondä Leppänens horon hädanefter, där ligger du ju å... Du sku gör nå en gång, men int nå anat än super å ränner bakett hondä slynons aschåle...

— Ä du avundsjuk... Å du ska int håll nå mytji ljud om andras saker... Håle ditt å ä som ett ämbar...

— Va veit du om he... Int ha du mätt e...

— He ä ju känt i heila landskape... Äv en rikti känd släkt ä du å... Å syster din som ha laga missfalle åt sej å allt... hähähä...

— He ska int du bry dej i.

— Men jag bara frågar vems syster som ha laga missfalle åt sej.

Dessemellan blev Elias rasande:

45

— Jessus perkele... Kom ut så spräcker jag skallen pådde...
Satan, jag ha sutti i Hennala å kan sitt på nytt om e bihövs...
— Just där hör du heim... Di sku ha skuti en tåkodä hambus... Hyggli karar vart döda å sånadä lämna å lev.
— Satan... Jag var i krige å led för torparsakin å så ska tåkodä kom å ta alltihopa... Jag ska vänd opp å ner på allting... Her... ri gud...
Åter bankade yxan mot dörren.

Men raseriet ebbade ut och Elias gick därifrån. Getabocken tog han med sig i förbifarten och ledde iväg med den i tjuderlinan.
— Låt bockin va ifred.
— Kom åsta ta bort an, perkele, så böri yxon sväng här...
Antero vågade inte. Elias traskade vägen fram med den gensträviga bocken i hälarna och yxan under armen. Nu när ilskan hade slocknat greps han av en gränslös självömkan. Han brast i gråt och klappade bocken medan han sluddrade:
— Vi ä två olycksbarn, hördu... Vi blir drivi ut på landsvägin me två tomma händer... Du ä mitt stöd i live... allt va jag har kvar...
När det kom folk inom synhåll pekade han på bocken och sa:
— Han ä mitt enda stöd i live... satan... jag vart utdrivi på landsvägin... Handä stor snåljåpen fick alltihopa, bror min, en rikti fans jävel, å käringen hanses ä likadan...
Emellanåt blev hans sinnesstämning mera trivial, och han sa nyktert konstaterande:
— Jag ska sälj dej... Vicke köper nog... å pengan ska jag åtminstones håll sjölv...
Han gick åt Kiviojas till med sin bock, som allt som oftast spjärnade med klövarna och försökte vägra. Då blev han arg på bocken också, röck i linan och hotade att drämma djuret med yxan i skallen.

Elias kunde aldrig ha varit mera välkommen till Kiviojas än den kvällen. Vicke hade hämtat predikanterna från grannsocknen och försökte nu skramla ihop folk till mötet.
— Komin bara... Komin allesammans åsta lyss på gussorde...
He ska bli bönemöte ve oss, säger jag... Jag va å bjöd husbondfoltje å... Kom åsta skåd nu bara, sa jag... Kom så får du si

46

att he ä bönemöte ... Vicke ä sjölvständi nu, sa jag ... Hemmans-
ägare prisis som du ... Nä, han vela int kom ...

Det kom nog folk, men inte tillräckligt enligt Vickes mening,
för han hade velat hålla ett möte som skulle gett genljud vida
omkring, »bara för ti jävlas».

Han fick syn på Varg-Kustaa som gick förbi på vägen och
rusade ut för att bjuda in honom också. Men Kustaa var på ännu
vresigare humör än vanligt och vägrade. Vicke grep honom i är-
men och hängde fast en stund, pratande och skroderande, men
Kustaa röck sig loss. Besviken och arg skrek Vicke efter honom:

— Int sku e gussorde skad dej heller ... Du böri bli ti åren.
Du borda int lev som en hedning nå länger du heller.

När Kustaa lunkade iväg gick Vicke in och konstaterade:

— Han kom int ... Han ä obilda ... hua mej så obilda ...

Men det kom andra i alla fall. Bland dem var Siukola, färdig
att gräla med predikanterna, fast egentligen hade han nog öns-
kat att de hade varit representanter för den riktiga kyrkan och
inte sekterister. Preeti och Henna kom naturligtvis också, men
från Koskelas kom ingen. Hemfolket stökade och gick an värre,
för fader Vickes iver hade smittat av sig på dem alla. Lauri och
hans hustru bodde hemma, och likaså den följande brodern i
ordningen som också var gift, så det fanns gott om folk i huset.
Vicke fjäskade omkring på stuggolvet och uppmanade gästerna
att stiga fram:

— Hitåt, hitåt ... di sitter i kammarn ... vandringsmännen ...

Av någon anledning hade han börjat kalla predikanterna för
vandringsmännen. Mitt i allt gläntade han på kammardörren,
stängde den igen och viskade:

— Di ber där ... säss neder, säss neder ... här länger in ba-
ra ... Kom på bara ... ni bihöver int alls va ängsli ... Ingen
kommer åsta kör bort nåen. Jag har ett hemman jag nu å, prisis
som du, så sa jag åt an ... Kom hit länger in du å Preeti ...
Hit ve fönstre ... eller var du vill ... Kom på bara ... Vicke ger
lov ...

— Tack så mytji bara ... Jag kan nog va här ve dörren ...
Fast nog känner jag ju Vicke åv gamalt ... veit jag att han står
för orde sitt ... Men nog kan vi var här ve dörren ...

47

När Elias kom med sin bock skyndade Vicke bestyrsamt emot honom:

— Kom me på bönemöte...

— Köp ein bock, Vicke.

— Kom in åsta hör på vandringsmännen... di ber där i kammarn... di ska strax böri predik.

— Köp denhä bockin, satan... Alltihopa for di åv me, men bockin tog jag...

Vicke föll ur rollen för ett ögonblick och sa med saklig röst medan han gav bocken ett värderande ögonkast:

— Int köper jag... Bror din komber å för bort an i morron bitti i alla fall.

Han gissade hur det hängde ihop och ville inte ta befattning med saken men bad ännu en gång Elias komma in. Denne band bocken vid grindstolpen och steg på. Han skulle göra opp affären med Lauri i stället, sa han.

Därinne hade predikanterna redan inlett mötet. Först sjöng man, och så talade den ena av männen om Harmageddon och manade de närvarande att bereda sig medan tid var. Men mitt i allt hördes en avsiktligt ljudlig viskning från Siukola:

— He ä lögn ... All didä sagona va känd redan i Indien ... Å Jesus va en snickarson som slaktaren i Israel dräpt för han sa att man måst ge sin ena livklädnad åt foltje. Veit man he...

Talaren fortsatte och försökte låta bli att fästa sig vid störningarna. Men församlingen var inte mottaglig. Elias bjöd ut sin bock åt Lauri, som dock inte var intresserad av affären, och Siukola fortsatte med sina inpass.

Man sjöng en sång till, och så var mötet slut och den andra predikanten gick omkring och bjöd ut tidningar som ingen köpte. Predikanterna stannade kvar hos Kiviojas över natten, men de övriga gästerna gick sedan Vicke ytterligare hade lagt ut texten för dem:

— Komber an imot å frågar om ni va hos Kiviojas, så säj att joo... Säj att Viktor sjölv gav lov... Vicke står nog för bude sitt.

Gästerna medgav att Vicke var karl för sin hatt och gjorde vad han ville, men Elias var lite förgrymmad för att han inte köpte bocken och sa därför:

— Int ä du nå mäkti... Handelsman ä mytji mäktigare...
Jag ska gå åsta sälj åt han, han köper nog.

— Nog har jag allti så he räcker ti bital ein bock, men bockin
ä int din.

— Ä så säkert... Så pass sjölvständi ä jag å, satan, så jag
duger ti sälj en bock... Jag går ti butiken... Storslaktarn kö-
per nog.

Elias tog sin bock och gick i riktning mot butiken. Emellanåt
satte han sig vid dikeskanten och söp utspädd sprit ur en ka-
nister. Fyllan steg på nytt och ökade hans energi, och han fort-
satte sin marsch. När han passerade Kivivuori fick han syn på
Otto på gårdsplanen och bjöd ut bocken åt honom också och
förklarade hur han hade blivit bedragen:

— Men du ska få skåd Otto, att e kan händ saker å ting här
i byin också som di gör sånger om... Som di kommer ti skriv
i tidningan om ännu. Jag slog in farstufönstre me yxon... Elk-
ku ä int nåen rikti obitydli karl, hördu... Jag rumstera om or-
dentlit.

— Jag hörd nog he.

— Du hörd he.

— Jaa... Jag tänkt nog att ni håller på å skiftar hemmane...
å fundera att e va lagfarten som va på tapetin.

I Elias rusiga medvetande glimtade en misstanke att Otto inte
tog honom riktigt på allvar, men den försvann igen, och han
fortsatte mot butiken. Nu följde bocken för omväxlings skull med
honom utan att tredskas, och Elias vacklade iväg högljutt hoj-
tande:

— Men sjölvständi ä jag å... låt döm ta alltihopa bara...
di ska nog få si ein da ...

Emellanåt pratade han med bocken och berättade för den att
han var en ensam och övergiven stackare som inte hade en plats
att luta sitt huvud på. Det kom honom att tänka på en sång han
kunde, och medan han fortsatte att vackla vägen fram sjöng
han:

Ensam uti världen jag går min törnestig
och den vägen är oändeligt lång.

Till hemmets varma härd den leder aldrig mig,
där min moder satt och spann en gång

Visan tog all musten ur honom med den självömkan som den väckte. Bocken släpade honom av vägen in på en stig och skulle kanske ha lyckats rymma, men han hann i sista ögonblicket binda den vid en alstam. Sedan slocknade han bredvid den, snyftade och mumlade innan han somnade:

— Du ä mitt stöd i live... jag ensamma... ensamma... stackare...

Försommarnatten var varm. Bocken betade av gräset så långt linan tillät, och när den sedan hade försökt slita sig en stund utan att lyckas lade den sig också. Stället var så pass avsides att bysborna på återväg från Kiviojas inte lade märke till dem. Först på morgonen vaknade Elias och tog bocken med till Leppänens.

Frampå dagen kom gammelmoran för att hämta bocken, och Elias lät henne ta den, fast man hos Leppänens redan hade hunnit vänja sig vid tanken på att få behålla den. Moran sa att hon hade kommit överens med Antero om att Elias skulle få bo i sytningsstugan, men något annat skulle det inte vankas. Att börja med gick Elias inte in på det utan hotade med »lagstugon». Men därav vart intet, och efter ett par dagar flyttade han in i sytningsstugan.

Husbonden på Mäki-Pentti bara skrattade åt Vickes självständighetsfest när bysborna förde den på tal, men Vicke sa:

— Han säger va han säger... Täcks int vis hur e harmar an... Ä ett hemman har jag nu å, prisis som han...

Snart skulle lantmätarna komma.

II

Prosten Lauri Salpakari hade redan fyllt femtio år. Något kalas hade det inte varit. Tidningarna hade nog en kort notis om saken, sockenavisan till och med en lång artikel skriven av folkskolläraren.

Där stod det var och när han hade blivit student, och sedan om hans studier och hans verksamhet som kyrkoherde i socknen. Vid sidan av sin ställning som församlingsherde hade han även varit offentligt verksam på det världsliga området, hade gjort en betydande insats vid grundandet av folkskolor och därvid fått starkt stöd av sin maka, och så vidare. Med sitt ljusa och vänliga väsen hade han tillvunnit sig sockenbornas odelade aktning.

Till slut meddelades att jubilaren var bortrest på sin bemärkelsedag.

På lördagsaftonen efter bastun, när folk hade tid att studera sitt sockenblad, läste också Pentinkulmaborna om hans levnadslopp. Far eller mor satte glasögonen på näsan — ena skalmen var kanske av och reparerad med en bit ullgarn — och läste högt för hela familjen.

— Han ä bortrest, sa man sedan respektfullt.

Bättre folk var ofta bortresta på sina bemärkelsedagar. Det var så fint, detta, att somliga sa ännu på söndagen när det råkade bli tal om saken:

— Han lär ska va bortrest på bemärkelsedagen.

Men prosten hade inte rest någonstans. Det stod så bara för att man skulle slippa gratulanter att bulla upp för. Det blev bara barnen som kom på gratulationsbesök och överräckte ett glasögonfodral av guld, för prosten behövde glasögon numera när han läste. Gåvan var relativt anspråkslös, men han hade uttryckligen sagt att de inte fick ställa till med något.

Det fanns mångahanda nya bestyr som krävde tid och krafter i prästgårdsparets liv. Närmast gällde det skyddskåren och Lotta Svärd. Prosten var fältpräst i skyddskåren och Ellen ordförande för lottornas lokalavdelning. Prosten själv hyste ingen särskild entusiasm för sådant. Den fanatiska och krigiska andan var honom främmande redan på grund av hans läggning, men dessutom gick den inte riktigt ihop med hans humanistiska livsattityd. Trots det ansåg han det för sin plikt att vara med i detta gemensamhetsverk, i all synnerhet som Ellen krävde det av honom. Hon var i farten hela tiden, drog på sig ständigt mera arbete. Utom till Lotta Svärd hörde hon till Marthorna, Gräns-

51

bygdens Vänner, lokalavdelningen av General Mannerheims Barnskyddsförbund och andra liknande sammanslutningar. Och i nästan alla var hon ordförande. Hon ordnade fester, insamlingar och soaréer, skrev artiklar i föreningarnas publikationer och hann också med att politisera mellan verserna.

Ibland förbjöd prosten sin maka att ta på sig så stor arbetsbörda. Han såg tydligt att hon var gripen av ett nervöst verksamhetsbehov och överansträngde sig. Men ju nervösare hon blev, desto mera stod hon i.

Ani hade gift sig med en ung läkare. Föräldrarna var belåtna med dotterns äktenskap. Svärsonen var en man som fyllde måttet i alla avseenden, hygglig och väluppfostrad, rätt lik Ani själv. Och han var »av god familj», som de sa. Närmast betydde det att han hade sitt ursprung i samma ämbetsmannakast som de själva.

Ani verkade lycklig på sitt svala och behärskade sätt. Det var åtskilligt av glad äganderätt i hennes röst när hon sa:

— Älskling, vill du räcka mej senapen.

Hon använde ofta ordet älskling, och mannen passade upp henne artigt och ödmjukt. Svärföräldrarna bemötte han med aktning och eftergivenhet för deras åsikter och känslor. Särskilt prosten tyckte bra om sin svärson för att han ibland brukade tala om att han som yngre hade känt sig främmande för religionen, men att studierna i medicin hade avslöjat för honom hur den mänskliga kunskapen kom till korta inför naturens gåtor.

Hans ord var inte förställning, utan han tänkte faktiskt något åt det hållet. Det var bara tonfallet som var lite allvarsammare än hans verkliga inställning.

Men prosten klappade förnöjt Ani på axeln:

— Jag lyckönskar dej ... av allt mitt hjärta ... Det har gått dej väl i händer.

Ilmari däremot vållade sin far lite bekymmer emellanåt. Han var kapten nu och förlagd till en garnisonsort. Och visst var också sonen en ständig källa till stolthet och glädje. Ibland när han kom hem på besök följde fadern med skjutspojken för att möta honom och han kunde inte hjälpa att han kände en barnslig glädje när han sedan åkte genom socknen vid Ilmaris sida.

52

Det hände att de redan på stationen stötte på bekanta som respektfullt frågade:

— Ska herr jägarkaptenen stanna länge på permission?

När de körde genom kyrkbyn blev de hejdade av andra vänner och bekanta som ovillkorligen krävde att Ilmari skulle komma och hälsa på. De fruar som hade giftasvuxna döttrar var sega och outtröttliga och lät sig inte avspisas av jägarkaptenens hövliga kyla.

Men det fanns också många som lyfte sparkstöttingen ut i drivan vid vägkanten och stirrade ner på den med tom och uttryckslös blick medan ekipaget passerade. Till dem hörde Akseli om han råkade möta Ilmari. En hälsning nickade han nog i alla fall, men knappt och trumpet. Det blev ett litet samtal mellan fadern och sonen om Akseli. Ilmari frågade hur han verkade och betedde sig nu för tiden, och prosten svarade:

— Han har hållit sej väldigt isolerad. Men annars tror jag nog att hans inställning är likadan som förr.

— Liksom alla de andras ... Man inbillar sej att de ska ändra åsikt för att de blir benådade ... Herr Plåtbergs dumheter ... Strör omkring sej medborgerligt förtroende för att få anhägare ... Vad allt gick inte förlorat medan detdär patrasket hade makten. Våra gränser skulle ha gått vid Onega nu ... Och varför ska jag vara simpel kapten ... Hm ... Jag är född tio år för sent ...

— Vad skulle du ha gjort med de tio åren?

— Skaffat mej mera inflytande ... En ställning där man hade kunnat göra något annat än bara knyta näven i byxfickan när man ser dethär demokratiska träsket.

— He, he ... Du påminner åtskilligt om mor din ... Du brusar opp så lätt.

— Så lätt ... Tycker du orsaken är så obetydlig då?

Sonens självsäkra och äregiriga attityd föll nog prosten på läppen, men samtidigt mängde sig hos Ilmari ett drag av rent cynisk tilltagsenhet med det målmedvetet militäriska och beslutsamma.

När Ilmari kom hem var det med ens som om hela prästgården skulle ha svämmat över av liv och rörelse. Det började redan i trappan som ekade av hans raska steg ackompanjerade av ett dämpat sporrklirr. Hans röst var det också som dominerade i väl-

53

komstbullret. Han klappade om sin mor enligt gammal vana. Råkade systern och svågern vara i prästgården slängde han till dem nånting skämtsamt där man kanske kunde urskilja en liten biton av överlägsenhet. Han drog av sig manteln och remtyget och hängde upp dem. Det fanns ett slags knyckig precision i varje rörelse han gjorde. Till och med när han satte sig i en stol skedde det avmätt och överlagt.

Till Ilmaris militäriska uppenbarelse hörde också en kärv frispråkighet som han inte alltid kom ihåg att lägga band på under besöken hemma. Till exempel när prosten frågade honom vad han tyckte om svågern svarade han:

— Han passar mycket bra på den smalspåriga järnväg som Ani är.

Prosten visste inte riktigt om han skulle bli stött. Men senare på kvällen, efter middagen, när samtalet kom in på dagsfrågorna kunde han inte undgå att bli det. Det blev tal om den fjärrkarelska expeditionen. Ilmari hade ämnat delta i den men inte fått permission från armén, och utan tillstånd vågade han inte ge sig av. Visst var de allesammans uppbragta över freden i Dorpat, som de kallade en skamfläck, men prosten försökte ändå dämpa sin makas och i synnerhet sonens vrede en smula. När Ståhlberg kom på tal sa Ilmari aldrig president Ståhlberg, utan alltid herr Plåtberg.

— Han är ju i alla fall vårt statsöverhuvud och din högsta förman.

— Javisst ja. Tack vare rödingarna som han har släppt ut ur fånglägren. Sånadär som dendär Kivivuori.

— Han släppte inte ut Kivivuori. Kivivuori släppte de redan på Svinhufvuds tid.

— Nå, ditåt i alla fall. Sak samma. Det är olidligt att stå under befäl av sånadär... Att befria landet och lämna det i händerna på patrask. Varför gjorde vi inte statskupp? Eller varför behöll vi inte makten helt enkelt, när vi en gång hade den?

— Men man kan väl inte låta det gå till olagligheter heller. Det var ju omöjligt, eftersom valen inte gav oss tillräckligt stöd.

— Stöd och val. Var så vänlig och säj mej vad detdär patrasket understödde när vi kom hem. Vad för en laglighet var det?

54

— Alldeles riktigt. Socialisterna blev nog hastigt laglighets-anhängare när de behövde valen för sina syften... Men det är idel bluff och bedrägeri.

Det var prostinnan. Hon var benägen att hålla med sonen. Inte heller prosten hade något till övers för socialisterna, men han var mera behärskad och hyste aktning för Ståhlberg. Men prostinnan och Ilmari kunde inte glömma att segern inte hade blivit fullständig. Ingen kung fick man, och inte Fjärrkarelen heller, och vilka som helst hade lov att »skräna som de ville».

Lite skrämd hade Ellen nog blivit när hetsjakten på regeringen ledde till att minister Ritavuori blev mördad, men det var lätt att finna på förklaringar:

— Så går det när man envisas med att förgifta folkets sinne och regera tvärt emot elitens vilja ... Ja, så är det ... Också om sådana tilltag inte kan godkännas.

Sådant gjorde ännu inte prosten stött, men när man kom in på religionen och sonen lät undfalla sig att den var av nöden för att hålla plebsen i schack, sa fadern:

— Jag ville be dej välja ämnena för dina skämt lite bättre.

— Det var inget skämt. Jag menade allvar.

— Hur så? När har du blivit ateist?

— Jag är inte ateist. Jag är hedning, och det är något helt annat.

Läkaren brast i skratt, men prostens mun malde tomgång några ögonblick och trevade efter ord:

— He... hedning...

— Javisst. Jag är det blonda rovdjuret. Nordanskogarnas blonda rovdjur.

Med förnämt allvar lät han blicken vandra över huvudena på det övriga sällskapet. Fadern drog av hans tillgjorda min slutsatsen att han skämtade och kände sig genast lättad. Men det var skämt bara till hälften. Ilmari var fullständigt likgiltig för religionen. Och de nietzscheanska ordalag han svängde sig med var inte alltigenom skoj. Han var kärnfrisk, med den styrka och smidighet som följer av målmedveten fysisk träning. Hans kraftkänsla var det som kom honom att visa sig överlägsen mot fadern, även om den allvarsdigra tonen var mest okynnig retsamhet. Också annars hade han en benägenhet att förbluffa folk genom underliga infall, i synnerhet om han hade druckit. Han var i trettioårsåldern nu. När modern på tal om Anis giftermål sade att också han borde söka sig en maka svarade han:

— Det är inte lätt att hitta någon för en man som jag.

— Men hur så. Någon sorts oas måste väl en människa ha i sitt liv.

— En man som trår efter sådant kommenderar aldrig arméer.

— Men det kan väl inte en hustru hindra.

— Nej, om hon är av rätta ullen. Men de är sällsynta.

Imari var faktiskt alltför bränd och erfaren i det avseendet. Dessutom visade kvinnorna ofta väl tydligt sitt intresse för honom. Det gjorde att han blev bortskämd och ledsnade hastigt och därför aldrig kom i verklig kontakt med någon. Han omgav sig nog med många kvinnor, men de var alla av mer eller mindre tvivelaktigt slag, sådana som inte blev till besvär men fyllde det oundgängliga behovet.

För övrigt var han ovillig att avstå från sin fria ungkarlstillvaro, som han trivdes med. Krigaryrket hade han gått upp i med liv och själ, och talet om att kommendera arméer var i grund och botten inget skämt. I sitt stilla sinne hade han beslutat att han skulle dö som general, och han dolde inte tanken även om han naturligtvis måste drapera den i en slöja av raljeri. Det hände att han sa till sina officerskamrater:

— När ni pensioneras som gamla majorer är det jag som undertecknar papperen.

Han läste mycket för att utveckla sig, mest militär litteratur, men dessutom friskade han också upp sin matematik, som hunnit rosta sedan skoltiden. Ibland hände det att han inte på flera veckor besökte officerskasinot annat än för att äta, och när kamraterna frågade efter orsaken svarade han högmodigt:

— Jag har umgåtts med alla vetenskapers drottning på sistone.

Inom kompaniet var han känd som en olidlig livare. Manskapet hyste direkt skräck för honom, och han var nöjd när han märkte det. Samtidigt var hans högdragna och pedantiska uppträdande mängt med ett slags frigjord smidighet, som verkade förmildrande trots allt. Ibland sa någon bland manskapet liksom förlåtande:

56

— Fast han ä nog en satans stronger karl å.

Ordet »stronger» uttryckte ungefär detsamma som prästgårdens underhavande i tiden hade menat när de kallade honom »en helvites vettvilling». När han uppenbarade sig på exercisfältet för att följa med övningarna kom det genast en ängslig stämning över kompaniet och manskapet började fjäska och göra greppen snabbare än vanligt. Ilmari spankulerade omkring på fältet och iakttog utan att säga något. Också i tjänsten var han mycket omsorgsfull med sin klädsel. Man såg av hela hans uppenbarelse att han trivdes med tillvaron. Den fjädrande gången utstrålade belåtenhet över att äga en spänstig kropp och hans utstuderade rörelser och ställningar skvallrade om att han njöt av att gå här fram och tillbaka och känna att han obetingat var herre över karlarna.

Ibland avbröt han övningarna och kommenderade uppställning. Så stod han en stund framför kompaniet och såg stint på karlarna som under andlös tystnad och med ängsligt blängande ögon mötte hans skarpa blick:

— Herrar officerare och underofficerare lediga. Kompani... Givakt.

Så åter några ögonblicks tystnad.

— Jag har följt med exercisen och märkt att det är tvivel underkastat om ni nånsin kommer att bli soldater. Ni är hållningslösa, slappa och dumma. Jag ska ruska av er dendär tafatta statarmentaliteten. Maahan, opp, maahan, opp, maahan, opp... Ert sätt att gå omkull kan vara på sin plats om det gäller att lägga sej på en kvinna. För dethär ändamålet är det varken tillräckligt stilrent eller snabbt. Säj mej vad som är den formella exercisens egentliga ändamål. Ni där. Just ni, andra man i andra plutonens första grupp. Ni som på pricken liknar spaderäss.

— Herr kapten. Meningen ä att man ska lär sej tempona.

— Fel. Den egentliga avsikten är uppövning av reaktionssnabbheten. Maahan, opp, maahan, opp, maahan, opp... Eftersom vårt fosterlands nordliga läge kommer att göra mörkerstrider vanliga och nödvändiga, så måste vi ha nattmanöver i natt. Och då gäller det att slipa av formen i god tid: maahan, opp, maahan, opp. Herrar officerare... Fortsätt exercisen.

57

Sådana episoder var bara ett slags stilprov.

Uppträdde en värnpliktig militäriskt, gjorde käcka ställningssteg och svarade på frågor med bistra rytanden var han nöjd och sa:

— En karl från topp till tå. Gott soldatgry.

Han bodde i ett litet anspråkslöst rum ute i stan. Det var enkelt och spartanskt inrett, för i sådana ting ansåg han asketism för en dygd. Där fanns inte mer än två stolar, och när hans föräldrar första gången kom för att hälsa på blev modern förbluffad:

— Men hur bor du egentligen. Dethär liknar ju en fångcell. Du har ju inte ens stolar för dina gäster.

— Dehär stolarna är reserverade enkom för era besök. Andra gäster har jag inte, och råkar jag få några så kan de stå. Själv sitter jag mycket sällan.

Han åt på officerskasinot men brukade just inte hålla till där annars. Trots förbudslagen drack man smuggelsprit nästan helt öppet på kasinot. Ilmari drack inte ofta, men började han drack han mycket. Han tålde också vid förvånansvärda mängder alkohol. När andra började mjukna och bli sentimentala brukade han stirra upp i taket och sluta svara på frågor och tilltal. När någon krävde en förklaring svarade han korthugget:

— Mina herrar. Jag umgås inte med er, jag trivs bara i alpint klimat.

Eftersom sällskapet var berusat blev det naturligtvis gräl, men Ilmari sa avmätt:

— Den som är sårad är så god och väljer vapen.

Någon som var lite nyktrare lyckades släta över, men om en liten stund var en ny munhuggning i gång, för Ilmari blev uppenbart grälsjuk och utmanande när han var alkoholpåverkad. Det hände att han reste sig, slog ihop klackarna och förkunnade med ljudlig stämma:

— Kapten Ilmari Salpakari. Prästson och hedning. Den siste romaren.

En gång hade en av hans kamrater med sig en dam som han inte kände. Han började stirra på henne med den drucknes stela blick så att hon blev pinsamt berörd och saken började väcka allmän uppmärksamhet. När han suttit och glott en stund reste han sig, gick fram till damen, slog ihop klackarna och bugade sig. Sedan vände han sig till officeren, bugade på samma sätt för honom och sa:

— Förtjusande. I synnnerhet om du klär henne i månsken och ett halsband.

Det blev uppståndelse. Officeren fordrade en ursäkt och andra instämde. Man var fyllekaxig och allmänt indignerad, och Ilmari omgavs av upprört beskäftiga officerare. Ingen med högre rang än han råkade finnas på kasinot, så det gick inte att utnyttja befälsrätt, men det hördes högljudda krav på att han skulla göra avbön:

— Du har skämt ut regementets officerskår... Hör du... Du måste be om förlåtelse. Du måste.

— Nej. Regementets ära är helig för mej... Jag är beredd att försvara den. Min herre. Ni var förr min vän. Tyvärr. Den som jag är skyldig nånting kan meddela mej tid och plats. Herrarna vet min adress.

— Hördu Ilmari. Du måste be om ursäkt. Du har förolämpat en dam på officersklubben.

— Lögn. Hur skulle jag kunna förolämpa ett högre väsen. Madame, hade jag verkligen förolämpat er skulle jag naturligtvis be om förlåtelse, men något sådant kan jag omöjligt ha gjort. Därför bara bugar jag som tecken på min oerhörda aktning.

Bullret fortsatte. En löjtnant som hållit på att slockna kvicknade till av oljudet. Det gav honom någon dunkel impuls så att han grep en spritkanister av plåt som stod under bordet, drämde den i bordsskivan och vrålade:

— Regementets ära... Herregud.

Det var ett slags slutkläm, för ansträngningen blev honom övermäktig, och han ramlade själv under bordet.

När Ilmari enständigt vägrade att be om ursäkt fick hans kamrater honom att gå hem. Följande morgon när han vaknade överfölls han av suddiga men förebrående minnen. Men han hoppade ur sängen och satte i gång med den våldsamma morgongymnastik som alltid stod först på hans dagordning. Länge dröjde det inte förrän han svettades och flåsade, men orubbligt genomförde han hela programmet. Och som till motangrepp mot

59

allt som var pinsamt och obehagligt upprepade han tyst för sig
själv Jägarmarschens ord medan han hoppade sitt tunga kråk-
hopp med armarna sträckta rakt fram:

Vårt hugg är hårt, och vårt hat är kallt,
vår hämnd är hängångna släktens...
Ett värjhugg är lyckan, ett vågspel allt,
och segern är morgonväktens...

Sedan tänjde han på en kraftig fjäder med handtag i ändar-
na. Det var för att stärka armar och skuldror. Hans ständiga och
obarmhärtiga träning tog lika mycket sikte på själens som på
kroppens kondition. En av hans kungstankar var att en stark fysik
var en ovillkorlig förutsättning för psykisk härdighet. Och när
han sedan gick från sin bostad till kasernen efter att ha tvättat
och klätt sig kände han inte längre den minsta eftersläng av före-
gående kväll.

När det blev tal om krig och militär fostran framlade han sin
åsikt med eftertryck:

— Krig är organiserat våld och en soldats främsta plikt att
göra sej beredd att möta det. Humanitet har ingenting att skaffa
med den saken. Den som ömkar andra ömkar vanligtvis också sej
själv och därmed är han oförmögen att fylla sin uppgift. Tänk
er ett läge där ni måste kommendera en bataljon till anfall. Ni
vet på förhand att en viss procent av den ohjälpligt är död när
anfallet är över. Om ni nu i er fantasi börjar gå igenom hela
den mänskliga processen i sammanhanget, ända till karlarnas
skräck och lidande och släktingarnas sorg, blir ni utsatta för en
så stark själslig press att ni inte längre är kapabla att tänka och
handla klart. Ni talade nyss om fosterlandet. Alldeles riktigt, det
är naturligtvis officerens högsta och enda motiv. Men krigarens
fosterländskhet består framför allt annat i att vara effektiv. Det
är det grundläggande kravet.

Och han slungade fram sina satser kategoriskt som för att med
varje tonfall understryka hur giltig och klar hans tankegång var.

När han samtalade med fadern brukade han trots allt frisera
sina innersta tankar en smula eller svepa dem i ett lättsamt skämt.

Men helt varken kunde eller ville han dölja sin inställning, och det hände ibland att prosten suckade sorgset. Prostinnan lade inte sådant på sinnet. När prosten förde saken på tal sa hon bara:

— Du ska inte ta det så högtidligt vad han säjer. Han överdriver. Hur ogudaktig tror du nu att han verkligen är? Vad finns det för särskilt ont i hans liv?

— Jaja... Visst har han alltid haft en benägenhet att formulera sej överdrivet...

Det förargade Ilmari att prästgården inte ägde någon hygglig ridhäst, för han tyckte om att rida också när han var på permission. Där hjälpte inte annat än att välja ut den yngsta och piggaste hästen i stallet, trots att den var klumpig och inte dög till terrängritt. Men också den förslog för bysborna. De glodde på Ilmaris ritt och beskärmade sig över att »prästgålins krigskapten» satt på hästryggen. Äldre människor hälsade respektfullt. Gummorna rent av steg ut på vägkanten och neg. Men bland de yngre fanns många som inte glömde Ilmaris tid som ortskommendant efter upproret.

— Rid åpå nu din satan... Du ska nog trill åv ein dag...

Mötte han någon från Koskelas brukade han vanligen bara skyldra med ridpiskan och nicka. Med Jussi och Alma hände det att han växlade ett par ord i ytterst formell ton, frågade hur de mådde och önskade dem allt gott när han tog farväl.

Inte heller gamlingarna kunde helt glömma sin bitterhet gentemot Ilmari, även om en uppmärksamhet som den nyssnämnda påverkade Alma så att hon kunde säga:

— Nå, mänsko ä väl han å... Å han måsta väl gör som han vart bifalld, han me...

Och så, lättare och vardagligare, efter en liten paus:

— Men he va nå va han blir lik mor sin... En nätt karl. Underlit att han ha mäkta hålls ogift.

När Ilmari sedan plötsligt meddelade att han skulle gifta sig kom det som en överraskning också för föräldrarna. Alltsammans gick så hastigt att han själv inte hade en aning om det ett par, tre veckor innan beslutet fattades. Fästmön var en adertonårig skolflicka som han träffade hemma hos en gift officerskamrat. Hon hette Laura och var enda dotter till en förmögen grosshandlare. Konstellationen var alltså en smula romantisk: en fattig kapten och en rik faders blodunga dotter. Men i själva verket ägnade Ilmari inte en tanke åt den sidan av saken. När han såg på den blyga och rodnande flickan kallade han henne i sitt stilla sinne för näckros, och det var verkligen just vad hon kunde föra i tankarna. Någon skönhet var hon inte, men han blev betagen av det fräscha behaget i hennes nyväckta kropp. På grund av hennes ungdom intog han att börja med en faderlig attityd mot henne och gjorde sig till och med äldre än han var. Men sedan han halvt på skämt hade följt henne hem den första kvällen bad han snart om ett nytt sammanträffande. Flickan blev rådvill, för hon hyste en nästan skräckblandad respekt för Ilmari, och kom sig varken för att jaka eller neka. Men han lyckades ordna saken med bistånd av kamraten som han träffat henne hos. Så började det.

Flickan stod fortfarande under sträng uppsikt av sina föräldrar. Detta medverkade i sin mån till Ilmaris beslut genom att han ställdes i en situation där han snabbt måste avgöra: antingen, eller. Tveklöst handlade han inte, men efter något betänkande beslöt han till slut att fria.

Ilmaris föräldrar var inte riktigt nöjda. Dels var de smått bekymrade över åldersskillnaden, och dels tyckte de att den blivande svärdottern var lite obetydlig. Nog hade Ilmari kunnat göra ett mycket bättre parti. De erkände inte ens för sig själva att det var samhällsställningen som sådan de tänkte på, utan talade om de ungas bakgrund och möjligheter att andligen anpassa sig till varandra. Också prästgårdsherrskapet hade sin halvt omedvetna sociala stolthet, föranledd av att de betraktade sig som medlemmar av den gamla bildade klassen. Fästmöns far var bondson, hade börjat som diversehandlare och blivit rik tack vare kristiden. Någonting fanns där som inte verkade tilltalande för dem.

Det kom naturligtvis inte i fråga att så mycket som antyda sådana tvivel för Ilmari. När Laura kom på sitt första besök i prästgården trutade prostinnan stort med munnen och sa med gummibandstänjda u-ljud:

— Förtjuusande, förtjuusande barn.

Prosten, som över huvud taget hade lätt att anpassa sig, var snart uppriktigt belåten:

— Det länder säkert till hans bästa att han gifter sej ... Min son har varit så rastlös, så oerhört rastlös. Kanske han slår sej till ro nu när hans liv får en djupare mening.

III

Akseli stod på gårdstunet i skjortärmarna, med händerna i byxfickorna, och betraktade sina domäner. Bara i en riktning såg han främmande mark. Det var prästgårdsdelen av kärret. Men den brydde han sig inte om just nu.

Hans ansikte bar alltjämt spår av utståndna lidanden, fåror som aldrig mer skulle utplånas. Men det var segerjubel i tonfallet när han sa för sig själv:

— Men ge måsta di bara.

Tacksamhet kände han inte, därtill var den inneboende bitterheten för stor. När han undertecknade inlösningspapperen hade han skrivit, efter ett ögonblicks tvekan:

»Akseli Koskela. Jordbrukare.»

— Så där får di skåd då.

Många titlar hade han inte haft dessförinnan i sitt liv: bara torpare och dödsdömde.

Han hade levt i en smått förvirrad sinnesstämning dessa dagar. Lite skyggt och tveksamt hade Elina berättat att hon var havande. Det var en nyhet som ohjälpligt väckte blandade känslor. Hur skulle det nu gå med hans framtidsplaner som byggde på de tre sönerna? Elinas blick hade irrat lite ängsligt medan hon väntade på att han skulle yttra sin åsikt. För dethär barnet hade ju inte riktigt varit meningen.

— Nå, va hjälper he.

Elina sa tröstande, att blev det en flicka så var ju allt väl. Det sa hon i själva verket för att hon varje gång efter Vilho hade önskat sig en flicka. Men Akseli tog det faktiskt som en tröst. Inte för att de nu på fullaste allvar var så noga beräknande heller

63

när det gällde barnen. Det må nu bli vad det blir. Det finns väl rum här i livet för en och var.

Hos Akseli fyllde sönerna, gården och dess framtid långsamt det svidande ömma tomrum som nederlaget och sammanbrottet hade lämnat efter sig. De stakade liksom ut vägen tillbaka till livet, och därför var de så ofta i hans tankar.

Sönerna hade ärvt många av hans yttre drag. Egentligen var det bara deras ljusa luggar och blå ögon som påminde om släkten Kivivuóri, konstaterade bysborna ofta när de såg de tre pojkarna.

Men till karaktären var det bara Voitto som påminde om sin far. Han var lite envis och häftig, och ibland var det svårt att få honom att lyda. Det hände att Jussi muttrade till Alma:

— Far sin opp i dagen, opp i dagen. Jag säger åt an, att låt hackelskorgen stå där an står, men han bara kånkar iväg me an å låss int alls hör.

De två äldre var ganska lika varandra, fåmälda och stillsamma, Eero dock en smula livligare än äldsta brodern, som verkade stabilare. Hos Vilho fann inte ens farfar just något att klanka på, och hade han bara förmått visa sig blid mot barn skulle han säkert emellanåt ha givit äldsta sonsonen beröm. Pojken uppförde sig mycket moget för sin ålder. Också till arbetet hade han redan en nykter och saklig inställning, och det var den högsta dygden i farfars ögon. Den kom sig väl av att han blivit tvungen att hjälpa till med allt han någonsin förmådde den tiden far satt i fängelse.

Såhär på sommaren fick de ligga i alla tre från morgon till kväll. De slog gräs åt småfänaden på dikesrenarna, samlade lövkärvar åt fåren och högg ved till hushållet. På söndagarna hade de ledigt och fick gå ner till sjön för att bada och meta. Ut i byn fick de inte springa än så länge. Egentligen var de till bys bara de gånger de hälsade på hos Kivivuoris tillsammans med föräldrarna.

Även pojkarna gladdes åt fars ljusare humör. Detdär tunga, tryckande och hotfulla som hans dysterhet hade fört med sig låg inte längre i luften. Han talade till dem med mycket snällare röst än förr. Det lät välvilligt också när han gav dem order:

— Gå åsta kap nå lite käppar, pojkar, sådä två meter lång ungefär. Vilho tar lövskäron å fäller döm, å Eero kvistar åv döm me kniven. Förti, femti styckna ska ni gör. He finns bra virke där vi fälld kvastbjörken förra vickon, ni minns.

— Va ska di va till?

— Di bihövs då lantmätaren komber.

Pojkarna gav sig iväg och skar till käpparna. De yngre bröderna frågade Vilho vad lantmätaren skulle ha dem till och Vilho svarade utan att titta upp, koncentrerad på sitt arbete:

— Di ska på råna då vi blir sjölvständi.

— Va ä sjölvständi för nå?

— Att vi int bihöver bital hyro å int lyd nåen.

Definitionen syntes tydlig nog, eftersom småpojkarna slutade fråga. Men så kom hemtransporten av käpparna på tapeten, och Eero sa att de inte orkade bära alla på en gång. Vilho tittade på högen och svarade:

— Om vi sku freist i alla fall.

Det var karakteristiskt för honom att säga så. I själva verket innebar hans ord ett oryggligt beslut att käpparna skulle tas i en omgång, men han drog sig för att uttrycka det i alltför utmanande och bestämda ordalag. Han gjorde tre knippen. I Voittos fanns bara några få käppar, i Eeros lite fler och hans eget var det största. Så stort att han inte orkade lyfta upp det på axeln, utan fick lägga sig på knä och sätta skuldran till käpphögen där den låg på marken och så långsamt resa på sig.

Fästigen var ojämn och besvärlig. Det dröjde inte länge förrän de måste stanna och pusta, och avstånden mellan rasterna blev snart allt kortare. Så kastade Voitto sitt knippe ifrån sig och sa att det fick vara nog nu. Eero vidarebefordrade meddelandet till Vilho, som gick främst, liksom för att kalla honom till skiljedomare. Men Vilho försökte inte med tvång utan sa bara:

— Nå, hämt hit e då.

Voitto bar sitt knippe fram till Vilho, lite tveksamt som om han befarat något knepigt försök att tvinga honom i alla fall. Men Vilho lade Voittos käppar ovanpå sina egna och gick vidare. Nu var det inte långt kvar hem. Knippet tyngde vasst på hans späda nyckelben, stegen började vackla och det värkte i armen som

65

måste hållas i samma ansträngda ställning hela tiden. Det var ett par tiotal meter kvar till lidret, och han hade beslutat att inte vila någon mer gång. Han sköt knippet längre bakåt ryggen för att lindra trycket mot nyckelbenet, men då började hela käpphögen glida bakåt. Han måste kröka sig och gå vidare med näsan nästan i marken och bördan på ryggen. De sista metrarna höll på att kväva honom, men han gav inte upp utan fortsatte till slutet.

Framför lidret ramlade bördan i backen innan han hann lägga ner den, men nu spelade det ju ingen roll längre, för den var framme. Han satte sig och flämtade och vred och vände på sina domnade leder. Voitto fick nog ett bestraffande ögonkast mängt med en gnutta förakt, men hjälten yttrade ingenting. Eero var lite avundsjuk över den äldre broderns prestation och lät sitt misshumör gå ut över Voitto:

— Å handä spasserar bara me händren på ryggin ... Nog får du bär du å, lika väl.

— Int måst jag.

— Nänä. Mammas gullegrisen.

Men Voitto brydde sig inte om honom utan klafsade iväg på sina egna vägar.

Vilho lade sig inte i. Småglina fick gräla, han såg till att någonting blev gjort i stället. Far gav dem beröm, men Eero kunde inte låta bli att skvallra på Voitto. Far var inte arg på honom. En fyraåring kunde man ännu inte tvinga att arbeta. Någonting på en gång vädjande och klandrande fanns det nog ändå i Akselis röst när han sa:

— Huru gör du så. Int ger en karl opp så lätt.

Det mesta av pojkarnas uppfostran bestod i den sortens tillsägelser. Förbud och hotfulla åthutningar var av mindre betydelse. Men en uppfordrande vädjan till karlaktighet och ära sved värre än riset. Det var skamligt att klaga, det var skamligt att gråta, det var skamligt att be äldre folk om hjälp, det var skamligt att bli trött och över huvud taget att visa känslor och inte bära sig manligt åt. Det hände nog alltjämt att mor försökte smeka dem då och då, men de blev brydda och drog sig undan som om de hade rört vid något obehagligt.

66

Med farmor kom de för det mesta bra överens. Det fanns en lugn välvilja hos henne som gjorde att man aldrig behövde vara rädd. Ofta när de lekte på gårdsplanen satt hon på bänken och tittade på, och ibland sa hon:

— Ni ä då mej ena filurer.

Gjorde de något olovligt sa hon med sträng röst:

— Men hör nu. Slutar in int åv så säger jag åt far er.

För det mesta blev ändå ingenting sagt.

Farfar umgicks inte så värst med dem. Sa de något till honom vaknade han upp först efter andra frågan och muttrade:

— Vaa ...

Och för det mesta gav han sedan inget ordentligt svar utan sa:

— Va ska ni ha reda på he för ... Int bihöver e kläppan veit allting heller ...

Med morfar Kivivuori var det annat. När Otto kom med sin borr, sin slägga och sin mejsel rusade de emot honom ut på gården. Också morfar Kivivuori hade grånat och blivit lite böjd. Men han var lika full i skoj som förr, hade alla möjliga hyss för sig och blev inte arg om man betalade med samma mynt.

Morfar kom för att hugga råstenar tillsammans med far. Pojkarna fick vara med och titta på, och de blev lite förvånade när de såg att morfar i arbetet behandlade far nästan på samma sätt som dem själva. Far visste ingenting, begrep sig inte ett dyft på sten, det var med näppe han dög till att drämma släggan på borren.

Men morfar, han kunde. Stenarna spjälktes till prydliga avlånga pelare. Först stod morfar och tittade på bumlingarna med kritisk min en lång stund, visslande och försjunken i sina tankar. Det fanns »sköror» i dem, och de »löpte» där eller där. Och de stora blocken fick inte vändas och vältras med bara muskelkraft, utan med hävstänger och knep skulle det ske.

— I stenarbete räcker e ändå int överallt me bara råa styrkon. Man måst ha nittinie konster å ett tjyvknep.

När han höll borren medan far slog med släggan tittade han plirande på pojkarna och frågade om de kunde sjunga. Nej, det kunde de inte, men morfar kunde:

Å käringan i byen, tjodeluntan
å kan ni tänka de,
di borde få en trasselsudd i muntan,
å trollas allt ti ekorrar
å köras opp i trä.

Pojkarna småskrattade lite blygt, och när morfar bad dem hämta hans pipa ur fickan på blusen som han slängt ifrån sig sprang de i kapp och nästan grälade om vem som skulle få överräcka pipan. Nyfiket tittade de på när morfar stack kilar i borrhålen och hamrade på dem. Far ville göra det, men då sa morfar:

— Nä, låt mej slå. Di ska ha lika mytji allihopa.

Far gav ifrån sig släggan, men pojkarna tyckte sig märka att han inte riktigt gillade vad morfar sa. Morfar hanterade släggan försiktigt, och före varje slag hade han något talesätt:

— Bara en gång till, som flickon sa...

Så sprack stenen med ens i tu, vackert och jämnt, och morfar plirade och visslade när han tittade på bitarna. Han var nog en riktig trollkarl.

När de en gång var i tagen gjorde de råstenar till Kivivuori också. Kivivuori skulle bli självständigt, det med, och småningom skulle de få överta det. Fast den saken fick ingen tala om. De tänkte ofta på det, men det var någonting hemlighetsfullt med det hela som gjorde att det inte gick an att nämna det. Ungefär som när morfar berättade för far om farbror Kiviojas kanistrar.

Råstenshuggningen förebådade allt större märkvärdigheter. En vacker dag dök det upp karlar med kartor, siktapparater och långa kättingar. En av dem var herreman och kallades insjenörn fast pojkarna tyckte att han egentligen inte alls såg ut som herrskap. Han gick nästan lika klädd som de andra karlarna.

Och det berodde inte bara på kläderna, utan på ingenjörns uppträdande dessutom. Han skrattade och pratade med far och mor som med jämlikar. Han gick till och med själv till hyllan och tog ett glas när han ville dricka vatten. När mor skyndade sig att säga att hon nog skulle slå i sa han bara lite förtretad:

— Nå... man är väl så pass fullvuxen redan så man kan dricka utan hjälp.

När arbetet började blev han nog allvarsammare och striktare. På fars begäran ställdes en råsten också på prästgårdssidan av Mattisgranen, och ingenjörn sa:

— Den får sen inte stjälpas.

När han mätte ut kärret och far berättade om svårigheterna att få det, sa han:

— Nå, det hade då varit för tjockt att inte gå med på den saken ... Rena förtreten ... Kärr finns det nog av här i landet, alldeles för mycket ...

Så fortsatte han dämpat, liksom för sig själv:

— Men det är nu en gång så konstigt ... Man kan förstå snålhet, om nån förtjänar på den ... Men när det dessutom tycks höra till själva ägandet att andra inte ska få ha ...

En annan gång sa han:

— Jag är en märklig man, jag. Jag lägger rågångar i skogen så att folk slipper ha dem i tankarna.

Men sådant sa han bara då och då. För det mesta var han skämtsam. I synnerhet om det fanns kvinnfolk inom hörhåll. Då blev han riktigt ivrig. Ja, han var nog en märkunderlig herreman, åt talkkunafil också och stannade hos dem över natten, men ville på inga villkor sova i kammarn på nya sidan utan krävde att det skulle bäddas åt honom i höladan. På kvällen satt han ute på gården tillsammans med familjen och frågade ut farfar om hans röjningar och gav honom beröm. Men när han pratade med Alma blev han rent frisinnad av sej och brukade mun om allt möjligt. Farmor skrattade så hon hade svårt att hålla upp ögonen och hela den feta kroppshyddan skakade. Herrn pratade om flickor också, och det så öppet att Elina var generad, i synnerhet för att farmor tycktes njuta av det.

— Ä insjenörn int gift?

— Jovisst. Men hustrurna åldras ... Det är inte så länge man har glädje av dem ... Egentligen borde det stiftas en lag om att när en hustru fyller förti år så får hon bytas ut mot två tjugoåringar.

Den gladlynta och trevliga herrn blev ett slags krona på deras framgång. När det slutliga avgörandet nu hade skett var det som om ödet självt hade sänt en sådan förträfflig människa för att sätta alltsammans i verket. När arbetet var klart och ingenjörn och de övriga gästerna for sin väg gav han pojkarna var sin enmarksslant, och åt mor betalade han för mat och husrum, och det så rikligt att hon var rent skamsen, för han vägrade att alls pruta av. Och till far sa han goda och vänliga ord innan han reste: — Se nu till ni för er del, att inte alla marrare kommer att påstå att de hade rätt. Med »marrarna» menade han de jordägare som alltjämt i sin förbittring i skrift och tal påstod att de självständigblivna torparna aldrig någonsin skulle komma på fötter, utan bara slösa bort allt det gratisfångna och snart ligga jordägarna till last igen via kommunerna.

Far instämde men kunde inte riktigt ta del i så högtravande tal. Herrn tog alla i hand till farväl, utom barnen som han bara vinkade åt. Åt farmor blinkade han till och med, liksom till minne av de trevliga och smått oanständiga pratstunder han haft med henne.

Det var länge sedan far hade berömt någon människa, men nu sa han:

— He va då en gönomrejäl karl.

De märkte egentligen inte att ingenjörns trevlighet inte berodde enbart på honom själv, utan till stor del också på hans syssla. De närmaste dagarna vandrade far mångfaldiga gånger utmed sina rår, och pojkarna fick ofta följa med. Eero klev bredbent längs rån:

— Ena foten på prästgålssidon å andra på våran.

De skulle få eget registernummer också. Far berättade livligt för pojkarna om allt som hade med saken att skaffa. Nej, dehär stora träden skulle de inte få behålla, dem skulle församlingen låta hugga ner. Men marken är så bra här, så när pojkarna är fullvuxna har skogen redan hunnit hela sig själv. För dem var det ingen idé att röra vid den nu, annat än för att gallra. Och så kanske för att ta trävirke till nya fähuset nån gång... Och rian måste byggas till med en bosslada sedan när tröskverket kom.

— När ska vi köp he?

— Så fort vi får loss pengan... Redan nästa vinter ska jag väl kunna tjän nå lite slantar me skogshygge...

70

IV

De stora händelserna färgade av sig också på de små. Framgången liksom strålade ut i vardagen i form av ökad iver och energi. Akseli kände hur hans krafter tilltog. Hans nya utblick över livet visade riktningen åt länge uppdämda och stäckta själsströmmar som drog fram genom hans kropp och gav den nya krafter.

Betingen på åkern började småningom bli allt större. När de andra i sitt stilla sinne tyckte att det var nog för dagen kunde Akseli trots sin trötthet och utmattning säga:

— Ska vi gör nå lite till där ... då int man veit huru vädre blir heller.

Så förfärligt bråttom hade de egentligen inte. Dagsverken fanns det inte mera, och såhär på sommaren fanns det inga förtjänstpåhugg heller. Men tron på framtiden hade åter väckt den undermedvetna girigheten.

Också Jussi hade piggnat till för en kort tid. Men så började hans humör hastigt sjunka. På åkern hade han ingenting att uträtta längre. Med ens var han nästan tillbaka på vallpojksstadiet. Inte ens den sysslan ville man låta honom sköta, men med nervös tjurskallighet försökte han klamra sig fast vid arbetet fast han redan var så styv och stel att han blott med svårighet kunde kravla sig på fötter om han råkade falla omkull.

Han hade också börjat visa prov på ett slags nedstämd bitterhet. Den framträdde särskilt tydligt mot den övriga familjens återvunna humörfriska driftighet, syntes till och med få ökad styrka just av den. Emellanåt hörde man ett lågmält muttrande:

— Va sku he nu va ... på färdi jord ... nu går e väl nog an ...

Han hade blivit vresig mot Alma också. På nätterna vaknade han ofta och sov aldrig riktigt djupt utan låg som i halvdvala. Ibland tröttnade Alma på hans nycker och retlighet, men hon svalde sin leda. När Jussi trätte på henne i andras närvaro tittade hon sorgset i golvet och började sedan stillsamt tala om något annat. Akseli lade märke till faderns tillstånd och sa en gång till Alma:

— Ork ni me han ... som han ha blivi ...

Det var typiskt för familjen Koskela att sådana saker berördes motvilligt och efter lång tvekan. Ännu motvilligare att dryfta saken var Alma själv, och hon visade det tydligt genom att svara undvikande, som i förbigående:

— Vem som helst kan väl bli nervös... då int han får nå sömn... int nå vila alls.

Och sonen förstod av moderns skygga blick att han inte borde lägga sig i sådant som var fars och mors ensak. När nu Alma en gång orkade. Outtröttligt skötte hon Jussi på sitt lugna, stillsamma sätt och rättade sig efter hans infall och nycker.

En gång på hösten när Jussi skulle föra korna till hagen hade han fallit och stött sig. Därför hade mor i smyg börjat säga till pojkarna så snart han gav sig iväg utom synhåll från gårdsplanen:

— Gåin me farfar... å håll ögona på han nå lite...

Men det gjorde dem smått ängsliga, för en gång visade han tydligt och klart att det inte gick att lura honom. Han brummade ilsket:

— Vakt bra nu bara... Var e mor er som skicka er...

Och så muttrade han för sig själv något om »ledase» och om att han ändå inte var mogen för graven riktigt ännu, låt så vara att torpet var självständigt och alla var så belåtna med den saken. Han var det i alla fall som hade arbetat opp alltsammans.

När pojkarna talade om det för mor förbjöd hon dem att säga något om saken till far. Ofta hände det att farfar var rakt som en omvänd hand och suckade över att han nog snart skulle dö, och med ett tonfall så man formligen kunde höra den outsagda slutklämmen:

— Så får ni va i fred sedan...

Men andra fick nämna döden bara i raljerande ton. Blev det tal om sådant mera på allvar gick han ut eller sa med nervös ilska:

— Va ska ni måst häv ur er tåkodä för... finns int e anat ti språk om...

En gång när han högg ved tillsammans med Vilho och åter mumlade någonting om att slutet närmade sig sa pojken på sitt sakliga vis:

— Så går e väl för allihopa då di blir gambel.

72

Jussi lade darrigt och knyckigt en klabb på kubben och grymtade:

— Tåkodä saker ska int du tal om, pojk ... för du begriper int nå alls ...

Vilho brydde sig inte stort om farfars brummande. Han teg och fortsatte med arbetet, och när gubben åter behagade ta honom till nåder och säga något svarade han lika lugnt och sakligt som alltid.

När Kivivuori-Janne kom dragande med en fotograf som skulle ta bilder av Otto och Anna ville Elina att han skulle komma till Koskela också. Det var närmast pojkarna hon ville ha fotografier av, men naturligtvis passade man på och plåtade hela familjen samtidigt. Jussi hyste emellertid en egendomlig, oresonabel skräck för fotograferingen. Något vettigt skäl till sitt blånekande fann han inte på, men han formligen rymde när man försökte få honom med på en bild. Han gav sig ut i vall, fast korna inte alls behövde vallas där de betade på en kringgärdad stubbåker. Men kan blev inte lämnad ifred där heller, utan det togs en bild av honom på åkern där han satt på en sten med en enpåk i handen. Han hade inte mage att smita en gång till, men snäste argsint:

— Nog är e ... allt också ... att måsta gör två arbeit på en gång ... va på fotografi å vall korna ... hmhy ... nog är e ...

Det minne av Jussi som sedan stod kvar på Koskelas birång visade därför en vresig och arg gammal gubbe, med påk i handen, ilsket blängande under sin blanka mösskärm.

Under höstens lopp blev Jussi allt sämre. Sömnlösheten blev svårare och svårare. Ofta hade han sådan svindel att han måste ta stöd för att inte falla omkull. Han vägrade blankt att gå till läkaren, och man ville inte tvinga honom heller eftersom det inte direkt märktes tecken till någon ny krämpa hos honom. En dag då han suttit på avträdet och reste sig upp ramlade byxorna ner över fötterna på honom. Vanligen höll han ett fast tag om linningen, men nu råkade greppet lossna så att de hasade ner. Han försökte böja sig framåt, men ryggen gav inte efter. Han greps av ångest och förtvivlan och blev så förvirrad att han inte förstod att sätta sig ner på hålet igen och hala upp byxorna i den ställningen, då han lätt hade kunnat nå dem. Som på trots trevade han en god stund efter byxlinningen, men det ledde bara till att plagget hasade ända ner till vristerna. Bäst han försökte kröka på ryggen tog han överbalansen, föll framstupa och slog huvudet i dörrposten. Det gjorde ont, och han gav till något som liknade en snyftning. Fast inte för smärtans skull utan för något annat, något som tvang honom att bita ihop tänderna och fortsätta sina vanvettiga ansträngningar, som om oerhörda ting hade hängt på om de lyckades.

— Så va där nere då.

Han gav sig iväg med byxorna kring vristerna och klev mödosamt sidlänges nerför avträdestrappan. Flämtande av trots och upphetsning stultade han längs stigen mot byggnaden. Eero fick syn på honom och sprang och talade om för mor. Elina kom ut och sa redan på långt håll:

— Nå men farfar, va är e nu... Vaför gör ni sådä...

— Låt döm häng där... låt döm häng bara om di vill... Int ska nu ett par böxor böri kommender mej här än...

— Men för Guss skull, huru...

Hon närmade sig Jussi för att hjälpa honom, men drog sig skrämd några steg tillbaka när hon såg hans vettlöst stirrande blick och hörde honom stöta fram:

— Håll dej bort... jag bihöver int nå hjälp åv dej... Ännu kan jag red mej sjölv ... låt döm häng där bara ... gärna för mej då... men int ska di böri kommender mej...

Uppskrämd och rådvill gick Elina bakom gubben och försökte stammande lugna honom. Men han började kliva uppför trappan till nya sidan, sidlänges igen, och nu hörde Elina att flämtningarna mängdes med snyftningar. När han föll mitt på trappan trodde hon att han hade trasslat in sig i byxorna och snavat, men han blev liggande och hon gav till ett förfärat rop:

— Herrigud.

Jussi låg på trappan. Han hade fallit framstupa med överkroppen på golvet till farstukvisten. Elina rusade fram och såg att munnen rördes på honom som om han kippat efter andan. Alma hade hört bullret och kom ut:

74

— Va är e nu...

Så böjde hon sig ner över Jussi:

— Far.

Darrande och skräckslagen förklarade Elina med några virriga ord vad som hade hänt, och först nu tänkte hon på att skicka pojkarna efter Akseli som var ute och högg klenvedsslanor. Alma och hon försökte släpa Jussi inomhus och lyckades få honom ner i stugsängen innan Akseli kom. Han bara kastade en blick på sin medvetslösa far och sprang sedan raka vägen ut och spände för Poku. Pojkarna hjälpte allvarsamt till. Det enda som sades var några enstaka och halvfärdiga satser om påselningen, men både Akselis och pojkarnas blickar var fyllda av allvar och riktade mot något helt annat än det de hade för händer. Akseli röck till sig tömmarna och svingade sig upp på kärran, och han hade int ens hunnit sätta sig innan Poku redan var i full fart utan order, som om han också hade begripit orsaken till den uppskärrade stämningen. Pojkarna stod stilla och lyssnade till det bortdöende kärrskramlet och till smattret från Pokus hovar där den ännu på sin ålderdom försökte åstadkomma något av samma vinande trav som den en gång hade varit så berömd för.

När kärran inte hördes längre gick pojkarna in, men mor mötte dem i dörren och sa med underligt krystad röst:

— Ids int kom hit nu ... gå heim ... eller hålls på gålin.

Elina gick tillbaka in i stugan där Alma satt på en stol bredvid sängen. Själv förmådde hon inte sätta sig utan gick av och an över golvet. Då och då sade hon något som föll henne in. Om att man borde försöka resa på farfar eller göra något liknande. Alma satt på sin stol med huvudet böjt. När Elina nervöst började fjäska omkring i närheten och komma med sina förslag vände hon sig om och såg på svärdottern. Hennes blick var egendomligt lugn och behärskad, men inte som vanligt. Hon tycktes liksom betrakta någonting långt i fjärran, och därifrån kom också hennes röst när hon lågmält sa:

— ... he hjälper int ... å fåfängt är e ti rym undan Gud... här i världen ...

Så vände hon sig mot Jussi igen och lade sin hand ovanpå hans. Elina vände sig bort och började sakta gråta. Farmors ton-

75

fall fick henne att skämmas på något vis över sin egen oro, men samtidigt klarlade det också situationens allvar. Hon hade velat göra någonting, försöka någonting, och kunde omöjligt hålla sig stilla som farmor. Hon vågade knappt ens se på Jussis ansikte, rädd att hans tunga och mödosamma andhämtning skulle upphöra vilket ögonblick som helst.

Strax innan Akseli kom med läkaren öppnade Jussi ögonen. Hans blick var grumlig och utan medvetande, men munnen trevade efter ord, fastän fåfängt. Alma lutade sig fram mot Jussi:

— Far...

Jussis läppar rörde sig, men inget ljud kom över dem. Efter hand som den grumliga blicken blev klarare fick den någonting ångestfyllt över sig, och läpparna rörde sig på nytt. När Akseli och läkaren steg in förklarade Elina situationen för dem och kände stor lättnad över att doktorn var där. Han undersökte Jussi och ställde en och annan dämpad fråga om gubbens tillstånd på sista tiden. Hade han haft svimningsanfall tidigare, eller svindel, eller hjärtattacker eller andra besvär? På de flesta frågorna nödgades de svara jakande.

Läkaren teg en lång stund, och när Akseli till slut frågade sa han:

— Det är nog ett slaganfall... en följd av upprördheten och ansträngningen...

— Va ska vi ta oss till nu då?

— Tills vidare ingenting alls. Det gäller att lämna honom alldeles i lugn och ro... Blir han bättre kan vi tänka på att flytta över honom till sjukhuset... men inte i detdär skicket...

— Finns e... finns e alls nå hopp?

Läkarens blick började irra omkring i rummet:

— Naturligtvis... Anfallet har varit ganska lindrigt... Det kan hända att tal- och rörelseförmågan återkommer... delvis åtminstone... Men det är ju alltid risk för att det upprepas.

Läkaren sa till Akseli att följa med och åka till apoteket efter medicin som han skulle skriva ut. Han lovade återkomma följande dag. Gick förbättringen mycket långsamt och blev det svårigheter med matningen eller så, fick man tänka på att flytta gamla Koskela till sjukhuset.

Innan Akseli kom tillbaka hade Jussi hämtat sig så pass att han lyckades pressa ur sig några förvirrade och otydliga ord. Högra handen kunde han också röra en smula, och när målföret blev lite tydligare kunde de båda kvinnorna uppfatta några ångestfyllda ord:

— ...bort... bort ur sängen... bort ur sängen...

Alma böjde sig intill honom och sa:

— Far... ligg där nu bara... jag ä här. Du ligger i din egen säng...

Men Jussi fortsatte en god stund att rabbla samma sak, ända tills utmattningen tvang honom att ligga stilla.

V

Det gick som läkaren trodde. Talförmågan återkom delvis, och redan följande morgon kunde Jussi röra högra armen ganska obehindrat. Men hela vänstra sidan var lam. Hans medvetande vilade i en dvallik omtöckning som då och då genombröts av förvirrad ångest. Läkaren kom genast på förmiddagen och sa att det var klokast att låta honom stanna hemma eftersom han kunde äta och det inte just gick att göra mera åt saken på sjukhuset heller. Det viktigaste var att man ovillkorligen fick honom att ligga stilla.

Ute i byn såg man läkaren på väg till och från, och redan på kvällen spred sig ryktet:

— Gambel Koskela ha fått slag. Han vart gjord förlama.

Man sa att han »vart gjord» förlamad, inte att han blivit det. Alltså som om någon hade gjort honom det. Och bysbornas belåtenhet över att veta något nytt var blandad med allvar.

Vilho stack sig inom hos Kivivuoris på morgonen när han gick till skolan. Otto och Anna satt i stugan och drack morgonkaffe när pojken klev in, slet mössan av huvudet, smällde samman stövelklackarna och sa hastigt, som om han varit rädd att glömma bort sitt ärende:

— Dedäran. Om moffa å mommo sku kom ti oss. Farfar vart gjord förlama i går.

Otto skulle just till att säga något skämtsamt åt pojken, men orden dog bort på hans läppar. Så utbrast han långsamt:

— Jaasså... Jahaa...

Vilho gav en kort förklaring och svarade lite blygt på deras frågor där han stod vid dörren. Så satte han mössan på huvudet och slog åter ihop stövelklackarna med ena benet fört långt utåt sidan innan han klämde till. Så fort han försvunnit ut genom dörren började Otto och Anna klä sig för att gå till Koskelas.

Anna och Otto var inne på nya sidan ett tag för att hälsa på Jussi men dröjde bara en kort stund för att inte störa honom. Det syntes tydligt att Otto inte ville sitta länge vid sjukbädden. Han var ovanligt allvarsam, sa något tröstande åt Jussi med krystad hurtighet i rösten och gick ut så snart som möjligt. På Anna däremot föreföll det skedda att verka nästan uppiggande. När de sedan satt på gamla sidan och pratade suckade hon ideligen och sa att man aldrig visste vems tur det var härnäst. Det föreföll att tilltala henne.

Det kom andra bekanta också för att hälsa på den sjuke, men de släpptes inte in på nya sidan. Vicke kom och hösslade en stund och skröt hela tiden med sin egen hälsa. På kvällen kom Preeti och Henna:

— Vi tänkt kom åsta skåd ett tag... När e ha vari så mytji allt möjlit. Jaa, såleiss är e me såna karar som vi... Bå gambel Koskela å jag...

Man vågade inte lämna Jussi ensam många ögonblick i sänder. På nätterna turade kvinnorna om att vaka vid hans sida. Akseli försökte hjälpa till i fähuset så mycket som möjligt, för Elina började hastigt mattas ut, ansträngd som hon var också av havandeskapet. Allt som skulle spinnas och stickas måste de föra till Emma Halme. Lite piggare blev Jussi nog, men därmed också allt besvärligare och oroligare. När husfolket hade svårt att förstå vad han sa blev han nervös och kinkig. Ofta krävde han upphetsat att bli hjälpt ur bädden. Han tycktes vara rädd för sin egen säng. Ensam ville han inte heller bli lämnad utan fordrade att någon skulle finnas i närheten hela tiden. Därför vågade man inte lämna honom ens när han sov, för han vaknade ideligen till ur sin dvala.

Hans barnsliga nyckfullhet blev synnerligt ansträngande ibland. Det hände att han inte lät sig matas av Elina utan krävde att Alma skulle göra det. Dessutom började han visa prov på en egendomlig undermedveten snålhet i fråga om maten. Han fordrade ständigt mera, och när man inte ville ge honom för mycket sa han nästan gråtande:

— Men... om int jag... får nå alls i... i morron...

Elina sa plågat:

— Visst får ni i morron å... men ni får int ät så mytji i gången.

Elina var så uttröttad att hon höll på att tappa självbehärskningen ibland. Till sin förfäran märkte hon att hon nästan hatade Jussi i sådana ögonblick. Till och med anblicken av honom kändes motbjudande och rent av otäck. Då skyndade hon sig alltid förskrämt att säga något vänligt åt honom, inte för att hon var rädd att han skulle märka hennes motvilja, men för att hon blev förskräckt över sin egen reaktion och försökte dölja den till och med för sig själv.

Trots Jussis skenbara förbättring dröjde det inte länge innan han började få nya oroväckande symtom. Hjärtverksamheten blev oregelbunden. Den var ofta onaturligt snabb för att sedan bli hackig och mödosam.

En kväll bad han Alma som satt vid sängen att ge honom pengarna ur byrålådan. Det drog en skugga över hennes ansikte, och hon sa lågmält:

— Tåkodä tankar borda vi nog lämn nu... å tänk på bätter saker... på nya boningen där...

Jussis andhämtning blev häftig. Han flåsade upprört av rädsla och ilska i förening och befallde Alma att gå efter Akseli. Hon lydde, och Akseli kom. Jussi flämtade förvirrat:

— Mä mej... du ska va i lag mä mej... kör bort kvinnfoltje...

Akseli gjorde tecken med huvudet åt sin mor att gå åt sidan, och så satte han sig bredvid fadern. Jussi trevade efter hans hand och kramade den. Småningom lugnade han sig, men när Akseli trodde att han sov och försiktigt drog sin näve ur hans kvicknade han till och klamrade sig åter fast. Först när Jussi hade somnat in på nytt kunde Akseli gå därifrån. Samma sak upprepades ofta de närmast följande dagarna och nätterna. Så snart kvinnfolket talade till honom i det minsta vänlig eller mild ton vaknade hans rädsla för dem, som om mjukheten i deras väsen hade väckt något inom honom som han skräckslagen måste avvärja. Då krävde han alltid att Akseli skulle komma och stammade upprört:

— Bort ... kör bort döm ... lämn int mej ...

Ofta klamrade han sig krampaktigt fast vid sonens hand och släppte inte taget innan han hade sjunkit in i sin dvala igen. Alma hade gärna velat tala med honom om präst och nattvard, men vågade inte, för det skulle genast ha betytt ett nytt anfall av upphetsning, och de tärde svårt på hans krafter varje gång. Hon tog saken till tals med Akseli, och för första gången sa någon i familjen öppet vad alla dittills hade undvikit:

— Jag tycker nog ... att man borda ... Om jag sku gå åsta språk me prosten ... Då int man veit när besöke komber ...

Akseli tittade i golvet lite trumpen och besvärad:

— Vaför int ... Men ni veit ju hur e går om man så mytji som hostar om e ...

Nedslagen gick Alma till sina sysslor.

Sent en afton vakade Elina vid sjukbädden. Alma sov i pojkarnas kammare och Jussi hade legat i sin dvala hela kvällen. Lampan brann på sparlåga och det dunkla skenet gjorde Elina sömnig, utsliten som hon var. Plötsligt spratt hon till alldeles på tröskeln till sömnen och var med ens klarvaken. Jussis hand började röra på sig och hans ögon öppnades.

— Mor.

— De är Elina som ä här ... Vill farfar nåenting?

— Dricka.

Elina tog kannan med vattenblandad surmjölk, Jussis favoritdryck numera, hans barndoms och ungdoms dryck. Den var som ett minne av gångna bittra tider, då sådana som han måste dryga ut till och med surmjölken med vatten. Men när Elina sträckte fram muggen ville han inte ha utan låg stilla några ögonblick. Han andades tungt och oroligt och efter en liten stund sa han:

— ... du ha ... orka ha du bara ... int ett ord ti tack ...

— Ligg lugnt nu å ids int tal.

— Ta hit pengan mina... jag ska ge dej... du ska få tjugo mark... åt dej sjölv. Å av klädren mina får du låt sy åt pojkan ... Herrskapskläder ... Vallens sönrens ... bra tyg ...

Eilna började känna sig rädd. Inte för att farfar såg sämre ut än vanligt. Tvärtom verkade han lugnare än på länge. Men fast Elina inte medvetet gjorde det klart för sig kände hon instinktivt att någonting hade hänt. Det låg inte i orden utan i den underligt avlägsna och resignerade rösten.

Elina gick och väckte Alma.

— Va är e nu?

— Jag veit int... jag... bara... Jag tycker... Jag har så illa ti vara...

Hon började plötsligt snyfta. Alma såg förundrad på henne men frågade ingenting mera utan reste sig från sängkanten där hon suttit och drog på sig en ylletröja. De gick in i stugan och Alma satte sig på stolen medan Elina blev stående bakom henne. Alma tittade på Jussi och han märkte att hon hade kommit. Handen försökte höja sig och det hördes en tyst, otydlig viskning:

— Mor... mor...

Alma tog hans hand och talade sakta och lugnande till honom. När han slöt ögonen vände Alma sig om, såg på Elina och sa med onaturligt lugn och behärskad röst:

— Gå åsta hämt Akseli...

Farmors ord fick Elina att skaka i hela kroppen, och snyftande gav hon sig halvspringande över till gamla sidan. När Akseli slog upp ögonen och fick syn på hennes ansikte vaknade han tvärt ur sin sömnomtöckning och började skyndsamt klä på sig. Han frågade lågt och bekymrat:

— Är an oroli?

— Nä... just däför blev jag ju skrämd...

När de gick genom farstun uppenbarade sig Vilho i stugudörren. Han hade vaknat av stegen och rösterna och nyfiken kommit ut för att se vad som stod på. Far sa till honom att gå och lägga sig igen och han försvann ur dörren.

När Elina och Akseli kom in på nya sidan satt Alma alltjämt vid sängen. Deras frågande ögonkast besvarade hon bara med en egendomligt stel och vidgad blick. De gick fram till bädden. Jussi låg med munnen en aning öppen och drog långsamma, rosslande och mödosamma andetag. Akseli ställde sig vid sängens fotända och såg på faderns ansikte. Elina drog fram en stol, satte sig ett stycke längre bort och sneglade ängsligt därifrån mot sängen.

Jussis ögon öppnades, den friska armen rörde sig, och med stor möda försökte han säga någonting. När han inte orkade vände han blicken mot Alma, och hon såg på det anspända uttrycket att det var något han ville ha fram.

Alma frågade ingenting. Man bara hörde hur hon viskade sakta och smeksamt:

— Far.

Jussis ögon slöts. Andhämtningen övergick i svaga lätta flämtningar med allt längre mellanrum. Så, plötsligt, var allt stilla.

Alma lutade sitt huvud mot Jussis bröst och läste tyst för sig själv Herrens välsignelse. Akseli tog ett steg fram mot modern men vände om på klacken, gick bort till bänken vid dörren och satte sig där. Hans haka darrade krampartat och han lutade huvudet i händerna som han stödde mot knäna. Tystnaden bröts av en våldsam halvkvävd snyftning från Elina. När hon plötsligt fattade vad stillheten som sänkt sig över sjukbädden betydde, upplevde hon stundens innebörd in i märgen av sitt jag. Det var någonting hemskt men samtidigt högtidligt och mäktigt som hade tagit rummet i besittning för ett ögonblick. Hon försökte hejda gråten, gick fram till Alma och tog henne om skuldran men kunde inte få fram mer än ett enda otydligt ord, egentligen bara en snyftning:

— Famo.

Utan att någon märkte det öppnades dörren och Vilho stod på tröskeln. Det spända och ovanliga som låg i luften hade vägt tyngre än fars förbud och drivit honom att komma. När Akseli fick syn på honom sa han nästan vresigt:

— Va vill du... å barfota till...

I detsamma blev han medveten om situationen och tillade med underligt vänlig och stillsam röst:

— Skåd på farfar nu... nu ha farfar... så går du heim sedan...

Vilho såg tveksamt på mor och farmor och gick sedan långsamt närmare sängen. Han uppfattade det livlösa uttrycket i farfars ansikte, och i samma sekund satte han av. Han sprang över den rimfrostvita gårdsplanen, belyst av en måne till hälften dold bak moln, trummande iväg på bara fötter och med hela sitt medvetande uppfyllt av farfars obegripliga min.

När Vilho hade försvunnit teg de vuxna en stund. Till slut sa Akseli, dämpat och liksom skamsen över den sakliga innebörden i sina ord:

— He blir väl bätter att ni å komber över ti gambel sidon åsta sov... Om int e känns... passlit ti va här...

Alma såg inte på honom utan höll alltjämt blicken fäst vid Jussis ansikte. Efter en kort paus sa hon:

— Int bihöva jag va rädd för an medan han levd heller.

Efter en liten stund erbjöd sig Elina att stanna kvar över natten tillsammans med Alma, men hon sa nej tack och bad dem bara gå över till barnen.

När Elina och Akseli hade gått kastade Alma en liksom försiktig blick mot dörren. Sedan gjorde hon korstecken över bröstet på Jussi.

Oljelampans nödvuxna låga fladdrade en aning. Lodklockan tickade sin orubbliga gång. Orörlig, med händerna i skötet och blicken på den dödes ansikte satt Alma på stolen. Det var ett ädelt lugn över ödmjukheten i hennes lite hopsjunkna ställning och över det orörliga djupet i hennes blick. I denna lilla knubbiga gumma hade den store besökaren mött en jämlike.

Elina torkade sig i ögonen ännu när hon låg i sängen. Akseli satt på sängkanten och sa:

— Nog är e... då man tänker på fars liv å.

Han fullbordade inte meningen, lämnade oförklarat vad man borde tänka om Jussis liv. I Elinas medvetande dök det upp ord om gubbens krämpor och lidanden och att det egentligen var bäst att de hade tagit slut. Men när hon sedan tänkte på hur hon ibland i sitt stilla sinne hade varit förargad över hans nycker och kinkande sa hon ingenting, rädd att det i orden kunde mängas glädje över att det tunga vårdandet också var till ända.

Akseli lade sig, och de teg en stund. Sedan talade de helt kort om begravningen och kistanskaffningen och försattes därmed åter i en vardagligare sinnesstämning. Långsamt började verkningarna av det stora okända som nyss hade snuddat vid dem att plånas ut.

Den molntäckta himlen göt ett svagt ljus över det rimfrostvita landskapet. Bakom kärret närmade sig långsamt ett klarare sken, drog över huslängan, belyste den ett ögonblick och försvann i skogen bakom rian. Det var den kalla, knappa novembermånen som tittade fram i en springa mellan två sakta drivande moln.

VI

Det högtidliga allvar som Jussis död hade väckt tycktes begravningsstöket dränka de följande dagarna. Men det fanns där ändå i bakgrunden i all tysthet, som en grundstämning hos familjens medlemmar. Man talade dämpat och behärskat även om triviala ting och pojkarna höll sig stillsamma utan tillsägelse.

Anna och Otto kom genast påföljande morgon sedan Vilho fört bud åt dem på vägen till skolan. Kvinnorna tvättade och klädde liket och sjöng därpå några psalmer enligt sedvanan. Man trodde att den döde alltjämt kunde höra dem.

Akseli åkte till kyrkbyn efter kista och var på samma gång inne på prästgården för att anmäla dödsfallet. Det var lite osäkert om prosten själv skulle kunna officiera vid jordfästningen, för Ilmaris bröllop var redan utsatt till begravningssöndagen. Prosten råkade vara i köket när Akseli kom, och när budet var framfört tryckte han Akselis hand och stammade:

— Jasså... jag... jag... beklagar... Nå, det var kanske bäst som skedde... jasså...

Han vände sig hastigt bort och skyndade till salsdörren.

84

— Vill du komma hit ... Gamla Koskela har dött.

Det hördes ett lågmält utrop från prostinnan och hon kom ut i köket. Meddelandet berörde också henne så pass starkt att det överflyglade alla andra känslor som ett möte med Akseli kunde väcka. Hennes tonfall var äkta när hon beklagade sorgen och bad Akseli framföra hennes deltagande till Alma.

Prosten upprepade ideligen för sig själv:

— Jasså, jasså ...

Ingen av de andra märkte hur han svalde ett par gånger och blinkade bort det fuktiga ur ögonvrårna. När prostinnan hade framfört sin kondoleans sa han:

— Jag tittar in senare på dagen ... Jasså ... Ja, så går det ... så går det.

När Akseli tog den praktiska sidan av saken till tals skyndade sig prosten att förklara:

— Jag sköter detdär ... ni behöver inte gå till dödgrävarn. Och inte till någon annan heller ... Jag ska nog sköta alltsammans. Och vi kommer med sedan ... jag ska själv jordfästa honom ... jag vill själv jordfästa ...

Prostinnan såg lite tveksamt på honom:

— Men bröllopet då?

— Javisst ja ... Det skulle då också råka ... Ja, min son ska ju vigas nästa söndag ... Ni har kanske hört om det ...

Sinnesrörelsen gjorde prosten så till sig att han föreslog att bröllopet skulle uppskjutas. Ellen gav honom en halvt road, halvt förvånad blick och frågade:

— Hur skulle det vara möjligt?

— Ja ... ja ... Det är det väl faktiskt inte ... Men om vi jordfäster honom före gudstjänsten så kan vi vara med vid gravsättningen.

Prosten märkte själv sin intrampning. Liksom till gottgörelse för att de inte skulle kunna delta i hela begravningen började han på nytt ivrigt förklara att han skulle titta in samma eftermiddag. Akseli fortsatte till kyrkbyn. Egentligen var han nöjd att bröllopet skulle hindra herrskapet från att komma till Koskela efter jordfästningen, för han kände att situationen var pinsam trots allt.

85

Prosten besökte Koskela medan Akseli ännu dröjde på kyrk-
byfärden. Han frågade pojkarna ute på gården om gammel-
moran var på nya sidan, och när svaret blev jakande gick
han raka vägen dit. Han hade till hälften förberett någonting
att säga, men när han såg Alma lät han det vara. Han kände
att orden inte räckte till och nöjde sig därför med att trycka hen-
nes hand.

Tyst gick han fram till sängen och stod där en liten stund och
såg på Jussi. Alma hade ställt sig bredvid honom och väntade
tigande.

— Det är underligt... underligt att tänka sej...

Prosten avbröt sig och satte sig på en stol.

— Jag vet inte vad jag ska säja... Vad jag ska säja er...
Det känns så fåfängt.

— Jaa... jag tänkt... tänkt bara... kom åsta hämt prosten
nåen gång... för skriftermåle... Men he blev int åv, för vi
försto int ti vänt att... int såhä snart...

— Jag tror han behövde skriftermål mindre än mången an-
nan...

Prosten teg en stund igen och började sedan tala om att Gud
väl hade tyckt att det var bäst som skedde för gamla Koskela.

— Vi har bara så svårt att finna oss i... lätt är det inte...
Jag har ofta tyckt när det har varit tal om bonden Paavo och
sådana... Att de finns bara i dikten, att de hör hemma bara i
poesin... Men han fanns verkligen till... han levde och ver-
kade...

— Jaa... He vågar jag nog säj... att inför Gud... träder
an ren... inför Gud...

Almas stämma brast. Sedan förklarade prosten också för Alma
att han själv skulle ordna med begravningen och tillade lite tvek-
samt att han stod för alla kostnader också. När han tog avsked
förtätades stundens hela stämning i det ögonblicket. Alma nicka-
de och svalde, och prosten vände sig hastigt mot dörren och skyn-
dade nerför trapporna och över gårdsplanen. Pojkarna som lekte
på gården tyckte det var konstigt att prosten inte alls märkte
dem utan bara gick förbi med slokande huvud och tittade i mar-
ken.

Begravningsdagen var en råruggig novembersöndag med en liten disig köldknäpp. Vattenpussarna hade frusit till och tjälen gått i jorden. Pokus andedräkt syntes som vit imma där den stod på nya sidans gårdsplan. Kistan stod redan på kärran vars kanter var prydda med små granar. Kivioja-Lauri hade kommit för att skjutsa Alma och Elina. Pojkarna hade redan gått till Kivivuoris, därifrån de skulle åka vidare i Ottos och Annas kärra. Halmes Emma var vidtalad för hemsysslorna, och Alma gav henne de sista direktiven ännu när hon kom ut på gården, där de andra redan väntade. Lauri lyfte på mössan, tog Alma i hand, slog ihop klackarna och vek överkroppen framåt:

— Dit for gambel Jussi då ... Jag menar, Latte biklagar sorgen nå lite, han å ...

Så lyfte han upp Alma och Elina i kärran och satte sig själv på baksätet:

— Nåja, Aksu. Lät gå.

Poku satte sig i gång och söndagsmorgonens kulna stillhet bröts av skramlet från kärrorna.

Resten av begravningsföljet väntade vid prästgårdens vägskäl. Preeti hade erbjudit sig att bära och man nändes inte vägra fast det kändes en smula tveksamt. För att vara lite högtidligare rustad hade han lånat häst från herrgården, och eftersom det var en sällsynt upplevelse för honom travade han ideligen runt djuret medan man väntade på Koskela-folket:

— Skåd nu på bröstremman å ... Vi tänkt, mor å jag, att he sku va liksom trevligare me häst ... Ptroo där, hör du ... Gamle husbonden å Koskela torp Johannes Vilhelmi Koskela stog e på tidningen ... Så sa jänton att hon hadd läst ve Mäkeläs ... För vi har int nå blad hos oss ... Jaa, nog hadd e han karln å i livet sitt, jaa ...

Kivioja-Vicke stod i och skroderade för Otto och Anna:

— Dit for han. Där gick Jussi, ja ... Skröpli var an heila live ... bra skröpli ... Ä int tog an nå brännvin ... int ens te medesin en gång ... Jag slår vad att han sku lev ännu då ... Han hadd för bråttomt ... Man måst va öppen ti naturen om man tänker bli långliva ... Tror du int.

— Nå, då firar du nog hundraårsdan.

— Hää ... herri ... Hör på handä ... Han ä född me käftan på vid gavel ... Nå, di komber, di komber ... Om vi sku lyft på mösson nå lite då ...

Akseli höll in i vägskälet och Koskelaborna hälsade på det övriga begravningsfolket. Kvinnorna kom fram och tog Alma i hand där hon satt på kärran. De blinkade, sträckte fram handen och sa med tjock och darrig röst:

— Biklagar ... biklagar så mytji ...

Så vände de sig hastigt bort, rättade till kjolen eller huvudduken och sa något med vardaglig röst för att återvinna behärskningen.

Inte heller Alma var talträngd. Hon bara tryckte deras händer, nickade och försökte le, men försöket avbröts varje gång av en skakande snyftning.

Tåget satte sig i gång.

När de åkte genom byn tittade folk ut genom sina fönster och gjorde en eller annan sakenlig kommentar:

— Han ska välsignas föri högmässan ... Di säger att prosten sjölv vela jordfäst. Ä då han ska vig sonen sin sedan efter gusstjänsten ... Men hondä Alma ä då en utomordentli mänsko, alltjämt lika frisk å röbrusi. Fast hon ha havi ett å anat hon å i sina dar ... Men hon ä så lugn å jämn ti naturen.

Hästhovarna klapprade mot den tjälfrusna marken och krasade då och då sönder isen på någon tillfrusen pöl. Kärrskramlet bar långt genom den kyliga luften liksom de dämpade ropen mellan kärrorna i begravningsföljet. Akseli gick bredvid sin kärra och rättade då och då till en granruska som hade åkt på sned av skakningen.

Folk på kyrkvägen blottade huvudet och såg allvarsamma ut då de fick syn på kistan och kände en liten ilning.

Det var mycket människor på vägen, för prästgårdskaptenens bröllop lockade mera folk än vanligt till kyrkan. Koskelaborna hade inte många vänner och bekanta ute i socknen. Det var bara Akseli som var mera allmänt känd, för upprorstidens skull, och där fanns några som frågade honom vems kistan var och mumlade ett lamt deltagande när de hörde svaret.

När de närmade sig kyrkbyn knattrade plötsligt en gevärssalva från skyddskårens skjutbana nära vägen. Hästarna skyggade och satte uppskrämda av i trav så att det blev nervös förvirring i följet. Akseli sprang bredvid kärran och försökte strama åt tyglarna, men Poku ville inte lugna sig. Lauris häst började stegra sig när han hårt drog åt sig tömmarna och förgrymmad röt åt skjutbanan till:

— Va satans smattras ä nu hedä...

Alma blev också upprörd:

— Herrigud ... fars huvu ... he dunkar ... fars huvu ... Å svär för guss skull int på hedä vise du heller...

Ojämnheterna i den tjälbundna vägen kom kistan att hoppa och dunsa kraftigt tills Akseli slutligen fick Poku lugn igen. Preeti kom lindrigt undan, för han hade fått en av herrgårdens äldsta och lataste hästar som inte blev skrämd i första hast. Men också han sa med eftertryck och stora gester:

— ...så så... vill du hålls i still där.

Det hördes ett rop från skjutbanan:

— Markera... och... lappa.

Lauri svor och gormade en lång stund trots Almas förbud. Också Kivivuori-Anna beskärmade sig över att man kunde skjuta och gå an sådär på söndagen. Akseli ropade över skuldran att de skulle ta sig i akt, för en ny salva var att vänta efter en liten stund. Den kom också, men nu var de förberedda och hade dessutom hunnit längre bort.

När de kom in på bygatan vände sig Elina om i kärran och ropade till pojkarna att snyta sig och borsta av kläderna. Det var mera folk i rörelse än vanligt i byn också, och när de började närma sig kyrkbacken fick de syn på åtskilligt med främmande herrskap. Vid vägkanten stod flera bilar parkerade, fortfarande en ovanlig syn i socknen. Också prästgårdsherrskapet var tidigt i rörelse, för en stor del av bröllopsgästerna kom direkt till kyrkan med morgontågen eller med bil. Där var många skyddskårister och lottor och en hel rad officerare. Också pentinkulmaborna visste att officerarna var kamrater till prästgårdskaptenen och komna för att representera regementet vid bröllopet.

Folkmängden kom Koskelas att känna sig lite generade och obetydliga. Småpojkarna smittades av samma känsla. På morgonen när de tog finkläderna på hade de varit synnerligen högtidliga till sinnes. Plaggen var nog sydda av mor och dessutom till största delen av gammalt och vänt, men de var av stor vikt ändå. Innan de gick till Kivivuoris hade de spankulerat omkring på gården för ro skull. Det var roligt att gå i stövlar med nya halvsulor. När de kom fram blev de stående i dörren, lite andfådda och glatt generade. Vad skulle morföräldrarna säga om deras kläder, tro. Och visst sa de något. Morfar titulerade dem herrarna, och mormor lät också belåten när hon utbrast:

— Nog ä ni fin nu.

De hade ren näsduk i fickan också och passade på och snöt sig allt som oftast.

Men kyrkbyn gjorde dem betryckta. De nya kläderna förlorade liksom med ens all betydelse. De skulle kanske ha varit ännu blygare om de inte haft med sig farfars lik. Det hade ju i alla fall fått folk att blotta huvudena under färden. Och alldeles riktigt. Också här gjorde alla likadant. Till och med herrskapet steg åt sidan och vände sig mot kistan, och herrarna tog av sig hatten. Det fanns alltså nånting i alla fall som var mäktigare än alla herrar.

Sorgetågets hästar lämnades vid bommarna, men Akseli körde fram till kyrkogårdens sidoport. Eftersom det var sådant stim vid kyrkan hade man beslutat att inte föra in Jussi genom stora porten. Kistan lyftes över på bockarna, och Akseli förde bort hästen.

Prosten och prostinnan syntes beställsamt gå omkring bland gästerna, som nu för kylans skull började söka sig in i kyrkan redan i god tid före gudstjänsten. Pentinkulmaborna glodde på deras göranden och lyssnade nyfiket på deras prat:

— ...nej ...nej. De kommer med överstens bil. Herr översten har ställt sin bil till deras förfogande... Ja... javisst... Nej se, det var då trevligt att ni kunde komma i alla fall... Men var så goda och stig in i kyrkan... det är så kallt i dag...

90

Tack, ingenting särskilt. En helt vanlig kyrka... men trivsam på något vis...

Så fick prosten syn på Koskelas. Hans ivrigt beskäftiga min blev allvarsam när han styrde stegen bort till dem:

— Jaha... jaha. Ett ögonblick bara. Jag kommer strax... Jag ska bara gå in i sakristian först...

Han nickade högtidligt, gick tillbaka till gästhopen och svarade på en fråga av Yllö-Uolevi:

— Ja... just så. Officerarna ställer sig på trappan med sina värjor och skyddskåren bildar spaljé därifrån vidare till landsvägen... Ja... Bilen ska köras fram ända till trappan... bruden är ju så tunnklädd... Jag måste gå nu... Det ordnar Dahlberg, han känner till alltsammans...

Gästerna var mest släktingar till prästgårdsherrskapet, för brudens föräldrar hade inte lust att visa fram de sina. Inte för att de skulle ha varit generade, utan mera för att grosshandlarn var på kant med sin släkt. Han såg inte alls ut som en rik och frodig uppkomling enligt den allmänna uppfattningen borde göra, utan var en liten vresig gubbe som inte krusade någon. Han höll föredrag för alla de nya släktingarna om sitt magsår och berättade vitt och brett vad han fick och inte fick äta och syntes ta för givet att alla skulle vara mäkta intresserade av ämnet.

Prosten gick omkring bland gästerna, lyssnade till deras mångahanda samtal och meningsyttringar och fällde ett ord här, ett annat där, förklarande och förekommande. Så meddelade han att han hade en jordfästning att förrätta före gudstjänsten och gick in i sakristian.

Koskelas fick alltså vänta en stund. Men det var egentligen bara bra, för Janne och Sanni dröjde så länge att Elina började bli orolig och undra om hon borde skicka Vilho för att skynda på dem. I detsamma fick hon syn på Janne och hans familj som kom kryssande genom folkmängden. Jannes ankomst förtog genast det mesta av pentinkulmabornas utbysförlägenhet. För han gick obesvärat genom hopen och nickade då och då lugnt åt bekanta som en annan härskare. Kivioja-Vicke blev så tagen av synen att han skrek förtjust:

— Där komber sjölvaste Kivivuori.

Sanni gick med trutande mun och näsan i vädret. Hon var synnerligt medveten om sitt huvud därför att det satt en ny hatt på det. Mellan far och mor gick Allan i ny fin kostym. Janne och Sanni hade inte träffat Koskelas efter Jussis död och framförde därför sina kondoleanser nu. Janne sa sakligt:

— Jaha. Jag beklagar sorgen. Fast den försvinner väl int med det.

Sanni var mera talför. Hon förstod så väl hur tungt dethär var för »farmor» som hade mist så mycket. Hon stod ingalunda i så nära förhållande till Alma som tilltalsordet antydde, men det var stundens stämning som for iväg med henne. Till Elina sa hon att det naturligtvis var svårt för henne också, som hade varit som en dotter för svärfadern.

Allan hälsade artigt på de vuxna. Han skakade hand också med pojkarna, som var lite blyga för sin kyrkbykusin som gick i skola i stan och skulle bli herrskap. Så snart de hälsat skyndade de sig att dra sig undan, rädda att behöva säga något till honom. De visste inte vad man kunde prata om med en sådan som han.

Sanni hade en ståtlig krans som hon hade hämtat i stationssamhället:

— För det görs så dåliga här.

Och så tillade hon genast, för att visa att det inte alls var meningen att stoltsera med priset:

— Och ändå är de lika dyra här, om inte dyrare.

Henna och Preeti hade ingen krans. De hade bara ett fång blommor hemifrån, insvepta i tidningspapper, och Sannis ord fick Henna att säga:

— Vi har bara... tåkodä... nåenting i alla fall... sånt folk som vi...

Hon daskade till sina blommor för att visa hur obetydliga de var.

Preeti berättade för Janne att han hade kommit riktigt med häst, för gammelhusbond och han hade ju varit så nära bekanta i alla fall...

— Nog hadd e han karln å allt möjlit ti... å sådä går e sedan.

Janne nickade, röck på axlarna av en köldrysning och sa likgiltigt:

— Jaa... Så går det... För oss alla. Jussi och Matti och Jaakko och Heikki. Ner mellan stenarna där med fötterna före, ja... Jasså, med häst riktigt... Jaha. Där kommer ämbetsmyndigheten. Hur var det med bärordningen nu ...

Det hördes tissel i hopen:

— Di komber... Frun å... Bär på en krans... å en stor ein...

Det var prosten, prostinnan och klockarn som kom. Prosten bara nickade och sa:

— Förlåt att ni fick vänta... men det är så mycket allt möjligt i dag.

Tåget satte sig i gång under psalmsång, och det uppstod en liten förvirring att börja med, för man hade inte riktigt klart för sig var prostinnan borde gå. Hon nickade till Otto och Anna att gå före och slöt upp närmast efter dem med sin krans.

Det var inte lång väg, för graven som Jussi en gång i sin själanöd hade köpt låg helt nära kyrkan, på »gamla sidan», mitt bland pamparnas familjegravar.

När kistan sänktes i graven hördes snyftningar från kvinnorna och Alma pressade näsduken mot ögonen.

När bärlinorna skulle dras upp fick Preeti inte sin att lossna och blev förlägen. Det smittade av sig på andra, för en sådan händelse bröt stämningen rent opassande. Men Janne sa halvhögt:

— Låt mej.

Han ryckte linan sidledes så att den lossnade och halade sedan upp den. Alla drog en suck av lättnad. Det var för väl att släktens storman var med. Han var inte den som tappade fattningen.

Prosten tog av sig hatten och kastade en blick i bottnen på den innan han började:

— Kära vänner. Var och en av oss förlorar någonting med den kista som här jordas. En make, en far eller farfar, en släkting eller vän. Och alla tillsammans förlorar vi en stor och vördnadsbjudande medmänniska. Jag har en känsla av att vi här sänker i jordens sköte den sista företrädaren för en epok. För den epok vars storhet var en enkel, ren och trofast storhet. Inte det ytliga prål och den med yttre mått uppmätta storhet som vår tid inlägger i begreppet. Utan den som kommer inifrån, av ärlighet och ädelt sinnelag. Denhär mannen levde på sidan om livets stora stråk, vi vet till och med att han hyste ett slags ringaktning för dem. Inte ett högmodigt och falskt förakt, utan den äkta ringaktning som kommer av insikt om vad som här i livet verkligen är av värde, och vad som icke är det. Vi talar ofta om våra förfäder, gestalter inhöljda i forntidens dunkel. Som den sista av dem levde han verklig och påtaglig ibland oss. Han var den sista stora representanten för våra nybyggarförfäder. För de män som vi har att tacka för att det över huvud taget existerar någon kultur här i landet. Ty de har lagt grunden, och på den har allting annat blivit byggt. Intet vore tänkbart utan dem och deras verk. Och deras verk blev möjligt att utföra därför att arbetet för dem inte var en förbannelse, utan källan till all välsignelse. Det var heligt, en del av deras religiösa känsla, deras femte evangelium. De kände att de var den skapande Gudens redskap, och just därför har de kanske stått honom närmare än mången annan. Och när denne Johannes Vilhelm Koskela nu efter avslutat dagsverke träder inför den Högste, kan vi vara övertygade om att han däruppe blir hälsad med orden: Du gode och trogne tjänare. Gack in i din Herres glädje.

Då och då smög prosten en blick i sin hatt, för där hade han en papperslapp med stolpar. Han slutade med att rikta sig till den dödes anhöriga, och i synnerhet till Alma, och tröstade dem med hoppet om återseende.

När mullskovlarna sedan föll ner på kistan och prostens ekande röst läste jordfästningsformuläret brast Almas självbehärskning. Småpojkarna blev så uppskrämda av mors och farmors gråt att också de började snyfta. Akseli bet ihop tänderna, men när han kände att hans haka började darra drog han ner mössan över ögonen.

Dödgrävaren hade ställt fram spadar och karlfolket började skotta igen graven. Så länge jorden dunsade mot kistlocket skovlade de varligt. Preeti, vars syn var dålig också i vanliga fall, hade fått vattniga ögon av kylan och lyfte utan att märka det en stor sten på sin spade. I sista ögonblicket fick Otto syn på den och hann hindra honom från att skovla ner den i graven. Den skulle säkert ha slagit sönder kistlocket.

— Nå, jag fundera va he kund va som tyngde...

När kistan inte syntes längre började karlarna ösa djärvare. Kivioja-Lauri fick rent en släng av arbetsgalenskap. Med hastiga tag krafsade han jord från kanterna ner i graven som om det gällt något slags tävlan. Emellanåt snäste han halvhögt till någon av de andra:

— Gå undan ... Latte ska ös.

Från kyrkbacken hördes sorl av många röster ända bort till graven där det blandades med spadarnas gnisslande skrap och jordkokornas dova dämpade dunsar. När ljudet mjuknade till tecken på att hela kistan var täckt torkade sig Alma i ögonen och började trösta de gråtande pojkarna.

Prosten stod med huvudet böjt och såg på männens arbete. Ett par gånger riktade han blicken mot Alma och skulle till att säga något, men teg. Prostinnan stod och vägde ömsom på tårna, ömsom på hälarna för att värma fötterna, för hon hade tunna skor.

När graven var igenfylld började kransnedläggningen. Stammande och skakande av gråt läste Elina upp texten på Koskelas kransband. Sedan kom Kivivuoris med sin krans, och först därefter prästgårdsherrskapet. Prostinnan läste texten:

— En sista hälsning till Johannes Vilhelm Koskela. Ellen och Lauri Salpakari. ... skötande dess jord med trägna armar; men av Herren väntade han växten.

Begravningsmenigheten fann det lite underligt att höra prostens och prostinnans förnamn. De hade liksom en mänskligare och intimare prägel över sig än titlarna som vanligen användes och gjorde att deras bärare kom närmare på något vis. Det var halvt om halvt som om herrskapet hade blivit du med dem.

När prosten och prostinnan hade lagt ner sin krans tog de Alma i hand och sa några lämpliga ord. Prostinnan gymnastiserade alltjämt med tårna medan hon tryckte Almas näve och sa:

— Vi hade så tänkt bjuda er på vår sons bröllop, men såhär gick det sedan. Och det är så tråkigt att vi inte kan komma till minnesstunden... men vi tittar in nån dag i veckan i stället, om det passar.

Prosten klappade Alma på axeln till avsked och sa:

— Nu måste vi gå... tråkigt nog... en sånhär kollision...

De gav sig skyndsamt iväg, för högmässan var redan lite försenad. Också begravningsfolket styrde stegen till kyrkan, där de hade en bänk reserverad längst framme i likhet med de förnämsta bröllopsgästerna. Kyrkan var bräddfull av folk. Det var mera tissel och tassel än vanligt i bänkarna före gudstjänstens början när församlingen gjorde sina iakttagelser om bröllopsgästerna. I synnerhet officerarna var föremål för stort intresse, och särskilt översten själv som satt mitt i raden.

När gudstjänsten var slut satt en stor del av församlingen kvar i bänkarna medan kyrkstöten gick omkring och körde iväg nyfikna gapare från gångarna och dörren.

Prosten vandrade fram till altaret och orgeln stämde upp. Kyrkfolket reste sig, och i detsamma trädde brudparet in. Ilmari gick med blicken fäst rakt på altartavlan, men den blyga bruden tittade i golvet och såg upp bara då och då, så pass att menigheten hann märka det oroliga och förskrämda uttrycket i hennes ögon. Bland herrskapet hördes beundrande viskningar om hur vacker hon var. Det var för att det hörde till saken, för någon skönhet att tala om var hon faktiskt inte. Prosten väntade vid altaret med boken i handen. När brudparet kom närmare harklade han nervöst ett par gånger och flyttade lite på fötterna. Brudparet stannade framför honom. Ilmari höll blicken fäst på sin fars ansikte men såg honom inte i ögonen. Bruden sneglade oroligt på prosten, som nickade uppmuntrande. Så började han:

— Laura och Ilmari. Nyss när jag stod och såg er komma uppför gången där rann mig av sig själva i hågen orden Tro, Hopp, Kärlek. Men störst av dem är kärleken. Ja. Kära barn. Störst av dem är kärleken. Ty kärleken är den uppbyggande kraften. Den är en stor brobyggare från människa till människa, och från människan till Gud. Ty den som icke älskar människorna, han kan ej heller älska Gud. Men där det råder djup och ren kärlek mellan människa och människa, där lever Vår Herre med som tredje part.

Kära barn. Vi förstår nog alla vad ni känner i denna stund, och vi vill inte beröva er dessa höga och heliga ögonblick. Men jag önskar bara påminna er om det jag nyss antydde. Om den

96

kärlek varav era känslor just nu är en del, men som dock är någonting förmer. Den kärleken är svårare, men den är också djupare och större. När tiden går och dessa ögonblick svinner hän ställs ni inför frågan: vad följer nu? Om en liten stund kommer jag i enlighet med vigselformuläret att fråga er om ni vill älska varandra också i nöd. Den frågan ställer vi församlingstjänare till alla dem vi viger. Jag känner egentligen inte ett enda fall där någon av oss skulle ha fått ett nekande svar. Men vill vi vara ärliga måste vi se att löftet långtifrån alltid har visat sig hållbart, trots att det inte har funnits skäl att tvivla på att det var ärligt menat i den stund det gavs. Man har bara inte förstått hur mycket man har lovat. Därför är det vår plikt att påminna om det i stunder som denna.

Här övergick prosten till ett personligt tonfall. »Du Laura» och »du Ilmari» upprepades allt som oftast. Till bruden sa han vackra ord om hur hon redan i sin ungdoms vår stod i beråd att på sina späda skuldror axla en makas och moders plikter. Till Ilmari talade han i mycket allvarlig ton, för han hade lagt ner en dryg anpart av sina faderskänslor i talet när han förberedde det:

— I egenskap av församlingstjänare och far har jag nu den angenäma plikten att bistå dig i det ögonblick, som egentligen är själva utgångspunkten för en människas liv på eget ansvar i djupare mening. Du har gjort krigarens tunga och ansvarsfyllda livsuppgift till din. Det är samtidigt den vackraste och stoltaste livsuppgift en man kan välja. Uppgiften att försvara fosterland, tro, kultur och hem. Ty finns det väl något högre än denna, den uppgift som ankommer på riksens första stånd. I detta ditt arbete och de tunga förpliktelser det medför får du nu till kamrat en älskande kvinna, i vars kärlek du kan söka tröst och styrka då svårigheter hotar. Genom henne kommer du också att få en familj, och först den är det som bringar en man att mogna till verkligt ansvarsmedvetande här i livet.

Ja, Laura och Ilmari. Träd alltså ut på livets väg hand i hand, och låt aldrig era händer glida från varandra.

Några av damerna bland bröllopsgästerna torkade. sig i ögonen, officerarna såg martialiska ut och församlingen glodde nyfiket och bjöd till att inte gå miste om den minsta gnutta av intresse.

Efter vigseln blev de unga stående framme vid altaret för att ta emot gratulationerna. Prostinnan grät när hon omfamnade sin svärdotter och son. Hon bredde ut armarna långt åt sidorna innan hon lindade dem om Laura. Det var någonting teatraliskt över gesten trots att hennes rörelse utan tvivel var äkta.

Så var det släktingarnas tur. De rikare och mäktigare lyckönskade vänligt och välvilligt, de fattigare och anspråkslösare ödmjukt och respektfullt. Visserligen var också de myndigares bugningar för Ilmari aktningsfullt djupa, för på sätt och vis var han dock släktens blomma och stolthet. Somliga av de mindre betydande släktingarna spelade lite teater och betedde sig som om de varit mycket goda och nära vänner till Ilmari:

— Hjärtliga, hjärtliga lyckönskningar... jag är *så* glad för din skull.

De sa det högljutt fast de kanske inte ens hade sett Ilmari på åratal och ännu mindre bevärdigats med någon uppmärksamhet av den sturske och högmodige kaptenen.

Därnäst stod kyrkbypamparna i tur, Yllös, apotekarn, kommunalläkaren och så vidare. Patron Mellola var också i kyrkan. Från sin bänk kunde Akseli inte urskilja hans ansikte ordentligt. Därför blev han förvånad när Mellola reste sig för att gå fram och gratulera, stödd av sin svärson. Den förr så omfångsrika karlen såg ynklig och eländig ut. Han hade magrat så kindskinnet hängde i slappa påsar ner över käkarna. Akseli hade nog hört att Mellola hade fått sockersjukan och sagt bittert för sig själv:

— Då duger int han heller ti medlem åv ett laglit samhälle läng nå meir.

Men när han nu såg hur gubben mödosamt stultade iväg uppstöttad av svärsonen blev han pinsamt berörd. Det var en blandning av bitterhet och medlidande och rent av en liten gnutta ånger över det gamla hatet.

Patronen tog sig framåt oändligt långsamt, en decimeter i taget, och lutade sig tungt mot den skyddskårsuniformerade svärsonens axel. Hans korta stötiga andhämtning hördes över kyrkfolkets viskningar och hans ansikte drogs till ett skyggt och hjälplöst leende. Han var tydligt generad över att alla tystnade och följde hans gång med blicken.

Samma leende satt kvar när han grep brudens hand, men när han framsade sin lyckönskan dog det bort, det slappa ansiktet började skaka och grimasera och orden försvann i ett otydligt sludder som påminde om gråt. När han skulle gratulera Ilmari bröt han samman helt och hållet. Han kippade efter andan en stund, så fick han sagt, otympligt och barnsligt lallande:

— Lycka till bara... fa... fast... såhä ha jag blivi nu...

De oväntade orden skapade en viss förvirring. Ilmari tog på sig en understruket allvarsam min och sa lågmält:

— Jag tackar så mycket ... Jag är glad att husbond besvärade sej hit.

Mellola försökte behärska sig. Hans svärson såg förlägen ut och de bröllopsgäster som stod närmast tittade finkänsligt bort. Väl tillbaka i bänken mumlade Mellola något för sig själv, rättade till pälsskörten och fingrade på knapparna i plagget.

Elina viskade sakta till Akseli:

— Är an sådä ruko... han grät ju...

Akseli tittade i golvet och svarade trumpet och besvärat:

— He verkar så...

Så lyfte han på huvudet och började stint följa med resten av gratulationerna. Nu stod officerarna i tur. Först översten, som spelade den faderligt barske regementschefen och sa:

— Välkommen i regementets gemenskap.

Herrskapen fick en nästan vördnadsfull glimt i blicken. Överstens ord hade nära nog en ton av ett slags gardesofficersanda. »Regementets gemenskap», det lät förnämt och aristokratiskt på något vis.

Så fortsatte översten högljutt och skämtsamt, vänd till Ilmari:

— Jaha. Jag ber att få framföra mina egna och regementets lyckönskningar. Du vet att de är lika uppriktiga som den avund vi alla känner gentemot dej.

Bröllopsgästerna bröt ut i förtjusta leenden. Det hördes viskningar:

— Som en far för dem... undra på att de avgudar honom...

Ilmaris kamrater gjorde strama officersbugningar när deras tur

99

kom och försvann sedan hastigt ut för att vara klara i tid på kyrktrappan.

När det mera prominenta folket hade gratulerat blev det viskande meningsutbyten i Koskelabänken. Alma var lite förlägen. Borde de också gå fram, eller var det opassande? Prosten lade märke till oron och gissade vad den berodde på. Han kom bort till dem, nickade och sa:

— Var så goda... genera er inte...

De gick fram trots att Akseli hade satt sig bestämt på tvären. När han tryckte Ilmaris hand såg ingendera den andre i ögonen, och ingendera sa något. De bara bugade stelt. Till Alma sa Ilmari med låg röst:

— Tack så mycket... Och jag beklagar sorgen.

Alma förstummades och nickade blygt ett par gånger. Skulle nu prästgårdskaptenen tänka på hennes sorg. Hon hade nästan glömt den själv i sin ödmjukhet.

Prostinnan förklarade för gästerna:

— Vår före detta torparfamilj... de har sorg... gammelhusbond dog för några dar sedan...

En av gästerna frågade viskande:

— Är det generalen?

Prostinnan bara nickade. Ordet generalen kom ett ironiskt leende att skymta i hennes ansikte, men det försvann hastigt när hon fick syn på Preeti och Henna som kom tågande i hälarna på Koskelas. Preeti hade missförstått prostens uppmaning och trott att den gällde dem allesammans, och Janne hann inte få fatt i hans rockskört innan han redan var utom räckhåll. Att springa efter i gången var inte lönt, det skulle bara ha väckt uppseende. Janne gav upp försöket och skrockade skadeglatt. Preeti klarade nog ceremonin med äran i behåll, men Henna slog ifrån sig när bruden sträckte fram handen, ungefär som en katt slår efter en käpp som någon retar den med:

— Nä... herrejissus... sku jag ta on i hand... lycka till bara så mytji... tåkodä förnäm händer... en tåkoan kärng som jag... lycka till bara... ingalunda ska jag ta i hand...

Bruden blev förvirrad och Ilmari försökte rädda situationen genom att sträcka sig efter Hennas hand och dra henne åt sidan från Laura. Men det gjorde Henna helt ifrån sig. Hon fnittrade besvärat, lade först labben för munnen och viftade sedan med den framför Ilmaris framräckta hand:

— ...nä... nä... int ska jag ta kaften i hand heller... mytji lycka bara... hihi... int ska e jag... hihi... En tåkodä fin krigsherr... hihi...

Gästerna log och prostinnan viskade lite brydd:

— Bysbor... lite enkla... men de vill så väl. De är så rörande vänliga.

Gästernas miner blev allvarliga. Det passade sig inte att le åt folkets rörande trofasthet.

När Preeti kom tillbaka till sin plats hade det börjat gå upp för honom att något olämpligt hade hänt, och han sa överslätande:

— Vi tänkt bara... vi ä ju likasom grannar i alla fall...

Det hela dränktes i stimmet från menigheten som i detsamma började söka sig ur kyrkan för att hinna se brudparets uttåg. Också Pentinkulmaborna skyndade ut för att titta på ceremonin. Det var tätt med folk på kyrkbacken. Officerarna stod på trappan med dragna värjor, och från foten av den fram till landsvägen bildade skyddskåren spaljé. Bilen hade körts fram ända till trappan. Det hördes en susning när brudparet trädde ut genom kyrkdörren. Officersvärjorna korsades. Bruden hade nu blivit kvitt sin blyghet och vinkade glatt med sin blombukett åt folkhopen, där det hördes några trevande ansatser till leverop.

Bruden hade fått en päls över skuldrorna i kyrkdörren, och det erbjöd svårigheter att baxa in henne i bilen, för klänningen måste aktas. Så startade bilen och då ekade ett kommandorop från Yllö-Uolevi:

— Ett trifaldit leve för brudpare!

Han gav tecken, skyddskåristerna hurrade och några i folkhopen föll in. Bilen svängde ut på landsvägen och brudbuketten vinkade bakom de frostiga rutorna.

När bilen hade försvunnit ur sikte gav sig också Pentinkulmaborna iväg. Men först vek de av till graven ännu en gång och stod där och talade med låga röster om hur allt skulle ordnas.

— Nog måst vi full skaff en stein riktit nåen gång sedan...

När de började gå bort mot hästarna observerade ingen att Alma stod ensam kvar. Först en bit på väg märkte Elina det:

— Farmor.

— Gå ni bara. Jag komber straxt.

De fortsatte, och när de vände sig om såg de att Alma alltjämt stod vid graven och såg i marken. Vid kyrkogårdsporten stannade de och väntade tills hon började komma åt deras håll med långsamma steg. Akseli hade tänkt fråga henne om någonting som borde uträttas i kyrkbyn när man nu en gång var här, men just som han öppnade munnen råkade han få syn på hennes ögon och svalde orden.

På hemvägen blev de omåkta av bröllopsgästernas bilar. Lauri förkunnade högljutt vilka märken de hade.

— Hedä va en Åverland Vippet, pojkar. Han har förti hästar i kylarin ...

När de passerade herrgården sneglade Preeti omkring sig lite, för han hade beslutat åka ända till Koskela med hästen fast han inte kommit sig för att be om den för mer än kyrkfärden. Ingen person av vikt kom inom synhåll, och han suckade lättad när faran var över.

På prästgårdens gårdsplan var det fullt med bilar, och folk som rörde sig av och an. Prosten själv tycktes också vara i farten, och när de åkte förbi hörde de honom ropa med ljudlig röst:

— Varsågoda och stig in i värmen ... Kom in och lyssna. Min sons officerskamrater har diktat en sång till brudparets ära och nu ska den sjungas.

På Koskela var begravningskaffet färdigt när gästerna anlände. Så snart det var drucket dukades det till mat, för många hade bråttom hem till ladugårdssysslorna. Stugan fylldes av sorl och tobaksrök. Ett livligt samtal gick i bukter och slingor:

— Ett tröskverk ska jag nog köp så fort jag får loss pengan.

Janne föreslog att de självständigblivna torparna skulle köpa gemensamma maskiner, men tanken vann inget understöd att tala om. Det blev nog ingenting av med det. Hur skulle arbetena organiseras då? Många hade ynka små lador. I dem gick det inte att lagra säden och vänta tills tröskverket hann komma.

102

Kivioja-Vicke köpslog om Emmas hus.

— Ät pojkin, du veit... He böri va trångt ve oss... Ä pojkin ska snart köp ein autemobil å bihöver egit ...

Men Emma var inte hågad att sälja. Nog tänkte hon försöka behålla huset så länge hon orkade det minsta.

Om Jussi talades inte mycket. Det var bara Preeti som med jämna mellanrum upprepade sin inrotade tanke att »han karln hadd e nog å här i live», men varje gång övergick samtalet åter hastigt till annat.

Novembersöndagen skymde redan mot kväll när gästerna for. Kylan hade gett med sig, och då och då singlade en liten snöflinga förebådande från den blyruggiga himlen ner på Koskelas frusna gårdsplan. Först när främmandet var borta erfor hemfolket åter något av betryckt begravningsdagsstämning. Tystnaden i stugan kändes underlig efter allt pratet och sorlet nyss och kom dem att dämpa rösten när de sa något.

Emma hade stannat kvar för att duka av, men när hon fått sitt undan gick hon också. Elina bytte klänning och gick ut i ladugården med Akseli medan Alma stannade kvar i stugan tillsammans med pojkarna och började städa upp efter gästerna. Pojkarna frågade ut henne om allt möjligt som hade väckt deras intresse i kyrkbyn, och i synnerhet krigsherrarnas värjor gav anledning till en massa stillsamma funderingar.

Akseli mockade under korna medan Elina mjölkade i båset bredvid. Den nödvuxna lågan från en stormlykta lyste sparsamt upp fähuset. Ett par gånger brummade Akseli högre än vanligt åt någon ko när han kommenderade den att vända på sig. Engång frågade han Elina om graviditeten besvärade henne, och hon svarade att hon nog redde sig än så länge.

— Mor hinner hjälp till mera nu å, då he vart slut me skötase åv farsgubbin.

De samtalade med låga, nyktra röster, egentligen utan att vänta svar av varandra. Efter en lång stunds tystnad började Elina sakta gnola medan hon mjölkade:

Vilken är vindens väg i det blå...

— — —

och människovägen, vilken är den,
varthän styr själen sin ensliga färd?

Kanske var det tanken på Jussi som förde sången på hennes läppar.

På kvällen när pojkarna hade gått och lagt sig satt de vuxna en stund tillsammans i stugan. Akseli frågade om modern kände sig ensam på nya sidan. I så fall kunde Vilho börja sova där, åtminstone för en tid. Men Alma svarade:

— Man måst väl vänj sej vi he å.

Men när hon sedan satt i gungstolen på nya sidan råkade hennes blick falla på Jussis nytvättade rock som hängde till tork på spjället med ut- och invända fickor. Gungstolen minskade farten och stannade av, och sakta och ljudlöst började tårarna droppa ur hennes ögon. Efter en stund drog hon en djup suck, reste sig ur stolen, bäddade sängen och började klä av sig. Innan hon släckte tittade hon ut genom fönstret. I lampskenet såg hon att marken där utanför var vit.

På gamla sidan var det redan mörkt, och nu slocknade ljuset också på nya sidan. Allt tätare föll snön från den svarta himlen. Den natten kom vintern.

TREDJE KAPITLET

I

Folk som lever på ett avlägset skogstorp och har brödfödan att tänka på från morgon till kväll hinner inte ofta slita sig från vardagsfunderingarna. Men också de påverkas alldeles oförmärkt till exempel av sådant som en solig fönsterrektangel på golvet. I synnerhet den tid på året när den åstadkoms av en sol som står högre på himlen för varje dag. Alltså kort efter midvinter.

När Elina spann och tog en ulltapp ur korgen märkte hon att den var uppvärmd om den hade legat i ljusrektangeln. Spinndammet glittrade i luften.

Stugan diktade.

Elina var trettiett år nu. Hon såg överansträngd ut. Ansiktet var leverfläckigt och den späda kroppsbyggnaden kom havandeskapet att framträda mycket tydligt. Hon visste inte vad hon skulle svara när Voitto glodde med rynkade ögonbryn och frågade:

— Mor. Vaför ä magan er så stor?

Nuför tiden gnolade hon ofta en ballad som handlade om liten Karins hårda öde. Och småningom blev hon förvissad om, att var det kommande barnet en flicka skulle hon heta Kaarina. Visserligen blev balladens Kaarina halshuggen och inmurad i väggen till en stenkyrka, men hon tyckte namnet var så vackert att hon valde det ändå.

Det blev en flicka. Det första flickebarnet sedan Koskela byggdes. Elina var så lycklig över att hennes heta förhoppning hade infriats att hon i ett anfall av öppenhjärtighet anförtrodde Akseli att det låg något utöver vanligheten i det hela. Det var en gåva av högre makter.

Akseli skrattade åt henne som fullvuxna skrattar åt barnens pjoller och sa att det ju fanns två möjligheter. Att det blev endera tydde ingalunda på underverk eller försyn.

Akseli var också belåten över flickebarnet. Tre söner var nog för honom, och en dotter passade helt väl in i hans planer. Medan Elina ännu låg till sängs satt han och kannstöpte:

— Snart ork int mor arbeit nå länger, så du bihöver nog hjälp.

Pojkarna hade inte så mycket till övers för en syster. De äldre bröderna kunde ju ta saken med fattning, men Voitto som var liten demonstrerade ofta öppet och ohämmat. När barnet grät sade han ilsket:»stjitiröven skriker» och frångick på inga villkor sin ståndpunkt utan flydde undan mors grälor och muttrade ännu vid dörren:

— Men ein stjitiröv är on.

— Men var ha du lärt dej tåkodä ord?

Ibland hände det nog att alla tre bröderna stod kring vaggan och tittade på barnet. Men deras inställning var alltigenom saklig:

— Skåd så hon håller händren knuti... Vaför spyttar hon allti prisis som fyllhundan?

Flickan var rund och storögd. Elina gladdes åt att dottern hade fått hennes egna vackra ögon i arv. Låt så vara att hon i princip ansåg att en människas utseende var en bisak och det viktigaste ett gott hjärta. Därvidlag hade hon alltså samma mening som de flesta andra människor. Det var den inre skönheten som betydde något, inte den yttre. Det sa hon exempelvis till Leppänen-Aune, som insmickrande prisade hennes baby:

— Hon komber ti bli en vacker flicko... Prisis lik dej... Du va så rö å vit du å, i ungdomen... Dåför tiden bruka jag allti säj att int ens herrskapsfröknan va så fin som Kivivuoris Elina.

Aune hade kommit för att få Jussis gamla kläder åt Preeti. För all del, visst berömde hon ofta folk av idel gott hjärta också. Men denhär gången skulle hon nog inte ha sagt något berömmande till Koskela-Elina om det inte hade varit för de gamla byxorna och rockarna. Hon var nämligen förgrymmad på hela Kivivuori-släkten. Först och främst var det Janne som satte åt henne för vården av Valtu, och dessutom hade Elinas pojkar fått löfte om Kivivuori fast den rättmätiga arvingen var hennes son. Koskelas hade nog också hört glunkas något ditåt, men de tog det inte på allvar. Bara Elina kände ett styng i hjärtat någon gång. Det hände till och med att hon sa till Akseli:

— Men tänk om han ä Oskus pojk i alla fall... He ä hemst ti tänk sej...

Akseli brummade överraskande ogint:

— Vem kan veit vems kläpp han ä.

Och han tänkte då åtminstone inte börja gruva sig för sådant. Han hade fullt opp med sitt eget.

De hade det knepigt med pengarna. Boskapen inbragte så lite, och utgifterna var stora. Han borde nödvändigt ge sig ut på arbetsförtjänst, men vintern var strax slut och på sommaren hann han inte för sina egna göromål. För nästa vinter hade han nog redan jobb i sikte. Församlingen skulle avverka stockvirket i hans skog, och han hade fått löfte om körslorna. Höga vederbörande hade inte mage att neka även om lusten fanns på sina håll.

Siukola hade tingat själva avverkningen, men han blev anhållen på sommaren när kommunistpartiet förbjöds. Orsaken till att han anhölls var egentligen att han hade slängt omkring sig diverse grovheter om patron Mellolas död. Gubben hade nämligen dött på försommaren, och Siukola hade bland annat sagt:

— Han lär ska ha havi för mytji socker i blode... Han sku ha sugi ut arbetaren lite minder så hadd e hållist lagom...

Han sa det på butiksgården så handelsman hörde det och förde det vidare till bröderna Töyry. Arvo var inte riktigt hågad att ingripa, men farbrodern tjatade:

— Int ska man väl tål tåkodä ... tåkodä ... hån mot döm som ä dö... Å ungan hanses sjunger kommunistsånger där så e ekar i backan.

Arvo ville trots allt inte lägga sig i saken, men den yngre brodern Ensio gjorde det i stället. Han gick till skyddskårsstaben, och den satte länsman i rörelse.

Siukola fick nys om hotet och gömde sina böcker och broschyrer så man inte lyckades finna dem. När anhållarna beskyllde Siukola för att lära sina ungar upprorssånger svarade han:

— Sjung kan di... å sjunger gör di. Sjung pojk... sjung så får di hör.

Pojken grät förskrämt och ville inte sjunga, men fadern kommenderade där han stod med handklovarna på:

— .. sjung pojk. Sjung för di jävlana ...

Hustrun grät, barnen grät, poliskonstapeln och skyddskåristerna som biträdde honom svor, men Siukola väste:

— Gör som jag säger ... sjung för slaktarna ... sjung för Finlands slaktare så får di hör ...

Och den snyftande pojkbytingen sjöng:

För den stora röjningens skull det var
som ni i tysthet era bojor bar...

Sången dränktes i hulkande gråt när fadern sprattlande släpades nerför trappan. Ute på gården fortsatte han den själv och fick ett knytnävsslag för munnen. Nära herrgården var det folk i rörelse, och trots arresterarnas hotelser stämde Siukola åter upp, med bloden rinnande från läpparna:

Hjärtats sanning allvarsam och fri,
den är förmer än all lögntyranni...

— Tig, perkele.

Än kommer tiden då bloden väges upp ...

Händelsen vållade en tyst uppståndelse i byn, också bland många av dem som ingalunda gillade Siukola och hans åsikter. Till och med husbonden på Kylä-Pentti sa offentligt:

— Sådä rätt borda man int få bär sej åt, karn må va kommunist hur mytji som helst.

När Akseli fick höra om saken blev han dyster och trumpen och sa till Elina mellan hopbitna tänder:

— Nä herrigud ... Ska man måst böri på här ännu i alla fall ...

— Böri vadå?

— Va som helst ... satan ...

Och han gick häftigt ut till sitt.

Men därvid blev det. Det dröjde inte så länge innan han lugnade sig. En gång råkade han dock stöta samman med Töyry-Ensio i butiken. Också Akseli hade hört att det var Ensio som stod bakom arresteringen och dessutom själv hade varit med vid den. Det var mycket folk i butiken, i trängseln hamnade de sida vid sida framför disken och Ensio råkade trycka sin skuldra mot Akselis en aning:

— Nå, knuffas lagom. Int är e axlan dina så bred ändå att du int sku ryms där du står.

— Nå, va nu?

— Bara he som jag säger ...

Det blev moltyst i butiken. Folk sneglade åt sidorna. Handelsman sysslade överdrivet ivrigt med sina påsar. Ensio rodnade och sa lite osäkert:

— Vi ryms väl här allihopa.

Det var ett återhållet men tydligt hot i Akselis röst när han svarade:

— Just he tycker jag å ... Utrymme finns e ... å rätt ti stå har ein lika väl som ein ander.

Därmed var saken utagerad. Medan handelsman expedierade Akseli började ett dämpat samspråk om likgiltiga saker i butiken. Men några höll nästan andan ända tills han hade gått.

Det pratades nog ett och annat ute i byn efteråt, ett på prästgården och större hemman, och annat i mindre stugor. Det blev till och med tal om att göra slut på Akselis villkorliga frihet, men de förnuftigare i skyddskårsstaben ansåg att förevändningen var för svag.

Bland småfolket rådde ivrig förtjusning:

— Så sa han ... Jag va i butiken å hörd ...

Och en berättare, som själv aldrig skulle ha vågat göra detsamma, sa skrodersamt:

— Då jag såg Akselis nunan så vänta jag bara att han sku ta an i nackan å släng ut an på backan ... He va nog justsom fem före ... Jag tänkt att vänt bara pojk, så får du skåd vem du ä i vantan på ...

Episoden förskaffade honom besök av ett par karlar från kyrkbyn. Kunde han inte tänka sig att bli med igen? Karlarna var hans gamla kamrater från röda gardet. Men Akseli vägrade. I själva verket ville han komma ifrån allt detdär. I butiken hade han råkat tappa självbehärskningen för att fallet Siukola hade rivit upp hans gamla förbittring. Minnesbilderna från Hennala vaknade så tydliga att han inte kunde hålla sig i styr.

På hösten när avverkningen började uppenbarade sig Siukola trots allt i Koskelas skog, avmagrad, misshandlad och mera förbittrad än någonsin. Han hade blivit slagen med battong under förhören, men man lyckades inte få någonting ur honom och han frikändes av domstolen.

Första dagen hann Siukola över huvud taget inte ut i skogen, utan satt i Koskelas stuga och berättade om sina upplevelser. Han drog av sig skjortan och visade ryggen, där det ännu syntes märken efter battongen:

— Herrigud ... slår di på hedä vise?

Alma och Elina var förfärade, men Siukola gav till ett gråtblandat skratt och väste:

— Om di slår ... hä, hähä ...

Han stod mitt på golvet med skjortan i näven och trampade otåligt:

— Om di slår ... I två månader rappa di mej på ryggen, perkele, å allt som oftast hoppa en stor ochranajävel på nackan min me stövlan sina ... Bikänn, bikänn ... Ha du fått rubler från Ryssland ... Nä, sa jag ... Jag ha int fått nå anat än stryk åv slaktarna i Finland ... Aj herrigud ...

Han torkade sig i ögonen och fortsatte medan han drog på sig skjortan:

— Men sedan kom e så mytji klagomål så di fick väl order ti slut slå ... Då hitta di på ett anat knep ... Ochranan börja gnugg revbenen våra me knogan ... sådä ... där hitta di på en konst som int lämnar nå spår å inga bevis ... Just på dehä vise gnugga di ...

Siukola rusade fram till Akseli och började skruva honom i sidan med knogarna tills han halvt förgrymmad utbrast:

— Låt bli, satan ...

— Nå ja ja ... Så nu veit du ... Men jag öppna int munnen, perkele ...

110

Siukola satte sig på bänken igen. Åter blev rösten gråtmild när han försäkrade:

— He svartna för ögona imellanåt, men jag bet ihop tändren å sa heila tiden åt mej sjölv ... Låt döm slå ihäl mej, men jag förråder int kamratren ... kamratren förråder jag int... her... ri ... gud ...

Plötsligt tog han sin lärftränsel och grävde fram en mjölk-flaska med propp av hoprullat tidningspapper och en bit osovlat svart bröd. Ilsket högg han tänderna i brödbiten. De andra för-sökte låtsas om ingenting men såg hur tårarna rann nerför hans kinder och droppade på brödet. För att dölja gråten fortsatte han med brödbiten i munnen:

— Slå å pin ni bara ... så tänkt jag ... jag tigger int om nåd ... å herrigud, då min tid komber ein gång så finns int en gnisto åv medlidande under skjorton ... nähä ...

Akseli lyssnade med blicken i golvet. Han sa ingenting på en lång stund. Plötsligt reste han sig och gick ut:

— Jag måst gå åsta foder hästen.

Han dröjde en kvart, och när han kom in igen verkade han lugnare. Han jakade lamt till det Siukola sa utan att själv kom-ma med kommentarer. Emellanåt försökte han byta samtalsämne och frågade när Siukola trodde sig ha så pass mycket fällt att det lönade sig att börja köra. Men Siukola svarade kort och hastigt och återgick genast till sitt.

Ut i skogen kom han sig inte förrän dagen därpå, och då bara för en liten stund.

II

När Siukola hade fällt så pass att körslorna kunde börja gav sig också Akseli till skogs. Det var sju år sedan han senast hade forslat timmer.

— Månne man ens kan nå meir, undrade han när han ställde i ordning seldon och släde. Egentligen borde han ha sagt orkar i stället för kan, men han använde inte det ordet av pur rädsla för att faktiskt visa sig för svag. När han i gryningen den första dagen åkte ut i skogen valde han liksom oförmärkt till och med

111

för sig själv en ganska liten stam. Den åkte lätt upp på släden, och han var belåten. Men skogen var gammal, länge sparad och därför grov, så det gick inte länge att undvika storstockarna. Han körde fram släden, satte saxen på plats, ställde sig bredbent och med ryggen i den rätta vinkeln. Så drog han djupt efter andan ett par gånger och bet ihop tänderna:

— Ååhej.

Stocken höjde sig en aning, dinglade i saxen ett slag och sjönk tillbaka ner på marken. Darrig i knäna och armarna satte sig Akseli på den och pustade en stund. Siukola som arbetade ett stycke därifrån kom bort till honom och såg hur det var fatt.

— Vaför ska du lyft? Ta me stör.

— ...tan... tåkodä fjantas... Int blir e ti nå me sånt arbeit...

— Jag måst nog vil imellan jag å, he bara svartnar för ögona.

Akseli reste sig, högg fast saxen igen och försökte på nytt, men ,stocken vägrade. Siukola erbjöd sig att hjälpa till och ville grabba tag, men Akseli sa nästan ilsket:

— ...va nyttar he... kan du ändå hjälp me vareviga trä...

— Nå låt mej hjälp me dehä åtminstone.

Siukola hade redan handen på saxen, men Akseli röt förgrymmad:

— Va satan tafsar du där... hörd du int va jag sa.

En gång till.

Och nu följde stocken med, rotändan av en stor gammelfura. Akseli skakade i hela kroppen, det skymde för ögonen och han blev likblek. Med det sista unset av sina krafter vältrade han stocken inåt stöttingbanken så att den inte kunde rulla ner tillbaka, men knäade samtidigt. Han var alldeles blek, svetten pärlade på hans panna, och han fick nätt och jämnt fram några ord mellan flämtningarna:

— ...hjälper int satan... tvång åpå som me fattimans död... ha ja sagt...

Siukola som hade blivit stött över åthutningen nyss men tinat upp igen vid lyftet stod och stampade ivrigt på stället:

— Toki karl... satan va toki karl... ta live åv sej för tåkodä...

112

Akseli satte sig på en stock och samlade krafter, alltjämt flåsande men småskrattande.

De följande stora stammarna baxade han upp med hävstång. Nu var det inte så noga längre.

Siukola var i dålig kondition efter fängelsetiden. Akseli hann med hemsysslor också mellan verserna utan att bli på efterkälken fast han inte heller själv var samma arbetskarl som förr. Dessutom var det en tredje som var skraltig, nämligen Poku. Han närmade sig de tjugo, och även om han gick för fullt i vanliga hemkörslor var det inte så mycket bevänt med honom i skogen. Poku snubblade i svåra passager, och fick han en tjock rotstock på släden stannade han flämtande mitt i allt. Sådant hade aldrig hänt förr.

Eftersom Akseli själv ofta måste uppbjuda sina krafter till det allra yttersta hände det att han förlorade behärskningen och rappade till hästen. Den släpade vidare, med huvudet nerböjt mot bringan och ett uttryck av koncentrerad anspänning i ögonen.

Ibland efter sådana perser tyckte Akseli att Poku var orolig, och då klappade han honom på halsen och talade vänligare än vanligt till honom. Många gånger tänkte han att det var sista vintern man kunde köra med Poku. Han måste bytas ut mot en yngre. Men det var inte lätt att vänja sig vid tanken. Akseli var inte ömsint, men hästen hade han liksom vuxit samman med. Med den hade han inlett sitt liv på egna ben och den hade varit med och lagt grunden för hans tillvaro. När han satt i dödscellen i Hennala i ångestfyllt grubbel över sin hjälplösa familj och dess öde hade hans sista tröst ibland varit tanken:

— Di har ju hästen i alla fall.

Det var egentligen inte Elinas möjlighet att sälja Poku och få pengar han tänkte på, utan det var själva hästen som tedde sig som en trygghet på något underligt vis.

Men hösten därpå blev Poku såld till slaktaren.

Trots alla besvärligheter växte vältorna vid vägen, och det hände ofta under tobakspauserna att han räknade stockarna och forlönen. Tankarna sysslade mycket med pengarnas användning. Det fanns så mycket bristfälligt som borde bättras på. När han

113

fick sin första avlöning — eller egentligen tog han ut en del av den i förskott — räknade och dividerade han länge och väl. Den kvällen satt Elina och han på tu man hand i stugan. Pengarna låg på bordet, och de funderade och planerade. Där fanns två gröna femhundramarkssedlar i hopen, och det kändes rent högtidligt att ta i dem, för det var sällan de hade sett sådana pengar.

Akseli tyckte att skulderna till Otto och Janne borde betalas allra först, men Elina föreslog att de skulle vänta med dem så länge.

— He gör vi int. Di ska bitalas fösst åv allt.

Elina opponerade sig inte mera, för han lät nästan hotfull på rösten.

Elina hade varit tvungen att ta dessa lån under den svåraste tiden medan Akseli satt i fängelse, och lånen pinade honom. Inte för att Otto eller Janne hade fäst någon vikt vid dem, men det bjöd honom nu en gång för alla emot att häfta i skuld. Han lade skuldpengarna åt sidan och vad som behövdes till lagfarten.

Sedan återstod bara lite småslantar. När han märkte det sjönk hans iver ansenligt.

— Så rullar di bara . . .

— Ja, men int går di ju i hask.

— Nå nä, he ä nog sant . . .

Och dessutom kom det ju in mera småningom. Förtjänsten steg lite med ökad träning och vana, och emellanåt hände det rent av att man hörde honom vissla i skogen. Till den grad falskt visserligen att ingen människa hade varit kapabel att känna igen melodin. Men visslade gjorde han likafullt.

Men skogen hade sin onda ande också. Allt som oftast under rök- och vilopauserna kom Siukola farande, och redan på långt håll ekade hans röst:

— Veit du va di jävlan nu tänker, slaktarna menar jag . . .

De satt sida vid sida på en stock och rökte sina papyrosser, och Siukola basade på. Många gånger kände Akseli hur hatet började stiga mot ytan. Han blev nästan rädd, för det hotade göra slut på hans lugn. Det hände att han blev förargad på Siu-

114

kola, i all synnerhet för att denne gick an och häcklade Janne hela tiden och varje gång sa:

— Fast han ä svåger din, så he säger jag bara, att...

Siukola avsåg det till förklaring och försvar för att han talade om en släkting till Akseli i den tonarten. Men Akseli kände det som om Siukola tvärtom hela tiden hade klandrat honom för Jannes ståndpunkter och åsikter.

— Va ska du predik he för mej... gå åsta säj åt han sjölv... Jag ska väl int vall han, stora karn... han må nu va svåger min hur mytji som helst...

Siukola försökte släta över, men vanligen slutade det med att Akseli reste sig och återgick till arbetet.

Samma vinter avtäcktes frihetsstatyn i kyrkbyn. Förberedelserna hade pågått en längre tid. Det hade ordnats insamlingar, fester och soaréer. När Akseli fick höra om det drog han vresigt på munnen, men när någon sa att. statyn skulle resas till minne av de vita som hade mördats i socknen blev han trumpen och talade inte mera om saken.

Det var en ren slump att han råkade ha vägen till kyrkbyn på själva avtäckningsdagen. Han skulle uträtta ett ärende som hade med inlösningsskulden att göra och hade inte alls kommit ihåg hela högtidligheten innan han märkte att det var mera folk än vanligt på vägen.

Det var mycket folk i rörelse inne i byn också. När han tjudrade hästen vid kommunalgårdens bom såg han prosten och prostinnan gå förbi tillsammans med Yllö och apotekaren. Han koncentrerade sig på det han hade för händer för att inte behöva se dem, och de låtsades inte heller om honom fast de måste ha märkt att han stod där.

Han uträttade sitt ärende och skulle ge sig hemåt när han stötte ihop med Kankaanpää-Elias:

— Morjens. Va veit husbond.

Halvt på elakhet hade Elias börjat kalla de forna torparna för husbond, och han gjorde inget undantag för Akseli heller. Stött över att inte ha blivit bjuden på Jussis begravning hade han sagt ute i byn:

— Va sku hemmansägaren bju mej på bigravningan sina...
Enda orsaken till den uteblivna inbjudningen var att han ändå
inte skulle ha varit nykter på en söndag. Nykter var han inte
nu heller.

— Ha du också kommi ti avtäckningsfesten?

— Jag har nog viktigare ti gör.

— Kom så går vi åsta hör då di skäller ut oss... eller för-
slår int kurage ditt?

Akseli skrapade ner resterna av Pokus hötappar i släden och
muttrade argsint:

— ...inverkar int nå på mitt kurage... va didä pratar...
struntar jag i... fast jag sku ställ mej ve statyn å hör på...

— Meinar du he å...

— Å he gör jag.

— Nå, då sätter vi oss på slädakanten å skådar.

Akseli gjorde det, inte för Elias skull men till svar på den
utmaning som kom inifrån honom själv. Elias vitsade om skydds-
kåren som ställde upp sig och om hela festpubliken, men Akseli sa
just ingenting, bara glodde med rynkade ögonbryn.

Statyn stod på kyrkbacken och var ännu övertäckt. Skydds-
kåren marscherade fram och formerade sig bakom den, och fan-
borgen bildade hedersvakt på sidorna.

Festen inleddes av hornmusikkåren som spelade Björneborgar-
nas marsch. Karlfolket blottade huvudena trots att det var några
grader kallt, och Elias frågade:

— Ska vi stig opp å ta åv oss mysson?

— Gör he om du vill.

— Nå nä, int ä jag så intressera.

Avtäckningstalet hölls av Yllö. Dessutom talade också prosten.
Akseli lyssnade med buttert och orörligt ansikte, men ju längre
Yllö kom desto svårare hade han att hålla sig lugn. Genom folk-
hopens sakta sorl nådde honom bondens ord:

— ...i samma stund som den bästa delen av folket be-
reder sej att befria landet från det sekelgamla förtryckets ok
förenar sej en del av folket, den sämsta delen, med fienden och
sviker sitt land i dess tyngsta ögonblick... Alltjämt sänker vi
våra huvuden i skam då vi tänker på det... Hör till detta folk,

116

detta folk som vi har varit så stolta över, hör dit också förrädare som i sin vinningslystnad har varit beredda att svika folkets heligaste sak ... Samtidigt som denna staty, som strax skall framträda ur sitt hölje, samtidigt som den är rest till stolt hugfästelse av fäderneslandets frihet, samtidigt är den också rest till åminnelse av de offer som krävdes av oss för att vi skulle uppnå denna frihet ... Framför allt så är den rest till minne av de två ädla ynglingar, som här fick ge sitt dyrbaraste offer för frihetens sak ... Vi har inte fått reda på deras namn, men just namnlösa framstår de för oss som företrädare för den heliga iver under vars inflytande vår ungdom gick till sitt befrielseverk ... Här mötte de sitt öde i händerna på grymma avgrundsandar ... Hur gärna man än skulle glömma detta dystra kapitel i vårt förflutna, så kan man inte. Och vi har inte rätt att glömma ... Vi måste ständigt påminna vårt folk om detta, till lärdom och varnagel. Vi får icke förgäta detta, det största av brott. Det finns sådana som uppmanar oss att låta hela saken sjunka i glömska. Med vad rätt? Med vad rätt kan samhället låta ett brott sjunka i glömska, och till på köpet det grövsta brott som kan begås mot en nation? Att glömma sådant som landsförräderi, det som genom tiderna har betraktats som det skamligaste av alla brott ... Skulle vi dra glömskans slöja till exempel över de två ynglingarna och deras öde? Aldrig ... Vi kan glömma enkla, vilseledda människors handlingar. Men vi kan aldrig glömma de avgrundsandars handlingar, som kallblodigt ledde dem i fördärvet. Många av dessa avgrundsandar går omkring bland oss, utan den minsta smula av skamkänsla, fria precis som anständiga medborgare ...

— Nu far vi, Elias.

Akseli röck åt sig tömmarna och knyckte Poku i gång. Elias rullade ner på slädbottnen och sa skrattande:

— Höll int lungona dina?

Akseli måste köra nästan tvärs genom publiken, eftersom den delvis stod på landsvägen. Därför väckte han uppmärksamhet och många vände sig om för att se vad som stod på. Folk steg undan, men samtidigt blev det en susning som nästan dränkte Yllös röst. Också herrskapet som stod längre fram vred på huvudet.

— Ahaa ...

117

— Han är inte lite fräck.

— Just han borde ha fått stå vid offentlig skampåle här medan festen pågår ...

— På sätt och vis är det ju bra att han är närvarande.

I samma ögonblick föll täckelset och statyn blev synlig. Det var två soldater med hjälm. Den ena stod på knä och den andra stödde honom med sin vänstra arm, medan den högra höjde ett svärd. Yllö var lite röd om kinderna, av kylan men också av spänning. Att hålla festtal gick inte riktigt väl ihop med hans torrsakliga kommunalmansnatur, och han hade lite rampfeber. Nu förkunnade han med överdriven patetik:

— Här framträder nu statyens bronsdrag.

Elias pladdrade på:

— Svärde pekar rakt mot föreningshuse ... He ä väl didä två som vi åkt fast för ... Jag å bjöd den ena på tobak på vägen te körkbyin, men för delaktiheit vart jag å dömd.

— Låt e nu pek vart e vill.

— Jojo. Men mot arbetarföreningen pekar e bara ... sir du int ... skåd nu. Tydlit å klart pekar svärde åt he hålle ... å he ä som karn liksom sku rop att satans rödingar, vänt ska ni få ...

Akseli stirrade rakt fram utan att bry sig om den uppmärksamhet han väckte, eller rättare sagt för att visa att han inte brydde sig om den. Han visste att han alltjämt gjordes ansvarig för mordet på de två skyddskåristerna. Och ändå hade han blivit benådad uttryckligen med motiveringen att han var oskyldig till det dådet. Så hade det stått i benådningsbrevet. Myndigheterna hade avkrävt staben en ny utredning, och bönderna var tvungna att medge att vittnesmålen byggde på idel rykten och antaganden. Men när en sådan uppfattning en gång hade rotats in var den seglivad, och staben hade ingen lust att rentvå Akselis rykte. Var man tvungen medge att utlåtandet var falskt så sa man:

— Nå, om inte precis till det, så till mycket annat ...

I sockentidningen ingick sedan ett referat av festen. Det var skrivet av folkskolläraren och innehöll citat ur Yllös och prostens tal. Prosten hade anslagit mera försonliga tongångar, men när Akseli fick ögonen på Yllös ord vek han ilsket ihop tidningen

118

och slängde den ifrån sig. Elina märkte det och frågade vad där stod:

— Dynjon föståss.

Lite skyggt fortsatte Elina på kapitlet och försökte trösta så gott hon kunde:

— Va ska du bry dej i... Ä samvete reint så räcker e till... då kan di säj va di vill...

Men det var inte så lätt att glömma. I all synnerhet som Siukola ideligen kom med sina påminnelser. Med en kraftansträngning sa Akseli:

— Jag ids int me didä satans...

Arbetet var honom till hjälp, och familjen likaså. Kaarina var ett år gammal nu, och allt oftare hände det att far satt med henne i famnen på kvällarna. Hans förhållande till pojkarna var liksom mera karlaktigt och fjärmt, men med dottern kunde han rent av anslå en jollrande ton:

— Du ä pappas flickon.

Han sa det med eftertryck, för egentligen menade han:

— Allt dethär är viktigt. Resten struntar jag i.

III

Sent en kväll kom Halmes Emma till Koskela. De blev förvånade över att hon var ute och gick i mörkret, och Akseli tyckte hon betedde sig konstigt på något vis annars också. Hon hade med sig strumpor, som Elina hade städslat henne att sticka åt pojkarna, men när hon var klar med ärendet blev hon sittande och verkade uppenbart orolig. När Elina försvann ut ett slag sa Emma hastigt till Akseli:

— Hellberg ä ve oss å han ba dej kom dit ... Han sa att jag int får säj åt nåen annan.

— Hellberg.

— Jaa. Han kom i skymningen ... Jag veit int ... Jag kan int kör bort an heller.

Akseli upprepade än en gång förundrad:

— Hellberg ... Nå, va vill han då?

119

— Jag veit int ... Han sa att jag int får säj åt nåen annan än dej.

Akseli stod tyst och gjorde liksom ett hastigt överslag. Så sa han:

— Int kan jag gå nåenstans utan att Elina veit ...

— Men kom nu ändå ... Int kan ju jag språk me han ... å hur går e om vi blir upptäckt.

— Nå, jag komber. Men jag säger nog åt Elina.

När Elina kom in talade han om vad som stod på. Hon blev skrämd och började nästan upphetsat motsätta sig att han gick:

— Ha int e vari tiräcklit redan ... Va ska e bli till riktit ...

Men Akseli gick med Emma i alla fall. Ännu i dörren sa Elina:

— Ä kom ihåg sedan att du int böri me nåenting ...

— Va sku jag.

De genade till byn. Det enda som sades var att Akseli med låg röst gav Emma anvisningar om stigen. När de närmade sig Halmes tystnade han helt och hållet.

Emma hade släckt efter sig när hon gick ut. Dörren var låst och ingen svarade när hon knackade på. Men bakom dem vid bastuknuten hördes en svag hostning och en dämpad röst:

— Här ä jag. Jag var bakom knuten ett tag.

Orden följdes av ett smått generat skratt. Akseli vände sig om och såg på skepnaden som dök fram ur mörkret. Han sa ett lågmält gokväll, och Hellberg svarade men fortsatte sedan genast:

— Vi ska int prata här. Kom så går vi in.

Han gav nyckeln åt Emma som låste upp. Plötsligt for det genom Akselis hjärna att Hellberg inte alls hade kommit ut för något behov utan att han helt enkelt hade vaktat på deras ankomst. Hade han kanske misstänkt att Emma eller Akseli inte var pålitlig och gömt sig för säkerhets skull? Tanken väckte en känsla av vag motvilja hos honom.

Emma tände lampan och sa:

— Där i kammarn ä gardinren tjockare.

De gick in i kammarn och Emma kontrollerade att gardinerna täckte hela fönstret. Först nu tittade Akseli närmare på Hellberg. Denne gjorde likadant, och de log båda två. Redan vid första ögonkastet märkte Akseli instinktivt att Hellberg var starkt förändrad. Först efter en stund förstod han att det var mannens sätt att uppträda. Till utseendet var han knappast annorlunda än förr. Håret hade bara grånat en smula vid tinningarna och ansiktet var kanske lite magrare. Men hans blick, som förr hade varit tung och skarp, var nu orolig och sneglande och hölls aldrig stilla mer än några sekunder i taget. När de hade satt sig, Hellberg på sängkanten och Akseli på en stol vid dörren, plirade Hellberg allt som oftast på honom men undvek samtidigt att se honom i ögonen när deras blickar råkade mötas. Det blev en liten paus. Det var som om de båda hade sökt en kontakt över de gångna åren utan att riktigt lyckas finna den. Till slut frågade Hellberg helt allmänt:

— Nå, va nytt?

Och Akseli svarade lika vagt:

— Int nå särskilt.

Emma satt vid det lilla bordet i kammaren och tittade sig oroligt omkring. Emellanåt försökte hon fånga Akselis blick som till skydd mot sin rädsla och nervositet. Det var tyst ett slag igen, och så frågade Akseli:

— Varifrån komber du?

— Från Ryssland.

— Jaja. Men nu.

— Nå. Med tanke på min ställning är det bättre att int gå in på den saken.

Så förklarade Hellberg hastigt medan han gestikulerade för att understryka vad han menade:

— Nänä. Du ska int missförstå mej. Jag menar bara sådär i största allmänhet. Men det är bäst att hålla fast vid det överallt, för annors gör man det snart int heller där man borde göra det. Men hur har det gått för dej ... Du blev ju benådad ...

— Jag blev så, ja.

— Blev domen upphävd?

— Nä. He va presidentbinådning ... Jag ansökt om e länge å väl ... Eller igentligen var e ju Janne som ordna saken ... Jag kund ju int så mytji där ...

— Så du har villkorligt på nacken alltjämt å inget medborgerligt förtroende.

121

— Ja, såleiss är e ju.

Sedan förhörde sig Hellberg om torparfrigörelsen, om Akselis familj, om Jussis död och sådant. Han talade snabbt och tydligen bara för att säga något, för Akseli märkte att han inte fäste sig stort vid svaren. Emma frågade om hon skulle koka kaffe, men de sa båda nej tack. Akseli frågade i sin tur om förhållandena i Ryssland och hur det hade gått för de rödgardister som flytt dit, och Hellberg förklarade i korthet. När Akseli frågade om det var sant att man hade återgått till kapitalismen där drog Hellberg på mun:

— Borgarnas önskedrömmar. Av förhållandenas tvång har di gjort några eftergifter. Ett steg tillbaka, två framåt, som Lenin säjer.

Akseli skrattade till och sa:

— Jaa. Jag ha ju aldri vari så stark i didä teorien. Jag tänker du minns he.

Han slutade fråga, för han förstod av tonen i Hellbergs svar att denne inte var hågad att diskutera sådant nu. Hellberg bytte också mycket riktigt samtalsämne:

— Det går ju där. Men det är int så mycket vår sak. Vi borde koncentrera oss på våra egna angelägenheter å låta di ryska kamraterna sköta Ryssland. För resten, vad menar du nu om hur det står till här?

Hellbergs tonfall var liksom trevande, och det for genom Akselis huvud att han säkert hade haft kontakt med Siukola och diskuterat med honom i förväg. Hela tiden hade han väntat sig just den frågan, och han svarade lite vagt och undvikande:

— Nå. He ä ju så ställt för mej, att jag int har så gott ti ro fram me åsiktren mina ... Jag har så mång ögon- å öronpar på mej som gärna lagar mej ti Ekenäs så fort e finns en liten möjliheit ... Så he löns int riktit ti böri ...

— He, he ... Men det är väl int bättre ställt för mej heller ... Jag ränner ikring som en varg framför drevet, men våga måst jag bara ...

— T.. jaa ... kanske he ...

Akseli skrapade lite oroligt med fötterna och rätade på överkroppen ett slag men lutade sig sedan genast igen med armbågarna mot knäna.

122

— Jag tänkte bara, att ingalunda har du väl glömt gamla tider.

— Nå nä, ingalunda ... He blir väl nog lite svårt ti få döm ur minne.

— Jag tänkte väl det ... Jag ska gå till saken då ... Jag har int kommit hit bara för att hälsa på. Som du vet så har slaktarna gjort slut på partiets offentliga verksamhet, å det med noskarnas tysta välsignelse. Så därför måst vi arbeta i smyg nu då ... Å till det behövs bra folk ... Det är såna jag är ute efter, å därför kom jag hit.

— Jaha.

— Det behövs hårda gossar. Just sådana som du ... Som kan hålla mun å handla vid behov.

— Jasså, jaha.

— Å så en sak till ... Dina gamla kamrater har stort förtroende för dej ... Det har jag märkt här i knutarna ... Du har ingen rätt att dra dej undan i ödemarken å lämna ditt inflytande oanvänt.

— Veit jag nu ... va sku di ha för särskilt förtroend för mej ...

— Det har di nog. Å längre borta också ... Vi har talat om dej, jag å många andra ... Di känner till ditt förflutna, å det är bevis nog ... Arbetarklassen i Finland har inget överflöd på bra karlar. Därför har du inget skäl att kasta yxan i sjön ... Å det tror jag int om dej heller ... Redan för allt som du har fått svälja ... Att bara hålla till godo med alltsammans ... Med korpflockens kraxande ... Att bara sitta med armarna i kors å låta dem hacka ögona ur dej.

Hellbergs ord var egentligen avsedda att egga upp Akseli, men han blev själv upphetsad av dem. Slutklämmen stötte han fram med djupt och bittert hat i rösten. Men Akseli sa bara helt lamt och färglöst:

— Int ha jag glömt e.

— Nå, då måst du göra nånting åt saken.

Nu var Hellbergs tonfall sådant att det inte längre gick att vika undan, och Akseli började förklara:

— He ä fänin så svårt för mej ti gör nåenting, som jag sa.

123

Jag står under övervakning. Å he ä int fråga bara om länsman. Di håller ögona på mej mytji noga här i byin å ... Jag lever på sidon för mej sjölv. Böri jag på med nåenting så dröjer e int läng innan he märks på nå vis. Har jag nå slags inflytand så borda jag väl använd e då. Men huru ska he gå till om int gönom att språk me foltje, å böri jag på me nå sånt så går e högst ett par vickor.

— Det finns många sätt. Du träffar ju folk i alla fall.

— He ä nog bra lite.

De disputerade en lång stund. Hellberg upprepade sina argument och sina krav stup i ett så att Akseli till slut svarade ytterst motvilligt, trött på att säga samma saker om och om igen. När Hellberg märkte hans olust började han låta sur och förebrående. Akseli försökte hålla sig lugn och hänvisade ännu en gång till sin situation:

— Jag kan int gör nåenting utan ti åk fast, å he har jag int råd me. Jag har torpskulden på nackan å barnen ä minderåri ... Vem ska ta hand om döm ifall jag hamnar åsta sitt åv mitt villkorliga å en ny dom dessutom.

— Vem av oss andra kan tänka på sin familj ... Jag känner till fall där familjerna int har annat än nådasmulor av fattiga kamrater å ändå fortsätter di.

Akseli svarade inte. Hellberg pratade och pratade och hetsade upp sig allt mera, och till slut sa han med ett förbittrat skratt:

— Det hänger väl aldrig på att du lär ska ha två torp nuförtiden?

Mössan som Akseli höll i näven började svänga häftigt. Hans andhämtning ökade takten och han stötte fram:

— Jag har bara he skäle som jag sa ...

Han uppbjöd alla krafter för att behärska sig men lyckades inte. Han reste sig och tog ett steg i riktning mot Hellberg. Hans haka darrade till och rösten brast ett par gånger innan han fick ordsvallet under kontroll:

— Å ... å ... hördu ... jag ska säj dej ... jag ska säj dej rent ut att du ä han sista karln som ska ställ mej ti svars för nå sånt ... Du sku skäms, din satan, för va du säger ... Att du täcks ... Nog är e väl fan att kom hit ända från Ryssland

124

för ti bruk käftan på hedä vise. Hadd du int nå bätter ärand så kund du ha hållist där ... Du ska int kom hit åsta bruk munnin om andras torp fast di sku ha tiotals åv döm. Å tjat om att kast yxon i sjön ... Minns du han tiden nå meir då ni borda ha hålli hondä yxon i handen? Vem var e som kasta yxon han gången? Var e jag? Herrigud, du sku skäms, om du nu kan ...

Hellberg sträckte avvärjande ut handen och försökte avbryta honom. Emma rusade förskrämd upp från sin stol men satte sig rådvill på nytt och tittade allt som oftast bort mot fönstret, rädd att rösten skulle höras ända ut. När Akseli drog efter andan lyckades Hellberg äntligen flicka in:

— Nå, nå ... Brusa int opp nu ... int är det ju fråga om det nu ...

— Just prisis he är e frågan om ... He ä frågan om att du komber hit åsta bruk käftan ... Men he säger ja rent ut, att sku du å ander åv din kaliber ha visa sej på Lahtisvägen han tiden så sku int ni ha leva meir än en halv minut ... Sista dan då jag ringd ti staben å fråga råd så hördest int e nå annat än ein par lögner å fyllhundsskräne ... Herrigud ...

Akselis raseri bara ökade, och Hellberg verkade en smula ängslig, för den andre klev av och an över golvet och kom i hotande närhet av honom.

— Du, du ska int böri bruk munnen ... Tåkodä ha jag int lyssna på ens framför bössmynningen å ännu minder nu ... Håll he i minne ...

Hellberg reste sig. När Akseli slutade och flämtande började gå baklänges tillbaka mot sin stol sa Hellberg helt lugnt:

— Vi lämnar dethär ... Jag vill int gräla ... Å det var int min mening att såra dej ...

Hellberg hade behärskat sig snabbt. Han tycktes ha lust att låta hela saken förfalla och släta över alltsammans. Men Akseli förmådde inte lugna sig:

— Ein sak ska jag säj dej ... Att jag själv bisluter va jag gör ... När du for så lämna du en lapp åt mej på stabsborde, å sista meningen där va att handla som du finner bäst ... Då bislöt jag att på he vise komber jag allti ti gör ... Å så ha jag gjort ...

Han satte mössan på huvudet och gick till dörren:

— Å drön int här kring knutan hos gamalt folk ... Sök dej nå bätter ställ. Hur ska hon kunn stå ti svars om du åker fast ... Hon har tiräcklit utan he ...

Hellberg försökte säga ytterligare någonting, men Akseli lyssnade inte. I farstun trevade och fingrade han länge och väl på låset till ytterdörren utan att få upp det i sin raseriomtöckning. När det äntligen lyckades tog han trappan i hastiga kliv. Eftersom han kom ur ett upplyst rum ut i stickmörkret såg han just ingenting att börja med, och när han häftigt gick sin väg, som han trodde längs stigen, tog han miste och törnade med kraft mot brunnsveven, som gav honom ett smärtsamt slag på nyckelbenet:

— Satan ... allting ... också ...

Han var nära att sparka till brunnskaret men insåg trots sitt raseri det komiska i ett sådant beteende. Till slut fann han stigen men förirrade sig i sin ilska flera gånger ifrån den tills han äntligen lugnade sig en smula och dessutom började se bättre när han vande sig vid mörkret. Men ännu när han klev uppför trappan hemma stampade han så pojkarna vaknade.

IV

När Elina försiktigt frågade vad som hade hänt hos Emma svarade han först bara muttrande och snäsigt:

— Att han int skäms ... kom hit ända från Ryssland för att gnat om andras torp ...

Ordet gnata föll honom synnerligt på läppen. Det tycktes innefatta allt nedrigt, elakt och illvilligt som kunde riktas mot honom. Han sa det med argsint förakt, i en ton som kom till och med Siukola att akta sig för att »gnata» för mycket i skogen en tid framåt. För resten märkte Akseli på Siukolas uppförande att han hade träffat Hellberg efteråt och hört om det skedda. Ett par dagar senare tittade Emma in hos dem och berättade att Hellberg hade gett sig av samma kväll. Han hade undvikit att tala om grälet och varit tystlåten och dyster också i övrigt. Akseli var lite generad och bad om ursäkt för att han hade gormat på detdär viset »hos folk», men tillade liksom till förklaring:

— Men he förarga mej så att han sku böri gnat om allt möjlit å språk som han sku ha nå slags domarfullmakt i dihä sakren. Emma var inte ond. Hon sa att hon alltid hade »haft obehag» för Hellberg, också förr i världen. Inte heller hade hon gillat att han jämt försökte råda och kommendera »sali Halme».

Långa tider efter denna händelse var Akseli gripen av ett slags hetsigt och febrilt jäkt. Han gav det utlopp i arbetet så mycket krafterna tillät, och på kvällarna när han kom ur skogen slet han vidare med någonting därhemma. Samtidigt var han ofta fåordig och dyster, och Elina undvek att föra Hellbergs besök på tal.

Men i skogen, när han tog rökpaus för sig själv och satt och stirrade på en kvist, en stubbe eller något annat litet blickfång ältades det plågsamt i hans medvetande:

— ... fullständigt odugli ti samhällsmedlem ... Vi kräver dödsstraff eftersom strängare int finns ...

De satserna kunde han inte glömma. Själva Hennala och rättegången hade redan börjat blekna bort i hans minne, men inte de orden.

— ... jag bet mej i knogan, men svor att kamratren förråder jag int ...

Så dök Halmes bild upp, och hans ord som Akseli hade hört berättas om:

— En man av heder överger inte sina kamrater i olyckan ...

Han greps av ångest. Den yttrade sig rent av som en lindrig nervkramp. Det spände i huvudet och ögonlocken blinkade hastigt och nervöst.

— Två torp tillåme ... Två torp ... ja ... Men di avtäcker statyer å håller fester ... å pojkan ligger i gropen som hundan ... int en blommo får man för dit ... Varenda skyddskårspamp tolkar lagen som han sjölv tycker ...

Hat, skam och självanklagelser grävde i hans sinne.

— Men va sen då ... Ti böri deil ut nå barnsli broschyrer. Ä far ti Ekenäs ... Vem nyttar he ...

127

Och minnesbilderna började ändra karaktär. Han såg för sig flyktingskolonnens förtvivlade färd och hörde barnens gråt och mödrarnas klagan ringa i öronen. Han mindes sin ensamhet och nöd när han allena anförde tåget med sin egen ilskna desperation som enda stöd, en beslutsamhet som inte längre bottnade i annat än skam över att ärelöst ge upp. Han mindes andras vägran, deras flykt, ansvarslöshet och orättvisa beskyllningar, och han sa högt och ljudligt:

— Ein ä int nå bätter än en ann ... såleiss är e ... å va satans skyldiheit har jag ti bök me andras affärder.

Han reste sig, grep tag i saxen, och stocken dunsade spakt ner på släden medan han ackompanjerade lyftet med ett dovt:

— När ha nåen gjort nå för mej.

Länge och väl efter sådana stunder hördes det värre brak och buller än vanligt i skogen:

— Såå ... jaa pojken ... låt gå bara ... nå ... fan anamma ... freist på allvare nu bara ...

Poku fick upp farten. Akseli vadade i snön bredvid släden och hade så fullt göra med tömmarna att han inte hann akta ansiktet, som piskades av kvistar och ris. Det gjorde ont, men han märkte det knappast.

— Pengar, pengar skriker världsens barn, satan ...

Tanken var mängd med en gnutta vrede och förakt över detta sakernas tillstånd, men också med en oerhörd portion sammanbiten beslutsamhet.

Uttryckt i klara ord skulle hans förbittrade sinnesstämning ha betytt:

— Varför lämnar ni mej inte i fred? Ska jag aldrig bli av med er?

Tidvis hade han trott att han redan var fri från alltsammans, men Hellbergs besök visade att det i grund och botten inte stämde riktigt. Det var så outsägligt svårt att sätta sig upp mot sitt eget tidigare jag. Det var tungt att liksom utdöma ena hälften av sitt liv. Hur hårt han än arbetade för att hinna bli klar med forslingen före menföret fick han tid över till duster med sig själv. Var han en förrädare? Och vad hade han förrått?

Det var inte lätt att försvara sig mot självanklagelserna.

128

— Men va ha jag förrått då ... Ein enda sak kämpa jag för, å he va torparsaken ... Å prisis lika tänker jag om han i dag å ... Mekanismen i hans inre kamp var nästan alltid och oförändrat densamma. Först självanklagelser och depression. Så försvar, som slutligen övergick i anfall. Varje gång gick han tillbaka till upprorstiden, till dess mänskliga elände och kaos. Hur många förrädare fanns inte dåför tiden, och det just bland dem som nu anklagade honom?

Och för varje gång blev hans känsla av att ha rätt allt starkare.

Men samtidigt växte också hans bitterhet gentemot segrarna. Ibland antog den rent demonstrativa former. På våren när forslingen var till ända erbjöd prosten dem hyggesavfallet till ved.

— He duger nog fint. Men va kostar e.

Prosten var på synnerligt vänligt humör och svarade:

— Personligen skulle jag inte bry mej om att ta något alls. Men för formens skull måste vi väl göra något slags affär ... Min ställning gör det svårt för mej att ge det alldeles gratis ...

— På inga villkor gratist ... Jag ska nog bital ... Ett riktit pris ... Jag vill nog gärna köp döm, men ti ordentlit pris ...

Akseli hade faktiskt själv funderat på att be att få köpa hyggesavfallet billigt, men när prosten nu bjöd ut det gick han på med sitt »ordentliga» pris så demonstrativt och utmanande att prosten blev lite förstämd till sinnes. När prosten frågade om tre arbetsdagar var för mycket förklarade Akseli ivrigt att han gärna skulle göra flera.

Prosten sa att han betraktade tre dagar som överenskommen betalning och gick sin väg från Koskelas mjölkbrygga, där de hade stått och pratat om saken. När han var ur sikte muttrade Akseli:

— ... vill jag ha nå allmosor här ... Tror an he så ... jag ska nog gör dagsverke för e ...

När någon bysbo ställde en fråga till honom om veden svarade han med alldeles omotiverat eftertryck:

— För assit ha jag int fått e ... Å int taji e heller för han delin ... Han dan komber int då jag sku ta imot allmosona ur di händren ... Dagsverke ska jag gör för e ...

Småningom blektes Hellberg och hans besök bort av vardagslivets brokiga allehanda. Det hände att episoden av en eller annan särskild anledning återkom i minnet, men allt vagare och avlägsnare. Själv märkte han inte, vare sig då eller senare, att den hade betytt ofantligt mycket i alla fall. För ända dittills hade han vikit undan för det förflutna, skjutit det ifrån sig och vägrat att göra upp med det.

Det var så mycket han hade undvikit hittills. Saker som han inte hade velat tala om, som till exempel brödernas öde. Naturligtvis hade han inte kunnat undgå att beröra det ibland, men det hade varit prat i största allmänhet utan minsta prägel av självuppgörelse. Nu hände det att han talade ut också om den saken. Resultatet var att han småningom började få en mera avspänd inställning till hela upproret. Han kunde till och med dra på mun och säga:

— Ja, he va han tidens påfund.

Ingen lade egentligen märke till förändringen, för den kom inte plötsligt utan lite i sänder. Upprorstiden och dess händelser hörde ju inte heller till de vanligaste samtalsämnena utan berördes bara ibland när någonting särskilt råkade föra tankarna åt det hållet. Mest var det Alma som brukade återkomma till dem. Det var hon som förde pojkarna på tal också, för det pinade henne alltjämt att de skulle ligga i en grav som varken var signad eller vårdad. Hon hade aldrig sagt någonting fördömande till Akseli, men en söndagseftermiddag på våren när de satt på tu man hand i stugan på nya sidan utbrast han:

— Jaa ... Int förbjöd jag döm å int bifalld jag döm igentligen ... he gick liksom åv sej själv ... Men hadd di int vari mina bröder ... så sku e knappast ha gått som e gick ... Men ... va kund jag åt he ...

— Far å jag varna ju nog döm ... för vi ogilla ju alltihopa ... Men ... då di säger att doman int alls va lagenli ... Att man int alls sku ha kunna bli dömd ti döden för he som di gjord ... int enlit lagen.

Akseli hade talat lite skyggt och mödosamt, men när modern nämnde ordet lagen gav han först till ett bittert skratt, och när han svarade fanns den generade skyggheten inte längre i hans röst:

— Va hadd lagen ti skaff me he ... Enlit lag sku di int ha kunna döm ens mej ti döden, ännu minder pojkan ... Eftersom e int va stipulera dödsdom för högmålsbrott di kallar ... utan bara för landsförräderi ... Å just för han skull ha di ju draji in ryssan i affären heila tiden ... just för att dölj he ... Lagen ... Just he förargar mej allra mest ... att di ska tjat om lagen sin ... Va lagliheit har vi ännu heller ... Folk blir häkta å mörbulta me pampan ... hmhy ... Från han sidon ha int jag tänkt på saken ein endaste gång ... Int ens i Hennala under värsta tiden ... Från he ha di själva befria samvete mitt ... He ha jag aldri ångra ... Men ...

Tonfallet blev mera dämpat igen och när vreden ebbade ut återkom osäkerheten:

— ... men bara ... för mytji annat ... Som man nu komber ti tänk på handä Halme å ibland ... Fast ... Vem va nu jag ... likadan som all ander ...

Alma var gammal nu och klok av många svåra erfarenheter. Finkänsligt såg hon bort och talade med lugnande stämma, lugnande och befriande ord, och efter hand som hon talade ljusnade sonens tungt stirrande blick. Sällan upplevde den modern och den sonen sådana stunder av närhet och öppenhet. Det var en ovanlig lätthet i tonen när de sedan övergick till att tala om fårklippningen.

En kväll när Elina hade bakat sa Akseli:

— Ta å svep ett par brökakor i ein duk så ska jag för varmbrö åt Emma.

Elina tyckte det lät konstigt på något vis men tänkte inte närmare på det. Akseli brukade inte vara särskilt ivrig att gå till Halmes ens om han hade ärende, och nu skulle han plötsligt ge sig dit för ett par varmbröd som det hade varit en smal sak att skicka pojkarna med.

När Akseli kom satt Emma i stugan som var lite skum för de heltäckande gardinernas skull. Han sa goafton och räckte fram sitt knyte:

— Elina baka ... å jag tänkt jag sku stick mej in me lite varmbrö som tidsfördriv.

— Tack nu ... men va ska ni nu varje gång ...

— Nå, vi tänkt ... då e nu fandest ... å ni bakar ju int så ofta sjölv ... He ä liksom trevlit me mjukbrö imellanåt ...

Akseli satte sig vid fönstret. Emma förde bröden till hyllan, kom tillbaka över golvet lite småhaltande på domnade ben och satte sig på stolen igen. Mest för att säga nånting berättade hon att brunnsämbaret hade fallit i brunnen så hon hade fått hålla på och fiska opp det länge och väl.

— Å skumt var e där så jag vela int si nåenting heller.

— Är e dålit fäst ve kättingen ... Jag ska nog löd e bätter.

— Nä. Men då jag va så toki så jag börja rusk åpå e så järntråden brast. Men jag får nog fast an tibakas på nå sätt.

Akseli satt där på bänken, kastade en blick genom fönstret emellanåt och småpratade. Han frågade om Emma hade huggen ved. Fanns det inte så fick Vilho komma över och klyva lite i morron.

— Å hur har ni e me vedin över huvu taget. Jag fick ju sammel ihop greinan å toppan där i skogen våran ... Jag sku nog kunna ta hit ett litet lass å.

— Nä, du ska int bikymmer dej i onödon ... Jag har nog så e räcker för nästa vinter.

Emma gjorde en liten paus innan hon fortsatte:

— Å vem veit ... om jag bihöver nå mera ved här sedan ...

— Nå, va sku gör slut på he bihove.

— Janne va här nyligen ... Å sa att om jag sku flytt över ti fattihuse ... Sa att han sku sälj huse å möblen för kommunens räkning ... å så sku jag få bo på betalansidon ... att he sku va bikvämare å trevligare ... Men ...

— Ja ... Vaför int ... nog kund ju he ... Men nog bärgar ni väl er här än så läng.

Det var tyst ett ögonblick, och så sa Emma lite nedstämt och resignerat:

— Nog måst jag väl snart lag mej dit ... He känns bara ... på nå vis ... När man ha bott här så läng ... Två år bodd

132

vi hos Penttis på hyro när vi hadd gift oss ... medan dehä vart byggt ... Int veit jag ... Jag ha väl blivi nå lite barnsli ... Men när vi bodd här tisammans.

Akseli ändrade ställning, tittade ut genom fönstret igen och tog sedan till orda medan blicken flackade en smula:

— Ja, såleiss är e föståss ... he föstår man nog så bra ... Jag ha mång gångor tänkt på ... på mästers falle ... jag med ... När jag gjord tåkodä påtryckning där jag också. He ha känts illa ti vara på nå vis ... fast ... fast ... he ä ju svårt ti veit på förhand ... om man sku veit allting här i världen så ...

Han slutade, alltjämt lite orolig. Han märkte inte hur Emmas ansikte för en sekund antog ett beslöjat uttryck som skvallrade om att tanken han nyss gav uttryck åt inte var henne främmande. Men det drog mycket hastigt förbi. Hennes stämma var alldeles lugn och oberörd när hon sa:

— He ska du int tänk på ... Ein karl i hanses ålder veit nog va han gör ... Han ångra nog sej mång gångor sjölv ... fast han hadd så svårt ti tal om e, tillåme för mej ... Förtiett år va vi tisammans, å int ein gång klaga han över bekymren sina för mej ... He kunna nog händ att jag fråga nåen gång ... Men då börja han allti språk om nå annat ... Men jag känd ju an så bra å visst nog ... Då nåenting va på tok så blev han allti sådä hemskades presis ... Språka int just nåenting å skåda ut gönom fönstre å sa allting sådä korthuggi ... Int för att jag nu igentligen bryr mej nå meir ... Jag orkar int känn hate heller ... Jag brukar tänk att he va nu hanses öde ...

Ju längre hon kom, desto mera lättad såg Akseli ut. Det märktes på hans röst också, den lät som befriad från en tyngd:

— Jaja ... Föståss var e hanses öde. Å dessutom ha jag nog bruka tröst mej just me han tanken också, att jag int påverka an meir än nåen annan ... Han va nog en så välkan karl så int nåen kunna prat omkull han ... Men he känns bara så vanvettit på nå sätt ... Man kan på nå vis begrip att e gick som e gick me di ander ... Men då en mänsko ä som vaför ein Kristus ... hadd e fundist ein enda karl åv samma virke bland domaren ... så sku mytji ha vari annorlunda i dag ...

Akseli talade med ivern hos den som äntligen får tillfälle att prata ut, och Emma torkade sig i ögonen. Det var sent när han gick, och Emma följde honom ut i farstun för att låsa dörrarna. Ute på trappan kastade Akseli en blick upp mot himlen:

— He tycks nog hålls vackert.

— Säj nu int he. Jag som ha vänta så på regne för röbetona mina.

Det knarrade i dörren och Akseli gav sig iväg. I förbifarten tittade han in i vedboden:

— Int tycks e finns nå huggi där ... Jag måst säj till åt Vilho ... Hon narras, för hon täcks int ...

Han gick långsamt hem i sommaraftonens skymning. Han tittade sig omkring utmed stigen; på träden, på kvällssena fåglar som kvittrade i topparna, på gräset i skogen och annat sådant. Han tänkte inte på någonting särskilt, men det kändes lyckligt och lätt om hjärtat.

V

En tidig julimorgon när Akseli var på väg till prästgården för att göra undan sina tre veddagar i höslåttern märkte han med ens en obestämd, malande oro inom sig. Först begrep han inte själv vad den berodde på, men så klarnade det:

— Di ä ju heim där allihopa ... På lediheit bägge två ... Ani å Ilmari ...

Ju närmare han kom prästgården desto starkare blev hans dunkla känsla av olust och desto intensivare ältade hans tankar det kommande mötet med prästgårdsfolket.

— Hurleiss var e nu igen ... He va ein vicko före upprore ... Va höll vi på me nu igen. Vi körd lera ... Di komber nog ti säj nåenting om e, å säger di int så tänker di åtminstondes ... För jag sa ju att nu vart e slut me dagsverke ... He minns di nog.

Tankarna formade hans mun till ett allt beslutsammare snörp ju mer han närmade sig målet. Enligt gammal sed hade slåtterfolket samlats på drängstugans trappa och planen framför den för att vänta på arbetsfördelningen. Det hade varit bättre att starta tidigare och vara där redan när de andra kom. än att som nu tvingas ensam gå fram och sälla sig till hopen.

När han kom inom synhåll blev han demonstrativt ledig och slängig i gång och hållning. Visserligen hade han träffat dem allesammans många gånger sedan han kom ur fängelset, men denhär situationen var annorlunda. Han sa ett hurtfriskt gomorron och tyckte sig märka på dem att de tänkte nånting i samma stil som han själv på ditvägen. En av karlarna sa också:

— Jaha. På dagsverke igen.

— Jaa, nåslags.

— Minns du än var du sluta? Huru läng är e sen du va i arbeit här sist?

— He ä väl nog tider sedan.

Fogden kom för att dela upp folket och pratet tog slut. När de övriga hade fått sina sysslor sa han:

— Va ska du gör då?

— Va som helst som du bistämmer. Ingen stjillna för mej.

— Gå åsta stack då. Förr körd du ju maskin, men handä Leivo ha efterträtt dej.

— Nog måst man ju byt karl imellanåt.

När en man kommer till sin gamla arbetsplats efter sju års frånvaro kan det inte undvikas att det blir tal om sådant som hänger samman med saken. Men Akseli drog sig inte för det. Han tog en större hötapp än brukligt på gaffeln och stack den på stören:

— Joo ... Jag ä ju handä storboven ... He va ju jag som skrev ut didä mordordren.

Hans ord följdes av djup tystnad. Det enda som hördes var några obestämda harklingar, och somliga tittade försiktigt bortåt huvudbyggnaden till. Det var väl inte någon på kommande därifrån.

Akseli ökade på takten. Med ett par tre tag samlade han höfången och fogade dem med beslutsamma lyft till stacken:

— Å somliga menar he alltjämt. Fast jag har papper på att jag ä oskyldi ... Ståhlberg sjölv ha gett mej intyg på att jag int ha roffa nåenting å int heller skrivi dödsdoman åt nåen.

Det var fortfarande tyst bland arbetsfolket.

— Vem åv er ander har papper åv presidenten på att ni int ha låti skjut nåen ... Men jag har ... Så jag kan bevis e, men va kan ni bevis om ni blir anklaga?

Nu var det så pass mycket skämt i orden att de andra började komma över tröskeln.

— Nää, int har e vi nå sånt. He sku nog gå ill om vi vart anklaga.

Någon sa allmänt och försiktigt:

— Nog får di ju anklag.

Och Akseli fortsatte i samma anda. Han talade just så tydligt, öppet och grovt som han någonsin kunde föreställa sig att folk kunde tänka i sitt stilla sinne och gjorde därmed slut på alla deras baktankar genom att riva fram dem i dagsljuset. Egentligen var det första gången han tog ställning till det förgångna medan mera främmande människor hörde på. Han pratade, men stilla lyckades han inte hålla sig medan han gjorde det. Han måste hela tiden arbeta på i rask takt för att dölja den lilla upphetsning som ändå fanns där. Emellanåt teg han en kort stund, och de andra höll sig också tysta. Men vid middagstiden hade han talat ut och lugnat sig, och det började råda en gladare och friare stämning på höängen. Akseli stödde sig mot tjugan och sa:

— Ja. Karl han som förlora å ... Fast int han sku få nåen staty heller.

När matpausen började gick de andra upp till gården för att äta. Akseli som hade skaffning med tänkte först stanna på ängen. Men så märkte han att herrskapet var ute och rörde på sig kring huvudbyggnaden.

— Tja ... kanske trevligare ti ät där i alla fall ... Om jag också sku gå dit.

Det föll honom plötsligt in att någon kunde tro att han undvek herrskapet.

De andra gick in i drängstugan, men Akseli satte sig i skuggan på bodtrappan och började äta. Han hade en bit ost och en kaka svart hårt bröd och så en flaska mjölk som Elina hade skummat grädden av med sked. Han stack in ett hörn av brödet mellan tänderna, och när han bet lossnade stycket plötsligt så att han slog sig själv i kinden med kakan. Han malde energiskt med tän-

136

derna, och när biten var finkrossad tog han en slurk mjölk ovanpå. Hela tiden tittade han med rynkade ögonbryn bort mot trädgården där herrskapet höll till. Där stod två barnvagnar också. Ani hade en pojke och Ilmari en flicka. Det påstods att kaptenen hade varit mäkta förargad över att det blev en flicka.

— Va ska hedä å föreställ ... Ti sitt på hedä vise me ett saftglas under näsan å prat strunt ... He ä väl däför hondä gummon å hoppar ikring på all didä mötena, för att int hon har nå ordentlit arbeit ... Bara ti skäll på pigona.

Men nu kände han inte den minsta gnutta hat mot herrskapet. På sin höjd ett lätt förakt.

Ivrigt hade prosten och prostinnan väntat på barnens och barnbarnens ankomst. Men nu hade det redan gått några dagar och man började bli en aning trött på sällskapandet. Allt hade sagts som fanns att säga, och stämningen var lite loj och uttråkad.

Dessutom anade prosten och prostinnan att allt inte var riktigt som det skulle mellan Ilmari och hans hustru. Det var ingenting speciellt med deras uppträdande, men ett eller annat litet ögonkast då och då avslöjade hur det stod till. Laura verkade nedstämd och hennes glättighet och sällskaplighet tydligt ansträngda. Hon skötte sin lilla dotter med en överdriven iver som verkade flykt och önskan att glömma något. Prosten och prostinnan märkte också att Ilmari fick något stillastående och beslöjat i blicken och liksom drog sig inom sitt skal när han råkade se på hustrun.

Det berodde inte enbart på att Laura hade beslagit Ilmari med äktenskapsbrott. Det var också annat som hade stött till redan kort efter bröllopet. När entusiasmen över våningen och den fina inredningen hade ebbat ut och de satt på tu man hand om kvällarna gick det småningom allt tydligare upp för Ilmari att han hade gift sig med en ytterst vanlig ung flicka som inte var intressant i något avseende.

Det dröjde inte länge innan man började se kapten Salpakari på ensamma promenader om kvällarna. Och när en tid hade gått började han också synas berusad på officerskasinot, allt oftare grälsjuk och tvär.

Kompaniet märkte att kaptenen hade blivit ännu strängare än

förr. Han blev allt olidligare i sitt pedanteri och sin lakonism..
Straffen snuddade regelbundet vid gränserna för hans fullmakter,
och när han gav order om dem började han vanligen med
orden:

— Jag inskränker mej till att bestraffa soldat ...

En natt hamnade han i fel säng och bredvid fel kvinna efter
att först ha supit på officersmässen. Det gick liksom av sig självt
eftersom det var fråga om en gammal bekantskap och vägen
låg öppen utan vidare. Snart nog fick Laura veta om det på
samma sätt som sådana saker i allmänhet brukar komma till
hustrurs vetskap. Historien cirkulerade i snävare och snävare run-
dor och fördes slutligen fram av den allra bästa väninnan som
därmed fick utlopp för sin skadeglädje, inlindad i en slöja av
medlidande.

Trots sin ungdom och oerfarenhet hade Laura kurage nog att
stå på sig och hävda sin ställning även om hon alltjämt
kände en räddhågad respekt för den mycket äldre och erfarnare
mannen. Kanske skulle hon ha lugnat sig om Ilmari hade gripit
till bönboken, men han förskansade sig genast inom sitt buttra
skal, och det gjorde alltsammans nästan outhärdligt för henne.

— Varför ska du ta en sådan banal småsak så högtidligt? Den-
där kvinnan betyder ingenting för mej.

— Varför gick du till henne då?

— Jag menar att hon inte betyder något för mej i andligt
avseende. Hon är en slinka, som en sådan behandlar jag henne
och i den egenskapen behövde jag henne också. Du gör dej själv
orätt med att inta dendär attityden. Du är min hustru, och där-
för har du ingen rätt att sänka dej till samma plan som hon
och vara svartsjuk. Det enda tråkiga med hela saken är just
att den är så banal.

Han upprepade ordet banal som om det varit en formel som
kunde bagatellisera alltihop. Men den stackars hustrun som låg
på sängen och grät var inte ens fullt på det klara med vad
ordet betydde, och även om hon vetat det skulle det inte ha
hjälpt upp saken det allra minsta.

Kapten Salpakari var ingalunda av sten alltigenom. Visst kände
han medlidande, men medlidandet tenderade att förvandlas till

smärta och smärtan till irritation, och den i sin tur drev honom att sluta sig inom sitt skal.

Hur obetydlig, »banal» och barnslig var inte hela historien. Att Laura inte ägde ens så pass mycket vidsyn att hon begrep rangordningen mellan saker och ting här i livet. Skulle han, kapten Salpakari, en blivande general och nordanskogarnas blonda rovdjur, falla på knä vid sin hustrus säng, lalla fram barnsligheter och besudla sig med småtterier och ovärdigt strunt?

Han stod vid dörren och såg på sin gråtande maka.

— Jag erkänner att jag har burit mej illa åt mot dej. Jag ber om ursäkt, men jag hoppas att du vill resa på dej och ge mej din förlåtelse stående. Vill du inte det.

Det enda som hördes var snyftningar och några ord frampressade med hjälplös, barnslig röst:

— Varför gjorde du det? Varför gjorde du det?

Ilmari stod kvar några ögonblick. Så sträckte han på sig, ansiktsuttrycket blev barskare och munnen pressades samman till ett streck innan han öppnade den och sa:

— Varför? Så pass mycket erfarenhet har du redan att jag tycker det är idiotiskt av dej att fråga efter testiklarnas motiv.

Han klädde sig, spände livremmen ett hål stramare än vanligt, gick ut och kom tillbaka hem och lade sig bredvid den apatiska, tårdränkta hustrun först på småtimmarna.

Småningom slätades det hela över något så när, men ännu när semestern skulle börja hotade Laura att tala om alltsammans för Ilmaris föräldrar.

— Gör du det så betyder det skilsmässa. De har ingenting att skaffa med dethär.

Och Laura sa ingenting utan försökte tvärtom dölja att något var på tok.

Hela familjen satt i trädgården. Båda barnen sov i sina vagnar i skuggan av äppelträden. Det var en het dag och alla var lite loja efter lunchen. Prostinnan var trött och irriterad. Allt som oftast tog hon upp ett samtalsämne utan att orka föra det vidare:

— Som barn gjorde vi ofta utfärder i närheten av vårt hem ... Det var vanligt dåförtiden ... Hela familjen gav sej iväg till

139

ett bestämt mål ... Där hade vi picknick och njöt av naturen.
— Ja, så gjorde man. Lika brukade vi göra när vi vistades på landet. Men den seden har försvunnit.

Det var prosten. Han masade sig i en vilstol och väntade på att barnbarnen skulle vakna så han fick börja jollra med dem. Men Ellen ändrade ställning stup i ett, fläktade sitt svettiga ansikte och fortsatte i ett tonfall som om någon i sällskapet eller kanske allesammans hade varit skuld till att man inte längre gjorde utfärder som i hennes barndom:

— Och tjänstfolket togs aldrig med, utan mor skötte om matsäcken ... Jag minns hur gott också sådana rätter smakade ute i naturen som vi inte brydde oss särskilt om hemma ... Mina bröder brukade bära matkorgen ... Ani ... Har du sagt till åt flickorna om pojkens tvätt.

— Javisst.

— Om det nu hjälper ... De glömmer allt vad man säjer till dem, och gör man en anmärkning är det gott och väl om de inte river ögonen ur huvudet på en ... Dendär Aino är kommunist till råga på allt.

— Knappast, sa prosten småleende, men Ellen svarade gällt:

— Det är hon visst ... Hennes far är också kommunist ... Men i varje fall slår hon sönder alldeles för mycket porslin ... Varför blåser det inte alls i dag ... Vi borde också ha en picknick ... Men här finns inga lämpliga platser heller ... Ingenstans finns det längre sådana ställen som i närheten av mitt barndomshem.

Prosten försökte lindra sin hustrus nervositet genom gemytligt småprat och sa nu:

— Kanske vi kunde tänka på saken ... Om barnen bara var lite större så ...

— Barnen kunde vi nog ta med oss ... Men här finns inte sådan natur.

Prostinnans nervösa energi hade bara ökat, men det hände också ofta att hon kände sig trött och utmattad. Även under gemensamma prat- och sällskapsstunder som nu såg man ofta hur svårt hon hade att behärska sina lynnesutbrott. Vanligen hotade

140

de att gå ut över prosten, för barnen med sina familjer var liksom på lite avstånd och därför bättre skyddade.

Prosten hade talat med sin svärson om hennes hälsotillstånd, och han hade förklarat att alltsammans berodde på att klimakteriet hade börjat. Men något av det svåraste man kunde ha tagit sig för här i världen hade varit att försöka förklara det hela grundligt och uttömmande för henne själv. Svärsonen försökte nog ta frågan till tals på omvägar och i försiktiga ordalag, men vågade inte gå rakt på sak i ett så ömtåligt ämne. Därför uppmanade han henne också att söka en annan läkare och skyllde ifrån sig på sin egen ungdom och bristande erfarenhet.

Men Ellen hörde inte på det örat. Sjuk var hon inte, utan bara trött och nervös, och det var då inte alls konstigt med tanke på allt hon måste tåla och lida. Som till exempel just nu.

— Och han där till på köpet ... Titta bara. Mitt på blanka dagen när andra är flitiga.

Det var Elias som gick förbi prästgården ledande sin cykel. Både hans lågmält lallande gnol och hans beteende över huvud taget skvallrade om att han var full. Kavajen hade han oknäppt, och den hängde och dinglade av tyngden i fickorna. Där fanns diverse, men inga kanistrar, för sådana vågade han inte bära på sig.

Emellanåt vinglade han till, och de gånger han lutade över åt cykelsidan måste han sticka in foten genom ramen för att inte falla. När han fick syn på herrskapet började han prata liksom för sig själv, ett underligt monotont mutter som ömsom steg och föll:

— Jojo ... Ein vacker sommar ... håhhåjaja ... Ein sommardag på Kangasala, jo ... Jag ä bara på väg ti kvartere mitt så småningom. Man har ärenden å göromål, jo. Har int tid ti sitt i sommarns fagra sköte, nähä ... håhhåjaja ... Jag meinar, jag har lika mytji rätt ti tramp Finlands vägar som nå ander.

Herrskapet kunde inte uppfatta allt vad Elias mumlade. Prostinnan gav med miner och åtbörder till känna sitt otåliga förakt, men de andra fäste knappt någon uppmärksamhet vid honom. Elias stannade, rättade till mössan, tog fram en fickspegel och tittade i den:

141

— Måst skåd efter hurleiss man ska smil ... om e komber nå flickor på vägin.

Så fortsatte han sin vandring:

— ... Nu ska vi gå hemåt Elias, dedäran ... Å flickan satt på stranden åpå ein flatan sten, å därifrån bitraktade hon heila världen sen ... Storpojkan super å småglina slåss, å estländarn komber me spriten ti oss ... joho ... Lyckon ä för några men sommaren för all ... på he vise, jo ...

Han försvann ur sikte bakom en vägkrök. Prostinnan ändrade sittställning igen, öppnade på klänningskragen och fläktade sig med den.

— Ani. Var snäll och be flickorna servera saft ... direkt ur källaren ... den är kallare ... Men hur är det möjligt att han får gå på sådär ... Det finns inte ett barn här i byn som inte vet att han är langare, och ändå åker han inte fast.

— Ja men, sa svärsonen, det räcker inte med att man vet om det. Han måste tas på bar gärning, och det är ju där svårigheten ligger. Dessutom vill just ingen hjälpa myndigheterna med såntdär, för de allra flesta är själva skyldiga på ett eller annat vis. Den är misslyckad, hela förbudslagen.

— Jaja. Ni läkare lär ju också skriva ut spritrecept åt era bekanta ... Det är inte vackrare det heller ... inte vackrare alls.

Svärsonen drog lite på munnen.

— Bara till medicin förstås, om det behövs ... Inte annars.

— Nå, jag menade inte dej. Du gör ju inte sådant ... Men varför ska vi för resten föra sådant oväsen just om förbudslagen? Är våra andra lagar dess bättre ... Dendär där, till exempel, han är inte bara spritlangare utan kommunist också. Han för kommunistiska åsikter till torgs alldeles öppet. Och dendär Siukola sedan ... Varför blev han frigiven? Naturligtvis har de redan meningsfränder inom själva rättsväsendet ... Det är mycket slugt, det hela. Socialdemokraterna döljer sej bakom en mask av laglighet och erövrar långsamt de viktigaste posterna i samhället ... Och i skydd av dem nästlar sej sedan kommunismen in i landet ... Inte ett ögonblick har jag tvivlat på att de står i maskopi med varandra. Har ni inte läst i tidningarna om deras program? Där heter det ju tydligt och klart att laglig och olaglig verksamhet bör kombineras efter omständigheterna. Ja ... Vad säjer ni om det ... Och alla bara sover vidare. Nå, en vacker morron vaknar de i ett sovjetsamhälle ... vaknar till sin sista morron ... Är den säkert kall nu ... Till och med källarn är varm ... Varför ska Aino lämna dörren öppen vareviga gång Aino går dit ner ... Där finns ju belysning såvitt jag vet ... Nå.. nå.. nå ... det räcker ... Aino ska komma ihåg dethär nu ... Tro mej eller inte ... ibland när jag tänker på alltsammans så gråter jag.

De andra inflickade en eller annan anmärkning, lite tunt och vagt. De var alla av ungefär samma åsikt, men det fanns någonting överdrivet i prostinnans avsky för allt som smakade marxism och dessutom talade hon så ofta om saken att det blev pinsamt. Men Ellen nöjde sig inte med mumlande instämmanden utan gick på ända tills hon pressade fram ett aktivare intresse hos det övriga sällskapet.

Ilmari satt avspänt bakåtlutad i en vilstol med knäna utspärrade, armbågarna på stöden och armarna korslagda över bröstet. Han hade varit fåordig hela tiden, och nu sa han utan större iver, likt den som upprepar gamla välkända saker:

— Det har väl gråtits alldeles för mycket över den saken redan. Egentligen är situationen precis densamma som i Italien ... Men landet och folket är inte desamma. Italienarna klarade upp sin situation i en handvändning. Vi tycks inte vara kapabla till det.

Prosten var smått sömnig och ovillig att diskutera och sa lättjefullt:

— Italien är Italien och Finland är Finland ... Det går inte lika överallt ... Och tyskarna får inte heller ordning på sitt fast de är berömda för sin organisationsförmåga.

I det sällskapet hade det så ofta varit tal både om den tyska organisationsförmågan och om den kniv marxisterna hade stuckit i ryggen på tyska armén att ingen nu gitte spinna vidare på den tråden. Men läkaren råkade få infallet att fråga Ilmari vem han egentligen ansåg hade vunnit slaget vid Tannenberg, Hindenburg eller Ludendorff. Ilmari kvicknade hastigt till ur sin halvdvala och fick en glimt av iver i blicken.

— Jag tycker hela disputen är malplacerad. Segraren är förstås den som bär ansvaret, i dethär fallet alltså Hindenburg.

143

Det gör detsamma vem som kommer på själva operationsidén. Förverkligandet av den är a och o. Men just det slaget är mycket viktigt och lärorikt för oss. Det visar nämligen hur man kan åstadkomma mycket med helt små styrkor, om de är av hög kvalitet och har en beslutsam och energisk ledning ...

Nu fick prostinnan tillfälle att ta upp ett av sina favoritämnen, försvarsandan. Den predikade hon om så ofta att prosten då och då med låtsad skämtsamhet brukade varna henne för överdriven krigiskhet.

— Kvalitativ överlägsenhet ... Det har jag ofta hört också andra officerare tala om ... Men det allra viktigaste är i alla fall fosterlandskärleken och försvarsandan.

— De ingår just i den kvalitativa överlägsenheten. Utgör en del av den. En annan är effektiv utbildning och en tredje den tekniska utrustningen.

— Men det viktigaste är andan ... Tänk nu till exempel på finska kriget ... En här som frös och svalt och segrade tillika.

— Men vi förlorade ju det kriget i alla fall ... Och var det inte just för svältens och köldens skull.

Svärsonen var oförsiktig i sina ord, och prostinnan blev lite uppbragt på honom:

— Hör du Eino. Dethär är ingenting att skämta om. Men ingen tänker på annat än det ögonblick som just är för handen. Tror ni att det inte kommer en prövning? Under hela vår historia har vi haft krig med Ryssland. Varför skulle det ta slut nu? Just nu när där regerar de största bovar och rövare ... Som inte ens Ivan den förskräcklige uthärdar en jämförelse med ... Och när den prövningen kommer ... Det är skrämmande att höra ... till exempel när man reser med tåg ... vad de unga värnpliktiga pratar ... »Det går ju om man låter bli att tänka ... En gammal pinna skickligt från den övningen ... När jag blir civil ska jag vara full i tre dar» ... Det kramar en om hjärtat ... att höra sådant ... Men hur skulle det kunna vara annorlunda när armén blir skymfad och föraktad till och med i riksdagen ... Jag har aldrig haft någon hög tanke om den inrättningen, men att den direkt skulle gå landsförrädares ärenden ... Det är för hemskt ... alltför hemskt ... Jag har trots allt ansett till exempel

144

Santeri Alkio för en fosterländsk man, fast han favoriserar rödingarna ... Men att han kan stå i riksdagens talarstol och säja att pietistiska mödrar gråter och klagar för honom över att deras söner hemförlovas ur armén som rökare och suputer ... och ofta nersmittade med veneriska sjukdomar ... Det är då den grövsta lögn ...

Ilmari drog förstrött på munnen:

— Sprit och tobak är småsaker ... könssjukdomar kan botas ... Men man gör ingenting med en soldat, hur nykter han än är, om han inte har fått effektiv utbildning ... Och det kan man inte ge honom när armén inte beviljas anslag.

— Just det ... Och varför beviljas det inte ... Därför att nästan hela borgerskapet ligger på knä för socialisterna och inte vågar ... Demokrati kantänka ... Nej, men man vill sitta i regeringen ... Odugliga fräcka människor. Och då duger det med rödingarnas stöd ... På det beror det ... enbart på det ... Usch, dethär olidliga vädret ... Laura ... var så snäll och gå efter en vit duk åt mej att ha på huvudet ... Jag får solsting ...

Laura gick efter duken. När prosten och svärsonen försökte mildra Ellens hårda dom en smula sa Ilmari:

— Därvidlag har mamma fullständigt rätt. Riksdagens majoritet är borgerlig, men vänstern dikterar besluten ... Och just av de orsaker som hon nämnde. Det går inte att påstå något annat ... I såna frågor har mamma mera vett än många såkallade statsmän.

Prostinnan blev glad, både över att sonen var av samma åsikt — fast det visste hon ju förut — och i synnerhet över hans beröm. Hon hade faktiskt ett par gånger haft lust att ställa upp som riksdagskandidat och skulle utan tvivel ha blivit invald med glans, men prosten hade lyckats få henne att avstå.

Laura kom med duken och prostinnan knöt den om huvudet till skydd mot solen.

— Jaja. Skratta inte åt mej ni ... Rätt har jag fast jag är kvinna och kanske lite för ivrig ... Och än har jag inte fått solsting ...

Hon avbröts plötsligt av prosten som reste sig, böjde sig ner över den ena barnvagnen och lyfte upp sondottern som hade vaknat:

— Nåmen vem är det som vaknar där ... Farfars lillpia är det ju ... Vem var det som öppnade sina vackra ögon ... var det fjärilarna som väckte farfars flicka ...

Prosten jollrade med egendomligt barnslig röst och tryckte barnets kind mot sin. Laura frågade om flickan hade vätt ner sig och prosten kände efter med sakförståndig min:

— Nej. Nej då ... Ingalunda, farfars flicka ... Vem är det som gnuggar sej i ögonen med små nävarna ... Vem är dethär lilla gullegrynet riktigt ... Det var säkert fåglarna som väckte farfars pia ... Alla sjunger de för lilla gullegrynet ... Men vi ska vara tysta så lilla kusinen där i andra vagnen får sova ... han är en sån lätting ... Men denhär filuren ... farfars egen filur, hon vaknar hon ... mum .. mum .. mum ...

Prostens joller lockade de andra till roat överseende småleenden och han blev lite generad. Barnbarnen, och i synnerhet Ilmaris dotter, hade erövrat farfars och morfars hjärta helt och hållet dessa semesterdagar. För att dölja sin lilla förvirring vände han flickan mot Ilmari:

— Vem är det som sitter där ... Pappa ... Vill du till pappa eller mamma ... eller är du farfars flicka.

Ilmari vinkade åt dottern och sa:

— Hej, hej ...

Också prostinnan reste sig, klappade flickan på kinden och jollrade lite, men tröttnade snart och satte sig igen. Stimmet kring flickan väckte också Anis pojke, de vuxnas uppmärksamhet drogs helt till barnen och samtalsämnet nyss glömdes bort för den gången. Efter en stund tittade Ilmari på sitt armbandsur, reste sig ur stolen och sa:

— Dags att rida ut.

— I denhär hettan.

— Varför inte. Just nu behövs det. Man murknar ju här. Av att dra sej och slå dank.

Han gick in och kom ut igen i full uniform och med ridspö i handen. Uniformen hade förändrat hela hans sätt att uppträda. Spänstig och rak i ryggen, med huvudet högt och tjänsteminen

146

påtagen gick han åt stallet till. Alla prästgårdskarlarna var inne i drängstugan. Den enda som syntes till var Akseli, som låg på rygg vid bodtröskeln. Ilmari tittade inte närmare på honom och kände inte genast igen honom, eftersom han dessutom låg med ansiktet bortvänt:

— Jaha. Ta och gå och sadla min häst.

Akseli kravlade sig på fötter:

— Häst ... vadå för häst ...

— Sirkka förstås ... jasså ... Jag misstog mej ... Var är de andra ...

— Nå, nog kan väl jag å ... bara jag veit var grejorna finns.

Ilmari hade känt igen Akseli nu, stelnade till och sa kort:

— Bättre om ni går och säjer till åt pojken ... Vad hette han nu igen ... Veikko ... han vet ...

Akseli gick till drängstugans dörr och ropade inåt. Pojken kom, gick till stallet och ledde ut hästen, som inte hade förts på bete för att den skulle finnas till hands för Ilmari hela tiden.

Akseli gick tillbaka till bodtröskeln. Han satte sig och tände på en papyross för att ha någonting för händer, för han kände hur kaptenens närhet skapade spänning i luften. Ilmari kände det också. Han släntrade av och an och tittade i marken och snärtade med ridspöt mot stövelskaftet. Ingendera sa någonting utan försökte försjunka i sitt. Var gång Ilmari vände sig bortåt försökte Akseli granska honom i smyg. Han var lite irriterad över kaptenens handskar,

— Va fan ska han me döm å gör ... när he ä så hett så man håller på ti förgås utan ...

Ilmari hade tunna sämskskinnshandskar, oknäppta och en aning nedrullade. Allt som oftast klatschade ridspöt mot stöveln och Ilmari rätade på ryggen, vred på halsen ett slag innanför den spända kragen och tittade allt otåligare bort mot stalldörren. Äntligen kom pojken med den sadlade hästen, och när Ilmari fick syn på den ökades den irritation som väntan hade vållat. Hästen såg inte alls ut som en riktig ridhäst även om den bar spår av någon ädel anmoder. Ilmari kände på sadelgjorden och drog på munnen:

147

— Vill ni få mej att bryta nacken... Har ni varit i militärn?

— Näej, herr kapten ... Jag ska dit i höst.

— Det märks. Jag hoppas ni hamnar i kavalleriet så ni får lära er att sadla på... Håll i detdär.

Ilmari räckte sitt ridspö till den rodnande och besvärade pojken och började själv rätta till sadeln.

— Nå ... Spöt.

Pojken räckte honom ridspöt och han stack foten i stigbygeln och svingade sig i sadeln. Hästen svängde sig trippande runt ett varv på stället innan han fick den vänd åt rätt håll. Veikko och Akseli tittade efter honom när han satte i väg. Pojken var ännu röd i ansiktet för snubbornas skull och sa till Akseli, delvis av ilska men delvis också för att rädda sin värdighet i den andras ögon:

— Om han sku fall åv, perkele, å bryt nackan ... Satan, så fort han komber på permission så är e reina helvite här ... Han kan kyss ... å me käringen sin slåss an å, fast viskandes så int gamlingan hör ...

— Hur veit du he?

— Pojkan hörd e i förrgår ... Dom väst å fräst åt varann nerve strandin ... Men så fort e är andra me så låss dom om assit ... Jag stannar här tills jag far i militärn, men tibakas komber jag int ... Int så läng handä helvites korpen hoverar sej här...

— Låt va ... He löns int ti förargas över döm ... För mej må di hålls å rid bäst di vill ...

Akseli lade sig ner på nytt, och han kände det verkligen som han sa. Pojken gick in och gormade alltjämt:

— Nästa gång borda man stryk skit på sadlin ... helvites ... pisshuvu ...

Ilmari red längs prästgårdsvägen mot byn. Han njöt av ritten med varje fiber i sin kropp. Rörelsen och den lätta ansträngningen satte blodet i omlopp och drev ledan och slöheten på flykten. Över huvud taget brukade han känna sig uppiggad så snart han hade något att ta sig för.

Han passerade butiken på vars gårdsplan fotogenfaten stod och stank i middagssolen. Ingen syntes till. Men vid Leppänens stod Valtu på vägkanten, och honom var det svårt att komma förbi utan meningsutbyte.

— Vart ska du me lästen, gör di hästar nånstans?

Ilmari red i skritt och hörde ropet. Det roade honom att se hur pojken försiktigt plirande iakttog hans rörelser. Skulle de kräva en hastig flykt, tro. Men när kaptenen inte höll in hästen utan fortsatte vågade sig Valtu på ett nytt försök:

— Io heter stoe ditt. Hon har i å o i röven.

Ilmari satte hästen i trav och skrattade. Han kände ett slags roat medlidande med bytingen.

— Men det är ju Leppänen ... Och där bor ju ...

Han vände mot byns bykstrand och skrittade längs stigen ner till vattenbrynet medan han skyddade ansiktet mot alkvistarna. Stranden var tom. Hela landskapet dallrade av sommardagens middagsstillhet. Trollsländor surrade i vassen. Lukten av rutten fräken blandades med en lätt doft av tvål och tallsåpa.

— En simtur ... Men inte här. Dålig strand.

Han klev ur sadeln. Hästen vispade ett slag med svansen och började beta.

— I och o ... Han drog på munnen. Han lyssnade gärna till slipprigheter och tyckte om soldatråheter, som om han därmed hade velat finna ersättning för någon brist i sitt eget sterila tungomål. Det tycktes liksom inte svara mot hans natur.

Plötsligt kom han ihåg sitt möte med Aune just här på stranden. Det var pojken och stället tillsammans som väckte hans minnen till liv. Först var minnesbilderna otydliga, men småningom blev de klarare. Trots sin betryckta stämning måste han le.

Han fick lust att sätta sig men kom att tänka på sin byxbak och blev stående.

Själva minnesbilderna försvann igen men gav perspektiv åt hans tankar:

— Jag var så yr, jag var så ung ... Men alltjämt är jag betydligt mindre än en kung. Småttig ävlan från ett pinnhål till nästa. Bara ett krig kan ändra på den saken.

Han kom att tänka på scenen nyss i trädgården. Så fånigt att sitta där med ett saftglas i handen och tjattra om ointressanta saker. Och sedan hem tillbaka när semestern var slut. Evigt

149

samma rutininrutade exercisdagar, samma trista stämning i hemmet. Vilket kardinalfel gjorde han inte när han gifte sig. Det var inte fråga om henne som människa i och för sig, utan om alltsammans, hela historien ... Fanns inte barnet vore det bäst med skilsmässa ... Obegripligt strunt de pratar ... Andlig samhörighet. Hur ska man kunna känna samhörighet med en ande som är fången i en värld av trivialiteter och obetydliga bagateller ... Om skåpet ska stå här eller där ... Vad fan är det för ande ... Nå, barnet är en sak för sig ...

— Sirkka ... stilla ...

Han kom ihåg en diskussion med ett par kamrater. De hade talat om sina framtidsplaner, om Storfinland, den blivande stormakten, och deras egen lysande roll där, och plötsligt hade han själv sagt:

— Och så kan det komma en liten blybit farande och dra ner ridån för alltihop.

Men också det vore bättre än att förflackas och förkvävas såhär småningom och i all stillhet.

— Om det bara fanns fler sådana som jag. Pappa också, han klagar nog över sakernas tillstånd men vill inte gå med på att något görs för att rätta till dem. Landet borde nog befrias från socialismen, men inte så att rosetten åker på sned ... Man sitter i trädgården och dricker saft ... Dethär landet och folket är för små ... Ett folk som alltid har varit fotboll åt andra, därför saknar det självkänsla och dristighet ... Mussolini klarade upp en liknande situation på några dagar ...

Det brände i honom av en våldsam äregirighet. Brände bokstavligen talat, för den bittra känslan av besvikelse och nedslagenhet gav honom magplågor.

Att han själv skulle kunna bli en Mussolini inbillade han sig ändå inte, utan den rollen ville han vika för Mannerheim. Men ett sådant läge skulle i varje fall skapa chanser.

Dessa idéer var inte stundens barn och inte ens hans egna. Sådana stämningar förekom ymnigt i officerskretsar. Denhär gången var det anfallet av leda nyss som hade lockat fram dem igen.

I så måtto var han en lycklig man, att han för det mesta

150

ägnade all sin uppmärksamhet åt de livsfrågor som för ögonblicket dök upp framför honom och sällan eller aldrig åt deras grundval, det egna jaget. Varför han, en relativt ung och relativt framgångsrik man, gnagdes av ett ständigt missnöje än med sitt eget liv, än med hela världen och dess tillstånd — två saker som naturligtvis hängde ihop —, det frågade han sig inte. Han bara kände hur otillräckligt alltsammans var. Värdet hos upplevelserna slets hastigt ner och krävde nytt.

Han klatschade med ridspöt mot stöveln och tittade ut över sjön. Fantasibilder ur framtiden dök upp. Hans tankar arbetade mest med bilder och inte med klara slutledningar.

— Militärdiktatur ... Mannerheim ... En våldsam och målmedveten upprensning i hela landet ... och så krig ... det skulle utan vidare bli resultatet ... en liten och svag armé ... då skulle slagget förbrinna ... situationen själv skulle välja ut de intelligentaste och hårdaste ...

Han kände hur hans kropp rätade på sig.

— Och det är väl själva fan om jag inte ska vara en av dem. Varför inte jag lika väl som någon annan ... Det gäller bara att göra sig fri ... framför allt från banalitet ... Det gäller att ta ställning klart och målmedvetet ... Vad är det som gör folk obetydliga ... Villrådigheten, bristen på målsättning, skyggheten, benägenheten att göra enkla och klara frågor invecklade och dunkla på grund av rädsla och osäkerhet ... Just det.

Han vände sig om.

— Sirkka, här.

Han kommenderade hästen av gammal vana fastän den var odresserad och struntade blankt i alla kommandoord. Den bara klippte med öronen ett slag och fortsatte sin måltid. Ilmari gick fram till den, svingade sig i sadeln och red sin väg längs stigen medan han aktade ansiktet för de snärtande alkvistarna. Valtu hade försvunnit och denhär gången ägnade han inte en tanke åt Leppänens när han red förbi. Han tog vägen förbi Töyry och genade sedan till prästgården längs skogsstigar och åkervägar.

Det var tid för middag när han kom hem och slåtterfolket var redan på väg från ängen. Han lämnade hästen utanför stallet och ropade att någon skulle ta hand om den. Ridturen hade gjort honom på lite bättre humör och han gick mot huvudbyggnaden med raska steg, ackompanjerade av ett stilla sporrklirr.

VI

När det kom till kritan följde Akseli inte sin ursprungliga tanke att betala inlösningsskulden med arbetsförtjänsten från föregående vinter. I stället beslöt han köpa tröskverk och motor. Beslutet var inte lätt att fatta. Rädslan att inte kunna betala hade gått över, men ändå tyngde skulden på hans sinne. Den betydde inte bara en summa pengar som skulle betalas, utan mest av allt ett beroendeförhållande till andra människor. Därför var den så motbjudande. Han tvekade ända tills han blev förtörnad på sig själv och sa:

— Å jag köper ett tröskverk å därme punkt ... Nu är e sagt ein gång för alla.

Elina var mäkta road i all stillhet av hans tveksamhet. Hon förstod gott och väl att Akseli mest av allt ville ha maskinen för dess egen skull och inte så mycket för alla de många och långa sakskäl som han allt som oftast brukade rada opp. Den skulle kantänka spara in så och så stora mängder arbete, och oljepriset skulle han få igen med ränta genom att riveden också sparades in.

Otto agiterade för att han skulle köpa tröskverket. Ett som stod på hjul så man kunde klara av Kivivuoris tröskning också, för där lönade det sig inte att köpa eget.

Elina och Akseli var redan på det klara med att åtminstone största delen av skulden för Kivivuori skulle falla på deras lott att betala. Otto var inte längre kapabel att stå för den. Ibland måste de över dit för att hjälpa till mitt i sin egen brådska, och Vilho var ofta hjälpkarl åt morfar i dagatal. Akseli kände sig harmsen över det i sitt stilla sinne, närmast därför att eftersläpningen i hans tycke inte så mycket berodde på gubbens skröplighet som på att han inte tog det så noga. Det hände alltsom oftast att Akseli efter en lång och tung dag på hemåkern gav sig av till

Kivivuori för att hjälpa till med höet och fann morfar och dotterson sittande på dikesrenen utan att slåttern tycktes ha framskridit märkbart sedan föregående kväll. Pojken satt och petade med en käpp, försjunken i funderingar, och gubben rökte, hostade och pratade.

— Nå, va sitter du där för. Me allt hedä oräfsa alltjämt.

Han sa det till pojken med missnöjd röst fast han visste att det inte var av fri vilja utan på uttrycklig order som Vilho satt där och drog sig. De reste sig båda. Vilho såg lite skuldmedveten ut, men Otto halade bara upp byxorna och mumlade nånting om tobakspaus. Akseli tog i demonstrativt hårt en stund, men sådant bet inte på gubben. På äldre dagar hade Otto utvecklat sin medfödda bekymmerslöshet till en hel världsåskådning:

— He håller nog min livstid ut. Gud skop tiden, å tar tiden slut så bihövs int nå anat heller.

Men allt vad morfar pratade under de långa rökpauserna på dikesrenen var ingalunda idel munväder. I själva verket sög dottersonen i sig en myckenhet kunskap om allt möjligt ur hans prat och historier, som allt mer och mer började handla om gångna tider, ibland också om ting som fick Vilho att rodna en aning och titta i marken med ett generat leende. För hemma hördes aldrig sådant prat, och fick inte höras. De fick inte svära heller, fast det nog hände att far hävde ur sig en eller annan svordom också när pojkarna hörde på. Far var inte så mäkta sträng i sådana saker. Han krävde mest bara att sysslor och göromål sköttes ordentligt och att order över huvud taget blev åtlydda. Men det var mor som skyddade dem mot såntdär prat. Sträng var hon egentligen inte, bara förebrående. Det hände att de fick lust att vara uppstudsiga mot far, men hos mor fanns det något som fick dem lite besvärade och illa till mods om de hade råkat göra någonting olovligt.

Mor höjde aldrig rösten. Hon talade bara med sorgsen stämma om Gud Fader i himlen som ser och hör allting. På sitt eget återhållsamma och inbundna vis älskade bröderna Koskela sin mor fastän de egentligen inte själva visste om det och minst av allt hade kunnat tänka sig ett ord som kärlek i det sammanhanget. Men när mor nån gång låg sjuk, som till exempel då Kaarina föddes, var de stela i blicken och allvarsamma. De höll sig tystare än vanligt, lyssnade tigande till varje knäpp och kny inifrån kammaren och lydde ögonblickligen minsta vink från far.

Mor blev liksom lite högtidlig på något sätt också därför att hon ofta brukade gnola andliga sånger. Hon satte sig aldrig enkom ner för att sjunga dem, utan det skedde alltid medan hon skötte sina sysslor.

Grundstämningen i Elinas liv hade verkligen förblivit religiös efter upprorssommarens ångestpinade dagar. Den försvann naturligtvis ur sikte i vardagens allehanda, men det hände allt som oftast att den glimtade fram just i form av psalmgnol eller påminnelser om att Gud Fader i himlen såg vad man gjorde. Dels hörde det religiösa draget samman redan med hennes natur, liksom med hennes mors, men dessutom var hon religiös också genom ett slags edlig förpliktelse. För när hon i förtvivlan hade bett till Gud för Akselis liv hade hon ofta lovat sin egen själ i pant. I dunkla och förvirrade ordalag hade hon upprepat att hon skulle »ge sitt liv åt Jesus» om han hjälpte henne denna enda gång med denna enda sak. När Akseli sedan blev benådad kom hon ihåg sina böner och löften, och i sitt stilla sinne var hon alltjämt övertygad om att det var Gud som ingrep och räddade mannen. Hon tyckte att hela händelseförloppet stödde den tanken: den första räddningen på våren och så därtill den andra på hösten, och båda gångerna liksom genom under och försyn. Sådant skedde inte av en slump.

Men inte ens för Akseli berättade hon mycket om vad hon tänkte och trodde om sådana saker.

Pojkarna var stolta över att deras mor höll sig prydligare än många andra av kvinnorna i byn. Det märktes till och med när hon gick vardagsklädd fast plaggen inte var märkvärdigare än någon annans. Men hon hade klätt sig omsorgsfullt och ordentligt, och det hände aldrig att hon gick och slarvade i Akselis gamla kavajer och stövlar, utan hon använde alltid kläder som var gjorda för kvinnor och lämpade sig för det hon höll på med. Och hennes hår hängde och spretade aldrig utslaget, för hon satte sig framför spegeln och kammade det vareviga morgon.

Också själva bostaden hade mist den puritanska kargheten och

154

enkelheten från Jussis och Almas tid. Redan strax efter Elinas och Akselis giftermål hade stugan blivit målad och brädfodrad, och under årens lopp hade även andra förändringar börjat uppenbara sig i inredningen. Gardiner, mattor och sängöverkast. De tyckte att stugan var trivsam och vacker nu. I synnerhet soliga söndagar när det var särskilt noga städat och de själva helgdagsklädda.

Pojkarna hade fått rena underkläder på lördagsaftonen och på söndagsmorgonen fick de dra på sig bättre byxorna. På somrarna var det ungefär allt de hade i klädväg. Söndagen började egentligen efter det mor hade sett till korna och de andra djuren. När hon kom in bytte hon klänning och tog på sig ett rent förklä. Medan hon lagade maten gnolade hon och gav emellanåt en eller annan order åt pojkarna med blid och vänlig röst.

— Gå åsta skåd om Kaarina ha vakna.

Också far kom in från något morgongöromål. Även han var i skjortärmarna och hade bättre byxorna och stövlarna på. Han tog sockentidningen och satte sig för att läsa i den medan han väntade på maten. Dödsannonser, kyrkliga notiser, sparbanksmeddelanden och referat av kommunalstyrelsens sammanträden. Ibland gjorde han en halvt förströdd kommentar, som man inte behövde svara på om man inte hade lust.

— Jaha ... Så ha Janne fått igenom he då också ti sist ...

Pojkarna var smått imponerade av att morbroderns namn ofta syntes i tidningen just i samband med de kommunala angelägenheterna.

»... till ordförande i fattigvårdsnämnden återvaldes muraren Janne Kivivuori.»

De duvna eftermiddagstimmarna anslogs ibland till ett besök hos Kivivuoris. Besöket i sig självt var inte så viktigt, för man tittade ju ofta in hos Kivivuoris till vardags också, utan det viktiga var detdär att »gå till främmands», att göra någonting som inte alls var nödvändigt och därför liksom underströk söndagens ledighet och frihet.

Skogen invid stigen bakom rian var deras. Far granskade tränas årsväxt som alltid när han gick i egen skog. Pojkarna hade inte riktigt ro att fördjupa sig i den saken. Så mycket visste de att

155

det var bra om årsskotten var långa. Det betydde att detdär kunde bli verklighet som far pratade om ibland, att de småningom skulle få sälja lite skog sedan det egna husbehovet var fyllt. Bara de hade tagit ut timret till nya fähuset först. Så mycket virke där nu behövdes, för det skulle bli en ladugård av tegel. Blotta tanken gav pojkarna någonting undvikande i blicken. För det var en sak som man inte borde få tala om. Far gillade inte att bysborna fick sig sådana planer till livs i förväg, för de skulle ändå ta det som något slags skryt.

De hade en bra skog. Och de hade fått den av Yllö-husbonden. Fast han var ju nog en ärkebängel som hade försökt få far skjuten nån gång i tiden. Men det hade inte lyckats, för engelsmännen kom cmellan på något vis.

Vilho visste var England fanns, för det hade han sett på kartan i skolan. Men hur det hade gått till när engelsmännen lade sig i detdär med far, det visste han inte riktigt, och sanningen att säga så var han inte särskilt angelägen att veta det heller.

Far och mor talade om gräset vid stigkanterna. Korna gick på bete i skogen och det skulle dröja ännu innan de kunde släppas ut på ängen efter höslåttern.

Så var det en liten hage, och bakom den stod Halmes hus.

Småpojkar hojtade borta i någon backe i utkanten av byn, men de vuxna satt och vilade sig, inne i den svala stugan eller ute i gårdsträdens skugga, på en gammal bänk vars ena ben inte satt fast riktigt ordentligt utan slängde och dinglade och kanske rent av föll av om man glömde att hålla i det när man flyttade på bänken.

Omedvetet kände sig bysborna helt förnöjda när de såg en såndär familj på promenad med småpojkarna i spetsen och mannen och hustrun efter. Lillflickan tycktes höra hemma exakt där hon fanns, på fars arm, och det var också precis som det skulle att hon inte föreföll att väga ett dyft.

Det var det rofyllda i denna bild som kom åskådarna att känna sig så väl till mods.

Det kunde hända att någon fällde en maklig anmärkning,

— Han ha tala om att köp ett tröskverk. Han fick redit me

156

ved efter prästgårdshygge ... Men han hadd sagt åt prästen att för assit tar int han emot e, utan dagsverke vill han gör.

— Di ska ti Kivivuoris åsta häls på ... Di ha börja ränn där i ett kör ... Di säger att Akseli ska ha förändrast på nå vis ... Att han ha börja språk me folk å allting ... Han va ju sådä ... lite egendomli efter upprore ... Visa int sej just.

— He va väl dödsdomen som tog så hårt på nervren hanses ... Ä di säger ju att han vart så grymt pina å.

— Jaa. Sånt tar väl nog på nervren.

Kivivuori var lite förfallet och medfaret. Byggnaderna hade inte blivit reparerade på åratal. Bara på taket lyste några vita lappärtor. Trappan knarrade när man klev på den och golvplankorna i farstun gungade. Anna kom ur bakstugan och sa med utdragen och lite tunn röst:

— Jaaaha ...

Det var samtidigt en hälsning och ett konstaterande av deras ankomst. De förstod på Annas sätt att hon inte hade varit i bakstugan som hastigast utan en längre stund. Otto låg på sängen i stugan. De hade tydligen grälat igen.

Otto satte sig upp på sängkanten:

— Jaha ... Så här komber skogsvildan.

Pojkarna småskrattade blygt och blev stående vid dörren ett slag innan de vågade söka sig längre inåt.

— Vi gick ut åsta gå nå lite ti tidsfördriv.

— Joo. Bra ni komber i lag me folk nå lite mellanåt så ni int blir rikti förvilda där.

Anna började göra upp kaffeeld.

Pojkarna trivdes inte länge inomhus. Så pass väntade de att de fick ett glas svagdricka av mormor. För Kivivuoris hade väldigt god svagdricka. Men sedan lade de tvärt iväg för att undersöka omgivningarna. Här fanns en trivsam gårdsbacke och stenar som var roliga att kliva på och renräfsade gräsmattor. Och hela tunet hade sin prägel av hundratals års bebyggelse.

Inne i stugan satt de vuxna i makligt samspråk. Någonting särskilt nytt att förtälja visste ingen. Akseli talade med Otto om tröskverket och Elina med sin mor om husdjuren. Kaarina somnade och lades på mormors säng.

Tobaksröken ringlade i solljuset som föll allt snedare genom de små sexrutiga fönstren i stugan.

När mjölkningstiden närmade sig började man bryta upp. Elina väckte Kaarina och jollrade glatt och ivrigt åt den alltjämt halvsovande flickan som om hon själv hade vaknat upp ur den rofyllda stämningen nyss. Otto och Anna följde dem ut på gården där det ännu växlades några ord. Vilho bad att få bära Kaarina på ryggen, och han fick henne fast mormor marrade missnöjt:

— Ge int on ... två oskickli tisammans. Hon kan ju fall å bryt nackan.

Men Elina räckte flickan till honom:

— Rid på stora brors hästen.

Och storabror lekte häst, galopperade och kastade med huvudet och skulle säkert ha gnäggat också om de inte varit till bys. Kaarina skrattade och skrek till hälften av förtjusning, till hälften av rädsla.

Föräldrarna kom långsamt promenerande efter, och då och då ropade någon av dem en godlynt varning till de stojande barnen.

FJÄRDE KAPITLET

I

Siukola gnatade jämt om den totala bristen på framsteg, men faktum var nog att utvecklingen hade sin gång också i Pentinkulma. Visserligen finns det stora tänkare som har betvivlat att världen över huvud taget går framåt och undrat om det inte i själva verket bara är fråga om förändringar. Men pentinkulmaborna kände inte längre någon stor tänkare efter det Halme blev skjuten. Därför grubblade de inte heller så noga över om det var framsteg eller förändringar som skedde med dem. Hur som helst så uppenbarade sig allt som oftast en slåttermaskin eller en hästräfsa hos någon föredetta torpare. Och på söndagarna kom grannarna för att titta på den. De förhörde sig om priset, och om de kände med sig att de själva inte kunde köpa en likadan blev de avundsjuka och lät bli att berömma manicken.

Förr hade ett sådant torp med sina gråa små byggnader, sin plog, sin trävält och sin pinnharv som alla förvarades utomhus varit en synnerligt särpräglad helhet för sig. På bastu- eller riväggen hängde nästan undantagslöst ett lokträ. Och invånarna gick för det mesta klädda i plagg av grått hemvävt tyg.

Nu syntes här och där en grannmålad jordbruksmaskin. Somliga av torpen hade fått en ny lada eller ett lider. Och människorna gick klädda i cheviot till helgdags. De unga kvinnorna reste till Tammerfors och kom tillbaka bärande på en ask. Den innehöll en hatt, som placerades på ägarinnans huvud först till lördagsdansen. I början var man en aning generad för hela ståten, innan man vande sig vid den. För en hatt på en vanlig kvinnas huvud stämplades lätt som skryt, vilket det ju också var. Kivioja-Vicke råkade stå vid vägkanten när Kankaanpää-Antero kom åkande från stationen med sin Lempi. Hon hade köpt sig en stor och hög hatt och tagit den på redan inne i stan.

— Herrije ... Ha du köfft en ångpanno, pojk.

159

Så yttrade sig Vicke.

Kjolarna blev kortare för varje år, och ett nytt och ovant fenomen gjorde sitt intåg i Pentinkulma: kvinnobenet. Men samtidigt fylldes månget ungflickshjärta av sorg och ve. Från släktled till släktled hade födan varit strömming, potatis och bröd, och trots att mödrarna hade offrat sina tänder för barnens benbyggnad blev den långtifrån alltid tillräckligt stark. Många av flickebarnen var hjulbenta.

Men också i Pentinkulma fanns en grupp människor i vars liv och villkor just ingen förändring skedde. Det var herrgårdens underhavande. Visst var den nya herrn en vänlig man, men det gjorde inte statarnas tillvaro annorlunda. De bodde alltjämt i sina små stugor vilkas fönsterrutor smockades fulla av gråa barnansikten så många där rymdes när någonting intressant — exempelvis herrn själv — passerade förbi. Segt levde de vidare och förökade sig, som mossa i ett stenskrymsle. Råkade far i huset vara en stor och kraftig karl hade familjen det lite bättre ställt, för han fick en aning högre lön, i synnerhet om han dessutom dög och anslöt sig till skyddskåren. För trots att herrgårdsherrn var svensk till språket så var han samtidigt en patriotisk man som gärna såg att hans folk hörde till den fosterländska försvarsorganisationen. Och många dolde motviljan i sitt innersta, för inspektorn var också med i skyddskåren, och det kunde gå för sig under övningarna att ta till tals exempelvis ett visst dike, som nu begagnades av den och den, men vars renar egentligen tillkom en själv som fodertag.

Dock fanns en som till och med herrgårdsherrn stod maktlös inför. Det var Varg-Kustaa. Gamla baron hade sett genom fingrarna med hans olovliga jakt, men den nye var av annan åsikt. Han var själv jägare med intresse för viltvård, och det dröjde inte länge förrän Kustaa och han möttes öga mot öga. Men Kustaa fick övertaget genom sitt egendomliga uppförande. Herrn var inte riktigt säker på om mannen var fullt klok och blev därför lite förvirrad och rådvill. Han kände sig rent av en smula ängslig och jämkade oförmärkt sitt hagelgevär inom bättre räckhåll, för Kustaa stod med sin lodbössa under armen, och den pekade rakt på hans mage.

160

Herrn började nog så artigt. Kustaa fick inte jaga i herrgårdens skog, och minst av allt på olovlig tid, för det var inte bara egenhandsrätt utan direkt brottsligt. Men Kustaa glodde på herrn med stela runda ögon och sa att han hade lov av gamla baron.

Enligt herrns mening kunde gamla baron inte ha gett lov till jakt på olaga tid, och för resten så var ett tillstånd för den laga tiden naturligtvis inte heller giltigt längre, även om han nu verkligen hade fått det.

Kustaa hade inte gått i skriftskola, fyllde aldrig i deklarationsblanketten och betalade inte ens mantalspenning. Inför honom kom alla världsens makter till korta, herrgårdsherrn medräknad. Kustaa hade inte låtit sig skrämmas ens av gamla barons imperatorsgestalt, och hans efterträdare ägde mindre auktoritet i alla avseenden.

När de skildes åt hotade herrn nog att anmäla saken för länsman, men anmälan förblev ogjord för hans självkänslas skull. Han insåg att hans prestige hade fått sig en törn och kände att den bara skulle bli värre skamfilad om han blandade in myndigheterna. Han tröstade sig med att Kustaa när allt kom omkring inte kunde vålla så stor skada med sin gamla mynningsladdare. I själva verket vårdade Kustaa viltet bättre än han själv, för han sköt bara fågel och hare, men Kustaa var särskilt ivrig på räven, som gjorde kål på mera villebråd än Kustaa och herrn tillsammans.

Kustaa bodde alltjämt ensam i sin stuga. Ibland brukade småpojkarna i byn retas med honom, men efter en sådan pers gällde det att akta sig noga så han inte fick tag i dem. Det hände att folk undrade vad han egentligen levde på, för arbetade gjorde han aldrig om man inte räknade jakten och fisket som arbete. Ett potatisland höll han sig med som gav prima knölar, en av de gamla, lite njuggskördiga men särdeles välsmakande sorterna som ingen visste namnet på. Bysborna brukade ge honom gamla kläder, bröd och sådant i utbyte mot en kappe sättpotatis.

När Töyry-Arvo gifte sig med Haukkalas dotter och boskifte förrättades mellan bröderna kom Kustaa också för att kräva ut sin arvedel. Arvo rodnade och hostade när Kustaa med avsikt framförde sina krav i brudens närvaro, och muttrade bara att så vitt han visste hade Kustaa ingenting att hämta här. Gammelmoran var sjuk och tog så illa vid sig att hon grät och var säker på att Gud nog på ett eller annat vis skulle straffa »handä skamlösingen».

Hela sista stycket av gammelmorans jordevandring hade förlöpt i tecknet av ett fanatiskt rödinghat. Ofta grät och beskärmade hon sig över sin makes öde:

— Nog hadd e nåen annan fått dö i hanses ställe.

På prosten var hon närapå arg en tid. När sjukdomen förvärrades hade hon bett honom till sig och bland annat frågat honom om också rödingarna släpptes in i himlen. Prosten förklarade att det därvidlag kom på ett ut om man hade varit färgad si eller så här på jorden. Ingen tas in i himlen i egenskap av röd eller vit, och den värsta röding släpps in om han bara tror och gör bättring. Det kunde moran inte förstå:

— Ska jag måst stå inför Guds anlete i lag med tåkodä rövare å banditer.

Den saken lyckades prosten inte få henne att fatta.

Hon piggnade till för en tid av idel belåtenhet när Arvo gifte sig med dottern på det mäktiga Haukkala, en flicka som hade gått i folkhögskola och dessutom på alla möjliga hem- och hushållskurser. Mellersta sonen Aaro gifte sig till en gård i grannsocknen tack vare morans släkt- och bekantskapsförbindelser. Den yngste, Ensio, fantiserade om att köpa en taxibil, och familjerådet beslöt att infria hans drömmar för att bibehålla gården hel och odelad.

När ryktet om det nådde ut i byn blev det oro hos Kiviojas. Skulle Ensio hinna före dem?

Lauri hade pratat om att köpa lastbil så länge att ingen mera tog det på allvar. Vicke och han gjorde ofta marknadsresor och andra färder med mera obestämda mål. Det var allom bekant att de forslade sprit fast de inte själva sysslade med minutförsäljning. Gamla Vicke var så pass slug att han visste att den som ägnade sig åt detaljhandel med sådan vara åkte fast förr eller senare. Det var tryggare att transportera stora mängder i gången åt »handä filuren Lehmus» i kyrkbyn och åt »någer som int jag ids säj namnen på» i stationsbyn. Dessutom förtjänade man betydligt bättre på det viset.

Det var av Kiviojas också Elias fick sin sprit, men honom försåg de bara för gammal vänskaps skull, för Elias sålde helt obetydliga mängder som inbragte föga. Knappt mer än att han själv hade råd att vara full nästan jämt.

Elias bodde kvar i Kankaanpääs sytningsstuga. Med hans mathållning var det som det hampade sig. Ibland, om relationerna råkade vara lite bättre, fick han mat i hemgården. Men det var ständigt nya gräl och uppträden, för det hände alltjämt när han var full att han fick i sitt huvud att han hade blivit lurad på sitt arv.

En gång när Antero inte var hemma råkade Elias i dispyt med Lempi. Han började rumstera om och kastade ut husgeråd genom fönstret. Mitt i allt fick han tag i en skål med russinsoppa och tänkte låta den gå samma väg. Men så greps han av eftertanken, och efter att ha funderat ett slag bar han varsamt ut skålen och ställde den försiktigt mitt på gårdsplanen. Någonting fanns det som var heligt för honom också.

Sina kanistrar förvarade han på Rävbacken. Där fanns otaliga gömställen i de småningom igenrasande löpgravarna. På somrarna brukade han själv hålla till där i en koja av säckar och lövverk. Där låg han och läste tidningar och böcker som han råkade få tag i och blev till slut så bildad att han började kalla Leppänens Aune för Bajadären och Kivioja-Lauri för Pentinkulmas Mussolini. Lauri brukade nämligen behandla honom lite överlägset och föraktfullt. När de gjorde upp sina spritaffärer hände det att Lauri öppnade plånboken och demonstrerade sina tjocka sedelbuntar. Då sa Elias beundrande:

— Där i Amerika lär ska finns såna som inbillar sej att di ä pengstinn. Men jag tror nog att om di sku känn Kivioja-Latte så sku di sluta bruk munnen. Va ä ein Ford mot hedä, jag säger bara he.

Och Lauri knyckte lite på nacken och såg dryg ut:

— Du kan snart få hör att Kiviojas Latte ha vari åsta fråga efter prise på en bil ... Så du ska int bli förvåna sedan, om e böri språkas nåenting ditåt.

— Bra. Trevlit att du tala om e i förväg. Så int e blir nå storan schock sedan.

163

Men när Lauri faktiskt köpte en lastbil blev bysborna så förbluffade att de inte lyckades finna på något sätt att rädda ansiktet. För faktum var att de inte hade trott honom kapabel ens att klara körkortet.

När Lauri körde hem sin nya bil såg han noga till att han kom till handelsboden i Pentinkulma en lördagseftermiddag precis vid postdags. Han åkte in på gården, lämnade motorn påslagen och gjorde sig ärende in i butiken. Han nedlät sig till att svara på hälsningar men hade inte tid för något samspråk.

Folk synade bilen från alla sidor.

— Är an rysk ... Han heter International å har rö axlar.

Lauri kom ut ur butiken och steg in i bilen, gjorde en sväng på gårdsplanen och for sin väg. Sidorutan var nervevad och hans armbåge vilade nonchalant mot fönstret. Ratten skötte han med ena handen.

— Han spinner bra.

Det var någon av åskådarna som ville inbilla folk att han var sakkunnig.

Påföljande morgon ränte fader Vicke omkring i byn:

— Kom me ti körkbyin ... i pojkins bilen ... Vi ska skjuss grannan nå lite för assit.

Akseli var bland dem som åkte med. Preeti hade inte bjudits men råkade hålla till på butiksgården, och ingen nändes neka honom eftersom han själv ville. Det var Vicke som placerade resenärerna, för Lauri befann sig i en alltför upphöjd sinnesstämning för att ta befattning med så triviala ting:

— Gå i hytten du, Otto, å ta pojkin meddej ... Du ä ju nå lite älder ... å förtroendeman ... he passar liksom bäst ... om he sku syns till nå viktigare folk där ve körkon ... Kom hit opp på flakan du, Akseli ... Vi ska skåd ... Å Elias där på ander sidon ... Sjölv ska jag sitt här ve fönstre ...

Att börja med körde Lauri sakta. När de åkte genom byn vinkade Vicke åt folk som tittade ut genom stugfönstren medan han hojtade åt Akseli:

— Skåd nu ... skåd nu ... Si hur an trampar på pedalen ... Han ä nog haj på maskinren, pojkin ... He veit du ju sen gamalt, satan. Är int an, kanske ... He säger jag, fan anamma, att här komber e ett schack från Pentinkulma som int bockar för bildren ... Som ynger va nog jag å ... herrigud hördu ...

Men när herrgårdsknutarna var passerade ökade farten och Vicke grep stadigare tag om spjälorna som skyddade bakfönstret:

— Akseli ... Akseli ... Snart far vi som ett stjitit streck på himlen ...

Hans röst var inte längre fullt så skrodersam som i början. Men så lyckades han kasta av sig rädslan genom att spela upp sig. När de råkade möta en statgumma som drog sig av vägen skrek han med sprucken stämma:

— He går undan ... Valacken står int sej, satan ...

Han märkte inte att bilskrovets skakning kom hatten att sitta allt lösare på hans huvud, tills luftdraget slutligen röck den med sig. Då började han hamra med knytnäven mot taket på förarhytten:

— Hattsatan ...

Men plötsligt spottade han och skrek:

— Ein låsko bakett bara ... låt an far ...

Akseli och Elias bultade också på taket:

— Lämn nu int en bra hatt, för helvite ...

— Bult int ... Bult int för satan ... låt gå bara ... Låt an flyg ... hat .. ten må flyg ... Vildan från Pentinkulma i farten, satan ...

Men Lauri stannade och hämtade faderns hatt:

— Håll vara på take ditt, gubb.

Inbromsningen fick Vicke att dämpa ner sig lite, för när farten saktade märkte han själv hur egendomligt upphetsad han var. Men när den ökade igen började han på nytt:

— Du to int nå sprit me, Elias ... vi sku ha sjungi nå lite.

Lauri stannade framför andelshandelns kafé, och när de hade klivit ur bilen låste han dörrarna med stora gester. En av gubbarna som stod och hängde vid hästbommen frågade vad fordonet hade kostat, och han svarade förstrött:

— Förtitusen å råga på.

— Men kom åsta drick en kalja nu, pojkar ... Vicke bitalar.

De gick in i kaféet där Vicke bjöd på pilsner. Han kommenderade fram nya flaskor stup i ett och var så ivrig att han klappade flickan på stjärten:

— Är e ti ha fästman redan ... nähä ... He måst man ha, annors får man finnar i hyn ... Akseli, skåd efter om där ä folk kring bilen ... Skåd på reina jävulskape.

Akseli var lite besvärad över Vickes skränande och sölade så att Vicke upprepade:

— Skåd efter nu, på reina jävulskape bara ... när du nu sitter där breve fönstre.

— Nog tycks där va folk.

— Låss int märk döm ... Låt fattilappan fröjdas ...

Preeti blev lite berusad av pilsnern. Hela färden hade han suttit mitt på flaket med handflatorna hårt tryckta mot golvet och tittat bakåt. Det enda han vågat sig på att säga hade varit ett med långa mellanrum upprepat och försagt:

— Pojkar ... pojkar ...

Nu började hans dåliga ögon bli rölliga, och eftersom han för en gångs skull satt på kafé och drack pilsner sa han skrodersamt:

— Då när Lauri la iväg så sa jag nog för mej sjölv att dehä bär ti skogs. Men så tänkt jag att låt e gå bara ... va ä he för skillna ... Himlen ä vårt rätta heim ...

— Ä he ska jag säj dej, Preeti, att vi hålls nog på vägen då Latte sköter ratten.

— Jaa, nog känner jag ju Lauri åv gamalt.

En stor hop bysbor stod på butiksgården och väntade när bilen kom tillbaka. De som hade varit med på färden verkade lite högtidliga, nästan som något slags bättre folk. Lauri spankulerade runt åkdonet med mösskärmen nerdragen över ögonen och händerna i fickorna. Han sparkade på ringarna och gav lakoniska svar på nyfikna frågor:

— Sexti hästar snurrar under huven. En Chevrolett kostar lika mytji, men en Fordhoppa kund man ha fått lite billigare ... Men denhä Nasjonalen ä nog bilen heila dan ...

Preeti kretsade också kring bilen, vacklade en aning och sa:

— När Lauri la iväg så tänkt jag nog, att dehä bär ti skogs. Men så tänkt jag att låt e gå bara ... Himlen ä vårt rätta heim.

Bysborna hade hunnit hämta sig från den första förlamningen och började redan uppträda lite självsäkrare mot både Lauri och bilen. De drog också mössan en smula på sned och stack händerna i byxfickorna, till och med drängarna och statarna från herrgården, för att nu inte tala om bättre folk. Och så ordade de sakkunnigt om någon annan karl som också hade köpt bil.

— Jo, han hadd köfft en Letti...

De försökte vänja sig att uttala den folkliga benämningen på Chevroleten med ledig nonchalans.

— Men när Autios Saku gjord körprove så visa insjenörn på en portgång å sa åt han att backa. Saku tryckt pedalen i bottnen och backa me full fart, å he va fem centimeters mellanrum på bägge sidona. Å insjenörn hadd taji åv sej mösson å slaji on i marken å sagt, att hedä kan int va sant, å är e sant så får karn kör fast me flygmaskin.

— Men när Hautamäki-Arvo kom me spritlast från Björneborg så va bylingan me spikmatto på landsvägin. Men he va ganska jämn mark ve sidon av vägin, så Arvo sa bara åt kamratren, att håll i er nu. Å så gjord han en krök satan så enrisbuskan stritta ... Bylingan sköit efter an, men Arvo hadd krupi ihop ve ratten, på dehä vise, å sagt att denhä lasten ska föras fram fast gönom helvetets portar.

Deras försök att spela sakkunniga var fåfänga. Allt detdär kände Lauri och Vicke mer än väl till, i synnerhet sådant som hade att göra med poliser, spikmattor och smugglarbilar i vild fart. Hela denna nya hjältelegend som hotade fördunkla till och med de stora slagsbultarnas och knivjunkarnas gloria.

Herrgårdsherrn kom promenerande längs vägen och kunde inte låta bli att göra en avstickare för att titta på bilen fast han såg lite besvärad ut för folkhopens skull. Han hälsade med många och artiga huvudnickningar:

— Jasså, ni har köpt bil.

— Jaa, ditåt lutar e.

— En International, ser jag ... Hur många hästkrafter?

— Sexti.

Preeti stod med händerna i fickorna och sa ljudligt:

— Jaa, sexti hästar snurrar under huven.

167

Också de andra började bli av med sin stelhet och bollade kors och tvärs med sakförståndiga anmärkningar, gjorda med så hög röst att herrn kunde höra dem. Det avvek en smula från vanligheten att den förnäma herrgårdsherrn stannade såhär för att prata med bysborna om annat än det som hörde arbetet till. Han kände sig lite generad själv över denna förtrolighet, ställde sina frågor med nervös iver och skyndade sig att nicka till svar på Lauris upplysningar:

— Jaha, javisst.

Herrn var en världsman som inte fann någonting märkvärdigt i en bil. Hans intresse berodde på att han stod i beråd att köpa en lastvagn till herrgården. Det började kännas lite besvärligt att transportera mjölken ända till kyrkbyn med häst.

— Jag har funderat på att köpa en bil för mjölkforslorna. Men det blir kanske lite improduktivt eftersom det inte finns andra regelbundna körslor.

Vicke fick ögonblickligen en idé:

— Int ska herrn köp bil ... Vi skickar mjölken från heila byn me samma bil ... Vi gör kontrakt ... Bikantskapspris ...

Herrn blev lite förbluffad över Vickes plötsliga anbud:

— Ja, kanske man kunde tänka på saken.

— Herr agronomen komber me i lage bara ... Mjölken från heila byn, he blir fullt lass ... He löns nog för herrn ... å te bikantskapspris ...

Men så hastigt ville herrn ändå inte besluta sig, utan sa ännu en gång att han skulle tänka på saken. Bysborna trodde inte att det skulle bli något av:

— Han ä nog för stor på sej. Int böri han gör nåenting i lag me oss.

Men de misstog sig. Ett par dagar senare hölls sammanträde i brandkårshuset, och där träffades avtal om gemensamma mjölktransporter för alla leverantörer i byn. Herrn själv var visserligen inte med på mötet, utan herrgården företräddes av inspektorn, men prosten var där, och Töyry-Arvo likaså. Det var första gången efter upproret som man samlades under samma tak. Och nu höll prosten och Koskela-Akseli ihop som ler och långhalm mot Vicke och Lauri, som krävde för högt pris.

168

— Int blir e ju nå lättnad för oss om int e blir billigare. Int gäller e ju bisväre. Pengan är e fråga om här.

Och prosten bad om ordet efter Akseli:

— Jag understöder Koskela. Naturligtvis ska Kivivuori ha en rimlig ersättning, men vad den beträffar så är det precis som Koskela nyss sa.

Vicke blev lite röd i synen och fogade sig till slut:

— Nå, låt gå då. Billit är e, men komber e andra körslor till varje gång så kan e gå ihop.

En vecka senare började det.

— Där rinner on iväg nu på fyra hjul te körkon. Pentinkulmas mjölken mena jag, satan ...

Men Vicke blev högmodig och vart straffad av ödet. Lauri hade förbjudit honom att röra vid bilen, men en gång när sonen hade gått till butiken kunde Vicke inte låta bli att peta lite på fordonet. Till slut kröp han in i förarhytten och kände på ratten. Han kopplade på strömmen, men hur det än kliade i fingrarna vågade han inte sätta i gång motorn fast han nogsamt hade hunnit lära sig hur det skulle gå till. Han tryckte ett slag på signalhornet, bara en liten aning, och hoppade nästan till när det tutade. När han väl kommit i gång tryckte han på knappen en gång till, men denhär gången kom den inte upp tillbaka. Förfärad bultade han på den med knytnäven, men tjutet bara fortsatte. Det var fel på den.

Vicke kastade sig ur bilen och högg krampaktigt tag om stänkskärmen:

— Herrigud ... nu far an ... å rätt i liderväggen ...

Tutandet skar genom märg och ben och manade fram en känsla av världens undergång. Vicke hart när snyftade, och när Lauris sjuåriga son Aulis kom rännande inifrån skrek farfadern åt honom:

— Spring efter pappa din ... lite satans kvickt ... bilen far iväg ...

Pojken satte av över åkrarna bort mot butiken och Vicke började ängsligt släpa fram långvedsklabbar som han lade framför framhjulen. Alarmerad av tjutet kom hela familjen utrusande

och Vicke kommenderade kvinnfolket att hjälpa till med ved-
klabbarna.
— Vart ... Jissus välsini ... var ska vi lägg döm ...
— Framför hjulen å bakom ... satan ... å he kvickt ...
När de förskräckta fruntimren inte kom sig för med annat än
att oja sig röck Vicke åt sig ett nytt vedträ och höjde det som
till slag:
— Lägg vedaklabban framför hjulen satan ... Annors så smät-
tar jag till så e smaskar i knoppan på er ... Herrigud kärin-
gar ... hit me klabban ...
Nu kom också kvinnfolket i gång och efter en liten stund
fanns det en försvarlig stapel långved framför och bakom vart
och ett av hjulen. Men Vicke lugnade sig inte utan vrålade med
gråten i halsen:
— Han far nu ... allting går åt helvite ... Välkommen på
exikutiv aktion ... Nu far Kivioja ... banken tar alltihopa ...
Men så tog den gamla marknadsskojaren överhanden:
— Så far då, perkele ... så går vi på landsvägin då ... å sjun-
ger när vi går ...
Lauri kom rusande, flåsande och pustande, vred om nyckeln
och slog av strömmen. Tutandet hade redan börjat avta i styrka
efter hand som strömmen försvagades. Men hela eftermiddagen
hördes annat larm från Kivioja ut över byn, för när Vicke hade
lyssnat på sonens predikan en stund med svansen mellan benen
började han fatta humör och försvara sig. Det värsta var att
hela historien läckte ut. Det gick några dagar utan att Vicke
kände någon större längtan att visa sig för grannar och bysbor,
och måste han göra det undvek han sorgfälligt att tala om bilar.
Elias kom emot honom på vägen och frågade:
— Nå Vicke, ha du speila på bilhorne nå i dag.
— Nää ... nää, int ha jag speila nå ...
En skata skrattade i närheten, och Vicke skyndade sig att byta
samtalsämne:
— Hör på skatsatan ...

Hur hade man egentligen rett sig utan bil så länge? Ingen män-
niska hade i förväg kunnat tänka sig hur viktig den skulle bli.

Det var inte bara vid mjölktransporterna man fick användning för den. Handelsman lät hämta sina varor med den, herrgården hade en hel massa körslor och småfolk hade också alla möjliga ärenden som Lauri uträttade på sina färder. Dessutom gick det ju fint att åka med på mjölkbilsflaket till kyrkbyn för att gå till apoteket, i butikerna, till garvaren eller exempelvis som Koskela-Akseli för att visa upp det villkorliga frihetspasset för länsman.

Varje morgon stod det gummor vid vägkanten:

— Sku du hämt socker åt mej från andelshandeln, Lauri. Jag köper int åv handä Töyry, för han klådd mej på ett förklä.

Lauri tog papperslappen med köplistan och knytet med pengarna. Det hände ofta att han hade Aulis med sig för att sköta butiksärendena. Dessutom fungerade Vicke som hjälpkarl, och när Lauri körde satt både hans far och hans son bredvid och gav honom goda råd. Vicke levde intensivt med i allt som hände och skedde på vägen:

— He komber ein krök, vrid på ratten ... en käring framför ... hon går int undan ... kör över on, satan ...

Och så i förbifarten genom sidofönstret åt gumman:

— hähähä ... tan ...

Aulis som satt i farfars knä gav också sina order:

— Nå farsan, in me tvåon nu.

Och han visste verkligen när tvåan behövdes.

På hösten före spannmålsskörden körde Lauri hem Koskelas tröskverk med tillhörande motor. För första gången befors vägen till Koskela av en bil, och på dess flak glänste ett annat minst lika stort underverk i gult och rött. Hela familjen kom ut på gården, för pojkarna hade hört bilen redan på långt håll och rusat in och anmält:

— Nasjonalin komber.

Och »nationalen» kom brummande på liten växel. I förarhytten satt hela trion, Lauri, Vicke och Aulis. Vicke vinkade till hälsning och klev ut tillsammans med pojken. Lauri började vända bilen för att backa bort till riskjulet. Hela tiden rände Vicke och Aulis runt bilen och skrek direktiv:

— Lite till ... lite till ... åt vänster ... nä för helvi ...

171

Till slut stod bilen där den skulle. Visserligen inte tack vare Vickes och Aulis skräniga råd, utan trots dem. Tröskverket och motorn lossades från flaket och ställdes i skjulet. Där skulle de stå tills de kunde flyttas in i själva rian när Akseli fick råd och lägenhet att bygga en lada vid gaveln. Tills vidare fick man lov att tröska direkt från lasset och packa halmen i rian.

Den märkliga begivenheten till ära kokade Elina kaffe. Medan de vuxna drack det inomhus höll sig pojkarna ute och beundrade lastbilen och tröskverket. Bröderna Koskela vågade inte röra vid bilen. De tyckte att Aulis var en mäktig och betydelsefull person som kunde sitta inne i hytten och berätta vad som hände när man tryckte på knapparna och drog i spakarna. Mest var det Eero som frågade. Vilho var så pass mycket äldre att hans självkänsla inte riktigt ville tillåta honom att visa sig nyfiken för Aulis. Men dennes svar till Eero lade han noga bakom örat. Aulis satt och lutade sig nonchalant mot ratten och trampade på pedalerna med sina smutsiga fötter.

— Där ä konan, å hedä ä fotbromsin ...

Plötsligt frågade Aulis om han skulle lätta på bromsen och låta bilen rulla nerförbacke en bit. Eero blev lite orolig och invände:

— Ids int försök, han kan törn mot ett trä.

Men Vilho sa med bekymmerslöst lugn:

— Va är e vidare, låt gå bara.

— Tror du jag int vågar.

— Int tror jag nå ... Låt gå om du vill ... Va frågar du oss för.

— Int ids jag.

Vilho småskrattade för sig själv och gick för att titta på tröskverket, och Aulis fortsatte att förevisa bilen för Eero och Voitto, men nu med lite mindre åthävor.

När Kiviojas skulle till att åka sin väg vände sig Akseli till Lauri och frågade vad transporten kostade. Lauri nämnde det och Akseli började leta i plånboken. Men Vicke slog ut med handen och sa till Lauri:

— Tjugo mark slår vi åv ... Han ä en rejäl karl ... Klår aldri nåen sjölv ...

172

— Nå, låt gå.

Småpojkarna sprang efter bilen ett stycke. På återvägen lösgjorde de försiktigt mönstren som ringarna hade gjort i marken på fuktiga ställen. Men far och Vilho undersökte tröskverket och motorn. Far studerade noga broschyren med bruksanvisningarna. Han kände nog till tröskverk av gammalt och hade sysslat med att mata ett i prästgården, men dethär var av annat fabrikat. Dessutom var det hans eget tröskverk.

II

Den hösten forslade »nasjonalen» också ett flyttlass från stationen till Pentinkulma. Folk glodde intresserat från sina gårdar och genom sina fönster:

— Stoppamöbler å allt ...

Flyttlasset tillhörde den nya folkskolläraren. Den gamla skulle nämligen pensioneras. Efterträdaren var en helt ung man på några och tjugo år och hade en fru som var ännu yngre. Bysborna var naturligtvis nyfikna, och de som visste mera delade med sig åt sina grannar:

— Ein tåkodä ljushåri å grov karl ... Men frun hanses ä liten å nätt. Ett lindebarn har di å ... Frun hadd e i famnen då di kom.

Genast morgonen efter sin ankomst sprang lärarn genom byn i träningsdräkt med spikskor på fötterna. Till på köpet så tidigt att folk ännu var på väg till sina arbeten.

Språngmarschen upprepades varje morgon och kväll. Bysborna kikade bakom sina gardiner och gjorde kommentarer:

— Skåd. Nu springer han sådä underlit på tå ... Va är an nu riktit för en Nurmi. Skåd, skåd nu ... Händren hanses dinglar rikti slappt ve handlovan.

— Kanski han har nå slags krämpo som han försöker bot.

— Nä, han tränar. Sportaren tränar på hedä vise ...

Mötande bysbor hälsade läraren på med artiga nickar. Efter ett par dagar hade en och annan redan hunnit tala med honom av olika anledningar:

173

— Han verkar ti veit va han vill. Tog i hand riktit då han sa godda å såg mej stint i ögona. Sådä, rikti rakt, å lät mäkta karaakti på tale.

Men när lärarn mötte Elias och hälsade på honom vinkade Elias till svar och sa:

— Hej på dej.

Barnen i byn var spända och nyfikna när skolan började. Ordningsman ringde i klockan och de ställde sig i rad, skuffande och knuffande. Men när lärarn kom ut på trappan blev det moltyst:

— Gomorron, barn.

— ... mmm ... nn ... mo ... mmm ...

— Jag sa gomorron barn. Svara ordentligt.

De försökte på nytt.

— Dethär måste vi visst öva. Men det får bli till en annan gång. Kom in nu.

Lite räddhågat tystlåtna trängde sig barnen in i klassrummet och lärarn fördelade platserna. Sedan spankulerade han fram och tillbaka framför klassen ett par slag och eleverna tittade nyfiket på honom. Gamla lärarn hade varit en spenslig man med pipskägg och glasögon, lite argsint visserligen, men så att säga av gammal vana. Det som förundrade barnen mest hos den nye var hans klädsel. Han hade pjäxstövlar och gråa spetsbyxor och ingen kavaj utan bara en ylletröja.

— Jag heter Pentti Rautajärvi och ni kommer att lära känna mej så småningom. Det säjer jag er på förhand, att någon mild lärare kommer jag inte att vara. Först och främst kräver jag hurtighet och ordning. Men uppfyller ni de villkoren så ska vi säkert komma bra överens. Enligt skick och bruk inleder vi nu skolarbetet med en psalm och en kort bön.

Lärarn satte sig vid orgelharmoniet:

— Denhär första morgonen sjunger vi fosterlandets psalm ... Välsigna, Herre, och bevara vårt kära land, vårt fooosteeerlaaand ...

Långsamt och pipigt stämde barnen in. De sjöng trumpet och glodde i golvet. Flickornas röster hördes tydligare än pojkarnas, som i allmänhet inte gillade att sjunga. När psalmen var slut

174

ställde sig lärarn på estradkanten och knäppte sina händer till bön:

— Kära fader i himlen. Vi ber dej vända ditt ansikte till oss denna morgonstund och välsigna vårt begynnande arbete. Du vår gud har själv utvalt oss till ditt egendomsfolk, hjälp oss alltså i vår strävan att växa och att fostra oss själva, på det att vi må bli värdiga medlemmar av ditt utvalda folk. På dig har ditt folk alltid förlitat sig, och om din hjälp ber vi också nu. Välsigna alltså dessa dina söner och döttrar och låt dem ha framgång i sitt arbete. Och välsigna hela detta kära land och hjälp det att stiga till ärones och blomstringens höjder. Ty ödmjukt inför dig, men stolt inför all världen, står ditt utvalda krigarfolk under din signande hand. Amen.

Lärarn lyfte på huvudet som han hade sänkt under bönen, bet ihop tänderna och tog på sig en barskt högtidlig min för ett ögonblick. Sedan blev han lite vardagligare och började lektionen.

Pentinkulmaborna fick snart erfara att det var en märkesman de hade fått ibland sig. Den nya lärarn blev snabbt lokalchef för skyddskåren, dirigent för skyddskårens hornorkester och kör, och så vidare. Han och hans fru blev nästan genast bjudna på visit till prästgården. När han presenterade sig rullade han kraftigt på r:en och sa:

— Rrrautajärrrvi.

Hans handtryckning var synnerligen kraftig och han såg den han hälsade på stint i ögonen. Det märktes tydligt att han ville göra ett öppet och rejält intryck. Också till prästgården kom han i pjäxstövlar och österbottnisk tröja, men prosten och prostinnan tog inte illa opp, tvärtom.

Frun var en gracil liten kvinna med nätta drag och tunn röst. Hon hette Eila. Hon levde liksom i skuggan av sin man och trivdes synbart väl med det. När Pentti talade fick hon en varm och beundrande glans i blicken.

Man drack kaffe och småpratade att börja med om det unga parets inflyttning och lärarbostadens skick. Prostinnan frågade försynt ut dem om allt möjligt som hade med deras personliga omständigheter att göra.

— Jag är en fattig bondson.

Trots sin österbottniska klädsel var Rautajärvi tvättäkta tavast-länning. Bondson var han mycket riktigt, men inte så värst fattig. I varje fall inte enligt omgivningens måttstock. Han var yngste son på ett välbärgat rusthåll där barnskaran visserligen var stor, men inte så stor att inte också han skulle ha fått sin beskärda del. Hustrun kom från tjänstemannaklassen. Hennes far hade varit länsman men mördats av de röda under upproret. Det var både hon själv och mannen på något vis stolta över, framgick det under samtalets gång.

Den österbottniska kostymeringen, förklarade lärarn, berodde på att han andligen sett hade bytt stam:

— Jag skäms att vara tavastlänning. Tidigare var jag stolt över det, men frihetskriget förändrade allt. Att tavastlänningarna, den styvnackade tavastländska stammen, skulle göra gemensam sak med arvfienden. För Tavastland var ju ett av rödingarnas allra starkaste basområden. Tacka vet jag österbottningarna. De är själva märgen i vårt folk.

Samtalet visade att lärarn var precis sådan en ung son av det självständiga Finland skulle vara. Han var reservfänrik, idrottsman, medlem av Akademiska Karelska Sällskapet och som krona på verket även frihetskämpe. Till och med det fjärrkarelska fälttåget hade han varit med om.

— När jag låg i Tavastlands snö tillsammans med mina kamrater ...

I själva verket hade han varit bara rapportpojke och inte släppts fram i eldlinjen därför att han var halvvuxen.

— Var det ett barn herrskapet hade?

— Ja, tills vidare. Men min hustru och jag har beslutat att det ska bli så många läkarn bara anser att hon klarar.

Fru Eila rodnade ljuvt. Glatt generad tittade hon på prosten och prostinnan men kom genast över sitt lilla bryderi när prosten sa:

— Det är rätt. Själva har vi bara två ... Men det beror inte på att vi inte gärna hade velat ha flera ... En stor barnskara ... det, det är livslyckans grundval.

— Vi har uppfattat det som vår fosterländska plikt. Det gäller

176

att öka folkets levande kraft. Annars klarar vi inte de prövningar som förestår.

Naturligtvis, fortsatte lärarn, hade det sina svårigheter att försörja en familj med många barn:

— Men kanske vi ska lyckas skaffa dem en bit svart rågbröd och en skopa mjölk varje dag. Mer behövs inte. Mera än så har finnarna inte haft förr heller. Inte ens det alla gånger. Två tomma händer och fosterlandet, mera har jag inte att ge dem. Men det räcker.

Också senare hände det ofta att han braverade med sin fattigdom och sa att det enda han ägde var fosterlandet, en kniv och ett gevär. När han nu talade om sin kommande barnaskara och den svarta rågbrödsbiten blev han så rörd av sina egna ord att han fick en lätt darrning på stämman. Han försökte dölja den genom att med synnerligt eftertryck uttala ordet rrrågbröd.

Prosten och prostinnan var förtjusta över den nya bekantskapen. Det blev flitigt umgänge genast från början. I synnerhet Ellen var närapå förälskad i »dendär unga eldsjälen, vars hela väsen uttrycker det bästa hos vår ungdom». Ja, faktum var att hon verkligen blev en smula kär i Rautajärvi. Längre fram brukade hon ibland klappa honom moderligt på axeln med en liten tillsats av smekning.

— Han är precis som jag när jag var ung. Just en likadan entusiast var jag också.

Prostinnans undermedvetna skräck för åldrandet sjönk undan när hennes slocknande och trevande livskänsla i lärarens unga entusiasm fann en fästpunkt att klamra sig fast vid.

Också prosten var glad åt bekantskapen. Lärarparet gav nytt liv åt tillvaron på prästgården. Rautajärvi väckte Ellens småningom slocknade språkhat ur dess slummer. Han var äktfinne och uppträdde därför lite snävt mot den svenskspråkiga herrgårdsherrn. När de hade att göra med varandra i skyddskåren talade Rautajärvi med demonstrativ bredd och must liksom för att förklena herrns lite blackt förfinade sätt. När han fick höra att herrn var adelsman lade han kraftigt an på sin egen bondskhet. För Rautajärvis ideologi var ett par trehundra år försenad.

— En finsk bonde blottar huvudet bara för lagboken och sin Gud.

Baronen poängterade inte alls sin svenskhet utan bjöd till att tala en så god finska han någonsin förmådde, men Rautajärvi hade varit med och samlat in pengar till en staty över Jaakko Ilkka och sa att hans egen släkt var precis lika friboren och gammal som herrns. Det var inte till herrn själv han sa det, utan till prosten och prostinnan. Och faktum var att det på Rautajärvi rusthålls bodtak svängde en vindflöjel med ett mycket gammalt årtal på.

Men riktigt helhjärtat orkade prostinnan inte längre entusiasmera sig för språkfrågan. Det fanns så många andra viktigare saker nu för tiden. Sådant som försvarsandan, rödinghatet och marxistskräcken, som mest tog sig uttryck i ett klankande på riksdagen.

Sin lärargärning tog Rautajärvi som ett kall:

— Det gäller att fostra en ny generation i den gamlas och ruttnas ställe.

På den punkten fick han starkt medhåll både av prosten och prostinnan:

— Just det. Föräldrarna har kanske gått förlorade, men barnen står att rädda. Och just vår by är ett viktigt arbetsfält. Dethär har varit ett av de mest typiska rödingnästena, låt så vara att de håller sej lite tystare nu av förhållandenas tvång.

— Vad kan det bero på. Har här funnits särskilt många agitatorer?

— Nej, egentligen inte. Strängt taget bara en. Men han var ytterst energisk och på sätt och vis också begåvad. Han blev sedermera skjuten för delaktighet i mordet på herrgårdsbaronen. Men hans anda lever kvar. Det blir en jätteuppgift för dej att plåna ut hans inflytande. Men jag tror du kommer att klara det.

III

Uppmuntran var läraren inte i behov av. Efter det han visste att det rödmyllade huset som han brukade passera på sina träningsturer tillhörde arbetarföreningen spottade han på trappan när han löpte förbi. Prästgårdsherrskapet hade berättat för honom

178

om Akselis förflutna, och när han råkade möta denne på vägen lät han bli att hälsa.

Rautajärvi mobiliserade all energi han var mäktig för sitt värv, vars mål och medel han klart och grundligt hade gjort sig reda för. En stor brist fanns det tyvärr i lärokursen. Militäruppfostran var helt utelämnad. Han gjorde vad han kunde för att reparera skadan under gymnastiktimmarna. Inte för att han nu direkt bedrev formell exercis, men han var noga med att ha barnen att marschera i ring och lära dem gå och springa i takt:

— Vänster, vänster, ett, tu, vänster, ... Hållningen takten, hållningen takten ... vänster, giv ... aakt, halt.

Och så berättade han en historia om ryska armén. Musjikerna var så dumma att man varken med lock eller pock fick dem att skilja på vänster och höger. Därför bestämde officerarna att soldaterna skulle lägga hö i vänstra stöveln och halm i den högra.

— Och så kommenderades takten efter det. Hö halm, hö halm, hö halm.

Lärarn fick skratta nästan ensam, för de andfådda och skygga barnen kom sig inte riktigt för att stämma in. Så satte man i gång igen. Barnen flåsade och bjöd förtvivlat till att hålla takten. Många blev hastigt trötta, i synnerhet de som kom från fattiga familjer och dels var undernärda, dels tvungna att springa i någon äldre brors eller systers stora kängor, där ena sulan kanske dessutom glappade lös:

— Vänster, vänster .. vänster tu tre ... Fins .. ka poj .. kar och flick .. or ska ha sun .. da kroppar ... Disciplin och ordning ... vänster, vänster ... disciplin och ordning ... Fol .. ket har för .. vek .. li .. gats under ryssväldet ... Hur kan man till exem .. pel förvara ... lantbruks .. maski .. ner utomhus ... Tys .. ka folkets glän .. sande ut .. hållighet under världs .. kriget grundade sej .. på disciplin och ordning ... vänster vänster tu tre ... Hållningen takten ... vi måste .. få fram .. den gamla .. fins .. ka sundheten och hurtig .. heten ... Sång ... På svedlandens väldiga fält bor ett folk ... som städse sin frihet har värnat ... Vilho Koskela ... raskare tag ... släpa inte sådär ... hållningen ... takten ... Opp med huvudet ... spänsti .. ga steg ... Ni måste bli värdiga hedersnamnet Nordens preussare ...

Rautajärvi själv började först nu svettas och känna sig i form. Han löpte med korta steg på tå och rabblade sina slagord som barnen inte längre lyssnade på därför att de hade fullt göra med att försöka hålla takten och avstånden där de sprang i ring, röda i ansiktet och flämtande av ansträngningen.

Som en frisk nordanpust drabbade Rautajärvis ande Pentinkulmabarnens jordbundna själar. I morgondunklet vandrade de iväg till skolan, detta nationens förhoppningsfulla råmaterial. Bondsöner och -döttrar i snygga kläder av slitstarkt tyg och med god och närande skaffning i skolväskan. De föredetta torparnas barn hade alltjämt många hemvävda plagg. Inlösningsskulderna skulle betalas och gjorde att köpkläderna fick vänta. Men drängarnas och statarnas ungar var brokiga, trasiga bylten, lusiga, snoriga, gråbleka och undernärda.

Trumpet stirrade de ner i det tjärade skolgolvet medan de sjöng morgonpsalmen och lyssnade på lärarns bön. Dagen lång kretsade deras trevande föreställningar sedan omkring i det landskap undervisningsprogrammet försökte mana fram för dem som vägen till en kristligt etisk och nationellt fosterländsk världsbild. Men de blandade ofta ihop Saul och David. Vilkendera var det nu igen som kastade spjutet mot den andra som spelade på harpa. För resten hade de aldrig sett någon harpa heller. De kände bara till orgelharmonium, fiol, dragspel och munspel.

På innanläsningstimmarna studerades Boken om vårt land. Vilho Koskela kunde inte utantill berättelsen om björnjägaren Mårten Kitunen och fick därför latläxa.

— Mårten Kitunen. Han var en av den finska vildmarkstraditionens stora män ... Du har allt skäl att känna till den mannen. Därför sitter du kvar i dag och bekantar dig med hans levnad.

Men Rautajärvi tyckte nog att Topelius var lite black och mjäkig och valde därför också annan sorts klassläsning bland böckerna i skolbiblioteket. När han blev i tagen kom barnen lätt undan, för då brukade han läsa eller berätta själv hela timmen. Bland annat berättade han om sergeant Simon Antonsson och blev så entusiastisk att han gestikulerade och röck på axlarna och viftade med sin stora slidkniv.

180

Simon kom som kurir från Karl XII till franska hovet. Där satt han sedan som en finsk björn, med häpnad beskådad av det spets- och kråsprydda hovfolket. Man bar fram all världens bakelser och småbröd åt honom, och han krossade alltsammans till smulor i sin finska näve och slängde det i sitt gap. I synnerhet de vackra hovdamerna var stormförtjusta. Vilken björn. Titta vilken skräckinjagande värja han har. Månne han kan fäkta med den också? En fin hovman tog sin florett och utmanade Simon. Men Simon förstod inte franska. Hovherrn försökte med gester förklara vad han menade och gick till slut så långt att han petade på Simon med floretten.

— Då klämde Simon till med sin finska näve så den franska hovapan rullade iväg längs parketten med spetsar och krås och hela ståten. Det var en karolinsk örfil det.

Lärarn var så upptänd att han visade hur Simon slog till och var på håret när att ta överbalansen där han viftade ut i tomma luften.

Han hade ett outtömligt förråd av sådana hjältar. Allesammans var de stora starka karlar, eller nästan allesammans, för där fanns också några som var ytterst småväxta men hade dolda kraftreserver av väldiga mått. Om de österbottniska knivjunkarna talade han ofta med känsla och inlevelse. Dem kände barnen redan till från sångerna om dem:

Storgårds-Antti och Rannanjärvi de satte sej att tänka:
Slå du Kauhavalänsman ihjäl så gifter jag mej
med hans änka ...

Om frihetskriget berättade lärarn gärna och länge:
— När jag och mina kamrater låg i Tavastlands snö ...

Också om den fjärrkarelska expeditionen brukade han berätta, fast i mera förtäckta och dämpade ordalag. Men han visade på kartan på vilka alla ställen det bodde finska stammar och lät förstå att det verkliga Finland var något helt annat än detta Stumpfinland inom vars gränser de nu bodde. Benämningen Stumpfinland kom egentligen från Stump-Ungern, som han också ofta talade om. Han lärde barnen det ungerska valspråket: »Jag tror på Ungerns uppståndelse». Det var ett slags omskrivning,

181

för egentligen hade han velat lära dem säga: »Så sant jag tror på en enfödd Gud tror jag också på ett stort och enat Finland».

Men i skolnämnden satt bland annat Janne Kivivuori, och det gjorde att lärarn inte vågade tala helt öppet om sådana saker. Om fattigdomen gick det däremot att tala hur öppet som helst. Om det fattiga men förnöjsamma finska folket. Han ordade om fattigdomen med sådan frenesi att de eländigaste barnen skamset började skärskåda sina trasiga kläder.

— Barkbrödet har varit vårt folks räddning i onda tider. Barkbrödet och Vår Herre.

Men det var förr i världen. Nu hade folket förslappats på grund av partirävspelet.

— Sitt ner och stig opp igen.

Koskela-Vilho var mycket lugn och lite sävlig till sättet och fick därför ofta öva uppstigning.

— Genast på momangen ska det gå ... Som i militärn.

Pojken kunde inte rå på sin naturliga rytm, och lärarn gav honom order att springa tre gånger runt skolhuset.

Vilho gav sig iväg men lärarn märkte att han tvekade en liten aning.

— Jaså. Spring sex gånger då.

Vilho sprang, men långsamt och dröjande.

Kanske var det gammal surdeg som jäste. Fadern upprorschef, morfadern ordförande i arbetarföreningen och morbrodern huvudman för socknens socialister och den som från första stund i skolnämnden hade angripit honom, lärarn, för förvanskning av undervisningsprogrammet och försök att politisera skolan.

Vilho fick en specialläxa. Han skulle till nästa dag lära sig utantill en berättelse om frihetskriget.

Pojken förstod inte bakgrunden till det hela. Lärarn var ju uppfylld av krig i allmänhet och frihetskriget i synnerhet, så det verkade egentligen bara naturligt att han gav honom en sådan läxa. Men tyst och trumpen var Vilho trots allt hela den dagen, inte bara under lektionerna utan också på rasterna.

Och på sångtimmen sjöng de:

Se, Finska vikens böljor och Ladogas vida famn
och Torne forsar och höljor och Maanselkä åsars kam,
de stycka Finland det stora, de splittra dess folkstam lytt,
sitt fäste har Sampo förlorat och rotar sig ej på nytt.

Och gamle Väinämöinen, hans vålnad sjunger så:
Mitt olyckliga folk, dig kan randas en morgon också,
dina dagar bliva trygga, blott ej stammens anda dör,
blott någon slår en brygga som de mina sammanför.

Efter psalmsång och bön var det slut för dagen. De slet åt
sig ryggsäcken från knaggen i hallen och rusade ut, för det gällde
ofta att springa ikapp på hemvägen:
— Vem ä fösst ve butiken?
Medan de sprang krängde de ryggsäcksremmarna över skuld-
rorna och någon hade alltjämt mössan kvar i handen.
— Nurmi leder.
— Ritola följer.
Mötte de någon fullvuxen stannade de tvärt, röck mössan av
huvudet, slog ihop klackarna, bockade och fortsatte sedan språng-
marschen. Men varje dag var det inte löptävlan. Till omväxling
bombarderade man telefonisolatorerna på ställen som låg utom
synhåll från husen i byn. Ibland måste de slåss också:
— Sa.. tan ... He va en karolinsk örfil ...
— Simon Antonsson drämmer till.
Ibland blev det slagsmål därför att de tvistade om vilken av
hembyns eller grannbyarnas berömda slagsbultar som var förnäm-
ligast.
— Reilins Kustaa sku nog vinn allihopa ... Åt han sku int ens
Simon Antonsson kunn nåenting ... Han slår å skuter på ein gång...
— Men Hautamäki Arvi dro polisen på käftan då han stack
näsan i spritgömmon hanses. Å så gav han stryk åt nå körkbybor
som påsto att han hadd blanda i vatten i spriten å krävd pengan
tibakas. Han smätta karan me browningskolven bak örona så di
stritta ti höger å vänster ... Å så sköit han i luften å sa att kom an
bara sex styckna i gången, men håll nå lite paus imellan så jag
hinner ladd om ...

— Nog sku e Kustaa vinn Arvi å Simon Antonsson me.
— Ä aldri heller.

Den tvisten kunde endast lösas med nävarna.

Vilho och Eero tog sällan del i dylikt, redan därför att de hade bara en helt kort bit att gå tillsammans med de andra innan de vek av på genvägen hem till sig.

På skogsstigen nåddes deras öron av ljudet från tröskverket och motorns tuffande.

— Nu är e i gång.

Och de satte av i fyrsprång.

Nu var det verkligen i gång. Motorn stod och brummade, stöttad med stenar, och ljudet från den blandades med själva tröskverkets bölande tjut. Mor räckte fram från lasset åt far som matade, och vid andra ändan skötte morfar Kivivuori halmen och agnarna. Voitto höll till i rian på bosshögen. Far gav pojkarna en blick fylld av koncentration på arbetet men sa ingenting. Mor avbröt sitt, kom fram till dem och ropade för att överrösta tröskverket:

— Gå in nu. Farmor ger er mat, å så komber ni me ut på bosshögin.

Mor verkade alldeles ovanligt glad i rösten och blicken.

Pojkarna åt hastigt, bytte kläder och skyndade ut till rian. Det hade varit roligare att få jobba närmare själva maskinen. Men de kom ju åt att titta på den i alla fall i pauserna medan ett nytt lass hämtades från åkern och tröskningen avbröts. Var gång far satte motorn i gång på nytt stod de bredvid och följde noga med. Far stod med huvudet på sned och lyssnade till ljuden och gav mer eller mindre gas allt efter vad behovet påkallade. Sällan hade han sett så viktig och koncentrerad ut.

När motorn var uppe i tillräckligt varvantal ställde sig alla på sina platser. Akseli gav motorn, tröskverket och arbetslaget ytterligare en granskande och fundersam blick. Ingen kunde höra vad han sa, men av munrörelserna gissade de sig till att det var:

— Jaaha.

Pojkarna trampade till balen och morfar öste på mera halm. Han var grå av damm från topp till tå, och ibland blänkte det finurligt i hans ögonvitor när han tittade på dem. Han grabbade åt sig en väldig knippa på tjugan, låtsades bära den till andra

184

sidan balen men vände sig plötsligt om och dränkte pojkarna i halmen. De borstade av sig och skrattade åt morfar, men han fortsatte sitt arbete med frånvarande och gravallvarlig min. När sista lasset gick kom far verkligt i tagen. Han matade på så mycket maskinen orkade svälja. Ibland hamnade en väl tjock tapp i cylindern och kom tröskverkets böl att sjunka till ett sorgset och halvkvävt murrande. Då skakade han ilsket på huvudet och såg förargad ut.

Ju mera slutet närmade sig desto hetsigare blev takten. Svetten rann ner under mösslinningen och ritade ränder i fars smutsiga ansikte, men han hade råkat i något slags extas som gjorde att han bara ökade farten. Morfar gick fram till honom, ruskade på huvudet och skrek:

— Va tänker du på karl ... du kör säden i lag me bosse ... he ork int rens ordentlit ...

— Va?

— Du kör säden i lag me bosse.

— Nä.. äää ...

Akseli förmådde inte sansa sig just nu. Han struntade i om han offrade några korn åt sin iver, och när han med en smidig, schvungfull handrörelse hade matat in den sista tappen klev han ner från plattformen och ropade till Elina:

— He sku finns meir bara ... eller ska jag mat in dej å ...

Han grep Elina i nackskarven och gjorde en lekfull ansats att lyfta upp henne på matningsbordet.

— ... va ska du nu ... tok där ...

Men hon förstod ju att det var en maskerad smekning av idel belåtenhet.

Så stoppade Akseli motorn. De stod och försökte vänja sig vid tystnaden, yra i huvudet efter bullret. Akseli borstade av sig med mössan och utbrast,

— He säger jag, pojkar, att har jag tiräcklit me folk å om havran ä torr så skakar jag nog loss en sjutti åtti påsar om dagen.

Och ingen opponerade sig.

Det var vindstilla och tröskdammet svävade alltjämt omkring i luften. Lukten av motorolja och avgas stack i näsan. Himlen

185

var klar och molnfri. Men solen lyste redan nere i närheten av horisontlinjen med ett mattrött ljus som förebådade höstkvällningen.

Tröskfolket dröjde sig kvar vid rian en stund. Anspänningen hade ebbat ut i en rofylld och trött tillfredsställelse, som kroppen liksom ville understryka genom att uppleva den på samma plats där den nyss hade tagit så häftiga tag.

Men de vuxnas sysslor för dagen var inte slut ännu, och pojkarna hade sina läxor att läsa. På kvällen bad Vilho att mor skulle förhöra honom på utanläxan, men hon hann inte och han måste be far i stället. Han gjorde det inte gärna, för far blev lätt irriterad och argsint om man stakade sig.

— Nå. Låt kom då.

— ... och denna blodiga skärtorsdag dånade kanonerna utan avbrott ... dedäran långa rader av hus brunno till aska ... å dedäran ... tu .. tu ..

— Tusentals gevär ...

— ... tusentals gevär så ... sådde död och ... och förintelse ... dedäran ... i de upproriskas led ... Då de röda överallt i landet begingo talrika mord ... och ... och ... samt gjorde sig skyldiga til he .. hemska ... he ... he ...

— Gjorde sig skyldiga till hemska illdåd upptändes ...

— upptändes sinnena ... dedäran ... dedäran ...

— Där sto ännu att gentemot fredliga medborgare ... Upptändes sinnena även hos de vita, så att de stundom sköto sina krigsfångar, ett öde som dock i främsta rummet vederfors de ryska soldater, vilka hade stridit i de rödas led ... Såleiss låter e ... Du måst nog läs åpå lite till. Du ska läs me eftertanke så e stannar i huvu ... Om du rabblar å rabblar utan ti tänk efter så går e in genom ena öra å ut genom andra.

Vilho försökte läsa med eftertanke och kunde sedan något så när i skolan.

— Nåja, det går ju. Du är inte dum utan håglös. Det är hela saken.

Ja, vad skolan angick så hade Vilho lika litet som de andra pojkarna mer än en enda önskan: att den snart skulle ta slut. Visst fanns det ju morgnar när det var trevligt att ge sig av till skolan. Som till exempel den gången när deras tröskverk fördes till Kivivuori. Det hade ställts i ordning redan på kvällen och forslades iväg tidigt på morgonen. Pojkarna gick med, och denhär gången tog de omvägen via prästgården genom byn. För en gångs skull var de lite förmer än andra i pojkhopen. Inte ens Kiviojas bil väckte längre så stort uppseende som deras maskin. Det fanns nog andra tröskverk i byn, men aldrig hade de rullat iväg längs landsvägen på hjul.

Svansen av pojkar efter tröskverket växte sig allt större. De hjälpte beskäftigt till med att skjuta på i uppförsbackarna och ställde ivriga frågor till Vilho och Eero. De följde med ända till Kivivuoris ria och stod där blickstilla med armarna hängande rakt ner och glodde när maskinen gjordes klar. Det enda som levde på dem var ögonen, som noga registrerade den minsta rörelse Akseli och Otto gjorde. Snortappen under näsan blev längre och längre. När den nådde det känsliga överläppsbrynet drogs den hastigt upp igen. Men det skedde bara till hälften medvetet, reflexartat, och länge höll den sig inte i sitt gömsle.

För tröskverkets skull kom de försent till skolan fast de rände andan ur sig på sista biten.

— Två timmars kvarsittning. Punktlighet är en av soldatens största dygder.

Visserligen hade Vilho tvungits att springa runt skolhuset och fått bakläxa på frihetskriget, men i allmänhet uppförde han sig så stillsamt och behärskat att det inte gavs tillfälle till trakasserier. Den besvärligaste eleven från lärarens synpunkt var Aarne Siukola. Han var inte ens med på religionstimmarna, utan skulle undervisas enskilt i etik. Det var fader Siukolas vilja, och man var tvungen att efterkomma den i detta fall eftersom den hade stöd av lagen. Läraren hade nog försökt tala förstånd med honom:

— Ska det nu vara mödan värt, för en enda elevs skull?

187

— Ä he ä visst å säkert. I mina ungar ska int e purras tå-
kodä palt ...
På den punkten stod Siukola fast som klippan:
— He säger jag, att mina ungar ska int luras me nå reljon ...
He blir bara ti ta skeden i vacker hand å lär an etik ... Jag
förstår att e svider, men he ä tvång åpå ... Ni ska få skåd att
han paragrafen snart försvinner ur lagen ... Di märker snart
hur e går då int di kan tving va som helst i foltje nå meir.
Alltså läste Aarne etik. Men då han en gång ristade med sin
fällkniv i skolans trapphuspelare och skar in en oval med ett streck
i mitten och små tvärstreck i kanterna överraskade lärarn honom
på bar gärning, grep tag i hans kalufs och gned hans mun mot
bilden:
— Slicka den ... slicka den ... du slickar ända tills den är borta.
Först skrattade pojken i mjugg, men när läpparna började
springa i blod brast han i gråt.
— Slicka slicka ...
Äntligen slutade lärarn och täljde själv bort figuren. Sedan
kindpustade han pojken med öppen handflata turvis på båda
öronen medan han rabblade takten:

Jussi Jussi mjölnos
bäddar varmt åt grisen
gör upp eld i spisen ...

Efter uppträdet gick han länge och väl fram och tillbaka fram-
för klassen:
— Jag ska rycka huliganandan ur er med rötterna ...
Kivioja-Aulis gick i småskolan där lärarfrun skötte undervis-
ningen. Aulis intog en viss särställning bland pojkarna eftersom
hans far ägde bilen och det kunde hända att man fick åka med
till kyrkbyn på flaket. Men han var lika skrodersam som alla
de andra i familjen Kivioja, och ibland blev måttet rågat för
kamraterna. En gång under matrasten spred sig ett rykte:
— Aulis har vetebulla.
Hela hopen samlades omkring honom. Ryktet talade sanning.
Till råga på allt hade bullen smör på.

188

— Handä har vetebrö ti matsäck.
— Låt an ha bara.
— Hej. Handä äter bulla.
— Låt an ät bara.
— Bulldegsgubbin ... bulldegsgubbin ...

På hemvägen fick Aulis stryk. Men sedan dröjde det också länge innan det var lönt för somliga att be om skjuts.

Också lärarns anlitade ofta Lauri för ärenden och skickningar, och därför var frun inte arg på Aulis ens när han ibland mitt under lektionen gick bort till någon annans pulpet och sa:
— Vis, hurudan ha du rita?
— Aulis Kivioja. Gå till din plats.
— Jag ska bara skåd nå lite.
— Gå till din plats.

Aulis lydde, men det brukade inte dröja så länge innan han återigen glömde att han var i skolan.

Hemma hos Valtu Leppänen fanns det ingen bil och just ingenting annat heller. Lärarfrun fann honom motbjudande redan till blotta utseendet. Han var mager och blek med ett på en gång trött och fräckt drag kring munnen. Ofta när lärarinnan var uppbragt på honom fick han en stel och stirrande blick, och då bet ingenting på honom.

Valtu hade en kavaj som var gjord av Preetis gamla rock. Den var full med fläckar och trasig på armbågarna. Det sistnämnda var nu visserligen ingenting ovanligt bland barnen i byn. Hans byxor var för små så att en strimma bar hud grinade fram mellan linningen och strumpan. Hans yllestrumpor var lappade på knäna med något brokigt tyg, men bredvid lappen grinade ett nytt hål. Kängorna var i gott skick men två nummer för stora. Dem hade han fått av kommunen, och av någon underlig orsak hade alla skolkängor som kommunen delade ut den egenskapen.

Aune var från första början ogint inställd till Valtus skolgång, och det blev inte bättre när kommunens hälsosyster gjorde ett hembesök och krävde att pojken skulle hållas renare och snyggare. Man hade funnit löss på honom vid läkarundersökningen, och hans underkläder var smutsiga och fulla med gnetter.
— Han ha fått åv kamratren.

Hälsosystern inspekterade stugan också och krävde att den skulle städas. Men Aune blev förgrymmad:

— Herrigud ... Sjölv försörjer jag pojkin min. Di fattiga slantar som kommunen ger kan lika gärna bli ogivi.

Något resultat ledde besöket inte till. Då gick lärarinnan i sin tur till Leppänens. Hon började i vänlig ton, och Aune var också lite sockermynt och tillgjort viktig. Men så snart lärarinnan kom till själva saken blev det gräl. Och den lilla och vekhjärtade lärarfrun stod inte rycken utan kom gråtande hem. Aune hade förklarat för henne att Koskela hade farit iväg med det som egentligen tillkom Valtu, och då hade lärarinnan lite förargat sagt att hon borde ha skaffat vittnen medan tid var.

— Har frun allti vittnen breve då frun blir pula?

Men frun försökte trots allt.

— Nå, Valtu. Kom hit och skriv bokstaven S på tavlan.

— Int kan jag S men M kan jag nog.

— Skriv ett M då.

Valtu gick fram och skrev. Sedan drog han sig ett par steg bakåt och beskådade sitt verk:

— Blev e ein tåkodä fans krumilur?

— Vad sa du ... vad var det du sa?

— Jag sa att blev e ein tåkodä fans krumilur.

Han upprepade det med oberörd och oskuldsfull röst, och lärarinnan visste först inte vad hon skulle ta sig till. Till slut grabbade hon tag i hans hår.

— Ditt fä ... din skogsvilde ... hur vågar du ...

Anfallet kom så plötsligt att Valtu togs med överraskning och blev stående hopkurad några sekunder medan hans huvud slängde i takt med fruns luggningar. Men så slet han sig lös:

— Dra int folk i håre, käringsatan ...

Valtu drog sig undan bakom pulpetraden. Lärarfrun var ifrån sig av ilska och började hoppa av och an för att göra Valtu tveksam om på vilkendera sidan hon ämnade runda pulpeterna:

— Du hamnar på uppfostringsanstalt ...

— Jo jo ... Men man river int ander i håre ... He ä mot lagen ...

Valtu hade många gånger hört sin mor dekretera att lärarna

190

inte hade rätt att »riv andras ungar». Frun gjorde ett nytt utfall. Pojken slank lätt undan på andra sidan pulpetraden:

— He ska bli inventerning om dehä, så mytji du veit ... Du ska få skåd hur e går då man river folk i håre ... Vi ska si hur du tjuter då bifallningsman rullar in på gålin så kärron skramlar ...

Frun ropade på sin man och var så uppbragt att hon glömde kalla honom lärarn. I stället skrek hon med ett högst personligt tonfall:

— Penttiii ... Peenttiiiii ...

Lärarn kom, och nu råkade Valtu i svårigheter, för Rautajärvi tog stöd med ena handen och svingade sig över pulpetraden. Men pojken var kvick som en vessla och lyckades slinka undan varje gång.

— ... slåin å luggas bara, satan ... men dehä ska nog ti lagstugon ... å va i helvite ska ni lär mej för fast ni veit så satans väl att int e blir nå skrivankar åv mej ...

Till sluten var Valtu indriven i ett hörn och lärarn stod framför honom. Men då drog pojken sin lilla kniv ur slidan som hängde vid hans livrem och väste:

— Herrigud, rör du i mej så komber e me denhä ...

Lärarn hejdade sig förbluffad och Valtu fick sin chans. Han duckade och smet under Rautajärvis arm, rusade till fönstret, hann öppna det och hoppade ut. Lärarn tog sig samman, sprang ut genom dörren och tog upp förföljandet. Men Valtu var redan inne i skogen bakom skolan, och lärarn stannade vid staketet:

— Kom genast tillbaka.

— Kyss du röven, satans slaktare.

— Gå. Gå hem då. Nästa vecka åker du på uppfostringsanstalt ... nästa vecka ... hör du det.

— He ska vi si. Vi ska si hur e går då man river ander i håre ... Vänt bara då bifallningsman komber inkörand på gålin ...

Pojken gick inte tillbaka till skolan, och Aune tvang honom inte utan ställde sig på hans sida:

— Min kläpp ska int bli plåga ... Å he va lögn att han sku ha svuri. Jag ha int hört ett svärord ur munnin hanses, utom nåen enstaka gång, å då är e ander som ha lärt an.

Men dagen därpå kom Janne till Leppänens:

— Nog måst du skicka pojken till skolan.

— Jasså, du å håller me didä, du som borda bivak ungans bästa ... Min kläpp ska int bli plåga, så mytji du veit he.

— Nå, man dör int för att man blir lite luggad.

Janne utlade läropliktslagens innebörd för Aune, men hon stod på sig, och när också han började ta till maktspråk blev det gräl.

— Att du täcks va så skamlös å kom hit. Å ein tåkodä satans skosstein rösta jag å in i kommunen så snart jag fick medborgerlit förtroend ... Men du ska veit att he va sista gångin ... Min röst får du int nå meir.

— Skrik int nu. Vi ska hålla oss till saken.

— Jissus välsini ... jag ska nog snart tal om saken. Om såna saker så trutin din blir täfft för ein gångs skull.

— Men pojken ska till skolan.

Aune knyckte på nacken och såg viktig och kantstött ut:

— Nog springer du ikring å snusar efter vareviga penni du ha gett åv kommunens pengar. Men di ä gemensamma pengar di å, så he löns int för dej ti spel så stor herr me döm.

— Di är så, men di har givits åt Valtu och int för Elias affärer ... Blir det int slut med di konsterna så ska jag se till att pojken kommer på barnhem.

Aune flög upp från sängkanten där hon suttit, stampade med foten och skrek gråtande och svärande:

— Satans horbock, helvites muspolis där ... ein kommunal-rövar som slukar skattepengan, he ä just va du ä ... Jag ska stäm dej för tåkodä tal ... Herrigud, i bibeln å står e att man ska biskydd änkor å värnlösa ... men du böri håll me tåkodä slaktare som pinar fattit folks ungar ... Å herrigud jag ska tal reint ut ... Ha du skaffa kommunal hjälp åt dina egna hor-ungar som du ha gjort runtom i socknen ... Helvites stropp ... du gjord int anat än ränd ikring i bastuna å pigkamran ... ein rikti tjur ... Å nog deila ni Kivivuori me Elinas ungan stilla å tyst ... Men he ska du veit, att jag tänker gå åsta tal me ein domar, å sedan blir Kivivuori Valtus så e smäller bakett ... Veit du vem som ha gjort han pojkin?

192

— Int jag åtminstone.

— Nä, men Oskar.

— Kanske. Men det är nu en gång så att pulande ensamt verkar det icke, utan där ska samhällets och kyrkans sakrament till också. För resten så får jag int ett penni av hela Kivivuori, så du vänder dej till fel karl.

— Jag känner nog dej, din gambelsatan ... Om Oskar sku lev ... Men han som va bäst dräpt di ... Dej sku di ha' fått skut i ställe ...

Aune satte sig på sängkanten igen och började gråta med händerna för ansiktet:

— Han va så go ... så go ... Så snäll var an ... mång gångor då vi kom från dansen å he va kallt så fick jag ta på mej rocken hanses å allt ...

Aune sjönk ihop allt mera medan hon grät. Janne grymtade argsint och missnöjt, men så satte han sig plötsligt bredvid henne på sängkanten och sa med helt förändrat tonfall:

— Ids int nu ... Nu ska vi ta det lugnt ... Jag ska nog ge didär lärarna lite så di lär sej veta hut ...

— Försök int alls gör dej till. Jag känner nog dej.

— Nog är jag helt och hållet på din sida.

— Sku du va som Osku så sku du försvar mej nå lite ...

— Jaa. Åt den saken kan man ju ingenting göra mera ... Jag gick nog miste om mycket när Osku for iväg med dej ... Jag titta nog på dej i smyg många gånger ... Men så tänkte jag att det är ingen idé, för int bryr du ju dej om mej i alla fall ... Du var så upptagen, för alla pojkar i hela byn ränne ju efter dej.

Det blev glesare mellan Aunes snyftningar, men hon knuffade till Janne med axeln och sa:

— Jojo ... Bra va du ti bruk käftan redan på han tiden.

— Det var bara bitterhet och svartsjuka ... Nu ska vi ta det lugnt och håll oss till saken.

— Jag vill int prat nå alls me dej. Du ha allti vari så ilak.

— Varför var du så högmodig så du int titta åt mej ens ... Många gånger tänkt jag för mej själv att oj då, om jag sku drabbas av en sån lycka så jag fick vara med dej.

— Aaa ... Oj va du ljuger ... Du ha allti vari så svår ti ljug å.

— Hade jag tid så sku vi ta skadan igen nu ... Men jag har lite bråttom.

Aune var alltjämt i färd med sluthulkningarna men gav samtidigt till något slags skrattfrustningar och knuffade till Janne ännu en gång.

— Tåkodä hemskheter kan du nog ... haah ...

— Ska vi krama varandra nå lite och komma överens om att pojken går till skolan.

Han lade verkligen armen om hennes skuldror. Hon ryckte på axlarna och slingrade sig och låtsades dra sig undan. Men samtidigt skrattade hon redan så löftesrikt att Janne blev tvungen att säga till sig själv:

— Nä, så fan heller. Då är jag i blåsten med henne resten av mitt liv.

Till slut gick Aune med på att skicka pojken till skolan på nytt. Men när Janne strax efteråt bröt opp blev hon lång i synen och verkade lite förvirrad och disträ.

Och Valtu gick inte till skolan, för Aunes påtryckningar var i lamaste laget. Men när Preeti kom hem från arbetet på kvällen och fick höra att pojken hade stannat hemma den dagen också blev han för en gångs skull förgrymmad:

— Du ä så olydi ... så olydi så jag ska ... jag ska ...

Pojken sturade trumpet och envist till morfadern slutligen började bryta en kvist ur kvasten. Valtu hann rycka åt sig mössan och rusade ut på backen med Preeti hack i häl. Men Preeti orkade inte springa långt. Han stannade, och pojken gjorde lika.

— Kom tibakas å he straxt.

— Skitmorfar.

— Komber du int på ögonblicke så har du int nå ti skaff under mitt tak länger.

— Take ä herrgålins.

Valtu befann sig på betryggande avstånd och började reta morfadern. Han stämde upp en svinaktig visa och knäade i takt med rytmen:

Hejtjolidittan
Fan for i ...

— Ä nu säger jag ein gång för alla att du int har nå ti skaff under mitt tak.

— Int har du nå tak.

— Ä nu är e sagt ... Gå vart du vill ... Ge dej iväg åsta skåd hur världen sir ut ... så mytji du veit ...

Huvudet darrade på Preeti när han gick in tillbaka. Valtu började spankulera bortåt. Han gick sina gamla rundor i environgerna, petade i en tillfrusen myrstack och gick sedan till en stor sten i vars skrymslen han hade gömt knaster, tidningspapper och tändstickor som han knyckt av morfadern. Han vred till en papyross, och när han hade rökt den fortsatte han genom skogen till Varg-Kustaas stuga. Där fanns inget fönster åt skogssidan, och Valtu tog en stenbumling, kastade den i väggen och ställde sig att vänta på resultatet. Strax efter dunsen hördes klamp på trappan och Kustaa dök upp vid knuten:

— ... du din satans ...

När Kustaa sprang några steg tog Valtu till benen, gjorde en lov i skogen och begav sig närmare hemåt.

Det hördes bilsurr från vägen och Valtu galopperade dit.

Det var kommunalläkarens bil som kom från herrgårdshållet. Läkaren var på väg till Töyrys, där gammelmoran hade blivit sämre. Vägen var smal och isig och han körde sakta. När Valtu fick bilen i sikte tittade han sig omkring ett slag och fick tag i ett avbrutet brödspett som han hade hoppat stav med någon· gång. Han tänkte inte alls efter, kände bara oemotståndligt att han måste kasta spettet mot bilen utan att han hade en aning om varför. När bilen var mitt för slängde han iväg sin projektil. Det blev fullträff. Dörren fick en buckla.

Läkaren hörde dunsen, bromsade in och klev ur bilen. När han fick syn på bucklan, spettet och pojken som försvann mellan träna gav han sig iväg till stugan.

Eftersom det inte fanns någon chans att neka bads det om förlåtelse hos Leppänens. Henna sluddrade fram någonting obegripligt, och Preeti bugade och bockade:

— Jag ska nog ersätt på nå vis ... Om herr doktorn kunde vänt ti nästa avlöning ... He sku va i mitten på mån ...

Arg stod läkaren i den skumma stugan, tittade sig omkring och fick hastigt klart för sig vad för slags folk som bodde här. Harmset fnös han innan han gick:

— Det räcker med att pojken får en ordentlig risbastu. Det tycks han behöva.

— Ja he bihöver an ... he bihöver an visst ... Riktit ... riktit så han blir gul å blå ...

Aune försökte förklara nånting om att »di ander lär opp an ti bli sådä hemsk», men den skrämda Henna tog sig rent av till att visa för doktorn hur Valtu skulle få sig:

— Sådännan, herr doktorn ... sådännan bara ... sådä ...

Hon slog sig själv på låret av alla krafter.

Preeti sa med sorg och hopplöshet i stämman:

— He vill va så me didä barnen. Jag ha fått lid så mytji för handä pojkins skull.

Han följde läkarn ända ut, och ännu när denne klev in i bilen hörde han hur Preeti försäkrade:

— Under mitt tak har int han nå ti skaff ... Jag ha fått lid så mytji för handä kläppen.

Det var redan så gott som mörkt när Valtu vågade sig ända fram till hemknutarna. Men när han blev synlig på trappan vart det sådant oväsen att han hastigt slank iväg på nytt.

Det blev kallt, och med frossan kom gråten. I desperation kastade han en sten i hemväggen. När det inte hade någon påföljd gick han fram till husknuten och skar in det välbekanta emblemet i väggen. Alltjämt gråtande gick han sedan längre in i skogen:

— Jag veit nog ... Ungan komber ur hondä ... äää ... äää ...

Det blev allt mörkare och kallare. Valtu smög sig in i vedskjulet och svepte sig i ett par tomsäckar som han fann i en vrå. Sedan började det rent av kännas en smula varmt, och han låg stilla och hörde hur det smällde i dörren och mor stod på trappan och ropade:

— Jissus välsini ... Vart har an nu sprungi ... Går å fryser ihäl här ännu ...

Han lät det upprepas några gånger, och först när mors stämma var bristfärdig av gråt började han ge till små gnäll.

— Herrigud, herrigud ... Varifrån hörs e?

Också Preeti hade kommit ut på gården:

— Vart for an ... trodd jag han sku spring bort på hedä vise.

Till slut hittade de Valtu i vedskjulet, men han var inte kapabel att säga ett ord. Han bara pep och gnällde och skakade i hela kroppen. Aune grät, Henna ojade sig och den hjärtängsliga Preeti tog pojken i famnen och bar honom inomhus och lade honom till sängs:

— Varm mjölk ... om e finns ... fort ... Herrigud ...

Henna värmde mjölk. Preeti gick av och an på golvet och rabblade:

— Int trodd jag han sku ... på hedä vise ... Jag vart ju arg å däför sa jag ... Veit jag hur jag blev sådä nervös ...

Emellanåt böjde han sig över pojken:

— Känns e nå bätter ... Veit jag hur jag kunna ...

Men Valtu bara låg och darrade med ögonvitorna aviga:

— Aaa ... aa ... ha .. ha .. aaa ...

Aune låg över honom på alla fyra, stödd på armbågarna:

— Barne mitt ... pojkin min ... säj nåenting ... Jessus hjälp ... Valtu, gossen min ... säj nåenting åt mamma ... aaa .. aaa ... Herrigud, hjälp ... hjälp oss ...

— .. aa .. aa .. aha .. ha .. aha. .. aa .. haa ...

— Herre Jessus Kristus ... hjälp ... pojkin min ... Valtu, gossen min ... säj nå åt mor ...

Aune fick syn på en lång fiber från säcken som hade fastnat i Valtus näsborre. Det gjorde henne ännu mera uppskärrad och hon tjöt så att de andra i stugan hoppade till:

— Jessus ... he går på hjärnon ... he går på hjärnon ...

Hon ryckte bort tråden och lugnade sig en aning. Henna hade mjölken varm nu och hällde den i Valtu medan Aune höll hans huvud. Han drack, men det mesta rann ur mungipan ner på bröstet. Sedan började de massera honom i tur och ordning, och

197

småningom upphörde darrningen, men tala kunde han inte riktigt ännu.

— Valtu pojkin min ... säj nå åt mamma ... Å ein tåkodä satans skosstein ti Kivivuori ska aldri för min pojk ti skolan ... Jessus hjälp denhä gångon ... Säj nå åt mamma.

Äntligen fick Valtu ur sig några ord, och stämningen i stugan blev genast lugnare. Egentligen blev den riktigt hemtrevlig och lycklig. Alla var synnerligen milda och goda mot varandra och Preeti sa allt som oftast:

— Nu böri e nog gå igen ... Han ä ond å farli, kölden, då han hugger till... Kan jag begrip hur jag kunna bli så nervös på barne ...

Aune smekte och klappade sonen:

— Säj åt mamma va du sku vill ha ti ät.

— Plättan.

Stekfett och kornmjöl fanns, och det blev en försvarlig hög med plättar. Det fanns till och med lite över åt de vuxna när pojken var fullproppad. Preeti sa nog nej tack till att börja med:

— Int bryr jag mej om ... ge åt pojkin bara ... He sku kanske smak åt an på morron å ... Va i världen som for i mej ... Men då e va så mytji allt möjlit ... å di som egga opp mej ... ein om ett å ein ander om nå anat ...

Till skolan gick Valtu inte följande dag. Och inte den därpå följande, och aldrig senare heller. Janne kom för att driva på några gånger men gav slutligen upp. Aune lyckades han reta på nytt så att hon till hälften ilsket, till hälften skrytsamt berättade för bysborna:

— Jag sa åt an, att herrigud min pojk för du int dit för ti rivas åv didä vargan ... du må va hurudan herr du vill ... Aah ... haah ... å så, veit du, så lyfta jag på kjolin å slo mej på låre, på hedä vise ... å sa att du ska int kom hit å vakt på mina ungar å mitt levas ... Jag slog mej på låre å sa att hedä ä då åtminstondes bra sort ... så mytji lov å pris som he ha fått ... Han skratta handä fans knölen som han brukar, men han gick nog å ... aah .. hah .. haa ... man sku ha borda lyft kjolin höger opp å vis åt han ... haa ... aaa ... ä int jag nå ti doning ...

198

V

Valtu Leppänen hade alltså gått förlorad.

Men det fanns ett område där pojkarna i byn och lärarn kom bättre överens. Och det var idrotten. På vintern blev relationerna mellan lärarn och Vilho rent av vänskapliga, för Vilho avgick regelbundet med segern i skolans skidtävlingar.

— Gott material. Gott material. Du måste träna systematiskt. Lärarn övervakade till och med hans skidvallning och började säga goddag till Akseli. En gång hände det sig rent av att de växlade några ord i butiken. För det stundade till skidtävling mellan socknens skolor och Vilho skulle i elden för att representera Pentinkulma.

Akseli var också högst intresserad av sonens framgångar som skidlöpare. Han bjöd nog till att verka likgiltigare än han var, men före tävlingen mellan skolorna skickade han efter nya skidor åt Vilho med Lauri från kyrkbyn. Morfar Kivivuori försåg dem med tårem och riktiga bindningar av mäntremmar.

När tävlingslördagen närmade sig sa Akseli till Elina i förströdd ton:

— Om jag sku skut opp hedä anmälase mitt ti lördan. Så kan pojkin åk me i slädan ti tävlingen sin.

Så åkte då far och son tillsammans till kyrkbyn på lördagsmorgonen. Akseli plockade upp andra pojkar från Pentinkulmaskolan på vägen, och de smickrade Vilho:

— Du lägger iväg på allvare sedan. Vi ska nog säker segern.

Pojkarna hoppade ur släden vid kommunalgården och Akseli fortsatte till länsman. Vilho ställde skidorna mot väggen medan han gick in för att anmäla sig och få sitt tävlingsnummer. Några pojkar som inte själva skulle delta ställde sig att bevaka skidorna. Lauri, son till herrgårdssmeden, stack handen i fickan och drog fram en cykelkedja som han hade snutit i far sins smedja:

— Vi måst håll ögona opp ... Annors kan di gnid va smörja som helst under döm ... Men om nåen försöker så ska vi gör en krona kring huvu åt an me denhä.

Ingen försökte, men de olika skolornas pojkar vaktade lite misstänksamt på varandra. En och annan utmaning gjordes nog med låg röst, men det rörde sig lärare omkring på gården, och därför vågade ingen gå till handgripligheter.

Vilho fick nummer sjutton. Det betydde nog att han skulle starta mot slutet, men den bästa pojken från kyrkbyn hade han bakom sig. Lärarn tog honom avsides och sa ivrigt:

— Du ska bara hålla fart ända till sista kraftsmulan ...

Vilho mumlade någonting otydligt till svar. Han drog av sig rocken och kamrater från hans egen skola fäste startnumret på hans bröst.

De bästa skidlöparna var omsvärmade av vänner och kumpaner som gav sakkunniga råd. Sådant gjorde gott åt den egna självkänslan. Det kändes fint att stå vid spåret och säga:

— Dra för fulla muggar bara ända från början, men akt så du int kroknar.

Vilho höll sig för sig själv. Han var förargad över den oro han kände och försökte driva den på flykten. Men det lyckades inte innan det blev hans tur att ställa sig på startlinjen.

Efter några trevande stakningar fann han den rätta rytmen. Han tänkte inte alls på det och visste för resten ingenting om sådana saker. Han märkte bara att med en viss fart gick det lätt och bra, utan att kännas det minsta trögt och ansträngt. Och sedan gick det att öka bara efter hand som kroppen mjuknade och kom i svettning. När han passerade den som startat närmast före honom kände han redan att skjortan började bli våt på axlarna. Den första stigningen kom, men krafterna tycktes förslå rent märkvärdigt. Han bokstavligen sprang uppför backen och passerade följande man på krönet. Ute på åkern som följde fick han syn på två deltagare tätt efter varandra och utsåg dem till närmaste mål. Den bakre av dem passerade den främre. Efter en liten stund passerade också Vilho och tog upp jakten på den som nu var främst. Det var inte så lätt, men han knappade ändå hela tiden in så sakta på avståndet. Nu var takten som allra bäst. Han liksom sög sig fast vid spåret och halade hastigt in det under sig, instinktivt rättande stakningar och sparkar precis efter terrängens krav. Den förföljda hade märkt honom och bjöd till att hålla undan av alla krafter, men där motlutet bakom Yllös lada började tog Vilho hastigt in på avståndet och gick förbi, för han kände att han hade krafter i behåll för spurten och satsade för fullt i backen.

Sedan var det ett par hundra meter till målet, och på den sträckan passerade han ytterligare en femte medtävlande. Vid spåret stod pojkar som hurrade och skrek, men han varken såg eller hörde dem.

Akseli stod där också. Han hade kommit strax sedan Vilho startat och sagt lite vagt förklarande till pojkarna från hembyn, utan att någon alls hade frågat:

— Jag fick ärende uträtta så jag tänkt jag sku kom hit åsta vänt.

Han stod där med likgiltig och frånvarande min. Utom lärarna var han nämligen den enda fullvuxna på platsen. Men när han såg Vilho komma klev han oroligt ända fram till spåret och såg påfallande uppjagad ut. Han gick några steg i riktning mot sonen och kröp ihop en smula. När han sedan märkte på pojkens nummer att denne hade passerat en hel rad konkurrenter vände han och sprang vid Vilhos sida bredvid spåret. Han krökte på nacken och spände kroppen som för att föra över sina egna krafter till sonen och väste med all förbittrad styrka hans själ var mäktig:

— Å nu slutspurtin ...

Vilho lade inte märke till honom. Han skidade med munnen dragen till en lätt grimas och blicken stelt stirrande, uppbjöd sina sista krafter fram till målet.

— Hej ... man får int hjälp ... pentinkulmapojkin får hjälp ... Vem är e som ger draghjälp ... Bort från spåre ... Hej ... pentinkulmabon får hjälp ...

Det var pojkar från andra skolor, och Akseli drog sig lite längre åt sidan. Han tog mössan av huvudet, borstade av några obefintliga snöflingor och knäppte en öppen knapp i sin kortrock. Så hostade han ett slag och blev stående med ett inbundet uttryck i ansiktet. Ropen i pojkhopen slutade.

Vilho skidade långsamt bort från målet. Pentinkulmalärarn gick bredvid honom, hängde rocken över hans axlar och ropade:

— ... bara en som kan hota ... och marginal har du ... jag tror inte ... jag tror inte han klarar det ...

När han fick syn på Akseli vände han sig till honom och formligen tjöt:

— Nästan säker etta ... fint material ... fint material ... men jag måste till målet.

Och han sprang tillbaka för att vakta på kyrkbyankarets ankomst.

Akseli försökte låta trankil och vardaglig men lyckades inte dölja stoltheten och glädjen i rösten när han sa:

— Rör på dej nå lite nu så du int får kallt.

Vilho skidade omkring så smått och bjöd till att se ut som om han blankt struntade i kyrkbypojken och hans kommande i mål. Men han kunde inte låta bli att titta när ropen skvallrade om att någon mera betydande person närmade sig. Han beredde sig på nederlag för att gardera sig mot besvikelsen, men när han fick se lärarn hoppa och vifta med klockan i högsta hugg och ge till något slags Tarzanvrål förstod han att han hade vunnit. Lärarn hoppade jämfota och började sedan ivrigt skaka hand med lärare från andra skolor. Plötsligt kom han ihåg Vilho, rusade fram till honom, slog honom på axeln och ropade:

— Skolan blev andra i lagtävlan, men du fick guldet ... du fick guldet ...

Den egna skolans pojkar stimmade kring Vilho. En plockade av honom numret, en annan höll hans rock och en tredje skrek:

— Jag såg då du satt iväg å tänkt att händer int e nåen olycko så är e nog ettan som skidar där ...

Vilho spände av sig skidorna, alltjämt lite andfådd. Han sa ingenting, men verkade ännu mera anspråkslöst reserverad än vanligt och såg sig omkring med lugn och oberörd härskarblick.

Prisutdelningen försiggick i kommunalgårdens festsal. Akseli var också med, men gick inte ända in utan blev stående i dörren. Lärarna stod vid ett bord framme i salen och kontrollerade sina papper med namn och tider. På bordet låg också askarna med silverskedar, som pentinkulmalärarn som bäst höll på att ordna. Det var han som skulle överräcka prisen, men dessförinnan höll han tal. Han ställde sig framför bordet med läseboken i handen, stod där tyst och bredbent ett ögonblick, sköt energiskt fram hakan och började:

— Pojkar. Vi har upplevt några oförgätliga stunder i dag. Stunder av ädel tävlan i skidspåret på fosterlandets vita snö. Pojkar. I dag har ni pressat ur er det sista unset av kraft i kamp för era skolors ära. Våra vita drivor har i sin mjuka modersfamn mottagit de dyrbara svettpärlor era kroppar har frambragt i ädel kamp om segern. Men, pojkar. Dethär är bara förberedelse för de verkligt stora dusterna. För om femton år vilar ansvaret för vårt rykte som idrottens ledande stormakt på era axlar. Då ska ni inta era äldre bröders plats, deras vilkas bragder nu kommer världens väldigaste idrottsarenor att skaka och inför vilkas prestationer den övriga världen ödmjukt och respektfullt blottar sitt huvud. Pojkar, vid alla sånahär tillfällen har jag brukat läsa en berättelse, och det ska jag göra också nu. Det är berättelsen om en stor idrottsbragd, om hur det gick till när Finland löpte in på världskartan. Det är berättelsen om en kamp som kan jämföras med striderna vid Thermopyale eller Salamis. Berättelsen om den lilla, leende Hannes högtidskamp för fosterlandets ära.

Rautajärvi läste med högtidlig, patetisk stämma och ju längre han kom desto mera rörd blev han. Rösten började darra och brista, handen som höll boken gestikulerade fram och tillbaka och den fria handen höjdes alltsom oftast med knuten näve. Hela kroppen vaggade, och emellanåt kurade han ihop sig liksom till språng, levde med i berättelsen med hela sin lekamen:

— ... Bouin ser sig om över axeln, men alltjämt glider den leende finnen fram bakom honom som en fågel. Bouin börjar gripas av förtvivlan. Vem är det? Vem är det, som hotar honom, sonen av det mäktiga Frankrike och idrottsarenornas okrönte konung? Bouin ökar farten och ser sig åter om. Hans förfäran tilltar. Den leende förföljaren kommer allt närmare, och skrämmande lätta äro hans bevingade steg.

Hannes löper. Den fattige sonen av ett litet fattigt land. Hans spikskor äro för stora, ty de äro blott lånade, emedan han ej haft råd att köpa sig egna. Hans fattiga och förtryckta fosterland har sänt honom i striden, men icke haft råd att utrusta honom. Men Hannes vet, att hela världens blickar äro riktade på denna tvekamp, och han måste vinna den. Han måste göra sitt land känt, detta land, som österns jätte håller i ett gastkramande grepp. Vid invigningsmarschen hade de ej fått egen fana, utan tvingats marschera under ryska flaggan. Det enda de fingo var en skylt med ordet Finland. Men då de marscherade förbi kungliga logen, saktade de efter gemensam överenskommelse in på stegen, så att avståndet till ryssarna förlängdes och de skilde sig från dessa. Och där löper Hannes nu, och de avgörande ögonblicken närma sig. Läktarna befinna sig i uppror. Hela Stockholms stadion är som ett enda hav av skrik och hurrarop. Vem är han, frågas det. Det är Kohlemainer, en tysk, svarar någon.

Målet närmar sig. Bouin tar ut sina sista krafter, men förtvivlan gör honom styv, ty Hannes är i hälarna på honom, pressar sig jämsides och förbi. Han bryter målsnöret, och ett nytt världsrekord har sett dagens ljus.

Bouin brister i gråt. På den finska läktaren jublas det. Bekanta och obekanta omfamna varandra, mössor och näsdukar fladdra, många gråta, och deras klara tårar droppa ned på kinderna.

Så löpte Finland in på världskartan.

Mot slutet råkade lärarens röst i våldsam darrning. Han svalde och fick tårar i ögonen. De sista meningarna försökte han uttala med stort eftertryck, men munnen förvreds och han måste uppbjuda alla krafter för att behärska sin rörelse. I synnerhet när han kom till det ställe där mössorna och näsdukarna fladdrade och bekanta och obekanta omfamnade varandra var han nära att duka under, men klarade sig i alla fall ända till slut.

När han lagt ifrån sig boken på bordet blev han lite lugnare och fortsatte:

— Ja, pojkar. Göm denhär berättelsen djupt i era hjärtan. I det ögonblicket där på Stockholms stadion började vårt lands stormaktstid på världens idrottsarenor. I dag kan varje finne säga, stolt och med högburet huvud, likt de gamla romarna: Jag är medborgare i Finland.

Men det är inte bara idrott det gäller. Det är fråga om att förädla hela nationens kropps- och själskrafter så att de står

204

bi i den stora prövning, som en gång skall komma. Ty jag är övertygad om att försynen skall skänka er lyckan och äran att en dag få utkämpa den ädlaste av strider här bland vårt fosterlands vita drivor, den stora högtidskamp som våra förfäder generation efter generation har utkämpat mot vår arvfiende. Därför måste var och en av er utvecklas och skaffa sig tio mans styrka till kropp och själ.

Men då arvfienden rycker an emot vårt land en dag,
bröder, då vår skida löper mot ett mål av annat slag.
Utur slidan över skidan blixtrar då vår klinga god ...
länge står han ej emot oss där han badar i sitt blod,
och vår skida hinner fatt envar som flyr med brutet mod ...

— Ja, pojkar. Må era skidor föra arvfienden inom räckhåll för er hämnande hand.

Med dessa ord delar jag nu ut era pris. Och de som inte har varit i tillfälle att utmärka sej denhär gången må minnas de olympiska spelens fader de Coubertins ord:»Det viktigaste är inte att segra, utan att kämpa väl.»

Pojkarna stod där stumma och glodde i golvet med lite bortkomna och disträa miner. De som stod främst var generade över det och fingrade nervöst på kavajslagen. Somliga försökte dra sig bakåt bakom ryggarna på de andra, men då många hade samma tanke ledde det bara till en stilla böljegång och oro i leden.

— Första pris i klassen över tio år. Koskela, Vilho Johannes. Pentinkulma skola.

Vilho gick fram. Armarna slängde i otakt med benen, för även om han i grund och botten var en välbalanserad natur så har allt sin gräns, och denna offentlighet var mera än han tålde vid. Läraren ville trycka silverskeden i hans vänstra näve, men den förvirrade pojken tog emot den med högra och måste sedan hastigt flytta över den när lärarn sträckte fram handen:

— Lycka till. Fortsätt i samma anda så kommer du kanske en dag att få se den blåvita flaggan gå i topp i världens vinteridrottsmetropoler och lära publiken där Vårt land, så att den känner igen melodin till och med i sömnen. Jaha. Och som din lärare vill jag tacka dej också på vår egen skolas vägnar. Vilho gick hastigt tillbaka och dök in i hopen som för att gömma sig. Han drog en suck av lättnad när uppmärksamheten sedan riktades på pojken från kyrkbyn som blivit tvåa och nu stod i tur att avhämta sitt pris.

Akselis släde var bräddfull av pojkar på hemfärden. Och inte bara själva släden, utan den hade en lång svans efter sig också. Somliga tolkade med en skidstav till skackel, andra skidade i rad i medspåren. Vilho var tystlåten som vanligt men såg glad ut på sitt stillsamma vis. De som klarat sig sämre unnade honom segern utan avund och diskuterade och förklarade sina egna prestationer:

— Sku int handä bosshögin ha lega där bakom Yllös fähuse så hadd jag å fått en sked.

De andra skolornas pojkar blev föremål för gemensamt förakt, och smedens Lauri demonstrerade sin cykelkedja:

— Hadd e vari på nå anat ställ så sku vi ha gett döm nå lite på näsan.

Så tittade de på Vilhos sked.

— Int är e riktit silver. He ä bara alpacka.

Det var just i samband med skidtävlingarna de hade lärt sig att det fanns skedar av riktigt silver och av alpacka eller nysilver som de kallade det. Annars hade de sällan eller aldrig sett vare sig silver eller alpacka. Guld hade de däremot sett, i föräldrarnas och andras vigselringar.

Men hur som helst så var det första priset i alla fall. Akseli tittade också på skeden och kände sig underligt lätt till sinnes där han deltog i småpojkarnas prat. Han till och med utlade sina åsikter om idrotten:

— Men nog måst man säj he, att finnan ä pojkan ti lägg iväg. Om man nu tänker på Nurmi till exempel, å just på handä Kolehmainen som han läst om ... He ska nog va sisu i hedä sportase ... He finns nog mång som har ork å krafter, men int nå sisu ti press ut ur sej ... Mänskon har nog otrolit me krafter, pojkar, om hon bara tar ut allt va som finns.

Från och med byn var far och son på tu man hand, men

de sa inte mycket till varandra. Far frågade om skidorna hade varit bra och Vilho svarade jakande. Deras korthuggna yttranden hade ett vänskapligt och kamratligt tonfall.

Hemma blev skeden föremål för en ny skärskådan. Mor sa att den skulle läggas på birongen och inte användas. Farmor tittade på Vilho och sa med ett hult leende:

— Nå, vann du döm rikti allihopa nu då.

— Joo.

— Du va då mej en rikti mästare.

Lilla Kaarina ville ha skeden, men hon fick nöja sig med att hålla i den ett litet tag. Sedan tog mor hand om den och lade den på byrån i kammarn. Där låg också Jussis röjarmedalj, för Alma hade överlåtit den till förvaring på gamla sidan.

— Vi håller an där liksom ti minne för släkten.

Nu fick den alltså sällskap av Vilhos prissked. Den blänkte vackert där den låg på sitt blåa sammetshyende.

Far hade haft skorpor med sig från kyrkbyn, och kaffedrickningen fick nästan en liten prägel av fest. Mor frågade vad länsman hade sagt och far svarade att han inte hade sagt något särskilt.

— Bara va han nu mumla då han plita namne sitt.

Efter kaffet gav sig pojkarna ut på en skidtur. Men för Vilho ville de gamla backarna inte riktigt förslå denhär gången. Han gjorde ensam en lite längre runda och åkte utför några större stup. På återvägen tog han utförslöpan bakom rian med stavarna under armen och ledig skidföring. Framför trappan gjorde han ett tvärshopp och stannade som fastspikad. I dag kändes det i kroppen som om den var kapabel till nästan vad som helst.

Utom röjningsmedaljen fanns det alltså nu också en silversked på Koskela.

VI

Våren därpå gick Vilho ut skolan.

Han var redan till stor hjälp på gården, och liksom fallet hade varit med fadern på dennes tid var det arbetet som banade vägen ut i byn på söndagarna också för honom och tack vare honom även för Eero och Voitto. Den sommarn fanns där mycket intressant att titta på, för man hade satt i gång med att röja en idrottsplan bakom brandkårshuset, som inte längre var brandkårshus utan skyddskårshus. Brandkårsidén var utdöd och huset stod obegagnat. Lärare Rautajärvi kom på idén att skyddskåren kunde ha nytta av det, och herrgårdsherrn sålde det till priset av en mark. Alla bysbor uppmanades att frivilligt delta i sportplansbygget. Att höra till skyddskåren var inget villkor. Men när bröderna Koskela försiktigt föreslog att de också skulle vara med för att sedan få idrotta på planen, svarade Akseli kort:

— Dit gås e int.

Tonfallet var sådant att saken därmed var utagerad.

Men på söndagseftermiddagarna gick de för att titta på. Där fanns mycket folk, både talkoarbetare och åskådare.

Det var dock inte meningen att hela planen skulle byggas med idel frivillig arbetskraft. Kommunen hade beviljat medel för täckdikning och andra viktigare saker. Visserligen hade det varit ett häftigt gräl om anslaget, liksom om alla pengar som gick till understöd åt skyddskåren. Socialisterna motsatte sig eftertryckligt varje sådant anslag, och eftersom de var i den ställningen att de hade möjligheter att helt och hållet sticka käpp i hjulet för sådana saker gällde det att bedriva kohandel med dem. På så sätt lyckades Janne pressa fram medel till fattigvården, skolunderstöden, kommunalhemmet och kommunens arbetslösa. Han brukade lova att förmå socialisterna att gå med på så och så mycket åt skyddskåren, om han fick igenom sina egna krav.

Motparten var tvungen att acceptera hans förslag, men det skedde med förbittring i sinnet. När lärarn den första arbetskvällen höll ett anförande för de församlade frivilliga förstod alla vad och vilka han menade när han sa:

— ... vi är beredda att offra vår njugga fritid för dethär arbetet. Vi räknar inte efter och grubblar inte på vad det innebär för oss. För vi vet att dethär är en liten del av ett mycket större arbete. Ett arbete som siktar till att stärka landets försvar. De som i hemlighet strävar att göra slut på vårt lands självständighet inser att det viktigaste och effektivaste medlet

208

härtill är att undergräva försvarets ställning. Därför motsätter de sej varje penni som föreslås i anslag åt försvarsorganisationerna, både i riksdagen och i kommunerna. Det patriotiska folket känner detta som ett slag i ansiktet. Men det antar utmaningen. Har det inte pengar så har det sina armar och sin starka kärlek till detta land. Dessa krafter tillsammans kommer att jämna denna kuperade terräng till en vädjobana för vår ungdom. För det räcker inte med att vårt folks anda förbättras. Också den materiella sidan av saken är viktig. Kroppskulturen är fosterlandsförsvarets andra grundpelare, vid sidan av försvarsviljan. Vid rekrytuppbåden har förvånansvärda brister avslöjats i vår ungdoms fysiska kondition. Småvuxenhet, lyten och svaghet. Mycket har redan gjorts för att få slut på sådant, såsom till exempel grundandet av det barnskyddsförbund, som har uppkallats efter vår första soldat och frihetskrigets stora ledare. Men denna fostran måste fortsätta också under de tidiga ungdomsåren. Och den sker bäst och effektivast just på idrottsplanen. Här, i ädel tävlan, tillväxer de kroppskrafter som en gång skall sättas in i kampen för vårt lands frihet. Idrotten är också ägnad att fostra den andliga sidan av personligheten, tills vår ungdom uppfyller det krav som redan de gamla romarna uttryckte med orden: En sund själ i en sund kropp. Må denna sportplan locka vår ungdom från dagdriveri och dåliga vanor. Alltså sätter vi i gång.

Man satte i gång. Rautajärvi själv skovlade och öste av alla krafter. Han fick varmt, drog av sig skjortan och fortsatte med bar överkropp. Emellanåt höll han en liten paus, bröstade sig, spände armmusklerna och var synbart stolt över sin kraftiga kropp.

Från herrgården deltog karlar och hästar. Bröderna Töyry var med, och karlfolket från de båda Penttigårdarna likaså. Också prästgårdsherrskapet deltog i arbetet, och det rent av på söndagseftermiddagarna trots att sådant inte var riktigt kristligt. Prosten nöjde sig med lättare sysslor. Han bar kvistar och grenar till kärran, placerade sin börda omsorgsfullt och sa:

— Månne de hålls där nu.

— Di hålls nog.

Ellen förestod fältköket. Talkofolket utspisades nämligen

varje gång. Där var också ungmoran på Töyry med. Hon hade tagit ärter hemifrån, uppmätta av Arvo under små fnysningar av snålhet. Lärarfrun var naturligtvis också där. Hon var gravid igen, och Ellen sa ofta omtänksamt:

— Men Eila. Du får inte lyfta detdär ämbaret. Tänk på ditt tillstånd.

Eila besvarade henns omtänksamhet med ett lyckligt leende. Hon kunde verkligen vila sig lite med gott samvete, för hennes Pentti stod i för två. Han magrade synbart under arbetets gång. Kinderna fårades och solbrännan kom honom att se ännu manligare ut än förr. Eila tyckte om att titta på hans bara överkropp där svetten rann längs den dammiga huden.

Prostinnan lovprisade ofta lärarn:

— Vad han kan. Han går på som den bästa arbetare.

— Han sysslar alltid med kroppsarbete på hemgården också under sommarloven, förklarade Eila.

— Jaja. Det är den gamla röjarandan.

Och när Pentti fick se någon som kämpade med en stor sten avbröt han sitt eget och gick fram och lyfte.

Sportplanen började småningom ta form. Färdig skulle den inte hinna bli den sommarn, men påföljande. Talkoarbetarna var smått förargade över alla åskådare som släntrade kring planen på söndagarna utan att delta i jobbet fast de blev uppmanade. Trognast var det småpojkarna som stod där. Ibland sa lärarn till dem att hjälpa prosten samla in ris och kvistar. Då blev de tysta och försagda, bligade på varandra och drog sig sakta lite längre bort.

Till den hopen brukade bröderna Koskela sluta sig på söndagarna efter middagen. Nästan alla byns pojkar var där, smedens Lauri, Kivioja-Aulis, Leppänens Valtu, Aarne Siukola och många andra.

Siukola gav nog sin son order att hålla sig borta. En gång kom han förbi arbetsplatsen, ledande sin cykel, och stannade för att titta. Han skrattade elakt och sa till pojkarna:

— Herrskape skovlar ... Sportplan kantänka, hä hä ... Å alltihopa för hand. Di sku gå ti stor grannas åsta lån maskinren. Där finns e ... Va he nu kan biro på ... Men di ha nog hitta åpå

210

anat å än bara samovaren .. Hähä ... Hungersnöd lär di ska lid, men uppfinningen gör di bara ... Di har vetenskap i he lande ... Didä å sku lär ut vetenskap så hadd vi maskinren. Men då man lurar foltje me reljon så måst man håll sej ti spadan sedan.

Siukola hade talat så lågmält att arbetsfolket inte hörde, men innan han gick sa han till sin son med hög röst:

— Gå heim meddej pojk. Där finns ti rens i päronlande ... He finns nödvändit arbeit å ännu ... Int bihöver man fördriv tiden här me att glo på tåkodä ...

Men ingen på arbetsplatsen ägnade honom någon uppmärksamhet.

När pojkarna tröttnade på att titta försvann de ner till åstranden för att bada. De genade springande längs en stig förbi Leppänen och sedan rakt ner till vattnet. Valtu rusade hastigt förbi hemstugan för att inte hinna bli inropad. Där var tråkigt på alla vis nu när mormor låg sjuk. Henna hade sjuknat redan på våren och blivit allt sämre de senaste dagarna. Mitt i veckan hade Vilho varit hos Leppänens med några ägg från mor till Henna och nästan börjat spy när han kom ut ur stugan. Henna låg jämrande i sängen bland halm och lumpor och rummet var fyllt av en kväljande stank. Några ägg förmådde hon inte längre äta. Dem åt Valtu och Aune.

Också nu hördes det en stilla jämmer därinifrån när pojkarna passerade tätt förbi husknuten.

— Valtu. Ä mommo er sjuk alltjämt?

— Joo ... He bränner i inälvona hennases ... Tal int så högt så di hör ... Man måst jämt pass opp me nåenting där ...

När de kom närmare stranden började de slita av sig sina få plagg. Byxorna drogs av alldeles nere vid vattenbrynet, och så direkt i sjön. Om någon tvekade fick han en skur av hånfulla tillmälen:

— Hähää ... Mammas pojkin ... mammas pojkin ä rädd för vattne ...

De plaskade omkring länge och väl, stack sig bara upp på stranden för att solbada emellanåt. Mot slutet av sommaren brukade de vara mörkbruna och grova i skinnet från topp till tå.

211

Skinnet var så härdat att de nakna kunde tumla om och brottas på strandängen fast gräset var fullt av spretiga tallkottar och barr.

En tall växte alldeles tätt intill vattnet, och den användes som trampolin. Det blev fråga om vem som vågade dyka högst ifrån. Den yngsta i hopen, Koskela-Voitto, var djärvast. Vilho, som bar ansvaret för de yngre bröderna ute till bys, såg oroligt på hur han klättrade högre och högre upp. Många gånger var han på håret att öppna munnen och säga stopp, men det tog i alla fall för hårt på äran. När Voitto sedan stod där på en gren och höll i sig med ena handen slöt Vilho ögonen men öppnade dem igen när han hörde ett tjut däruppifrån.

Var gång Voitto hoppade sträckte han händerna i vädret och tjöt till när han lät sig falla. Det var hans sätt att bekämpa rädsla och tvekan.

Vattnet stänkte långa vägar och Vilho drog en suck av lättnad när han såg broderns huvud dyka upp till ytan.

— Satan pojkar ...

Var och en hade sitt speciella sätt att glänsa. Valtu lät sig bitas i pitten av en myra, och det kunde ingen annan göra efter. Han stod där och glodde stelt på de andra med ett lidande uttryck i ansiktet och sa, när myran krökte kroppen:

— Nu pissar on.

— Men en ettergadd vågar du int sätt dit.

— Om ni ander nu fösst lägger dit en vanli pissmyro så ska vi skåd sedan.

Kivioja-Aulis åter braverade med cirkus. Han hade varit i stan med far sin och då fått gå på riktig cirkus och sedan satt i gång med ett eget företag i branschen i backen bakom hemgården. Det skedde till hälften i förvärvssyfte, för han tog tio penni per man i inträdesavgift. Den som inte hade pengar kunde ge nånting annat nyttigt i stället, metkrokar eller så.

De hade just beslutat ge sig iväg till Aulis cirkus när det hördes röster längre borta på stigen.

— He komber kvinnfolk ... Göm er pojkar ...

De röck hastigt åt sig sina kläder och stack sig undan i de täta albuskarna vid stranden. När någon ännu i sista ögonblicket prasslande bytte plats grimaserade de andra åt syndaren och hötte med knytnävarna.

Det var flickor från byn som kom. De var redan stora och hemlighetsfulla, sådana som man visste hade varit tillsammans med den och den. Småflickor skulle pojkarna inte ha gömt sig för, utan bara retats med helt öppet för ro skull.

De glodde ömsom på varandra, ömsom på flickorna som klädde av sig. Flickorna såg sig nog omkring, men utan att upptäcka dem. Trots det kröp de ihop av instinktiv blygsel när de drog linnena över huvudet och lade sedan armarna skyddande över brösten.

Men när de gick ut i vattnet var de tvungna att visa allt. Där var den nu, den vuxna kvinnans gåtfulla kropp med sina skarpa solbrännsgränser på ben, armar och hals. Tills den långsamt doldes av vattnet till ackompanjemang av små skrik.

Pojkarna tittade på varandra och viskade, så tyst att det delvis gällde att gissa sig till orden av munrörelserna:

— Mäkeläs flickon har stora tissar ...

Så gav Valtu tecken, och hela pojkflocken rusade fram ur buskarna:

— Hähähää ... vi såg alltihopa ... hähähää ...

Gällt skrikande försvann flickorna under vattnet ända till halsen. Men när de märkte att det bara var småpojkar började tonen i skriken övergå från tillgjordhet till äkta ilska:

— Snorungar där ... Vi ska säj åt mammona era ...

— Säj på bara ... Vi såg alltihopa ...

Pojkarna hoppade fram och tillbaka på stranden:

— Tissin tissin tissin ... hähähä ... tissin tissin tissin ...

Valtu och Aulis var de högljuddaste. De behövde inte ängslas för hemfolket lika mycket som de andra. Bröderna Koskela vågade inte ropa alls utan stod till och med lite på sidan för att i fall av behov kunna svära sig helt och hållet fria från delaktighet.

— Skrik lagom ... He ä nu int så läng sedan ni ha hålli ein likadan i munnen ...

— Jo jo ... men buskan å syntes ... hähähää ...

Aulis hoppade jämfota på stranden och sjöng:

— Kvällen komber, kvällen komber, glädjefåglan kvittrar, å sängbrädan knakar ... Hähähä ... Säger ni nå där heim så ska vi berätt för storpojkan hurudana ni har ...

Men Kankaanpää-Aino, Elias yngre syster, började vada mot stranden:

— Å tusan heller om jag ids bry mej i tåkodä snorgärsar ... Jag ska ta en kvist å rapp er kring benen ...

Några av pojkarna drog sig lite bakåt, men Valtu högg tag i en kvistig ryssjestör som låg på stranden:

— Perkele, komber du å slår så ska jag stick denhä i done ditt ...

— Dej ska jag stick dit, å me huvu före.

Aino kom närmare och inte heller Valtu stod rycken trots sin hotelse. Hela flocken satte iväg, men när hon inte följde efter stannade de på betryggande avstånd:

— Smedens Leo ha vari i lag me dej ... Är int e sant, Lauri, att er Leo ha vari i lag me hondä ...

— Om int ni nu ...

— Va gjord han åt dej ...

Aino fick linnet över huvudet och var därmed beredd till en längre förföljelse. Pojkarna tog hastigt till benen. Plötsligt blev också Koskela-Voitto upptänd och skrek där han sprang sist i raden:

— Röven, röven, röven ...

Mera än så vågade han ändå inte. Och kunde inte riktigt heller.

På vägen till Kivioja gjorde pojkarna denhär gången en lov kring sportplanen. Lärarn var ju där, och det skulle han känts lite tråkigt att möta honom efter det som nyss hade hänt. Inte för att han kunde veta om det än så länge, men i alla fall.

När de närmade sig Kivioja övertog Aulis ledningen. Nu var det hans tur att visa sin makt och myndighet. Cirkusen bestod av några gamla slanor lagda över tegelstenar. Det var åskådarbänkarna. Arenan markerades av Vickes gamla hatt och en trasig hackelsekorg övertäckt med en säck. I en trädgren bredvid hängde en såg.

Aulis krävde inträdesavgift, och de andra fogade sig efter att ha knorrat en smula. Vilho betalade en metkrok och en vit sten för Eero och sig själv. För Voitto behövde han inte betala alls, för Aulis förkunnade att det var halva priset för soldater och gratis för barn. Sedan gick han och grävde fram en koskälla som låg gömd under en sten, satte Vickes hattskrälle på huvudet och började spankulera fram och tillbaka på arenan med magen i vädret medan han ringde i koskällan:

— ... stor cirkus komma staden ... Alla komma hit ... komma titta stora underverk ... Detta vara kvällens sista föreställning ... Stor fakir. Sticka sex tums spik i rumpan på en annan och känna ingenting alls. Alla komma ... Kvällens sista föreställning ... sista föreställning ...

Och så började föreställningen. Aulis plockade fram tre fågelägg som låg i en gömma övertäckta med mossa och lade dem på en sten. Sedan ställde han Vickes hatt ovanpå dem och pillrade i smyg bort dem under hattbrättet.

— Ni se. Den vara tom.

— Hää ... Du tog döm därifrån.

— Ni se. Icke taga.

Tillbaka lyckades han peta dem utan att någon märkte det.

— Ni titta. Där de äro.

Aulis hade lärt upp Valtu till biträde i det stora itusågningsnumret. Valtu tog ner sågen från grenen och Aulis presenterade numret:

— Folk med svaga nerver icke titta ... Svimning och anfall cirkus ej svara för ...

Han kröp ihop i hackelsekorgen. Valtu täckte över den och började sedan såga den i tu. Det vill säga den var itusågad redan i förväg och hade lappats ihop bara med ett par pärtor, och Aulis låg dubbelvikt i ena ändan medan Valtu filade av de pärtor som höll ihop det hela. Sedan kröp Aulis fram, sträckte på armar och ben och ropade:

— Ni se. Levande människa.

Föreställningen var slut och åskådarna började kritisera den. De påstod sig veta att Aulis hade legat hopkurad i ena hörnet av korgen, och man hade tydligt och klart kunnat se att han plockade bort fågeläggen. Men Aulis förklarade med oskyldig och sårad min att alltsammans var alldeles verkligt. När invändningarna

215

inte tog slut förkunnade han att det var han som hade varit på riktig cirkus och därför visste sådant som de andra inte kunde veta.

Och hur som helst så var han nu ägare till nya metkrokar, kopparslantar för »puttning», två tobaksfimpar och den vita stenen som Vilho hade givit.

— Ska vi gå åsta skåd om Elias ä på Rävbackan.

Större påstötar behövde deras flödande energi inte. De var färdiga att sätta iväg till något nytt på minsta vink, och nu sprang de i kapp till Rävbacken allt vad tygen höll. De var ofta där, för Elias brukade ibland låna ut sin lövhydda åt dem som wigwam för indianlekarna. Han hade avkrävt dem ett löfte att inte gräfta och gräva på ett visst givet område vars gränser han demonstrerade för dem. Det var som motgåva han lånade dem kojan, men höll inte pojkarna sin andel av avtalet var det klokast att de aldrig mera stack näsan på Rävbacken. Och de höll det, hur svårt det än var.

Elias koja stod på krönet av backen nära den gamla ringleksplatsen, på samma ställe där Laurila-Uuno en gång i tiden hade huggit ihjäl en karl. Den var byggd av lövruskor och några salpetersäckar som skyddade en smula mot regnväta. Här låg Elias ofta under den varma årstiden och läste i sina gamla tidningar och böcker. Ibland när han var mera full än vanligt höll han mässa med ljudelig stämma. Det gick så till att han ställde sig på en hög sten och stod där och skällde ut bysborna, varefter han stämde upp egendomliga utdragna joddlingar som han själv kallade »stämlåtan».

Det var vanligen när han ansåg sig ha blivit förorättad av bysborna som han höll sina mässor.

När pojkarna kom fram till hyddan såg de att Elias ben stack ut genom dörröppningen. Han låg på rygg och läste i en bok som på pärmen hade bilden av en karl med dystert utseende och texten: »Satans son. Eller Rasputins märkliga livsöden.»

Han lade ifrån sig boken, kröp ut ur kojan och satte sig framför den:

— Morjens småknaggar.

— Morjens.

216

Elias frågade om det hade synts till främmande karlar i byn. Nä, det hade det inte, försäkrade pojkarna lugnande.

— Di böri snart skick hit snokar. Int för jag har nåenting ... Men prästen å lärarn bussar döm på mej, för di hatar mej ... Däför att Elias int bugar å bockar för denna världens mäktige å tåkodä aktoriteter di kallar. Elkku ä en friboren ande, pojkar. Pojkarna brukade uträtta lite kunskapande för hans räkning ibland när han bad dem:

— Lyss efter va didä jävlan säger om mej, pojkar, å kom å berätt sedan. Om ni råkar hör där heim till exempel att polisen sku ha vari åsta fråga nåenting, så kom å berätt. Ni ska få ein tobak på två man varje gång.

Många av dem smygrökte, och Elias mutade dem med cigarretter.

I dag var han ganska full, närmast i ett trött bakrus, för han satt och nickade till emellanåt mitt i sitt prat. Han frågade Valtu hur mormor mådde och Valtu svarade lite dämpat och till hälften undvikande, liksom ovillig att vidgå att Elias spelade en viss roll hemma hos dem.

— Jasså he bränner ... Hon komber nog ti dö ...

I detsamma kom han ihåg en sak:

— Jag reparera handä pallen.

Han drog fram en pall ur kojan.

— Jag spika dit en kloss. Så nu skranglar int an nå meir.

Pallen var Leppänens. Den hade gått upp i limningen och Elias hade reparerat den.

Så började han titta på pojkarna, på var och en i tur och ordning, och sa efter en lång tystnad:

— Pojkar ... småpojkar ...

Sedan satt han och slokade ett slag med hakan mot bröstet, innan han fortsatte:

— Ni veit int, pojkar, hur lyckli ni ä. För er blir e bara bätter å bätter. Men Elkku ... Elkku ä i utförsbackan ... Jag menar ti åldern ... Elkku blir gamal ... Å han som ä gamal har int nåenting alls ... Ork int sup å int gå hos kvinnfoltje heller ... Va ska man me ett sånt liv ... Jo ... Ni sir förvåna ut ... Ni veit int att Elias ä nå lite filosof ... Nå lite, joo ... Man ha kommi ti läs ein smulo här ... Int ha e spriten taji synen min fast didä dyngsprättan där nere påstår så ... Jag kan läs utan glasögon alltjämt, jaa ... Å man ha råka ti läs nå lite här ... Elkku har nå lite höger själsliv, pojkar, å skådar härifrån ner på didä lurkan som går där å sliter å äter sitt brö som djuren i tjudren ... Di stackran veit inte att världen ä mytji meir än bara Pentinkulma ... Men Elkku veit ... Å bara jag får en svart bibel skaffa nånenstans ifrån så veit jag ännu mytji meir, pojkar ... He ä fänin ti bok ... Där finns allting ... Å då kan e böri händ ett å anat.

Han gjorde åter en liten paus innan han fortsatte:

— Ni ska int va rädd. Int tänker jag förtroll er ... om int ni går å gräver där, ni veit ... Men om ni gör he, så då ... Elkku ska skaff en svartkonstbibel, å sedan kan e händ att några typer där i byn kan böri få nå lite besvärliheiter ... Som till exempel handä sportplansmakaren, som ränner å ringer ti länsman om mej ...

Han råkade fästa blicken på bröderna Koskela:

— Akselis pojkan ... Akselis pojkan ... Me er far har int ja nå otalt ... Nån riktit folkli karl var an int, Akseli ... Han försto int sej riktit på busan å gesällren ... Men annors var an ein fan ti karl ... Men nu sitter väl han me å sjunger psalmren, rik som han ha blivi ... Men en som int ni minns, pojkar, he va morbror er, Kivivuori Oskar.

Vilho och Eero kom nog ihåg honom, men inte Voitto.

— Vi va ungefär så stor som ni nu. Då vi spänd järntråd över stigen när herrgårdspigona sku gå åsta mjölk ... Å när storpojkan va åsta klappa om döm nå lite så gned vi jävulsfiol på fönsterglase ... Ja he va tider he ... jaa ... Å en fin kamrat var an ... Oskar mena jag ... Vi drack ur sama flasko å gick hos sama kvinns ... Ein ståtli karl, satan ... Så fort han plira nå lite me ögona så la flickona opp sej ... Prisis som Rasputin ... Om man sku ha likadan kraft i ögona som handä Rasputin hadd ... Men tysken slo ihäl Osku ... Han stupa i ett päronland ve Syrjäntaka ... Jag såg e själv ... Som en örn flög han i dödens käftar, Kivivuori-Oskar ... Mitt i flykten damp örnungen, satan ... herrigud ... he va ein kamrat ...

Rösten brast för Elias och han grät den söndersupnes sentimentala gråt.

Pojkarna stod där lite generade och såg honom gråta. Men det varade inte länge. Sedan började han berätta för dem om Rasputin. Gripna av en oförklarlig upphetsning lyssnade de till hans historier om liderligheten vid tsarhovet, och sedan sa någon, för att visa att de också visste ett och annat:

— Vi såg i jånst då kvinnfolka va åsta simma.

— Va sku he va ... Sånadä ... Men dihä va förnäma hovdamer ... Han hadd en märkvärdi kraft i ögona sina. Så fort han titta på döm så var e färdit ... Nog var an me hondä kejsarinnon å, fast e står här i boken att int han va ... Di bada tisammans ... He va han som bestämd va alla sku bli, å däför kom herran till an å ansökt om tjänster ... Å han sa att bra, har du en vacker gumma eller flicko, så skick hit duvon ... I morron blir du minister ... Å di skicka ... Int skäms e herran för nåenting ... Herrigud om man sku ha likadan kraft i ögona . . Man sku skaff en likadan gård som handä herrn där, å kusken sku få hämt brännvin å kvinns från stan.

Elias teg ett ögonblick och försökte ta på sig en saklig min som om han plötsligt kommit att tänka på någonting mera trivialt:

— Jaa ... å så naturligtvis tjugo tretti idioter dit ut på åkern bara åsta hugg i ... joo ... Om man sku ha en sån kraft i ögona ... Men i svartbibeln står alltihopa ... Snart ska di nog få skåd, pojkar ... Nu ska Elkku håll mässa ...

Han klev upp på stenen och dundrade i prästerlig predikoton:

— Hören I dyngsprättar. Ni därnere ... Ni tror ni ä bätter än Elkku för ni har torpen å gårdan å odlar pelargonierna era ... Men bygg era sportplaner å odel era pelargonier. Prosten också som arbetar mitt på söndan i lag me handä krigstokiga fan. Jaja, jaja. Men den tid skall komma då vår herre säger: Va gjord du, själaherde, där i tiden. Ein krigspräst var du, å sportplan byggd du på söndan, å förföljd dina fattiga medmänskor för ti förmen dem deras små glädjeämnen ... Å va gjord du, folkskollärar. Gav du andens ljus åt barnen? Nej så fänin ... Me bösson på ryggin hoppa du ikring som en halvtoki ... usch ... Usch, säger jag dej ... Å ni andra jävlar å ska få hör ett å anat ... Jaa ...

Men sedan räcker vår herre ut sin hand å säger: Skåd ni allihopa på handä Kankaanpää-Elias. Ha han sått å skörda å samla i ladona? Nä. He ha int Kankaanpää gjort. Han ha leva såsom himmelens fåglar utan att bikymra sej om morgondagen ... Du, Elias gack dit du, där ä din plass. Men ni ander, gå dit ni, där ä er plass. Å där är e nå lite varmt, jo ... Bra. Så skall det ske, så mytji ni veit he, ni era jävlar. Å på he så stämmer Elias opp ein högan ton som ni skola lyssna till med förfäran, för he påminner er om domedagsbasunen:

— Uuuuuuuu ... ouuuuuuu ... ouuuuuuu ...

Han klev ner från stenen och tog en sup.

— Lyssn efter sedan va di säger om predikan å tal om för mej.

Han satt och slokade en stund igen, men så tog han pallen och gick:

— Ni får lek i kojan. Men minns va jag ha sagt.

När han hunnit ett stycke stannade han, vände sig om och sa till Valtu:

— Å du bihöver int kom tidit hem sedan, pojk ...

Pojkarna lekte och härjade på backen tills det blev kväll och dags att gå hem. Då började bröderna Koskela känna sig olustiga och ängsliga. De hade överskridit den tillåtna tiden, och vem visste om det inte dessutom kunde bli tal om badstrandshistorien.

Far var mycket riktigt lite arg, för man hade varit tvungen att hålla maten varm åt dem och allt.

— Å för he så ä ni så goa å går efter ännu en korg gräs åt fåren.

Hos Leppänens stod det illa till med Henna. När Elias kom med sin pall hade hon just haft ett svårt smärtanfall och var mycket svag. Preeti och Aune var nervösa och förvirrade och Aune snäste ilsket åt Elias. Han var inte heller vidare nöjd med situationen, för han såg ju att Aune inte kunde gå med ut.

Elias ställde pallen på golvet och satte sig på den. Henna låg i sängen och jämrade sig och Preeti bredde över henne alla lumpor han fick tag i, gamla rockar och annat skräp.

— Int hjälper e hur du än bäddar in on, sa Elias. — Va hon sku bihöv nu ä riktit stark toddi. Värm vattne du, Aune.

220

jag har så pass ... Allra bäst sku e va ti ta ospätt, men om int hon förmår.

— Int kan hon ta in hedä.

— Värm vattne nu bara ... Hon bihöver moteld nu.

Aune satte på vatten. Henna vred sig i plågor. Preeti lutade sig ideligen över henne och sa ängsligt:

— Mor ... lättar int e nå alls ... Om du sku kunna sov ... Om jag sku hämt doktorn ...

— Nä ... nä ... Gå efter prosten ... Herrigud ... Gå efter prosten ... he tar så illt ... he tar så illt ...

Preeti började dra på sig rocken.

— Om jag sku gå då. Ä di kvar där på sportplane ännu.

— Jo ... Men gå int dit ... Bara Aune får vattne värmt så ska vi ge on moteld ... He ä allra bäst i denhär sitasjonen.

Elias satt på pallen och tjatade med den trötta fylleristens enformiga röst. Preeti drog av sig rocken igen, trots att Henna mellan jämrandet och rosslingarna fortsatte att be honom skynda sig efter prosten. Nu kom också Valtu hem. Han sände en trumpen blick bort mot mormoderns säng och sa till Aune:

— Mat.

— Int hinner man me nå sånt här ... Fått nå ti ät sjölv heller, int ... Ta ur skåpe ... där finns brö ...

— Satan. Jag vill int ha bara brö.

— Nu slutar du åv eller så ...

Aune stampade i golvet nästan gråtande. Hon hade kastrullen i handen och spillde hett vatten på sin fot.

— ... jävlar ... hedä å till ...

Elias drog fram sin fickplunta och skruvade av korken:

— Sådä mytji ... He ä nog starkt, men he måst va.

Preeti höll Henna om skuldrorna och stödde henne i halvsittande ställning, men hon tiggde kvidande att han skulle lägga ner henne igen:

— Försök nu ... Freist nu ti ta nå lite ... He gör gott ... He bränner bort he ställe som ä sjukt ...

Aune bjöd henne »toddin» ur en rostig plåtmugg, men hon vaggade fram och tillbaka med huvudet och vägrade dricka. Elias skyndade till hjälp och tog muggen ur Aunes hand:

— Ta in dehä nu bara ... He måst få hård moteld ...

Till slut försökte den utpinade Henna, men alltsammans stänkte tillbaka ur munnen på henne:

— Jissus ... Jissus ... hjälp ... gå efter prosten ... jag dör ...

Preeti drog på sig rocken på nytt och gav sig iväg mot sportplanen, en uppskrämd gubbe stuttande i halv språngmarsch.

Arbetet på planen var slut för dagen och folket hade samlats kring fältköket för att äta. Ungmoran på Töyry portionerade ut ärtsoppa och lärarfrun skötte mjölken och smörgåsarna. Prostinnan fungerade bara som övervakare. Andra kvinnor av mindre vikt och betydelse skötte disk och sådant.

Det var glam och muntert humör i hopen, för söndagskvällen var vacker och det undangjorda arbetet gav belåtenhet och gott samvete.

Rautajärvi hade blivit erbjuden den främsta platsen i matkön för sin officersrangs skull, men han avstod till förmån för prosten och sa med sitt allra anspråkslösaste och manligaste tonfall:

— Denhär gången är jag inte officer utan en bland talkofolket.

Han hade ett riktigt fältkokkärl och ett sked- och gaffelbestick och åt sittande på marken med kärlet mellan knäna. När han slevat i sig en portion gick han tillbaka till fältköket:

— Får man en laddning till?

— Naturligtvis.

Han pratade gärna soldatslang vid tillfällen som detta. Prosten hade ingen back utan åt från en vanlig tallrik, som han helt civilt stod och höll i med ena handen.

Preeti kom stultande, och det syntes redan på långt håll att allt inte stod rätt till.

— Dedäran ... herr prosten ... mor ä så illa sjuk därheim ... om prosten sku ha tid nå lite ... Hon ha fråga så efter prosten ... Om prosten sku hinna kom dit ...

— Jasså ... Har hon blivit sämre ... Jag kommer .. alldeles genast.

Prosten svalde hastigt några skedblad soppa och tänkte först äta tallriken tom. Men så ändrade han sig och räckte den till Ellen:

— Ta bort den ... jag går med detsamma.

Prosten var dammig och svettig och såg lite konstig ut skrudad som han var i gamla avlagda plagg för arbetets skull. Han gick snabbt och Preeti försökte halvspringande hålla jämna steg med honom:

— När blev plågorna värre?

— He va nåen gång ve fyradrage på eftermiddan ... Hon ha haft så svåra kväljningar å ...

— Har ni skickat efter läkare?

— Vi tänkt nog på e ... Men så vänta vi om e sku råka ti gå över.

På gården stod Valtu, och han sa:

— Mommo dödd.

De skyndade in. Elias satt på sin pall och såg ansträngt allvarsam ut och Aune stod vid sängen och grät. Preeti gick också fram till bädden, böjde sig över den för att se och sa bara ett enda ord:

— Mor ...

Så började han gråta, ymnigt som ett barn.

Prosten klappade honom på axeln:

— Lugn ... Nu ska Leppänen lugna sej.

Preeti torkade tårarna och bjöd till att behärska sig. Aune slutade också gråta och rättade till sin klädsel. När prosten frågade hur Henna hade dött blev hennes tonfall tillgjort och formellt, som alltid när hon talade med bättre folk:

— Hon bara försökt res sej opp. Jag försökt hjälp on, men så gav hon till ett ljud å dog.

Elias hade hittills suttit tyst och försökt se allvarsdiger och from ut:

— Joo ... Vi försöka ge hon medesin, men hon fick int ner e ... Om hon hadd fått riktit bra me moteld så hadd e gått tibakas.

Han stödde sig med armbågarna mot knäna och svajade där han satt. Plötsligt slant ena armbågen och han dråsade framåt.

— Vi försöka nog allt, men ingenting hjälpt.

Prosten såg först uppbragt på honom, men så blev hans uttryck föraktfullt och han vände sig bort och började lågmält

223

trösta Preeti och Aune. Valtu hade kommit in i hälarna på Preeti och prosten. Nu satt han i ugnshörnet och gnagde på en brödbit som han emellanåt glömde bort för att sitta med öppen mun, stirra, på prosten och lyssna till vad han sa. Elias märkte föraktet i prostens blick och mumlade som för sig själv:

— Joo ... vi försöka nog ... Vi gav nog hon sprit ... Int har jag nåenting sjölv, men jag fick lån nå lite ti medesin ... Jag menar ... int har e jag nåenting ... Var sku jag ha ...

— Nu ska ni tiga ... Ni skulle tänka efter en smula.

Aune såg också fördömande på Elias och sa:

— Jaa. En annan ligger dö, å ...

Elias rätade på ryggen:

— Jag försöka ge hon moteld ... Dedäran ... int för jag har nåenting sjölv, men nå lite ti medesin ...

— Ids int nu, Elias ... he sku va bätter om du gick härifrån.

Det var Preeti som förenade sig med prosten och Aune. Men Elias tjatade sårad:

— Nog ska jag gå ... Mem vem var e som hämta möblen.

När de andra inte hörde på honom längre vände han sig till Valtu:

— Du såg ju, pojk, att jag reparera pallen ... Jag menar he, vem var e som hämta hit möblen, va. Du såg ju, pojk.

Valtu svarade lättjefullt:

— Joo ...

— Du såg ... jag menar he ... att jag hämta ... å reparera an sjölv ... Å så pass hadd jag åv vätskon så he räckt ti nå lite medesin ... men jag ska nog gå ... int för he ...

Prosten blev röd i ansiktet. Han gick närmare Elias, och det märktes att han var mäkta vred men försökte behärska sig på grund av situationens art:

— Gå härifrån nu ... Har ni inte alls vett att skämmas?

Elias reste sig och började vackla mot dörren under djupa bugningar för prosten:

— Bra ... bra.

— Gå nu.

— Bra ... Jag ska nog gå. Bra, säger jag ... Jag ska nog gå ...
Å försöka ha man, ja ... fast int för jag har nå sjölv ... föståss

224

int ... Men jag fick nå lite ute i byn, liksom ti medesin ... He sku bara ha bihövats lite tidigare ... men gärna för mej ...

Han gick, och prosten började åter med lågmäld och lugnande röst försöka trösta Preeti:

— Jag förstår så väl. Men vi måste försöka böja oss. Naturligtvis känns det tungt, när man har vandrat så länge sida vid sida ...

Preeti gned sig i ögonen med knytnäven:

— Jaa. Kumpaner va man nog i alla fall, ja ...

Aune täckte över sin mors döda kropp med ett lakan av lärft och plockade undan lumporna som hon haft till täcke. Prostens närvaro och ord verkade lugnande på både henne och Preeti och gav till och med stämningen en smula prägel av högtid. Att prosten nu satt hos dem på dethär sättet och talade till dem som till jämlikar. Valtu var kvar i ugnshörnet, men när han märkte att modern och morfadern var helt fördjupade i samtalet med prosten smög han sig till matskåpet och snöt socker, stoppade en bit i munnen och många i fickan. Nu skulle säkert ingen märka att de fattades.

Prosten gick, och stämningen sjönk. Men det dröjde inte länge innan Elias var tillbaka igen:

— Int för anat ... Men nu bihöver Preeti medesin.

Aune låtsades alltjämt vara arg, men det var alltigenom lamt och konstlat. Att börja med tackade Preeti nej till »toddi», men när Elias trugade så drack han till slut:

— Nä, du bihöver nog nå lite nu. Nå lite ti medesin.

Det dröjde inte länge innan Preeti var full. Sedan tog Aune lite, och till slut fick Valtu också en slurk. Bara lite på bottnen av en kopp. Som medicin.

Pojken kunde snörpa på munnen och blåsa ut som riktiga spritsmakare gjorde. Han skulle gärna ha druckit mera, men Aune förbjöd Elias att ge honom.

Allt som oftast brast Preeti i gråt och snyftade:

— Vi levd ju tisammans i alla fall ... Ibland var e dålit å ibland lite bätter ... Vi måst ju fortsätt på nå vis ... Flickon får sköit hushålle å jag går i arbete ...

Elias satt och slokade och halvsov:

— Du tar nog en mänsko ännu ... Du bihöver nog en mänsko ... Fast int du sku gift dej heller ... men nå slags brövarg ... Int klarar du dej utan än ...

— He kan jag int ... int ens tänk på ... Mor va en så pass bra mänsko för mej.

Det blev kvällsdunkel i stugan. Under det smutsiga och trasiga lakanet avtecknade sig konturerna av Hennas lilla förvissnade kropp. Kvällen igenom fortsatte de berusade rösterna sitt lågmälda enformiga tjat och rabbel. Valtu gick till sängs, och en stund senare lade sig Aune bredvid honom. Elias förklarade att också Preeti borde sova, och Preeti samlade ihop en lumphög på golvet och lade sig på den bredvid Hennas säng. När han började snarka satte Elias i gång med att tränga sig ner i Valtus och Aunes bädd.

— Vänd på pojkin ... låt mej nu ... låt mej kom nu ...

— Gå bort ... En sånhä kväll ... hör du int ...

— Ids int nu ... Låt mej nu ... nå lite ... nå, ids int skuff ...

— Va ska du nu ... Gå bort nu ... ändå ... Nå hör du int nå, satan ...

Viskningarna blev häftigare, och till slut gick Elias:

— Jo jo ... Här hämtar man möblen å medesin ... Bra, jag ska nog gå ... Satan, men he va sista gången jag reparera möblen dina ...

Preeti vaknade vid bullret när Elias stomlade iväg. Åter stod allting klart för hans sömndruckna medvetande. Han satte sig upp på golvet, tittade mot sängen och rörde vid Hennas hand genom lakanet. Sedan lade han sig ner igen sakta snyftande och sa:

— Kumpaner va man i alla fall, jaa.

226

FEMTE KAPITLET

I

År 1927 födde Elina sin fjärde son. Därmed kunde planerna på fördelningen av gårdarna inte längre hålla streck, men det kändes inte heller så viktigt numera. Farmor tyckte att farfar Jussis namn borde gå i arv till någon av pojkarna också som första och inte bara som andra dopnamn. Men Elina kunde inte riktigt smälta namnet Johannes, som hon tyckte lät gammalmodigt. Det gavs i stället en lite ändrad form, och pojken döptes till Juhani.

Samma år erhöll Akseli full amnesti och återfick sitt medborgerliga förtroende. Av den ursprungligen utmätta strafftiden återstod då alltjämt ett par år.

Han var en fri man nu. Fri till och med att bege sig utanför sockengränsen utan tillstånd av länsman. Han skulle till och med få rösta igen, men numera visste han inte riktigt vem han skulle rösta på.

Det återställda medborgerliga förtroendet hade även sina tråkiga sidor. Det hände att en och annan bad om hans namn på lånepapper, och hittills hade det gått helt galant att säga:

— Int duger e mitt namn ti nåenting.

Hädanefter blev det att neka rakt på sak.

Samhällets bojor hade alltså fallit av honom, men i penningens fjättrar satt han fast ända till påföljande vår. Då amorterade han det sista av inlösningsskulden.

— He sku ha fått händ redan i fjol vintras, sa han. Så jag sku ha fått e bitala samtidit som jag förd bort passe.

Att han blev av med skulden så snabbt hade två orsaker: det var »goda år», och Vilho deltog redan i skogskörslorna. Att börja med var han bara hantlangare, trampade väg och hjälpte till att häva upp stockarna på släden, men när han liksom på prov hade

227

fått forsla ett par tre lass ner till stranden med faderns häst sa han en gång under en matrast:

— Om jag sku be om morfars hästen å böri kör jag å.

— Tror du du sku ork?

— Nå, så mytji jag nu ork.

Akseli hade själv ältat samma tanke länge och väl men befarat att pojken ännu inte var tillräckligt stark. Men ville han så visst fick han försöka.

Vilho skötte hästavtalet själv. Inkomsten skulle delas jämnt mellan Otto och honom, hälften åt hästen och hälften åt karlen.

Det var ljuv musik i Ottos öron. Att hästen som nu stod där till ingen nytta skulle ut och tjäna pengar åt honom.

— Ta den, ta den, gosse lilla. I morron dag om du vill.

— Ja, he ä väl ingenting ti söl me då.

Akseli och Vilho körde från samma »lott» för att fadern skulle kunna hjälpa om det knep. Men sådant hände sällan. Rotstockar orkade Vilho inte lyfta på doningen, men han baxade upp dem med stör.

De flesta av körkarlarna var friblivna torpare som de själva. Att börja med skämtade de en smula om Vilhos arbete och tog det som ett förtidigt försök till karlaktighet. Men när de såg att pojkens lass inte var mycket mindre än deras egna blev det annat ljud i skällan. Det hände att en gammal torpare som körde närmast framför vände sig om på släden och ropade till honom:

— Jag tror jag måst för an åsta skos i morron ... He sitter lite löst.

Sånt sa man bara till jämlikar. Till Akseli sa de:

— Pojkin har blick. Han ä alldeles annorlunda än du. Du ha allti fått e ti gå me råa styrkon.

Iakttagelsen var riktig. Blick, det var just vad Vilho hade. Ett skarpt och noggrant öga. Han såg var det gick lättast att köra och var man fick ihop ett lass med minsta möjliga möda.

Magrade gjorde han. Kinderna blev håliga och miste sin klarröda färg som ersattes av väderbiten brunhet. Men hans avmagring innebar inte utmärgling utan tvärtom ökad styrka och seghet. Han åt mer än fadern och många andra bland de äldre karlarna som brukade skämta om hans matlust ibland under rasterna. Vilho nöjde sig med att le sitt behärskade och reserverade leende och fortsatte lugnt att tugga. Ofta reste han sig före de andra och blev stående liksom i väntan. Det var som en uppmaning till fadern att raska på så man kom igång igen.

Det var i Kylä-Penttis skog de drev timmer, och gammelhusbond gav dem de bästa lotterna. Ända sedan Kejsarens tid hade Penttifolket känt ett slags sympati för Koskelas, och den hade inte slocknat helt och hållet ens under upproret. Bonden hade till och med skrivit ett orlovsintyg som bifogades till Akselis nådeansökan och där han försäkrade att »nämnde Koskela är en av de allra bästa arbetskarlarne samt även i övrigt en ärlig man».

Han fick nog höra ett och annat om sitt intyg, men till svar muttrade han bara:

— Jaa, säj .... Jag tror int säj ... Innan jag får si he pappre å underskriften säj ... Nog för han ä eldfängd säj, men int är an en illgärningsman.

Till och med åt Siukola gav Kylä-Pentti avverkningsjobb fastän denne åter hade börjat politisera sedan kommunistpartiet efter sin upplösning hade trätt fram på nytt under annat namn.

— Nog måst foltje få arbeit.

Kylä-Pentti var redan till åren kommen, och hans gifta son skötte gården under hans överinseende. Kalla dagar åt Akseli och Vilho sin skaffning i gårdens storstuga, där de ofta blev bjudna på kaffe dessutom. Man pratade om vardagliga ting som lanthushållning och jordbrukets lönsamhet och var ense om att det inte var mycket bevänt med det i Finland. De aktade sig för att föra över samtalet på politik men hade samma syn på priserna på mjölk och smör. Ibland blev de tvungna att tangera politiken i alla fall, och då hände det att Akseli sa:

— Jaa. Int för he. Nog är e förnuft i va Kallio säger.

Bonden gick in i sin kammare och kom tillbaka med en liten plunta:

— Värm vattne. Mor eller Lisa. Vem som hinner. Vi ska ta en styrkare för värmen ... Fast e nu ä olaglit å allt. Men ti medesin, säj ...

Vilho fick inte smaka.

Pojken satt tyst på sin bänk. Det var inte passande att han

deltog i de vuxnas samtal, och gårdens barn var så små att han inte kunde sällskapa med dem heller. Dessutom kände han trots allt av att han var son till en föredetta torpare. De var inte hemmansägare i samma mening som Penttis, och hur vänligt de än blev bemötta så var båda parter nogsamt medvetna om den saken. Ungbonden hade tre barn, två flickor och en pojke. Den äldsta, Kirsti, var tolv år och gick i skola. Det gjorde också pojken, som var mellerst. Den yngsta hette Hilkka och var ännu i koltåldern. De var snyggt klädda hemmansägarbarn och redan förbehållsamma till sättet, särskilt flickorna. Pojken, Eino, pratade nog med Vilho, i synnerhet om skidlöpning, för numera fick Pentinkulma stryk i tävlingarna mellan skolorna och det hände ofta att läraren mindes Vilho och talade om honom.

— Om vi bara hade nån bland er som Vilho Koskela.

Ibland gav gammelhusbonden honom beröm för hans arbetstakt, och då brukade han rodna så smått av belåtenhet.

— Int är e mång i din ålder säj, som sku . . . .

Penttifolkets spontana och vänliga sätt hade stark inverkan på Akselis attityder. De få gånger han kom in på politik numera var han en aning försonligare i tonen än förr. Efter någon pratstund i Penttis storstuga kunde han säga därhemma:

— Ä he har di nog rätt i.

Men även om han tyckte som de om jordbruket och dess lönsamhet så betydde det inte att han gillade gevären som hängde på Penttis vägg, låt vara att han på tal om just den gården och den familjen kunde anmärka:

— Int ä ju di bland di allra värsta. Ä he måst man säj att di int ha förtryckt nåen . . . Men . . .

När forslorna var slut lyfte de pengarna och fick så mycket att de beslöt betala hela återstoden av skulden. Det visade sig att det räckte till om de lade ihop vartenda mynt som fanns i huset, till och med de enmarksslantar Elina då och då brukade lägga undan ovanpå klockan. Det stället brukade hon kalla sin bank för småpengar.

De hade inte behövt skrapa hela huset så till den grad rent, om inte en butiksresa också varit av nöden. Denna gång fick det räcka med ett kvarts kilo socker.

230

Men nu kunde de skämta om hur panka de var.

När far kom hem från kyrkbyn och klev in i stugan var det första han sa:

— Ä nu ska vi böri sammel pengan ti hedä fähuse.

Det var en dag i april. På stora landsvägen hade menföret redan satt in. Också här i skogen brakade det i skaren och vid trappan syntes en fläck barmark. Kaarina kom in och sa:

— Far. He ä nå lite sommar ve trappon.

På hösten började Vilho skriftskolan. Där lärde han sig röka. Somliga av bypojkarna hade nog rökt dessförinnan, men Vilho hade inte vågat. Men skriftskolan betydde att man liksom blev mera karl, och då gick det inte längre an att vara rädd för föräldrarna. Att röka öppet föll honom ändå inte in. De drog sina bloss i smyg bakom prästgårdens vedlider under rasterna.

På vintern körde Vilho och far åter stock. Det var det sista goda året före depressionen, och de fick ihop rätt bra med fähuspengar. Ibland hände det att far tog i för hårt. Han måste sätta sig på en stock och krypa ihop med armarna korsade över magen.

— Va går e åt er?

— Bränner i magan ... He går nog om.

— Va ska ni stret för hårt i onödon.

Sonen gav fadern en allvarsamt klandrande blick.

— He ä nog spåren efter Hennala.

Vilho tyckte det gjorde detsamma vad det var spår efter. Far hade gott och väl kunnat ta det lite lugnare och inte slita över sina krafter. Efter ett sådant anfall höll han också alltid lite stillsammare takt en tid. Särskilt bitter var han inte heller, utan sa som för att trösta sig själv:

— Int har vi stor nöd nå meir ... Om ett par år kan du sköt om alltihopa om int jag sku dug länger.

I sådana ögonblick av hjälplöshet tryggade han sig i tankarna till den halvvuxna sonen. En gång kände han att pojken luktade tobak och öppnade redan munnen, men det var någonting som i sista ögonblicket fick honom att hålla tillbaka de ord av ilsken förvåning han hade på tungan. Han sa först senare, och då helt lugn i tonen:

— Ha du rökt redan?

Det gick ett litet pinsamt ögonblick:

— Jaa.

— Ja. Int för jag vill ... Men he ä int bra då man ä halv-vuxi ... Å kanske int annors heller.

— He ä bara nåen gång ...

— Försök nu håll tibakas ännu ... Å rök åtminstondes int så mor veit om e.

Nu hade de till och med en gemensam hemlighet.

Akseli åkte själv till Tammerfors för att köpa konfirmations-kostym åt pojken.

— He ska va en bra kostym ... Jag fick aldri så mytji som ett penni i navan innan jag förtjäna sjölv ut i världen ...

Priset på kostymen läckte ut till bysbornas kännedom.

— Åttahundrafemti ... Va ä nu he för ett sätt å ...

Faderns eftergivenhet tycktes inte ha någon gräns. På efter-middagen samma söndag som Vilho gick fram skulle skyddskårens idrottsplan invigas, och med något muttrande gav Akseli honom lov att gå dit.

— Fast tåkodä fester kund nog va ofesta.

På morgonen drog Vilho på sig kostymen i farstukammarn och kom in i stugan färdigklädd. Mor rättade till han svarta rosett, lyfte kavajen vid axlarna och drog sig ett stycke bakåt för att beundra honom.

— Han passar nog bra.

Elina var riktigt stolt i sitt stilla sinne. Kostymen gjorde sonen manligare och han tog sig riktigt ståtlig ut. Far beskådade honom även och sa någonting gillande.

— He ä nog såleiss, att ska man köp klädren så ska man köp bra. Du växer nog ur an, men då får Eero ta över.

Vilho grabbade Kaarina i famnen och lyfte henne till taket. Sedan gjorde han lika med Juhani och hissade honom flera gång-er. För nånting måste man ju ha för händer.

De hade alltjämt samma kyrkschäs som salig Aleksi i tiden hade gjort sin konfirmationsfärd i. Schäsen var i dåligt skick vid dethär laget, och inte kunde hästen heller jämföras med Poku. För resten fanns det visst inte alls sådana hästar längre. Poku

232

kom de ofta ihåg alltjämt, precis som en död familjemedlem. Denhär gången gick det alltså inte att bravera med hästen. Men över pojken var far och mor nog lite stolta när de väl kom till kyrkbacken. Och det berodde ingalunda bara på den nya kostymen och annan grannlåt. De såg hur Vilho stod där säker och lugn bland sina kamrater, liksom manligare än de andra. Stadigt mätte blicken ur hans blå ögon samtalskumpanen liksom övervägande och beräknande hur allvarligt det var skäl att ta honom.

Där fanns några bekanta också, och Elina presenterade sin son för dem. Hon försökte se andaktsfull och anspråkslös ut men kunde inte låta bli att iaktta bekantingen i smyg för att lura ut vilken min han eller hon skulle göra.

Innan ungdomarna trädde in i kyrkan gick Elina fram till Vilho. Det dallrade till av blyghet i hennes ansikte och glimmade vått i ögonvrån när hon hastigt fångade sonens blick och sa med darrande läppar:

— Du ska va ... allvarli sedan ... Man får int ... utan ti tänk efter ...

Aningen av ett leende glimtade till i sonens blick, men det var ingen ironi i det. Det var ett ungefär likadant leende som lilla Kaarina brukade få av stora bror ibland för någon roande barnslighet.

— Joo.

Elina uppfattade det leendet, och ett ögonblick skalv en stor lycka till inom henne. Rörelse stod tecknad i hennes ansträngda och trötta ansikte. Blicken glänste av både andaktstårar och modersstolthet när hon såg efter sonens resliga gestalt som försvann in genom kyrkdörren.

Elina hade en gång svurit på att aldrig mera gå i kyrkan. Det var heller inte ofta hon varit där sedan dess, men gick hon dit någon gång levde hon med i gudstjänsten med hela sin själ. I synnerhet nu. Prosten själv höll konfirmationspredikan:

— ... Kära barn. Må er kontakt med kyrkan inte vara slut i och med denna dag. Beklagligt talrika är de som anser att konfirmationen slutgiltigt befriar en människa från allt samröre med kyrkan. Det första skriftermålet blir alltför ofta det sista. Det är så förfärligt på modet nu för tiden att vara ogudaktig. Från alla håll svallar världsligheten in i ungdomens sinnen. Gamla beprövade livsvärden ger man på båten. Den nya tiden. Den nya tiden. Det är ett slagord under vars täckmantel man förgiftar folkets själ. Alla och envar söker sitt, och ingen söker Gud. Och blir Gud till besvär så säger man helt enkelt att han inte alls existerar. Att vetenskapen har bevisat detta. Kära barn. I fråga om Gud har vetenskapen inte bevisat någonting alls. Men i sin stolthet och sitt högmod inbillar sig människorna att de vet allt. Till exempel studenterna tror ofta så. Men människan är icke allvetande. Inte ens studenterna ...

När Vilho sedan föll på knä för att motta nattvarden drog Elina fram näsduken ur ärmen, låtsades snyta sig för att dölja gråten och bad för sonen, som Anna en gång i tiden hade bett för henne själv. Förvirrade och vaga tankar på alla de synder hon hoppades sonen skulle bli besparad tumlade genom hennes hjärna. Brännvin, svärjande, kortspel, slagsmål, men framför allt dåliga kvinnor. Dem hade hon i sina tankar börjat hata allt mera ju vuxnare hennes äldsta son blev.

På hemfärden var de fåmälda liksom för att spara något av stämningen. Det syntes redan folk på väg till idrottsplanen, och vid prästgården mötte de Ilmari och utbytte hälsningar.

— Majorn tycks va heim.

— Ha kommi ti festen föståss. Prostinnan bjuder ju hit an ti vartenda kattdop så hon ska få stoltser me an. I synnerhet nu då han ha blivi major.

II

Vilho gjorde sig ingen brådska på vägen mot byn. Han betraktade skogen omkring sig som om han sett den för första gången. Han stannade och tittade granskande ett slag på den stora Mattisgranen, såg ut en lämplig sten, torkade av den för att inte bli smutsig om händerna, och kastade den över granen. Den flög i en vid båge över toppen.

Det var ett påfallande ledigt och kraftfullt kast.

På Koskelas skuggiga skogsväg låg det alltjämt vårliga vatten-pussar, och dem hoppade han över. Ansatsen var dold och behärs-kad, men kroppen njöt av den och det var mera längd än behöv-ligt i hoppen.

Det hade redan samlats mycket folk vid planen. Nästan hela byn var på benen, i synnerhet yngre människor. Barnen hade fått sin femmarksslant av föräldrarna, låt vara till ackompanjemang av en smula knot:

— Int sku vi ha råd med tåkodä.

Hos somliga var knotet förenat också med en principiell mot-vilja:

— He förslår nog me allt va di suger ur oss fatilappar annors. Såntdä ännu till ...

Men ungdomarna ville se idrottstävlingarna oberoende av vem som arrangerade dem. Därför kom de. Barnen sträckte fram sina svettiga nävar med femmarksslanten som de hade hållit i ett krampaktigt grepp, fäste biljetten på bröstet och gick in på pla-nen. I början var de lite blyga för så mycket folk, men en blick ner på de nya gummiskorna skänkte en smula mera självsäkerhet. De var köpta till skolavslutningen och satt nu för andra gången på fötterna.

Förmiddagens nattvardsungdomar slöt sig samman, förenade av sin gemensamma attityd till omvärlden, och sa till varandra:

— Moss.

— Moss moss.

I allmänhet hette det »morjens», men nu hade de ju varit i kyrkbyn på förmiddagen och hade nya kläder och allt. Någon uttalade till och med en undran om här verkligen skulle försiggå någonting av intresse.

— Om man sku gå nåen annanstans.

Och så klev de in genom porten med förnämt uttråkade miner.

Leppänens Preeti kom också ner till planen. Efter Hennas död hade han börjat synas ute i byn lite oftare än förr. Han hade kommit sig för att skaffa en ny mössa också, och i dag stack det fram en kravatt under kragen på hans smutsiga lärftskjorta. Preeti hade börjat snobba.

235

Någon »mänska» behövde han inte mera. Han talade med stor saknad om »sali gumman» och grät lite ibland. Men något slags aktivitet hade samtidigt stuckit upp huvudet hos honom, väckt av behovet att fylla ut ensamheten.

— Jag tänkt jag sku kom åsta skåd. Handä läraren lär ska va nå rent förhärda att spring längsme banon.

Siukola var också där, elak och hånfull som vanligt:

— Jag ska också ge en femmo ti fosterlandsförsvare ... Å pojkin ein till ... Lite stöd åt ochranan, så di har råd ti prygel foltje ...

Idrottsplanen var inte fullt färdig. Vid kanterna låg högar av stubbrötter och gräsplanen var inte heller i ordning. Bänkar stod framställda åt bättre folk. Prästgårdsmajoren var ett slags inofficiell hedersgäst och placerades av lärarn mitt på den främsta bänken. I andras närvaro tilltalade han Ilmari med herr:

— Herr majoren, varsågod, denhär vägen.

Prosten och prostinnan satt tillsammans med sin son. Enligt rangordningen i byn hade hedersplatsen egentligen tillkommit herrgårdsherrn, men det var något som Rautajärvi inte ville erkänna. En jägarmajor var något för sig som smällde mycket högre än en reservfänrik, om så fänriken i övrigt var vilken pampa som helst.

Herrgårdsherrskapet ville inte låtsas om den ovanliga sittordningen. Man hälsade och utbytte några formella och styva fraser.

På de följande bänkarna satt det smärre herrskapet. Töyrys, Penttis, handlanden och herrgårdens inspektor.

Lärarfrun satt på främsta bänken. Hon var gravid igen, fast det närmast föregående barnet med njuggan nöd hade hunnit över blöjbarnsstadiet. Det syntes redan tydligt på henne, men hon körde fram sin mage med idealistens stolthet, och Rautajärvi själv såg till att folk märkte hur han tog sig an sin hustru och hur nationens levande kraft befann sig i riksens särskilda hägn.

För övrigt rände lärarn omkring och ordnade med programmet, vars första nummer var flagghissning. Publiken reste sig när flaggan gick i topp. Därefter gick lärarn och ställde sig framför hornorkestern:

— Vi sjunger unisont Vår blåvita flagga till ackompanjemang av orkestern.

236

Vår blåvita flagga, vi svära
att leva och dö för din ära...

Bara bättre folk tog del i sången. De andra kunde den inte riktigt, utom barnen, av vilka några att börja med stämde in drivna av en reflex från skolans värld. Men redan efter några få ord kom de ihåg att det var sommarlov och tystnade smått generat.

När sången var slut klev läraren upp på ett litet podium vid foten av flaggstången och inledde sitt tal:

Att leva och dö för din ära är vår högsta önskan. Ja. För dig vill vi leva och arbeta, och för dig vill vi dö. Må detta vara vår ledstjärna i varje ögonblick. Av Finlands himmel och drivor din duk har fått sitt ljus, dess käcka fladder livar oss och helgar våra hus. I dag, ädla korsfana i blått och vitt, helgar du frukten av vårt arbete, denna idrottsplan. Detta stycke jord som av fosterlandsvänners armar har röjts till en arena för vår ungdom i dess strävan mot allt högre fulländning. Medborgare, det frivilliga försvarsarbetet...

Herrskapet på den främsta bänken lyssnade allvarligt och uppmärksamt, men när Rautajärvi hade hållit på en stund började den övriga publiken skruva på sig så smått. När han nämnde Ilmari vid namn blev åhörarna emellertid åter mera koncentrerade:

— ... Ni, herr major, är här som hedersgäst vid vår fest. Ni, en stor son av vår by och vår socken. Ni representerar och personifierar jägaridén, och därmed är Ni en del av det största och bästa som någonsin har funnits i detta land. Aldrig kommer jag att glömma det ögonblick då jag som ung frihetskämpe låg med mina kamrater i Tavastlands snö och för första gången hörde orden: Jägarna har kommit. Då drog någonting stort genom landet. Ynglingens blick blev klar, ungmöns kinder rodnade, och stilla tårades åldringens öga då han vände blicken mot höjden och sade: Vi tackar dig.

Då nu Ni, herr major, sitter här ibland oss må Ni vara övertygad om, att Ni omges av gränslös beundran och respekt. Ni ser en myckenhet ungdom här på planen, deras klara blickar är fästa på er, och i hur många pojkhjärtan gror inte också i detta ögon-

237

blick tanken: Himmelska fader, förunna mej äran att bli lik honom. Ge mej ett tillfälle att få utföra likadana bragder som han. Ja, herr major. Denna plan, denna frukt av fosterlandsvänners möda och id, den är ett uttryck för den anda som Ni och era vapenbröder har skapat genom ert manande exempel. Muskler spända av fosterlandskärlek och försvarsvilja har drivit spaden djupt i denna torv. Utan att begära lön, utan att fråga efter arbetstidslagar och utan att grunda fackföreningar har det frivilliga försvarsfolket stretat med detta verk. Och inför en svårighet, ett hinder, en stor sten eller något annat liknande, har var och en blott stilla hämtat styrka i diktarens ord: Herren prövar blott, han ej förskjuter.

Svårigheterna har övervunnits med den kraft som våra förfäders nyröjaranda förpliktar oss till. Liksom fädren i flydda tider, förlitande sig på barkbrödet och på Herran, har det frivilliga försvarsfolket arbetat här, med samma anda som besjälade vårt folk då det reste sig till frihetskamp mot österns despoter.

En trösterik sak skönjer vi i detta. Trots det olyckliga läge vårt politiska liv befinner sig i har folket självt gripit sej verket an. Det har inte låtit sej duperas av partipolitisk taktik, utan förstått vad friheten och framgången kräver. Bitter till sinnes har fosterlandsvännen fått åse huru landsförräderi och hädelse florerar. Kommunismens gift gnager på vårt folks själva livsrötter. Landets regering faller för en skräddare Vaskuris skull. Sådant kallas demokrati.

Men som motvikt till detta ser ni här omkring er denna jämna, öppna plan. Må den skapa tro och hopp i våra hjärtan. En tro på att uppbyggande, fosterländska krafter ska förmå höja riket ur det eländiga träsk där det har gått ner sej.

— Ett trefaldigt leve för ett stort, fritt och mäktigt fädernesland. Hurraaa ... urraaa ... aaaa ...

När applåderna hade tystnat vidtog kaffeserveringen. Vid ett bord bjöds herrskapet gratis och vid ett annat fick folket mot betalning. Ståndspersonerna gav läraren beröm för hans anförande och den stämning det skapat satte sin prägel på samtalet.

— Att du kom ihåg dendär historien med Vaskuri. Den är ett utomordentligt belysande exempel.

238

Vaskuri var en socialistisk skräddare som hade blivit nekad en tjänst som postiljon. Saken kom upp i riksdagen, och socialdemokraterna genomdrev misstroendevotum mot regeringen, som därmed föll. Affären blev nu stött och blött, och det talades om parlamentarismens förfall och regeringsformens småskurenhet. Ilmari drack sitt kaffe stående, med vetebrödsskivan fastklämd mellan ringfingret och lillfingret. Huvudet höll han framåtlutat för att inte få brödsmulor på uniformsbringan. När kyrkoherden hade tagit till tals den i högerkretsar då mycket aktuella tanken att en del av platserna i riksdagen skulle undandras de allmänna valen och reserveras för universitetet och andra kulturella institutioner, sa Ilmari:

— Det är nu en gång för alla så, att vad som är genomruttet blir inte bättre av att lappas. Skall det bli fråga om en reform, så bör hela inrättningen läggas på korporativ bas. Men den bästa lösningen är att en gång för alla avskaffa den.

Ingen opponerade sig. Men samtalet gled över till festen och idrottsplanen. För resten måste läraren iväg och mjuka upp sig, för han skulle delta i tretusenmetersloppet. Efter en liten stund kom han ut ur omklädningsrummet iförd träningsoverall och började löpa av och an längs kanten av planen medan han ömsom gjorde små rusher, ömsom sprang med makliga, fjädrande steg och löst dinglande armar.

Tävlingarna började. Först var det ett hundrameterslopp och sedan ett par hopp- och kastgrenar. Men huvudtävlingen var tretusenmetern.

Lärarn var den enda deltagaren från Pentinkulma. De flesta av idrottsmännen var från kyrkbyn och stationsbyn. Pentinkulmaborna nöjde sig med att stå bredvid och titta på:

— Di ä presis som rikti sportare på tidningsbilden.

Tretusenmetersloppet väckte stort intresse. Hur skulle lärarn klara sig? Den andre favoriten var en polis från kyrkbyn. Efter ett par varv drog de två mycket riktigt ifrån resten av fältet och löpte tätt i hälarna på varandra.

Kivioja-Vicke hösslade ivrigt där han stod:

— Herrigud ... Int är e Nurmi nå ti kom me ...

Men Elias sa elakt och med ljudlig röst:

239

— Int blir e handä lärarin nånsin nå rikti bra löpar. Han har beinen orätt fastnita i röven.

När slutstriden började på sista långsidan trängde sig publiken fram ända till kanten av löpbanan. Vilho stod där också mitt i hopen, och när han såg hur lärarn passerade polisen i sista kurvan blev han stel och spänd i hela kroppen av upphetsning och greps av en häftig lust att själv få löpa med. Han stod nära kalkstrecken, och när lärarn löpte förbi honom, vacklande, med sammanbitna tänder och huvudet bakåtslängt, hördes ett obestämbart hejarop ur strupen på Vilho.

Lärarn kastade sig ner i gräset, men reste sig strax igen och masserade sina vader. Herrskapen skyndade fram för att gratulera och Rautajärvi tackade med anspråkslös min:

— Inget fel på banan ... det är nog karln som klickar ... Men så sant jag heter Rautajärvi ska jag putsa tio sekunder av denhär tiden.

Efter prisutdelningen var det slut på festen och publiken strömmade långsamt bort från planen. Lärarn kom ur omklädningsrummet och gick mot porten där Elias stod och orerade högljutt för Siukola:

— Jag va trumpetar ... Då jag låg tisammans me kamratren mina i Tavastlands snö.

Först ämnade lärarn gå förbi utan att låtsas höra, men ilskan tog överhand:

— Vad var det ni sa?

— Jag tala me handä Siukola nå lite bara om hedä trumpetase.

— Vem släppte in er på plan? Ni har ingenting här att skaffa.

— Di såld tåkodä tillståndslappar ...

— Buse. Ni är ju full.

— Herr fänrik ... jag är arg på fyllhundan ... fyllhundan ska trampas in i jordens stoft, sådä, sådä, sådä bara ...

Elias sparkade med hälen i gräset, men Rautajärvi grep honom i nackskarven och ledde honom några steg bortåt från porten.

— Såna som ni har ingenting att skaffa ens i närheten av denhär plan.

Elias försökte slita sig lös, men lärarn var stark och greppet höll.

240

— Polis ... satan ... huliganren hoppar åpå ...

Lärarn gav Elias en knuff så att denne var nära att ramla framstupa:

— Jojo ... Men i Tavastlands snö låg nog jag också me kamratren mina å blåst i horne ...

— En såndär buse ... Man borde ge er stryk, men ni är inte värd en karls knytnäve ens.

Folk skrattade i mjugg, men lärarn begav sig åt skolan till med häftiga och arga steg.

Vilho gick inte hem strax utan stannade i byn tillsammans med pojkgänget. De stod i ett vägskäl med händerna nerstuckna i fickorna på sina nya konfirmationskostymer och skörten på den oknäppta kavajen skjutna bakom handlovarna. Yngre pojkar som de ännu helt nyligen hade haft till lekkamrater avvisades nu med några föraktfulla glosor. Det pratades om idrott med allvetande tonfall. Vilho hade blivit entusiastisk på sitt stillsamma vis när han såg tretusenmetersloppet, men han visste nog att far inte skulle låta honom sporta på skyddskårens plan.

Ute i byn spankulerade alltjämt många eftersläntrare från festen. Några byflickor kom promenerande längs vägen och fick pojkarna att glömma idrotten. Flickorna var äldre än de själva, redan i sällskapsåldern, men pojkarna såg värderande på dem och kom med sina anmärkningar:

— Bra nuna, men för kort mellan hälan å knäna.

De var i en sinnesstämning då man liksom trevade efter någonting nytt och stal en del attityder i förskott från framtiden. Men när det började kvällas gick de hem.

Vilho låg länge vaken den aftonen. Ända sedan föregående höst hade han sovit i egen säng. De yngre bröderna sov tillsammans i den andra.

— Om man sku gå frivillit i militärn ... Så sku man fortare va åv me he.

Han tänkte på värnplikten därför att konfirmationen hade fäst hans uppmärksamhet vid att han efter den hade bara en officiell plikt kvar. Sedan skulle han vara fri från allt.

Tanken på militären kändes synnerligt motbjudande. Hans fantasi var full av äldre pojkars historier om livningsmarscher, arrester och rytande officerare.

— Men försöker di me mej så ...

Vaga framtidsfunderingar rann honom i hågen:

— Eero ska ti Kivivuori ... Så jag stannar väl här då ...

Tanken kändes för ögonblicket inte riktigt tilltalande. Livet tedde sig lite smått och trångt inom den ramen.

— ... å efter militärn blir e ti gift sej ...

Bilden av flickorna på vägen för en stund sedan fyllde hans medvetande. Den koncentrerade sig inte till någon bestämd person. Ögonen och leendet hos en, benen eller höfterna hos en annan ...

Han vände oroligt på sig i sängen och avfärdade fantasibilderna med en föraktfull tanke:

— Men aldri från denhä byin ...

Plötsligt sov han.

III

Arbetsförtjänsten från föregående vinter var undanlagd till det nya fähuset. I alla år hade Akseli sparat sin egen skog för samma ändamål trots att den egentligen borde ha gallrats strax efter församlingens avverkning. Han hade noga följt med tillväxten och kände nästan varenda större stam: så och så grov skulle den vara efter så och så många år.

Men redan senaste vinter hade priserna sjunkit, och nu föll de kraschartat.

Det hade blivit dåliga tider. Och Akseli började åter visa tecken till bitterhet:

— Di kan nog, di jävlan. Just som man böri kom på föttren så slår di till igen.

Fähusbygget hade blivit så ett med hans tankar och föreställningar att det kändes svårt att avstå. Men sålde man skogen nu skulle den gå nästan gratis, och nästa vinter blev det inga forslor heller, just därför att ingen sålde. Utom några få som var skuldsatta över öronen och illa tvungna.

Akseli tvekade och funderade hela sommaren och var därför lite vresig och otålig. Sina sysslor skötte han under grubbel, och det hände att han först långt senare delgav familjen vad han tänkt ut:

— Å ander sidon ha ju nog prisen på tillbehören också sjunki. Å räknar man me att vi blir arbeitslös heila vintern så ä ju he också förlust ... Men int sku man heller vill ge döm nåenting halvt för assit ... så läng som man ha spara på handä skogin.

Elina var den som kanske allra hetast hade hoppats på ett nytt fähus, för det var ju hon som mest skulle arbeta där. Men hon sa varken ja eller nej:

— Ja, int begriper e jag va som sku va bätter ... Gör som du vill.

Eftersom fähuset skulle bli av tegel och sockeln av betong knackade de i alla fall stenskärv på hösten. Den skulle ju inte ruttna hur länge den än fick vänta. Otto kom dragande med sin mejsel och sina släggor än en gång. Bakom rian fanns en stenig backe där de fick hur mycket skärv som helst. Men först skulle stenbumlingarna sprängas i mindre stycken.

Morfar gjorde inga tunga sysslor längre. Akseli och Vilho fick hantera släggorna medan gubben höll mejseln. När han tände på en sprängsats sökte Akseli och pojken varje gång skydd ett försvarligt stycke ifrån. Men morfar nöjde sig med att ställa sig sidlänges bakom närmaste lite tjockare trädstam eller huka sig bakom en större sten. Inte gjorde han sig någon brådska heller. Det hände att han tände sin pipa med samma sticka som stubintråden.

När Otto dirigerade mejseln gav han direktiv och takt med alla möjliga ramsor precis som när de högg råstenarna i tiden:

— Kläm till bara. Ludvig komber nog me öle ... Ein tum högre, sa Berta ...

Under tobakspauserna grunnade Akseli alltjämt på skogsförsäljningen. Otto tyckte han borde sälja och få fähuset byggt, för det kunde ju hända att tiderna blev ännu sämre.

En dag berättade gubben att några kommunister hade fått sina röda skjortor rivna av kroppen i Lappo.

— Få si va he nu ska bli till.

243

Akseli slängde sönderknackade stenar i en hög och pustade:

— Nå, va sku he bli till då?

— Ingenting väl.

Akseli hade inget intresse för saken. Han bara gjorde sitt och därmed basta.

— Di sku håll ett möte där, men när di steg av tåge så vart di oppkörd tibakas å fick röskjortona å kravattren bortrivi.

— Hm ... Här i lande ha di nog rivi lite annat än skjortona å ... Ge hit spette pojk, jag ska vänd på handä bumlingen ... Satan anamma, sku man gå åsta fråg handä Päkki va han vill bital...

Vilho var lite nyfiken på lappohistorien. I Lappo hade ju detdär slaget stått där von Döbeln red längs glesnade led.

— Hadd di slajist där?

— Nå lite hadd di väl klappa opp varander ... Men he ska bli rolit ti skåd va som nu händer ... För hedä va ett grovt brott mot mötesfriheten, å få si nu va myndiheitren gör.

Akseli bände runt stenen med eftertryck:

— Ingenting föståss ... he veit man väl.

Och det stämde: ingenting blev gjort åt saken. Några dagar senare visste morfar berätta att det hade hållits ett möte i Lappo därifrån man hade sänt ett telegram till regeringen:

— Att om int regeringen trycker ner kommunistren i skorna så garanterar di int att di int gör e sjölv ... He va hårda bud.

Otto berättade också hur till sig och i tagen lärarn hade varit en dag i butiken.

— Han gick av å an me tidningen i handen å rabbla: Österbotten talar, nu talar slätternas folk ... Å Siukola stog breve strömmingskaggen å tjata om fasistren ända tills di nästan hadd knytnävan i vädre bägge två ...

Akseli drog på munnen och fortsatte med sitt arbete. Men efter en liten stund sa han:

— Om jag sku böri på ändå ... Vem veit va di ställer till me här ... he kan faktist bli ännu sämber.

Päkki kom för att inspektera skogen. Han var Mellolas svärson och hade ärvt både gård och såg eftersom patronen inte hade egna söner. Han var en lång gänglig karl med torrt och buttert utseende. Bakom hans glasögon glimmade en uttryckslös blick. Han talade långsamt och eftertänksamt och yttrade sig i allmänhet först efter grundlig betänketid.

— De lönar sej int riktigt. Där finns så lite grovtimmer. Men nog kan jag allti förmedla papperspropsen, å veden också.

Han gjorde ett anbud som Akseli inte godtog.

— Nå. Sälj åt nån annan ... De lönar sej int för mej.

Akseli försökte. Men bolagen bjöd ännu lite mindre.

Han drog ut på saken några dagar och gav sig längre bort för att höra åt om arbete, men kom tillbaka utan.

— Man måst väl sälj åt handä satan då ... så får man arbeit åtminstondes.

Han åkte till kyrkbyn. Päkki satt på sågkontoret och verkade inte alls förvånad över Akselis ankomst, förklarade bara med några makliga ord:

— De kan gå så att man måste sluta köpa helt å hålle, å låta alltihopa stanna åv ...

Akseli skrev sitt namn under hyggeskontraktet och fick förskottslikvid. Mellola brukade på sin tid betala direkt ur sin plånbok, men nu hade rörelsen vuxit och utbetalningarna sköttes av en målad och pudrad kontorsflicka i en kassalucka. Päkki var en man i den större stilen. Han hade blivit kommunalpamp och medlem av skyddskårsstaben också efter svärfadern. Sågen hade expanderat och dessutom bedrev han trävaruaffärer även vid sidan om. Nu hade han fått fotfäste i bolagsringen. Han fick ett eget distrikt där stockskogarna tillkom honom allena och bolagens anbud var rent formella och enligt överenskommelse något lägre än hans egna. Bolagen köpte sin pappersved genom hans förmedling, och det var där han kunde göra endel gentjänster.

Någonstans mycket högt uppe i samhället hade någon tänkt ut detta system, där Päkki var en liten länk och Akseli ett ännu mindre offer. Det visste Akseli ingenting om där han åkte hemåt; han var lite ångerköpt över affären men försökte trösta sig med tanken på det nya fähuset och på att de nu i alla fall hade arbete tryggat för den kommande vintern.

Ett slags tröst var det också att skogen gav mycket mera klenvirke än beräknat och Päkki lovade köpa alltsammans trots att det betydligt översteg avtalskvoten. Stockarna var däremot fåtaliga, och dessutom måste de såga upp en del av dem till byggnadsvirke för fähuset. Efter detta skulle skogen inte gå att röra på många år.

Å andra sidan ersatte kristiden också en del av deras förlust. Tegel, cement och andra byggnadstillbehör hade blivit billigare. De kördes hem av Kivioja-Lauri, som också hade blivit tvungen att sänka frakterna. Men då Lauri dessutom fick köra pappersveden och veden till stationen och kunde ta förnödenheterna och betonggruset på återfärden gav han dem ytterligare rabatt.

Nu fanns det övernog att se och höra. Barnen väntade troget i fönstret, och på ropet »Nasjonalen komber» rusade de som på given signal ut på gården för att titta på bilen och avlastningen.

Tegellassen klarades med langningskedja och till ackompanjemang av ett typiskt högljutt Kivioja-snatter. Kiviojas visste en massa om världens gång utanför hembyn och socknen. Töyry-Ensios bil och hela hans taxibestyr kappades de om att förakta:

— Nåen gång kan han få skjuss ett par fyllhundar ... Snart ha nog arvslotten hanses fari all världens väg...

De visste också åtskilligt om lappomännen och händelserna i Österbotten:

— Di hadd slaji sönder kommunistrens tryckeri me släggona ... herri ... hödu ... Österbottningan ä nog pojkan, satan ... Kiviojafolket uppträdde nästan som om de känt en viss sympati för lappomännen.

— Pojkan klämmer till ...

Också Koskelas hade ju sig bekant en del om allt detta. Bygget gav dem ofta ärende till kyrkbyn, där man fick höra allt möjligt om lappomötena, tryckeridemoleringarna och annat sådant. Även hemsocknens herrskap var redan i tagen. Pentinkulmaläraren ordnade ett möte med någonting som kallades Suomen Lukko, Finlands Lås. Där var också prästgårdsherrskapet med, och det sades att även Töyry-Ensio och handlanden hade visat sig mäkta ivriga.

Under vårens lopp hade prästgårdsmajoren börjat hälsa på

hemma ännu oftare än förr. Vid besöken träffade han många av sockenpamparna och framför allt Päkki, som man visste var den ivrigaste lapposympatisören i kyrkbyn.

Det var något slags »tid» på väg igen. Mest av allt märktes det i butiken vid postdags. Tidningarna hade stora rubriker nästan varje dag. För första gången hörde också pentinkulmaborna nu talas om en som hette Hitler och marscherade på gatorna i Tyskland och slogs med kommunisterna.

Rautajärvis post hade hittills brukat avhämtas av tjänsteflickan, men nu började han komma efter den själv.

— Slättens folk tar till orda ... Österbotten reser sej ...

Siukola var också ofta i butiken när posten kom. Han hade varit arbetslös hela vintern och spåren syntes på hans ansikte och hans inköp. Siukolas köpte inte just annat än salt numera.

Men gräla med Rautajärvi orkade han.

— Fasistren reser sej ... He går som i Italien.

— Vet Siukola vad som händer i Italien? Där dikar man kärr ... Vet Siukola vem som har fått tågen i Italien att gå efter tidtabellen? Mussolini ... Och nu reser sej också det tyska folket ... Marxismen ska köras dit den hör hemma. Till Asien.

— Ja ja. Ska Finlands arbeitslösa också köras ti Asien? Veit lärarn, att snart så ä landsvägan full åv strykare? Fösst låter man foltje hunger, å sedan när man blir rädd för döm som hungrar så har man nå lappoboar ti skrän landsförrädare, å så tar man ti släggona å slår tryckerien i bitar.

— Alla kommunisttidningars tryckerier ska förstöras. Om inte regeringen stänger dem så vet nog folket vad det gör.

Kivivuori-Otto gick fram till disken och sa till handlanden:

— Ge hit min Sanningstrumpet å.

Han fick sin Socialdemokrat, och Rautajärvi övergick till att skälla på den:

— Det är en dålig tidning. Tar kommunisterna i försvar.

— Nä, men lagliheiten. Man får int riv skjorton åv en mänsko, också om on råkar va röd. Å man får int slå sönder dyra tryckpressar me släggona. Lika lite som man får hota en lagli regering.

— Lappoborna erbjuder regeringen sin hjälp att kuva kommu-

247

nismen, men vet regeringen inte sin uppgift så kan nog folket ta till knytnävarna. Och hur kan er son ta kommunisterna i försvar fast de skymfar honom så fort de kommer åt? Såna mjuka ryggar passar inte oss finnar.

— Int försvarar e pojkin kommunistren, utan di lagliga myndiheitren.

Det var på pin kiv Otto tryckte så hårt på lagligheten, för hittills var det Rautajärvi som hade månat mest om den. Men lärarn slank undan genom att förklara att lappomännen handlade i lagens anda även om de kanske hade brutit mot dess bokstav. Han gick med sin tidning under armen och sa till avsked:

— Men marxismen ska utrotas här i landet. Nittonhundraaderton blev det halvgjort därför att partipolitikerna svek det vita Finland. Denhär gången blir det inte så. Det kan Kivivuori vara övertygad om.

— Hallå. Hadd int lärarn köft nå också?

I sin upphetsning hade Rautajärvi glömt sakerna han köpt kvar på disken. Det var Otto som ropade och stack påsarna i handen på honom när han kom tillbaka:

— Int får man glöm sakren, sen må e va hurleiss som helst. Mor därheim kan bli arg.

Den våren släpptes korna ur fähuset tidigare än vanligt hos Koskelas. Till det behövdes karlhjälp, för särskilt ungdjuren var vilda. De råmade och rusade av och an. Elina var lite orolig och nervös, som alltid under den proceduren, men Vilho och Eero småskrattade åt henne:

— Int springer di bort ur världen.

— Skratt lagom där. Vem veit vart di kan ta vägen.

Men redan samma dag började far riva loss klavarna och ta ut de små fönsterrutorna. Pojkarna klättrade upp på taket med spadar i högsta hugg och satte i gång med rivningen. Far stod på marken och tittade på.

— Dehä ä nog reina dyngon.

— Nå, desto bätter lossnar e.

De satte i gång på var sin sida. Och som av sig själv kom det till tävlan. De kikade i smyg på varandra och ökade takten. Vilho var äldre och starkare, men Eero på något vis vigare och raskare. Han satte hårt åt storebror.

Farmor kom gående och språkade för sig själv om det goda tändet. Hon tittade på pojkarnas gnoende och förmanade dem att inte ramla ner från taket, och de låtsades ta henne på dödligt allvar.

På eftermiddagen började det höras knirk och knark på Koskela. Det var de gamla rostiga spikarna som lossnade ur takstolarna när pojkarna ryckte loss bräderna. Far sorterade dem i högar. En del var användbara i det nya fähuset, där också en del av lidrets väggbräder kunde komma till pass.

Och så kom turen till hela takstolskonstruktionen. Svetten pärlade från pojkarnas nästippar och pannor där de bände loss trävirket med järnspett. De hittade på att börja promenera längs takåsen och stolarna utan att hålla i sig. Hur märkvärdigt fort gick inte rivningen, och hur lite trävirke blev det inte över till slut när allt var sorterat och travat. De tog en paus, och far knackade på väggtimret med sin hammare.

— He ä nog färdit. Dehä virke ä int mytji ti hurr för nå meir.

— Hur gammalt ä dehä föuse riktit?

— Jaa, väntas nu. Ett år älder än jag. Så vill jag minns di ha sagt ... Farmor.

— Vaa ...

Alma stultade omkring längre borta på gårdsplanen.

— Var int e så att dehä byggdest åre innan jag vart född?

— Joå. Fast int var e färdit då ännu. Di höll på mä e invändit läng efteråt. He fandest int nå golv i stalle heller på heila fössta åre. He minns jag säkert ... Å kalvkättan gjord di fösst när du va så stor så du sa kavvin, kavvin då jag mata kalvan å hadd dej i famnen.

Otto mätte ut platsen för den nya ladugården. Den skulle stå på samma ställe som den gamla men bli större. Han pålade ut grunden, och så började man gräva sockel. Ytjorden kördes på trädesåkern, för den innehöll bottensatsen av fyrtio års fähusdynga.

En dag dök Siukola upp. Att börja med var han lite besvärad och fåmäld, innan han fick sagt:

— Int sku du bihöv nå hjälp? Fast ni har väl så e räcker ...
— Nå, inte riktit än åtminstondes ... Fast nog me sockeln
kanske ... men he ä bara ett par dagars affär ... eller ett par
tri ...
— Ja.
— Du har int nå arbeit?
— Nää ...
Nu var Akseli besvärad.
— Nog sku jag ju annors ... men jag har int råd riktit ...
— Jaa ...
Med ens var det slut med Siukolas fåmäldhet.
— Int nå arbeit ... Int ett penni på två månader ... Veit du
va vi åt i dag. Klyvpotatis me saltlake ... Såleiss är e.
Siukola rörde nervöst på sig där han satt på bänken. Han för-
sökte le ibland medan han pratade men i stället drogs ansiktet till
något som påminde om gråt innan han lyckades dränka den i hat:
— Nu trampar di ner arbetaren i Finland ... Di håller möten
där i Lappo stup i ett ... Finlands Lås ha di grunda ... Ett plån-
bokslås åt trävarubolagen, jo ... En rikti klappjakt ha di satt i
gång ... Tryckerien slår di i småbitan men polisen bara frågar
nå lite å låter udda va jämnt sedan.
Siukola nästan darrade. Koskelas lyssnade och jakade dämpat
för att vara honom till lags. Lite generad bad Elina honom stiga
till bords och äta med de andra. Att börja med krusade han:
— Int mena jag nu för he ... Nog klarar jag väl mej ...
Men när han väl kommit i gång åt han glupskt. Brödet rörde
han inte. I stället frågade han om han fick ta hem några bitar
och skrattade bittert för att dölja att han skämdes.
Elina gav honom fem brödkakor, och när han hade gått sa
hon till Akseli:
— Sku man inte kunn ge an arbeit ... fast man sku bital lite
sämber också ...
— Ja ... men var ska man ta slantan ti en liten lön ens ...
Ha int an fråga ve kommun ...
Elina blinkade häftigt:
— Då en kar frågar efter brö för ti för heim ... så är e ...
så är e int nå lekverk länger ...

— Nå nänä ...

Akseli grymtade nästan ilsket, men på kvällen sa han till Vilho:

— Gå nu åsta säj åt an att han kan kom för nåen tid ... Han får maten å lite pengar.

Siukola kom. De avtalade lönen så att de tog honom i kosten och dessutom skulle han få en hektoliter råg och fem kilo fläsk. Resten skulle betalas i reda pengar. Siukola var nöjd. Han gissade vem som stod bakom och tog därför en gång med brydd och ödmjuk min vattenämbaret ur näven på Elina:

— Låt nu mej bär ... Då jag ska åt he hålle ...

Elina förstod också sammanhanget, och så gick de tigande sida vid sida längs brunnsstigen, båda lika besvärade och uppstyltade.

Men när Siukola hade fått kraftig mat ett par dagar började han politisera. Någon sordin på hans effektivitet i arbetet lade det inte, tvärtom. Hammaren knattrade och gick mot sockelbräderna när han höll låda i takt med slagen:

— ... jaja ... Ha du int läst he ... Di roffa han ur händren på landshövdingen å så slet di sönder landshövdingens paletån ...

— Var sku jag ha läst he ... Otto språka nog nå om e i går ...

— Heila billaster me karar hadd di samla ihop ... å polisen bara titta på å skratta när di slog mänskona ... Å herrigud ...

Siukola talade om rättegången i Vasa mot demolerarna av det kommunistiska tryckeriet. Lappomännen hade avbrutit rättsförhandlingarna, dragit med sig kommunisternas advokat som de fört bort i bil och piskat upp folk på gatan.

Efter hand som Siukola berättade ökade takten i Akselis hammarslag en smula, men han nöjde sig med att säga något om att det ju inte hade funnits lagar för borgarna här i landet förr heller.

— Å handä lärarin ränner som en vettvill mellan körkbyin å Pentinkulma å tjatar om slätternas folk, slätternas folk ... Han håller på å ställer till nå slags möte, där ä mång ander i lag me ... Handä Päkki åtminstondes ä ein åv döm.

När Janne kom med fähusritningarna, som han själv hade gjort, höll Siukola och han på och grälade en god stund. Siukola påstod att socialdemokraterna stödde lappomännen i smyg för att de hoppades att kommunisterna skulle stryka med på kuppen.

— Erkänn bara ... Erkänn bara ...

— Jag erkänner int nånting.

Janne var synbart bekymrad. Han visste mera än tidningarna och var kapabel att bedöma saker och ting ur ett djupare perspektiv.

— Det är int alls fråga om nån slump ... Alltihopa är planerat på förhand nånstans ... Dethär är början på den motstöt som det har talats om alltsen tiden efter upproret. Först ska kommunisterna kväsas, sedan socialisterna, å sedan så betyder centerborgarna mindre än ingenting ... Bäst det är kan vi sitta i Ekenäs hela bunten ... Det är hårda bud på didär mötena.

— Hä, hä ... Vadå för Eknäs ... Di ha ju sagt rakt ut att int e bihövs nå fångläger denhä gången. He ska göras reint hus nu ... Ti gropkanten, ti gropkanten bara ... Sku int ni ha svansa för borgaren så sku int e si ut som e gör nu. Jag ska påminn dej om he sedan då vi står ve hungergropen tisammans ... För di böri väl skut foltje på gambel ställena åv gambel vanon.

Janne fortsatte inte tvisten, han tyckte Siukola var en alltför obetydlig motståndare. I stället började han demonstrera ritningarna för Akseli.

Janne hade blivit tvungen att skingra sitt arbetslag för att det inte fanns några ackord. Han skulle själv mura Koskelas ladugård. Och det lite billigare än vanligt, eftersom enda alternativet ändå var arbetslöshet.

När han gav sig av sa han:

— Sänd bud sedan då du vill jag ska börja.

Siukola höll alltjämt på och spikade:

— Nog ska du få skåd ännu ... muspolisen blir nog också ställd mot väggin då österbottningen komber ...

I sin upphetsning slog han sig på fingret, slängde hammaren ifrån sig, hoppade och skrek:

— Satan, satan ...

— Va nudå?

— Fingre mitt ... Perkele ... Nog är e ... Å landshövdingen måst avgå ... För han våga säj att rättegången int får störas ... hä, hä ... He ä en lagli samhällsordning di kallar ... ein rikti lagli samhällsordning. Å vart i helvite kasta jag handä hammarin.

— Där ligger den ju. Bakom brädhögen.

252

IV

I sockentidningen, på mjölkbryggorna, på tallstammar vid vägen, på skyddskårs- och brandkårshusens anslagstavlor och alla andra tänkbara ställen fanns ett meddelande:

»Till alla fosterländska medborgare.

I åratal har landets fosterländska befolkning med växande bitterhet bevittnat våra kommunisters landsförrädiska verksamhet samt deras undergrävande av den lagliga samhällsordningen. Ett gift som fräter på folkets dyrbaraste värden har fritt fått drypa i deras tidningspress. Hädelser och hån av Religion och Fosterland ha fått trampa folkets heligaste värden under fötterna. Med bekymmer ha ansvarsmedvetna kretsar i landet åsett detta. Man har hoppats på ingripande från landets regering och riksdag. Men förgäves. Gång på gång hava försöken att få ett slut på kommunisternas mullvadsarbete runnit ut i sanden. Allt detta har möjliggjorts av den olyckliga politiska riktning, vilken kom till makten efter frihetskriget. Man lät segerns frukter gå sig ur händerna. I demokratins namn har arvet från Det Vita Finland givits till spillo. Det knappt tioåriga gräset på de vita hjältarnas gravar har fått bevittna, att dessa offer ha bragts förgäves. Riket står på undergångens brant, landets försvar är försummat.

Sådant var läget ännu helt nyligen. Men nu gryr hoppet åter i norr. Med hopbitna tänder åsågo de friborna männen i Österbotten fäderneslandets nöd, tills måttet slutligen var rågat. De reste sig att dämma upp olyckan. Men denna gång få vi icke lägga hela bördan på de tappra österbottningarnas skuldror. Även i söder måste våra fria män och kvinnor upp att värja nationens dyrbaraste värden. Därför sammankallas härmed alla patriotiska medborgare, för vilka Det Vita Finland är ett heligt arv, till rådplägning i kommunalgården nästa söndag eftermiddag, efter högmässan, kl 13.30. Vi skola vid detta gemensamma rådslag för fria medborgare tillsammans dryfta vad som kan göras för landets räddning.

En skara fosterländska medborgare.»

Det var mera folk än vanligt i kyrkan den söndagen. Också på kyrkbacken var liv och rörelse redan tidigt, och på det angivna klockslaget fylldes kommunalhuset till bristningsgränsen. Till och med förstugan och fullmäktiges rum var fullsatta. Somliga måste stanna utanför. Sammankallarna, Päkki, Yllö-Uolevi, apotekaren, prosten och prostinnan, länsman, pentinkulmalärarn och några till av sockenpamparna satt på främsta bänken. Många av männen var i skyddskårs- och kvinnorna i lottauniform trots att det inte var någon övning den söndagen.

Det var ett dämpat sorl av röster, hostningar, snytningar och prassel från människor som trängdes med varandra i salen, vars främre kortvägg var prydd med två flaggor och mellan dem en duk med höga textade bokstäver:

För fosterlandet
och den lagliga samhällsordningen.

Mötet öppnades av Päkki.

— Medborgare. På sammankallarnas vägnar hälsar jag er alla välkomna. För att mötet ska få ordnade former måst vi först välja ordförande å sekreterare.

Till ordförande valdes Yllö-Uolevi, som för resten var ordförande i kommunalfullmäktige efter sin far. Sekreterare blev lärarn i kyrkbyn; inte han som tidigare hade kämpat mot monarkisterna, utan en annan, yngre man. Den gamla lärarn befann sig nog också i salen.

När presidievalet var klart ställde sig pentinkulmalärarn i talarstolen:

— Medborgare. På föredragningslistan för mötet står nu en diskussionsinledning av undertecknad, och sedan är ordet fritt. Men dessförinnan ska vi sjunga fosterlandets psalm, och så ville jag be herr prosten säga några ord. Ty inför vår stora uppgift har vi skäl att be om den Högstes bistånd.

Denhär gången talade lärarn inte med patos och stora åthävor, utan tvärtom i stillsam och allvarsam ton, som om han redan för egen del hade ödmjukat sig inför den Högstes anlete. Han drog fram en stämgaffel ur fickan, knackade med den mot bordskanten och tog ton:

254

— ...hmmmiiiii ... hmoooiiiiii ... O Herre, signa och bevaraaa...

När psalmen var slut trädde prosten fram:

— Kära vänner. Stort bekymmer har verkligen bott i allas våra bröst de senaste åren. Mitt i vårt betryck har vi i all stillhet tagit vår tillflykt till hoppet att allt skulle förändras. I stället har allting utvecklats till det sämre. Men när nöden är som störst är hjälpen närmast. En väckelse har skett i de österbottniska männens hjärtan. Länge har dessa präktiga bönder tigit, men till slut tog dessa stilla i landet till orda på ett sätt som uttrycker deras enkla ädelhet: — På dessa slätter må ingen häda Gud. — Ja, allt annat kunde de kanske ha fördragit, men bara inte att det som var dem heligast blev kränkt. Låt oss, också vi, ta exempel av dessa ädla, enkla, vadmalsklädda män. Låt oss skrida till verket i samma anda som de, i förlitan på Guds ord och med aktning för dess helgd. Då skall vår gärning bära frukt. Herren välsigne oss och bevare oss ...

Menigheten lyssnade under tystnad, med knäppta händer och böjda huvuden. Prostens plats intogs av Rautajärvi som föredrog sin inledning.

— Medborgare. Åter en gång har männen från Österbotten sagt det förlösande ordet. Länge har man väntat på det. Med harm i hjärtat och hopbitna tänder har man varit tvungen att bevittna skändningen av värden som är heliga för varje patriotisk medborgare. Fosterlandet, religionen, skyddskåren och Mannerheim, allt har skymfats och släpats i smutsen. Och allt detta har skett i skydd av Finlands lagar. Förbittrat och med blödande hjärta har det fosterländska folket fått åse hur frihetskrigets arv har givits till spillo. Sakta dryper defaitismens gift i det finska folkets själ. Om detta fortsätter, hur ska det då gå med det gamla finska krigarskicket. Vi lever som grannar till en mäktig kommunistisk stat. Har vi råd att ens för ett ögonblick lossa på hjälmens hakrem? Nej, det har vi inte. Landets pengar slösas på allt möjligt, men inte på rikets försvar. Och i det fallet är socialdemokraterna av samma skrot och korn som kommunisterna. (I många andra med ... I alla avseenden ... Ingen skillnad ... Visst är det skillnad i alla fall ... Ingen skillnad alls ... Socialdemokraterna är väl finnar i alla fall ...). Ja, vi vill hoppas att de verkligen är finnar, och tidtals har vi faktiskt trott det. Men varför stiftar de inte de lagar som behövs för att kväsa kommunisterna? Varför gör de sej på alla punkter solidariska med kommunisterna? (För att di har trasor i samma byk.) Vi har varit beredda att ta dem med i den gemensamma fosterländska fronten på villkor att de kategoriskt fördömer förbrytelserna år 1918. (Och socialiseringen ... Och kolchoserna ...) Personligen frågar jag dem ingenting om socialiseringen. Jag frågar bara om de är finnar. (Men det frågar jag ... Jag med ...) Ja, i den frie mannens rättigheter ingår nog också rätten att råda över sin egendom, men just nu är den frågan inte av vikt. Nu gäller det att rädda landet från kommunismens mullvadsarbete. Och i det sammanhanget bör bara en enda fråga ställas: Med oss eller mot oss? Vi har hört kallelsen från Österbotten, liksom för tolv år sedan, då frihetens blixt från norr ljungade genom fosterlandets natt. Nu är denna gärning hotad av fara, vi lever i elfte timmen. Vi måste skapa en fast och enig fosterländsk rörelse för att rädda landet.

Lärarn slutade, och det hördes bravorop och några meningsyttringar:

— Bra ... bra ... Rätt ... Sätt i gång och rensa ut ... landet måste rensas ...

Uolevi knackade med klubban i bordet, men bara för syns skull, och för resten skulle det ändå inte ha haft någon effekt. Flera personer anhöll genast om ordet, och den som uttalade sig först av alla var Päkki:

— Svåra problem har stört det ekonomiska livet de senaste åren. Strejkerna som kommunisterna har satt i gång har äventyrat produktionen, och nu har depressionen drabbat oss med all sin kraft. Vi står inför svåra tider. Prisen på våra exportvaror, trä och träförädlingsprodukter, har fallit katastrofalt. Många industrier kämpar redan nu med övermäktiga svårigheter. Kommunisterna försöker begagna sej av krisen. Det går lätt att förgifta sinnet på folk som har råkat i svårigheter på grund av arbetslösheten. Därför gäller det ovillkorligen att täppa till munnen på den kommunistiska tidningspressen. Här var tal om socialdemokraterna också. Någon frågade om de är finnar. En fråga som är lätt att besvara. Det är de inte, och det kan de inte vara, så länge de envisas med sina marxistiska socialiseringskrav. För ett fritt ekonomiskt system är en oskiljaktig del av vårt finska samhälle, och därmed av finskheten. Så länge som de bedriver arbetsplatsterror genom att tvinga in vita arbetare i fackföreningarna, så länge går de den internationella marxismens ärenden och därmed mot fosterlandet. Det kan man inte komma ifrån. Därför måste kampen utsträckas till att gälla hela marxismen, och inte bara kommunisterna. För den kampen är samtidigt en kamp för vårt finska samhälles urgamla grundrättigheter, av vilka trygghet till egendom är en bland de första. Därför får vi inte vara blåögda och svänga oss med fraser som inte svarar mot verkligheten. Jag vill uppmana de närvarande att tänka på den sidan av saken också.

Följande talare var prostinnan. Också hon började med österbottningarna och de orubbliga männen från Lappo, frihetskrigets arv och det vita Finlands nöd. Hon gav eftertryck åt sina ord genom att knacka mot bordsskivan med knogarna på sin knutna hand. Emellanåt lutade hon sig framåt över bordet som för att komma närmare sina åhörare:

— Är partipolitikerna så blinda att de inte ser vart vi är på väg? Rör fosterlandets nöd dem inte det minsta? De sitter där i riksdagen tillsammans med kommunisterna som om det var den naturligaste sak i världen. Därhän har partiandan bragt oss. Och hur har frihetskrigets vita frontman det ställt? Han går omkring som invalid med mössan i hand och ber om en allmosa åt sin familj. Tänk bara på det, tänk på det. På arbetsplatserna är han ett offer för den marxistiska terrorn. Han avkrävs offentliga ursäkter för att han oförfärat har trätt i bräschen vid fosterlandets befrielse. Nej, det är alltför grymt, alltför grymt. Och tänk på de hem där man sörjer hjältar som har gett sitt allt. Hur skall det inte kännas för en mor som har förlorat sin son, hur skall det inte kännas i hennes hjärta, när hon ser partikäbblet och landsförräderiet frodas, fosterland och religion förhånas på hennes sons grav? Hur tungt är inte en sådan moders öde? En kvinnas hjärta brister vid blotta tanken. Förstår partipolitikerna detta? Nej, nej, de fattar inte landets mödrars nöd. Mödrarna till de hjältar som har offrat allt ropar till er, partimän: Gör någonting, rädda det fosterland som våra söner har inlöst med sitt blod, driv ut kommunisterna ur riksdagen, dra in deras tidningar, låt inte det lömska giftet kväva den sista gnistan ädelt sinnelag hos vår ungdom! Men partipolitikerna slår dövörat till. Vad rör mödrarnas ångest dem? De bara tänker på sina egna positioner som partibossar utan att bry sej om annat.

Prostinnan blev allt mera upphetsad ju längre hon talade. Emellanåt var hon så andfådd att hon tappade rytmen. Hennes utstående ögon lyste med onaturlig glans. Hennes anförande avbröts inte av några inpass, men så mycket ljudligare var bifallet när hon slutade med orden:

— ... men nu är det stora ögonblicket kommet. Nu blir också partimännen tvungna att se. Folket har rest sej, och inför detta faller allt smått och nedrigt till marken. Fosterlandets morgonstund är kommen.

När applåderna och bravoropen hade tystnat sa Uolevi:

— Janne Kivivuori har orde.

Det gick en susning genom salen. Det hördes tissel och tassel. De flesta hade inte ens lagt märke till att han var där, och bara de allra närmast sittande hade observerat att han bett om ordet. Avsiktligt sävligt och avmätt steg han fram till bordet:

— Ärade åhörare. Ju längre mötet har framskridit, desto tydligare har jag märkt att det egentligen var fel av mej att komma hit. Jag läste i kungörelsen att kallelsen gällde alla fosterländska medborgare, å därför beslöt jag komma. Men jag märker att di uttalanden som har gjorts har varit rent lappoitiska i anden. (Han hädar ... Ner därifrån ... ut med honom ...)

Uolevi bankade i bordet och fick slut på ropen bakifrån salen, och Janne fortsatte:

— Men jag beslöt att använda mej av ordet i alla fall eftersom jag hade begärt det. Här frågades nämligen efter socialdemokraternas inställning, å eftersom jag har en liten aning om den är det väl på sin plats att jag klargör den. Socialdemokraternas inställning är mycke klar å enkel. Den är noga definierad i Finlands grundlag. Det krävs av oss att vi ska avge lagförslag för att få kommunisterna ur riksdagen. Int kan socialdemokraterna handla på ett sätt som strider mot grundlagens anda. (Hör ... hör ... vilken laglydighet.) Om kommunisterna gör sej skyldiga till något olagligt, så finns det ju redan lagar som de kan straffas efter. Men de lagar som här krävs är i princip nånting helt annat. Vad di strävar till är att inskränka på di medborgerliga rättigheter som garanteras i grundlagen, å sådant kommer vi int att vara med om. Det finns redan lagar enligt vilka landsförräderi och högförräderi kan dömas. (Ut ... ut ... ska patriotiska medborgare vara tvungna att höra på dendär ... ut med marxisten ...) Di lagar som man kräver innebär på en punkt en allvarlig kränkning av västerländsk demokrati. Man kan int kriminalisera en kommunist i och för sej, utan att på samma gång kriminalisera en stor del av sån medborgerli verksamhet, som bör vara tillåten, enligt västerländsk rättsuppfattning å demokrati. Å som jag sa, så kan landsförräderi bestraffas med di lagar vi redan har. Brottsling är en kommunist först när han har brutit mot lag. Visst finns det ju ett ordspråk om katten som planerar något fanskap fast den ännu int har gjort det. Men i rikets lagstiftning kan man int gå på den linjen utan att förstöra andra viktigare principer å utan att alltihopa blir ett enda administrativt godtycke. Just det är visserligen en förbannelse som har anfäktat dehär folket ända sedan 1899, men det är sannerligen ingenting att sträva efter, utan tvärtom nånting som man äntligen borde komma ifrån.

Denhär folkrörelsens verkliga avsikter å mål gav direktör Päkki här uttryck åt för en liten stund sedan. I den situation som har skapats av världsdepressionen är det int längre möjlit att pressa ur Finlands folk lika stora vinster som förr utan speciela åtgärder. Också den lilla gnutta makt fackföreningarna har ska förintas. Det är grunden å bottnen i detdär pratet om arbetsplatsterror. Å eftersom det utan vidare sku bli oroligheter om man drev di mindre bemedlade in i hungersnöden, så vill man redan i förväg täppa till munnen på tidningarna å göra strejker omöjliga. Det pågår ett planerat angrepp mot nationen från trävarubolagens sida. Den såkallade föreningen Exportfred fungerar som stöttrupp, å att döma av ivern så kommer man att lyckas med ganska mycke. Den finska exportkapitalisten, en liten ynklig Attila, kommer att stånka fram över landet, å i hans spår spirar varken gräs eller säd, utan engelska sjukan, lungsoten, undernäringen, vattusoten, å främst av allt det som man påstår att man vill bekämpa, nämligen kommunismen ...

Mumlet och knotet hade blivit allt högre. Plötsligt reste sig Päkki och sa:

— Ordförande. Ordet är nog fritt, men vi har inte kommit hit för att lyssna på förolämpningar.

— Rätt ... ut med marxisten ... här behövs inga rysshantlangare ... ner därifrån ...

Uolevi bultade, och när han fått oväsendet att lägga sig lite sa han:

— Jag påminner talaren om att det gäller att håll sej ti sak.

— Jag har hållit mej till saken hela tiden. I princip vill jag naturligtvis int förbjuda någon att komma med program å resolutioner. Men på många av dehär lappomötena har det förekommit tydliga hotelser mot den lagliga statsmakten å direkta uppmaningar till olagligheter. Förstöringen av tryckeriet i Vasa å händelserna vid rättegången efter det har visat att uppviglingen har burit frukt ... (Än 1918 då?) 1918 är ett kapitel för sej å dethär ett kapitel för sej. Tidigare olagligheter rättfärdigar int nya ... (Hör på den ... rysshantlangaren ... ner ... ut med karlen ...)

Bullret blev så högljutt att det helt och hållet dränkte Uolevis bultningar. Det blev oro och rörelse bak i salen och några av de ivrigaste började tränga sig fram mot talarbordet. Päkki reste sig och skrek över oljudet:

— Eftersom talaren inte har åtlytt ordförandens uppmaning så ska ordet tas av honom.

Uolevi upprepade det för Janne, som fann för gott att ge sig iväg. Han gick längs gången mellan bänkarna och väggen, där det stod fullt med folk. Han trängde sig mellan dem med hatten i hand, men längst bakom där de oroligaste elementen höll till började man knuffa honom. Där var mest unga karlar. Somliga av dem luktade sprit. Plötsligt var vägen stängd för Janne.

— Ut me sosjalisten.

— Nå, gå ur vägen då så jag kan komma ut.

— Va sa han ... va sa han ... kast ut an ... ge han en fot i ändan ...

Oväsendet bara tilltog. Uolevi hamrade med klubban och kommenderade tystnad. Ståndspersonerna på de främsta bänkarna reste sig och spanade bakåt. Janne skuffades hit och dit, tills han slutligen lyftes upp av en mängd armar och bars mot dörren. Någon rev ryggsidan av hans sommarkavaj i tu och knytnävar gav honom omilda knuffar. Prosten trampade oroligt av och an och mumlade:

— Nej nej ... inte så ... inte så ... Ordning måste det vara ändå ... var är länsman ...

Länsman hade redan börjat dra sig mot dörren men trängseln var så stor att han inte ens kom i närheten av Janne, och hans försök att lugna de upprörda känslorna drunknade i larmet. Päkki log ett tunt, spänt leende och sa:

— Inte är det så farligt ... Det var precis vad han hela tiden försökte få till stånd ...

Janne skuffades ut och försvann ur sikte. Ännu i förstugan fick han knuffar, och när han langades ut genom ytterdörren skrek de som hanterade honom till dem som stod på gården:

— Ge an fart ...

Några karlar närmade sig Janne:

— Satans muspolis ... lägg iväg bara ...

Janne hade inte spjärnat emot, utan tvärtom på allt sätt försökt underlätta passagen ut i det fria. Han stannade inte på gårdsplanen heller, utan när han såg att några av de mest hetlevrade ämnade följa efter honom rundade han hastigt andelshandelns knut och genade hem.

Det dröjde en god stund innan det blev slut på oljudet och upphetsningen i salen. Från dess bakre delar hördes rop:

— Efter lappomodellen ... Talar en endaste röding till så flyger han genom fönstre ut på backan ... Leve Kosola. Ner me Kallio ...

Somliga ogillade uppträdet, bland dem prosten, men Rautajärvi förklarade:

— Det var hans eget fel ... Han hetsade opp dem med vett och vilja.

Uolevi lade inte ner all sin energi på att stävja oväsendet, och det fortsatte ännu när Korri anhöll om ordet. Han hörde till socknens agrarledare, och fast också han lutade åt Lappo ville han ändå försöka hålla de värsta hetsporrarna tillbaka. Han var en stor stöddig karl, men olyckligtvis hade han en egendomligt tunn och gäll röst, som överflyglades av inpassen när han försökte tala:

— Vi måst nog få slut på kommunistrens skymfer, men he ha börja samlas tåkodä svarta krafter inom folkrörelsen. (Vadå för svarta krafter?) Egenhandsrätt går ändå för ... (Kommunistren har int nåen rätt.) Ett organiserat samhälle kan int, om man sir på saken från lagliheitens synpunkt ... (För kommunisterna gäller bara Lappos lag.) Jag ... jag sku be ordförande ... he ä jag som har orde nu ... (Sådä talar int en finsk bonde.) He sku gäll ti stöd regeringen i ställe för att angrip an ... He ä såleiss me lagliheiten ... (Ha Kivivuori prata ikull Korri?) Me fredliga medel ... (Kommunisterna utrotas inte med prat ... Här behövs int prat, här behövs blankt stål.)

Korri försökte ett slag till, men blev slutligen illröd av ilska, avbröt sig, gick till sin plats och satte sig muttrande för sig själv. Efter honom steg den tidigare läraren i kyrkbyskolan fram. Gubben var gammal republikan och hade blivit synnerligt uppbragt av mellanfallet och oljudet. Han dunkade med sin käpp i golvet och krävde tystnad, och när en bonde från kyrkbyn skrek något hötte han med käppen mot syndaren och sa:

— Håll truten på dej du där ... du hade alltid mun på vid gavel i skolan också. Ingenting kunde du, men här vrålar du precis som du trodde du begrep nånting.

Gubbens vrede och hans gestikulerande med käppen väckte munterhet, för han ansågs redan en smula åderförkalkad. Men han gjorde ett ilsket försök att tala:

— ... vad, vad ska dethär föreställa ... Man borde stöda statsmakten för att utrota kommunismen, men här börjar ni uppvigla till uppror ... Att börja driva ut fan med belsebub ... va ... vem är det som skriker där? Håll mun på dej ... Ståhlberg ... honom har ni skymfat och skällt på hela vår självständighetstid, men ni är inte ens värdiga att knyta hans skosnören ... Det gäller att bygga opp med fredligt lagstiftningsarbete ... den folkvalda riksdagen ... (Fred å fred, ända tills kommunisterna avrättar oss.)

Till en början hade gubben fått tala nästan ostörd, men när någon väl började oväsnas vågade andra följa exemplet, och tumultet tilltog igen, ända tills också lärarens röst dränktes i det. När gubben talade om fredlighet hoppade också Rautajärvi upp och ropade med tordönsstämma:

— Den eviga freden är bara en dröm, och inte ens någon vacker dröm. Kriget är en del av Guds världsordning. Helmut von Moltke.

Den gamla läraren åtnjöt trots allt så pass stor aktning och respekt att Uolevi på allvar bjöd till att dämpa ner larmet. Också prosten tittade ogillande bakom sig. Men bakbänkarna hade råkat i extas, där fäste sig ingen längre vid sådant. Läraren avbröt sitt anförande och gick sin väg från hela mötet. Ännu ute i förstugan gormade han:

— Jo det ... Jo det ... Är dethär sätt och fason ... Det vita Finland ... och så bär man sej åt som en hop huliganer ...

De flesta av dem som stod i förstugan var hans gamla elever och drog på mun åt hans ilska.

Prosten bad om ordet och fordrade tystnad. En viss effekt hade hans ord, och det blev inte flera uppträden. Mest berodde väl detta dock på att där inte längre fanns någon som opponerade sig. Efter ytterligare några inlägg i diskussionen beslöt man bilda en lokalavdelning av organisationen Suomen Lukko — Finlands Lås, och så valdes en kommitté för att formulera ett telegram till Lappo. Medlemmar i den blev prosten, Päkki, Uolevi och Rautajärvi.

Mötet avslöts med Jägarmarschen och Vårt land.

Kommittén formulerade telegrammet, där fria män och kvinnor i söder sände en hälsning till de fria männen och kvinnorna i norr och meddelade att de slöt upp i den gemensamma fronten mot landsförrädarna. Rautajärvi föreslog underskriften »med aktivisthälsning», men de övriga tyckte inte det lät bra, utan slutet fick följande ordalydelse:

»Då fick den finska björnen nog. Han lyfte ramen sin och slog.»

V

Detta första möte blev inte det sista. Det var nya sammankomster allt som oftast och ständigt oro och uppståndelse i största allmänhet. Rykten var i svang om ett stort bondetåg som skulle bli inledningen till en statskupp. Prästgårdens Ilmari deltog i ett av mötena. På grund av sin ställning som officer kunde han visserligen inte hålla tal offentligt, men i stället organiserade han privat socknens lappoanhängares marsch till Helsingfors. Han var full av energi och iver. Det cyniskt uttråkade och bittra hos honom var som bortblåst, och han sa:

— Kallios regering får ingenting till stånd. Den är förfäad av parlamentarismen och dessutom har Kallio vänstersympatier. Men när vi ställer opp tjugotusen bönder på Stortorget så ska ni få se hur herrar demokrater kommer att skaka i byxorna.

Prostinnan ordnade med matsäcksförberedelser. Prosten deltog också, även om han skakade på huvudet och uttalade allmänna förkastelsedomar över de allt vanligare fallen av misshandel och över skjutsningarna som lappofolket iscensatte.

Vanligt folk sysslade i alla fall mera med höslåtter och annat vardagligt. Men vid postdags var det skockning i butiken. Handlanden pysslade med sina påsar och skrockade:

— Jaa. Då int regeringen vill ... så måst ju folke ... he, he.

Visserligen fick han lov att vara försiktig, för det gällde ju att upprätthålla diplomatiska förbindelser med alla kunder.

Rautajärvi behövde inte bry sig om sådant. Han hade gått så varm att han blev arg nästan vareviga gång dessa saker kom på tal. Otto hade märkt det och börjat reta honom med vett och vilja.

— Är Kivivuori också ute i Sovjetrysslands ärenden? Har Kivivuori lust att bo i kolchos?

— Är e int lärarn som ha vari på väg dit ti Ryssland ... Jag tyckt jag hörd en gång att man liksom vela ända ti Ural.

Åt Otto hade Rautajärvi ändå inte mage att hytta med knytnävarna, för Kivivuori var ju så mycket äldre än han själv. Men när Siukola råkade komma till platsen på väg hem från Koskelas ladugårdsbygge blev det öppet gräl efter ett par undvikande och slingrande inledningsmeningar. Otto blåste under med några finurliga ord som hjälpte båda parter på traven.

— Kanske he, kanske ... Men ungan sku ha hungra ihjäl redan om int handä Koskela sku ha gett mej arbeit ... Såleiss är e här i fosterlande, ja ...

Siukola krängde ränseln av ryggen, plockade fram en brödbit som han i smyg hade låtit bli att äta vid Koskelas matbord, och stack den under näsan på Rautajärvi:

— Skåd här, skåd på handä, han biten ä närapå stuli. I Sovjet ligger arbetaren på vilohemmen på Krim, men här drar di längsme landsvägan å tigger en bröbit ...

— Siukola väntar väl att röda armén ska komma med bröd. Men vet inte Siukola att folk svälter ihjäl i kolchoserna. Jag tror inte Siukola heller kommer att ha stor hjälp av röda armén.

— Int bihöver e jag nåen rö armé. Lärarn ä allti i farten me an. Men i han armén marscherar di me bilan. Va he nu kan biro åpå att di hundhuvuna kan skaff sej bilan å tankan ... Å håller lärarn på å brukar munnin ti räcklit läng åt he hålle, så kan e nog händ att di komber ...

Rautajärvi knöt näven:

— Den där sortens prat ska ta slut. Ni borde skämmas ... Att glädja sej offentligt åt landsförräderi ... Ni och era gelikar kommer nog att få se ...

— Å så säkert ... Vi ha fått skåd ett å anat redan ... Ti gropkanten bara ... Där finns masstals redan förut.

En kväll stod det i tidningarna om regeringen Kallios avgång och Svinhufvuds tillträde som statsminister.

Kallios borgerliga centerregering hade utsatts för så starka påtryckningar att den såg sig tvungen att avgå. Den hade visserligen en ansenlig riksdagsmajoritet bakom sig, men ryktena om en statsomvälvning i samband med bondetåget skapade fruktan för att regeringen inte skulle vara situationen vuxen. Denna utomparlamentariska påtryckning ledde till att Svinhufvud placerades på statsministerposten, eftersom han var lapporörelsens man. I varje fall godtogs han av den. Eller som Rautajärvi försäkrade folk i butiken:

— Nu har Ukko-Pekka tagit tyglarna. Nu ordnar det sej.

Till en början släpades två kommunistiska riksdagsmän med våld ut från en session i grundlagsutskottet, och i samma veva arresterade man de övriga kommunistrepresentanterna. Bondetåget började. Från olika landsändar drog det folk till Helsingfors.

Från Pentinkulma deltog läraren, bröderna Töyry och handlanden. De åkte med Ensios bil och tog upp mera folk i den i kyrkbyn. Det åkte åtskilliga bilar genom Pentinkulma, för trots att stora landsvägen här inte var egentlig riksväg genade en del av dem som kom från Österbotten genom socknen. Allvarsamma beskådade bysborna bilarna och lyssnade till många rykten:

— Di komber nog ti ta makten ... å sedan lär di ska gör så reint hus att int ens ungan blir kvar.

Somliga bilar stannade och resenärerna frågade efter vägen på en främmande dialekt. Många av dem hade svarta hattar, och också i övrigt såg de dystra ut. En bil stannade vid butiken och passagerarna började byta däck. De var fem man, två bastanta svarthattade och stormagade bönder och tre yngre karlar.

— Perkele, he va ju just va jag sa, att int e sku hald na meir. Men Heikka bara gaar an å skroderar om ana saker å låss int veit na alls.

Kankaanpää-Elias närmade sig på vägen med en spånkorg på ryggen. Han pratade för sig själv, vinglade och vacklade.

— Kveit tu va denhä byin heiter?

— Joå.

— Nå, vann je vi tå?

— Ni ä där på landsvägin.

— Är e laangt ti Tavastehus?

— En hundra värst ungefär.

Nu lade de märke till Elias tonfall:

— Ja, kva hett denhä byin?

— Dehä ä Matinkorva by, å här bor finnar ... Å här arbeitar di justsom mera å far int ikring så mytji me bil ... joo ...

— Kva mollar du tär?

— Int nå alls ... Jag bara går landsvägin fram för ti hämt gräse åt geten ... Grundlagen garanterar att man får gå på

landsvägin ... man har rätt ti gå efter gräse åt geitan ...
De yngre männen lämnade däckbytet och rätade hotfullt på
sig:
— Bruk int käftan.
Elias gick. Han skyndade på stegen och spånkorgen slängde
och dinglade av och an på hans rygg:
— Jo jo ... Grundlagen garanterar att man får hämt gräse
åt geten i fred å ro.
— Perkeles, handee måst luggas ...
Ett par av karlarna följde efter Elias. Den ene av de stor-
magade husbönderna sa karskt:
— Bara mä mjuka handen sedan, pojkar.
När Elias märkte att han var förföljd satte han upp farten
ytterligare, men karlarna sprang lätt ifatt honom:
— Va är e handä marxisten käftas ...
Den ena karlen röck spånkorgen av ryggen på Elias och den
andra grep honom i nacken. Elias försökte slita sig loss medan
han skrek högljutt:
— Rör int mej satan ... grundlagen garanterar att man får
gå på landsvägin ...
Den ene höll Elias i ett grepp om skuldrorna medan den andra
slog, varefter de lämnade Elias avsvimmad i diket och gick till-
baka till de andra.
När däcket var på plats igen steg männen upp i bilen och for
sin väg. Elias hade kvicknat till i diket men spelade fortfarande
medvetslös för att inte karlarna skulle komma och slå honom en
gång till. På de närmaste gårdarna hade man hört oväsendet, och
det samlades folk på vägen för att fråga vad i all världen som
stod på. Elias kravlade sig upp blodig i ansiktet och förklarade:
— Satan, va ... En anan går för ti hämt gräse åt geten å blir
slaji. Jag sa bara att här så arbeitar folke mera ... å då blev di
satans skörtistren jävliga ... Men Elkku går ti länsman han så
får vi si nå lite va e kostar österbottningan fö sveda å värk ...
Jo ...
Elias tvättade blodet av sig i närmaste dike. Bysborna förund-
rade och beskärmade sig. Det var mest barn och kvinnor till hands,
då karlarna var borta på arbete. Elias tog sin korg på ryggen och

begav sig hem tillbaka. Det fick vara med gräset den enda gång han verkligen haft den goda avsikten att hämta något. Även om det ömmade i ansiktet efter slagen var Elias helt upptänd. För en gångs skull hade han samhällsmakten på sin sida, och han stannade, vände sig om mot bysborna med korgen på ryggen och sa:

— Ni ska få si hurleiss Elkku säter ordningsmakten i rörels . . . Elkku håller nå lite på lag å rättfärdiheit han å . . .

Så gick han med korgen guppande på ryggen, och man kunde höra honom lägga ut saken ivrigt och viktigt en lång stund under vägen.

Tyvärr hade också länsman åkt med till Helsingfors, och polisen muttrade någonting obestämt om att sånt var det omöjligt att ta reda på eftersom Elias inte hade lagt märke till numret på bilskylten.

Och Elias' kok stryk försvann snart i skuggan av större händelser. Den befarade statskuppen blev visserligen inte av, men dock mycket annat. Först efter bondetåget började misshandeln och skjutsningarna på fullt allvar. När Rautajärvi kom tillbaka från Helsingfors var han nästan ifrån sig. Han var besviken över att riksdagen inte hade blivit utkastad. Visserligen var den upplöst, men på hösten skulle det bli nya val, och lärarn lade ut:

— Där står tusentals fosterlandsvänner redo på Stortorget, och bara en kilometer ifrån tillåter man dedär storskrävlarna och partihasardörerna att fortsätta med sin eländiga uppvigling. Men folkets knutna näve kommer ännu att tala. Dethär betyder inte slutet utan början på folkrörelsen.

Riksdagens vicetalman blev bortförd och misshandlad. Nattetid körde skjutsningsbilarna på ödsliga skogsvägar, och i deras spår hördes kvävd klagan och rop på hjälp. Ett par tre mord hade redan skett. Men det var aldrig någon som blev fast för dem, och folk började bli räddhågat tystlåtna. Preeti traskade till sitt arbete på herrgården och pratade med folk han mötte:

— Jaa, he slänger som kosvansen med hedä politiska . . . Nu lär handä lagliheitsmannen Svinhuvu sjölv redan ha ordna opp heila sakin.

VI

Janne hade kommit för att mura Koskelas ladugård. Det bäddades åt honom i stugan med husets bästa lakan och täcken. Han var ju i alla fall viceordförande i kommunalfullmäktige. De mindre barnens respekt ökades ytterligare av de saker han hade med sig på cykelns pakethållare: murslevarna, hammaren, slipbräderna och framför allt ett ståtligt vattenpass, något som de aldrig förr hade sett.

Han frågade i förbigående om murbruket var färdigt och hur länge det hade stått. Vilho fick bli hans hantlangare. Pojken var lite i spänning, för morbrodern var känd som en elak mästare. Ingenting ville duga åt honom, och hans råd och anvisningar var nästan obefintliga.

På morgonen tassade Janne makligt omkring i stugan. Han hade en sliten kappsäck som var ombunden med ett snöre. Ur den tog han fram sina arbetskläder och drog dem på sig. Småbarnen rände ivrigt iväg till mor:

— Mor, morbror har rikti vita kläder.

Kläderna gjorde murarmästaren alldeles ovanligt ståtlig i deras ögon. Koskelas egna karlar var redan sysselsatta med förberedelserna när Janne kom ut. Han tittade sig fundersamt omkring, frågade ett och annat och blev sedan åter stående och visslade tankspritt för sig själv. Efter en liten stund gick han och grävde ett slag med sleven i murbruket, men yttrade ingen mening om det. Teglens kvalitet prövade han också genom att slå sönder ett par av dem. Plötsligt kvicknade han liksom till och sa:

— Jaha pojk. Ställ byttan där. Å teglen på den sidan. Sådär, så di är inom lagom räckhåll.

Vilho bar fram sån och kånkade murbruk till den med ett ämbar. För teglen hade han en särskild bärställning. När han fått alltsammans uppradat frågade han lite osäkert:

— Är e bra nu.

— Går an.

Alla hade samlats för att titta på, och Janne satte i gång. Åskådarna blev lite otåliga, för Janne såg ut att dröna. Han kikade och visslade medan han långsamt murade de första teglen. Men

269

omärkligt började takten öka mer och mer. Sleven gick lätt och skickligt, murbruket breddes ut med ett par drag precis där det skulle, och det tycktes alltid vara exakt en lagom portion på sleven, för när Janne tryckte ett tegel på plats pressade det ut en vacker och jämn söm som han bara helt lätt behövde putsa av med slevkanten. Jannes händer gick med maskinmässig precision och säkerhet utan att han syntes göra sig den minsta brådska. Till Vilho brummade han då och då ett vresigt råd. Pojken tyckte att morbror när han murade var en helt annan karl än annars. Det var någonting fjärmt och förnämt över honom som nästan injagade rädsla. Han skämtade inte som vanligt, småskrattade inte som han brukade och fäste just ingen uppmärksamhet alls vid hantlangaren. Mellan hans ögonbryn satt en liten rynka, och den spetsiga överläppssnibben sköt viktigt fram och ner över underläppen. Så fortgick det ända tills mor ropade att det var kaffe. Då förändrades morbrodern som genom ett trollslag. Han hörde upp med arbetet, tittade ett slag med koncentrerad min på vad han åstadkommit, lade huvudet lite på sned och sa:

— Jaa .. a.

Så drog han av sig rocken och sa glatt:

— Jaha pojk. Så gick vi då.

Janne höll långa arbetsdagar. Han hade ingen lust att dra sig utan höll på till nio om kvällarna. Sedan skärskådade han resultatet innan han gick in. Vilho bar fram mera tegel, men morbrodern sa nej.

— Det lönar sej int att ställa fram mer än behövlit på ett å samma ställe. Di är bara i vägen sedan.

Så frågade han om pojken var trött.

— Jaa, nå lite.

— Det är som det ska. Så kan man äta med gott samvete.

Så fortgick det dag efter dag. Snart måste de snickra ihop ställningar, och då blev det hårda bud för Vilho. Och det var inte att vänta en gnutta nåd och medlidande av mästaren. Det minsta felgrepp följdes genast av ett buttert, bestraffande ögonkast. Hela tiden hade Vilho en känsla av att han inte gjorde allt som det skulle göras. Inte en enda gång fick han ett ord till tack och inte ens så mycket som en gillande blick. Alla fel påpekades, men ett gott arbete var självklart. Men en kväll sa morbrodern i alla fall till Akseli:

— Det är en bra pojk.

Emellanåt måste Janne trampa iväg till kyrkbyn, och ofta när han kom tillbaka såg han bekymrad ut. På många orter hade lappomännen nu börjat trycka på för att få ut också socialdemokraterna ur kommunalfullmäktige. En kommunalfullmäktigordförande hade rövats bort mitt under pågående sammanträde och varit försvunnen sedan dess. Det var allmänt bekant att han hade blivit mördad, fastän man inte låtsades veta om det.

Nu när murningen hade börjat fanns det inte stadigvarande arbete för Siukola, och därför var han inte längre hos Koskelas varje dag. Då och då när det blev någonting att uträtta skickades han efter. Han hade slutat gräla med Janne nu och bad till och med att få bli medlem i arbetarföreningen, eftersom den kommunistiska föreningen i kyrkbyn hade blivit förbjuden.

— Ja, varför int. Bara du följer stadgarna så.

Siukola anslöt sig till Riento, men en eftermiddag surrade en bil på vägen till Koskela. Den brummade länge och väl när den vände in på den smala vägen. Karlarna vid ladugårdsbygget undrade vad det kunde vara fråga om, tills lärarn och Töyry-Ensio dök upp bakom riknuten. De hälsade, och så sa lärarn till Siukola:

— Siukola kommer med oss nu.

— Jasså. Å vart då?

— Man vet att ni har indragna kommunisttidningar hemma hos er.

— Va ä lärarn igentligen för en husundersökar?

— Länsman har bett skyddskåren om handräckning.

Janne hade avbrutit murningen och sa till Siukola:

— Gå int. Det kan int stämma. I varje fall måst länsman själv eller polisen vara med.

— De kommer nog.

Siukola vägrade att åka med. Akseli hade skovlat grus i sockeln och lyssnat tigande. Nu sa han:

— Jaa. Härifrån förs ingen me våld.

Lärarn tog ett par steg i riktning mot Siukola. Akseli flyttade

271

också på sig, Janne likaså. Då stannade lärarn. Vilho hade stått och tittat, smått förvånad och generad. Lärarn märkte att männen inte lät sig överrumplas och försökte en gång till:

— Tänker ni sätta er till motvärn mot myndighet?

Akseli hade yttrat sig lugnt, men då han började inse hur grovt och hänsynslöst tilltaget var, vände han sig på nytt till lärarn:

— Int är e lärarn nåen myndiheit. Man veit nog va som ska händ då ni komber efter ein kar. Men så läng jag står på två bein så förs ingen härifrån.

Akselis argt beslutsamma ord gjorde lärarn rådvill för ett ögonblick. Han glodde osäkert ett slag, tills hans ilska som först hade gällt Siukola hann ändra riktning och vändas mot Akseli:

— Det är klokast av Koskela att inte lägga sej i saken.

— Jag veit int va som ä klokast här ... Men ett ä säkert, karn ska int föras åsta piskas ... Int så läng han ä på min gård ... va ä nu dehä för fasoner ... mitt på blanka dan ... Di ander ha nu åtminstondes skjussa på nättren ... men ...

— Var säker på att det ska bli slut på kommunistagitationen här i byn ... Ni är inte den som ska börja kritisera andras handlingar ... Jag känner nog till era egna. Just ni har gjort era gärningar i mörker och hemlighet ... Har ni glömt nittonhundraaderton ...

Akseli lyfte spaden i höjd med skuldran. Med ett slag försvann tolv år av hans liv:

— Å herrigud ... Ni har två minuter på er ti försvinn härifrån ... Sedan börjar skyfflin gå ... lägg iväg ...

Töyry-Ensios hand stacks hastigt i fickan. Lärarn drog sig ett par steg tillbaka. När Vilho såg det ovanliga uttrycket i faderns ansikte grabbade han åt sig en yxa, och Janne hoppade samtidigt ner från ställningen. Lärarn tvekade ett ögonblick. Hans självkänsla förbjöd honom att ge efter, men han insåg att de inte kunde ta Siukola med sig med våld.

— Vi går. Men saken är inte utagerad med dethär.

Efter en stund hörde man hur bilen sattes i gång borta på vägen och hur surret avlägsnade sig.

— Må där ska ha vari ander me å?

— Säkert. Det är nog klokast du är försiktig nu, Siukola.

Siukola var en smula uppskrämd, men visade det inte:

— Hurleiss då, satan. Jag kan ju int försvinn ur världen heller. Akseli var så upprörd att han inte kunde delta i samtalet på en stund. Han fortsatte i häftig takt med sitt arbete. Barnen som hade varit ute på gården hade rusat in och berättat vad som hänt, och Elina och Alma kom ut och beskärmade sig.

— Huru kom di såleiss mitt på blanka dan?

Janne radade tegel på plats och småskrattade:

— När di far iväg med en riksdagsman fast landshövdingen håller i honom å med ett par andra mitt under plenum å ingen låss om nånting, så vad är dehär att förvånas över. Riksdagens vicetalman blir skjussad, å det lyckas di int heller klara opp.

Akseli slängde grus i sockeln. Sedan stampade han till det och sa:

— Men freistar di me mej så äre nå .. en ... som ... dör. Jag eller nåen annan.

Hela eftermiddagen var han dyster och vresig.

Janne varnade Siukola än en gång, och denne lämnade kvar sin cykel och tog en genväg hem. Han vågade inte somna utan vakade bakom lyckta dörrar. Lite före midnatt hörde han en bil stanna på vägen utanför bostaden. Han steg upp och tittade efter och väckte sedan hastigt hustrun och barnen.

— Nu komber di. Stann här ni ... jag hoppar ut på backan gönom fönstre ...

Hustrun blev förfärad och de mindre barnen började skrika. De äldre tittade allvarsamt på när far brådskande drog på sig kavajen, öppnade fönstret och slank ut. Han hoppade rakt i armarna på Töyry-Ensio och Päkki. Ensio grep tag i honom och Päkki lyfte sin mauser:

— Bäst att va tyst.

Siukola var inte tyst, och när hustrun med barnen i släptåg hade hunnit ut på gården genljöd sommarnatten av gråt, jämmer och svordomar. På gårdssidan stod lärarn och Hollo-Tauno, en adertonårig yngling från grannbyn. Siukolas hustru tiggde och bad dem att släppa mannen. Barnen hängde henne i kjolarna, och då skjutsarna inte ens gav henne något svar sa hon till äldsta pojken:

273

— Aarne ... åsta sök hjälp ... spring å säj ...

Den uppskrämda pojken pinnade iväg. Han knackade på i de närmaste grannstugorna vilkas sömniga invånare kom ut på sina trappor i nattkostymering:

— Vem ha fört an ... vart då ...

— Di förd pappa ... Lärarin å Töyry ... di slår ihäl an ...

I stugorna bodde underhavande till herrgården. När deras sömndruckna förnuft fick saken klar för sig blev minerna försiktiga:

— Va ska jag kunn ... gå åsta ring ti polisen ...

Flåsande och gråtande återkom pojken hem med oförrättat ärende. Modern sa till honom att vakta de mindre barnen och gick själv en ny runda hos grannarna. Men de bara samlades på varandras gårdsplaner för att dryfta det skedda.

— Du ska gå åsta ring ti polisen ...

Hustrun återvände till sina skrikande barn.

Siukola fördes inte långt. Ett stycke från herrgården åt kyrkbyn till låg en liten skogsdunge tätt invid vägen. Där parkerades bilen. Päkki blev kvar vid fordonet medan de andra ledde Siukola in i skogen. De knuffade honom hårdhänt framför sig men sa ingenting med undantag för korthuggna uppmaningar och kommandoord. Först när de hade stannat sa lärarn:

— Sträck fram två fingrar och svär en ed som jag ska förestava.

— Va eder sku jag svär ... Int svär e jag nå eder ...

Siukola var ängslig och nervös, men ilskan och självkänslan började också sticka upp huvudet.

— Ni ska svära lappoeden. Lova att lämna kommunismen. Att aldrig mera rösta och inte agitera och inte ta del i politisk verksamhet av något slag.

— Int svär jag nå tåkodä eder ... å nå kommunism ha jag int ...

— Svär ni?

— Int ha jag agitera nå ... jag ...

Hollo-Tauno och Ensio röck av honom kavajen och rev sönder hans skjorta. Att börja med hängde Siukola lealös utan att spjärna

274

emot, men när han kastades till marken med ansiktet före försökte han komma på fötter. Lärarn skyndade till hjälp. Han satte sig på Siukolas axlar medan de två andra rafsade åt sig första bästa käpp de hittade på marken.

På en havreåker i närheten var en stataränka och hennes söner i färd med att bära in dikesrenshö i en lada. Pojkarna bar med sveg men modern tog en hel stör i taget och kånkade den längs dikeskanten. Hon var trött och nervös. Dikesrenen var smal. Havren vågade man inte trampa ner, och på andra sidan gapade diket. Hon svettades och pustade där hon stapplade framåt med stören på ryggen. När hon hörde ett obestämt hojtande från skogen intill tänkte hon först stanna, men nändes inte låta stören falla till marken eftersom det skulle ha kostat möda att ta upp den igen. Med darriga ben och bankande hjärta närmade hon sig oljudet och kunde redan urskilja ord och meningar. Det var någon som ömsom skrek på hjälp, ömsom stönade och svor:

— Kom å hjälp ... di dödar mej ... satans lappoiter ... hjälp ...

— Svär ni ... lappoeden ... förr tar det inte slut ... Nå, blir det nånting av ... Marscherar röda armén med bil, va ... Det är bäst att Siukola också far iväg till drömriket ... Landsförrädaren ska ti Krim på viloheim ... Där får ni va ve Svarta have me kamratren. Ligger sovjetarbetarna och vilar sej på Krim, va? ... Ja, han ska nog ha, det är Kosolas order ...

— Di dödar mej, satan ... hjälp ... finns int e nåen ... hjälp ... lappobanditer ... satan ... låt bli å riv i mej ... herrigud ...

Stataränkans fot slant på renen. Hon rullade ner i diket och hamnade till hälften under stören. Hon brast i gråt av harm och utmattning. Sönerna kom fram till henne.

— Är e fyllhundan som slåss där?

— ... låt döm ... va angår he er ... hjälp opp stören på ryggin min ...

Men pojkarna var alltför intresserade av vad som hände i skogen. De lyfte bara med halv energi. Slutligen lyckades modern få stören på rätt köl, krökte sig under den på nytt och fortsatte mot ladan. Det var en liten gammaldags lada i skogsbrynet. När hon äntligen hade kommit ända fram med sin stör satte hon sig pustande på ladtröskeln. Skrikandet hade tagit slut, men efter en liten stund började det höras en sakta jämmer. När hon hämtat sig en smula efter ansträngningen började hon gå i riktning mot ljudet med pojkarna ängsligt i hälarna. Den äldsta grabbade åt sig en gärdsgårdsstump:

— Om där sku finns sprittråkare.

Det var Siukola som fanns där.

— Herrijessus ...

— Int alls nåen herrijessus ... utan lappoitren satan ... skåd ... skåd på ryggin å ansikte ...

Siukola kunde inte ta sig hem utan hjälp. Han bad och besvor änkan att vittna, men hon sa försiktigt att hon bara hade hört rop och skrik men inte sett någon.

Dagen därpå gick Siukola till länsman.

— Vi ska undersöka saken.

En vecka senare tittade polisen in hos grannarna och frågade om de hade sett någonting och i så fall vad. Men grannarna hade ingenting sett. Siukolas son och hustru hade nog kommit efter hjälp, men mera än så visste de inte. Änkan blev också förhörd, men inte heller hon visste annat än att det hade hörts högljudda skrik ur skogen. För det spred sig ett rykte bland herrgårdens underhavande:

— Om nåen blandar sej i så får han ett likadant kok stryk å mister arbeite.

Siukola gick till länsman på nytt, men denne fäste blicken på väggen ovanför hans huvud och sa:

— Jag kan inte väcka åtal. Det finns inte tillräckligt starka bevis.

Sent en kväll hälsade Töyry-Arvo på i stugan hos änkan som hade bärgat höet. Det var känt att Arvo ogillade sin brors alltför påfallande iver. En smula stelt förklarade han vad han ville. Han ville betala femtio mark, om änkan inte sa något om att hon hade hört Ensios röst från skogen den natten. — Eftersom vi int vill bland oss i sakin.

Femtio mark var mycket pengar i en sådan stuga. Men änkan nekade ta emot, till hälften av rädsla, till hälften av hederskänsla. Nästa besökande var herrgårdens inspektor:

276

— Ni ska inte lägga er i den saken.

— Nää ... näej.

Hon fick arbete bara fyra dagar i veckan, och hon var rädd. Hon var så rädd att hon rentav vågade hejda herrgårdsherrn själv och fråga hur det skulle gå med henne.

— Såg ni dedär karlarna?

— Nä, näej ... Jag bara hörd nå röster å ljud.

Herrns blick irrade hit och dit. Han verkade besvärad och plågad på något vis.

— Blir ni instämd så gör ni som ni finner bäst. Men om ni en gång inte har sett något, så ...

— Nä, jag såg ingenting ... hörd bara rope ... Så int bara ... int tänker jag bland mej i ... nog får jag väl bihåll arbeite ...

— Ja, javisst får ni det.

Siukola var hos länsman ytterligare ett par gånger, men till slut upphörde denne att bry sig om fallet ens för formens skull:

— Jag har ju sagt er att det inte finns bevis ... Ge er av härifrån.

Siukola åkte hem på mjölkbilsflaket och kurade där med halsen sträckt och huvudet inne i förarhytten medan han förklarade för Vicke och Lauri hur saken låg till. Men Päkki var stor kund hos Kiviojas, och Vicke nöjde sig med att ropa över motorbullret:

— Jaa, nog är e ... nog är e fan ti mening ... Kosola pressar åpå, satan ... Han ä nog pojkin ...

VII

Till all lycka för Akseli var Siukola tvungen att hålla sig borta från arbetet en tid. Pengarna började ta slut, och nu när grundgrävningen var färdig behövdes Siukola inte heller längre oundgängligen. Någon noggrann kostnadskalkyl hade de inte gjort, och deras förhoppningsfulla beräkningar tycktes inte hålla streck. De var tvungna att sälja ett ungnöt och ett svin som de ämnat behålla för sitt eget behov. Det blev slut med äggen och smöret vid matbordet. Situationen var pinsam, för Janne borde få bättre kost och alla skulle ändå äta vid samma bord. Elina sa till husfolket att de inte fick ta smör fast det fanns på bordet. Det var bara för morbror.

Men Kaarina och Juhani var ännu för oskickliga i sådant. Elina var generad, men Janne lovade lämna halva sin lön innestående. De fick betala den senare när de kunde.

Lite genant var det, men en lättnad i alla fall.

Jannes kommunala göromål förde honom ofta till kyrkbyn också mitt i veckan. Efter historien med Siukola hade han börjat slå följe med någon bekant som råkade ha samma väg, för i kyrkbyn hade också han blivit hotad.

Närmast gällde det kommunens understöd åt skyddskåren. Socialdemokraterna bromsade det, och motståndarna hade lovat kasta ut dem ur kommunalfullmäktige.

En dag när fullmäktige sammanträdde samlades en stor hop karlar på kommunalhusets gårdsplan. Där fanns till och med folk från grannsocknen, som var ditkallade av Päkki. Hopen valde en deputation med bland andra apotekaren och Rautajärvi som medlemmar, och den framförde ett krav på att socialdemokraterna och kommunisterna i fullmäktige ögonblickligen skulle avgå. Ordet fördes av Rautajärvi, som slutade med att säga:

— Eftersom marxisterna inte erkänner det som sin plikt att delta i landets försvar så följer därav enligt urgammal finsk rättsprincip att de måste lämna alla förtroendeuppdrag. Den som inte uppfyller sina medborgerliga förpliktelser kan heller inte åtnjuta medborgerliga rättigheter.

Till en början försökte Janne anslå försonliga tongångar och förklarade att kommunen inte hade råd med bidrag till skyddskåren på grund av arbetslösheten och den fattigvårdstunga som därav följde.

— Det är ett rent svepskäl. Dethär folket har tagit till barkbrödet förr också i svåra tider men hållit sina vapen blanka.

Janne stod och tittade ut över deputationen och lyssnade till det obestämda buller som hördes från förstugan och gården. Han visste att hela uppträdet var planlagt och regisserat, och svarade därför lite elakt:

— Nu äter det int bark så länge det finns andra möjligheter. För resten så går det int att ty sej till barken heller utan vidare, för skogsägarna låter int folk skala träna sina fritt som förr i världen.

Rautajärvi såväl som de andra i deputationen uppträdde beslutsamt och hotfullt. Efter Jannes svar höjde lärarn rösten så att den hördes ända ut i förstugan där en annan hop väntade: — Alla kommunalnämnder kommer att befrias från landsförrädare, precis som riksdagen. Till det har folket sina medel.

Som ordförande i fattigvårdsnämnden hade Janne kommit i flitig kontakt med de arbetslösa och deras familjer, och mot den fonden var lärarns hela uppenbarelse och prat sådant att inte ens han längre fann dem lustiga:

— Å lärarn får int sin lön för att ränna ikring här å bråka å störa lagliga kommunala myndigheter i deras arbete. Ut härifrån.

Då reste sig Päkki:

— Eftersom socialisterna genom sitt uppträdande stör fullmäktiges sammanträde så föreslår jag att sammanträdet avbryts.

Uolevi kungjorde att sammanträdet avbröts tills vidare, och de borgerliga fullmäktige avlägsnade sig. Janne gissade att Uolevi och Päkki ville föra bort de sina för att inte behöva ta ställning till det som komma skulle.

Det blev rådvillhet och oro. Några krävde att man borde sitta kvar på sina platser, men när det började höras buller i förstugan gav Janne order åt socialisterna att försvinna genom fönstren. Själv skyndade han till dörren och slog upp den.

Förstugan var full av främmande karlar. Rautajärvi och deputationen hade dragit sig längst i bakgrunden tillsammans med en del andra kyrkbybor. De främmande var tillkallade för att de som utsocknes inte skulle känna några hämningar. En av dem kände Janne igen. Det var en bondson som redan tidigare hade gjort sig bekant som slagsbult och som nu under lappotiden hade ställt sig och sin bil till förfogande vid skjutsningarna, trots att inte heller alla lappomän gillade honom. Det ryktades att han också smugglade sprit.

— Avgår ni?

— Sammanträdet är avbrutet. Det går int att fatta beslut.

— Det är redan fattat. Efter detta stiger Kivivuori inte mera över tröskeln här i huset.

De främmandes miner lät förstå att det var allvar. Utifrån hördes rop:

— Kasta ut den räven ... låt honom inte dra er vid näsan ... Muspolisen i händren på foltje ...

Den första handen grep Janne om kavajslagen, men han slet sig lös, var med ett par språng på andra sidan salen, klev upp på brädet till ett öppet fönster och hoppade ut. En hop karlar hade rusat in, men ingen följde efter genom fönstret, utan det hördes rop till dem som var kvar utanför:

— Runt huset ... runt huset ...

Janne sprang längs Yllös potatisland, rundade hopkurad en granhäck och smet in i skomakare Saaris potatisgrop. Där satt han hopkrupen en timme med en pistol i handen och lyssnade på det dämpade larmet utifrån.

De fullmäktige som givit sig av tidigare hade alarmerat länsman. Han gick av och an och gjorde meningslösa frågor om det inträffade:

— Har det faktiskt kommit till våld ... Har någon rest vapen?

Därpå förklarade han för hopen att kommunalfullmäktiges sammanträden inte fick störas och upmanade karlarna att avlägsna sig. De hade letat efter Janne, för de övriga brydde de sig mindre om. Också traktens småpojkar som samlades på platsen blev tillfrågade om de hade reda på var Janne hade tagit vägen. Pojkarna visste var han satt, men de sa det inte, för Janne var hjärtevän och bror med varje generation av glin i kyrkbyn på grund av sitt generösa och kamratliga sätt med dem.

Folkhopen skingrades småningom, men det skedde under hotelser om att muspolisen nog skulle hittas förr eller senare. Päkki, Uolevi och de andra honoratiores var försvunna som om de ingenting alls haft med hela saken att skaffa. Länsman anhöll ingen och skrev inte ens upp några namn.

När Janne senare på kvällen kom för att tala med länsman förklarade denne att det inte i och för sig var något brott att samlas och sända en deputation.

— Nej, men att skingra kommunalfullmäktige mitt under sammanträde är ett brott.

— Men sammanträdet avbröts ju genom ordförandens beslut.

Janne gick, vände sig om i dörren och sa:

— Jag förstår nog att situationen är svår för länsman. Men man borde ändå inte vara med dem i andanom. Lämna då hellre alltsammans vind för våg. Det sku liksom vara rejälare.

Länsman svarade inte.

När Janne följande lördagsafton skulle cykla hem från Koskela föreslog Akseli att han skulle vänta till söndagsmorgonen och åka med mjölkbilen eller slå följe med kyrkfolket.

— Vill di ta mej så kan di hämta mej hemifrån lika väl som haffa mej på landsvägen.

Efter rabaldret i kommunalgården hade han nog blivit rädd på allvar. Päkki hade varit hemma hos honom samma kväll och vid ett samtal mellan fyra ögon krävt rent ut att socialisterna och särskilt Janne själv skulle avgå ur kommunalfullmäktige. De hade pratat om saken fientligt men sakligt. Päkki hade sagt, att gick Janne inte frivilligt så skulle han rökas ut.

— Rök på bara. Men jag går int. Du ska int tro att det är så lätt ändå. Kosola lär ju visserligen ha sagt att ni gör vad ni vill, men int ens ni gör mer än ni kan. Å demokratin här i landet stjälper ni int om ni så sku skjussa å piska dubbelt opp. Diktatur blir det int i Finland innan den sista tuppen gal på resterna av den sista stugan, det kan du vara säker på.

— Vi ska se. Senast efter valen så går du.

— Måtro det.

Där han trampade mot kyrkbyn denna kväll hade Janne tillfälligt glömt bort hela faran, tills den plötsligt uppenbarade sig framför honom i Ekbergsbacken. Töyry-Ensio klev ut på vägen tillsammans med en ung karl som Janne inte kände. En pistol trycktes i sidan på honom, och han fick order att sträcka händerna i vädret. Sitt eget vapen hade han hemma, men hans fickor blev noggrant undersökta.

Cykeln slängdes in i skogen, och Janne leddes till en bil som stod parkerad vid vägen bakom en närbelägen grandunge. Där väntade Päkki, Rautajärvi och en tredje, obekant karl. Janne såg på Päkki, skrattade till och sa:

— Jaha. Sockenbor efter vad det syns. Du är ute å åker bil.

— Ja, just det. Vi ska åka tillsammans eftersom vädret är vackert å allt.

Det var trångt med fyra man i baksätet. Ensio körde först åt kyrkbyn till, men kort före byn tog han av på en liten biväg som via en ödslig skogssträcka ledde till grannsocknen. Invid den vägen låg bara några få stugor.

Päkki satt i framsätet bredvid Ensio, Rautajärvi och de två främlingarna baktill, och inklämd mellan dem satt Janne. De främmande karlarna luktade sprit.

Janne tänkte febrilt. Hur långt skulle de gå? Päkki var ju en gammal bekant, men Janne visste att han var kallblodig nog att strunta i bekantskapen. Rautajärvi kände han inte så väl, och inte Ensio heller, för denne hade ännu gått i kortbyxor när Janne flyttade till kyrkbyn.

Varför var de främmande karlarna med? Skulle de kanske fungera som något slags spögubbar? För det kunde ju hända att de tre andra ändå inte själva ville piska upp en bekant.

Hela tiden kände han pistolmynningen mot revbenen. Den var han inte rädd för, utan gissade att den hölls där bara av något slags struntviktighet.

När man kommit ett stycke från stora landsvägen sa den ena av främlingarna:

— Det kanske int skadar om också en marxist sjunger Helig ed vi svära. Låt kom bara.

Janne såg i spegeln att Päkki drog på munnen. Han stämde upp sången med ljudlig stämma, utan att tveka:

Helig ed vi svära, hör den, o vårt land:
aldrig skall du sudlas utav våldets hand!
Dig vi skola skydda, med vårt blod dig trygga,
räds ej oväns makt, dina söner stå på vakt.

— He tycks ju gå bra.

— Jag hade berömligt i sång.

Efter ytterligare ett par kilometer gav Päkki order att stanna. Här fanns djup och dyster skog på ömse sidor om vägen. Ensio backade ett stycke in i skogen längs en jämn vintervägsbotten.

282

De steg ur och gick ett par hundra meter, tills Päkki åter gav order om halt.

— Du förstår väl varför vi är här?

— Det förstår jag int alls. Kanske att ni har en kanister här.

— Denhär gången klarar du dej inte med prat. Du ska svära lappoeden. Du lovar att sluta med all politisk verksamhet. Både i kommunen och annanstans.

— Men du begriper väl att det int går för sej utan vidare.

— Det går nog.

Päkki drog fram block och penna ur fickan. Han tittade på Janne genom brillorna, och Janne kunde se ett slags extra beslutsamt uttryck i hans ögon. Uppenbarligen var det trots allt inte alldeles enkelt att prygla upp en mångårig bekant, också om man var ovänner.

— Läs det och skriv under.

Janne tog papperet. Där stod en färdigskriven förbindelse att avsäga sig alla kommunala förtroendeuppdrag. Han sneglade sig omkring. Om man plötsligt skulle lägga iväg. Han visste att han var rask och stark trots sina fyrtioåtta år, men förstod att de yngre männen trots allt snart skulle springa ifatt honom. Enda chansen var att försöka rycka pistolen ur handen på karlen som höll den.

— Om vi nu sku tala om saken i lugn å ro. För egen del är jag nog färdig att lämna alltihop, men ni förstår väl att man int bara helt plötsligt å utan vidare kan lägga av di förtroende-uppdrag som jag har. Nog betyder väl lagen ändå nånting i alla fall.

— Den är nog ingenting värd nu. För dej nämligen. En röding kan inte ha lagliga rättigheter här i landet.

Rautajärvi hade hållit sig på sidan om. Han verkade generad på något sätt trots allt, och nu sa han nästan vädjande:

— Kivivuori måste förstå nu vad saken gäller. Vi gör inte gärna sånthär, men vi har inga andra möjligheter. För från de röda ska vi befria dethär landet, på ett eller annat sätt.

Janne märkte lärarens tonfall och klamrade sig fast vid det. Han förklarade att han var patriot och hade bekämpat kommunismen allt sedan upproret. Men Päkki avbröt honom:

283

— Det är bäst du utgår ifrån att det inte går att prata omkull mej. Skriver du under eller inte. Ja eller nej?

— Vi har int pratat färdit än ...

— Ja eller nej?

— Jag kan tala för detdär bidraget ti skyddskåren ...

— Ja eller nej?

— Jag kan nog få majoriteten på min sida ...

Päkki gav tecken. Själv rörde han inte vid Janne, utan såg på när de andra lade honom på mage, slet av honom kavajen och drog ner hans byxor. Ensio bröt en påk och kvistade den slarvigt, den ena av främlingarna tog den och gav Janne ett par rapp. Men smärtan hade en effekt rakt motsatt den avsedda. Den fick Janne att ilskna till, och när Päkki åter ställde sin fråga svarade han:

— Å int på några villkor efter dehär ... Om ni så gör slarvsylta åv mej ...

Han bet ihop tänderna men kunde inte hålla tillbaka ett vrål.

— Skriver du under?

Han med käppen slog av alla krafter nu:

— ... nu ska vi randa muspolisen i röven ... har ni lust ti försvar paradise ert alltjämt ...

Janne började bli omtöcknad. Varje slag brände som hett järn, men han gav inte efter. Rautajärvi började bli ängslig och böjde sig fram mot honom:

— Kivivuori skriver under nu ... det är bättre ... vi vill inte dethär ...

Men när Päkki såg att Janne stod rycken bet han samman tänderna och nickade i takt med slagen:

— Låt gå ... han mjuknar nog ...

Jannes bak hade sprungit i blod och bedövats och slagen gjorde inte längre tillnärmelsevis så ont som i början. Päkki sa stopp och visade på en myrstack i närheten. Karlarna började släpa Janne ditåt, men plötsligt slet han sig loss. Det lyckades, för de som höll honom var inte riktigt på sin vakt, men efter några ögonblick hade de fått tag i honom och vridit hans armar bakom ryggen, och han var åter hjälplös.

— Skriver du under?

— Nä ... a .. aldri ...

De satte honom i myrstacken, men det betydde inte mycket till eller från, för smärtan och pinan hade redan spritt sig i hela kroppen och gjort honom halvt medvetslös så att myrbetten knappt kändes. Det svartnade för hans ögon stup i ett. Plötsligt klarnade han för en sekund och rusade upp. Han fick armarna fria och lyckades komma åt ansiktet på den ena av karlarna som höll honom. Han kände näsan och en bit av kinden i sin näve och klämde till med alla krafter han hade kvar. Mannen var den ena av främlingarna.

— ... aaaj jessus ...

Jannes grepp lossnade, men han försökte få in ett slag med den fria näven. I detsamma fick han själv ett slag mot kindbenet med revolverkolven och förlorade medvetandet definitivt.

Rautajärvi blev rädd på allvar:

— Nej men ... nej men ... inte för mycket bara ...

Men karlen med pistolen hade råkat i raseri. Han höjde vapnet och skulle utan tvekan ha skjutit Janne om inte Päkki hade gripit honom i armen:

— Nä ... Låt bli.

Karlen gav den medvetslösa Janne en spark, och så gick de därifrån.

När Janne kom till sans var han så omtöcknad att han först inte riktigt begrep vad som hade skett. Det enda han kom ihåg var den lugna lördagskvällen och hemfärden. Men så började händelserna klarna för honom. Hans ansikte var blodigt och svullet. Det brände och sved i baken, och det fanns knappt en fläck på hela hans kropp som inte var öm.

Han försökte resa sig men orkade inte. Först sedan han legat kvar en stund till lyckades han kravla sig upp på darrande ben. Han drog upp byxorna och började mödosamt vackla i riktning mot vägen. Det var ett par kilometer till närmaste människoboning, och det tog honom lång tid att gå den sträckan. Solen hade redan gått ner, men han visste inte vad klockan kunde vara, för någon av sparkarna han fått hade träffat fickuret och söndrat glaset så att visarna stannat.

Det närmaste huset var en liten backstuga. Han stapplade in

på gårdsplanen och bultade på dörren. Man sov därinne, för det dröjde innan det hördes ljud och någon tittade ut genom fönstret. Så kom någon ut i farstun och frågade bakom den stängda dörren:
— Vem ä där?
— Janne Kivivuori. Jag sku behöv lite hjälp.
I stugan bodde en arbetare med hustru och stor barnskara. Mannen kände Janne även om Janne inte kände honom.
— Va är e nu?
— Di jävlarna slog mej ... Jag tror jag behöver en läkare ... Men jag orkar int gå ... Finns det nån möjlihet å få skjuss ti körkbyn?
— Vi har int nåen ... Men om jag sku fråg om grannas hästin.
Janne lade sig på mage på köksbänken, för sitta kunde han inte. Hustrun och barnen hade också vaknat, och medan kvinnan beskärmade och jämrade sig snodde ungarna runt i köksdörren, förundrade och rädda.
— Vem i herrans namn ... Ha Kivivuori blivi överfalli?
— Äja. Å piska ... Såg ni en bil fara förbi här på kvällen?
— Barnen såg nog an. Di kom inspringand å sa att he for ein svart bil på vägin.
— Nå bra. Men kan jag få nånting å dricka.
Janne fick svagdricka och drack stönande. Först när det gick upp för stugans invånare att det inte var vanliga rånare utan lappomän som hade överfallit Janne började de pyssla om honom på allvar under stort gny. Mannen klädde sig hastigt och gav sig över till grannen efter häst, och hustrun torkade blodet av Jannes ansikte med en våt handduk, hela tiden under tjatter och välsignelser. Visst var man socialister i backstugan, och ivern blev inte mindre av att det var Kivivuori, pampen och ledaren, man fick ta hand om. Vem vet, bäst det var kunde far i huset få något bra kommunalt beting till tack.
— Herrigud ... Kom nu åsta skåd ni å, ungar ...
Och barnen förundrade sig över den främmande karlen som låg där på mage på bänken och bet ihop tänderna. Kvinnan ville tvätta blodet av Jannes ändalykt också, men han lät henne inte göra det. Redan beröringen med byxorna var olidlig. Han frågade barnen om de kände igen bilen, men de kunde inte säga annat

än att den var svart. En påstod förresten att den var blå. Dessa skogsbyggarbarn visste ingenting om bilmärken heller.

Mannen kom tillbaka med hästen som han lånat av sin närmaste granne. Denne, en småbrukare, hade själv sett bilen och känt igen Töyry-Ensio och Mellolas svärson i framsätet.

— Bra. Vi tittar in där genast i förbifarten.

Husbonden blev förbluffad när han fick se Janne stå framåtböjd över ryggstödet på kyrkschäsen.

— Nog såg jag döm. He svär jag på när som helst. Å mor våran såg döm också, å hon känner handä Päkki huru bra som helst.

— Försök nu kom ihåg hur bilen såg ut också, å så klockslage.

Den nattliga kyrkbyn låg öde och tom när de åkte genom den på väg till kommunalläkaren. Denne var vresig över att bli väckt ur sin sötaste sömn, men när han fick se vem patienten var blev han mycket reserverad och återhållsam i uppträdandet. På Jannes förklaringar svarade han bara ett lamt:

— Jasså.

— Å så skriver vi ett intyg över mitt tillstånd.

— Jaha. Vi skriver bara.

Men när Janne läste igenom papperet var han inte nöjd.

— Blånader här och där på kroppen. Di fanns ju överallt, å ändan ä en enda blodlever. Å kindbenet är säkert bräckt.

— Jag hittar inget brott på det.

— I varje fall är kinden svullen efter slaget.

Läkaren kompletterade sitt utlåtande, men formuleringarna var synnerligen vaga. Sannolikt efter ett slag med något hårt föremål, och så vidare.

— Vill ni bli intagen på sjukhuset?

— Ja, det vill jag. Di kan gärna betala vården eftersom di en gång piska opp mej.

Läkaren hade ringt till sjukhuset, och Janne blev mottagen på trappan. Nattsköterskan ledde in honom i mottagningsrummet och klädde av honom. Janne bad att få ringa. Sanni hade varit orolig. Hon hade vakat hela natten eftersom hon inte kunnat tro att Janne hade stannat över hos Koskelas en lördagskväll. Hon brast i gråt när hon fick höra vad som hade hänt och lovade genast ringa till Allan i Helsingfors.

287

Sedan gjorde Janne polisanmälan till länsman.

— Är ni riktigt säker på att det gäller de personer ni nämnde?

— Jag känner ju dem.

— Är ni verkligen alldeles säker?

— Säker. Varför sku jag hitta på dethär?

— Ja, vi ska naturligtvis börja undersöka saken.

— Jag tror det sku va klokast å sätta igång genast. Skicka polisen å ta reda på om bilen har kommit hem redan.

— Det är jag som sköter undersökningen.

Det kom i mycket ovänlig ton, och luren lades på. Sköterskan förde Janne till sängs, och han lade sig på mage. Det väckte en aning munterhet hos henne, och Janne straffade henne ögonblickligen:

— Man skrattar lagom när röven ä en aladåb.

Han sa det med sitt allra fränaste tonfall och sköterskan rodnade och stelnade till. Utan att säga något avslutade hon sina sysslor och gick.

— Vilken förskräcklig karl.

Sköterskan var också smittad av »tidsandan».

VII

Jannes son Allan kom till Koskelas med bud om faderns skjutsning. Han tjänstgjorde på en advokatbyrå i Helsingfors under sommarferierna, men Sanni hade ringt honom och han reste hem med första morgontåget.

Elina grät och Akseli var arg.

— Huru ske e gå me föusarbeite nu då.

— Jag vet inte. Pappa duger nog inte till arbetskarl på en tid.

— Nä herrigud. Ska man nu int få nåen lag åt didä.

Allan var inte intresserad av politik. Naturligtvis hade han blivit uppbragt över misshandeln av fadern, men skolan och kamratkretsen hade närapå fått honom att skämmas över att vara son till en socialist. Därför undvek han gärna politiken.

— Det finns alla möjliga element ... i sånahär upprörda tider.

Akseli och Elina åkte till sjukhuset för att hälsa på Janne. Han var redan i bättre skick och förklarade att han nog kunde återgå till arbetet om en vecka. Hans rum var nästan fyllt av blommor, som partikamraterna kom dragande med till sjukhuset som ett slags demonstration så snart ryktet började sprida sig. Men Janne hade inte mycket till övers för blomster och bakelser. Han låg på mage och funderade.

— Enda chansen att få dem dömda är att få fram så klara bevis att det int finns nån möjlighet å fria. För det är klart som korvspad att di blir fällda bara om det int går att undvika.

Stönande och med sammanbitna tänder vände han på sig och fortsatte:

— Men än ska jag nog trycka ner di jävlarna i skorna.

Bland herrskapet talades det också mycket om saken. Man ringde till varandra, och på söndagseftermiddagen började ett rykte sprida sig om att Janne hade råkat i ett fylleslagsmål och sedan hittat på hela skjutsningshistorien för att utnyttja slagsmålet politiskt.

Det var inte många som trodde på det, men man ville gärna släta över och blanda bort. Prosten var i alla fall bekymrad:

— Jag kan inte godta dehär skjutsningarna ... Av våld följer ingenting gott ... Tvärtom kan det föra ut hela folkrörelsen på ett gungfly.

Ellen tuggade på naglarna:

— Jaja ... Men hur förhindra dem ... Hela självständighetstiden har de hånat allt som är heligt ... Det är klart att det föder mothugg.

— Men han är socialdemokrat i alla fall.

— Nej, han är marxist. Jag fattar inte vad det är för skillnad du låtsas se på socialdemokrater och kommunister. Det skulle då vara den att de förra är lömska och därför farligast.

När kyrkbyfruarna sedan ringde upp prostinnan och berättade att Janne låg på sjukhuset öm i baken fick hela historien en komisk anstrykning. Också de bekymrade rynkorna i prostens panna slätades ut, och han var tvungen att le.

— Kanske han blir lite mindre övermodig nu, he he ...

Men det gick inte an att lämna Jannes fall helt oundersökt som man gjort med Siukolas. Janne var socialdemokrat, och det var ändå inte alla herrar och husbönder som gillade att socialdemokrater blev skjutsade. Men när länsman kom för att tala vid Päkki sa denne rent ut:

— Jag erkänner ingenting och kommer inte att erkänna, lika lite som någon av oss.

— Men här kan jag inte lägga svampen på. Varför hade du inte främmande folk?

— För att den djävla ålen skulle ha pratat omkull dem ... Gör som du vill, men bekänner gör vi inte.

Polisen var inom hos Töyrys. Där medgav man att Ensio hade varit ute med bilen föregående kväll, men ingen visste något om hans ärende och själv sa han att han åkt omkring för ro skull.

Länsman meddelade Janne att undersökningarna fortgick. Men de förblev resultatlösa. De enda vittnena var backstusittarfamiljen samt småbrukaren och hans hustru. Småbrukaren berättade att han hade sett Töyry och Mellolas svärson i framsätet.

Länsman förde förhörsprotokollet och upprepade allt som oftast, medan han tittade stint på paret:

— Är ni alldeles säker på saken?

— Rikti säker.

— Ni kan inte möjligen ha misstagit er?

— Nää. Bilen körd sakta i kröken våran å jag kika åpå från föusbryggon. Å he ä int meir än en tie meter.

— Och vem satt i baksätet?

— Där satt nå karar, men dem skåda jag int så noga på. Å di syntest int så bra heller, för di luta sej bakåt.

— Ni såg alltså inte murare Kivivuori i bilen.

— Int kund vi urskilj an så noga.

— Ni kan alltså inte vittna att Kivivuori befann sej just i denhär bilen.

— Så sa han nog, att an va där.

— Ja, han har nog sagt så. Men det är ju inte fråga om det, utan om ni har sett honom i bilen.

— Nå ... he kan jag int gå ed på ... Jag titta nu int så noga dit baki.

— Ni tror alltså bara att Kivivuori var med i bilen?

— Nå, så sa han, ja.

— Svara nu, har ni sett honom i dendär bilen eller inte?

— Int skåda jag efter he.

— Ni har alltså inte sett Kivivuori i bilen. Såg ni någon annan bil köra förbi den lördagskvällen?

— Nää. Int kör e nå bilar förbi ve oss ... Bara mytji sällan ...

— Tittade ni ut mot vägen hela tiden?

— Nä.

— Det är alltså möjligt att också någon annan bil kan ha åkt förbi.

— He tror jag int. Surre hörs nog från landsvägin ti oss.

— Men säkert kan ni inte säja det?

— Nå, föståss int.

Mannen började bli allt tveksammare. Vad skulle dethär föreställa? Han kunde väl inte råka i tråkigheter? Skogsbons gamla skräck för tingsstugan vaknade till liv. Kanske saken inte var så enkel i alla fall. Annat kunde han inte svära på än att Töyry och Päkki satt i framsätet.

Därvid blev det. Nästa ting var först på höstkanten.

Efter en vecka var Janne åter i gång med murningen. Men arbetet gick långsamt, och allt som oftast fällde mäster ner byxorna och kröp ner på alla fyra på ställningen för att Vilho skulle rätta till hans bandage.

SJÄTTE KAPITLET

I

Byggmästaren blev ju frisk så småningom, men nu började byggherrens pengar ta slut. Akseli fick lov att ta ett inteckningslån för att få ladugården under tak och i brukbart skick. Mycket blev på hälft i alla fall. Vattenpumpen lyste ännu med sin frånvaro. Bås och kättar var inte färdiga, åtskilligt annat inte heller. Men när Akseli nu beskådade det ståtliga huset ångrade han sig inte längre.

— Där står e nu i alla fall, å he va väl viktigast.

Halva Jannes lön var alltjämt obetald. Det var delvis därför som Akseli gav efter för hans krav att gå upp och rösta vid de kommande valen. Visserligen frågade han lite illslugt:

— Hur kan du veit vem jag röstar på?

— Nå, bara du drar strecke ti vänster så kan resten gör desamma.

I själva verket innebar det en överenskommelse att Akseli skulle rösta på Janne, som var uppställd också denna gång. Det var dock sannolikt att han inte skulle bli vald, för galjonsbilderna från Helsingfors skulle komma att håva in de flesta rösterna i kretsen.

Åt Elina sa Akseli liksom till förklaring:

— Vi går nu denhä gången. Om han sku råka ti slipp in. När han nu ha hjälpt oss här.

Det blev lättare att ta ställning om det hela blev ett slags släkt- och familjeaffär.

Akseli hade visserligen beslutat rösta, men i valförberedelserna ville han inte alls ta del. Otto uppmanade honom att hjälpa till att arrangera socialdemokraternas valmöte, men han vägrade. Lappoterrorn hade gjort Otto aktivare än vanligt. Han spred flygblad och spikade upprop på väggarna, till och med på väggen

292

till herrgårdens rilada, därifrån de likväl försvann på gårdsherrns order.

Siukola hade anslutit sig till föreningen och deltog med iver i spridningen av flygblad. Rautajärvi såg det med allt utom blida ögon, och en vacker dag kom han till Kivivuori. Att börja med uppträdde han saktligt, i all synnerhet som Anna tog emot honom och bjöd honom sitta ner med en artig och respektfull nigning. Rautajärvi meddelade att socialisterna inte fick hålla valmöte i arbetarföreningens hus. Hölls mötet i alla fall skulle huset bommas till.

— Varför sku he stängas?

— Ni har antagit Siukola till medlem i föreningen, och därmed är den jämnställd med en kommunistisk sammanslutning.

— He är en reint socialdemokratisk sammanslutning.

— Nominellt, ja. Men eftersom den antar kommunister till medlemmar så är den infiltrerad, och därför kan dess verksamhet inte tillåtas.

Otto uppträdde mycket överlägset, och till slut förlorade Rautajärvi behärskningen trots Annas närvaro. Han sa till avsked:

— Det hålls inget valmöte i det huset. Kom det ihåg.

Två dagar senare kom Kankaanpää-Elias till Kivivuori:

— Vem satan ha söndra fönstren å muren i föreningshuse?

Otto gick för att titta efter. Fönstren var verkligen sönderslagna, till och med bågarna på en del. Kakelugnen var till hälften riven och skorstenen full med tegelsten.

Otto stötte på Rautajärvi som var ute på sin dagliga träningslöpning. Han stannade på Ottos tecken, men fortsatte flåsande med språngmarsch på stället framför gubben.

— Ha lärarn vari på rivningstalko i föreningshuse?

— Nej. Men sanningen att säja har jag nog varit med i andanom. Jag betraktar det som en mycket fosterländsk handling.

— Vem ha vari me där liksom lekamligen då?

— Det vet jag inte, och visste jag det skulle jag inte säja det.

— Jag veit nog.

Lärarn fortsatte att springa på stället, dinglade och dängde med handlederna ett slag och sa:

— Ni ska få se att folkets vrede kommer att leda till flera

293

sådana handlingar. Dedär husen borde aldrig ha byggts här i landet. Men än är det inte för sent att göra sig av med dem. Och lärarn satte iväg med en häftig rush.

Rautajärvi hade faktiskt inte varit med och demolerat föreningshuset, men han visste nog vilka som hade gjort det; fyra hollonkulmabor. Eftersom man hade beslutat göra det i hemlighet hade han funnit det bättre att hålla sig på sidan, för han kände det svårt att ljuga. Han hade velat erkänna skjutsningen av Janne också, men Päkki förbjöd honom strängt att göra det. Rautajärvi fann det inte lätt att smussla och framför allt inte att begå mened.

— Men den sortens smussel är inte förenligt med den finska bondens värdighet. Jag är färdig att göra det om igen, men jag är också färdig att svara för det.

— Ifråga om marxister gäller inga vanliga hedersbegrepp. Går du och erkänner nu så är det dålig valreklam och nyttar inte annars heller.

Rautajärvi avstod, trots att han till och med hade förberett talet som han skulle hålla inför rätta:

— Det fanns en tid då folket suckade under förtryckets ok. Orättfärdighet och förräderi florerade. Men då utslungade den ädlaste sonen av sitt folk, Jaakko Ilkka, ett österbottniskt odalmannaord i detta förtvivlans mörker: I detta land han rätten har, som själv sin rätt kan taga.

Han hade tänkt sig att få stå framför skranket i näbbstövlar och jussitröja. Men Päkki var alltför beräknande. Han såg på världen med kalla, kloka ögon bakom brillorna.

Otto gick till butiken, ringde upp Janne och berättade vad som hade hänt medan handlanden lyssnade med ett skadeglatt grin. Janne lovade anmäla saken för länsman men sa till slut:

— Vi gör anmälan för formens skull. I sak gör det detsamma, för det vill va me didär undersökarna som me nätlapparn: söker, söker, sörjer om han finner.

Polisen gjorde några rutinförfrågningar men fick ingenting klarlagt, och lika rutinmässigt var länsmannens svar på Jannes hänvändelse:

— Ingenting nytt har framkommit. Men undersökningarna fortgår.

Länsman hade nog klagat för herrskapen över sin ohållbara situation och till och med blivit arg ibland, men han stod inte rycken för påtryckningarna. Först begagnades alla grader av moralisk press, och slutligen sa Päkki till honom på tu man hand i frän ton:

— Du ska inte sätta dej på tvären i denhär saken. Den ska föras till slut, och det tas inte hänsyn till några hinder. Int ens till dej.

Under valdagarna stod en »vit valvakt» på landsvägen nära skyddskårshuset. Den bestod av Rautajärvi, Ensio Töyry och Hollo-Tauno. Rautajärvi hejdade var och en som skulle till vallokalen:

— Vem tänker ni rösta på?

Hans meningsfränder sa namnet på sin kandidat, men om svaret var vagt och undvikande förstod han att han hade stött på en som skulle rösta »marxistiskt». Somligas inställning visste han ju utan vidare.

Preeti sa rakt på sak:

— På handä Kivivuori. För jag känner ju han.

— Varför röstar Leppänen på en landsförrädisk kandidat? Förstår Leppänen inte vad det är fråga om nu?

— Int veit jag nu så noga om hedä förståase ... Minne mitt å ha blivi så rukot ...

Preeti gick, och lärarn lyckades inte på en god stund bli på det klara med vad han skulle tänka om saken. När han ställde sin fråga till Elias svarade denne:

— He ä ein stor hemliheit. En statshemliheit.

— Kankaanpääs röst är ingen hemlighet. Den går till Moskva.

— He löns int ti försök. Elkku säger int.

Siukola blev inte alls tillfrågad, utan Rautajärvi påstod att han inte ens hade rösträtt.

— Ä he har jag, än så läng ... å jag röstar å ... Korporativen ä int här än. Nä, korporativen ä int här än int.

Siukola skyndade på stegen, för efter stryket hade han börjat bli rädd.

Akseli kom tillsammans med Elina och Alma. Rautajärvi tvekade men hejdade dem i alla fall:

— Vi är här för att uppmärksamgöra väljarna på dethär valets betydelse för vårt fosterland. Det gäller att rösta på de kandidater som är beredda att göra slut på landsförrädarnas offentliga verksamhet.

— Jasså.

— Skulle det inte vara skäl för Koskela också att tänka över saken allvarligt. Ni vill väl i alla fall inte ansluta er till en kolchos?

— Finns e såna å?

Akseli gav sig inte in på dess vidare meningsutbyten, utan fortsatte in i vallokalen. Men hans namn fanns inte i vallängden.

— Ni har inte medborgerligt förtroende.

— He vart nog återställt.

— Varför har ni inte sett till då att ert namn finns i längden.

— He ä visst nåen som ha sitt till att int e finns där.

Elina och Alma fick rösta. Akseli brydde sig inte så mycket om att hans namn saknades. Det var främst för att han lovat Janne som han kom. Men Janne blev inte invald den gången heller. De borgerliga vann en stor valseger, närmast därför att kommunisternas verksamhet var förbjuden. Rautajärvi bröstade sig i butiken:

— Folket reser sej, folket reser sej.

II

Men sedan gick det ett sus genom hela landet. Förre presidenten Ståhlberg skjutsades på order av militärer i hög ställning. De skyldiga blev snart upptäckta, för denna gång var polisen nitisk. Också i prästgården var man rådvill en tid. Prosten förebrådde sin hustru, som försökte ta dådet i försvar:

— Det går ändå för långt ... Nu har man slagit in på en väg ...på en väg som ... Det kommer att splittra den borgerliga fronten ...

När Ilmari besökte hemmet kom det till en häftig sammanstötning mellan honom och fadern. Ilmari godtog skjutsningen utan reservationer:

— Just han är roten och upphovet till allt ont. Han har gynnat och beskyddat marxismen. Han var det som torpederade erövringen av Östkarelen också. Jag vet inte en enda åtgärd som har siktat till dethär landets framgång som inte han skulle ha varit med och motsatt sej ... Ända från jägarrörelsen ...

— Men hur tror du att den borgerliga fronten ska kunna bibehållas osöndrad efter dethär ... Och redan i och för sej är ju hela tilltaget fullkomligt ofattbart ...

— Varför i all sin dar ska just han skonas mer än någon kommunist ... Om han är till skada för landet så förändrar hans borgerlighet inte den saken ett dyft ... Tvärtom, förvärrar den kanske...

Länge orkade prosten inte vara uppbragt. Deprimerad gick han ut för att mata talgoxarna. Men prostinnan och Ilmari diskuterade vidare på tu man hand, och för modern framlade Ilmari sina innersta tankar utan återhållsamhet:

— Det är omöjligt att bli av med demokratin här på laglig väg. Den saken är klar numera. Det finns för mycket ljusrött bland borgerskapet. Därav följer att vi har två alternativ. Antingen åstadkomma en förändring på olaglig väg eller låta saken bero. Det gäller att välja det ena eller det andra. Allt annat är onödigt fjäsk.

— Ja, ja. Fosterländsk olaglighet är trots allt bättre än laglig ofosterländskhet. Jag är besviken på Svinhufvud. Han vacklar och tvekar. Kosola tycks vara den enda som vet vad han vill.

Men på den punkten var Ilmari av annan mening:

— Kosola har inte sådana dimensioner. Han är en bra skylt när det gäller att få bönderna med, men till mera än så duger han inte. Antingen Svinhufvud eller Mannerheim. Helst Mannerheim i alla fall. Men ingendera kan själv ta initiativet. Andra måste förbereda alltsammans färdigt. Sedan har de bara att acceptera faktum och överta ledningen.

Ilmari reste sig, gick fram till fönstret och tittade en stund på fadern som strödde brödsmulor på ett fågelbräde. Så vände han sig till modern och sa:

— Människorna är konstiga. De väntar sig att saker och ting ska ske utan att nånting görs. Tror att om man bara håller låda,

pratar och ivrar så blir Finland stort och Fjärrkarelen fritt ...
Men det händer aldrig om det inte finns nån som gör någonting ...
Han såg på modern ett ögonblick med en fundersam och värderande glimt i blicken:

— Pappa har alltid varit splittrad på något vis. Han är i otakt
... Men du är en intelligent och målmedveten kvinna. Du måste
vara med. Men minns att du inte får så mycket som knysta för
pappa om något av det jag nu säjer. Jag tänker övergå i skydds-
kårsorganisationens tjänst. Det gäller att infiltrera pålitligt folk
på alla tänkbara poster av vikt och röka ut borgare som vacklar.
Armén är en stelbent och tungrodd organisation och lämpar sej
inte för uppgiften. Men när vi väl har skyddskåren i vår hand
så kommer allt att gå som en dans.

Prostinnan tuggade på naglarna. Att tänka så rakt på sak föll
sig svårt för henne. Det var skillnad på att tala och planera och
att gripa sig verket an. Hon framlade några dubier, men Ilmari
svarade:

— Jag har diskuterat saken med Päkki. Honom kan man lita
på. Men för Rautajärvi får man inte avslöja allting. Han är naiv
och skulle i alla fall basunera ut det.

— Vad borde jag göra då?

— Att börja med bara bearbeta opinionen liksom i förbifarten.
Bland lottorna måste du genomföra en utrensning på lämpligt
sätt. Päkki gör detsamma inom skyddskåren.

— Hur mycket är redan gjort.

— Ingenting är gjort. Dethär är bara tankar som jag kastar
fram.

Prosten kom in.

— Kråkorna roffar åt sej alltsammans. Jag vet ingen mera av-
skyvärd fågel än kråkan. Till och med lätet. När jag ser en kråka
så blir jag rent tveksam om Guds avsikter.

Ilmari log åt faderns vrede.

— Du ska lägga ut fosforströmming åt dem.

— Nå ... Ingalunda vill jag nu förgifta dem ändå. Det är väl
någon mening med dem också i alla fall.

— Leva och låta leva. Är det ett Goethecitat?

— Jag tror det.

298

— Så då ska banditer få äta upp talgen för småfåglarna. Stackars talgoxar. Finland är också en talgoxe som en stor kråka kommer att sluka en dag, om vi inte lägger lite fosfor i talgen.

— Nu har allting blivit politik ... Jag börjar få nog. Är inte maten snart ...

Prostinnan gick ut i köket. Prosten satte sig i en länstol och tog sin tidning. Ilmari gick av och an från fönster till fönster. Plötsligt avbröt prosten läsningen och sa:

— Jag har ett ark pappersdockor åt Marja. Det måste jag komma ihåg att ge dej innan du reser.

— Tack ska du ha. Men du borde inte överhopa henne med leksaker.

Ilmari fortsatte sitt promenerande medan han gnolade:

Och efter kvällen räcker till
och minnet ger oss glädje än,
om Kulneff jag berätta vill,
säg, har du hört om den?
Det var en äkta folkets man,
båd' dö och leva kunde han,
den främste där det höggs och stacks,
den främste där det dracks ...

Jannes skjutsning var före på hösttinget. Däremot vägrade länsman väcka åtal för skjutsningen av Siukola, och därvidlag förblev alla klagomål resultatlösa.

Tinget satt som vanligt i kommunalgården. Affären med Janne hade lockat åtskilligt med folk. Eftersom det förelåg risk att Rautajärvi i sin iver kunde ha pratat bredvid mun hade saken ordnats så att han lämnades helt och hållet på sidan. Åtalet gällde bara Päkki, Ensio och de två karlarna från grannsocknen. Det var Päkki som hade krävt detta arrangemang, och länsman hade gått med på det.

På kommunalhusets gårdsplan stod en stor skara lappoanhängare, och när de åtalade kom från Mellola stämde Rautajärvi upp edssången, och de övriga föll in:

Helig ed vi svära, hör den, o vårt land ...

Enstaka hurrarop hördes också i hopen, men då Janne kort därpå uppenbarade sig morrades det hotfullt:
— Att han int skäms ... I fängelse borde han ...
Där uppehöll sig också en österbottnisk gårdfarihandlare som förirrat sig till socknen. Han vandrade omkring och sålde lergökar och lerkärl och hade redan vistats en tid i trakten. Det dröjde inte länge förrän ett rykte spred sig bland herrskapet:
— Han är ute i hemliga ärenden ... Ingen riktig gårdfarihandlare. Det är bara kamuflage. Men det gäller att köpa av honom för att han inte ska bli avslöjad ... Han har vandrat omkring på samma sätt redan under aktivisttiden ... Han har berättat om hur han sålde krukor och fat mitt för näsan på gendarmerna när han var ute i hemliga affärer.
Österbottningen fick hastigt slut på sitt lager, och därefter hade nästan alla de lapposinnade en hel rad lergökar och fat i sina hem. Han beställde ett nytt lass till stationen, och avsättningen förblev alltjämt lika god. På många ställen bjöds han till bords, och det fjäsades för honom på alla upptänkliga vis. Karlen kunde inte använda kniv och gaffel, men herrskapet tittade förtjust på när han bredde smör på brödet med sin stora slidkniv.
— Vi ha int lärt oss ti krus naen.
— Såna är de. Var i världen har de fått sin rättframma och styvnackade manlighet ifrån?
Rautajärvi behöll honom hemma hos sig i två dagar och förevisade honom för sina barn, som nu var tre till antalet:
— Titta barn. Denhär farbrorn är österbottning.
På kvällen tog han in österbottningen i ett rum där de kunde vara på tu man hand:
— Är det nånting märkligare i görningen?
Gårdfarihandlaren rullade med ögonen:
— Jag veit int naenting alls.
Lärarn viskade:

300

— Om ni är edsvuren så kan jag ju inte fordra att ni avslöjar något.

Handlanden trutade med munnen, sneglade på lärarn och sa efter en lång funderare:

— Nå, oss imillan sagt. He blir rabalder. Men läcker ie en droppa, så blir int e rolit ti vara i lärarns böxona.

Läraren sträckte fram handen:

— Där. En rrejäl finsk bondenäve.

De tryckte varandras händer och gick ut ur rummet.

Nu stod gårdfarihandlaren framför kommunalhuset, bredbent med händerna i byxfickorna. Folk viskade sinsemellan:

— Österbottningen är med ... Kosolas sändebud ... Få se vad som ska hända ... Det kan gå så att nån slår näven i domarbordet.

— Han säger perkeles ... Jag hörd ... I jånst sa han perkeles ... Di säger int perkele som här söderut.

Efter ett par småsaker kom skjutsningsmålet före. Länsman fungerade som åklagare och läste upp åtalsskriften. Den var synnerligt vag i formuleringar och påståenden, och det kom nästan som en överraskning att den mynnade ut i straffyrkan för frihetsberövande och för uppenbar misshandel.

Svarandena nekade. Ensio medgav att han kört den angivna vägen på lördagskvällen, men förklarade att han varit ensam.

— Vart var ni på väg?

— He ä ein privat angelägenhet.

— Vad menar ni med det?

— Jag vill int tal om e, för he rör en annan person också.

Det var försvarsadvokaten som hade hittat på den förklaringen, och domarn godtog den och sa hult leende:

— Så det är alltså inte på lysningsstadiet än?

Sedan var det Päkkis tur:

— Vad har direktören att säja i saken?

— Bara vad jag redan har meddelat till protokollet. Jag har aldrig så mycket som rört vid svaranden. Jag förstår inte ens hur det är möjligt att åtala mej. Enda vettiga förklaringen måste vara, att en skjutsning verkligen har ägt rum, men att käranden av vissa politiska skäl har kommit med falsk angivelse. Det är ju känt att svaranden har blivit misshandlad just den kvällen, men på vilka vägar? Om det vet jag ingenting, och kan ingenting veta.

De åtalade försvarades av en känd advokat som flitigt brukade synas i Lapporörelsens verksamhet.

— Herr ordförande. Som grund för åtalet har inte anförts någonting annat konkret än att käranden verkligen har blivit misshandlad. Men det räcker inte med att någon har blivit misshandlad, det måste också bevisas vem som har gjort det. De enda vittnena vet berätta är bara att de har sett en bil köra på den nämnda vägen. I framsätet påstår de sej ha sett de åtalade Päkki och Töyry. Däremot vet de inte vilka som satt i baksätet. Kanske där inte satt någon alls, vilket det inte heller gjorde. Men hur har man då fått åtalade Päkki med i bilen? Varifrån kommer denna anklagelse mot en person som åtnjuter allmänt förtroende? Framgår inte just här den hänsynslöshet som på sätt och vis förklarar de verkliga skjutsningar som faktiskt har ägt rum på många håll i landet? En hänsynslös demagogi, falska angivelser, total likgiltighet för landets lagar, en smutskastning av alla patriotiska och religiösa känslor. Mot denna bakgrund är det förståeligt att unga upphetsade människor verkligen kan ha förlorat behärskningen och gjort sej skyldiga till egenhandsrätt.

Inget under alltså om sådant sker. I dethär fallet framgår dock tydligt och klart att åtalet inte håller streck. Det är inte lett i bevis. Man har sett en bil. Men däremot har man inte sett käranden i bilen. Med vilken rätt påstår man alltså att han har befunnit sej i åtalade Töyrys bil? Det finns inte en tillstymmelse till bevis på den saken. Man säjer kanske att man inte har sett andra bilar köra den vägen samma kväll. Men det faktum att man inte har sett någon annan bil bevisar inte att den inte kan ha funnits.

De två äkta paren hördes som vittnen, först backstugusittaren och hans hustru och sedan småbrukarmakarna som lånat ut sin häst.

Backstusittarparets vittnesmål var helt värdelöst. De kunde bara berätta vad barnen hade sett, och försvarsadvokaten kunde genast slå deras vittnesmål i bitar.

— Vad innehåller dethär vittnesmålet? En hop barn har sett en bil köra förbi på vägen, och vittnena själva har sett svaranden komma misshandlad hem till dem. Ingen har förnekat att bilen verkligen har åkt förbi, och likaså är misshandeln av svaranden ett obestridligt faktum. Men jag vill än en gång uttryckligen framhålla, att det ännu inte alls klarlägger vem som är skyldig till misshandeln.

Småbrukarparet upprepade vad de sagt under förhöret. Domaren såg strängt på dem:

— Kom ihåg att ni nyss gick ed. Tänk noga efter vad det betyder. Har ni sett murare Janne Kivivuori i den nämnda bilen?

— Int säger jag he ... Jag skåda int så noga dit baki ... nå karar va där nog.

— Är det alldeles säkert?

— Jaa, efter va jag kund si.

— Hur många karlar?

— Jag räkna int dem. Många ... Tri eller fyra.

— Kände ni igen någon av dem?

— Int dem där baki. Men framtill satt Töyry å Päkki.

— Känner ni direktör Päkki bra?

— Nå nä ... Men jag ha sett an här ve körkon ... Mång gångor.

— Är ni alldeles säker på att personen i fråga var han?

— Nog verka e så.

— Hör nu. Jag vill veta bara klara fakta. Antingen har ni sett Päkki eller också har ni inte sett honom. Man får inte blanda ihop tro och vetande. Är ni nu alldeles säker på att ni så noga kan känna igen en person, som ni har sett då och då i förbigående, när nu bilen i alla fall körde med ganska god fart?

Småbrukaren blev allt osäkrare på rösten och orden. Han klippte ängsligt med ögonen och lät blicken irra omkring i tingsstugan som för att söka stöd någonstans. Till slut medgav han:

— Jaa. He va va jag tyckt ... nogare veit jag int.

Med de orden avslutades förhöret.

Janne förde sin egen talan:

— Man ser ju genast hur lösligt hela försvaret är oppbyggt. Man försöker få till stånd en teori enligt vilken jag har blivit skjutsad i nån alldeles annan bil. En bil som i alla fall ingen människa har sett. Men Töyrys bil har blivit sedd av två vittnen, om man nu lämnar barnen ur räkningen. Först påstår Töyry att han var ensam i bilen, men vittnena har sett den full med folk å tillåme känt igen Töyry å Päkki i framsätet. Å om man nu också antar att vittnena har misstagit sej i fråga om Päkki, nånting som naturligtvis int håller streck, så har där i varje fall suttit någon i bilen. Ensam har Töyry alltså int varit ute å åkt. Här är någon som kommer med falska uppgifter nu, någon som har svurit mened. Jag överlämnar till rättens herr ordförande att avgöra vem å vilka di är.

Man medger visserligen att Töyry den kvällen har kört just den vägen, eftersom det int förefaller möjligt att blåneka till alltihop. Men man försöker i stället framkalla uppfattningen, att det är fråga om två olika bilar, som vittnena kanske förväxlar, å att den ena har förts av Töyry ensam medan den andra har varit full åv främmande å okända män. Eller att di kanske har sett bara den sistnämnda, och att di på grund av mitt åtal nu inbillar sig ha sett Päkki å Töyry. Vem tror man sej kunna föra bakom ljuset med sånt?

Försvarsadvokaten vädjade här till att åtalet gäller en person som åtnjuter allmänt förtroende. Det är ju förstås ett relativt begrepp, men må så vara. Det ser i alla fall ut som om allmänt förtroende int betydde nånting. Personer i statens högsta ämbeten, som till exempel generalstabschefen, måst ju också åtnjuta en försvarlig portion allmänt förtroende, men det hindrar honom int att ge order om skjutsning av republikens förra, aktade president. Också landets högsta ordningsövervakare, nämligen inrikesministern, måst ju åtnjuta en försvarlig portion allmänt förtroende, men det hindrar honom int att i högtidlig audiens ta emot en hel hop med folk som själva meddelar att di är skjutsare, å tillåme att låta sej fotograferas tillsammans med dem. Såvitt jag vet är det första gången det händer att rikets högsta ordningsmyndighet låter ta ett festfotografi av sej i sällskap med en samling tukthuskandidater å dessutom meddelar att rättsväsendet kommer att beakta de fosterländska motiven till deras dåd.

— Jag varnar käranden. Ni måste hålla er till sak.

— Ja, jag belyser sakens bakgrund. Vittnenas osäkerhet beror dels på rädsla, dels på den förvirring av rättsbegreppen som

304

uppkommer när man på di högsta auktoritativa hållen i landet
»förstår» di fosterländska motiven till brottsliga gärningar ...
— Om inte käranden håller sej till sak ...
Domaren avbröts av buller och rop från förstugan:
— Vi kräver att rättegången avbryts ... Fosterlandets bästa
söner ska inte åtalas av marxister ... Det är en skam ... de åta-
lade måste frikännas omedelbart ...
Det blev förvirring också inne i salen. Domaren reste sig, bul-
tade i bordet och ropade:
— Tystnad ... om inte ni där i förstugan ...
Länsman gick ut i förstugan. In på gården hade kört två bil-
laster främmande karlar. Det var de som nu trängde sig in och
uppträdde hotfullt. Rautajärvi hade först försökt dämpa ner dem,
men när även sockenbor anslöt sig till dem följde också han
exemplet, med stor iver till och med.
Länsman hov upp sin röst:
— Blir det inte genast tyst i förstugan så utrymmer jag den.
— Vem utrymmer den? Var är den karln? I så fall så tömmer
vi salen.
Rautajärvi stod framför skaran och sa till länsman:
— Det går inte att lägga band på en ärlig fosterländsk för-
trytelse. Vi kräver att de åtalade frikänns omedelbart. Vi kan inte
bara stå och se på när våra kamrater anklagas för sin fosterländsk-
het på marxistisk angivelse.
— Rättegången får inte störas ... Jag tror de kommer att bli
frikända, men det är domstolens sak.
Men de främmande karlarnas ankomst hade gjort också orts-
borna upphetsade. Folk trängde sig fram mot dörren. Den oroliga
och nervösa poliskonstapeln bredde emellanåt ut händerna som
för att därmed försöka hindra hopen och gav länsman vädjande
och hjälpsökande ögonkast. Länsman försökte tala lugnande och
lovade att domstolen skulle frikänna de åtalade. Men ropen från
bakgrunden blev allt hotfullare:
— Aktivisterna skymfas ... Är det rödryssar som sitter i rät-
ten här? När ha nån blivit straffad för fosterländskhet förr ...
Under rysstiden ... Är e ryssan som dömer här eftersom man
blir anklaga för fosterländskheiten ...

Länsman sa till Rautajärvi, halvt argsint och halvt vädjande:

— Försök nu hålla dem tillbaka du också ... dethär går för långt ...

Rautajärvi blev generad för ett ögonblick och tittade sig villrådig omkring. Men när han fick syn på gårdfarihandlaren mitt i hopen ropade han:

— Vad anser österbottningen ... Han må säja sin åsikt ...

Det hördes instämmande rop:

— Låt österbottningen tal ... Kosolas sändebud ska tala ... Hör på österbottningen ...

Gårdfarihandlaren ställde sig bredbent framför länsman:

— Ein vitan kar kan int sta inför rätta på anklagels åv en röding, he ä min åsikt.

Rautajärvi höjde handen:

— Hör ... hör ... Slätten talar ... Slättens röst ... Österbotten har sagt sin åsikt ... Lappos lag har sagt sitt ord ...

— Bra, bra ... Ut me di anklagade ... Å handä storräven i händren på foltje ... Här är e foltje som dömer ...

Länsman ställde sig i dörren:

— Jag vädjar till er ännu en gång ... Jag kan inte tillåta att rättegången avbryts ... Jag tror att de åtalade kommer att frikännas, men det får inte ske med våld ... I lagens namn kräver jag ...

Den kritiska tillspetsningen varade ett tiotal sekunder. Hopen var osäker. Första initiativ i den ena eller andra riktningen skulle bli avgörande. Länsman såg Rautajärvi i ögonen, och det förmådde lärarn att säga:

— Karlar, vi ska vänta på rättens beslut. Vi tror att fria mäns fosterländska hjärtan klappar i brösten på domstolens medlemmar.

Det hördes ett besviket mummel, men skaran drog sig långsamt ut ur förstugan. Den avbrutna rättegången fortsatte, tills domstolen var mogen att dra sig tillbaka för överläggning. Länsman förbjöd Janne att gå ut ur salen under pausen, och han fann det klokast att lyda.

Utslaget var frikännande, och Janne dömdes att betala sina rättegångskostnader. Men domaren motiverade likväl inte domslutet med de åtalades oskuld utan med bristande bevisning.

Janne ville avlägsna sig genom huvudingången, men länsman sa till honom att gå bakvägen.

— Det var väl själva fan ... Ska man va tvungen att börja gömma sej dessutom?

— Jag kan inte svara för ordningens upprätthållande om ni visar er för folk nu.

— Hm. Nå, det må va hänt då.

Janne tog den direkta utgången från fullmäktiges rum.

— Dethär var mej ett hus, det. Än ska man ut genom fönstret, än genom bakdörren ... Är det int skäl att kalla på skyddskåren för att trygga lugnet å den lagliga samhällsordningen?

Han gick. Nämndemännen satt kvar i fullmäktigrummet, och en av dem sa med sin reserverade gammelhusbondsröst:

— Han karn ha nog gjort allt för ti få mänskona ursinni.

De åtalade gick stora vägen ut. På trappan väntade prostinnan och ett par unga lottor med stora blombuketter. Flickorna räckte en bukett till var och en av de frikända, och prostinnan förkunnade:

— Ta emot dehär blomstren som ett tecken på det fosterländska folkets tacksamhet och respekt.

När blommorna satt på de åtalades kavajslag ropade Rautajärvi:

— Nu blottar vi våra huvuden och sjunger Klubbekrigarnas marsch:

> Ibland mörker och frost, ibland isar och snö,
> där står vår skara av ödet ställd.
> Då vår klubba fäller i mark en man,
> då är han fälld ...

Man bildade spaljé för de åtalade och de tågade bort till frihetsstatyn på kyrkbacken. Där hölls flera tal och sjöngs många sånger. På Rautajärvis förslag beslöt man avsända telegram till ett par borgerliga tidningar som hade börjat skriva mot Lapporörelsen. Telegrammen fick följande ordalydelse:

— Om det inte blir slut på er giftsådd i landet kommer det fosterländska folkets vrede att skänka er en bitter skörd.

De blomsterbeprydda åtalade ställdes upp framför stoden, vända mot folkmassan. Apotekaren hyllade dem i ett tal, och Rautajärvi talade till den österbottniska gårdfarihandlaren:

— Vi är stolta och glada att se en representant för Österbotten här ibland oss. Ty Österbotten har alltid varit en vägvisare för vårt folk. Slättens fria män har aldrig förnedrat sej till att kyssa piskan. Vi svär eder österbottningar att det övriga Finland kommer att följa ert exempel. En gång till kommer vi inte att vänta med armarna i kors på att våra hem och våra familjer ska utsättas för rövarhordernas godtycke. Hård som stål sluter sej den finske mannens näve nu om svärdfästet. Finlands män har tröttnat på de politiska komedianterna. Mitt bland allt munväder har slättfolkets budskap slagit ner som en granat: Ner med den röda pesten! Må det verkliga folkväldet komma till heders och de verkliga männen av folket till makten. Hur länge ska aktivisterna ännu behöva vara slavar i sitt eget fädernesland? Var finns nu frukten av de vita hjältarnas blod? Gav de sina liv för att några politiska väderpratare nu ska ha stora inkomster till tack för att de låter den röda besten slicka sej om munnen bakom deras ryggar? Nej. Det var inte detta de ville, hjältarna. De ville det enhälliga folkvälde som bygger på fast disciplin och trohet mot ledarna. Det arvet vill vi åter ta till heders. Vi säjer till den främste av våra män, till Ukko-Pekka, hjälten från tingssalen i Luumäki: befall oss, vi lyder. Det är vår demokrati, den sanna demokratin, stabil och rejäl som den finske mannen bröst. Vi behöver inga pratkvarnar. Vi behöver handlingens män. Du, ädla son av Österbotten, tag med dej vår hälsning hem till slätten och dess folk, vår hälsning från denna minnesvård. Bringa en hälsning från frie män till frie män och säj dem att fronten står fast. I täta led tågar de grå vadmalsklädda med dånande steg. Det är ett fosterlandets och frihetskärlekens heliga dån, vars eko bär bud om en orubblig tro på vår gemensamma heliga Gud. Ty vid detta monument lyfter vi våra händer och svär: Så sant jag tror på den store och ende Guden, så sant tror jag på ett stort och enat Finland.

Efter talet var det åter sång:

O kära fosterland, ditt starka älvabrus,
ditt furusus i dina moars sand
vill jag höra till dess en gång min avskedsstund slår ...

— — —

Att ur skog, ej rörd,
skapa gyllne skörd,
är den gärning oss höves än i dag.

Strax efter högtidligheten försvann gårdfarihandlaren från
socknen med sin tomma kärra.
Rättens utslag förblev oförändrat också i de högre instanserna.
Janne var arg och förbittrad, för rättegångskostnaderna steg till
över tjugotusen mark.

III

Eftersom inget förvärvsarbete fanns i sikte började man dika
kärr på Koskela den hösten. Far och Vilho grävde dike på var
sin sida. Eero, som nu var femton år och började skriftskolan
samma höst, röjde marken. Med fortsättningen av utfallet lät
man det bero så länge. De drog upp tegar och gräftade några
av dem färdigt. En hel del gick att plöja upp direkt, för stubbarna
av träden som fällts för årtionden sedan hade ruttnat något trots
att kärret var vått. Många av dem kunde plöjas upp om det gick
två hästar för plogen. Bara de värsta måste grävas fram med hacka
och spett.
Innan snön kom var fyra långa tegar klara att besås med havre
genast på våren.
— Veit ni va he betyder, pojkar? Jo, att ungkuddon int bihöver
säljas. Vi bitäcker on i ställe å får ein ko till.
— Ja, vaför int.
De stod och stödde sig mot spadarna, genomblöta av duggregn
och svett. Fortfarande sökte sig deras blickar ofta under pauserna
bort mot gården. Man tröttnade inte så fort på att beundra det
nya fähuset. En gång sa Eero:

— Men nog verkar ju boningshuse ynklit nu ve sidan åv nya föuse.

Far såg också efter:

— Int så farlit i mina ögon. Fast jag ha nog tänkt, att går allt bra så ska vi rust opp he å nå lite. Ett helt nytt veit jag nu int presis, men om vi sku gör en vinkel på e.

— Mera rum då?

— Ja. Ett par kammare. I vinkel ve gavlin, såleiss. Å så sku man riv opp take å gör he helt å hålle på ny kulo.

— Men nog finns e ju utrymme på ny sidon ... Blir e trångt så kan vi ju böri sov i farmors kammaren.

— Ja, vaför int. Men he dröjer int så läng innan mor å jag måst flytt dit ... å ni ä fem styckna.

Efter en stund fortsatte han:

— Fast int veit man ju ti planer nå här. Då int man veit på va bog di lägger världen än.

Han började skovla mäkta energiskt, liksom ilsken på allt detta som kunde dra streck i hans räkningar. Pojkarna satte också i gång igen. De förstod att fadern menade lapporabaldret och våldsamheterna. De var nog också själva lite bittra i sina stilla sinnen över skjutsningen och misshandeln av morbrodern och framför allt över rättegången. Men de talade inte mycket om saken. Egentligen var deras inställning nog en annan än faderns. De var uppbragta därför att saken gällde deras morbror som de tyckte om, men för Akseli var det en principsak.

— Sku nåen sämber mänsko ha gjort hedä så hadd ni fått skåd att e sku ha fundist vittnen å att lagparagrafren knappt sku ha räckt till ... Nog ... nog blir man så förhärda arg in i hjärtröttren ibland, så ... så ...

Vad som var avsett att följa på detdär »så» fick pojkarna aldrig höra. Deras inställning till politiken var på något sätt vag. Det att fadern hade isolerat sig från den hade skapat ett tomrum kring dem själva, och de hade inte fått några impulser i vare sig den ena eller den andra riktningen. Deras attityder var helt instinktiva. Lappofientligheten baserade sig hos dem inte på sociala faktorer utan snarare på släktkänslan. Medlemmar av deras släkt utsattes för förföljelse, och de reagerade därefter. Till och

310

med den behärskade Vilho hade sagt med en underlig upphetsning i rösten när han fick höra att Janne måste smyga bakvägen ur tingshuset:

— För va gick int vi å dit ti körkbyn?

Det viktigaste för dem just nu hade emellertid varit att få ett avlönat arbete, men det fanns inget inom synhåll. Därför fortsatte de med kärröjningen så länge marken inte var helt tillfrusen. Visst var det bra med mera åker, men fähusskulden borde också bli betald.

Livet var njuggt. Kaffet som den sjuåriga Kaarina kom bärande med var lankigt, och något smör syntes inte till på jästbrödsskivan. Varje mjölkdroppe måste till mejeriet och bli pengar. Kaarina satt på en stubbe och väntade medan de drack. Hon log lite blygt när de äldre bröderna pratade med henne. Kaarina var en stillsam och foglig flicka som redan hjälpte mor så gott hon kunde, mest med att valla Juhani.

Men tjälen gick i jorden. De måste sluta med dikningen. Nå, det fanns ju alltid ett och annat att pyssla med hemma. Nu fick de tid att snickra inredningen i stallet och fähuset. Men när också det jobbet blev klart gick Vilho en dag över till Kivivuori och kom dragande med ett par gamla mjärdar och en isbill.

— Jag ska skaff soppverke.

Mjärdarna måste repareras, men han fick dem i stånd. Han högg upp ett par vakar och sänkte dem där. Första dagen lunkade Varg-Kustaa förbi på väg till sina egna vakar och låtsades inte alls se den nya fiskaren. Vilho märkte hur han gav sig sken av att lägga ut sin mjärde men tog upp den igen i smyg, försökte dölja den med kroppen och förde den bort bakom en holme. Ett par dagar senare kom Kustaa fram till Vilho. Han stod med höjda ögonbryn en stund och mätte pojken med blicken, och så sa han:

— Va är e du påtar här, pojk. Du ha vari i mina vakar.

— Jag har nog egna hål.

Kustaa gav sig iväg, men följande dag när Vilho kom ut på isen var båda hans mjärdar upptagna och rivna. Det låg tunn glanskis ovanpå den egentliga isen, och här och där i den syntes konstiga spår som efter tre klor. Det var ett tiotal meter mellan spåren. De ledde till en närbelägen holme, och där satt liknande märken inhuggna i stammen på ett stort träd.

Vilho fick syn på Kustaa ute på isen och gick bort till honom:

— Är e Kustaa som ha söndra mjärdan mina?

— Mjärdan dina ... dra du åt helvite me mjärdan dina.

— Å så ha ni huggi opp tåkodä spår ännu till.

— Vaför spår?

Kustaa gick med för att se efter, granskade spåren noga, snörpte på munnen och sa:

— Jaha. Hedä ä efter ein mjuram ... jo ... där sådä har an gått å taji opp mjärdan.

Vilho iakttog Kustaas min. Han var förargad men började samtidigt känna sig road.

— Vadå för mjuram?

— He veit int du nåenting om ... Joo, där har an gått ...

De följde spåren ända till holmen, och Kustaa skärskådade hacken i trädet:

— Han ha klättra opp i trä å flugi bort sedan.

— Jag veit nog va slags mjuram he ha vari.

— Int veit du nå om he. Säj då hurudan an ä.

— Han har ein lappa pomparock å en mögli skinnlurku.

— Nu ljög du nog ... Han har sådä lång stjärt, å så är an broki ... Int ha e du sett nåen mjuram ... Han lever mest i ödemarken, men då he ska bli krig så visar han sej för foltje ... Håll reda på mjärdan dina. Han kan kom på nytt då han vänjer sej.

Kustaa gick.

Vilho köpte ståltrådsmjärdar i kyrkbyn, och dem lät Kustaa vara i fred, i all synnerhet som pojken började bevaka dem noga.

Han fick fisk, och någon gång när Elina lagade till den hände det att hon sa med andäktig röst:

— Nog går e an för oss ändå ... Många har int ens maten.

II

Elina hade förmågan att alltid se de goda sidorna hos saker och ting. När de andra tyckte att de hade det svårt invände hon att det ju fanns mat och värme i huset i alla fall. Många fick vara utan dem också. Jämförde man sig med dem som hade det ännu sämre kändes alltsammans riktigt uthärdligt.

Trots att Koskela låg avsides från stora landsvägen hittade en och annan luffare dit. Ibland kom det barn från deras egen socken och tiggde. Tysta stod de vid dörren tills Elina frågade efter deras ärende. Mumlande rabblade de den välbekanta läxan, bligande i golvet och rodnande av skam eller också med ett förvirrat och generat fnitter:

— Dedäran ... mor ba säj ... då far ha vari utan arbeit ända sedan i höstas ... å mor ba säj att kommunin int ger nåenting ... å ba säj ... att lite brö.

Elina brukade snegla skyggt på Akseli och börja med låtsat irriterad röst:

— Då e komber folk hit så ofta ... å våra karar ha ocksån vari utan arbeit ... men ä ni rikti hungri då ...

Akselis min blev alltid lite butter. För det mesta steg han upp och gick någonstans och sa i förbifarten:

— Nå, ge nu nåenting då ... fast nog är e ... här ...

Elina gav, och barnen kände sig ibland ännu mer besvärade när hon med tårar i ögonen stack paketet under armen på dem:

— Vi har int mytji ... men nog ... Gud ... ska nog hjälp ...

Barnen blev styva och stirriga i blicken och slank hastigt ut igen.

Leppänen-Aune kom då och då och bad att få låna ett par brödkakor. Det var naturligtvis lån som hon inte betalade igen. Ibland kom hon till Koskelas vid matdags, tittade på det som Elina dukat fram och sa:

— Men nog håller du döm me bra mat ... Riktit så man snålas ...

— Jag ska ställ fram en tallrik ...

— Nå jag veit int, jag åt i jånst. Men om jag sku ta nå lite, för he sir så gott ut.

313

Den enda som hade arbetsförtjänst hos Leppänens var Preeti, och den var sämre än förr, för också herrgårdsherrn hade sänkt lönerna. Dessutom minskades arbetsstyrkan ofta och man fick avsked för minsta småsak. Aune hade legat på mage på en bosshög på ladugårdsvinden och blivit överraskad av inspektorn, som hade knäppt henne på baken med sin käpp. Aune trodde att det var något slags invit och vände sig på rygg:

— Aah ... haa ... ska jag vänd ander sidon till.

Men inspektorn sa med ytterst formell röst att Aune fick komma och hämta slutlikviden samma kväll.

Ibland hade hon Valtu med sig till Koskela. Han var en mager och blek femtonåring som redan rökte helt öppet, och till hans cigarretter gick det understöd Aune fick av kommunen. Men Aune förklarade beskäftigt för folk:

— Jag förd pojken ti läkarin å han sa att han måst rök ein papyross nu å då, för spottkörtlan hanses torkar.

Pojken satt tyst och trumpen bredvid Aune, som alltsom oftast vände sig till honom och sa:

— Är int e sant, Valtu?

— Jooå.

Valtu hade varit två veckor på Töyry som dagkarl men kommit tillbaka hem. Aune var nog förargad på honom, men för utomstående berättade hon:

— Å jag sa att herrijessus du ska int böri va där å bli plåga åv didä vargan. Di säger att Arvo ä ännu snålare än va gambel Kalle va. Å gummon hanses ein rikti jävul ... Foltje får rågmjölsgrötin mest heila tiden, å käringen säger bara att där finns nå vitaminer som sku va hälsosam ... Jag sa åt pojkin att nu komber du heim därifrån ... Lika väl kan vi svält å va lat som ti arbeit åt handä satans slaktarin å svält ändå ... Fast di säger ju att Arvo int ä så svår som handä ynger pojkin som kör ikring å piskar opp foltje ...

Valtu hängde hemma och gick inte ens i skriftskolan. Prosten sa nog till, men det hade ingen effekt. Pojken stod mest i något vägskäl med en fimp i mungipan och skrek grovheter efter flickor som gick förbi.

Siukola levde, eller snarare svalt, på kommunalt understöd

314

liksom många andra. En tyst, bitter förtvivlan spred sig från stuga till stuga i synnerhet i utkanterna av socknen. Janne fick i sin egenskap av ordförande i fattigvårdsnämnden bära »tidsandans» hela tunga. I de kommunala organen blev han jämt knuffad till poster där han gjordes ansvarig för den nöd arbetslösheten förorsakade. Även motståndarna placerade honom gärna på sådana uppdrag. Därför dröjde det inte länge förrän han var hatad också bland dem han försökte hjälpa. När han var ute för att ta reda på de arbetslösas behov hälsades han i många stugor av en förbittrad blick från mannen och ord som:

— Här ä resultate åv noskepolitiken er ... He ska du veit, att min röst får int du i nästa val ... Förr röstar jag på fasistren än på dej ...

Hustrun visade honom det tomma matskafferiet och förde honom fram till spisen där det kokade en tunn vattvälling eller bara potatisbitar i vatten med salt som enda sovel:

— Skåd där nu så du veit. Försök sjölv å mat sex ungar me tåkodä.

— Jag vet nog precis, men jag kan int förvandla mej till brö. Den hysteriska kvinnan brast i gråt och fräste i blint raseri:

— Åt horungan skaffar du nog hjälp å pension ... men hygglit folks barn låter du svält ihäl ... Satans muspolis där. Håller didä ludren dej så väl så du springer i rätten å allting för deras skull, men när hygglit folks ungar svälter så breder du bara ut händren ... Du skaffa nog en fin pension åt hondä Haukkalas pigon där alla låg å gned på håle, å sjölv va du väl ein åv döm ... Har kommunen ti bital rövahyron för tåkodä satans ... du sku skäms ... grått har du redan i håre, helvites bock där, men hoppar ikring socknen me horne i vädre, he gör du alltjämt.

Kvinnan föll ihop helt och hållet och de förskrämda barnen stod sammanträngda i ugnsknuten, höll varandra i trasorna och stirrade på uppträdet med stora ögon.

Underligt segt höll sig den sortens skvaller kvar kring Janne fastän han inte hade gett den minsta anledning till det sedan sina ungkarlsdagar för många herrans år sedan. Men numera spreds pratet rent avsiktligt kring socknen som ett led i den politiska kampen.

— Ni kan va säker på att han nog tar ut sakförarlönen när han fösst ha skaffa dem pensionen ...

Janne struntade i skvallret. Han bara grymtade ilsket när han råkade ut för urladdningarna, och blev det tal om dem efteråt sa han med ett bittert skratt:

— Låt dem skrika. Om det åtminstone hjälpte.

Han gjorde nog vad han kunde. I de kommunala organen fortsatte hans och Päkkis tvekamp med oförminskad styrka, och Janne sa på pin kiv:

— Minns du den gången du sa att jag sku försvinna ur dethär huset, men här sitter jag alltjämt.

— Men inte länge.

Han kunde nog konsten att klämma åt Päkki. Kommunalskatten steg och steg och Päkki blev rikare och rikare. Bönderna klagade över de abnormt höga fattigvårdskostnaderna, och Janne visste var han skulle sätta in stöten:

— Va klagar ni för? Det är ju Päkki som bestämmer om allt skogsarbete i hela socknen, å det är ju nästan den enda inkomstkällan för arbetarna på vintern. Han låter dem arbeta gratis, å ni försörjer deras familjer på något jäkla sätt. Där har ni sakens kärna. Ge int era skogar gratis åt honom, å låt int en karl som han bestämma i era affärer.

Korri och hans meningsfränder instämde ofta försiktigt i tankegången, men de hade inte sisu nog att öppet ställa sig sida vid sida med landsförrädaren. Men sinsemellan kunde de säga.

— Å he har an nog rikti rätt i. Nog sku e Päkki ha råd ti bital bätter löner. Åv oss ska alltihopa pressas ut te sist.

Men ingenting förändrades. Allt som oftast ringde Jannes telefon på nätterna, och när han svarade hördes förställda röster:

— Lapporådet ha dömt dej ti döden, eller ti å reis te paradise ditt. På torsdan klockan åtta går tiden ut, å ha du int gett dej åv innan dess så komber Kosolas sändebuden å verkställer domen.

Till slut måste telefonen kopplas ur till natten. Sanni gick omkring i ständig skräck, och Janne rörde sig inte heller gärna ensam ute efter mörkrets inbrott. Något hade lappoterrorn dock avtagit sedan skjutsningen av Ståhlberg väckt stark opposition också på borgerligt håll.

Men det betydde ingalunda att verksamheten höll på att dö bort. Major Salpakari hade förflyttats till skyddskårsdistriktets stab, och kort därpå skedde en rad byten på lokalchefsposterna i traktens skyddskårer. Också från de lokala staberna avgick en och annan. Korri satt dock kvar trots att han blev direkt uppmanad att gå. Hans position var numera så pass stark att man inte kunde kasta ut honom utan vidare.

Inom lottaavdelningen ledde bagateller till principstrider, och prostinnan iscensatte en utrensning:

— Vi kan inte fungera effektivt om vi inte får till stånd ömsesidigt förtroende funktionärerna emellan.

Därför uteslöts hustrun till den gamla folkskolläraren i kyrkbyn ur styrelsen trots att hon hörde till avdelningens stiftande medlemmar.

Möten ordnades titt och tätt, i all synnerhet vid tiden för presidentvalet, och från mötena sändes telegram:

— Undertecknade, som representera vida medborgarkretsar...

Det hotades med uppror om Ståhlberg blev vald, och när Svinhufvud till följd av påtryckningarna avgick med segern firades segerfester.

Ilmari besökte hemsocknen ofta. Det talades mycket om honom i initierade kretsar. Han var en så central person att man ofta kallade honom bara majoren:

— Majoren va här. Han sa att om int vissa herrar förstår sej på tecknen i skyn så ska di få lär sej ... Han känner döm allihopa ... Wallenius ända sedan jägartiden ... å sa att han karn ä kapabel ti gör va ander bara brukar munnen om.

Ilmari befann sig vid denna tidpunkt i en sinnesstämning präglad av klarhet och konsekvens. Han var fylld av entusiasm och energi. Den uttråkade irritation som så ofta anfäktat honom hade inte alls stuckit fram på sistone. Numera yttrade han sina åsikter rakt på sak också för fadern:

— Tysklands nederlag gjorde vårt borgerskap förvirrat, och det var i den förvirringen som man gick med på den författning vi nu har. Den går inte att störta utan en viss portion våld.

— Men ett uppror är ett uppror. Det finns ju möjligheter att begränsa rösträtten också på laglig väg.

317

— Det finns inga sådana möjligheter. Och för resten, anlägger vi en vidare syn på saken, så hur är det med författningarnas laglighet? Till år nittonhundraaderton gällde hos oss Gustav III:s författning. Den var resultatet av en statskupp. Hur var det med lagligheten hos Napoleons välde? Och hur pass laglig är den nuvarande Weimarrepubliken i Tyskland? Följden av ett uppror den också. Nu pågår där ett nytt uppror, och dendär Hitler ser ju ut att snart klara opp hela eländet. Romerska riket byggdes inte med lagar utan med legioner. Storfinland kommer inte heller att byggas med lagar utan med en armé. Det finns tidpunkter då beslutsamma män måste gripa tag i historiens hävstång.

— Detdär är teori ... Den kan man ju inte efterleva i praktiken.

— Tvärtom, det är resultatet av praktik alltsammans.

— Varför kräver vi respekt för lagen av kommunister och socialdemokrater om det inte betyder mera än så?

Ilmari gick av och an medan han talade. Det var som om han med hela sin kropp och dess rörelser hade velat poängtera klarheten och beslutsamheten i tankegångarna.

— I praktiken måste man naturligtvis kräva det. Men pudelns kärna är den, att socialisterna nu är laglighetsmän därför att de är svaga. Om de verkligen hade respekt för lagen så vore allt vad vi har för oss orätt. Men de har själva tydligt nog proklamerat att lagligheten bara är ett av medlen i marxismens kamp om makten. Vänta då bara tills de anser att de inte längre behöver lagligheten. Vänta tills det sätts hänglås på din kyrka och du själv blir kuskad till nån fattiggårdscell igen. Hm. Där har du det. Sedan blir det nog gny och gnäll liksom nittonhundraaderton. Hur har vi hamnat här, hur kan det vara möjligt? Det blir möjligt om igen på precis samma sätt som då. Kompromisser, svansviftande, övertalning, halva löften som inte hålls, mjäkighet och lumpenhet. Ja, jag tänker då inte vänta tills vi är där igen. Måste vi slåss så är det bättre att dö i öppen strid än med bakbundna händer i någon backe.

— Men man borde ändå först försöka med upplysning.

— Upplysning. Låt oss vara ärliga för en gångs skull. Vad för upplysning tror du har effekt på folk som förtvivlade går från port till port, karlar som har gråtande hustrur med halvdöda barn hängande i kjolarna därhemma.

— Men det är ju inte fråga om det. Det är dåliga tider och ... och ... det gäller att hjälpa dem som lider nöd.

— Nå, varför gör du inte det då?

Prosten blev röd i ansiktet och stammade lite av förtrytelse när han svarade:

— Du borde veta att ... att det är order i köket att var och en som ber om arbete ska få ett mål mat. Vi har ... har i alla fall ... de bästa dagarna har vi haft opp till åtta matgäster ... Jag har rent av råkat i svårigheter för den sakens skull ... Vet du att jag har lånat pengar också enkom för ...

— Det är en droppe i havet. I själva verket betyder det bara att man får folk att känna sig skamsna för sina tomma magars skull ... Ge dem arbete och lön för arbetet. Det finns inte, säjer man. Men jag råkar veta att det finns. Vi har femtio procent lägre lönenivå i skogarna än de andra nordiska länderna.

— Du talar som en kommunist.

— Kanske jag talar som en kommunist. Men jag drar motsatta slutsatser av samma fakta. Jag vill bibehålla vår självständighet, och eftersom det inte kan göras med godo måste det ske med våld.

— Jag ... jag skulle aldrig kunna tänka sådär.

— Då bör du också avstå från alla dina privilegier. Det nuvarande systemet är ohållbart just därför att där råder två friheter som inte går att förena med varandra. Friheten att suga ut folk och låta dem svälta och å andra sidan friheten att uppvigla de förbittrade massorna. Båda de friheterna måste bort. De två första åtgärderna av den nya regeringen kommer att bli att fastställa minimilöner och att göra slut på partipressen. I den ändan ska vi börja. Som läget nu är förblir det under inga omständigheter hållbart i längden.

— Men man kan ju stifta en lag om minimilöner också utan ... också nu ...

— Försök om du kan. Arbetsgivarkretsarna sätter sej emot det. Du lever i något slags patriarkalisk fantasivärld. Du ger ett mål mat åt folk som tittar in hos oss. Men de behöver ett mål mat i

319

morgon med. Var ska de få det då? Så kan det inte fortgå. Vi står inför en krasch. Och det gäller att välja mellan kommunism och fascism. Jag har gjort mitt val, och det vill jag hoppas att du också gör.

Prosten försökte ännu invända något, men det blev förvirrat och utan eftertryck, vilket delvis berodde på att sonens respektlösa sätt att diskutera stötte honom för pannan. Ilmaris bryskhet var likväl inte särskilt riktad mot fadern. Det var bara hans nyväckta handlingsvilja som tog sig det uttrycket. Medan han gick av och an och talade lade han då och då en extra tyngd i själva stegen genom att trycka till som om han trampat någonting mindervärdigt under fötterna.

Det eftertryck han gav sina åsikter berodde även på att han fortfarande var tvungen att övertala också sig själv om deras berättigande. Han kunde inte, som mången annan, genom vaga fantasier och spekulationer om »lagens anda och lagens bokstav» blanda bort för sig själv det faktum, att hans verksamhet inte var riktad endast mot marxismen, utan också mot den lagliga statsmakten och dess myndigheter. Till det var han alltför klartänkt och också alltför ärlig. I detta slags diskussioner tog prostinnan sällan del, för också hon fann Ilmaris slutsatser alltför klara och grova. Lagens anda och bokstav spelade just i hennes tankevärld sina försonande roller. Då Ilmari märkte att prosten blev stött slog han om tonen och försökte släta över sina ord. Fadern blev snart blidkad och betraktade hela diskussionen som enbart teoretisk.

Men »majoren» hälsade på i socknen allt oftare, och dessutom i flera andra socknar inom distriktet. Han höll intim kontakt särskilt med Päkki, och tittade också ofta in hos Rautajärvi.

Mångahanda rykten var i svang om något som snart skulle hända. De var likväl ytterligt obestämda. Än hette det att skjutsningarna, som en tid hade avtagit, skulle börja på nytt igen, än förutspådde man attentat mot högt uppsatta personer, och det talades till och med om statskupp.

III

Depressionstiden gjorde tillvaron ohållbar också för Emma Halme. Folk hade tid att spinna sitt garn själva, och priserna sjönk för det lilla arbete som ännu kunde stå att få. Emma försökte till och med sälja mästers gamla kläder, men deras snitt var redan så urmodigt att de inte dög åt någon.

Hennes ben hade också blivit så sjuka och dåliga att Janne försökte övertala henne att flytta till kommunalhemmet. Länge och väl spjärnade hon emot, men till slut förstod hon att det inte fanns någon annan möjlighet. Janne lovade ordna auktion. Med pengarna från den skulle Emma kunna betala en del av sitt uppehälle och på så sätt få det lite bättre ställt på kommunalhemmet.

Auktionen försiggick på sommaren. Otto fungerade som utropare och försökte skruva upp priserna så mycket han någonsin förmådde. Men bysborna hade inte pengar. De hade nog mött upp man- och kvinngrant, men trots det gick till och med mästers gamla fina möbler för en spottstyver. Koskela-Elina ropade in en sirlig spegelbyrå och en vacker kaffeservis. Hon hade alltid beundrat dem vid besöken hos Halmes, och Akseli lovade efter lång tvekan att hon skulle få dem. Töyry-Arvo och hans mora konkurrerade om dem, och när priset steg högre än vanligt tittade Elina skyggt på Akseli:

— Jag måst väl slut nu.

Men Akseli sa:

— Nä, vi tar döm.

För när han stod där och hörde Arvo bjuda kom han plötsligt att tänka på att Arvo hade varit med vid mästers arkebusering. Var gång Arvo hade kommit med ett bud såg Elina tveksamt på Akseli, som nickade underligt argt.

— Fem mark över.

Till slut gav Arvo upp. Folk följde med tvekampen utan att förstå varför den vanligen så sparsamma Akseli gav sig till att tävla med en rik storbonde.

— Få si huru högt Elina ska våg.

Elias drällde full omkring och viskade:

— Hon får döm nog. Sir int ni att hon har lov åv pappa.

Halvt ifrån sig av lycka beskådade Elina sin byrå och sin servis medan hon anspråkslöst försökte förklara för kvinnfolket:

— När di ä så förskräcklit nätt.

De största inroparna var Kiviojas. De hade pengar, och man visste att de närde ett gott öga till själva huset också. När Halmes gammalmodiga kläder inte ville gå åt plagg för plagg lade Otto slutligen resten i en hög och Lauri ropade in den. Han gick omkring i folkhopen på gården med chaufförsmössan nerdragen över ögonen så han måste luta huvudet bakåt för att se någonting. Han höll händerna nerkörda i bakfickorna och vände på saker och ting med fötterna medan han yttrade sin mening om dem. Hans röst hördes över det övriga auktionsstojet när han förklarade för någon:

— He va tie kubik färsk massa åpå, å gubban sa att int far an nåenstans. Jag la in jumbon å gasa på så Nationalin sjöng tusen himlar å helviten, å när jag släfft opp konan så nog dro firestånen tomning några varv, men sedan så for e å.

Också Halmes bibliotek gick under klubban. Rautajärvi hade varit och bekantat sig med det på förhand i tanke att ropa in något, men när han såg vilken mängd marxistisk litteratur där fanns stannade han hemma från hela auktionen. Ingen annan i byn var intresserad av böckerna, och Otto försökte fåfängt hitta på skämtsamma vändningar.

— Köpin, pojkar, så kan ni läs dikter för flickona sedan.

Pojkarna köpte inte. Där fanns en enda bok som de ville ha, men den såldes inte separat. De tittade nog på den och tisslade sinsemellan:

— Hej pojkar. Kom åsta skåd. Här ä ein läkarbok me ett trevlit kapitel. Människofostrets utveckling. Skåd nu där ... va ska hondä etton betyd. Blygdläpparne ... Hedä ä ... skåd nu ... livmodren ... Slidan. Där ä ungen ...

— Här finns allt upptänkeligt. Yrjö Koskinen: De ledande idéerna i mänsklighetens historia. Karl Marx: Kapitalet. Han boken ä nog lovli, bjud på bara. Leo Tolstoj: Varav leva människorna ... Va bjuds ... Rop in bibloteke nu. Fina saker.

Inte ett enda bud innan Vicke kraxande klämde till:

— Tvåhundra. Ti spistände. Slå åv.

Otto rådgjorde med Janne och Emma. Janne bjöd över med hundra mark på försök trots att biblioteket var onödigt för hans del därför att han själv ägde nästan allt som var av något värde i Halmes samling. Men han lyckades få Vicke att höja budet till fyrahundra mark, och därmed klubbade Otto av.

Vicke slet sig i rockskörten och putade med magen, som hade börjat svälla ut också annars:

— Här var e bildning, pojkar ... Vicke ska läs sedan på gambel dagan ... ti tidsfördriv.

Varg-Kustaa ropade in Halmes gamla päls och Preeti Leppänen en kaffekvarn:

— För dotron ha nu krossa e me ein flasko bara ... Om e nu sku bli nå bätter tider så man kund böri köp kaffe igen.

Sist såldes själva huset. Där var tre som ropade: en hollonkulmabo, Kivioja-Lauri och Töyry-Arvo. Kiviojas var gramse på Janne för auktionens skull. De hade nämligen erbjudit sig att köpa direkt av Emma, men hon förklarade att Janne hade förbjudit henne att sälja på egen hand.

— Vi sku ha fått e billit ... Men handä stormickel hann stopp tassan sina i he å.

Arvo bjöd på sin bror Ensios vägnar, för Töyrys hade likartade planer som Kiviojas. Janne lade sig i saken som fjärde man för att skruva upp priset. Den första som föll bort var hollonkulmabon. Mellan Kiviojas och Töyrys pågick kraftmätningen en god stund. Nu ropades det inte högt, utan man sa till Otto hur mycket man höjde, och det efter en lång funderare. Fast Vicke och Lauri sa naturligtvis sina bud så pass ljudligt att de kringstående kunde höra det, och Elias rände runt förrättarbordet och puttrade:

— Va är e ni ander stackare ropar där. För när Pentinkulmas Mussolini ropar så trampar han all ander under föttren.

Huset gick till Kiviojas. Vicke halade fram två bankböcker ur innerfickan, drämde dem i bordet som en vinnande kortspelare sin hand och sa:

— På ena finns sju å fyra å på handä ander resten.

Janne tog hand om bankböckerna och Kiviojas började smälla i dörrarna och stövla i trapporna med ägaråthävor. Lauri sa till Emma:

— Int is jag böri kör resten åv dehä skräpe härifrån. Låt e va här tills jag komber.

Emma hade suttit på en stol på gården medan auktionen pågick. Emellanåt hade hon stuckit sig inomhus och mödosamt stultat uppför trapporna på sina dåliga ben. Några av kvinnorna viskade att hon gömde sig inne i kammaren för att gråta.

Hon stannade hemma ännu den natten. Hela kvällen höll inroparna på och förde bort sina saker. Akseli och Elina kom först dagen därpå med häst för att hämta byrån. Fattighusfogden hade kommit för att avhämta Emma. De saker som hon velat behålla för sig själv lastades på kärran; hennes kläder, mästers klocka och ringen som han dragit av fingret när han gick hemifrån för sista gången, psalmboken och bibeln, kammar, en spegel och lite annat smått.

Akseli lyfte upp Emma på kärran. Elina grep hennes hand och försökte le, men läpparna började darra:

— Ajö nu ... Vi ska nog kom åstå häls på allti då vi har ärand te körkon ... å ... å ... kom hitåt ni då ni får skjuss ...

Emma behärskade sig bättre. Hon svalde och blinkade när Akseli i sin tur tryckte hennes hand och stelt och stammande sa:

— Vi ska nog titt in allti ... Så fort vi har tid ... och ids int nu ... I början kan e nog va ... men bätter i alla fall ... he sku ha blivi dålit här ...

Fogden smackade åt hästen, och de åkte.

Akseli och Elina gav sig också i väg. Det var en het eftermiddag. Gårdsträden slokade med sina slaka och hoprullade blad och speglade sig i de gardinlösa fönstrens döda blånad. Gårdsplanen låg tyst och tom. Instucken under trappstenen låg nyckeln och väntade på de nya invånarna.

IV

Folkrörelsen fortgick. På landsvägen såg man vandrare med knyten insvepta i solkigt tidningspapper under armen. Deras steg var redan intränat kraftbesparande.

Påföljande vinter började man räta ut vägen från stationsbyn till Hollonkulma. Staten hade anslagit pengar och kommunen sköt till sin del, och det skulle komma karlar också från främmande orter. Människornas nedslagna stämning piggnade till en aning. Det pratades mycket om den nya arbetsplatsen, och Preeti sa med initierad min:

— Vattustaten sjölv böri press åpå.

Koskela-Vilho fick också arbete vid vägbygget med häst och släde. Han blev körkarl åt en grupp som mest bestod av utsocknes. Den enda han kände i hela gänget var Siukola.

Karlarna verkade lite vaga och obestämda. Det gick långa tider innan Vilho ens blev på det klara med deras tillnamn, och någras fick han aldrig veta. En stor karl kallades bara Lasse, en annan gick under namnet Lill-Toijala. En kallades Smeds, men det var inte hans släktnamn utan kom av att han faktiskt hade varit smed någon gång i tiden. Deras hemorter kände man inte heller så noga till.

När karlarna hörde att Vilho var hemmansägarson var de till en början lite fjära mot honom.

— Satans dyngsprättare, nog sku di klar sej utan, men hit ska di å kom å hugg för sej.

Ibland kallade de honom för Åker-Emil.

Vilho kände instinktivt deras inställning och drog sig inom sitt skal. Han tog föga del i samtalen utan körde sina lass tyst och stillsamt. Men då de andra en dag fick höra av Siukola att hans far hade varit röd kompanichef förändrades deras inställning till honom helt och hållet. De bjöd honom av sin surt förvärvade tobak och kallade honom inte längre Åker-Emil.

Vilho ställde sig lite reserverad till deras vänligheter. Nog för att han på sätt och vis var glad åt dem, men han ville ändå helst hålla sig för sig själv. Lasse frågade honom om fadern och berättade att han själv hade suttit i Hennala och till och med tagit del i striden vid Syrjäntaka. Säkert hade han sett Koskela också.

Nu satt Vilho tillsammans med dem under rökrasterna. Smått generad hörde han dem berätta sina fruntimmershistorier ända in i de minsta detaljer. Lasse skröt över sin uthållighet och några av de andra tillät sig att tvivla en smula på hans påståenden.

— Nä hörru, de va nog hälften skarvat. Sju gånger på en natt orkar ingen fan, de må va en hurdan kar som helst.

— Å fan anamma, de ä så sant som de ä sagt. Jag had taji in nå lite sprit å äti ordentlit å va i fin form ... De va Fanny från Loimijoki, du vet nog, Smeds ...

De frågade Vilho om det fanns »frisinnade» kvinnor i byn.

— Nå sånadä folkliga kvinns som har förståels för en vandrare. Vilho visste inte. Han kände inte byns kvinnor så väl att han kunde klassificera dem i det avseendet.

När vägarbetet närmade sig Pentinkulma lät Elias gänget bo i Kankaanpääs sytningsstuga. Efter ett par dagar städslade han Aune att laga mat åt dem. Hon hade en liten penninglön och fick äta själv, och dessutom stal hon hem en smula av karlarnas ingredienser.

Kankaanpääs sytningsstuga blev hastigt ett allmänt samtalsämne i byn. På kvällarna hördes därifrån ofta sång och munspelsmusik. Byns ungdomar drev omkring i närheten men gick inte in. Några av flickorna tog till vana att gå arm i arm fram och tillbaka framför Kankaanpää, men kom någon av karlarna ut och bad dem stiga in gav de till ett egendomligt gällt och kacklande skratt och skyndade på sina steg.

— He.. eee ...mska saker ... hi, hi, hi ...

Prosten talade ofta harmset med bysborna:

— Naturligtvis kan man ingenting göra åt saken. Men det är sorgligt att sånadär ska hänga här mitt för ögonen på byns ungdom.

Ibland tog Aune Valtu med sig till stugan för att ge honom mat. En gång söps han full där och gav sig ut i byn. Han gjorde sig mera berusad än han var, vacklade vägen fram och försökte ställa till bråk med dem han mötte. När han gick förbi Kivivuori ropade han till Otto som stod på gården:

— Morjens farfar. När ska du skriv gården på mej?

— He kan jag gör genast, men där bihövs ditt namn å, å he kan du int skriv.

— Gubbsatan ... Jag ska nog vis dej ...

Valtu gick vidare och sjöng en slipprig visstump. Allt emellanåt skränade han:

— Nu ska vi gå åsta vis Töyrys gnidaren nå lite, perkele ...
Vi ska gå åsta ät vitamingrötin ... Satans snåljåpar ... Käringen å
har tredje pare fötter på strumpskaften redan ...
Han drog sin slidkniv:
— Jag ska hugg ihäl all satans ... från största ti minsta ...
Han högg in på ett träd som stod vid vägkanten. Han grät och
gnisslade tänder och slog gång på gång:
— ... jag ska hugg ihäl ... ihäl satan ...
Herrgårdsherrn kom gående på vägen och den undermedvetna
rädslan stack upp över ruset och fick pojken att sluta vråla. Han
gick tyst förbi herrn och sneglade i marken. Men sedan vände
han sig om:
— Int ä du nåenting fast du inbillar dej ... satans svenskjävel
där ...
Herrn vände på huvudet men fortsatte sin promenad. Valtu
höjde rösten:
— Från röven ha du å kommi ... Från vårt gimensamma fos-
terland ...
När herrn inte alls reagerade försökte Valtu på nytt:
— Storslaktar ... Ha du sänkt statarlönen nå i da?
Så fort han kom hem slocknade han på sängen. Men dagen där-
på fick Preeti slutlikvid av inspektorn. Uppskrämd anhöll han att
få tala med herrn själv, och det fick han, till och med i själva
karaktärshuset.
Det var första gången Preeti kom innanför herrgårdens dörrar.
Redan tio meter från trappan tog han mössan av huvudet och var
på allt sätt så uppskärrad och förvirrad att tjänsteflickan måste
leda honom fram till herrns arbetsrum. Det var enda sättet att få
honom att begripa vilken dörr han skulle gå in genom.
Herrn hälsade vänligt och artigt och verkade nästan lite gene-
rad vid anblicken av Preetis trasiga och skräckslagna uppenbarelse.
Hans underläpp malde tomgång ett slag innan han fann orden:
— Ni ... ni ... ni ... förstår väl gamla människan att ett så-
dant uppförande inte passar sej ... Jag vill inte ... vill inte höra
den sortens skrän en gång till ... en annan gång ...
— Herr agranomen ... så mytji som jag ha fått lid för handä
pojkin ...

327

— Ni är hans morfar. Ni måste se till att sånthär inte händer. Preeti flyttade mössan ur hand i hand, bytte fot ideligen, och till slut brast han i gråt:

— ...jag ska nog ... ersätt e på nå vis ... Om herr agranomen ... Om man fast sku innehåll nå lite på lönen varje gång ... så sku man kunn få ihop e på he sätte ... He vill ju va så dålit, men nå lite ändå ... Man böri ju va gambel å ... å int veit man om nå nytt arbeit heller ...

Herrn tittade besvärad förbi Preeti. Han kände sig pinsamt berörd och på ett dunkelt sätt skamsen. Det var inte sig själv och sin egen handling han skämdes över, utan han skämdes liksom på Preetis vägnar för dennes hjälplöshet och förnedring. Det var någonting ynkligt och motbjudande över den.

— Nå, ni får stanna. Men låt det vara sista gången ... den sista gång ...

— Herr agranomen. Så mytji som jag ha fått lid för handä pojkins skull ...

Herrn följde Preeti till dörren, och gubben traskade hemåt medan han torkade sig i ögonen. Också för bysbor som frågade hur det hade gått betygade han hur mycket han fått lida i sitt liv för dendär pojkens skull. Men pojken struntade i Preetis predikningar. Efter denna händelse gav han sig för första gången »ut i världen» och stannade borta hemifrån en hel månad.

Det var prostinnan som hittade på att lottorna skulle bjuda på ett mål varm mat på nödhjälpsarbetsplatsen då och då. Hon drev sin vilja igenom trots att många motsatte sig idén därför att de tänkte på sina mäns och fäders gny över att behöva avstå ingredienser till maten. Men prostinnan förklarade:

— Jag står ensam för ingredienserna till den första soppan. På dethär sättet kan vi närma den frivilliga försvarsorganisationen till folkets breda lager, för att nu inte tala om att var och en som är bättre lottad bör hjälpa dem som lider nöd.

Alltså blev moror och bonddöttrar tvungna att be om ärter och fläsk hemma och höra husbönderna muttra:

— Allt möjlit hittar hon åpå ... Låt on ge verke sjölv då också.

328

Utspisningen ingick i den andliga beredskapstjänst som prostinnan hade åtagit sig att sköta i socknen. Man spred flygblad vid vägbygget. Hela knippen av dem uppenbarade sig där utan att någon visste hur, och karlarna tog dem och använde dem som toalettpapper när de stack sig in i skogen. Det hände att de läste dem också som tidsfördriv medan de hukade där bakom någon trädstam:

»Finska arbetare. I årtionden ha marxistledarna bedragit den finske arbetaren och fört honom bakom ljuset. I årtionden ha de utgivit sig för att vilja förbättra arbetarens ställning, men i själva verket ha de icke ens haft i åtanke några verkliga förbättringar. Deras enda avsikt har varit att hopbringa väldiga förmögenheter av de medlemsavgifter, vilka de medellösa arbetarna ha inbetalt till fackavdelningarnas kassor. Var äro nu dessa pengar, dessa medel hopbragta av mindre bemedlade människors surt förvärvade slantar? De ligga i marxistmagnaternas fickor. Finske arbetare, huru länge ämnar du tåla detta? När skall du slå din ärliga finska arbetarnäve i bordet och befria dig från det judisk-marxistiska tvångsväldet? När skall du göra upp räkningen med dem, som ha bedragit dig, med dessa som skinna och förslava dig? Välj den nationella frihetsrörelsens väg till kamp mot marxismens despoti.»

Flygbladet låg sedan kvar vid granroten, skrynklat och brunt och övertäckt med lite snö, vårdslöst hopskrapad med foten.

För flygbladen gav de inte många ruttna lingon, men annat var det med ärtsoppan. Prästgårdsdrängen körde ut fältköket till arbetsplatsen. Bespisningen sköttes av prostinnan, lärarfrun och Töyry-Arvos mora. Eftersom det inte ansågs lämpligt att damerna ensamma begav sig till vägbygget var också Rautajärvi med. Han ordnade kön, svängde sig med folkliga fraser och soldatslang och rullade på r-en.

— Jaha pojkar. Hoppas shrrapnellvällingen ska smaka. Först en portion åt var och en, och sedan resten som tjangs så långt det räcker ... Pojkar. Oppställning i riktning soppkanonen.

När kön var bildad och Töyrymoran redan stod med sleven i hand beredd att fylla på det första kärlet ändrade Rautajärvi ton och höll ett litet tal:

329

— Finska män. I dessa svåra tider har den frivilliga försvars-organisationen velat räcka ut en hjälpande hand till dem som har råkat i svårigheter till följd av depressionen. En av våra förfäders oskrivna lagar har varit: blanda du till hälften bark i brödet, ty förfrusen står vår grannes åker. Den andan har alltid hjälpt det finska folket att klara sina svårigheter, då krigets åska hördes gå och hungersnöden kom också. Sida vid sida, i täta oryggliga leder har våra fäder marscherat som karlakarlar var gång hemmets torva och fosterlandets ära har stått på spel. Och i svåra tider har i namn av detta vapenbrödraskap också alltid en ärlig brödrahand sträckts ut för att hjälpa sämre lottade kamrater. Och vi män har fått se våra kvinnor beredda att tjäna den gemensamma saken med ospard möda. Ett bevis härpå är också denhär måltiden, som vi får tacka dessa våra duktiga kvinnor för.

Karlarna lyssnade trumpet allvarsamma. Sedan fick var och en sin slev med ärtsoppa och många dessutom ett sockersött ord av prostinnan på köpet:

— Sådärja, visst är det ju trevligt att få lite varmt i sej i kylan.

Ingen höll tacktal. När all soppan var utportionerad och karlarna började återgå till arbetet gav sig lottorna och Rautajärvi iväg. Vilho hade också tagit emot en tallrik fast det hade känts lite tråkigt eftersom utdelarna var så bekanta. Lasse gick omkring och låtsades rysa:

— Hu..uh...Herregud, det går riktit kalla kårar längsme ryggen på en när man får si en slaktare på så nära håll. Det känns varje gång som man sku va barfota å plötsligt få syn på en orm.

Siukola skrapade de sista soppresterna ur sin back medan han gick. Han småskrattade och sa:

— Handä ä riktit huvuslaktaren här i trakten. Han såg int mej i ögona då jag to soppon. Vänd bort huvu. Kom väl ihåg, satan, hur han va me å piska opp mej ... Käringen hanses va int dräkti denhä gångon ... Han gör hondä lillkäringen sin me ungan stup i ett som en kanin, för he gäller ti få foltje å väx ... Läkaren å hadd sagt att håll nu åtminstondes en liten paus ... Men he gäller ti få ihop mytji folk för att marscher ti Ural ... Så vi har nå militär sedan då Storfinland ska skapas till ... Han eggar opp alla ti

330

knull åpå bara ... fattiga arbetare å fast int e finns brö för di ungar man redan har heller ...

— Va dendär lilla mänskan gumman hanses?

— Joo.

— Med henne sku nog jag också gärna gör Storfinland ... He kan va en hård dosa ... Små mänskor ä ofta ettriga i de bestyre.

Så grabbade de åter tag i sina hackor och spadar:

— Jaha pojkar, ska vi gör landsväg då igen så e finns ti trask på när arbete tar slut.

Lönerna vid vägbygget var mycket låga, men det var i alla fall bättre än ingenting. När Vilho fick sin avlöning gav han den alltid hel och hållen åt Akseli, men fadern brukade ge tillbaka en eller annan tia:

— Håll nu hedä ... får man ju just nå för e ... men ti tobakspengar.

Elina spärrade upp ögonen:

— Tobakspengar ... men du röker väl aldri.

Akseli märkte att han hade avslöjat pojken.

— Jag tycker han må rök bara han sjölv förtjänar ihop till e ... He ä väl jag som borda slut åv me rökase här, för jag får ju int loss ett endaste penni.

Elina hade nog lite svårt att försona sig med det, men den kvällen tände sonen en cigarrett på glöden i hennes spis. Han hade börjat vara ute i byn om kvällarna också oftare än förr, och hon undrade så smått i sitt stilla sinne var han kunde hålla hus:

— Bara han nu int ...

Lite skamsen inför sig själv tänkte hon igenom alla de ställen där sonen kunde hamna på avvägar. Hos herrgårdspigorna sprang det pojkar. Och den och den gick och drog med karlfolk.

Många gånger hade hon haft lust att tala med Vilho om världens synd och ondska, men hon hade aldrig lyckats komma i gång. Han var så lugn och behärskad till sättet att redan det liksom avvärjde alla dylika eventualiteter. Dessutom brukade han alltid komma tidigt hem.

Men en lördagsafton gick han till Kankaanpää. Lasse, som på något vis hade tagit honom under sina vingars skugga, hade ofta bett honom komma. Han drog omkring ute i byn en stund innan han lyckades besluta sig. Hans tveksamhet berodde mest på att han visste att Aune också var där. För hon var ju bekant och dessutom en äldre människa.

Det var avlöningsdags och karlarna var berusade, för Lill-Toijala hade köpt denaturerad sprit på apoteket. Elias skulle nog ha stått till tjänst med bättre vara, men av den hade de inte råd att köpa mer än nätt och jämt så pass att de kom igång. För resten skulle Elias' affärsrörelse snart gå i konkurs, för förbudslagen hade blivit omkullröstad och de statliga alkoholbutikerna skulle öppna. Elias hade nog röstat för fortsatt förbud, men det halp inte.

Lasse betraktade Vilho som sin personliga gäst och bjöd honom en sup, men han vägrade i vändningen när han kände den denaturerade spritens äckliga lukt.

— Vänta, du ska si att Lasse har lite bättre sort också.

Den andra blandningen drack Vilho av, och när den hade stigit honom åt huvudet smakade han till och med på det denaturerade. Ett ordentligt rus hade han ännu aldrig prövat, utan på sin höjd varit lite yr i huvudet någon gång av Ottos hembrygda öl.

På bordet stod en stor murgryta som karlarna hade ätit rågmjölsvälling ur, alla utom Lill-Toijala som hade rört ihop åt sig såkallad hästgröt av denaturerad sprit och havregryn. Aune ställde grytan åt sidan och diskade undan de få kärlen. Elias var också hemma och försökte sälja sprit åt karlarna. Lasse köpte, för han ville bjuda Vilho på lite mera.

En liten stund hade Vilho samvetskval vid tanken på sällskapet han befann sig i. Han tänkte inte dricka sig full heller, men medvetandet kändes alltjämt alldeles klart och redigt, och därför fann han inget skäl att sluta utan tog en klunk var gång Lasse bjöd.

Lasse prisade honom öppenhjärtigt, grep tag om hans hand och tryckte den hårt:

— Kläm om där ... De ä Lasses näve ... Du ä en rejäl pojk.

Vilho besvarade handtryckningen och mumlade någonting instämmande.

Larmet och röstsorlet i stugan tilltog. Lasse började sjunga, men Lill-Toijala orerade högljutt, och Lasse tyckte han störde sången.

— Håll truten påddej du när jag sjunger.

Ömt min moder vaggat mig och sjungit mången sång . . .

Toijala sa stött:
— Nog ha jag å sjungi, å dikta sånger tillåme.
— Håll truten säjer jag. Just såhär börjar den:

Ömt min moder vaggat mig och sjungit mången sång
för det barn som hon har offrat allting för en gång . . .

— Ett å annat ha man dikta, jo. Kan ni Jenny från Kangasala,
pojkar . . . Den satt jag ihop en gång på skoj, dedäran.
Toijala började sjunga:

I Österbotten är mitt hem, fast jag vandrar i världen vida,
å i Kangasala har jag haft en fästmö vid min sida.

— Håll truten satan då jag sjunger.

Ty sin rena kärlek en bedragare hon gav . . .

— Så på tal om sjunga har man nog satt ihop ett och annat
dedäran.

Å släkten hennes förakta mej för att jag ej var som andra,
så jag tänkte då att bäst som sker å bäst om jag ensam vandrar.
Men sen så skrev hon nog ett brev, min gamla hjärtanskära
om att hon fått ett mänskobarn under hjärtat sitt att bära.

När Toijala skulle till att fortsätta sången reste sig Vilho från
bänken:
— He ä Lasse som sjunger nu, å int nå ander . . . Sjung Lasse!
Ömt min moder vaggat mig . . . He ä en vacker sång.
Larmet tystnade. Vilho stod mitt på golvet och höll blicken
stadigt riktad på Lill-Toijala, liksom i väntan på hans svar. Toi-
jala mumlade någonting föraktfullt, men Vilho upprepade:
— Lasse sjunger.
Toijala försökte fortsätta:

333

... då lämna jag världsens bekymmer ...

Han hade sett Vilhos stela och stirrande blick och sprang upp innan pojken hann gripa tag i honom. Mera fick han inte gjort innan Vilho var på honom och slängde honom handlöst omkull på golvet:

— He ä Lasse som sjunger ... herri .. gud ... Ömt min moder ... låt kom ...

Den plötsliga förändringen i pojkens uppträdande gjorde alla förvirrade, men de hämtade sig hastigt. Det blev villervalla, för några av de berusade karlarna ville blanda sig i slagsmålet. Aune drog sig tjattrande och beskärmande bort i ugnsvrån och Toijala steg upp.

— Nu, pojk ...

Men Lasse ställde sig vid Vilhos sida:

— Pojken bestämmer vem som sjunger ...

De andra karlarna drog sig tillbaka, men Toijala var för arg för att ge upp. Han måttade ett slag med knytnäven men träffade inte. Vilho tog livtag på honom och pressade honom under sig på golvet. Toijala slapp inte ur greppet fast han stretade av alla krafter. Han spelade slocknad för att dölja sitt nederlag, började rossla där han låg. Plötsligt var det spelade illamåendet verkligt och han kastade upp och domnade sedan av på golvet. Vilho gick tillbaka och satte sig på bänken och sa:

— Nu ska Lasse sjung.

Och Lasse sjöng:

Sov min gosse, ännu varar natten mörk och lång,
innan klarögd du står upp till skogens fågelsång.
Stå en dag till mannagärning upp att verka glatt
till försvar för dem som bo i lidandenas natt.

Pojken lyssnade uppmärksamt med putande mun som om varje ord hade varit laddat med betydelse, och när Lasse slutade sa han med eftertryck:

— Bra.

Sedan blev han sittande på bänken med slokande huvud och kämpade av alla krafter mot sina mycket hotfulla kväljningar.

Intermezzot glömdes bort och de berusade männen fortsatte sitt larm och skrål. En av dem hade munspel och började på Det fria Ryssland, men en annan sa:

— Satan, spel int den. Nån slaktare kan råka gå förbi.

Men Lasse började dansa och ropade:

— Spel ... spel på bara pojk ... Du får spel ... Me Lasses lov.

Mannen spelade vidare, och somliga sjöng med:

Nu har morgonen äntligt grytt, glädjesången skallar fritt, folket har bräckt sina bojor ...

Härligt är att räcka en hand till Ryssland, arbetets fria land, landet som trälar skapa ...

Munspelsägaren spelade och Lasse dansade. Han ryckte upp Aune från bänken, och skrattande och kämpande emot för syns skull lät hon sig föras med.

Nu ljuder frihetens stämma huld, första gången bland
pärlor och guld,
dess makt slår fjättrarna sönder ...

Mitt i dansen välte han omkull Aune på bänken:

— Nu ska Lasse ta jungfrudomen åv hushållerskan.

— Haah .. haah ... bort me dej därifrån ... hör du int ... du va då nå ti hjälte ...

Aune skrattade och sköt undan Lasse som hade lagt sig på henne. Han reste sig, men drog henne med sig:

— Vi går ut i farstun ... Kom nu ...

Han släpade henne med sig trots att hon gjorde motstånd, ömsom arg, ömsom skrattande och tjattrande. Vid dörren slet hon sig lös. Lasse trevade efter henne och svor besviket, men hon drog sig bak i stugan. Då stack sig Lasse och Elias ut tillsammans. Efter en liten stund kom de in igen och Elias sa till Aune att gå med ut. Lasse och en annan karl gick också ut på nytt, och när de kom tillbaka viskades det i karlhopen:

— Int för mindre än tjugo mark ... Kankaanpää går int med

på ... Han kräver att vi ska ge on tjugo mark per man ... Betalar vi int så blir vi vräkta...

Man gick och man kom. Från farstun hördes buller och arga viskande röster. Ofta slog det i dörren till farstuskrubben. Vilho reste sig från bänken och gick ut. Det grävde i hans mage. Med uppbjudande av alla sina krafter hann han bort till knuten innan han kastade upp. Han tog stöd med ena handen mot väggen, drog in frisk luft med djupa andedrag och försökte få sitt medvetande att klarna:

— Här ä vi ... hit kom jag ... ha sutti här å supi ...

Illamåendet gick om och han kände sig klarare i huvudet. Han lyssnade till bullret i farstun: Aunes protester och Elias ilskna röst:

— ... äää ids int nu ... va gör he ... tjugo mark ä pengar he å ...

— Nä, int kan jag ... he ä hemst ... aldri kan jag på he vise ... Int täcks jag ta ...

— Jag ska nog va kassör ... inte bihöver du ... Gå dit i skrubben bara så ska jag ta mot pengan i farstun ...

Aunes protester blev allt lamare och dog slutligen bort helt och hållet. Vilho stod kvar lutad mot väggen och hörde hur en bänk bars in i skrubben. Sedan hörde han otydligt Lasse prata och flåsa och Aune fnittra generat.

Vilho försökte hålla andan. Prasslet och viskningarna fortsatte. Att börja med hade han svårt att fatta vad det hela egentligen rörde sig om.

— ... går di dit sådä bara ... medan di ander står å väntar ... Å Elias tar imot pengan ...

Men till slut måste han tro det. Ljuden återskapade i hans fantasi bilder av vad som hände. Det kändes konstigt att tänka sig Aune där.

— Hon ha ju sutti ve oss å prata me mor ... Å nu ligger on där ...

Vilho ryckte till när ytterdörren öppnades och någon kom ut på trappan, men utan att få syn på honom. Dörren stängdes igen, och han hörde Elias säga liksom till svar på en fråga:

— Han ha nog gått.

336

Och sedan Aunes viskning:

— Hemst ... om han berättar om e ut i byin.

Trots sin fylla begrep Vilho att det var om honom de talade. Han ville skratta men behärskade sig för att inte bli upptäckt. Tisslet och tasslet och ljuden i förstugan fortsatte. Det slog i dörrarna och en gång hörde han en högljuddare viskning från Elias:

— Int nå kredit här int ... Kontant bitalning eller så blir du vräkt ur stugon ... Sälj hedä munspele ditt ...

Ljuden upphörde och bänken bars in igen, men Vilho stod kvar vid knuten:

— Om jag sku gå in ... Di sku bli rädd ... å giss att ...

Efter en stunds tvekan gick han tillbaka in i stugan. Aune blev synbart nervös och tittade på Elias, men Vilho försökte anstränga sig att uppträda ledigt och naturligt. Några av karlarna hade slocknat och låg på golvet där Lill-Toijala hade kräkts upp sin hästgröt.

Elias bad Vilho gå med ut. I förstugan skruvade han upp locket på sin fickplunta:

— He ä blandat ... ta en sup.

Vilho tog en klunk.

— Vann va du i jånst?

— På huse.

— He va du int.

— Visst va jag.

— Hördu ... Du ska för helvite int berätt va du veit.

— Nää .. ä.

— Sidu, vi ä förtryckets barn ... Svår ä livets kamp ... Har int du lust? Du ska få gratist ...

Vilho skrattade lågt:

— He går int.

Elias försökte övertala honom, men förgäves. De återvände in och Elias diskuterade någonting med Aune i ugnsknuten. När Vilho skulle till att gå trugade Elias på honom ytterligare ett par stora supar. Aune drog också på sig kappan och sa:

— Jag går i lag me handä pojkin ... Så får jag en ung kavaljer, haah ...

Först talade Aune om vädret och vägbygget. Vilho svarade

stelt och enstavigt. Han gick en aning ostadigt, och Aune sa:
— Men jävlar pojk ... Du ä full ... Ha du vari he nå förr?
Han vacklade till på nytt, och Aune tog honom i armen:
— Låt mej håll i så du int faller ... Du snögar ner dej ...
Först tänkte Vilho dra undan armen, men så lät han bli i alla
fall.
— Int bryr e jag mej i någer supar ... Nog måst ein kar få
... haah ... Men herrigud, va stili du ha blivi, pojk ... Om jag
bara va ynger så ... aah ... haah ... Du ska int bry dej i va jag
pratar ... Du ska bara tänk att he ä ein gamal kärings dillerier,
haah ... Men du måst nog böri gå hos flickona, du som ä så
ståtli ...
Vilho vinglade vägen fram arm i arm med Aune och lyssnade
på hennes prat. Han såg sig omkring i vinterkvällens dunkel:
— Bra att int e finns nåen som ...
När de kom till Leppänens avtagsväg släppte Aune sitt grepp
om hans arm:
— Vart ska du nu gå?
— Heim.
— Men herrijess pojk ... om far din ä vaken alltjämt ... Gå
int heim i hedä skicke ... Försök ti klarn opp fösst ...
Tanken på far kändes nu inte så farlig. Värre var det med mor.
Men kanske han skulle lyckas slinka in utan att bli sedd.
— Jag ska för dej dit i bastun våran. Där ä varmt ... Så kan
du sitt där tills du klarnar opp nå lite ...
Vilho tvekade ett ögonblick, men idén verkade god. De sista
suparna ur Elias plunta hade fått fyllan att stiga igen. Det var
kanske bäst att sova lite.
— Sitt här tills du klarnar ... Kanske jag ska stann ett tag
å så du int somnar ...
Men efter en minut började pojkens huvud sloka och sjunka
ner mot bröstet.
— Somn int nu ... aaah ... men int ska du väl böri me mej ...
ein gamal käring ... haah .. aah ... men nog ä du ...
Vilhos armbåge hade helt av misstag glidit från hans eget
knä ner i Aunes famn. Han spratt till och rätade på sig.
— Va?

338

— Jag bara ... du gjord såhä ... me mej, gamlaste käringen ...
Men herrijess om jag sku va ynger ...
Aune knäppte upp Vilhos rock och påstod att han hade varmt.
Vilhos huvud började sloka igen men Aune ruskade honom vaken:
— Men du ä nog nå ti pojk ... Herrigud, då du slängd handä
ena i golve så tänkt jag att handä pojkin blir nog ein rikti kar.
En bild av slagsmålet steg upp i Vilhos duvna medvetande. Han
höjde på huvudet och gav Aune en kraftig knuff:
— Sådä bara satan ... He ä nog, hödu ... När Koskelas pojkin
tar i ...
— ..iih ... knuff int mej ... eller är e kärlek ... haah ...
Pojken höll på att ta överbalansen åt Aune till och tog stöd
mot hennes knä. Han grabbade tag i knäet och klämde om det.
— Nåmen int ska du väl böri me mej, gamla käringen ...
sku jag va ynger så sku jag nog va snäll mot dej ...
Det kom från hennes knä längs armen och spred sig i hela
kroppen. I hans omtöcknade hjärna kretsade tankar som blev
allt svagare:
— ... meir än tjugo år i alla fall ... Men Smeds ä int mytji
älder än jag, å han va också där ... Men hon ha vari ve oss
å satt potatis å allt ...
Aune började hjälpa till ganska öppet och fräckt, och slutligen
var pojken liksom inne i en tunnel där varje tillstymmelse till
förnuftig tanke drevs på flykten.
— ... men herrijess pojk ... int trodd jag du va såndä ...
På hemvägen försökte Vilho med vett och vilja dröja sig kvar
i ruset, men utan att lyckas. Han stannade och lutade sig mot
Mattisgranens stam ett slag, stirrade framför sig och fortsatte
sedan beslutsamt hemåt:
— ... jag svarar sjölv ... för kropp å själ ... å he som ha
vari, he ha vari å fari ... Jaa ...
Dagen efter frågade Akseli var han hade varit, och när han
svarade sanningsenligt sa fadern:
— Va gjord du där?
— Va sku jag ... skåda åpå hurleiss e gick till där bara.
— Tåkodä ä int nånting ti skåd åpå heller ... Man kan ju
tänk sej va spel di har igång då hondä Aune drar ikring där å ...

He ä nog en mänsko som ha förnedra sej sjölv, he å ... Men
likadan har on vari så läng jag minns tibakas ... Att di ids mä
ein som hon. Jag sku int ens ha maga ti skåd på ein tåkodä
mänsko ...
Pojken lyssnade med likgiltig min och utan att svara. Mor
grälade också på honom, men i lite mildare ton:
— Jaa, du ska lyssn åpå va far säger ... Han ha allti vari
så arg på såntdä levas.

Men det pinsammaste av allt var tanken på att han måste
tillbaka till arbetsplatsen följande morgon, och att han förr eller
senare måste möta Aune. När han nu tänkte närmare på saken
förstod han gott och väl att Elias och hon hade planerat allt-
sammans för att täppa till munnen på honom.
— Men he bityder bara att di måst håll munnin sjölv å.
Inte för att byn nu ens skulle ha orkat intressera sig för en
sådan bagatell just då. För samma söndag spred sig nyheten om
Mäntsäläupproret. Det var Kivioja-Lauri som hörde det först i
sin radio, som han skaffat sig efter inflyttningen i Halmes hus.
— He hadd vari ett sosialistmöte ja ... Nåen doktor sku håll
tal ja, å då hadd lappofoltje börja skut mot huse ... Men di
hadd väl nog skuti över. Jag tror ingen hadd dött där.

V

Hela hösten igenom hade regeringen och i synnerhet inrikes-
minister von Born blivit utsatt för hårda angrepp vid lappomötena.
För den borgerliga splittring som prosten förutspått hade nu upp-
stått. Den nya regeringen var centerdominerad och hade börjat
motarbeta lapporörelsen. Marxisterna var närapå bortglömda nu,
och striden fördes främst mot »patkullarna», vilket betydde de
borgare som inte gillade Lappo. På ett möte gav Rautajärvi en
historisk resumé och förklarade att benämningen gick tillbaka
på den livländske förrädaren Johan Reinhold von Patkull, som
intrigerade mot Karl XII tillsammans med ryssarna. Inrikesminis-
ter von Born var en typisk patkull och dessutom frimurare till
råga på allt. Han var hatad därför att han gått in för att få

340

slut på olagligheterna. Han hade till och med hävdat i riksdagen att det pågick hemliga stämplingar mot regeringsformen. Dessutom hade han börjat brösta sig och sagt att nu skulle man få se vem som regerade i landet, han eller Kosola. Det var dock inte inrikesministerns person som striden gällde, han kom i skottlinjen på grund av sitt ämbete. Det gällde den demokratiska regeringsformen, som regering och inrikesminister fick klä skott för.

Stämningen på mötena i kyrkbyn blev allt hätskare och Rautajärvis hotelser vid postutdelningen i butiken allt öppnare:

— Herr frimurarn kommer nog att få se vem som regerar.

Också vid vägbygget var allehanda rykten i svang. Somliga kände sig lite ängsliga när Siukola förklarade:

— Di har nog ein rikti organisasjon ... Nåen ha hitta en ritning som innehöll alltihopa. Å från skyddskårerna sparkar di ut all borgare som int ä rikti så hård åv sej. För somli vill att di ska slå ihäl tillåme rödingans ungan, men ander säger att bara di som ä över femton år ska dödas men resten ska få lev.

I vinterkvällens skymning kom en yngling skidande mot Pentinkulma. Han skidade inte på landsvägen, utan i spåret vid sidan av som inte följde alla vägens krökar utan genade ibland. Han var i sexton-sjuttonårsåldern, såg mäkta koncentrerad ut och tittade sig då och då omkring som för att övertyga sig om att ingen följde efter honom. Ingen annan syntes heller till i spåret.

Han stannade upp ett slag och grep sig åt bröstfickan på sin skidblus. Där inne fanns ett förseglat kuvert.

Pojken var Päkkis son Urpo. Han kände hur svetten lackade längs ryggen, men det gjorde bara takten bättre och rytmen smidigare. Han var uppfylld av en behaglig spänning och iver. Fantasin frossade i bilder ur böckerna om frihetskriget. Såhär kom skolpojkar skidande med hemliga budskap den gången också.

Han hade inget vapen, och det var en stor brist. Han hade nog bett sin far om en pistol, men denne hade nekat och sagt att det inte fanns något att frukta.

— Men om patkullarna och rödingarna har fått nys om det?

Han hade gärna kallat rödingarna för ryssar, men än så länge var ryssarna ju inte inblandade. Fast säkert skulle de försöka

341

blanda sig i spelet när det började på allvar. Rödrysspatkullarna. Nu skulle det börja. Urpo visste nu inte riktigt vad »det» betydde. Man hade inte förklarat någonting i detalj för honom utan tvärtom befallt honom att tiga med vad han möjligen kunde ha snappat upp. Men så mycket hade han hört att han motsåg »det» med stor förväntan. För pappa hade sagt till flera att det gällde att hålla sig beredd och ha »tänderna» och en veckas proviant klara.

Det skulle nog bli någonting som liknade frihetskriget. Man skulle skida i vita kåpor och slåss med rödryssarna och ha lägereldar och fältkök.

Pojken stakade allt häftigare. Kinderna brann av iver och munnen var beslutsamt sammanbiten när han såg sig omkring. Tänk om han hade en patkullryss efter sig som plötsligt ropade: Ruki verr!

Urpo passerade Kivivuori och sneddade över åkrarna bakom gården. När han kom tillbaka upp på vägen och närmade sig folkskolan tittade han sig försiktigt omkring ännu en gång. Men byn låg tyst i den tätnande skymningen. Klassrummen i skolan var mörka men i lärarbostadens fönster lyste det.

Urpo klev av skidorna vid trappan och öppnade ytterdörren. Han knackade på innerdörren och steg på när han fick svar. Det var på kökssidan, och där satt lärarfrun med en liten pojke i famnen. Hon reste sig och gick efter lärarn. Närvaron av äldre folk lade en smula sordin på Urpos iver, och han såg inte längre så hemlighetsfull ut. Utan att säga något drog han fram kuvertet ur fickan och räckte det till lärarn, som sa till honom att vänta och gick in i ett inre rum för att läsa brevet. Frun började fråga Urpo hur modern och systrarna mådde och annat sådant, och han svarade artigt men väntade spänt på att lärarn skulle komma tillbaka.

Rautajärvi slet upp kuvertet och läste:

»B.B.

Meddelandet genom major Salpakari från distriktsstaben har bekräftats. Den i Mäntsälä inledda aktiviteten fortsätter i full utsträckning. Förberedande åtgärder ha inletts. Ge beredskapsorder åt alla i distriktsstabens namn. Motiveras med situationens oklarhet. Alltså »för alla eventualiteter», men icke närmare förklaring, utom till de fullständigt pålitliga. Definitivt larm ges per telefon.

A. P.»

Läraren tog fram papper och penna och skrev svar:

»B.B.
Ordern mottagen. Verkställer omedelbart beredskapslarm. Ryktena om Mäntsälä alltså sanna. Stort ögonblick. Är beredd till allt. Betonar: allt.

Med rödingshat och aktivisthälsning,

P. R.»

Han förseglade kuvertet och gick ut i köket dit också tjänsteflickan hade kommit med de två äldre barnen.

— Sisko för barnen till deras rum.

Flickan och barnen gick och lärarn räckte brevet till Urpo.

— Har du några fler meddelanden?

— Nej.

— Har majoren ringt?

— Jaa, två gånger, och det har varit andra samtal också.

— Bra. Säj till din far att han ger mej besked i så god tid som möjligt. Såja. Lägg iväg nu.

Han klappade pojken på axeln. Denne gjorde militäriskt honnör och försvann. Fru Eila frågade vad det hade stått i brevet och Rautajärvi såg henne stint i ögonen när han svarade:

— De som har församlats i Mäntsälä har tydligen beslutat fortsätta, och vi har beslutat att förena oss med dem. Stunden är kommen.

— Men ... vad ... vad ska det bli av alltsammans?

— Det ska bli ett stort vitt Finland, äntligen. Men nu måste jag gå.

Läraren klädde sig och gick ut.

När han kom till prästgården var man redan informerad där, för Ilmari hade ringt hem. Rautajärvi märkte att prosten inte satt inne med fullständiga upplysningar, för han ställde desorienterade frågor:

— Vad är egentligen meningen? Varför ska det bli sån uppståndelse för en kalabalik i Mäntsälä?

Rautajärvi utbytte en blick med prostinnan och svarade:

— Man kan befara att det inte stannar vid det. Stämningen är vid kokpunkten över hela landet, och om regeringen med våld låter fängsla deltagarna i skärmytslingen så kan det hända vad som helst. Därför gäller det att vara på sin vakt.

— Det är så obetänksamt alltihop ... Är det inte så att de har skjutit på hjälplösa människor där ... kvinnor och barn i hopen och ...

— De siktade i luften ... Men nu gäller det att vara beredd. Ordningens upprätthållande kommer kanske att kräva att skyddskåren kallas samman, och därför måste prostinnan börja ordna med provianteringen.

När Rautajärvi hade gått fortsatte prosten oroligt att förundra sej en stund, men så lugnade han sig:

— Nå ... Ukko Pekka vet ju ... vet ju nog vad han gör.

Prostinnan tyckte inte om att dölja sakens verkliga natur för sin man, men Ilmari hade uttryckligen krävt det. I själva verket kände inte heller prostinnan närmare till planerna. Det hade bara länge och väl talats om beredskap »för alla eventualiteter», men vad det egentligen innebar hade inte specificerats. Nu började hon ringa ett slags larmvarsel till lottaavdelningens funktionärer. Hon verkade upphetsad och orolig. När prosten kom med sina lugnande försäkringar sa hon:

— Ukko-Pekka måste byta regering. Och framför allt inrikesminister. Dethär kan inte och får inte fortsätta.

— Jaja. Kanske det ... Bäst att lita på honom bara.

Lärarn fortsatte till Töyry, där inte heller Arvo underrättades om baktankarna med det hela. Endast för Ensio avslöjade lärarn att det kunde bli fråga om mera vittomfattande åtgärder. På Kylä-Pentti hade man hört en del rykten om händelserna i Mäntsälä, och gammelhusbonden sa:

— Int borda man gör sådä ändå ... Bli så opphetsa säj ....

Också här talade Rautajärvi i vaga ordalag om den allmänna

oron och om att det gällde att vara på sin vakt. Men när han hade gått sa gubben till sin vuxna son:

— He kan nog va säj ... orsak ti va nå lite på sin vakt ... Men liksom åt ander hålle ... åt ander hålle säj ... Jaja, he ä handä lappoandan som grasserar säj ...

Den kvällen kommenderade Rautajärvi barnen tidigt i säng. Han hade god lust att ringa upp och fråga efter närmare detaljer, men var rädd för avlyssning. Han gick av och an i rummet och höll föredrag för sin fru:

— Nu får vi inte låta det bli en halvmesyr ... Det var ett oförlåtligt fel att inte föra saken till slut under bondetåget ... Regeringen måste avgå och samtidigt måste vi bli av med riksdagen ... Och sedan till verket.

— Men om rödingarna gör motstånd.

— Gör de det så får de ångra sej ... Skyddskårsorganisationen är i händerna på fosterländska män och armén kommer att hålla sej passiv ... Bara några patkullar och röda ledare får börja dika kärr så är saken klar ... För de vanliga rödingarna i ledet gäller det att grunda arbetsläger ... Där kan man lära dem att älska arbetet och samtidigt genom upplysningsverksamhet göra dem till fosterländska medborgare. Och det måste minsann dikas kärr här i landet ... Vi behöver nybyggen ... Finland kan försörja en befolkning som är många gånger större än den nuvarande, i synnerhet om Öst-Karelen medräknas, som ska anslutas till riket ... Vid lägligt tillfälle ska vi skaffa oss Ingermanland ... Leningrad kan bli fristat ... Det ligger helt inom möjligheternas gräns ... Nu när Tyskland blir starkare och Hitler kommer till makten där ... Förr eller senare kommer han i alla fall att kuva de röda också i Ryssland. Och sedan har vi ännu Archangelsk-området ...

Rautajärvi gick till sitt arbetsrum och plockade fram en karta där de nya gränserna fanns inritade. Först var gränsen från Vita havet till Ladoga dragen med röd färg och där innanför stod textat: Operationsmål I. Så var det en blå linje från Onegasjöns sydspets söder om Ladoga. Den inneslöt även Ingermanland och Estland, och där stod: Operationsmål II. Slutligen fanns där en grön gräns långt bortom Archangelsk, från trakten av

345

Ural till sydspetsen av Onega, med påskrift: Operationsmål III. I kartans nedre kant var textat:»Vår generations framtidsprogram.»

Fru Eila var inte politiskt vaken och medveten utan sa bara mekaniskt efter sin man. Hon frågade var man skulle få invånare till ett så stort rike.

— Varifrån? Folket växer. Karelarna, ingermanländarna och esterna kommer att svara för ett kännbart tillskott. Amerikafinländarna kan man också få hem tillbaka. Men framför allt måste nativiteten höjas. Statsmakten måste hjälpa och stöda barnrika familjer på alla upptänkliga vis. För fem barn kan man tänka sej medalj och hedersdiplom och för tio till exempel ett stipendium ... Tillverkning och försäljning av preventivmedel ska bestraffas strängt och alla såkallade läkarböcker som beskriver barnbegränsningsmetoder måste förbjudas ... Och barnen till ensamma mödrar ska bli jämnställda med alla andra medborgare.

Under denna del av föredraget log fru Eila hela tiden ett generat småleende, men när hon hörde sista satsen sa hon osäkert:

— Så långt kan man väl ändå inte gå.

— Nåja ... Naturligtvis måste man få folk att gifta sej, men det är ju inte ett barns fel om det föds faderlöst till världen ... Om varje familj har exempelvis fem barn, hur snabb blir progressionen då ...

Rautajärvi tog fram papper och penna och gjorde en summarisk kalkyl:

— Vår generation kan hinna en bra bit över tio miljoner ... Redan det betyder hegemoni i Norden, och nästa generation härskar också över norra Ryssland, förutsatt att Tyskland tar hand om de södra delarna. Vi kommer att dela hegemonin över Europa med Tyskland på basis av vårt gamla vapenbrödraskap. Och vi ska få se att Nordens Preussen inte står läromästarna efter ...

Ett frö av skepsis fanns dock tydligen också i hans eget sinne, för plötsligt tillade han, precis som om hustrun hade försökt opponera sig:

— Varför skulle inte det vara möjligt ... Säj, varför inte?

Hustrun invände ingenting.

På måndagen strax efter det skolan slutat kom larmet från skyddskårsstaben. Man skulle omedelbart samlas vid kyrkan och ha med sig proviant för fem dagar och fältutrustning. Rautajärvi lät larmet gå vidare, men alla efterkom inte ordern. Bland annat meddelade herrgårdens inspektor att herrn hade förbjudit dem av gårdens karlar som tillhörde skyddskåren att ge sig av därför att larmet var en förfalskning.

— Med vems tillstånd och med vilken rätt säjer han så?

Inspektorn svävade på målet. Han själv hade nog varit beredd att dra ut men vågade inte motsätta sig herrns vilja.

— Int vet jag. Men så sa han.

På Kylä-Pentti gick det likadant. Rautajärvi visste inte att det samtidigt med skyddskårsstabens larmorder cirkulerade också ett annat meddelande, vars upphovsman var Korri. De bland skyddskårens medlemmar som var motståndare till Lappo fick per telefon och skidstafett en uppmaning att inte efterkomma ordern, som inte var laglig trots att den var utfärdad i distriktsstabens namn.

Pentti-husbonden gick omkring i strumpfötterna och sa till läraren som stod vid dörren:

— Vi hinner int nu, säj ... He ä så mytji ... allt möjlit säj ... Våra pojkar hinner int ... Men lärarn ä så go å sitter ner ... Vi ska straxt få kaffe säj ... Hej, kvinnfoltje där ... Mor eller Lisa ... på me pannon säj ... Den som hinner ...

Husbonden tassade omkring och pratade på med alldaglig röst och pojkarna glodde ut genom fönstret med illsluga miner. Lärarn gav sig iväg.

Det var slutligen bara några få karlar som samlades vid butiken. Från Töyry kom både Arvo och Ensio, men Arvo var tveksam och osäker. Handlanden hade också mött upp, men sedan var där inte flera från Pentinkulma. Hollo-Tauno kom tillsammans med några andra Hollonkulma-bor. Prostinnan var redan färdig, men prosten hade inte följt med. De hade till och med grälat, för prosten började inse att hans son spelade något slags skumraskspel i sammanhanget:

— Vad i all sin dar ska dethär »för alla eventualiteter» egentligen betyda ... Varför är formuleringarna så vaga ... Åtminstone här på orten finns ju inte en tillstymmelse till oordning. Folk

347

håller sej lugna ... Vad behövs här för skyddskårssamling?
— Det har kommit order, och det är inte vår sak att ställa
frågor. Jag måste iväg och ordna med provianteringen.
— Är du tvungen att vara där personligen?
— Naturligtvis.
Prostinnan stod redan på trappan och väntade på hästen, och
pojken fick snubbor för söl. När de åkte iväg mot kyrkbyn satt
hon framåtböjd som för att skynda på farten.
När Rautajärvi såg att skaran var så fåtalig gick han förargad
till herrgården:
— Varför har herr fänriken förbjudit herrgårdens karlar att
lyda order?
Herrn försökte bemöta lärarns ilska med lugn och svarade:
— Jag har fått meddelande om att larmet inte har kommit
tjänstevägen. Jag har haft telefonkontakt åt olika håll, och det
har sagts att skyddskåristerna ska hålla sej hemma.
— Vems order är det som gäller här, mina eller några skum-
ma telefonpratares?
Också herrn stelnade till och stammade förargad:
— Eftersom orderna är motstridiga så är ... så är det bä .. bäst
att vänta.
Att börja med hade herrn varit positivt inställd till lappo-
rörelsen, men småningom hade han fjärmats allt mera från den.
Aktivt hade han aldrig varit med, redan därför att han inte um-
gicks med ortsborna. Hans avståndstagande berodde inte på en
demokratisk inställning, utan på att han som var svensk såg ett
äktfinskt hot i rörelsen.
— Det finns ingenting motstridigt i ordern. Den går ut på sam-
ling för att trygga ordningens upprätthållande. När har herr fän-
riken börjat göra distinktion mellan order som ni lyder och order
som ni inte lyder?
Men herrn vidhöll sin ståndpunkt och sa att han hade fått
kontraordern av husbonden på Korri, som också var medlem av
lokalstaben.
Till slut förmådde Rautajärvi inte längre hålla inne med de
verkliga motiven:
— Vad saken nu gäller är att kuva marxisterna. Tänker herr

fänriken falla tillsammans med dem? Det förvånar mej verkligen att just ni ... Tänker ni inte alls på er farbror ... Hur kan ni ställa er på marxismens sida ... På samma sida som er farbrors mördare ... Förpliktar inte det minnet till någonting?

Herrn rodnade och sa sårad:

— Jag ... jag ... jag vill inte att ni går till personligheter. Lämna min farbror utanför dethär ... Han be .. behöver inte dras in ... Och han blev ju inte dödad som revoltör ... utan som laglighetsförkämpe ... Det förpliktar mej snarast att göra just som jag nu gör ...

På återvägen till butiken häcklade Rautajärvi herrn i sitt stilla sinne:

— En såndär svensk patkull ... Den ska få spaden i hand först av alla ...

Nu hade det samlats också civila vid butiken, och när Rautajärvi kommenderade sin fåtaliga skara att marschera iväg såg man halvdolda hånleenden och rullande ögon i hopen. Men många blev hastigt allvarsamma när Kivivuori-Otto sa:

— Ni ska int skratt. He ä int fråga om huru mytji upprorsmakare he kan finns. Men jag undrar huru mång karar som verkeligen på allvare är biredd ti slå ner döm ... Jag tror int di ä så värst mång.

VI

I kyrkbyn gick det karlar av och an mellan skyddskårshuset och kommunalgården. Nästan alla var beväpnade och hade fältutrustning. Ledarna hade samlats i kommunalhuset, och det rådde delade meningar bland dem. Päkki krävde att stationen och telefoncentralen skulle besättas, men Yllö-Uolevi var tveksam. Korri motsatte sig alla åtgärder och fordrade att manskapet genast skulle sändas hem. De satt i fullmäktiges rum och tvistade, röda i ansiktena och upphetsade. Päkki visade telefonmeddelandet för Korri:

— Vägrar du att lyda distriktsstabens order?

Korri skrek förargad med sin gälla stämma:

— Va bihövs e här för märkvärdiga försiktiheitsåtgärder ...

349

Ingen hotar ordningen här om vi bara skickar karan tibaka heim
... Allt ä ju lugnt. Ni är e som stör ordningen å int nåen annan.
— Påstår du att major Salpakaris order är ogiltig?
— He gör jag ... eftersom regeringen ha uppmana alla att
håll sej heim så ä Salpakaris order olagli ... Dehär ä uppror ...
jaa ... ni bihöver int försök ti ljug å lur mej ... Jag förstår nog
var skon klämmer.

Uolevi föreslog att man skulle hålla karlarna kvar i kyrkbyn
tills vidare och se hur situationen utvecklar sig.
— Avgår regeringen så blir ju saken klar.

Rautajärvi sällade sig till sällskapet, lyssnade en stund och sa
sedan:
— Nu är det nog med munväder ... Nu är det handlingarna
som ska tala. Ring till stationen och säj till dem att stoppa nästa
tåg, och skaffa bilar som vi kan transportera dit manskapet med.

Uolevi föreslog att man skulle fråga vad hans far ansåg om
saken. De övriga gick med på det, och gamle Yllö kom. Han hade
redan dragit sig tillbaka både från alla förtroendeuppdrag och
från skötseln av gården. Gammal, grå och stödd på en käpp kom
han och satte sig vid bordet. Hans hörsel hade blivit så dålig att
Uolevi måste informera honom om läget genom att ropa honom
i örat.
— Vem är e som kräver att regeringen ska avgå?
— Kosola, Wallenius å di i Mäntsälä.
— Så må an avgå då.
— Regeringsgubban vill int.
— Jasså .. jaha ... Jasså int ... Kör int Svinhufvud bort döm
då?
— Int ännu åtminstondes.

Gubben fick en fundersam glimt i blicken.
— Int kan man ställ ti öppet uppror mot Svinhufvud ... He
blir annat om ni får an me ... Men denhä oron kan nog ge an
skäl till avsked regeringen ... Håll karan samla å vänt å skåd
hur e utvecklas ... Ni får int fjäsk iväg å förstör alltihopa nu ...

Efter ett kort meningsutbyte beslöt man efterkomma gubbens
råd. Manskapet inkvarterades i skyddskårsgården och befälet höll
sig i kommunalhuset. Päkki och Rautajärvi var missnöjda med

350

beslutet, och situationen förvärrades på kvällen när Ilmari ringde från distriktsstaben och i häftiga ordalag krävde att det genast skulle sändas folk till Mäntsälä. Han informerades om lokalstabens beslut och Uolevi sa till honom att det tills vidare inte gick att rubba.

Dagen därpå kom det ytterligare endel karlar, men några andra gav sig iväg hem utan att underrätta någon. Det vaga i situationen hade gjort många tveksamma. Inom staben var det häftiga gräl ända från tidigt på morgonen, för Päkki krävde att åtminstone stationen skulle besättas och ett transporttåg reserveras för alla eventualiteter. Korri motsatte sig och Uolevi vacklade. Han rådgjorde på tu man hand med sin far och den gamla erfarna gubben varnade och manade till försiktighet och väntan. Frampå dagen kom det till en våldsam sammandrabbning mellan Korri och Päkki, som påstod att Korri hade startat en hemlig viskningskampanj bland manskapet.

Ett rykte hade verkligen spritt sig bland karlarna i skyddskårsgården. Det visste berätta att armén hade inringat de upproriska i Mäntsälä. Detta ökade osäkerheten ytterligare i synnerhet bland de mera till åren komna. De yngre däremot var nöjda. Det var trevligt att ligga här en hel hop med karlar, dra omkring i byn, gå på kaféet och munhuggas med lottorna. Prostinnan hade tillbragt natten hemma men återkommit till kyrkbyn genast på morgonen och var nu i färd med att organisera utspisningen. Efter att ha talat med Päkki reserverade hon också proviant och förbandsmaterial för en eventuell avfärd.

På eftermiddagen spred sig ryktet att någon regeringsmedlem skulle läsa upp ett budskap från presidenten i radio. Korri krävde att manskapet skulle samlas för att höra på, ett krav som det inte gick att motsätta sig, i all synnerhet som karlarna själva allt mera kategoriskt började fordra upplysning om läget.

Andelshandeln låg alldeles invid kommunalhuset, och butiksföreståndaren där hade radio. Korri ordnade genom Janne så att radion skulle ställas i fönstret. Då kunde karlarna samlas på gården och lyssna. Inom arbetarföreningen hade man planerat något slags motdemonstration, men föregående natt hade Korri och so-

351

nen på Haukkala, som var skyddskårsfänrik, varit hemma hos Janne och bett att mötet skulle inställas, för om det hölls kunde det utnyttjas till att hetsa upp skyddskåristerna. Janne gick med på förslaget.

Manskapet samlades på kommunalhusets gårdsplan. En minister läste upp presidentens budskap vari denne uppmanade alla skyddskårister att genast återvända hem. Det blev rörelse och livligt prat i hopen. Staben sammanträdde genast efter talet. Uolevi ansåg att presidentens uppmaning måste åtlydas och vidhöll sin ståndpunkt hur mycket Päkki och Rautajärvi än opponerade sig. Han förklarade att manskapet genast måste få order att skingra sig. Päkki satt tyst och funderade en stund innan han fattade sitt beslut:

— Du kan ställa dig på sidan, men vi fortsätter. Gubben är gammal å fattar inte situationen å dessutom är han väl utsatt för påtryckning ... Håll dej utanför, men försök inte sätta dej på tvären.

Också prostinnan kom till fullmäktigrummet. Hon var orolig och upprörd. När hon fick höra om Uolevis beslut sa hon nästan gråtande:

— Drar du dej tillbaka nu ... Förstår du inte vad det betyder ...

Uolevi var lite generad och såg henne inte i ögonen när han svarade:

— Jag tror int e kan lyckas om man går mot Svinhufvud ... Manskape veit va saken gäller nu ... å öppet uppror vill di int va me om ... Högst bara en liten deil ...

— Manskapet är med oss om vi förklarar saken för dem ... Men självfallet inte om ledningen tvekar ...

Men Uolevi kunde inte förmå sig att göra uppror mot presidenten, och Päkki sa:

— Då är ju saken klar. Ingenting att gräla om längre. Bäst att gå och tala till karlarna.

Först talade Päkki. Han påstod att Svinhufvuds budskap kunde vara en förfalskning:

— Karlar. Antagligen är det fråga om ett hänsynslöst trick av inrikesminister von Born. Troligen står Ukko-Pekka under regeringens övervakning. Därför måste vi nu fortsätta på den väg vi har slagit in på.

Efter honom talade Rautajärvi:

— Soldater. Kamrater. Bröder.

Orden kom honom att associera till von Döbeln i Umeå.

— Vem av er kan tro att Ukko-Pekka, hjälten från tingssalen i Luumäki, verkligen står bakom dethär budskapet? Vem av er kan tro att skaparen av det vita Finland skulle ställa sej sida vid sida med landsförrädare? Jag tror det aldrig. För vad gäller saken nu? Ni vet att en skara patriotiska män med vapen i hand har förhindrat den marxistiskjudiska doktor Erich att hålla ett landsförrädiskt tal i Mäntsälä. På order av frimurarinrikesministern har landshövding Jalander befallt att dessa patriotiska medborgare ska fängslas. Men de har inte underkastat sej en sådan behandling, och tusentals fria män har samlats för att stöda dem. Soldater, kamrater, bröder! Ska vi förbli overksamma medan våra kamrater fängslas och skymfas för sin fosterlandskärleks skull? Nej. Vi förenar oss om Mäntsälämännens proklamation. Enligt den ska marxismen nu utrotas här i landet. Den ska utrotas till och med om vi för att nå målet måste kasta statsmakten som stöder den över ända. Regeringen måste avgå och ställa sina platser till patriotiska mäns förfogande. Det viskas i era öron om laglighet. Är det doktor Erich som representerar lagligheten här i landet? Vem är denhär doktor Erich? Han är, skam till sägandes, en föredetta vit. När de fria männen i landet år nittonhundraaderton kämpade Finland fritt från den röda pesten, dök också doktor Erich fram ur sin källare och anslöt sej till dem. Bland annat avtäckte han ett monument över frihetshjältarna just i Mäntsälä socken, där de röda hade begått några av sina hemskaste grymheter. Men när partipolitikerna sedan sålde den vita segerns frukter åt marxisterna, räknade herr doktorn ut att han skulle få större förmåner av de judisk-marxistiska partibossarna, och så svek han de vitas sak. Just det, att en sådan renegat nu kommer till Mäntsälä för att sprida landsförrädiska läror vid foten av samma monument som han själv har invigt till de vita hjältarnas ära och minne, just det var mer än de fria männen i Mäntsälä kunde tåla.

353

(Rautajärvi hade hunnit få vetskap om detta hastigt spridda men grundlösa rykte; i verkligheten hade Erich aldrig avtäckt någon staty i Mäntsälä.) — Skulle Ukko-Pekka nu ta parti för den sortens laglighet? Aldrig. Och om så verkligen vore, då återstår för den fria mannen i Finland ingenting annat än Jaakko Ilkkas väg. I detta land han rätten har som själv sin rätt kan taga. Soldater, kamrater, bröder! Om två och en halv timme avgår nästa tåg söderut. Jag ska beställa lastbilar som kör oss till stationen. Besluta er hastigt för på vilkendera sidan ni ställer er. På den svenska baronens som skamligen har glömt sitt stånds traditioner, eller på samma sida som de patriotiska männen i detta land, dessa män som nu har beslutat vandra den rätta vägen till slut med livet som insats.

De sista orden skrek Rautajärvi ut med knuten näve i något slags Mussolini-attityd. Talet besvarades med några rop bland skyddskåristerna:

— Bra ... Rätt ... Ti stasjon å Mäntsälä ... I buren med patkullministrarna, eller ställ dem mot en vägg ... Marxisterna klarar vi alltid ...

Men största delen av manskapet stod där trumpna, tigande och rådvilla ända tills prostinnan steg fram och ropen tystnade:

— Finska män. I detta avgörande ögonblick frågar jag er i min egenskap av finsk hustru och mor: ska ni lämna era hustrur och barn att skändas och mördas av de marxistiska landsförrädarna. Den röda besten slickar sej om munnen bakom den ljusröda regeringens rygg. En regering vars inrikesminister har förnedrat sej till att ge en oerhörd order. En så oerhörd order att man inte kunde tro att sådant är möjligt i det självständiga Finland. När fosterlandsälskande män äntligen har förlorat tålamodet och med vapen i hand förhindrat ett landsförrädiskt möte, har denna fräcka frimurare haft panna att ge order om deras fängslande. Finska män, jag frågar er, är en sådan förrädare värd att få sitta på inrikesministerstolen? Och tänk på landshövding Jalander, en man som bär finska arméns uniform, är det inte en oerhörd skam att han bär den när han ger order om häktning av patrioter ... Män ... det är för grymt ... det är alltför grymt ...

Prostinnans stämma bröts och hon började gråta. Hon svalde

och kastade huvudet bakåt för att återvinna balansen, men rösten brast alltjämt när hon försökte fortsätta:

— ... är det inte hemskt ... vad ... vad som blir kvar av fosterlandet ... Ger vi oss nu så betyder det att ... att i morgon och i övermorgon ... vad är värdefullare, lagen eller fosterlandet ...

Rautajärvi ställde sig bredvid henne:

— Karlar. Vem av er kan stå overksam och betrakta dehär tårarna? Vad svarar ni på samma frågor från era hustrur och mödrar? Vad svarar ni sedan när allt är för sent och era hem blir plundrade som nittonhundraaderton? Då svarar ni ingenting alls. Därför ska ni svara nu.

Åter hördes bravorop, men då klev Korri fram på trappan. Han hade stått i bakgrunden och lyssnat till talen under muttrade protester. Det var inte lätt att bryta med gamla bekanta, men så drog han beslutsamt efter andan:

— Skyddskårister. Ni hörd presidentens å regeringens order för en stund sedan. Han som int lyder döm ä en upprorsmakare. Han saken kan man int änder på me nåen förvrängning i världen. He ä int lönt ti bryt sin ed i alla fall. Gör var å ein bara som han vill så dröjer e int läng innan heila lande ä förstört. Å däför så ger jag på stabens vägnar order åt allihopa att lägg iväg heim.

Korri var en dålig talare, men det lilla han fick ur sig räckte till. Det blev sorl och prat bland karlarna, ett tydligt tecken på avspänning och begynnande upplösning. En del begav sig genast hem, medan andra stannade kvar i kyrkbyn för att se vad som nu skulle hända. Rautajärvi och Päkki meddelade nämligen att endel i varje fall skulle resa till Mäntsälä.

De som for fick plats på en enda lastbil. Också Päkki stannade hemma, för Rautajärvi och han kom överens om att han skulle göra ytterligare ett försök att få opinionen i socknen att svänga.

Av pentinkulmaborna återvände Töyry-Arvo och handlanden hem, medan Ensio och Hollo-Tauno hörde dem till som reste. Också Päkkis son Urpo klev upp på bilen, ivrig och nästan extatisk. Resenärerna var mest söner till herrskap och bönder i kyrkbyn, och de flesta av dem hade inte kommit över slyngelåldern.

Det hade samlats både skyddskårister och civila för att beskåda avfärden. Janne hade också dykt upp och fordrade att Uolevi skulle sätta stopp för det hela.

— Ä länsman borde väl också ha ett å annat å säja.

Men även om Uolevi inte själv ville bli upprorsman så kunde han inte heller fördra att Janne lade sig i saken:

— Dehä angår int dej.

— Det angår mej lika väl som dej. Denhär saken är int alls någon inre angelägenhet för skyddskåren. Annat folk har nog också ett å annat att säja till om här i landet. Du ska avväpna dem å sätta dem i fattiggårdens finka ett slag, så di lugnar sej.

— Varför avväpna du int rödgardistren i tiden?

— Hur sku det ha gått till. Men du har karar me gevär här ikring dej hur mycke som helst. Di lyder nog om du ger order.

Misslyckandet hade gjort prostinnan alldeles utom sig. Hon råkade höra samtalet mellan Janne och Uolevi och kunde inte låta bli att säga:

— Dethär är en sak som gäller det vita Finland inbördes, och det har Kivivuori ingenting att skaffa med.

Janne såg hennes hysteriska upphetsning och sa ingenting på en liten stund, men så tog ilskan överhanden:

— Vad är det prostinnan egentligen har börjat göra för revolter på gamla dar. Minns prostinnan int längre att upprorsmakare väldigt lätt kan hamna på gropkanten här i landet.

— Förr står jag där än jag stillatigande låter mej skymfas av såna som ni.

Rautajärvi hade fått sin trupp i ordning. Han stod på bilflaket och ropade en sista gång före avfärden:

— Finns det ytterligare någon som har fosterlandet kärare än sin egen usla livhank?

Ett par pojkar till svingade sig upp på bilen. Den ena var yngre sonen på Haukkala. Hans äldre bror skyddskårsfänriken grep tag i hans ärm och drog honom argt tillbaka, men pojken lyckades slita sig loss. Bilen satte sig i rörelse och det hurrades på flaket. Också bland åskådarna hördes spridda hurrarop. De besvarades av slagord från dem på bilen:

— Ner med judedoktorn Erichs beskyddare, frimurarbröderna von Born och Jalander ... Ut på backen med riksdagen ... He finns en fet å vacker rö svingård i Helsingfors, men nu så börjar vårslakten ... Ner med ränteslaveriet ...

Man hörde även ropet: Ner med Lavonius, trots att de flesta inte visste vad Lavonius var för en, och ännu mindre vad han hade gjort för illa.

Vid apotekshörnet började sången:

Hell dig du vårt folk av hjältar,
hell dig, dyra fosterjord ...

Folkhopen upplöste sig långsamt. Också resten av skyddskåristerna begav sig hem trots att Päkki och prostinnan ännu försökte med privata övertalningar. Bland herrskapet fanns nog åtskilligt med sympati för saken, och det var många som hoppades på en ny vändning som skulle göra det lättare att vara aktivt med. Gubben Yllö satt i sin gungstol och resonerade:

— Om di står fast där i Mäntsälä så tror jag ändå int att Ukko-Pekka ger order ti skut på döm ... He kan gå så att han får orsak ti slå vantan i borde å säj att int han kan gör nånenting ... Ä då, då säger jag, pojkar, ä läge ett helt annat ...

Dagen därpå höll Svinhufvud själv ett radiotal, och det avgjorde saken definitivt. Det var ett tal som slutligt klargjorde skillnaden mellan »lagens anda och bokstav». Efter det var man tvungen att revoltera på egen risk eller återgå till ordningen. Herrskapen fick begrava sina hemliga förhoppningar, och nu blev mödrar och fäder oroliga för sina söner i Mäntsälä:

— Herregud ... De är ju kringrända av hela armén där ...

Armén hade verkligen omringat de upproriska, som gav sig efter några dagar.

VII

Rautajärvi och Töyry-Ensio kom just när det var postdags och ganska mycket folk i butiken. Rautajärvi rätade på ryggen, passerade genom kundhopen och gick tillsammans med handelsman in i dennes våning. De dröjde där en stund, och när lärarn kom tillbaka tog han sin post och skulle till att gå, men Kivivuori-Otto hälsade på honom och sa:

— Jasså, lärarn ha kommi heim. Ungan ha njuti för di ha fått va under fruns oppsikt nästan ein vicko å he ha vari lite si å så me disiplinen ... Pojkan ä nog harma för att hedä upprore to slut så hastit.

Lärarn svarade avmätt:

— Det är inte slut. Det fortgår och slutar först när den sista rödingen är på andra sidan gränsen.

Elias stod lutad mot disken och sa med retsam röst:

— Lärarin ha kommi heim från upprore, han å ... Men int sir an alls så ruko ut som jag då jag kom från upprore. För jag gjord uppror en gång i tiden jag å, men lika illa gick e för oss. Regeringen var e som kuva he upprore å. Me friskjuss kom vi nog heim presis som lärarin, men åv oss tog di vapnen, å int fick vi åk i andra klass på järnvägin heller ... Fast jag va ju int offser. Men int fick e offseraren våra heller andra klass biljett ... I tredje klass måsta handä Koskela å res, som va kompanichefen våran ... Men he sker framsteg heila tiden, tillåme när e gäller upproren ... Jaa ...

Rautajärvi såg på Elias en stund. Han försökte göra sin min föraktfull, men var så arg att det inte ville lyckas:

— Odugling.

— Joo. Men en laglydi medborgar i alla fall. Ä häfti regeringsanhängar då herran gör uppror ...

— Odugling.

Lärarn marscherade ut ur butiken med högburet huvud.

Varken lärarn eller någon annan från socknen blev ställd inför rätta. Förhandsbenådningen kom emellan och räddade dem. Däremot blev Korri äntligen utrökt ur skyddskårens lokalstab. I hans ställe invaldes Rautajärvi. Lappoledarna betraktade Korri som den huvudskyldiga till att kuppförsöket misslyckades i socknen. Han blev häftigt utskälld och kallad förrädare, och det fanns till och med planer på att skjutsa honom, men de sattes trots allt inte i verket.

Ilmari fick en varning, avskedades ur skyddskårsorganisationens tjänst och kommenderades tillbaka till armén. Överstelöjtnanten som hade i uppdrag att meddela honom klandret och varningen var en gammal god bekant. Han hävdade att hela upproret var illa planerat, fel påbörjat och på det hela taget vanvettigt. De satt hemma hos Ilmari på kvällen kraftigt berusade, och Ilmari ilsknade till:

— Hela felet är att det finns såna som du, som sitter på två stolar. Hade ni anslutit er öppet så satt vi säkert i sadeln nu ... Men när det ska vacklas hit och dit, väntas och ses hur det går och lurpassas så är det ju klart att det går åt helvete. Arméns officerskår skulle inte ha lytt Sihvo när det kom till kritan.

— Men Svinhufvud skulle den ha lytt, och just där har du dumheten i det hela.

— Gubben skulle inte ha kommenderat eld om vi hade stått fast. Det är såna skitar som du som är skuld till alltsammans ... Hade vi haft begynnelseframgångar skulle många av er nog ha hållit sej framme ... Så är det alltid ...

De diskuterade långt in på småtimmarna, ömsom grälande och ömsom i sämja. Frampå morgonnatten slocknade överstelöjtnanten och föll framstupa över bordet. Ilmari satt alltjämt upprätt och oberörd:

— Vakna och hör på vad jag säjer ... Skulle ni ha en gnutta romaranda i er ... Han sover den skiten ... Sov då, perkele, och vakna i kolchosen ... Så snart transporten är klar kommer jag att kräva befordran ... Hörde du det? Det borde jag ha fått för länge sedan ... Jag söker in vid krigshögskolan ...

Han stödde sig lätt mot stolskarmen, reste sig och gick till sovrummet. Laura var vaken och frågade vad det hade blivit av gästen.

— Han sover på bordet.

— Där kan man väl inte lämna honom.

— Var och en får ligga där han bäddar.

Ilmari drog av sig uniformen med knyckar och ryck och slängde plaggen på en stol. Så lade han sig på rygg med ilskna och tvära rörelser.

Det spred sig ett rykte i Pentinkulma att prostinnan hade insjuknat. Riktigt säkert visste man inte vad det rörde sig om, men ett och annat hörde man ju genom tjänstefolket.

— Hon lär få åt hjärta ... Å tjuter å gråter allt som oftast ... Men skäller nog på pigona ... Hon hadd räkna skedan en da å sagt att nåen ha stuli ... Di säger att hon lurar på prosten också å påstår att han vänslas för mytji me pigona.

Prostinnan var verkligen sjuk. När hon efter det misslyckade upproret hade upplöst sin underhållsorganisation och återlämnat fältköken och förbandsmaterialet till skyddskårslagret bröt hon liksom samman. Hon fick gråtanfall och for emellanåt ut i häftiga okvädinsord mot Svinhufvud, general Sihvo, inrikesminister von Born och alla som synligt hade bidragit till upprorets kväsande. Under själva upprorsdagarna grälade hon ofta med prosten, som inte alls hade tagit någon del i hela bestyret och inte ens satte foten i kyrkbyn utan höll sig hemma medan det pågick. I telefonkontakt hade han nog stått med vissa personer, bland annat med gammel-husbonden på Yllö, som han hade uppmanat att försöka lugna ner stämningen. I synnerhet efter Svinhufvuds budskap hade han otvetydigt tagit ställning mot de upproriska, men han fann sin situation svår på grund av sonens och hustruns roller och ville därför inte själv åka till kyrkbyn. Han visade ärkebiskopens proklamation för Ellen:

»Vi ha ibland oss mordprofeter, som i religionens namn uppvigla eder mot överheten ...»

— Kan du inte inse hur vettvillt hela företaget är?

När revolten hastigt gick upp i rök var prosten belåten och försökte trösta sin hustru. Det var då han första gången märkte att allt inte stod rätt till med Ellen:

— Till all lycka ... till all lycka ... Kallar du fosterlandets nederlag för lycka? Begriper du inte att en judiskmarxistisk sammansvärjning har spunnit in hela landet i sina garn, och ledaren för alltsammans är inrikesministern ...

— Men detdär är ju rena vansinnet.

— Hur så? Har du glömt att sammansvärjningen på Sveaborg också var en frimurarstämpling?

— Jaja ... Den var visst det.

Prosten blev förvirrad för ett ögonblick, greps av en osäkerhets-

360

känsla som gjorde honom rent förfärad. Visst hade det funnits mycket konstigt här i världen. Spionaffärer avslöjades ju också stup i ett.

Men när han sedan försökte tänka sig Svinhufvud, Sihvo och von Born som medagerande i en judisk-marxistisk liga skrattade han lättad:

— Du fantiserar, he, he ...

Men han blev hastigt allvarlig när Ellen uppbragt fortsatte att tjata om saken.

En kväll efter det hon lagt sig fick hon svår hjärtklappning och prosten ringde upp kommunalläkaren. Denne kom men fann inget fel på hjärtat. Han uppmanade henne att resa till Helsingfors för att låta undersöka sig. Till prosten sa han att han misstänkte struma.

— Hennes ögon verkar så egendomliga.

— Men de har alltid varit lite utstående.

— Kanske hon har haft disposition åt det hållet länge. Bäst att hon reser för säkerhets skull.

Prosten ringde till sin svärson som lovade ordna plats för henne på Diakonissanstalten. Men själv var hon motsträvig. Slutligen lät hon sig övertalas men fördröjde avresan så mycket hon kunde. Prosten var bekymrad, försökte anpassa sig till hustruns stämningar och till och med fördömde Svinhufvud för att vara henne till lags.

På kvällarna frågade prostinnan ofta om dörrarna var låsta och trodde inte på andras försäkringar utan måste själv övertyga sig om saken. En gång satt hon länge tyst i salssoffan och såg betryckt ut, innan hon plötsligt reste sig, rätade demonstrativt på ryggen, kastade brinnande blickar omkring sig och utbrast:

— Låt dem komma ... jag är inte rädd ... Låt dem häkta mej bara, marxistkreaturen ...

— Men vad är det nu ... Här ska ju ingen häktas ... alla har ju blivit benådade. Och för den delen så har du ju inte alls gjort dej skyldig till något olagligt ...

Men hon brast plötsligt i gråt och sjönk ner på soffan. Prosten ropade på tjänarinnorna, och de bar prostinnan till sängs. Efter en stund lugnade hon sig. Men ett par dagar senare påstod hon att det fattades tre silverskedar och misstänkte någon av tjänarna för att ha stulit dem. När prosten förebrådde henne tryckte hon näsduken mot ögonen och sa gråtande:

— Ställ dej på deras sida bara ... Jag ser nog hur mild och god du är mot dem ... klappar dem på axeln och ... Tror du jag är blind ... Nå, jag är gammal ... Det medger jag ... Men jag tycker du skulle söka dej utanför hemmet i alla fall ...

Prosten ringde efter Ilmari och svärsonen. Skamsen och rodnande berättade han om prostinnans misstankar, pekade på sig själv och frågade:

— Kan ni föreställa er att jag ... att jag ... skulle ha gett anledning ...

Svärsonen förde genast prostinnan med sig till Helsingfors trots hennes protester. Han till och med klandrade prosten för att denne inte hade varit mera energisk i sina försök att få henne att resa.

Dagen därpå reste prosten efter, och snart hörde man nyheter ute i byn:

— He lär va strumaförgift ... å han lär ha ringt ti körkbyin å sagt att läkaren misstänker he ha gått för långt ...

En vecka senare fick man veta att prostinnan var död. Prosten kom hem på ett kort besök men reste nästan genast tillbaka till Helsingfors.

— Pigona sa att han va som bortblanda. Han såg int å hörd int då di fråga om nåenting. Han hadd bara gråti heila kvällen å hålli i ett fotografi ... å hadd sagt åt döm att korj bort all klädren hennases så int han sku behöv si döm ...

— Jaa, å från rumme hadd e hördest stup i ett: Va gör jag här ... va har jag här ti gör ... Sen på morron då han for hadd han nog verka lite bätter. Han hadd haft tåran i ögona då han sa ajö åt foltje å sagt att sköit nu om alltihopa, för jag orkar int tänk på nå alls ... Han hadd vari så ynkli så pigona å börja tjut.

Prostinnan begrovs inte i socknen utan jordades i familjegraven i Helsingfors. Det var en ståtlig begravning som det stod en notis i tidningen om också. Visserligen hade hennes verksamhet mest hållit sig inom socknen, men hon var ändå så pass känd att

362

hennes frånfälle nämndes i offentligheten. Delvis berodde det på att hennes släkt kunde utöva inflytande på sådana saker. Nog för att hon hade hört till så många organisationer och föreningar att det var rent svårt att få rum för alla kransarna på kistan.

I den stora stapeln av adresser fanns en som inte väckte någon uppmärksamhet bland den talrika skaran av begravningsgäster:

»Till minnet av prostinnan Ellen Salpakari.

Alma, Elina och Akseli Koskela.»

Bysborna fick veta om adressen, och det fanns de som viskade:

— He ä väl Alma. Hon mänskon lär di int sörj så värst ve Koskelas.

— Men ha ni hört att hon hadd sett Koskelas pojkan på sjukhuse. Han ena hadd stigi opp på ena sidon åv sängen å sagt bu, då hon vänd sej på ander sidon så hadd handä ander stigi opp där å sagt bu bu.

— He stämmer int alls. Sanslös hadd on lega där.

Adressen sändes nog verkligen på Almas initiativ, men varken Akseli eller Elina hade opponerat sig. Alma blev till och med lite tårögd när hon fick höra att prostinnan var död, mest därför att det kom henne att tänka på en massa gamla minnen, minnen som inte alls var av det slag man viskade om ute i byn. Det var bilder av vanligt vardagsliv i flydda tider, de år då hon och Jussi hade gått som dagsverkare. Alma tyckte sig komma ihåg att solen alltid hade skinit dåför tiden. Hon berättade för de andra om livet på prästgården förr i världen, och när hon kom in på kapitlet Ilmari skrattade hon sitt godlynta gumskratt:

— Men han va då en så odygdi ung som ein människoung kan bli.

Så blev hon åter allvarsam och suckade:

— Jaa. Han vägen ska vi alla vander ein da.

Egentligen var det Jussi hon hela tiden tänkte på i sitt undermedvetna.

Prosten återvände hem först efter ett par veckor. Ani och hennes dotter följde med och stannade en tid för att han inte skulle ha det så ensamt. Begravningsbestyren hade liksom gjort det lite lättare för honom, men här hemma återkom det svåra till en början med förnyad styrka. När han träffade Koskelas och de beklagade sorgen sa han med darrande läppar:

— Jaa ... man vet inte hur man ska klara det i fortsättningen
... Allt känns så oerhört tomt ...

Det glänste tårar i hans blinkande ögon.

SJUNDE KAPITLET

I

Kristiden hade sin övergång trots allt. Efter sig lämnade den en betydligt bättre och bredare väg än förr mellan Hollonkulma och stationsbyn. Vägen var också av behovet påkallad, för Kivioja-Lauri hade då och då sagt åt folk liksom i förbigående:

— Snart kan ni få skåd nåenting som kommer ögona ti stå som tappar i huvu på er ein tid.

Han bodde numera i Halmes föredetta hus. Där hade byggts ett garage för Nationalen men samtidigt lämnats plats för ytterligare en bil. Det under som Lauri tänkte sig att bräcka bysborna med var ett såkallat blandtåg, en kombination av buss och lastbil.

— Nå, tänker du sälj Nasjonalen då?

— Nä. Nasjonalen ska kör mjölk å frakt, men Volvon foltje å bagasje.

I sinom tid kom det en annons i sockentidningen:

»Den första i nästa månad öppnas linjetrafik mellan Hollonkulma och Stationsbyn. Till en början köres en tur per dag. Avfärd Hollonkulma butik kl. 8.00, Pentinkulma 8.15, kyrkbyn 8.35, stationsbyn kl. 8.50. Avfärd från stationen kl. 12.45, kyrkbyn 13.00, Pentinkulma 13.20, Hollonkulma butik 13.35. Även bagage och styckegods transporteras. Tilläggsturer eventuellt senare i fall av behov.»

Det var Kivivuori-Janne som hade formulerat annonsen. Han sa till Lauri:

— Vi skriver väl Lauri A. Kivioja under. Det verkar lite ståtligare liksom. Alla bättre karar använder andra dopnamnets första bokstav i sina namnteckningar.

Det var Lauri med om.

Nu fanns det åter telefon i Halmes hus. Fader Vicke kom alltsom oftast inom hos Lauri och fann ett nöje i att ringa runt i socknen:

— Hör du va jag säger. Hit hörs e bra. He ä maskinellt satan ...
Volvon var gammal och använd och togs på skuld, men linjen
visade sig genast lönande, och redan efter ett par månader satte
man in en tur till. Lauri själv körde bussen och överlät Nationalen
åt sin yngre bror. Aulis hade gått ut skolan och fungerade som
konduktör. I synnerhet i början åkte Vicke ofta med till stationen
och inbjöd vänner och bekanta på gratisskjuts. En gång när Kos-
kela-Akseli hade ärende till kyrkbyn och Vicke råkade vara med
i bussen satte han sig bredvid Akseli, och när Aulis kom för att
bära upp betalningen avbröt Vicke sitt orerande och viftade iväg
pojken:
— ... hit ska du int räck handen din, pojk ...
Vicke närmade sig de sjuttio men hade inte förlorat ett uns
av sin livskraft. Ansiktet var lika rödbrusigt som förr, magen
putade energiskt och gången var alltjämt lika rask och ivrig. Om
man undantar de vanliga barnkrämporna hade han inte varit sjuk
en dag i hela sitt liv. Han såg sina jämnåriga bli krassliga och
tackla av och skröt väldeliga med sin egen hälsa. Man visste för
övrigt att han och Lauri ibland under sina gemensamma stads-
resor skaffade sig ett gemensamt fruntimmer också. Det hände
att Vicke väste åt någon pålitlig bekant:
— Hon sa att pojkin int va nå ti skryt me ... Men mej gav
on beröm ...
Nominellt var det Lauri som ägde alltsammans, men Vicke hade
hjälpt honom både med borgen och reda pengar. Därför var han
alltjämt med och levde och bestyrde. I själva verket var också
idén med busslinjen hans.
— Hästan försvinner ... försvinner ja ... Heila världen böri
rull på hjulen, böri rull på hjulen ja ... Jag sa åt pojkin att man
måst rull me sjölv.
Nationalen inbragte bra med pengar på mjölk- och trävaru-
transporterna. Kiviojas hade sett till att upprätthålla vänskapliga
förbindelser med Päkki och hade därför körslor också under kris-
tiden. Päkkis ord vägde tungt även när det gällde certifikatet
för busslinjen, och Vicke förklarade:
— Vi va så illa tvungi ti va närapå lite lappomän imellan ...
Man måst si sej för nå lite ... Du veit nog ...

Den röda färgen hade redan runnit av dem helt och hållet, om den nu ens någonsin hade funnits där i djupare mening. Det hände ofta att Lauri sköt ner mössan över ögonen och kraxade självmedvetet:

— He ä företagaren som håller opp världen.

Visst hade de svårigheter också ibland. Då skrek de och gormade och hävde ur sig beskyllningar mot varandra, sparkade på dörrarna och spottade fräsande ur sig sin ilska på ugnen. Lauri hojtade:

— Sa jag int he satan, att int e sku bli ti nåenting ...

— Herrigud, hör nu på handä va han säger ...

Men sådant var helt tillfälligt och övervanns lätt tack vare deras osvikliga och skrodersamma optimism. Ibland när Aulis redovisade kassan för sin far passade han på och snillade undan fickpengar åt sig själv. Lauri var urusel i räkning och inte riktigt i stånd att prestera bevis för sina misstankar, men grälade och hotade gjorde han i alla fall. Farfar Vicke däremot sa stolt till bysborna:

— Pojkin kan nog räkn, min mark å farsans femma ... Herrigud, han ä affärsman ... Brås på mej ...

Men Aulis var oersättlig. Fadern behövde inte bry sig om annat än körandet, för pojken skötte både passagerarna och bagaget helt på egen hand. Småpaketen dunsade skickligt och säkert ner på mjölkbryggorna utan att Lauri behövde sakta farten nämnvärt, och pojkens bekymmerslösa munvighet höll passagerarna på gott humör. Slängig och självsäker hängde han på fotsteget och hade några ord med på vägen åt var och en som klev av eller på.

Halmes förr så vackra och trivsamma gårdsplan var nu svart av olja och belamrad med tunnor, kanistrar och gamla trasselsuddar. Bärbuskarna och den övriga trädgården var oskötta, men beskyddades högtidligen av en kråkskrämma gjord av mästers gamla kläder som Lauri hade ropat in på auktionen. På huvudet hade den ett svart plommonstop, som Aulis ofta brukade låna till maskburk när han skulle ut och meta, och om halsen en fin svart rosett.

— Gambel Adolf vaktar trägården ... herri ...

Biblioteket hade också blivit illa åtgånget. Den ena boken efter den andra plockades ur hyllan, än för det ena ändamålet, än för det andra. Aulis hade lagt beslag på läkarboken för egen del. Den studerades flitigt på söndagarna när han låg nere vid sjöstranden tillsammans med byns övriga pojkar. Sidorna med kapitlet om människofostrets utveckling var nästan helsvarta av smutsiga fingermärken.

Men när Lauri kom klivande genom byn i sina bruna stövlar och sin gabardinkostym och med chaufförsmössan över ögonen sa folk:

— Där komber Lauri A. sjölv.

Kivivuori-Janne blev invald i riksdagen till slut. Man kunde inte låta bli att känna sig lite stolt hos Koskelas. När småpojkarna frågade vad morbrodern sysslade med i riksdagen svarade Elina:

— Nå, han sköter statens affärder.

Akseli för sin del sa lite reserverat men i tydligt godkännande ton:

— Han ä nog en klartänkt karl. Å sakli i grund å botten.

Sannis mun började puta ännu mera tyckmycket än förr, och när herrskapsfruarna i kyrkbyn frågade om hennes man ämnade fortsätta med sin murarhantering svarade hon:

— Nej. Han har lagt arbetet åt sidan.

Sanni besökte ofta Kivivuoris, och i bussen pratade hon högljutt med bekanta:

— Min man bor tillsammans med vår son när han är i Helsingfors. Min son är inte riktigt klar med sina studier än. För han gjorde undan militärn mitt i alltihopa.

Allan hade faktiskt gjort undan värnplikten och hunnit vara med om att inringa de upproriska i Mäntsälä. Det grämde Sanni en smula att han inte hade blivit kommenderad till officersskolan trots att han var student och för övrigt fyllde alla krav. Faderns socialism hade satt stämpel också på sonen trots att denne var helt opolitisk. Så pass fanns det hos honom av fädrens anda att han i Mäntsälä hade uppmanat sina kamrater att hålla sig till regeringen. Det satte definitivt punkt för hans militära karriär. Han fick sluta underofficersskolan med korpralsgrad.

Allan hann gifta sig också innan han var klar med studierna.

Det var inte av tvång, trots att en son faktiskt föddes innan den anständiga tiden efter vigseln hade gått till ända. Janne måste hjälpa det unga paret. Det var han som betalde deras hyra, och i gengäld fick han bo hos dem under riksdagens sessionstider.

När den värsta lappoterrorn var över återföll Otto i sin gamla apati och det blev tyst och stillsamt i arbetarföreningen. Siukola gnodde nog an, men Janne hade förbjudit Otto att släppa in honom i styrelsen, så hans inflytande var inte vidare stort. Det blev småningom lugnare i hela det politiska livet. Efter mäntsäläupproret upplöstes lapporörelsen genom domstolsresolution. I stället grundades visserligen Fosterländska Folkrörelsen — Isänmaallinen Kansanliike eller IKL, vilken fungerade som politiskt parti, men i Pentinkulma fick den egentligen inga andra anhängare än Rautajärvi. Töyry-Ensio hade flyttat till stationsbyn som taxichaufför, prostinnan var död och handlanden så gammal att han inte orkade mobilisera någon entusiasm längre. Men lärarn orkade. Barn fick han och hans hustru också alltjämt vartannat år, och så snart de kunde fick de lära sig Horst Wessel-sången.

Rautajärvi gick klädd i svart skjorta och blå slips ända tills också de blev förbjudna. När Janne var i Pentinkulma på valturné försökte han bevisa för lärarn att högerradikalismen hade kört huvudet i väggen i Mäntsälä, men det vägrade Rautajärvi tro på. Ju mindre verkligheten svarade mot lärarns idéer, desto envisare höll han fast vid dem. Han hade grundat en avdelning av ungdomsorganisationen Sinimustat — De blåsvarta — i kyrkbyn och orerade bitterligen:

— Vissa herrar som inbillar sig att våra idéer har lidit nederlag kommer en dag att få betänka sina ord bakom taggtråd uppe i Ishavets natt.

Så upplöstes Sinimustat också, efter det att några av dess mera prominenta medlemmar hade råkat fast i samband med planer på skjutsning av estniske presidenten. Men Rautajärvi hade många järn i elden. Förfinskningsgrälet vid universitetet var i full gång och dess återverkningar sträckte sig ända till Pentinkulma. Rautajärvi kunde inte låta bli att söka gräl med den svenske herrgårdsherrn och sade honom några rejäla enkla finska bondeord i språkfrågan. Herrn försökte vara civiliserat sarkastisk tillbaka, och då

Rautajärvi sade någonting nedlåtande om hans adelskap smålog han ironiskt och svarade:

— Vore det inte bäst om lärarn lät bli att tala om saker som ni inte kan begripa er på.

Det var inte långt ifrån att Rautajärvi hade lärt herrn begripa sig på en rejäl finsk bondenäve. Väl hemma tog han fram sin karta och ritade upp en gräns från Torne träsk till Luleå. Vid den skrev han: Operationsmål II. Så ändrade han numreringen på de övriga operationsmålen därefter. Det var bara Östkarelen som var oförändrat etta.

Blyertsspetsen var nära att gå av när han drog sina streck. Den norska marxistregeringens press hade förresten också skrivit vissa saker om den finska nazismen, och det var bäst att de såg upp därborta om de inte ville ha ett streck runt Finnmarken också.

Rautajärvis värsta motståndare i Pentinkulma var dock Elias. Det hände att han mötte Rautajärvi, full som vanligt och därvid missbrukade både Hitlers och Kosolas namn i det han sträckte armen i vädret.

Och han kunde slinka in på en sommarfest på idrottsplanen och avbryta Rautajärvis tal med hemmagjorda slagord:

— Mera barkbrö åt enrisfoltje.

När förbudslagen upphävdes fick Elias lov att byta yrke. Numera cyklade han omkring i hemtrakten och grannsocknarna med en schabbig kappsäck på pakethållaren och sålde borstar och småkram. Han bodde fortfarande kvar i Kankaanpääs sytningsstuga och brukade också efter gamla vanan titta in hos Leppänens när han var i hembyn. Det nya yrket krävde att han skulle pryda upp sin skjortkrage med en kravatt. Där satt han på stugubänkarna i gårdar och kojor, öppnade kappsäcken, bredde ut innehållet och rabblade:

— Här var e allt möjlit ... Synålar, trårullar, strumpeband, grytborstar, lampborstar å ...

Ordet å på slutet skulle liksom antyda att det fanns mycket mera på listan fastän han i själva verket hade räknat upp nästan hela sitt sortiment.

Ibland kom han hemdrällande stupfull från sina färder och det

hände att han ramlade redlös vid vägkanten för att sedan ligga
där och predika:

— Jo jo ... Elkku färdas kring i vida världen ... Komber å
går, å ingen veit om hans spår ... Men ni era jävlar som för-
trycker Elkku, ni ska få skåd ein dag hurleiss rågen er förvandlas
ti ogräse ... Elkku har böcker me konster å knep ... Å aller fösst
ska handä kära brorsatan jag har få skåd på nå underliheiter,
joo ...

Då och då brukade han komma till Kivioja-Lauri och be om
pengar till ett nytt varulager. Han vädjade till gammal kamrat-
skap, och hjälpte inte det så fortsatte han:

— Jaa, sidu, int för nå anat. Men jag va ti banken å ba, å
di gav int, å då sa jag att jag veit nog ein kar som har å som
ger. Di fråga vem he kund va, å då sa jag att nog borda ju ni å
känn ein kar som Lauri A. Kivioja, för han känd di tillåme i di-
versehandlan i Tammefoss då jag fråga.

Lauri gormade och muttrade otydligt:

— — ... äää ... tan ... får man nånsin tibakas nå åv dej ...
Men där har du femhundra så du komber på föttren ...

Och så var Elias åter försvunnen från byn för en tid.

Prosten bodde ensam i prästgården. Barnen och deras familjer
vistades nog där ofta, i synnerhet på somrarna. Omkring ett år
efter prostinnans död var han svårt deprimerad och nerslagen.
Sjuklig hade han också blivit, och svärsonen misstänkte i sitt stilla
sinne att han snart skulle gå samma väg som sin maka. Han or-
kade inte visa verkligt intresse för just någonting. Det enda som
kunde stimulera honom var barnbarnen, men ofta hände det att
han också mitt i en lek eller sysselsättning med dem fick ett anfall
av ångest och smärta och sa:

— Varför fick hon inte leva ... och se barnen växa ...

När han låg sjuk ställdes fågelbrädena så att han kunde se dem
genom sitt fönster. Han tittade ofta på dem och sa ibland till sjuk-
sköterskan eller tjänsteflickorna:

— Om man kunde lära sej att ta livet som dedär ... Det vore
det allra bästa ... Åt dem har Gud skapat en god värld ... och
de kritiserar den säkert inte ...

371

Långsamt övervann han krisen och kvicknade till också andligen. Han började promenera mycket utomhus och följa med allt smått skeende i naturen. Fåglarnas roll i hans liv blev allt viktigare, och snart var hela omgivningen kring prästgårdens huvudbyggnad full med fågelbräden. Trädgården gav just ingenting på höstarna, för fåglarna hade ätit bären och hackat hål i alla äpplen. Efter Ellens död hade han förlorat intresset för allmänna angelägenheter. När Ilmari kom på besök gav sig fadern inte längre in i politiska diskussioner med honom. Ilmari var i krigshögskolan nu, men någon befordran hade inte hörts av, för efter sitt misslyckade upprorsförsök hade han blivit ännu sturskare och högmodigare än förr och var på kant med sina överordnade. Han fällde ibland bittra anmärkningar om hur landet var på glid allt längre vänsterut, men fadern tog aldrig fasta på dem. Efter en lång paus kunde han säga, som för att ange sin inställning till allt sådant:

— Nog är den ... naturen, när man följer med den ... Den är som en andra bibel ...

Småningom återfick prostens kinder rent av ungdomstidens friska röda färg och rynkorna i hans ansikte slätades ut. Han fick nya rynkor i stället, men nu i ögonvrårna, som en följd av den godlynt leende min han numera hade för det mesta. Välvilligheten hade alltid varit ett påfallande drag i hans natur, och nu blev den helt dominerande. Tjänarinnorna var alldeles förlägna ibland när prosten klappade dem på axeln och sa:

— Ta det lugnt nu ... jag klarar nog detdär själv ...

På prostinnans tid hade måltiderna alltid ritualenligt ätits i matsalen med bordet dukat efter alla konstens regler också i vardagslag, och inte heller i andra avseenden fick man avvika från noga inrutade vanor. Numera hände det ofta att prosten kom ut i köket och åt där för att bespara tjänstefolket besvär. De kvitterade vänligheten med att bli lata och fullständigt disciplinslösa. Det hände att någon pojke från byn frampå morgonnatten slank ut genom prästgårdens köksdörr. Medan prostinnan levde skulle något sådant inte ha förekommit ens i flickornas drömmar.

Tjänstefolket bad om påökt och andra små förmåner, och när de märkte att prosten bara nickade och jakade blev de snikna och illsluga. Ett par år efter prostinnans död framgick det att prostens affärer var på kneken. Han gick inte i land med ett par utbetalningar, och Ilmari måste komma hem för att reda upp saker och ting. Folket sneglade och muttrade ilsket när majoren frågade och förhörde, och prosten tvangs skamsen och rodnande gå med på att lönerna sänktes. Men det värsta var att händelsen gav sonen ett slags andligt övertag:

— Man ska inte bli mild och god som ett lamm. Enda följden är att någon klipper ullen av en.

— Nå, nå ... Inte är det ju ... Jag tänkte inte efter riktigt ...

— Just det ja.

Annars gick årstiderna sin gilla gång och människornas sysslor varierade i takt med dem. Man sådde på våren och skördade på hösten. Skördarna var ömsom goda, ömsom dåliga, men redde sig gjorde man i varje fall, till och med hos Leppänens trots att Valtu ofta låg hemma utan arbete och tärde på Preetis små inkomster. På morgnarna cirkulerade gamla Nationalen från mjölkbrygga till mjölkbrygga och fyra gånger om dagen brummade Volvon genom byn. Genom fönstren i folkskolan ljöd barnens sång:

Ty den som är född med svärdet i hand
han står oförfärad i stridens brand.
Då rövas ej friheten från oss en dag,
det skall vara vår lösen i vårt land ...

II

På Koskela byggde man åter. Nu var äntligen turen kommen till bossladan vid rigaveln. Sedan kunde man köra in skörden färdigt i rian, och tröskningen underlättades betydligt. Nu stod också skogskörslor till buds igen. På en vinter förtjänade Vilho och Eero in pengarna till fähusskulden. Vilho körde med deras egen häst och Eero med Kivivuoris.

Far och Voitto arbetade hemma. Arbetet var lättare att klara nu när pojkarna hade vuxit upp, trots att de fick lov att sköta nästan allting också på Kivivuori. Otto hade blivit gammal. Pojkarna hade vuxit sig in i arbetet från barnsben och fick aldrig de halvvuxnas typiska olust och håglöshet. Inte ens Akseli kunde låta bli att stoltsera lite för bysborna med sina söner:

— Int behöver e jag gör nåenting länger. Jag bara pekar å säger att där ska ni hugg i, pojkar.

På vägen genom byn till Kivivuori stannade Akseli för att växla några ord med bekanta medan sönerna fortsatte.

— Ska ni åsta slå Kivivuoris höije?

— Nå, vi tänkt vi sku gå åsta gör undan där.

— Ni har nog ett redigt ackord me två gårdars arbeit.

— Nåja. Då jag å pojkan våra ha härja där ett par dagar så ä ju saken klar.

Han gav sig iväg efter pojkarna med högaffeln över skuldran och munnen lite självmedvetet hopknipen. Sådana ordalag blev så vanliga att man började härma dem ute i byn, för man var ju förstås lite avundsjuk också på sina håll.

Varje år fick de någon ny åkerteg färdig, och dessutom körde de lera till kärret och förbättrade dikena. De kunde öka på fänaden, och inkomsterna steg. Ett år blev röjningen dock mindre effektiv än vanligt: det året då Vilho avtjänade värnplikten. Som seden bjöd begav sig pojkarna i byn till uppbådet i samlad trupp. Man hade brännvin med och smedens Lauri hade en pistol. Efter uppbådssynen blev de sittande på kafét i kyrkbyn och blandade i smyg Karhubrännvin i sin pilsner. En och annan lite äldre yngling som redan hade militären bakom sig fick väderkorn på spriten och nedlät sig till att slå sig i slang med dem och berätta om sina egna upplevelser:

— He kom ein satan å dro i mösskärmen min å sa att mösson ska sitt rakt, en gamal blir vindögd ... Å jag klappa han på käftan perkele så heila jassen rakna i korridoren. Så sa di jag sku ti kapten. Å han röt att ni ha slaji er kamrat. Ja herr kapten, jag ha nog slaji en, sa jag. Men int nåen kamrat. Ein som komber å rycker mej i mösskärmen ä int nåen kamrat. Fem dygn i butkon satan ... Där satt jag sedan å läst Nya Testamente ... He finns skoji kapitel där pojkar, om man int har nå anat ti gör å hinner fördjup sej i döm ...

374

De bjöd berättaren på supar och talade om för honom att de också tänkte studera både finkorna och Nya Testamentet. Och satt det riktigt hårt åt så kunde nog till och med en såndär kapten få sej en näsaknäpp. Servitrisen körde iväg dem, och de försvann efter lite mutter och tandgnissel. I Ekbergsskogen sköt smedens Lauri i luften med sin pistol och de försökte sig på lite sång:

Med en vilja av järn och en kraft som ej dör ...

De kom på bred front längs vägen med armarna om varandras halsar och gav inte plats åt mötande. När någon mumlade fram en protest stannade de hotfullt:
— Försvinn bara satan å hick int nå. Här komber såna pojkar ti tunga artilleri så nå likadan ha alder ännu trätt i fosterlandets tjänst satan.

När de kom till hembyn var det herrgårdsfolk i arbete på åkrarna invid vägen, och när de passerade dem sjöng de:

I sommarkvällen berusande ljuder
stadens och asfaltens lockande sång ...

En av karlarna på åkern ropade något till dem, och Lauri trevade åt bakfickan:
— Herrigud, va säger handä civilisten.
De skrek hotfulla och skrodersamma svar och fortsatte sin marsch. En av dem spydde upp korven som han köpt och ätit i kyrkbyn. Herrgårdens dagkarlar hade nyss fått lön och därför haft råd att köpa billigkorv, jästbröd och pilsner också de. De var exalterade över att det snart skulle bära av »lite länger bort» och sörjde inte över att behöva skudda bystoftet av fötterna. För resten var det långtifrån säkert att de över huvud taget skulle komma tillbaka för att äta herrns njugga bröd. Han kunde gärna skaffa sig lite dummare och oföretagsammare folk att skinna, satan.

Vilho hamnade i Tammerfors regemente som var förlagt till

375

Hennala, och Akseli berättade i förväg om de olika kasernerna och deras läge.

I början grät Elina på kvällarna. Det var första gången något av hennes barn hade rest hemifrån för så lång tid, och i sängen före sömnen hann hon ge sig hän åt saknaden. Akseli märkte hur det stod till fast hon försökte gråta ljudlöst. Han sa irriterat och tillrättavisande:

— Nå, nog reder han sej där. Ein fullvuxi karl. Va ska he nu va ti sörj över.

— Ja men ... då int man veit va sällskap han hamnar i heller.

Det var alltid Elina som skrev breven på hela familjens vägnar. I dem sa hon allt det som hon inte kunde säga muntligt. I skrift på papper kunde man använda ord som man blygdes för i tal, ord sådana som »min käre son». Sig själv kallade hon »din mor».

På våren fick Vilho permission innan han skulle till underofficersskolan. Kommenderingen dit var en smula oväntad för hans del med tanke på den stora röda belastningen: fadern föredetta rödgardist och morbrodern socialdemokratisk riksdagsman. Dessutom hade han hamnat i arresten redan efter ett par veckors tjänstgöring därför att han slagit en undersergeant i huvudet med gevärets putsstake. Det var vapengranskning och undersergeanten ansåg att Vilhos grundställning inte var tillräckligt militärisk när han visade fram sitt gevär. Undersergeanten gav en »gamling» av föregående årsklass, som ännu inte ryckt ut, order att vrida om Vilhos näsa. Denne lydde, och undersergeanten i egen hög person »slog av» greppet. Det gjorde ont, och Vilho ryckte till sig laddstaken och klämde i. Staken träffade undersergeantens huvud med sådan kraft att den kroknade runt nacken på honom.

Fallet behandlades ända uppe i regementsstaben och Vilho fick sitta i arresten två veckor. Men efter den betan blev han aldrig mera föremål för någon enskild livning.

Vilhos kommendering till underofficersskolan berodde dels på att han visade sig ha lätt för att lära i formell exercis och annat sådant, dels och framför allt på att han alltid placerade sig i toppen i kompaniets skidtävlingar och över huvud taget hade framgång i kroppsövningar och idrott. Dessutom var han en utomordentlig skytt, vilket var så mycket konstigare som han inte tidigare i hela sitt liv hade skjutit mer än tre hagelsalvor.

Permissionen varade bara tre dygn. Eero och Voitto provade hans uniform och Akseli frågade i vilken kasern han bodde.

— Jaa. I han va jag aldri. Jag minns int numrorna på döm nå meir. Å di ha väl ändrast å förresten. Finns hedä bönehuse kvar alltjämt?

— Joo. Men he ä ammunisjonslager nuför tiden.

— Jaha. Där vart di skuti, di som sköits på order åv högförräderidomstolen. Mot väggen där. På våren sköit di döm på ett anat ställ.

— Jag ha nog stått på vakt nära di rödas grav.

— Där i hondä lill skogen genast ti vänster om huvuporten ti kasernområde ... Jaa, där ligger Laurilas Elma å, fast henne minns du väl int.

Vilho mindes inte Elma.

Alma frågade också ut sonsonen om allt möjligt som hade med armén att skaffa.

— Ska du bli herr nu då riktit, när du måst i skola?

— Jaa. Men bara en mytji liten ein.

När han var ute och drog hängde han för det mesta mitt i byn, stod där med en lite uttråkat överlägsen min och lät sig beundras, så som man brukade om man varit i militären eller annars vistats länge borta. Också äldre människor tilltalade en på något sätt respektfullt, nästan lite skyggt. De kände sin obetydlighet inför den som varit ute i »stora världen».

Vilho mötte Rautajärvi och gjorde honnör, och läraren svarade på samma sätt fastän han var civilklädd.

— Jaha. Vilho är på permission.

— Några dagar.

Läraren frågade honom om det ena och det andra, och när han fick höra att pojken skulle till underofficersskolan sa han några manligt gillande ord.

— Jag får önska dej framgång på din krigarbana.

På Kivivuori passade mormor upp honom som på en förnäm gäst. Vilho tyckte att morföräldrarna hade åldrats och grånat förvånansvärt på några få månader. Kanske det bara verkade så för att han hade varit så van att se dem tidigare och därför inte hade fäst sig vid saken. I synnerhet Anna syntes ännu mera hopskrumpen än förr. Hennes händer var små och beniga, fulla av knölar och blå ådror. Otto hade magrat och besvärades av en elak hosta som blev till svåra attacker när han rökte. Bloden steg honom åt huvudet, han blev illröd i ansiktet, fick tårar i ögonen och kippade efter andan. Mormor såg på och sa med tunn förebrående röst:

— Då int han ... int på nå vis kan slut åv me hedä blossase.

Vilho märkte att morfar och mormor nog talade vänligt och öppet med honom, men bara njuggt och stelt med varandra. Anna sa ofta bara »handä» när hon menade Otto.

När Vilho frågade gubben om han varit hos läkaren blev hans blick lite flackande och han svarade mellan hostningarna:

— ... nää .. häää ... va sku jag där å gör ...

Framemot kvällningen när Vilho skulle till att gå gav Otto honom en femtiomarks sedel och Anna välsignade honom:

— Gå me välsignelsen ... som ... som biskyddar oss allihopa ...

Vilho gick med en hastig och vag tanke på att han lämnade efter sig en stämning av tystnad och tomhet där de två gamlingarna sedan skulle sitta knarriga och vresiga och söka orsak till gräl i varandras göranden och låtanden.

Det blev tal om Kivivuori hemma, och Akseli sa att det vore bäst om man gjorde slut på boskapsskötseln där helt och hållet och om jorden brukades från Koskela. För det ville inte bli något av längre. Elina var av samma åsikt, men det var svårt för dem att föreslå det för Otto och Anna, som inte själva visade tecken till något initiativ åt det hållet.

När permissionen var slut reste Vilho egentligen ganska gärna. På tre dagar hann han inte komma in i de gamla gängorna, och därför kändes allting hemma så smått och trångt på något sätt. Han tänkte förstrött på saken där han satt i bussen. Gamlingarna på Kivivuori skulle snart vara helt oförmögna att sköta gården. Det blev väl Eero som skulle dit, och själv skulle han stanna på Koskela. Tanken på att bruka Koskela hela livet kändes inte alls så självklar nu. Men nog måste han väl komma tillbaka hem i alla fall.

III

Naturligtvis kom han hem när värnplikten var klar. I sitt militärpass hade han en anteckning om två veckors arrest för våldsamt uppträdande, men som motvikt också specialanteckningen: Synnerligen god skytt.

Han blev civil på våren och hamnade mitt uppe i sådden. I ungefär en vecka kändes det lite konstigt och besvärligt innan han kom in i gängorna. Han tyckte att brödernas samtalsämnen, som inskränkte sig till gården och dess angelägenheter, verkade lite naiva och obetydliga. Sånt där som att det var mera vatten än vanligt i utfallet och vad far hade sagt om det ena och det andra.

Han hade blivit uppenbart manligare och ännu självständigare än förr. Far talade till honom nästan som till en jämlike, frågade till och med efter hans åsikt ibland i saker som hade med arbetet att skaffa. Nu fick han också regelbundet en veckoslant, och hände det då och då att han kom hem lite full en lördagskväll så höll sig föräldrarna tysta i farstukammaren och sa ingenting dagen efter heller. Elina sörjde nog över det, men hon lugnade sig när Akseli sa:

— Nå, han sir ut ti ta e väldit försiktit. Å jag tror nog han pojkin svarar för sej sjölv.

Den våren måste de klara hela sådden på Kivivuori, för Otto gick inte längre i land med den. Han hade magrat mycket och hostan blev allt svårare. Det hjälpte inte fast han försökte låta bli att röka. Janne gick med honom till läkaren. Någonting var på tok med lungorna, men vad? Det kunde doktorn inte säga på rak arm. Han tog in Otto på sjukhuset för fortsatt undersökning.

Otto hade kräfta, och det på ett framskridet stadium. Till Otto själv sa läkaren ingenting, men för Janne avslöjade han att det inte var långt kvar.

Inom släkten hade man bara talat om tobakshosta och katarr. Därför kom sanningen som ett slag. Anna flyttade hem till Janne i kyrkbyn för att kunna besöka Otto på sjukhuset varje dag och Akseli städslade en kvinna som skötte korna på Kivivuori, för det var för lång väg till Koskela för Elina.

Otto hade själv börjat misstänka vad han led av och fordrade rent besked av läkaren. Slutligen talade denne om hur det stod till men försökte göra det lite lättare genom att tillägga att kräftans utveckling var mycket nyckfull och att man därför inte kunde säga någonting säkert.

Otto tittade upp i det vita sjukhustaket några ögonblick och svarade sedan:

— Jaa. He enda säkra ä väl att he bityder slute.

Anna satt hos honom varje dag. De första dagarna pratade de i trivial och vardaglig ton, men så hände det sig att Anna brast i gråt under en paus i samtalet.

— Nå, va nu då?

— Jag bara ... tänkt bara ...

Otto tog hennes hand, log och sa lågmält:

— Du ska int tänk nå alls ... Int har du nåenting ti tänk.

Från den stunden var de fullständigt frigjorda och öppna mot varandra. Det var egentligen första gången under hela sitt äktenskap som de var helt lyckliga. Hade de ingenting att tala om så teg de, men kände det hela tiden som om de vetat varandras tankar. När Anna kom in i rummet hälsade Otto henne med ett leende, trots att han redan ofta hade svåra plågor, och stötte fram mellan sina flåsande andedrag:

— Jaha ... Ja hann ligg å vänt redan.

De talade ut om allting. Anna grät och bad om förlåtelse. Hon hade varit hårdhjärtad och oförstående, jämt och ständigt sökt efter fel hos Otto och aldrig begripit att tänka på hans förtjänster.

— Jag ha leva i stor synd ... Jag ha vari högmodi i gudliheiten min å fördömt ander ...

Otto tröstade henne. Han försökte le, för han var alltjämt oförmögen att tala om allvarliga ting utan att svepa in det i en slöja av skämt.

Också Akseli och Elina kom ofta och hälsade på. Elina hade svårt att hålla tillbaka gråten. Hon fingrade på sin handväska och pratade nervöst om ditt och datt. Fadern lyssnade, och när han såg hur hon hade det sa han:

— Du ska int bry dej ... Du har ditt eget liv ... Lev du he bara å låt mej gå.

Elina brast i gråt.

— Nånå. Du tycks då aldri bli fullvuxi.

Men det var första gången Akseli såg tårar i Ottos ögon trots att han försökte förvrida sitt utmärglade ansikte till något slags grin.

Elina lugnade sig. Otto talade om gångna tider, om dotterns barndom och ungdom.

— Jag minns nog då du gick ve oss å fria, sa han till Akseli. Jag tyckt he va bra, å tycker lika i denna dag. Lev ni bara å sörj int över mej ... Jag ängslas int alls ... På nättren ligger jag här å tänker för mej sjölv huru ni brukar Kivivuori sedan då jag ä bort ...

Det hände att Akseli tittade in ensam under någon kyrkbyresa, och då var stämningen en annan. Otto talade om sakliga ting utan den minsta gnutta känslosamhet.

— Jag har meir än hälften åv skulden min obetala än ... He blir nog för dej ti dras me ... Men jag tappa energin på nå vis ... orka liksom inte riktit försök ...

— Ni ska int ha bikymmer för tåkodä saker nu.

Med Akseli och Janne talade han öppet om sitt tillstånd. Det syntes ännu spår av den gamla Otto i hans pinade ansikte när han sa:

— Jaa pojkar. He blir int mytji kvar åt råttona åv mej ...

Han blev hastigt sämre, och en dag när Akseli hade suttit hos honom grep han svärsonens hand när de skulle skiljas åt:

— Tjänare nu. För säkerheits skull. För man veit ju aldri. He böri känns så ... Har e vari nåenting nån gång ... så ska du int hys agg ...

Han dog en natt. De närmast föregående dygnens ohyggliga plågor hade gjort honom halvt omtöcknad, och han kunde inte längre tala. Han bara gestikulerade med handen och uppmanade Anna att gå när han såg hur svårt hon hade att stå ut med åsynen. Ett par dagar innan svällde hans ansikte upp och blev alldeles oformligt, men strax efter det döden inträtt lade sig svullnaden.

Sanni ringde till butiken och Elina och Akseli fick budet så tidigt att de hann med morgonbussen. Vicke råkade vara med i bussen, och när de berättade om dödsfallet för honom sa han:

— Jasså ... Så där for Otto då ...

Hans mun förvreds, han torkade sig i ögonen och hojtade:

— Herrigud ... He va en trevli kar ... Å sångröst bätter än di flesta ...

De gick raka vägen till sjukhuset. Elina lutade sig över bädden, slog händerna för ögonen och stammade gråtande:

— Far ... far ...

Akseli hade befarat att scenen skulle bli ännu svårare och försiktigt försökt förbereda henne. Janne stod vid sängens fotända. Han såg länge och tigande på fadern, suckade tungt och sa:

— Det var Kivivuori-Otto det.

Ottos kropp hade rätats ut. Händerna var korsade över bröstet. När svullnaden hade gått ner fick det magra, livlösa ansiktet ett underligt lugnt och fast uttryck.

Före Otto hade ingen vanlig bysbo legat och dött riktigt på sjukhuset.

— He gick väl an för han ti ligg där. Sjukhuse ä kommunens å Janne har sitt ord me i lage. Hur di nu ska fiffel me bitalningen där.

Det var någonting nymodigt över begravningen också. Gästerna fördes till kyrkan med buss och kaffet dracks i andelshandelns kafé. Alla bärarna var släktingar. Främst gick Voitto och Eero, i mitten Vilho och Allan och vid huvudändan Akseli och Janne.

Efter begravningen återvände Anna hem till Kivivuori och Kaarina stannade där och höll henne sällskap några dagar. Bysborna mindes Otto en tid. Man kom att tänka på honom i så många sammanhang. Hos en hade han murat ugnen, hos en annan snickrat en spinnrock, en smörkärna, en ostform eller något liknande.

— He va Otto som gjord an ein gång i tiden. Han va nå ti skickli me händren sina. Där ligger han nu å ... Han va ju så svår ti skoj å gap, å di bruka allti säj att han karn får int truten täfft innan e ligger mull på an.

Kivioja-Vicke sa med förvriden mun:

— Herrigud, he va ein trevli kar ... Å bra ti sjung. Då vi va ungpojkar å kom från dansen så stämd an opp imellanåt så he eka gönom natten ... Flickona kom utspringand på trappona i bara pajton å sa att Otto sjunger, Otto sjunger, vi ska åsta lyssn ... He ä ju riktit så man vill böri tjut satan ... Småningom lärde man sig säga ledigt och naturligt: Sali Otto.

IV

Två av de bättre korna, hästen och en del småkritter från Kivivuori fördes över till Koskela. En ko blev kvar åt Anna, och resten såldes. Akseli granskade jordbruksredskapen, och man beslöt behålla bara de bästa och sälja resten på auktion. Det lönade sig inte att spara dem åt Eero, för de var mestadels i dåligt skick och gammalmodiga kvarlevor från torpartiden. Pojken fick skaffa nytt sedan när den dagen kom.

Auktionen gick av stapeln, men mycket inbragte det gamla skrotet inte. Det lilla som kom fick Anna, trots att enligt avtalet lösöret i dess helhet tillhörde Koskela nu då hon skulle börja få sin försörjning därifrån.

Nu hade de alltså både farmor och mormor i maten, men båda gummorna åt som fåglar och blev inte betungande för hushållet. Anna hade dessutom ett stort klädförråd som gott skulle förslå hennes tid ut. En del av Ottos plagg och skodon togs till Koskela och resten gavs enligt gammal sed åt Preeti.

Akseli vandrade runt och inspekterade Kivivuoris åkrar och skog. Visserligen kände han ju dem av gammalt, men nu var relationen till dem liksom en annan. Han funderade och planerade med tanke på Eero. Det blev nog bäst att ändra dikningen en smula, för tegarna hade i tiden tagits upp en i sänder och utan någon plan, så att de mestadels var korta och oregelbundna lappar. Färdig åker fanns det inte mer än sju hektar, men det skulle nog gå att röja lite till. Det fanns alla möjliga ängsplättar och hörn som kunde utnyttjas.

Det mesta av jorden på Kivivuori besåddes med hö. Det blev mindre mödosamt på det sättet eftersom man då kunde köra in skörden direkt i ladorna och föra hem den till Koskela först när det var vinter och slädföre. Det fanns nog en genväg som inte var särskilt lång, men den gick inte att köra med häst, utan då måste man åka via prästgården.

Nyss hade fähusskulden klarats av, och nu fick man en ny skuld på nacken i form av det som återstod på Kivivuoris inlösen. Som väl var fanns det gott om timmerkörslor på vintrarna, så beloppet blev snabbt hopbragt trots att det nu var Eeros tur att hamna i militären. Voitto dög redan till ersättare åt honom i skogen. Det dröjde inte länge förrän hans avlöningskuvert var lika innehållsrika som Vilhos. Voitto bråddes mycket på fadern. Han var äregirig och benägen att hugga i med våldsam kraft. Det kom lätt till små tävlingar mellan honom och den äldre brodern. I smyg granskade de varandras lass och räknade stockändarna, och märkte någondera att han var på efterkälken ökade han genast takten. Akseli var belåten med de goda inkomsterna men beklagade sig över att pojkarna stod i för mycket så de slet ut hästarna. Pojkarna själva kom han aldrig på tanken att ynka sig över. När de kom hem efter dagens körslor, utmattade, med kläderna styva av is och ansiktena stela av köld och trötthet, smekte och klappade fadern de rimfrostludna hästarra och sa:

— Kör man döm våt så borda man nu åtminstondes tork åv döm imellanåt.

Elina tog i stället hand om pojkarna. Hon bjöd dem på kraftig mat och beskärmade sig ofta över deras isiga kläder.

— Ni lagar er sjuk på hedä vise. Skjortona genomblöt i dehä vädre.

De dödströtta pojkarna slukade väldiga mängder bröd och potatis, hävde sig sedan raka vägen i säng och somnade ögonblickligen. Det var bara på lördags- och söndagskvällarna de orkade ge sig ut i byn. Sjuka blev de inte, Små förkylningar och lite hosta betraktades inte som sjukdom. När de hostade skvallrade det dova ekot i deras kraftiga bröstkorgar bara om hälsa.

En gång i månaden åkte Akseli in till kyrkbyn med späckad plånbok. När han återvände var han lika tom i plånboken som lätt till sinnes. Han satt på bänken närmast bakom Lauri och sa i örat på denne:

— He duger nog för mej nuför tiden ... Jag bara åker åpå här å pojkan förtjänar.

384

Också Eero gjorde sin värnplikt i Tammerfors regemente, så Hennala tycktes bli en välbekant ort för familjen Koskela. Han blev inte underofficer och inte ens korpral, utan kom tillbaka som vanlig menig med specialutbildning till snabbeldsgevärsskytt. Akseli var besviken i sitt stilla sinne. Inte för att han brydde sig om själva saken, armén var och förblev främmande för honom. Men en son till honom borde ha skilt sig från mängden också där. Eero bara log med sina blå ögon och sa:

— Då int man ä rikti bra å int rikti dåli heller så komber man lindrigast undan.

— Men Vilho vart befordra han, fast han satt i butkan å allt.

— Men jag ä int nå krigstoki. Krigase steg an åt huvu, däför hamna han i skolan.

— Vem e nu ska ha vari som bocka mera där.

Vilho sa det en aning föraktfullt.

Valtu Leppänen ryckte in samtidigt som Eero men blev civil först senare. Han var nämligen tvungen att tjäna över på grund av sina många förseelser och straff. Redan före militärtjänsten och i synnerhet efteråt hade Valtu börjat se sig om i världen. Ofta var han försvunnen i månader, kom sedan hem igen och låg och drog sig tills allt han förtjänat var uppätet. Ibland hände det att polisen kom med en böteslapp och frågade efter honom, men då svarade Aune snävt att hon inte visste var sonen höll till.

— Herrijestandes, säger jag. Försök hitt an var du kan, jag bitalar åtminstondes int.

Aune brukade gärna berätta hur bra sonen förtjänade. Än var han målare, än snickare, men i varje fall en yrkesarbetare som lyfte ofantliga veckolöner.

— Han smätta en tusenlapp i navan påmme å sa att köp dej en ny kappo för hedä.

Bara helt få var så grymma att de frågade:

— Nå, var har du ny kappon din nu då?

Valtu var en blek, mager yngling med dålig hållning. Äldre mänskor som mindes Valentin brukade säga att pojken påminde lite om sin morbror. Men bara till utseendet.

— Int va e han en såndä hambus ti naturen.

För det hände att Valtu skränade och levde bus i byn när han

385

kom full hem från sina irrfärder »ute i världen». Till Töyry-Arvo bar han gammalt agg från sin tid som dagkarl. Arvo var redan en stadgad bonde som inte ens låtsades lägga märke till en figur som Valtu, och han svarade ingenting när Valtu skrek:

— Morjens Töyry. Har e avkasta femte eller sjunde eller reint åv tionde korne? Gör käringen din ny fötter alltjämt på didä gambel strumpskaften å kokar vitamingrötin åt arbeitsfoltje?

Med bypojkarna umgicks Valtu föga utan föraktade djupt deras förehavanden och prat. Han gitte inte intressera sig för deras soaréslagsmål, pigbesök och hembränning. Han som hade varit med om verkliga stora slagsmål och till och med stått bredvid när en karl hade blivit skjuten.

— Han dro opp en brovning å sköit tvärs igönom an. Gubbin börja verk mäkta trött på nå vis.

En gång när han kom hem berusad kastade han ut Elias från Leppänens. Aune gormade och grälade men Valtu sa:

— Håll käftan satans horo där. Knull där ut men här ska ni int vräk er.

Preeti höjde handen och försökte lugna dem:

— Ids int nu ... Bli int nervös nu Valtu.

Preeti var pensionerad men gick alltjämt i tillfälligt arbete på herrgården, ända tills han ramlade från stallsvinden och bröt benet på cementgolvet nedanför. Det behövdes några karlar för att bära bort honom, och han blev uppskärrad över allt omak han vållade. Trots smärtan sa han till hjälparna:

— Int är e så skyndsamt ... Om ni har bråttom ... så kan jag nog vänt ... fast tills ni har middagstimma ...

Preeti hamnade på sjukhuset och därifrån till kommunalhemmet. Janne hade försökt få dit honom en längre tid redan, eftersom det var så illa ställt med hans liv och skötsel hemma. Efter olyckan lät sig Preeti övertalas, trots att Aune opponerade sig därför att det nu skulle bli slut med staten från herrgården. Den skulle gå till kommunen i stället.

Innan Preeti flyttade till kommunalhemmet gjorde han en rundvandring i hembyn. Han torkade sig i ögonen ideligen, och många av bysborna, mest kvinnfolket, var också rörda. Kivioja-Lauri gav honom en hundralapp och lovade i ett anfall av skrytsam storsinthet att han skulle få åka gratis med bussen så ofta han ville hälsa på i Pentinkulma.

Hos Koskelas sa Preeti:

— När jag nu ska flytt ... Han sa, Janne, att du komber nog ti få e bra där ... Jag ska nog kom åsta häls på ... Int glömmer jag gambel grannan så lätt ... he ha ju varit ett å anat ... Lauri A. sjölv sa att du hoppar på kärron bara. Ska säj åt pojkin att han ha lova att int e ska frågas efter nå biljett ...

Elina gjorde i ordning en matkorg åt Preeti, och Alma kom med en tia av sina små besparingar i näven:

— Du får ett kvart kilo kaffe för hedä ... Du ska ha sköterskorna ti kok där sedan ...

Så försvann Preeti ur bylandskapet.

Han kom nog ofta tillbaka och hälsade på, i synnerhet om somrarna. Lauri höll sitt löfte. Preeti fick åka gratis med bussen och glömde aldrig att berätta där han satt i stugorna och sörplade kaffe:

— Foltje skåda långt i bussen då han sa att kom hit fram åsta sitt för he kastar så där baki ... Han böri hör ti di mäktigaste karan, handä Lauri A.

Han var full av beröm över förhållandena på kommunalhemmet:

— Jag har nog e bra där. Lakan i sängen riktit å go mat två gångor om dan ... Arbeit får man om man ork ... Jag ha nog huggi ved där ... Å allt som oftast så komber Janne Kivivuori sjölv å synar allting noga. Finns e nå ti klag åpå säger han, å svarar ingen så frågar han ein gång till å säger att spott ut bara om e finns nåenting ... Å så ä di lite rö i ansikte där sedan å förklarar, men han bara går ikring å skådar på allting ... Å varje gång så komber han ti mej å tar i hand riktit. Å frågar om allt möjlit ... Å skämtar. Frågar om man sku måst skaff en fästmö ännu därifrån kvinnfolkssidon.

När han stod vid vägkanten och väntade på bussen för att åka tillbaka och någon förbipasserande konstaterade att Preeti var och hälsade på i byn, svarade han blitt:

— Nå jag tänkt he ... När jag liksom ha lova ti kom ... Fast jag har nog e reint otrolit bra där.

387

Ibland när han lät blicken vandra ut över byn och lyssnade till dess ljud hände det nog ändå att han torkade sig i ögonen med rockärmen utan att själv förstå vad känslan av vemod och rörelse berodde på. För allt var ju så bra. Bussen stannade rakt framför honom, Lauri A. själv öppnade dörren, och pojken kom inte och frågade efter biljett. Och riksdagsman själv, Janne Kivivuori, duade honom när han kom för att inspektera. Nå goddag, Preeti, hur går det för dej? Å tog i hand riktigt varje gång. Lät till och med sätta opp ett nytt kors på sali gummans grav när det gamla började murkna. När nu didä händren ha blivi så ... så man int liksom kan sjölv nå meir ... Å kort väg är e ti graven på söndagan ... Nå lite blommor måst man ju ha me, vi va ju kumpaner så läng i alla fall, jaa ...

Janne hade börjat ligga efter Varg-Kustaa för att få in honom också på kommunalhemmet. Herrgårdsherrn, som gärna ville slippa sin gamla fiende, hade gjort en påstöt om saken. Men när Janne kom för att underhandla slog Kustaa dövörat till:

— Far ti fattihuse ditt sjölv du bara ...

Kustaa fick emellertid allt svårare att reda sig. Det blev knappare om fisk i sjön och vilt i skogen. Inte för att Kustaa behövde mycket för att upprätthålla livhanken, men han blev sjuk till råga på allt. All den gamla smutsen gav honom svåra bölder och eksem, och det sades att han var från sina sinnen också periodvis. Det berättades att han brukade se gråa djävlar på bordskanten och försöka slå ihjäl dem med en järnläst. Han blev allmänt samtalsämne i byn, och Janne var tvungen att gripa in på allvar. Han tog kommunalläkaren med sig till Kustaas stuga, men Kustaa lät sig inte undersökas. Läkaren frågade om han verkligen brukade se smådjävlar, men han svarade:

— Va ska du bry dej i he.

Janne och läkaren återkom, denna gång i sällskap med polisen. Kustaa fördes med våld ut till bilen, där han fortsatte att sprattla och brottas så att konstapeln och Janne måste hålla i honom hela vägen. När de åkte genom byn överröstades motorsurret av Kustaas svordomar:

— Satans rövare ... du fikar efter stugon min ti kommun ...
Jag ha int bett dej om nå hjälp ... helvites muspolis ... vakt
du på horona bara rikti förbannat, å låt folk va i fred ...
Rautajärvi utlade nog för bysborna:
— En fri man har rätt att leva som han vill ... Detdär är
marxistisk despotism. Där ser ni vad som väntar er själva.

Han råkade i gräl om saken med Siukola, för denne tog Jannes
ingripande i försvar:
— Han ä anarkist, Kustaa, he ä just va han ä ... Samhälle
måst stopp an på sjukhuse då int an går dit sjölv.

Kustaa lades först in på kommunalsjukhuset och blev frisk igen.
Men sjukhuspersonalen behövde polishandräckning för att få ho-
nom tvättad. När hudåkomman var botad överfördes han till kom-
munalhemmets sinnessjukavdelning. I cellen bredvid satt Laurila-
Antti, som började hoppa och böla av iver när han hörde bullret
som Kustaas ankomst förorsakade. Preeti kom också genast över
för att titta till »bysbon». Han talade vänligt och lugnande till
Kustaa men fick en spottloska genom gallret till svar.
— Du ska int väsnas i onödon. Här ä nog bra ti vara.

Efter ett par månader hade Kustaa lugnat sig och flyttades
över till allmänna sidan. Den första tiden var han trumpen och
tystlåten, men så började han tyrannisera Preeti:
— Säss neder på stolen där.
— Jaa, på handä?
— Nä, på handä ander.

Akseli ropade in Kustaas stuga på auktion. Själva kojan dög
knappt till bränsle, men tomten var stor, över en hektar, och
gränsade lämpligt till Koskelas ägor. Några träd att tala om fanns
där inte, men området blev en prima beteshage.

Det dröjde inte länge innan Kustaa var som utplånad ur bys-
bornas minne. Det var bara Janne som en gång kom ihåg honom
i ett valtal. Rautajärvi hade nämligen i sitt anförande ordat om
ödebygdsförfäder, till vilkas enkla liv man borde återgå. På det
svarade Janne, som talade vid ett möte i arbetarföreningens hus,
att den tiden var förbi och att han själv för inte så länge sedan
hade fört den siste av dessa anfäder till fattighuset.

Ungefär vid samma tidpunkt dog Emma Halme. Hjärtat strejkade så svårt och hennes ben blev så illa däran att hon inte längre kunde gå utan måste flyttas över till sjukhuset. Elina och Akseli hade hållit sitt löfte och hälsat på henne då och då på kommunalhemmet, men småningom blev det allt glesare mellan besöken och till slut glömde de bort henne alldeles. För att döva sitt dåliga samvete besökte de henne i stället ofta nu när de fick höra att hon låg på sjukhuset. Emma hade blivit synnerligt religiös och brukade be Elina läsa högt ur bibeln, för själv orkade hon inte längre.

Hon dog stilla med knäppta händer och bibeln tryckt mot bröstet.

Gammelhusbonden på Yllö råkade dö ungefär samtidigt, och båda begrovs samma söndag. Yllö hade tacklat av och blivit så svag att han dukade under för en vanlig lindrig influensa. Den gamla sockenpampen hade skrumpnat och magrat så han liknade ett skelett. Huden var som pergament, kinderna hade fallit in och bildade djupa hålor och hans tunna ådrade hals fyllde inte den minsta skjortkrage mer än till hälften. Men obstinat höll han sig rak i ryggen in i det sista där han stapplade iväg vid Uolevis arm för att titta på skyddskårsparader och andra festligheter.

Hans begravning blev ett slags sockenhögtid. Det fanns knappt någon gren av det offentliga livet där han inte hade haft ett finger med. Han var till och med ett stycke personifierad etnografi, för han härstammade från en av de första släkter som hade bebyggt socknen. I begravningstalen kallades han bondehövdingen, den siste store rusthållaren, socknens okrönte kung och allt möjligt annat som vederbörande tyckte klang förnämt. De sex skyddskårister som lyfte upp kistan på sina axlar blev förbluffade över hur lätt den var.

Med en halvt demonstrativ baktanke regisserade Janne Emmas begravning och gjorde också den till en stor högtid. Partiets kommunalorganisation beslöt att hon i sin egenskap av änka efter Halme skulle få den hedersbevisning som egentligen borde ha kommit mäster själv till del. Visserligen var det egentligen Hellberg som hade infört socialismen i socknen, men efter partisplittringen hade socialdemokraterna lagt beslag på Halme som sin andliga fader och lämnat rysslandsflyktingen Hellberg åt kommunisterna. Man hänvisade ofta till Halme i festtalen, och kom det till ideologiska dispyter så letades gamla uttalanden av honom fram ur protokollen och användes som slagkraftiga argument.

Emma begrovs före gudstjänsten och Yllö efter den. Det var mycket folk i rörelse i byn den söndagen, och det låg en stilla spänning i luften, för dessa två begravningar var laddade med åtskilligt av det förflutnas stämningar, även om det inte var så många som kom att tänka på den saken längre.

Akseli var med och bar Emmas kista, och det var sista gången i sitt liv han i någon form tog del i partiverksamheten. Vid graven uppträdde arbetarföreningarnas förenade körer och en hornorkester. Föreningarnas fanor bildade hedersvakt, men eftersom det var förbjudet att ha röda fanor utan att riksflaggan var med sänktes också den blåvita duken till en ödmjuk hälsning vid den gamla skräddaränkans grav.

V

År 1937 röjdes den sista tegen i Koskelas kärrkant. Visst fanns där ännu mera mark som hade lämpat sig att dika ut, men den var bra som skog också. Ladugården, som ändå hade tagits till så rymlig, var nu fylld utan att all jorden gick åt till betesodling. För första gången hade Koskela rent av spannmål att sälja.

Samma år fyllde Akseli femtio. Det ställdes inte till med något kalas. Barnen gratulerade avsiktligt som i förbigående, rädda att slå över i det känslosamma. Elina bjöd på bättre kaffe än vanligt, och farmor tittade plirande på sin son:

— Du böri va fullvuxi du å.

Året därpå revs takkonstruktionen på det gamla boningshuset, vilket tillbyggdes med den planerade »vinkeln» som innehöll två kamrar. Alldeles oundgängligen av behovet var de nya utrymmena inte, för ett par av pojkarna hade gott och väl kunnat sova i kammaren på nya sidan. Men taket var nu så dåligt att det måste

391

läggas om i varje fall. Och det är inte så lätt för en femtio års man att plötsligt stanna av. Åtminstone inte för en man som Akseli vars steg ännu var fulla av svikt och energi. Att stanna, det hade betytt att slås ner, slockna ut och dö. Eftersom pojkarna förtjänade bra och gården gav avkastning, den med, så kunde man gott offra lite pengar på att bygga, också om behovet inte var så skriande.

Och förresten, det gamla boningshuset verkade nog mäkta grått och obetydligt där det låg mellan nya ladugården och rian. Det kunde duga åt torparen Jussi Koskela, men jordbrukaren Akseli Koskela ansåg att makten och myndigheten borde komma till synes också i byggnaderna. De hade två hemman nu, eller till och med tre, för Kustaas tomt hade eget registernummer. Men deras livsföring antog inte vidlyftigare dimensioner för det. Var det Akseli själv som kom på uppköp till butiken frågade han noga efter priserna, granskade varorna och tog sig en lång funderare innan han köpte. Gällde det arbetsredskap eller maskiner skulle kvaliteten alltid vara prima. Då knusslades det inte.

De köpte fyra nya cyklar på en gång också, av ett gott svenskt märke. De tre äldsta pojkarna fick var sin herrcykel, Akseli, Elina, Kaarina och Juhani fick en gemensam damcykel. När Koskela-karlarna tvärade byn på väg för att göra undan Kivivuoris arbeten kom pojkarna cyklande först, med ärmarna uppkavlade så att bysborna kunde beundra deras bruna och muskulösa armar. I känslan av sin kraft och spänst tog de uppförsbackarna utan att sitta av, stående på pedalerna. Fadern kom efter på damcykeln, trampande med knäna nästan under hakan, för sitsen satt lågt för Kaarinas skull och han brydde sig inte om att skruva upp den. Han ledde sitt åkdon i uppförsbackarna och stannade för att växla några ord om väder, skörd och annat sådant med mötande bekanta.

— Jag sa nog åt pojkan ...

Den begynnande ålderdomen hade gjort hans kropp sattare än tidigare, men fetmat hade han inte. Kring hakan och kindknotorna dröjde alltjämt det gamla draget av benhård beslutsamhet. Hans humör hade blivit lugnare och jämnare, men han kunde brusa upp alljämt om så krävdes, till exempel mot Kankaanpää-Antero.

Kankaanpää och Kivivuori gränsade till varandra, och det hände ofta att Anteros kor kom över på Kivivuoris mark. Akseli anmärkte om saken, men Antero tog det nonchalant:

— Nå, Anna kan nuväl kör iväg döm om di slinker gönom gärsgålin.

— Satan. Int orkar väl hon, gamla mänskon, spring efter tåkodä kritter stup i ett. Du ska lag gärsgålin. He ä du som har bete därve rån. He ä din sak ti sköit om e.

— Nå, spräck nu int röven din för ein tåkodä småsak.

— Hördu Antero. He kan händ jag spräcker nå anat här å, om in du bär dej åt som folk. Satan, du ska få skåd att jag kan ha dej ti ät ein kappa skit här ännu, just jämt såleiss är e ...

Han gav sig iväg ledande sin cykel, och en god stund hördes det ett otydligt grymtande:

— ... tan ... säger jag ... Helvites slöfockar heila släkten ... sku ruttn bort själv å, fan anamma, liksom gärsgålan deras ... lvetes stövlar ... borda få sej en omgång så di int sku orka kravl sej opp igen ...

Kaarina hade hört till lantbruksklubben i folkskolan. Nu började hon med den skriftskolmognas halvvuxna viktighet kräva att de skulle anlägga trädgård hemma. Mor hade redan länge varit av samma åsikt och fick över far på sin sida, men pojkarna var gensträviga. Orsaken avslöjade de sedan när det positiva beslutet hade fattats och de var förargade på systern:

— Du sköiter on sedan å.

Potatis sattes på en åkerteg, och potatislanden på gårdsplanen gjordes om till krydd- och trädgård. De skickade efter bärbusk- och äppelträdsplantor och telningar till prydnadsbuskar med mjölkbilen. Efter att ha knotat en tid började pojkarna också delta i trädgårdsarbetet på kvällarna, grävde planteringsgropar och kånkade vatten. Men rensningen fick Kaarina och Juhani svara för.

Kaarina var en flitig och foglig flicka. Hon rensade och skötte trädgårdslanden och hjälpte dessutom mor i ladugården. Våren nittonhundratrettionio gick hon ut skriftskolan som sextonåring. Hon var ljuslätt, blåögd och lite fyllig. Farmor sa ofta att hennes barn skulle inte behöva sakna mjölk. Kaarina rodnade och frågade hur farmor kunde veta det:

— Heh, gullebarn. Som jag int sku ha lärt mej ti känn mänskosortren ve min ålder ... Du ä åv såndä ljus å lite bre sort. Tåkodä mjuk som får mytji barn å ... Då han tiden komber.

På senare tider hade Alma intresserat och noga börjat följa med ungt folks göranden och låtanden, både de egna sonsönerna och andra bypojkars. Men bröderna Koskela var inga framgångsrika kvinnokarlar och Alma var nästan besviken:

— Stora karan. Nog måst ni böri tänk på att skaff er gummor. Mor er blir äldre å arbeit finns e så man kan drunkna i e ... Ha int du bruka följas åt me hondä Penttis dotern, eller va hörd jag?

Det for en liten dallring över Vilhos ansikte:

— Int löns e för mej ti sträck mej så högt.

Vilho hade dansat med Kylä-Penttis Kirsti ibland och till och med åkt utför Mäenpääbacken på sparkstötting tillsammans med henne någon gång. Mer än så hade det inte varit. Men farmors frågor tycktes i alla fall göra att han hastigt fick något att se till därute.

Kanske farmors ungdomlighet och pigghet berodde just på hennes intresse för ungdomen och dess angelägenheter. Hon skrattade sitt guppande godmodiga skratt och brydde Kaarina för pojkar så att Elinas min blev mäkta ogillande. Alma märkte det och sa:

— Nog måst ein ung mänsko få lev live sitt.

— Hon hinner nog ännu ...

Elina återgick till sina sysslor uppfylld av en dunkel motvilja mot alltsammans. Hon och Kaarina råkade i allvarligt gräl också för första gången när flickan ville låta klippa av sig flätan. Kaarina avgick med segern till slut. Förlägen men lyckligt leende återkom hon från kyrkbyn och bjöd till att rida ut brödernas vänskapliga hån.

Pojkarna anslog lätt en lite kommenderande ton mot sin enda syster:

— Hej flicko, ett tvättfat. Slå i kalja, flicko.

Kaarina lydde och passade upp på dem. Hon hade något blygt och undanglidande i sitt väsen. Hon steg alltid åt sidan om hon mötte någon i dörren, ängslades alltid för att vara i vägen och undvek ödmjukt och oroligt alla slags kollisioner med andra människor. När hon började skriftskolan fick hon den ena av de nya kamrarna för sig själv. Där hittade pojkarna en gång ett vaxdukshäfte som de kom dragande in i stugan med. Eero slog upp det:

— Hör på nu.

Kärlekslågan brinner blott
en enda gång,
du din lycka finner blott
en enda gång.
Det är livets ljuvaste tider ...

Kaarina rusade på Eero, ryckte till sig häftet och flydde gråtande in i sin kammare. Elina grälade på pojkarna och Akseli sa vresigt:

— Nå, va ä hedä för retas.

Dotterns begynnande vuxenhet vållade Akseli ett dunkelt själsligt bryderi. Hur skulle man ställa sig till allt det som småningom var att vänta? Det kändes motbjudande att tänka på, och han var inte kapabel att lösa problemet, utan kringgick det grymtande och muttrande var gång det dök upp.

Juhani, Lilljussi kallad, påminde ganska mycket om familjens stamfar. Alla småslantar som han ibland fick för tjänster han gjorde åt de vuxna lade han noga undan. Fick han ett småbröd sparade han det länge och väl, och när han slutligen åt det skedde det knaprande och sugande och smulvis, för att njutningen skulle vara så länge som möjligt.

Till midsommaren 1939 målades huvudbyggnaden. Pojkarna strök den ljus trots att Akseli för sin del skulle ha nöjt sig med rödmylla. De reste flaggstång också, och Vilho åkte in till Tammerfors och hade en flagga med sig tillbaka. Kort före samma midsommar hade de skaffat sig radio, och nu sken och glänste antennens isoleringsknoppar på taket. När flaggan hade hissats på midsommarmorgonen drack de kaffe ute vid sitt trädgårdsbord. Kaarina serverade. Hon sprang så gärna av och an mellan köket och trädgården, för hon hade en ny klänning som fladdrade så nätt i trappan. De tre äldsta pojkarna hade alla gröna sidenskjortor och grå kravatter med grönt mönster. Mor ville helst att de skulle klä sig precis lika alla tre. Det vägrade de, men de hade gått med på att köpa likadana skjortor och slipsar. De pratade om byn och dess angelägenheter medan de drack kaffe. Deras inställning i sådana saker var en aning överlägsen. För det mesta såg de kritiskt på bysbornas göranden, och godtogs något skedde det liksom ovanifrån. Sådan var i synnerhet fars attityd, och pojkarna tog efter. Kivioja-Lauri hade köpt en buss igen, en helt ny denhär gången. Den gick mellan hemsocknen och Tammerfors. Nationalen hade också bytts ut mot en splitterny lastbil, så det var uppåt för Lauri. Men Akseli sa:

— På skuld har han alltihopa. Var sku han annors få så mytji pengar. Bäst som e är så kan alltsammans gå omkull. Jag känner nog Lauri. Han freistar bara me tupplyckon. Int kan han tänk nå alls.

Voitto var av lite avvikande åsikt på den punkten. Han hade blivit god vän med Aulis. De var jämnåriga och skulle samtidigt in i militären till hösten.

— Int har di allt på skuld. Jag veit nog. Å straxt efter missommar ska di köp en personbil ...

— Jaa. Ät pojkin ti påta me. Han komber ti bli en verkli storskojar ... Vicke sjölv ä ingenting mot han.

— Di ska börja kör taxi me an. Aulis ska slut åv ti kör blandtåge å böri som taxichaufför i ställe.

— Hm. Va finns e för skjussar ti få här. Flickona ska han väl böri kör ... Han lär ju ska va en rikti husar i he done.

Den snoriga, uppkäftiga och smutsiga Aulis hade faktiskt på ett par år entpuppat sig som ett slags kronprins i Pentinkulma, självaste Lauri A. Kiviojas son och enda arvinge. Lauris äldsta barn, en flicka som föddes strax efter giftermålet, hade nämligen dött som helt liten. Aulis brukade titta in hos Koskelas då och då när han råkade ha ärende till någon av pojkarna, men Akseli tyckte inte om honom, lika lite som han någonsin hade tyckt riktigt om fadern heller.

— Di ä likadan allihopa. Skryter å skriker. He hörs hur di skroppar på ein kilometers håll ibland då di ä tisammans alla tri, Vicke, Lauri å pojkin.

Men onekligen hade Aulis sina goda sidor. Med specialdispens hade han fått yrkesmässigt körkort redan före den stipulerade åldern, och trots sin ungdom skötte han många av faderns affärer. Men Akseli hade lagt märke till att Kaarina flängde fram och tillbaka ivrigare än vanligt när Aulis var på Koskela och att hon allt som oftast vid sådana tillfällen var inne i sin kammare för att ordna sina klippta lockar. Och det stegrade hans motvilja nästan till ilska.

Från Kiviojas gick samtalet över till andra bysbor. Valtu Leppänen hade levt om i fyllan i kyrkbyn och blivit finkad. Han hade gjort så våldsamt motstånd att det behövdes tre konstaplar för att få honom i bilen.

— He blir dryga böter, för han komber ti få för motstånd mot polis å.

Prosten levde sitt stillsamma och händelselösa liv på prästgården. Den enda omväxlingen var barnens och deras familjers ofta återkommande besök. Ilmari var överstelöjtnant nu, och Alma kallade honom översten.

— Veit man va överst eller nederst han ä.

Akseli kunde alltjämt inte fördra Ilmari. Med prosten däremot pratade han ofta länge och väl om allt möjligt när de träffades vid Koskelas mjölkbrygga på morgnarna då Akseli förde dit stånkorna med häst och kärra.

Rautajärvi och åtskilliga andra frivilliga från socknen var som bäst på Karelska näset där de byggde befästningar. Befästningsarbetet och krigshotet gjorde Elina rädd, liksom också alla förhandlingarna mellan storpampar som Stalin, Hitler, Mussolini och Chamberlain.

— Ja, nog ska di väl åstakom ett krig än som di håller åpå ... He ha var rikti hemst ända sidan vi skaffa radion. Bara livsrum å befästas. Där sir man riktit huru mänskona ä. Fösst hör man på gusstjänstin å så komber nyheitren genast efter. I Spanien ha di döda så å så mång, ein har så å så mång miljoner soldater, ein anan så å så mång ... Om bara Gud sku opplys deras förmörkade förstånd nå lite ...

Vilho drog godlynt på munnen och sa:

— Mor måst ta hand om tömman.

Elina kunde inte annat än skratta med, men så fortsatte hon allvarsamt:

— Nog duger man väl ti förstör denhä världen fast man int sku va så stor å mäkti heller som didä lär ska va ... Å nog sku e mödran ordn opp här i världen om nåen bara sku lyssn åpå döm ... Men när e finns så toku kvinnor å så di försöker ställ ti krig med fradga kring munnen. Om nu såna alls ska kunn va nå kvinnor ... Jag kan int alls förstå mej på såntdä.

Akseli inföll med likgiltig röst:

— Di ä likadan allihopa. Ingen bätter än di ander. Jag bryr int mej om, bara di låter Finland va i fred ... Jaa, men ... medan jag komber ihåg e. Eero, du måst gå åsta lapp Kivivuoris farstutake straxt efter helgen. Mormor klaga att e läckt.

Voitto var politiskt mera vaken än sina bröder och tydligt fosterländsk till sinnes. Nu sa han lite häftigt:

— Di ander lämnar nog oss i fred, bara didä ryssan håller sej i stjinne. Å komber di så ska vi nog sätt hårt mot hårt.

Det var inte på må få de diskuterade. Radion hade verkligen försatt dem i nära beröring med händelserna ute i världen, och gjort dem intresserade, så att även Akseli såg sig tvungen att vakna upp och säga:

— He ä nog rukot ställt då he komber tie i ställe om du slår ihäl ein ... He grinas nog åt döm här. Men jag ha sitt ryssan. Di ä mänskor di å liksom all ander ... Int ä di nå torakaner som man trampar sönder me stövelklacken tie åt gången. Men så är e allti. Som handä lärarens skroderas å. Än ä vi Nordens Preussen, än urfinnar eller storfinnar ... Å va sku en tassi lärar va ti bry sej i, men då di predikar likadant där i Helsingfoss å i tidningan sina. He ä så barnslit. Bryr jag mej i politiken nå meir ... Men ingen komber ju undan om di blandar in heila lande i nå tåko. Jag har förundra mej mång gångor över didä sakren. Språkar man me handä Rautajärvi till exempel om huru höstöran ska lagas, så är an ein sakli å förståndi kar. Men blir e tal om politik så är e bara Japan, Asiens Preussen, Finland, Nordens Preussen å all sorts Kaudillo ... Han sku fan anamma ha fari ti Spanien åsta slåss så hadd han fått sitt lystmäte ... Int för he ... jag va nog häfti jag å som ynger, men jag hadd nå lite orsak å ... Fast åv handä allra häftigaste sorten va jag aldri ...

Var gång Akseli fördömde andra för politisk blindhet och fanatism mindes han att erkänna att han hade syndat själv i sina dar, men skyndade sig också alltid att släta över det med det stående uttrycket:

— Fast åv handä allra häftigaste sorten va jag aldri ...

Farmor brukade nog vid sådana tillfällen leende tänka att en människa svårligen kan vara häftigare än Akseli på den tiden, men hon sa ingenting.

Vilho var nästan alltid av samma mening som fadern i sådana angelägenheter, i den mån han nu yttrade någon åsikt om dem. När Voitto fortsatte att gå på och tjata om att ryssarna nog skulle få se på annat om de kom, sa den äldre brodern:

— Nå låt döm nu kom fösst då, så visar vi döm sedan. Ska man nu va tvungi ti håll på å vrål åt all som går förbi: jag ä sjölvständi, kom åsta freist hur e går för dej ... Va ä nu he för sätt ti stå där vi stodren å statyen å svär offentlit me knytnävan i vädre, att vi ska marscher in i Karelen, å sjung lika offentlit att »Från Vita have ti Ladoga vi draga en gräns me vårt svärd ...» He blir nog fäktas alldeles tiräcklit ändå, om e blir allvar åv ...

Voitto var en smula röd om kinderna när han svarade:

— Jag tänker åtminstondes int böri lev under kommunistvälde ... Gör som ni vill, men jag tänker slåss.

— Va har kommunistren me he ti gör?

Vilho fortsatte inte dispyten utan började röra om i kaffet som Kaarina hade hällt i.

Sedan tittade man på flaggan, som hängde slak i vindstillan. Alma satt med händerna i skötet och sa:

— He va nå ti rakt trä ni hitta ... Nog duger e ti häng där å fladder nu, bara e sku blås ...

Pojkarna tog sina cyklar och trampade ut i byn. Kaarina dukade av kaffebordet och gav sig också iväg. Efter en stund stultade Alma över till nya sidan för att »ta ein tupplur», och Elina och Akseli blev kvar på tu man hand. De satt och pratade i godan ro. Ofta förblev meningarna halva och ofullbordade, för samtalsämnena var gamla och invanda och det behövdes knappt mer än ett halvkvädet ord för att de skulle förstå varandra. De pratade om sysslor som väntade, om livet på gården i största allmänhet, om Annas krämpor och annat som nära angick deras tillvaro.

Det bästa i förhållandet mellan Akseli och Elina var den sortens stunder av gemenskap och halvt avsiktslöst prat om angelägenheter som de hade samma mening om och som gav deras liv dess innehåll och vardagslycka.

De hade det bra nu. Skulderna var betalda och de kunde börja lägga undan med tanke på barnen. Gården var i skick på alla vis. Barnen var friska och starka, och ställde man inte övermäktiga krav så var de nog välartade också. Även om Elina i sitt religiösa sinne ogillade deras kvällsspring så gällde hennes största bekymmer i själva verket sådant som att de kunde åka omkull med cykeln, trilla ner från taket när de riggade opp antennen, råka under ett hölass eller kastas av hästryggen när de red i kapp barbacka då de skulle föra hästarna över till Kivivuori på bete.

Midsommardagens sol lyste på den nymålade husväggen, som ännu gav ifrån sig en svag doft av oljefärg. Flugor och bin surrade i gräset. Hela omgivningen, huset, åkrarna, till och med fänaden i den närbelägna hagen, tycktes liksom försäkra:

— Nu står man sej. Äntligen.

ÅTTONDE KAPITLET

I

Polisen kom åkande på cykel längs vägen till Koskela. Det var en mörk höstnatt, och dynamon lyste dåligt, för konstapeln kände inte till vägen och vågade inte trampa hårt. Slutligen avtecknade sig konturerna av gårdshuset och uthusbyggnaderna svagt i mörkret. Han tog sin ficklampa, lyste på husgruppen och fann huvudbyggnadens ytterdörr. Han knackade sakta på och hörde hur golvtiljorna knarrade och det slog i en dörr därinne.

Det var Akseli som kom. Han sov lättare än pojkarna som låg i stugan. Han var sömnigt förvånad, för det var ytterligt sällan någon bultade på mitt i natten.

— Vem ä där?

— Polisen. Ä pojkan heim?

Akseli öppnade, allt mera förbluffad. Han greps ett ögonblick av misstanken att sönerna hade gjort något galet som de nu skulle ställas till svars för. Men det verkade otroligt. Och så bråttom vore det väl inte med ett sådant ärende att det måste uträttas på natten. Han slog upp dörren, och polisen tände ficklampan.

— Di ligger i stugon. Kom in.

Konstapeln hälsade och klev in efter Akseli. Denne fick eld på lampan och gick bort till sängarna:

— Hej pojkar, di frågar efter er.

Sönerna vaknade ur sin djupaste sömn och satte sig upp på sängkanterna medan de kliade och gnuggade sig.

— Här ä inkallelseorder.

— Jasså. Är e krig nu då? Va ha hänt riktit?

— Jag veit int. Men he har väl me didä underhandlingan ti gör.

— Di ha väl råka i gräl där då.

401

Polisen hade inget närmare besked att ge utan tog farväl och gick. Pojkarna var alltjämt sömniga. Eero fjäskade i väg och tyckte att de borde börja ge sig av, men Vilho fortsatte att klia sig och sa:

— Int far vi nåenstans före morronen. Va ska man där å gör mitt i natten? Int komber e nå ander heller förr ... Utekläder ... jaa ... Å handä ander kniven har int nåen slido ...

— Du köper ein ve körkon. Jag måst väl gå åsta väck mor.

— Va ska he tjän till. Vi sover vidare.

Men Elina hade redan vaknat, och det blev inte mera sovet den natten. Också Kaarina och Juhani kom in i stugan. Elina gick av och an med en schal över axlarna:

— För Guss skull ... Va ska e bli till nu då?

— He bihöver int bli ti nå alls.

— Å Voitto ä där fösst åv alla ... å herrigud ändå ...

Voitto hade nyligen ryckt in för att avtjäna värnplikten och var i en jägarbataljon på Karelska näset. Pojkarna försökte lugna mor med förklaringen att mobiliseringen bara var en försiktighetsåtgärd.

Ja, världskriget hade brutit ut och de finländska förhandlarna befann sig i Moskva. Hitler, Stalin, Mussolini och andra smidde stora planer, men på små platser som Koskela reflekterades dessa stora planer i små och triviala handlingar. Bröd och kött i ryggsäckarna. Tjocka strumpor och bastanta skodon. Mor måste sucka och gråta i smyg redan på förhand och far sitta på bänken, trumpen, förbittrad och illa till mods:

— Nää, didä jävlan ... nää ... Kund man int hitt nåen makt som sku tramp ner tåkodä storkaxar så djupt i gyttjon så int ett hårstrå sku syns på döm?

Å andra sidan var det ju bra att höstarbetena var undangjorda. Plöjningen var halvvägs men den skulle han klara på egen hand.

Kaarina gick över till nya sidan efter farmor, och morgonkaffet dracks tidigare än vanligt. Pojkarna gav sig inte iväg innan höstdagen började gry. De tog sina stövelbyxor av diagonaltyg och mockablusar, en kostymering mitt emellan vardag och helg. Ryggsäckarna var i ordning, och nu återstod det bara att säga adjö. De försökte klara av mor först och hastigast, för det var det svåraste. De lovade sticka sig hem och hälsa på om de fick ligga och vänta i kyrkbyn någon tid. Detta verkade så tröstande på Elina att hon lyckades kväva gråten. Far tittade bort när han tryckte deras händer och sa lite stelt:

— Va som karar sedan.

Kaarina blev av någon anledning generad och rodnade när hon skulle ta farväl. Med Juhani var det inte så högtidligt, han fick bara en kram om nacken.

De slängde hurtigt sina ryggsäckar över skuldrorna och gick. Akseli satt kvar på bänken och tittade i golvet. Elina gick in i kammaren. Kaarina bäddade pojkarnas sängar, och Juhani rusade till fönstret:

— Nu försvann di bakom riknuten.

Alma satt med händerna i skötet. Efter Juhanis ord teg hon länge och upplevde intensivt stundens tysta stämning, innan hon sa:

— Jaa. Bakom riknuten försvinner di allti . . . Bakom riknuten försvinner man då man far från oss . . . Ti upprore eller krige, för ti skutas eller för ti arbeit . . . Än hit å än dit . . .

Hon reste sig, gick in i kammaren efter Elina och sa lågmält medan hon stultade över golvet:

— . . . int är on nu väl . . . mäkta sorgsen där nu igen . . . Då int e löns ti sörj i förväg . . . He finns tiräcklit åv gråtase me orsak här i världen . . .

Det hade redan samlats en hel del reservister när bröderna Koskela kom fram till byn. Smedens söner, Aarne Siukola, Leppänens Valtu och andra. De beslöt att vänta på blandtåget och åka med det. Valtu var i bara kavajen, för han ägde ingen överrock, och huttrade i morgonkylan. Han deltog knappt alls i de andras prat utan nöjde sig med att då och då flika in något uttryck som han fångat upp ute i stora världen.

När beslutet om att åka med blandtåget var fattat sa han till Vilho:

— Kan du kast på mej en tio, så jag kommer me. Jag råkar ti va gul.

Vilho gav honom en tia. Siukola kom förbi på väg till arbetet

och stack åt Aarne skaffningspaketet som han glömt efter sig:
— Där har du ett par brökakor. Döm ska du slåss för sedan.

Siukola hade nog varit lite förvirrad och bortblandad på sistone efter det Tyskland och Sovjet hade slutit pakt och delat Polen mellan sig. Numera svängde han sig med vaga och lite förlägna ordalag. Och han var inte den enda. Det förbundet var lika svårt att svälja också för Rautajärvi och många andra.

Läraren kom iklädd skyddskårsuniform.

— Jaha. Pojkarna är klara. Har alla föreskriven utrustning?

Valtu viskade till Koskela-Eero:

— Int tänker väl han fan ha oss ti marscher i sluten formasjon?

Ett slags förmansattityd intog Rautajärvi nog, men han bemötte dem med karlaktig vänskaplighet: »Pojkar.»

Blandtåget kom. Det kördes av Lauri, för Aulis var i militären. Linjen till Tammerfors sköttes av en anställd chaufför. Lauri lovade att alla reservister fick åka gratis på lastflaket:

— Jag tar int nå bitalt åv soldatgossan. Men blir e nå sedan så ska ni brass på av bara fänin.

Karlarna klev upp på flaket. Några bysbor var redan på benen i den dunkla höstmorgonen. De vinkade, och reservisterna vinkade tillbaka där de satt medan bilen rullade genom Pentinkulma och förbi herrgården mot kyrkbyn.

II

Reservisterna stannade kvar i socknen över en vecka. Bröderna Koskela var hemma ett par nätter och lovade återkomma än en gång, men hann inte innan de fick förflyttning till gränsen.

De grå höstdagarna gick. Akseli blev klar med plöjningen. Elina och Kaarina skötte ladugårds- och innesysslorna. Man lyssnade regelbundet på radionyheterna, och trots att det verkade lugnande att läget förblev oförändrat gick man omkring med en stilla nedslagenhet och ångest i sinnet. Till slut kom det ett brev från pojkarna. Det var skrivet av Eero men innehöll också hälsningar från Vilho och var daterat »Här någonstans».

Det kom brev från Voitto också, och det beredde Elina en liten lättnad, för hans årsklass hade förflyttats in i landet där den skulle få fortsatt utbildning. Elina besvarade breven, och dessutom skrev Kaarina på egen hand. Hon var stolt över att ha tre bröder i armén, för i dessa dagar kretsade allt kring soldaterna. Elinas brev var likadana som de hon skrev under sönernas värnpliktstid. Först rapporter om sakliga ting och vardagsbestyr, och så alltid till avslutning någonting i denhär stilen:

»Mor hoppas, att om det blir onda tider, så vända ni er till Gud. Han har makten över krig och ondska, och blott han kan frälsa från ondo.»

Koskelas tog ingen del i den allmänna bestyrsamhet som krigshotet förde med sig. Ute i byn och socknen startades alla möjliga former av »medborgerlig verksamhet». Det samlades in kläder, skodon, böcker och annat sådant åt armén. Koskelas tyckte det förslog med att de höll tre söner med varma strumpor och vantar. Man försökte också hjälpa reservisternas familjer på olika sätt. Lottorna tog hand i synnerhet om fru Rautajärvi, som hade blivit ensam med sin stora barnaskara.

Herrgårdsherrn var redan så pass till åren att han inte blev inkallad. Tillsammans med sin hustru gick han omkring i de underhavandes stugor och tog reda på hur de inkallade karlarnas familjer hade det. Åt somliga gav han små kontanta understöd, och frun delade ut paket med sötsaker och bakelser åt barnen. Det hade kommit släktingar från Helsingfors, mest kvinnor och barn, till herrgården på flykt undan bombhotet. De lärde sig nu att sticka strumpor, vantar och halsskydd. Ibland försökte de till och med hjälpa med utearbeten. Herrskapet genomlevde ett slags andlig brytningstid. Nu när ödets mörka vinge sänkte sig över nationen och plånade ut allt smått och trivialt ur själen upplevde de en stark känsla av samhörighet och broderskap. De klädde sig i riddräkt och stövlar och ställde sig att såga ved tillsammans med någon pensionerad gubbe som hade återgått till arbetet nu då de unga männen var borta.

Janne kom från Helsingfors och arrangerade ett stort arbetarmöte i kyrkbyns föreningshus:

— Kamrater. Det är inte bara lagar och regeringar som vacklar här i världen, utan också övertygelser och principer. Den senaste

405

tidens händelser har vållat mycken förvirring. Vi har fått se en förbluffande ideologisk kullerbytta, som har gett upphov till ett världskrig. Kommunismen och fascismen har ingått förbund och delar opp riken mellan sej. Hur ställer vi oss till detta? Kamrater, jag tror att vi har bara en framkomlig väg, och den är vår övertygelse, som vi inte ger avkall på. Vi avstår inte från demokratin, inte från folkens självbestämmanderätt och inte heller från våra socialistiska principer. Som tecken på det sjunger vi Internationalen, för att visa att vi håller fast vid principerna och är beredda att kämpa för dem.

Menigheten sjöng med kraft, som på trots. Förbundet mellan Tyskland och Sovjetunionen hade verkligen gjort många förvirrade, och den tysta sympati man känt för Sovjet hade förbytts i en bitterhet som nu kom till uttryck i sången. De sjöng Internationalen liksom stolta över att här hade man inte svikit idealen och bedrivit kohandel med fascisterna. Janne underblåste den känslan i sitt tal, och i ett nytt, kortare anförande mot slutet av mötet tillade han:

— Arbetarklassen i Finland står utan att vackla bakom de principer den betraktar som de rätta. Till dem hör frihet för alla människor och folk, också för vårt eget land. För de ideerna har socialismen kämpat under hela sin tillvaro, och för dem kommer också Finlands arbetarklass att kämpa. För de principerna stupade de bland våra kamrater som ligger under rallarrosorna därborta i sandgropen. Det vore att skymfa deras minne, om inte vi var beredda att handla lika. I tjugo år har vi anklagats för ofosterländskhet. Och alldeles riktigt. Patriotism av det slag som man hittills har krävt av oss äger vi inte och kommer vi inte att äga. Vår patriotism hänger oupplösligt samman med vår ideella tradition. Vårt eget lands frihet är oss helig därför att alla länders frihet är helig för oss. Vi drar inga gränser från Vita havet till Ladoga, men inte heller från Kexholm till Trångsund. Kamrater, i varje ögonblick måste vi hoppas på en lösning som tryggar freden vid våra gränser, men vi måste också i varje ögonblick vara beredda på det värsta.

När Janne skulle avlägsna sig samlades det folk omkring honom och frågade ivrigt och oroligt efter inofficiella nyheter, som de trodde att han satt inne med. Men Janne sa att han inte visste mera än vem annan som helst. Siukola var också med i hopen, och han tjatade:

— Va är e handä Kivivuori talar om fasistförbunde heila tiden? Själv har han gjort förbund me fasistren i Finland ...

Janne behövde inte svara, för några uppretade föreningsmedlemmar gjorde det på hans vägnar. Det var på håret när att Siukola blev utkörd.

När Janne hälsade på hos Koskelas dolde han inte att han var djupt bekymrad. Han hade varit och tittat till Anna, som hade dragits med krasslighet på sistone, och egentligen kom han till Koskela för att be Akseli sköta om att hon fördes till läkare eftersom han själv genast måste tillbaka till Helsingfors. Under samtalets gång blev han emellanåt dyster och fundersam och svarade lamt och olustigt på husfolkets frågor. Ett slag reste han sig, började gå av och an och förklarade gestikulerande för Akseli, som om denne hade sagt emot honom:

— Det finns tre möjligheter. Den första är att vi går med på di territoriella kraven. Den andra att vi int går med på dem och det blir krig. Den tredje att vi int faller till föga men att ingenting händer. Det sista alternativet vill jag för min del eliminera utan vidare. När ryssarna tog en sådan historisk risk att de marschera in i Polen och kom på kant med västmakterna är det galenskap att inbilla sej att kraven på Finland är framställda på lek. Men om det blir krig, så hur länge varar det? Det finns nog en hel hop med dyster trosvisshet, men matematiken avgör saken. På många håll säjs det, att om vi faller undan så leder det bara till nya krav. Men om krig leder till säkert nederlag så finns ju här i alla fall en chans som int alls finns om vi tar kriget. Det påstås nog att folket kämpar ända in i döden hellre än det ger sej. Å visst är folket färdigt att slåss, men försökte man verkligen så fick man nog det med på eftergifter också.

Han satte sig igen, funderade ett slag och tillade:

— Det kan hända att kraven växer. Det kan hända att en rysk bas nära Helsingfors betyder slutet på självständigheten. Men varför kan int ett under dyka opp på den vägen om det en gång kan göra det i krig? För utan att ett underverk sker går det int att leda ett sådant krig till ett lyckligt slut. Vi har int vapen, ingen utrustning ... Ja. Nu skriker borgarna att socialisterna int bevilja anslag till sådant medan tid var ... Men hade man skapat ett starkt näringsliv å hög levnadsstandard, så sku man ha kunnat utrusta armén också hastigt nog ... Eftervärld, stå här på egen botten ... på egen botten. Hur var det nu igen, där ovanför porten till Sveaborg eller på Ehrensvärds grav, var det nu var ... å lita int till främmande hjälp ... Man borde bara ha byggt en egen grund å int lita så mycket till främmande hjälp. Jaja, somliga har litat på Tyskland, andra på England eller på Sverige. Men ingen har frågat efter vår vanliga Mattis förtroende, int förrän nu ... Nå, det är från det närvarande ögonblicket vi måst utgå, det måst vi för resten alltid ...

Akseli hade tigande lyssnat till Jannes monolog. Han satt tyst en god stund efteråt också, men så sa han egendomligt förbittrat:

— Har nu int didä jävlan heller tiräcklit me jord ... så mytji som di ha skroppa om huru stort lande deras ä ... Nog är e ... Å jag som just fick ordning på levase mitt ... Jag tänkt man sku ha fått pust ut nå lite nu ... å lev som folk ... Men nä ... nog måst didä satans jävlan ... måst bara me allt våld ...

Elina gick i ständig ängslan för sönerna, och hon frågade Janne var Allan fanns:

— Han är rättsofficer vid en divisionsstab ... Blev befordrad till officer utan vidare. Det är väl något slags gottgörelse för lappotiden ... Nu när enighet ger styrka å gammalt groll är glömt ... Jaja. Men är styrkan tillräcklig för det? Nå. Sist å slutligen. Många gånger i livet har man ju en känsla av att allt är kaputt, men alltid stöter man på en framkomlig stig ...

Så bytte man samtalsämne:

— Jag måst väl börja ge mej åv. Ta nu å för henne till doktorn. Fast det är ju hjärtat som strejkar, å det går int att reparera så gamla kugghjul.

Han gick. Anfallet av nedslagenhet och djupt bekymmer hade gått över. De såg genom fönstret hur han stegade iväg över gårdsplanen och försvann bakom riknuten. Hans långa lekamen hade blivit lite kutig över axlarna och håret hade grånat. De femtiosju levnadsåren hade tryckt sin prägel på hans gängliga och smidiga gestalt, men alltjämt hade han svikt och fasthet i stegen.

Anna hade varit krasslig i närmare ett år. När chocken efter Ottos död hade gått över sjönk hon tillbaka i sin smått vresiga och beskärmande gudlighet. Skillnaden var bara att hon nu ständigt lovade och prisade Otto för alla som orkade höra på. Kaarina tittade till henne nästan varje dag, kom med mjölk och mat och passade på att städa under besöken. Elina lagade ofta lådor av olika sorter som det var lätt för Anna att värma upp åt sig. Mormor brukade sitta på sängkanten, skrumpen och hoptorkad, och hålla långa predikningar för flickan. Hon hade tappat en massa tänder och käkarna var infallna så att hennes raka näsa sköt fram nästan direkt från överläppen.

— Här ska jag sitt ti bisvär för er bara ... Om man sku slipp bort. Int har jag nå ti skaff här efter far ... Toku ha di ju blivi å allihopa sedan far dog ... Efter he ha int e fundist nå förnuft i världen länger ... Bara krigase å krigase ...

Ibland frågade hon om pojkarna hade skrivit, och när Kaarina svarade sa hon:

— Gud bivare döm ... var di än vandrar ... Bara di int sku hamn i supit sällskap, he drar ner mänskona i ander synder också.

— Int har di väl nå möjliheit ti få brännvin där.

— Super man så hittar man nog allti brännvine ... När du gifter dej så ska du int ta en kar som super. Jag ha tacka Gud så mång gångor för att jag int bihöva lid för brännvine. Å int annors heller ... Alla va avundsjuk på mej å.

Akseli förde Anna till läkaren som konstaterade hjärtfel. Men det var ingenting särskilt allvarsamt, berodde bara på ålderdom och allmän nedslitenhet.

— Det gäller att försöka reda sej med det som det är, sa han leende till Anna. Men till Akseli sa han att hon inte längre borde få bo ensam.

Först funderade de på att flytta över henne till Koskela, men så avstod de från den tanken. Fast det gällde hennes egen mor sa Elina rent ut att det skulle bli omöjligt för Alma att bo tillsammans med henne därför att Anna snart nog skulle ställa till gräl och vilja flytta bort. Slutligen beslöts det att Kaarina skulle bo hos Anna, även om flickan kunde ha behövts hemma också.

Kaarina flyttade till Kivivuori och kom hem bara på dagarna för att hjälpa Elina. Efter mycket bönande och bedjande hade hon fått skidkängor och -byxor, som var i färd med att bli modeplagg. Men hon borde inte ha tagit dem på sig, för mormor blev mäkta arg när hon fick se långbyxor på en flicka. Men Kaarina försvarade sig:

— Di ä ju så praktisk. Alla har ju skidböxona nuför tiden.

— Gu bivare mej väl. Ha förstånde ditt blivi så förmörka. Du sku si ändon din. Hon syns ju helt å hålle. Ojojoj. Alla har ju. Alla har ju. Jaja. Man måst krig å då all ander krigar ... Ha int mor din lärt dej nåenting alls ... Bara förvildning, he ä då riktit sista slute. Allihopa ha blivi gälin sedan far dog.

— Herrgårdsfruan å fröknan har stövelböxona å allt.

— Va bryr jag mej i döm, tåkodä ogudaktit folk. När man ränner bakett världens bländverk så håller man hin onde i svansen.

För husfridens skull måste Kaarina avstå från byxorna. Hon drog dem på sig i smyg i farstukammarn när hon skulle gå hem till Koskela och drog dem av sig igen när hon kom tillbaka. Men inte ens det förslog för att bevara sämjan med mormor någon längre tid. Gumman var irriterad och vresig på grund av sin sjukdom, men dessutom ondgjorde hon sig undermedvetet över dotterdotterns spirande livslust. Annas tankeförmåga var redan avtrubbad men hon anade instinktivt Kaarinas begynnande erotiska uppvaknande, och det var det som väckte hennes agg och förtrytelse. När Kaarina lyssnade på dansmusik i radion kommenderade mormor henne att stänga av apparaten:

— Jag gick int på nå danser men jag fick en kar ändå, å ein bra kar till på köpe, som alla va avundsjuk för.

Den godlynta Kaarina skötte och passade upp på mormodern och bjöd till att stå ut med hennes nycker. Gumman fattade nog hennes hygglighet ibland i ljusare ögonblick. En gång när hon haft ett anfall av illamående och Kaarina ledde henne från bänken till sängen klappade hon flickan på handen och mumlade:

410

— Gud ... gud ... må bilön dej ...

En kväll berättades det i nyheterna att ryssarna hade snappat bort en finländsk gränsjägare på Fiskarhalvön. Anna fattade inte riktigt vad det rörde sig om men var uppbragt över att man kunde föra bort folk så utan vidare:

— Va sa di om mösson hanses å? Att mösson hadd blivi kvar på finska sidon.

— Om han hadd gjort motstånd så mösson ramla.

— Nå, di kund väl ha satt mösson tibakas på huvu hanses.

När de hade gått och lagt sig låg de länge vakna i var sin säng i den mörka stugan. Samtalet nyss hade fört Kaarinas tankar till bröderna »där någonstans», ett uttryck som hon tyckte om att begagna. Hon kände en dunkel bävan och ängslan för deras skull, men den var uppblandad med barnslig stolthet och fosterländska stämningar som folkskolan avsatt. Mormor sa där hon låg:

— Int lämna du väl mjölken härin?

— Nää.

— Du ska skum gräddan åv on genast på morron.

Kaarina svarade inte. Mormodern hade tydligen somnat, för det hördes ingenting mera från hennes säng. Flickan sjönk in i ungdomens djupa sömn.

Det var lite kyligt ute med rimfrost på marken och några snöflingor singlande genom luften.

På morgonen vaknade Kaarina senare än vanligt. Hon tände lampan och såg att mormor sov alltjämt. Men när hon gjorde upp eld började hon tycka att det var lite konstigt med det långvariga sovandet, för gumman brukade alltid vakna tidigare än hon själv. Hon gick bort till sängen och såg på mormodern, gav till ett rop och drog sig förfärad bakåt.

Hennes första impuls var att fly hals över huvud, men så samlade hon allt sitt mod och gick fram till sängen på nytt. Hon såg på mormoderns livlösa ansikte, rörde vid hennes hand och fann att den var kall. Uppskrämd och snyftande stötte hon fram ett ord:

— Mommo.

Oljelampan kastade bara ett svagt sken över rummet. Det var skumt i knutarna, och en skugga föll över mormors ansikte och

411

gav de stela dragen ett spöklikt utseende. Med gråten i halsen rusade Kaarina in i kammaren där hon förvarade sina skidbyxor. Hastigt drog hon dem på sig ovanpå nattlinnet. Den ena skidkängan förblev osnörd, och det var bara med uppbjudande av allt sitt kurage hon vågade hämta kappan som hängde i stugan. Lampan brann och dörrarna blev olåsta när hon satte av hemåt längs genvägen med gråten i halsen.

Då mormor inte rört sig uppe hade Kaarina sovit så länge att morgonen redan var ganska framskriden. Ju närmare hon kom hemmet, desto mera lättad kände hon sig. Hon sprang uppför trappan, och när hon kom in i stugan skulle hon genast till att säga sitt ärende. Men i stället blev hon stående vid dörren med munnen på vid gavel. Mor satt på bänken och grät, och far satt bredvid henne och såg dyster ut. Far lyfte blicken från golvet och frågade:

— Va är e nu?

— Mommo ... mommo ä dö.

Kaarina berättade vad som hade hänt men var samtidigt förvånad över moderns gråt. Hon satte den i samband med mormoderns död utan att tänka på att modern ju inte kunde ha vetat om den. Elinas tårar gjorde att hon inte ville fråga direkt, utan i stället viskade hon till Juhani:

— Va är e här?

Pojkens min var ovanligt allvarsam, och han tittade bekymrat på modern:

— Hörd int du på nyheitren?

— Nä.

— Di ha kommi över gränsen i morse ... ve sextiden ...

Elina såg ut att lugna sig. Hon snöt sig och torkade sig i ögonen, och först nu frågade hon:

— Var e i sömnen?

— Jag tror he ... Jag sku nog ha vakna om hon hadd vari vaken.

— Gud ... Gud förbarma sej säkert över on ... Tog bort gamla mänskon härifrån ... ur denhä världen ...

Kaarina frågade Juhani efter detaljer ur nyheterna, men han kom inte så noga ihåg:

412

— Di sa bara att di ha kommi över å att di våra gör motstånd
... Nå slags förbindelser ha blivi avbruti, å så tala di om nåen
Yrjö-Koskinen, som di hadd sagt åt att ...

De började bryta upp för att gå över till Kivivuori, och Elina
slutade gråta. Juhani gick med bud åt Alma, som kom till gamla
sidan. Hon frågade ut Kaarina utan att fästa sig mycket vid kriget,
som också hon nu fick vetskap om:

— Jasså ... Jasså ...

Alma och Juhani stannade hemma. Elina och Kaarina tog gen-
vägen till Kivivuori. Akseli åkte med hästen via prästgården och
förde mjölken samtidigt. Prosten promenerade fram ur prästgår-
dens björkallé medan Akseli var i färd med att lyfta över stån-
korna på bryggan:

— God morgon. Hörde ni på nyheterna?

— Joo, he gjord vi nog ... Men he ä anat å. Mommo våran
dog i natt.

— Jasså på det viset ... Ja, jag beklagar sorgen ... Nog
är det ... nog är det ... Man undrar hur det ska gå med allt-
ihop ...

— Jaa. Int veit man.

Prosten verkade orolig och bekymrad. Han frågade mer om
Annas död, men det syntes tydligt att den inte förmådde intres-
sera honom nämnvärt vid sidan av krigsutbrottet. När Akseli
skulle till att åka vidare sa prosten:

— Kanske att Gud på något sätt ... att Gud på något sätt ...

Elina och Kaarina hade redan hunnit fram till Kivivuori när
Akseli kom. Elina hade försökt räta ut den stelnade kroppen och
bundit upp den halvöppna munnen med en duk. Hon var lugn
och behärskad nu. De talade om begravningen och andra praktiska
angelägenheter. Det blev tyst en lång stund. Sedan såg sig Elina
omkring och sa:

— Jaa. Så försvinner barndomshemme mitt då ... Men he
tycks far mytji anat å.

Man beslöt flytta över de bättre möblerna, mattorna och värde-
sakerna till Koskela och lämna Kivivuori obebott så länge. Den
tanken kom Akselis vrede att stiga därför att den påminde honom
om allt det som nu med ens hade brutit samman:

413

— Då int man veit när pojkan ... å hurleiss e går ...

Kinderna stramade. Än en gång uppfylldes han av ett hel-gjutet och hejdlöst hat som nån gång i ungdomens dar:

— Nog ... nog är e ... Tyskrädslan ... Sjölv skaffa han tyskan ti Polen, å närmare har an döm där än här ... Om man ein gång sku få sådan kraft så ... Heila mitt liv ha jag stått i ... å för-söka ... å nu ska e ...

Hade någon erbjudit honom en ränsel och ett gevär i den stunden skulle han ha befallt kvinnorna att ta hand om hästen och gett sig av raka vägen.

Elina och Kaarina stannade kvar på Kivivuori en stund till, men Akseli åkte till handelsboden för att ringa upp Sanni och be henne låta budet gå vidare till Janne. Ett stycke ifrån butiken mötte han Siukola som hoppade av cykeln när han fick syn på honom:

— Hörd du nyheitren redan?

— Ja.

— Tycker int du å att he ä tokit ti böri slåss för ein tåkodä sak?

— Jo. Å så satans tokit till på köpe.

— Jaa, jag säger he ... Va ska man gör me didä öan å me hedä Näse? Tycker int du he å?

— Jå, jo, he tycker jag visst. Vem är e som bihöver döm å vem är e som ha börja krig för deiras skull. Jaa. Nog är e galen-skap allti. He ä just va jag tycker.

Hans stämma darrade av återhållen vrede. Siukola gav ofrivil-ligt till ett tunt och utdraget:

— Jaaa ... aa .. haaa ...

Där fanns lite förvåning och undran, men också en gnutta vak-nande sarkasm. Akseli klatschade till hästen, fortsatte sin färd och slängde efter sig från kärran:

— Ja, he ä just va jag tycker ... Å fan anamma ... fast ti sista gniston ... satan ... Va i helvite är e du å nafsar efter där ... mat ha du fått ... Ingenting förslår ...

Han ringde från butiken, och Sanni lovade vidarebefordra med-delandet om hon bara kunde få tag i Janne per telefon. Det kanske inte var så lätt nu. Hon lovade också skaffa kista och skicka

414

den med blandtåget, så slapp Akseli åka efter den. Till avslutning sa hon:

— Kanske det var bättre för farmor ... Men ett svårt slag blir det för Janne, som var så väldigt fäst vid mor sin ... Och nu mitt i allt dethär andra dessutom. Med hela det stora ansvaret på nacken.

Sanni var så högtidligt stämd att Annas död passerade som en mindre ödestragedi i skuggan av den stora. Hon föreställde sig att Janne stod i händelsernas brännpunkt där borta i Helsingfors, där han rådslog med ministrar och president och fällde ett avgörande ord.

Akseli skyndade hem, dit Elina och Kaarina hade hunnit före honom. Hans vrede hade redan lagt sig en smula, men under nyhetsutsändningen stod han vid radion med läpparna stramt sammanpressade, och när uppläsaren meddelade att »våra trupper gör segt motstånd på alla frontavsnitt, och fienden har vållats stora förluster redan under morgontimmarna», stötte han fram:

— Bra ... Brassin på bara pojkar, satan anamma ...

Elina såg lättad ut på något sätt men sa tillrättavisande:

— Du ska int svär så hemst.

— ... veit jag ... här ... Men int hjälper en bönren nå mytji me tåkodä.

Janne kunde inte komma till Annas begravning, för riksdagen flyttade till Österbotten och han fick inte permission. Hon begrovs sent en kväll, i skydd av mörkret för luftfarans skull. Begravningsföljet bestod bara av de närmaste anhöriga samt Kivioja-Vicke, och så Preeti Leppänen som hade kvistat över från kommunalhemmet.

III

De marscherade i dubbelkolonner på ömse sidor om vägen. Mellan marschformationerna körde lastbilar framåt mot linjen och bakåt mot etappområdet. På flaket till en mötande bil låg en hög förfrusna lik i förvridna ställningar. Det hade varit unga karlar allesammans. På vapenrockarnas kragspeglar och på axelklaf-

415

farna hade de värnpliktiga truppenheters färger och special-märken.

Förvinterdagen skymde redan mot kväll. Det tunna snötäcket lyste svagt vitt vid vägkanterna. Framför dem var horisonten röd-flammig och det hördes ett oavbrutet dovt artillerimuller. I tre dagar hade horisonten varit röd och kanonerna mullrat. Så snart ett av skenen försvagades flammade det upp ett nytt, och för varje gång kom de närmare.

Eero marscherade i hälarna på sg-skytten Ylöstalo. Bakom sig hade han Valtu Leppänen. I spetsen för plutonen gick Rautajärvi. I tre dygn hade de på sitt inkvarteringsställe beskådat brand-röken på dagarna och eldskenet efter mörkrets inbrott. En ovan-ligt allvarsam sinnesstämning spred sig bland dem och gjorde dem fåmälda. Ibland talade de nästan viskande. Det hade gått alla möjliga rykten. Fienden hade stupat i stora hopar. En ader-tonårig pojke hade gjort slut på tre pansarvagnar med en kanon utan siktanordning; han hade siktat genom eldröret. Någon hade sprängt en stridsvagn med en buntladdning.

Marschen fortsatte under samma karga och tysta stämning. Granatkrevaderna kom allt närmare och Eero kände en liten oro för brodern. Vilho marscherade ett stycke längre bakom med ma-skingevärsplutonen. Det hade varit bättre om de inte hamnat på samma ställe.

En granat slog ner några hundra meter framför och det upp-stod en lätt oro i kolonnen. Någon ställde en nervös fråga och karlarna sneglade i smyg på varandra. När det kom nya granat-nedslag hov Rautajärvi upp sin röst:

— Pojkar. Mössan av, och så O dyra fosterland ...

Rautajärvi stämde upp, och karlarnas spänning utlöstes i sången. Huvudena blottades och hållningen fick instinktivt bättre spänst:

O dyra fosterland, ditt starka älvabrus, ditt furusus
i dina moars sand
vill jag höra till dess en gång min avskedsstund slår ...

Plutonerna framför och bakom dem föll in i sången, som nästan överröstade kanondånet, ända tills de sjungande karlarna hörde ett vinande ljud:

— . . . uiiii . . .iiiii . . .

Det brakade till i skogen snett framme till höger och dunklet genomskars av en eldflamma. Sången började stanna av, och när ett nytt vinande kom hördes det rop:

— Avstånden . . . förläng avstånden . . . maahan . . . sök skydd . . . Explosionerna och flammorna i skogen följde tätt på varandra. Många kastade sig ner, andra skyndade på stegen, men de flesta fortsatte sången lamt och rådvillt med mössorna i handen.

— Maahan, ner! — . . . hos dig din son skall vila . . . Tyst där satan! — . . . som smekt av ömsint hand . . . — Nu komber e igen . . . Ner, hör ni inte . . . avstånden . . . — då sitt liv han dig givit och . . . och hans möda är slut . . .

Nästa salva slog ner så nära att det singlade surrande skärvor ända ut på vägen. Detta fick också de sista sångarna att tystna, och Rautajärvi ropade:

— Mössorna på . . . spetsen ökar takten, avstånden tio meter . . .

Eero sprang nerhukad längs vägkanten. Emellanåt tittade han sig om för att försöka räkna ut var Vilho fanns. Bakom sig såg han Valtus bleka ansikte och hörde hur han ropade:

— Satans pisshuvun . . . skrik å böl på ett sånthä ställ . . .

När de kommit förbi det farliga stället började spänningen lägga sig och det hördes ett och annat lågmält yttrande:

— Månne nåen blev träffa . . .

— Int träffa di vägen . . . Om int e sku ha vari på döm som kom efteråt då . . .

Det var nästan mörkt när de vek av in i skogen. Kompaniet ställde upp i kö och marscherade vidare längs en smal stig tills kön började stocka sig för att slutligen stanna helt och hållet. Efter en lång väntan återvände Rautajärvi någonstans ifrån och kommenderade sina karlar framåt. De marscherade omkring en halv kilometer och så var de vid främsta linjen. Inne i ett gransnår stod ett par tält som man inte såg någonting annat av än gnistorna som då och då slungades ur deras rökfång. Det var karlar i rörelse runt tälten.

Eero fick det första vaktpasset. Han slängde in sin packning i

417

tältet och gick sedan tillsammans med gruppchefen ut till ställningen där Rautajärvi redan klev omkring med en främmande officer. Ställningarna var nyligen grävda. Den låga skyttegraven saknade förstärkningar och föreföll också i övrigt brådstörtat och primitivt gjord. Gruppchefen, undersergeant Ilola från Salmenkylä by, visade Eero var sg-nästet fanns. Där stod den tidigare vaktkarlen, en värnpliktig yngling, som pekade ut riktpunkterna i terrängen för honom. Rakt framför ställningen låg en sank ängsplätt som avtecknade sig i den svaga belysningen från snön. Det var så mörkt att Eero inte kunde urskilja pojkens ansiktsdrag, men hans lugna saklighet gjorde ett överraskande intryck:

— Jag har en brölåda av papp där. Den lämnar jag kvar så kan du luta dej mot den å ha det lite bekvämt.

— Ä ryssan nära?

— Di ligger nog där på andra sidan kärret. Ända sedan mitt på dan har det hörts röster å ljud därifrån. Di ä nog å hittar på nå sattyg där.

Så kom en främmande gruppchef till ställningen.

— Kom den nya karn redan?

— Jaa.

— Nå, gå till tältet du då.

Pojken gick, och den främmande undersergeanten förklarade terrängen och ställningen för Eero mera i detalj. Också han talade i lugn och saklig ton. Inte ett ord om kriget och det allmänna läget. Bara om stödjepunkter, mineringar och taggtråd.

Undersergeanten gick och Eero var ensam. Spänd spanade han ut över förterrängen och försökte skärpa hörseln för att uppfånga eventuella ljud. Men ingenting annat hördes än prasslet från den närmaste grannposten samt viskningar och försiktiga steg längre borta i stridsgraven.

Plötsligt hörde han steg som närmade sig. Det var Valtu, som hade vaktstället närmast intill.

— Morjens. Kan du släng en tobak på mej? Mina ä slut.

Eero gav honom en cigarrett, och han stannade kvar och började prata. Han sade sig ha hört att Vilho var i grannstödjepunkten med sitt maskingevär. Också Aarne Siukola och smedens pojkar var där.

Valtu hade fått en uniform eftersom han själv hade haft bara en tunn kostym och lågskor. Sitt dagtraktamente spelade han bort så fort han fick det och lånade därför ideligen cigarretter och småslantar av sina bekanta. I synnerhet de godlynta bröderna Koskela, som hade svårt att säga nej, fick punga ut allt som oftast.

Det hördes steg i stridsgraven igen och Rautajärvis gestalt dök fram ur mörkret.

— Vad ska dethär föreställa? Varför är inte Leppänen på sin post?

— Jag kom för ti lån ein tobak.

— Tillbaka ögonblickligen.

Lärarn hade en sträng klang i rösten. Valtu tog sitt gevär och släntrade makligt tillbaka till sin plats. Han sa ingenting, men hans rörelser uttryckte en hånfull likgiltighet. Lärarn frågade Eero om han kände ställningen och terrängen, och Eero jakade.

Rautajärvi gick vidare längs stridsgraven med spänstiga, ivriga steg. Vinterkvällens dunkel skapade en egendomligt overklig stämning, som kom alltsammans att göra ett romantiskt intryck på lärarn. Här var man en Västerns utpost och beskyddare, tänkte han dunkelt.

Han stannade vid varje vaktkarl, och när han talade med dem använde han ofta ordet »pojkar».

När den tidigare besättningen hade gett sig av blev tälten lediga för nykomlingarna. De öste snö i sina fältbackar och kokade kaffe på kaminen. Dessförinnan hade de valt ut var sin skärvgrop, som företrädarna hade grävt. Kom det en artillerikoncentration skulle var och en söka skydd i sin grop. De samtalade viskande i tälten och lyssnade emellanåt till skottlossningen och artilleriåskan som kom någonstans längre ifrån. Någon visste berätta att det fanns betongkasematter till höger och att det var därifrån skjutandet hördes. En annan beskrev hur storartade kasematterna var och hur tjocka väggar de hade.

— Om man sku ha fått kom i en sådan pojkar, så hadd man vari trygg.

— Tro int he. Bätter är e ju här där he ä tyst. Där går han naturlitvis åpå värre sedan å.

419

De drack som bäst kaffet när det började dåna och mullra från ryska sidan. Backarna välte omkull, och karlarna rusade ut i en knuffande och sprattlande härva. I samma ögonblick kreverade de första granaterna i skogen alldeles intill. Eero, som redan hade fått avlösning, kastade sig ner i sin grop. Trots sin egen skräck och spänning hann han uppfatta att salvan slog ner just åt det hållet där det sades att maskingevärsmännen fanns. En ilning av oro för brodern drog genom hans uppskärrade medvetande. Han hade knappt hunnit trycka sig till grophottnen innan det kom krevader omkring honom och han fick ett regn av jordkokor i nacken. Strax därpå tyckte han sig höra ett skrik alldeles intill, men det dränktes av nya krevader.

När koncentrationen var över kravlade de sig försiktigt upp ur groparna. Lärarn kom först på benen och ropade med darr på rösten:

— Är någon träffad? Blev någon sårad?

Sårade fanns där inte, men några meter från tältet låg Valtu Leppänen raklång på mage. Rautajärvi vände honom på rygg:

— Leppänen ... Leppänen ... Är ni sårad? Märkte någon var han blev träffad?

Lärarn drog fram sin ficklampa, skärmade av ljuset med kappan och tittade efter. En skärva hade träffat Valtu mitt i ansiktet, som var en enda blodig massa. Ficklampsljuset började flacka. Det var Rautajärvis händer som darrade.

— Var finns sanitärerna? Gå efter dem ... I ansiktet ...

Lärarn reste sig och släckte lampan. Någon gick till kommandotältet för att alarmera sanitärerna och de övriga samlades runt liket. Rautajärvi förbjöd dem att stå så tätt ihop, men bara ett par tre stycken lydde och drog sig lite åt sidan. Ryktet spred sig, och det kom karlar också från andra tält i närheten. Vilho kom just som Eero skulle ge sig av för att söka honom.

— Ä du hel?

Vilhos röst var underligt karg, nästan ansträngt butter, som om han gjort allt för att dölja sin glädje och lättnad över att finna brodern oskadd.

— Joå. Men Valtu strök me.

— Var tog e?

— Mitt i ansikte. Jag hörd nå rop men uppfatta int varifrån e kom.

Sanitärerna kom med en bår. De lyfte upp Valtu på den och försvann i mörkret. Alla stod tysta och lyssnade till ljudet av deras steg och deras lågmälda röster när de gav varandra anvisningar om stigen. Först när ingenting längre hördes kröp man in i tälten igen. Vilho gick tillsammans med de övriga maskingevärskarlarna och sa till Eero innan de skildes:

— Sköit om dej.

— Vi ska försök.

Tigande letade karlarna rätt på sina omkullvälta backar. Ett par av dem stod upprätt i alla fall, och de delade kaffet i dem mellan sig. Lärarn öppnade Valtus ryggsäck. Där fanns just ingenting annat än lite bröd och en bit frusen korv. Dessutom fiskade han fram en schabbig och smutsig pappask. Den innehöll en kortpacke och ett par fotografier. Det ena fotot föreställde Valtu tillsammans med en annan man. Båda stod och bröstade sig med kavajskörten skjutna bakåt och händerna i byxfickorna. Bilden var tydligen tagen av en kanonfotograf i någon stad. Det andra kortet var tummat och suddigt och uppdelat i en rad mindre rutor. Det framställde, enligt vad som stod skrivet i kanten med Valtus egen handstil, »sex bra ställningar». Mannen hade stora mustascher och kvinnan långa spetsbroderade byxor som hon var i färd med att dra av sig på den första bilden.

Lärarn tittade inte närmare på fotot innan han lade det ifrån sig på ryggsäckskanten, och någon av karlarna tog det. Det vandrade ur hand i hand, och de skärskådade det underligt allvarsamma. Inte ett enda ansikte antog den min bilderna förutsatte. När lärarn fick fotot i sin hand på nytt kastade han en blick på det och stack det sedan hastigt i kaminen utan att säga något.

Länge och väl var de fåmälda. När det åter började mullra på fiendens sida satte sig karlarna upp och någon rusade ut, men då det inte hördes någon vissling och granaterna kreverade långt till höger lade sig alla ner på nytt. Rautajärvi gav order om att ett par man skulle ge sig av efter redskap genast på morgonen så att de fick tälten nergrävda. De hundrafem ärorika dygnens tunga och bittra vardag hade börjat. Först småningom kom ett lågt och

421

halvviskande prat i gång i tältet. Om Valtu och hans öde sa ingen ett ord. Tvärtom undvek alla noga att komma in på den saken. Det pratades bara om vedanskaffningen till kaminen, om eldvakten och vaktturerna.

IV

Prosten var på väg till Leppänens. Han hade i uppdrag att underrätta de stupades anhöriga. Medan han gick grunnade han på det underliga i att de första råkade vara hans grannar, och till på köpet just Leppänens. Det var redan kväll. Han gjorde besöket så sent för att vara säker på att Aune hade hunnit hem från arbetet.

Aune satt som bäst till bords och åt. Nu när hon var ensam var hennes hushåll primitivare än någonsin. På bordet låg ett öppnat smörpaket. När hon fick syn på prosten lade hon smörgåsen ifrån sig och reste sig:

— God afton.

— Goafton. Prosten ä så gimen å slår sej ner.

Aune ställde fram en stol och rättade samtidigt till kjolen av gammal vana. Besöket gjorde henne en smula generad.

— Jag kom för att ... Jag har den tunga plikten att ...

Han hade i förväg tänkt ut vad han skulle säga, men nu kom han inte ihåg ett ord av alltsammans utan stammade förvirrat:

— Jag fick meddelande ... Det är så sorgligt att ...

Aune, som prostens ankomst hade gjort en smula viktig till sinnes, tittade förskrämt på honom. Men hon förstod inte vad saken gällde innan han sa:

— Det krävs tunga offer av oss nu ... Jag har ett sorgens budskap åt er. Det har kommit meddelande om er son ...

Längre hann han inte, innan Aune bröt ut i ett hjärtskärande yl och sjönk ner på bänken. Hon kröp ihop med händerna för ögonen. Det var inte gråt hon gav ifrån sig, utan ett slags primitivt skri. Hon pressade sluddrigt fram:

— Valtu ... aaa ... aa ... Valtu ... pojkin min ... aaaaa ...

Prosten gick bort till henne och lade handen på hennes axel.

422

Situationen till trots kände han en ilning av undermedveten motvilja när han rörde vid henne. Men så uppfylldes han av ett starkt medlidande, trots att han inte längre hade så lätt att ryckas med av sina känslor, över sjuttio år gammal som han var. Han hade en varm klang i rösten när han sa stillsamt:

— Så genomborras våra hjärtan nu av svärdet. Men vi har en tröst som övergår allt. I sådanahär stunder borde vi minnas uppståndelsen ... Ty livets herre har övervunnit döden ... och genom honom äger också vi evigt liv ... Jag förstår nog så väl ... men vi ska inte låta förtvivlan ta överhanden ...

Prosten avbröt sig, för han märkte att Aune inte hörde vad han sa. Han väntade tills ylandet hade övergått i snyftningar innan han fortsatte:

— Vi ska minnas att vår herre Jesus alltid vandrar där gråt och lidande råder ...

— Aaa ... aaa ... Ett kort skicka han å ... han hadd skrivi ... kära mor ... aa ...

Prosten satte sig bredvid Aune. Hans känsla av aversion mot den feta och plussiga kvinnan hade försvunnit.

— Nu ska ni lugna er ... Försök stå ut, det blir lättare sedan. Folkets offer, det är alltid först och främst mödrarnas offer. Mödrarna ... det är de som betalar allt dethär ... Men vi ska minnas den största av mödrar vid korsets fot ...

— Han hadd skrivi ... kära mor ... Vaför ... Vaför ska jag ...

— Den frågan kan vi inte svara på ... Vi måste bara tro, att vår herre vet det ...

Aune hade lugnat sig en aning och prosten drog sig ett stycke ifrån henne. Hon slet av sig huvudduken och började torka sig i ögonen med den. Efter att ha snyftat en stund till frågade hon med överraskande förändrad röst i helt trivial ton:

— Huru dödd an?

— Jag vet inga detaljer. Det kom bara ett meddelande att han har stupat.

Aunes behärskning var kortvarig. Hon började gråta igen, men denhär gången var det en lugnare och liksom mera mänsklig gråt. Prosten tyckte det var bäst att hon fick gråta ut. Först när hon slutat började han tala igen, och nu föreföll hans tröstande ordalag att ha verkan. De satt där i den skumma stugan, vars smuts och oreda var så ingrodda att de nästan verkade naturliga. Lampglaset var sotigt och klockan gick tjugo minuter efter; det hade den gjort så länge Leppänens hade haft en klocka. Det var ett ålderstiget väckarur. Fickuret som Valentin en gång i tiden hade haft med sig åt Preeti från Amerika hade Valtu farit iväg med och spelat bort. Väckarklockans missvisning var redan så inrotad i Aunes medvetande att den inte vållade någon olägenhet. När Aune hade lugnat sig samtalade de om det skedda. Prosten förklarade den riksviktiga betydelsen av Valtus öde, och Aune sa stolt:

— Han va så modi ... He bihövdest tri poliser å för ti få in an i polisbilen.

Hon berättade för prosten hur bra sonen hade förtjänat ute i världen och vilken förstklassig yrkesman han hade varit. Lögnerna kom hennes humör att stiga. Prostens närvaro och trösterika ord verkade också i samma riktning. För sådana människor som Aune stod han alltjämt mycket högt uppe på den sociala rangskalan.

När prosten hade gått efter att ha tryckt Aunes hand och önskat henne Guds välsignelse började hon rent av städa, låt vara att det aldrig kom längre än till de första ansatserna. Hon gick till skåpet, plockade ner Valtus kort som hon lagt ovanpå det och läste texten. Handstilen var otymplig och vittnade om att Valtu inte heller senare med någon större energi hade fortsatt sina studier sedan de avbröts på småskolestadiet:

Kära mor.

Jag skrivar ett kort som tidsfördriv. Jag fick årdna åt mig bra persedlar här, så det är ingen nöd med den saken. Men om du råkar ock ha så kast åt mig en par tior så att jag får till papperosser.

Valtu

Den högtidliga stämningen var sin kos. Kvar fanns bara den rykande oljelampan, de svartnade väggarna tapetserade med re-

424

pigt omslagspapper, den sotiga grytan på spisen och så kortet.
Aune sjönk framstupa över bordet med kortet hopkramat i
handen:

— ... aaa ... aa ... kära mor ... di dräpt ... pojkin min ...
di dräpt ...

Dagen därpå fick Aune syn på herrgårdsherrskapet som vek av
från landsvägen och kom promenerande över gårdsplan. Hastigt
och fjäskigt försökte hon städa undan det värsta. När herrskapet
kom in stugan stod hon mitt på golvet färdig att niga. Herrn
var iklädd skyddskårsofficersuniform och hade nyss blivit beford-
rad till reservlöjtnant. Frun drog av sig handsken och räckte han-
den åt Aune. Hon verkade generad och tittade emellanåt på sin
man liksom för att i hans ansikte försöka utläsa direktiv om hur
hon skulle bete sig. Aune torkade av handen på kjolen innan
hon räckte den åt frun. Sedan hon hälsat på herrn också bad
hon besökarna sitta ner, men de efterkom inte uppmaningen, för
det gick ju inte an att sitta och kondolera. Herrns underläpp
tuggade tomgång ett slag innan han kom igång:

— Vi, jag och min fru, har fått höra att er son har stupat.
Vi ville framföra vårt djupa beklagande i er tunga sorg.

Aune lade huvudet fromt på sned och hennes blickar flackade
hit och dit medan herrn talade. När gästerna satte sig blev hon
stående. Det var första gången frun satt i någon underhavandes
stuga, och hon verkade besvärad och orolig. Hon visste inte vad
hon skulle tala med dehär människorna om, och lite stelt och
abrupt började hon fråga:

— Hur gammal var er son?

— Han sku ha fyllt tjugofyra i maj.

— Han var inte gift?

— Nä. Han hadd nog en fästmö, fast di va int ringförlova riktit.
Hon va maskinskriversko.

Chocken hade gjort Aune känsligare och rörligare till sinnes
än vanligt, och därför rann också lögnerna ur henne ledigt och
utan betänkande. Hon berättade även för herrskapet hur fint
sonen hade förtjänat och vilken förstklassig yrkesman han hade
varit. Herrskapet var inte så i detalj förtrogna med familjen

425

Leppänens liv och angelägenheter att de skulle ha funnit anledning till tvivelsmål. Herrn visste i alla fall ett och annat, och när frun började fråga om Valtus far försökte han med sitt minspel ge tecken att det samtalsämnet borde undvikas, men hon märkte det inte. Hon hade levat i den föreställningen att Aune var rödgardistänka.

— Far hanses dödd i broderkrige. Vi hadd int hunni bli vigd då ännu.

Aune använde termen broderkriget, för också bättre folk hade börjat begagna den nu i stället för frihetskriget. När herrn frågade om det var brodern till riksdagsman Kivivuori som hade varit Valtus far jakade Aune och passade i förbifarten på att skälla ut Janne, för hon tänkte sig att det föll herrn på läppen om man häcklade en socialist:

— Joo, he va nog han. Men han hadd en helt annorlunda natur. Han va int sådä högmodi å hård åv sej som denhä brodern ... Han likar jag int nå alls.

Efter en stund tog herrskapet farväl. Innan de gick upprepade de än en gång att de beklagade sorgen och herrn stack till Aune ett kuvert med en tusenmarkssedel i. Aune följde dem ända ut under ivriga nigningar och bugningar. Ännu när de redan gick borta på stigen stod hon kvar på trappan och nickade.

Meddelandet att Valtu hade stupat kom som en chock för hela byn. Hos Koskelas ökade det den tysta ångesten för de egna sönerna. Det började strömma paket till Aune. Byns lottor med Töyrymoran och fru Rautajärvi i spetsen kom på besök och hade med sig både matvaror och pengar. Hon fick en blombukett också, och Töyrymoran höll ett litet anförande:

— Vi kvinnor är e som får bär di tyngsta offren som krävs på nationens å folkets altare ...

Allt detta bestyr drog Aune ur hennes sorg. Hon gick omkring i byn och berättade om allt vad hon fått och vad som hade sagts till henne. Herrgårdsherrns tusenmark till exempel fördubblades i hennes version.

Så anlände Valtus lik till stationen. Det hade redan hunnit komma bud om ett par stupade till i socknen, men då man ännu ingenting visste om deras kroppar beslöts det att Valtu skulle begravas ensam.

Begravningen var på kvällen för luftfarans skull. Herrgården ordnade med skjuts åt Aune: en ståtlig släde, kusk och bästa hästen. Kommunen bestod Preeti på nya kläder till jordfästningen. Det hade strömmat gåvor till honom också: kaffe, vetebröd och bakelser.

Vid denna första begravning kom hela den ödesstämning som behärskade allt och alla till uttryck. Socknens alla styresmän var med. Valtus kista hade burits fram till altaret, där den vilade insvept i riksflaggan. Kring den stod fyra skyddskårister hedersvakt. De främsta bänkarna blev fullsatta av pampar. Yllö-Uolevi ledsagade Aune och Preeti längs kyrkgången fram till hedersplatserna, och bakom dem gick Päkki bärande på en krans som kommunen hade köpt för deras räkning. Aune såg allvarsam och högtidlig ut och Preeti stultade i hälarna på henne, bestyrsam och ivrig för de nya klädernas skull. De satte sig på hedersplatserna och pamparna satte sig bredvid dem. Det var mycket folk i kyrkan. Det hördes hostningar och viskningar. Lågorna på ljusen som brann framme vid altaret fladdrade ideligen till när kyrkdörrarna öppnades och slöts.

Prosten kom ut ur sakristian. Han hade skyddskårsuniform med militärpastors gradbeteckning på kragen. När man fick syn på honom tystnade sorlet och harklingarna.

Man sjöng en psalm innan prosten steg fram till kistan och började sitt griftetal:

— Kära vänner. Betungade Israel. Flammorna från brinnande hem och ångesten ur tusentals människobröst höjer sig mot vår vintriga himmel. Änkors och faderlösas snyftningar drunknar i kanondånet. Den nyfallna snön vid våra gränser färgas röd av blod.

Med beklämning i hjärtat vandrar församlingstjänarna i detta land på snöiga vägar och stigar med sorgens budskap till många hem. Och med beklämning i sinnet återvänder de, medvetna om att deras fattiga ord inte haft förmåga att trösta och lindra ångesten hos de drabbade. Allt detta kan kanske göra också det

427

starkaste hjärta upproriskt. Kanske gör sej i något själens skrymsle en knotande stämma hörd: O Gud, varför allt detta? Är det för våra synders skull? Men segervisst viskar dock vårt samvete till oss: Uppres dig icke. Knota inte, utan härda ut. Ty outrannsakliga äro herrans vägar, och outrannsakliga ändamålen med de prövningar han sänder oss. Kunde vi inte fråga oss själva: Var det detta vi behövde, innan vi lärde känna varandra såsom brödrar och systrar? Behövde vi detta brinnande land och denna himmel dånande av dödens åska, innan vi insåg att vi är varandras nästa? Är priset alltför dyrbart? Kanske känns det så enligt våra mått. Men kanske måste vi i nattens tysta timmar erkänna för oss själva: det är blott måttet på vår hårdhjärtenhet och vår ofördragsamhet, ingenting mera än så. Det är precis så mycket vi behöver för att vakna ur vår villfarelse.

Under alla dessa dagar, så fylla av nöd och betryck, har man dock kunnat skönja någonting uppmuntrande. När man träffar medmänniskor och samtalar med dem, fylls ens sinne av en egendomlig känsla av befrielse. Allt trivialt och störande är borta. När man träffar en människa, som man tidigare aldrig lyckats få den minsta kontakt med, märker man plötsligt att man nu har blivit nära bekant med den människan. Vad är denna nya känsla? Det är känslan av broderskap och ödesgemenskap. Borta är vardagens skrankor. Det finns inte rika och fattiga, inga partier och grupper. Det enda som finns är ett enat och enhälligt folk som kämpar för sitt liv. Just detta är kanske våra prövningars vackraste vinning.

På denna gemensamma grund ville jag i kväll vända mej till er, ni som först av alla har framburit ert offer på fosterlandets altare. Du, hans mor, och du, hans morfar, ni vars framtidshopp vilar i denna kista, med detta som utgångspunkt ville jag tala till er.

Vid prostens ord »du, hans mor», torkade sig Aune i ögonen men vände sig samtidigt om för att konstatera om alla hade hört det. Preeti satt med slokande huvud och vände och vred på sin nya mössa och röck sig då och då i skörten till sin nya överrock. Prosten fäste nu sin blick på dem båda och fick en ännu varmare och hjärtligare klang i rösten:

— Här i denna kista vilar nu många vackra förhoppningar. En ung man har ryckts bort i blomman av sin ålder: Vi förstår att ni känner det som om hela framtiden hade ryckts ifrån er. Men ur den synvinkel jag nyss nämnde förhåller det sej inte så. Ty det som har enskilt förlorats, det har vi nu alla gemensamt fått. Den framtid, som nu kan tyckas förlorad, har flyttats över på hela folkets framtid. Denne döde är inte bara er. Han är allas vår gemensamma, och låt oss med ödmjukhet mottaga detta heliga offer. Du, hans mor, och du, hans morfar, ni är inte ensamma i er sorg, vi är alla med er.

Och du, Valdemar Leppänen, du som har kommit hem först av alla dem som redan har givit och som kommer att ge sitt allt. Dej, som levde ditt liv under anspråkslösa omständigheter, dej välsignar vi nu till gravens ro där du ligger insvept i den blåvita korsflaggan, beredd att sänkas i den fosterjord, för vars frihet du föll.

När prosten strödde sand på kistan och uttalade jordfästningsritualens ord bröts den andlösa tystnaden i kyrkan av en förtvivlad snyftning från Aune. Preeti grät ljudlöst. Tårarna rann ner på hans skrynkliga kinder som var fulla av små sår efter hans darrhänta rakning. Han torkade inte bort dem, utan de glänste där alltjämt när Yllö-Uolevi försiktigt röck Aune och Preeti i ärmen till tecken på att det var tid för kransnedläggningen och de gick fram till altaret. Gråten hade ytterligare fördunklat Preetis också annars dåliga syn så att han stötte mot en bänk och någon försökte hjälpa honom. Aune bjöd till att behärska sig när hon läste orden på kransbandet, och därför lät hennes röst underligt alldaglig:

— Käre Valtu, sov i ro, efter jordens sorg får du i himlen bo.

När hon fått fram versraden brast hon i gråt, och då hon kom tillbaka till sin plats kröp hon ihop på bänken och gav ifrån sig oartikulerade ljud:

— ... a ... ah ... aha ... hah ...

Därpå nedlades de officiella kransarna, först kommunens, som frambars av Uolevi och Sanni. Sanni tillhörde inte något kommunalt organ men hade valts att representera Janne, eftersom man ville att socialdemokraterna skulle vara företrädda och hon var maka till socknens socialistledare. Också annars hade hon på sistone blivit föremål för en sådan myckenhet lovprisning och popularitet att hon var nära att tappa koncepterna. Fruarna och mororna i kyrkbyn ville med allt våld ha henne med i alla möjliga kommitteer och insamlingsbestyrelser. I själva verket lämpade hon sig också utmärkt för sådana uppdrag, för det bodde seg energi och praktisk intelligens i denna lilla spända kvinna.

Uolevi höll ett kort tal:

— ... på hemkommunens vägnar nerlägger vi denna krans som en sista hälsning till socknens första fallna hjälte. Samtidit som vi sörjer vår första stupade känner vi ocksån gimensam stolthet över hans offer. I århundraden har Finlands män måstat kämpa mot hotet från öster. Nu är e vår generations tur, å må minnet åv det första offret leva länge i våra å våra efterkommandes hjärtan, så länge som Finland å finnarna finns.

Sedan läste Sanni upp texten på kransbandet:

— Hedrande minnet av reservsoldat Valdemar Leppänen. Hemkommunen.

Ej med klagan skall ditt minne firas,
ej likt dens som går och snart skall glömmas;
så skall fosterlandet dig begråta,
som en afton gråter dagg om sommarn,
full av glädje, ljus och lugn och sånger
och med famnen sträckt mot morgonrodnan.

Efter kommunens krans följde skyddskårens, lottornas, församlingens, marthornas och till och med blomster från socknens hembygdsförening. När kransnedläggningen var till ända ställde sig sex skyddskårister vid kistan, lyfte den på sina axlar och bar den långsamt längs kyrkgången mot dörren medan kyrkokören uppe på läktaren stämde upp:

Viken, tidens flyktiga minnen ...

Processionen skred högtidligt fram över kyrkogården i riktning mot den plats som hade reserverats för hjältegravarna. Det var

430

mörkt, men bara bärarna lystes för med ficklampor för att de inte skulle snava.

Aune gick gråtande bakom kistan och tänkte inte på att ta hand om den halvblinde Preeti som törnade mot de bakersta bärarna, mot lindarna längs sandgången och till och med mot hörnet av klockstapeln. Uolevi försökte leda honom, och Preeti mumlade:

— Tack bara ... He går nog på nå vis ... Jaa, å så tack så mytji för didä ny klädren jag fick ... jag sku ju nog ha klara mej me di gambel å ...

I det njugga ficklampsskenet sänktes kistan i graven. När skyddskårsavdelningen som stod uppställd bakom graven sköt salut blev Preeti så skrämd att han var på håret när att falla omkull. Efter den tredje salutsalvan stämde kören upp:

O dyra fosterland ...

Sedan sjöngs Finsk bön unisont, och hela menigheten stämde in, för såhär i mörkret behövde man inte vara generad för att sjunga ut.

Välsigna och bevara oss, Högste, i Din hand ...

På vägen hem från begravningsplatsen pratade man ivrigt om krigshändelserna.

— Ryssan lär ska va klädd i så eländi lumpor så bara tårna sticker ut ur kängorna ...

— Bror min skrev att ryssarna för .. tviv .. lat bombade en öde klippa en hel dag.

— Det regnar bomber och granater än från krigsfartygen, än från flygplan, men våra pojkar lär lugnt vända kanonrören ömsom inåt land, ömsom utåt havet ...

Det var uppspelt glädje i tonfallen. Efter de första dagarnas ångest hade hoppfullhet börjat gro efter hand som det kom rapporter om avvärjda anfall. Preeti deltog också i samtalet, och man lyssnade till honom som till en jämlike:

— Handä ryssin ä nog så svår i nackan på Finland nu ...

På kyrkbacken tog herrskapen farväl av Preeti och Aune. Yllömoran, som hade lagt bort titlarna med Sanni, sa till henne:

— Hördu Sanni. Du har ju kontaktren me Pentinkulma genom din man. Du sku ju kunna ordn me bidragsutdelningen där. Det rent praktiska sköts förståss av lokala krafter ...

Aune satte sig i den ståtliga herrgårdssläden och kusken täckte in henne i fällar. När hon kom hem började hon äta. Hon stekte ett stort stycke fläsk åt sig och plockade fram det vita jästbrödet som lottorna hade förärat henne, och så ost och smör därtill. Men mitt under måltiden brast hon plötsligt i gråt, och när den slappa munnen öppnades för att släppa ut ylandet föll en tugga ner på hennes haka och bröst:

— Va.. altu ... där i frusna jolin ...

Också Preeti fick skjuts, av kommunalhemsfogden. Tillbaka på kommunalhemmet bad han sköterskorna att koka av hans kaffe, och så bjöd han vänner och bekanta, i synnerhet »döm från hembyin». Han nändes inte genast ta av sig de nya kläderna utan satt med dem på och berättade om begravningen och allt vad som hade hänt där. De övriga internerna lyssnade avundsjukt och gjorde avoga och förstucket elaka anmärkningar:

— Nää.. hä ... Ska nu Yllö sjölv verkeligen ha vari där?

— He var an visst. Å Päkki å ... All di största herran. Herrgårdsagranomen hadd int kommi, men han hadd gett hästin å kuskin åt flickon ... Å bästa slädafällin å allt ... Å bästa slädan å, me vapne å allt åpå ...

Varg-Kustaa satt i sin knut och lyssnade elakt grinande på Preeti. När Preeti slutligen började klä av sig och drog sina nya filtstövlar av fötterna kom han plötsligt i berättartagen igen och glömde den andra stöveln på foten. Kustaa skrattade ilsket och sa:

— Å me ena stövlin å bara på foten ...

— Jaa, skåd ... Ska jag dra på handä ander å, eller ska jag ta åv mej denhä?

— Du ska ta åv dej handä å.

Preeti lydde. Kustaa exercerade och styrde ofta med honom av pin elakhet, och Preeti gjorde ödmjukt nästan allt vad han blev tillsagd. Han bjöd också Kustaa på kaffe. Först muttrade och gormade Kustaa att han nog klarade sig utan Preetis blask, men slutligen tog han för sig som alla de andra. Sedan bad Preeti sköterskan om en emaljmugg:

— Jag ska för kaffe åt handä Laurila å ... Men he går int me ein porslinsmugg, ifall att han kund få i huvu sitt ti sönder on ...

Antti drack kaffet men gav inte ifrån sig muggen.

— Ska du ge an tibakas nu.

— ... mm ... aa .. nttii ... kaffe ...

— Jag väntar här tills du bli på sånt humör så du ger on ifrån dej ... Jag va på bigravning. Flickon vårans pojk vart begrava, för han stupa där ve krigsfronten. Jag tror du int känd an, för du for ju från hembyin redan innan han föddest ... He ä nog mytji därifrån ut i krige ... Kivioja-Lauris pojkin ä där, å tri åv pojkan från Koskela. Du känd väl nog Akseli då ni va små? Di ä Akselis pojkan, å di säger att han äldsta reint åv ska va nåslags bifäl där ... Jaa, di ä nog mång därifrån ... När e nu gäller ti skaka didä ryssan från nackan. Di lär ska fäll döm i stora högar där ... Nog va e handä våran pojk å, han va sådä häfti åv sej ti humöre ibland ...

Sköterskan kom och sa vänligt:

— Låt honom hålla muggen och ids inte prata med honom i onödan.

— Jaa, jag bara ... då han ä bikant ända från barndomen. Han förstår nog liksom va jag säger åt an ... han böri allti för tåkodä ljud, då han får nå uppfattning ... Jo. All mäkti herrar i socknen va där. Prosten sjölv sa att Valdemar Leppänen, sa han. Du har kommit hem, å allihopa liksom sörjer. Yllö la ner en krans ihop me hondä Kivivuoris fruen, å di sa att int e löns ti sörj så mytji ... Så pass bara som kvällsdaggin på somran ... Att di liksom int ska glöm bort an ... Hondä Päkkis fruen sa ännu på körkbackan, hon som ä doter ti gambel patron på Mellola, så hon sa att nu ä allting liksom mera gimensamt ... Å tog i hand då hon sa ajö. Å jag sa ocksån att såhä i krigstid så kan ju sånthä smått folk å gör nå lite för fosterlande ... När e nu int finns så mytji tillfäll heller i fredstid liksom ...

Då ä ju hedä arbete allti likasom främst. I fredstiden ä hedä fosterlande mera likasom för bätter folk, men då e blir krig så passar e sej för lite sämber mänskor å ti freist åpå ... Di sjöng mytji där å, å så sköit di så e bara ... Fast i ein åv sångren sa di nog att int e bihövs nå desto mera ärase ... Bara va nu didä granan susar nå lite där ...

— öö ... a ... Antti ger ...

— Tack så mytji bara. Jag ska nog hämt åt dej ein ana gång å. Nu när e komber så förhärda mytji gåvor.

Preeti gick, men den kvällen måste sköterskorna uppmana honom att krypa till kojs, för han ville aldrig sluta berätta om begravningen.

V

Rökpelarna steg rakt uppåt ur skorstenarna i Pentinkulma. Vinterhimlen var blå och klar. Det var vindstilla och bysborna kunde höra mullret från flygbombardemangen av de närmaste städerna. På kvällarna lyste himlen röd på flera håll. Det kom från eldsvådorna på de bombade orterna. Tysta och allvarsamma stod folk på sina gårdsplaner och tittade.

— Herre Gud.

Prosten åkte pälsklädd runt i socknen och förde bud om de stupade. Hjältebegravningarna blev mindre högtidliga. Nu hände det ofta att altarrunden var fylld med kistor.

Snön knirkade och knarrade under slädarnas medar och människornas fötter. Bysborna gick omkring med mössorna neddragna över öronen och rockkragarna uppslagna, och när de mötte vaandra utbytte de nyheter ur halsduksvarvens innandömen:

— Smedens ena pojk ha också stupa.

— Vilkendera?

— Lauri. Prosten va me bud i går kväll, å herrn lär också ha vari där.

Plågad sökte sig tanken till de egna sönerna. Hur länge skulle lyckan stå bi?

Varje kväll skidade Koskela-Kaarina till butiken efter post, men för det mesta återkom hon tomhänt. Pojkarna skrev sällan, och de brev som kom var korta, lakoniska rapporter om att de var vid liv. Också Voitto var vid fronten nu, och hans brev var längre ibland och andades stundom hat och förbittring mot fienden.

Elina skrev ofta och var sorgsen över att det kom svar så sällan. Inte för att det nu egentligen var så stor tröst med pojkarnas brev när de kom heller. Vad som helst kunde ju ha hänt sedan de postades.

De dagliga sysslorna sköt ängslan och bekymren lite i bakgrunden. Akseli och Juhani körde ved och dynga. Ibland måste de till stationen med ett lass hö eller halm som skulle överlåtas enligt myndigheternas direktiv. Elina och Kaarina skötte ladugården och hushållet. Men kvällarna och nätterna var ofta fyllda av ångest och betryck. De lyssnade regelbundet på nyheterna. Far och Juhani lämnade arbetet och kom in var gång klockslaget närmade sig. Akseli stod för det mesta invid radiohyllan i hörnet, spänd och med rynkade ögonbryn, färdig att grymta till om någon av husfolket störde med buller.

Tills vidare innehöll nyheterna bara meddelanden om stora segrar, och lättade återgick familjemedlemmarna till sina göromål. Segerbudskapen gjorde också Elina hoppfullare till sinnes, för de fick det att kännas som om sönerna vore liksom tryggare på något vis. I själva verket var det förstås snarare tvärtom, för segrarna kunde ju inte komma gratis.

Den första tidens nedslagenhet och förtvivlan hade ersatts av en förtröstan som långsamt vann fotfäste i människornas medvetande. De tätt på varandra följande segerrapporterna förryckte sinnet för realiteter. Inte heller Akseli såg klart annat än glimtvis.

— Men huru läng ska di ork, om int e komber nå hjälp ... He finns ju ändå en gräns för va mänskon kan prester ...

Erfarenheterna från upproret återkom i hans minne.

— Jag veit nog hurleiss krige ä ... Ingen står ut över måttan.

Ur radion strömmade en flod av kolportörhumor där fienden beskrevs som något slags löjlig hjordvarelse och hela kriget som

435

en intressant och rolig lek. Vid sådana tillfällen hände det att han irriterad stängde av apparaten:

— All möjli sladängor ... Didä borda köras ut dit fösst åv allihopa, så sku vi slipp tåkodä trudilutter ...

I slutet av januari kom det ett brev från Vilho. Det var daterat på krigssjukhus och Elina hann blekna innan det framgick att det inte var någon fara med sonen som bara fått ena foten lätt förfrusen. Han hade kanske till och med chans till konvalescenspermission. Det kom också ett brev från Eero, skrivet ungefär samtidigt. Nu när den äldre brodern inte kom åt att läsa igenom och kontrollera berättade Eero att Vilho hade skött sig fint. Kort före förfrysningen hade han blivit chef för en halvpluton,»och det var alla nöjda med, för den tidigare var ett riktigt pisshuvu, och Vilho är i goda papper annors med. Under anfallet i december, då ryssarna kommo in i ställningarna på somliga ställen, förde han upp maskingeväret på nästets tak, då ryssarna voro på alla håll ikring, så man inte längre kunde skjuta ur ställningen. Han är nog som en filbunke. Har alltid gräddan ovanpå, huru det än skakar och smäller.»

Elina suckade över äldsta sonens obetänksamhet, men Akseli sa:

— Nåmen va sku han annat gör då, om man ein gång int kunna skut ur hedä näste nå meir.

Och det var en nyans av stolthet i hans röst när han fortsatte:

— Jag kan nog tro he. He ä nog mång som bidrar sej på skene hos han pojkin.

Ryktet om hur äldsta sonen på Koskela hade utmärkt sig spreds också i byn. Kamrater till honom nämnde om det i breven hem. Och folk sa:

— Han pojkin ha nog allti vari kara-akti åv sej.

Men hemfolkets hopp om hans permission kom på skam. Efter en kort tid fick de ett nytt brev från honom, och av de förtäckta ordalagen förstod de att han nu hade hamnat någonstans nordost om Ladoga, där det som bäst pågick större strider.

Ilmari var regementskommendör på Näset, och prosten berättade ofta för bysborna om sin son. Det hände till och med att han uttryckte sig riktigt högtidligt och sa:

— Min son herr överstelöjtnanten ...

Det berodde på att prosten hade börjat hysa en ofantlig aktning och respekt både för sonen och för hela armén. Talgoxarna fick halvsvälta den vintern, för han hann inte längre med dem. Den skarpa kölden tog äppelträden, men prosten bara slog ut med handen:

— Vad betyder en sån sak ... nu ...

Ani och hennes barn hade evakuerats från Helsingfors och bodde i prästgården. Hon deltog flitigt i den kvinnliga vård- och insamlingsverksamheten i socknen. Faderns hälsotillstånd ingav henne bekymmer, för hans oupphörliga uppdrag och bestyr gjorde att han ofta kom hem dödstrött på kvällarna. Ibland hotades den gamla mannens sinnesjämvikt av depression trots all hans iver, för han fick ju ständigt bevittna den bittraste sidan av hela saken. När han kom hem efter ett besök i någon stuga hände det att han själv brast i gråt då han berättade om hustruns tårar och barnens förvirrade blickar. Men de starka positiva inslagen i hans natur tog dock alltid hastigt övertaget:

— Ja. Vår ångest och pina är ändå alltid bara i det timliga ... Pinan är individuell ... och därför är den också liten ... Vi sörjer för att vi inte förstår bättre ... Döden är ett slags prövosten ... Om vi tror på Kristus, som har övervunnit döden, måste vi också tro på någonting bortom döden.

Den enighet och känsla av ödesgemenskap som hade bemäktigat sig människorna var honom till stor hjälp. Nu då tvedräkten, som alltid hade gjort honom ont i hans innersta, var osynlig, kände han allt elände till trots en lyftning i sin själ, och ibland var han rent av lycklig:

— Varför skulle vi inte kunna leva som nu också annars ... När man nu börjar ett tal med orden kära vänner så är ihåligheten i frasen helt och hållet sin kos.

Ani, den smärta och välskötta läkarfrun, instämde med sin tunna och formella röst. Hennes man var läkare på ett krigssjukhus. Därför hade hon ingen annan än brodern att vara orolig för rent personligen, och denne befann sig också utanför den omedelbaraste farozonen, regementskommendör som han var.

Ofta när Akseli kom med stånkorna till mjölkbryggan styrde

437

prosten stegen dit. Han frågade hur pojkarna hade det och bad hälsa till Alma och Elina.

— Jag skulle gärna titta in, men jag måste vara så mycket i farten nuför tiden ... Nu har de gjort kål på en massa tanks där igen ... Kanske de småningom tar slut i alla fall ... Ryssarnas industri är ju så outvecklad och primitiv. Min son skrev nog att vi måste få hjälp. Han säger att andan i hans regemente är god, men manskapet smälter samman och de som är kvar får flerdubbel börda ... Men för en stund, sedan sa de i nyheterna att en motti är rensad igen ... Min son har haft en viss benägenhet för pessimism ibland. Kanske han ser för mörkt på saken, i synnerhet nu med det ansvar han har.

— Jaa. Nog är e ju såleiss å. Men int tycks e svenskan heller kom ti hjälp.

— Det sägs att de är rädda för tyskarna, men det är rena svepskälet ... Knappast skulle väl Tyskland i alla fall förhindra ...

Prosten tystnade, för nya associationer trängde sig på och blandade för ett ögonblick bort hans tankegång. Först när den klarnat igen fortsatte han:

— Tyskarna ja, de gjorde en märklig volt ... Det skulle jag inte ha trott ... Inte för det, personligen har jag aldrig haft något förtroende för den nya regimen där ... Dendär nya religionen som de håller på med också ... Deras stupade lär ska komma till Valhalla ... Det är ju grov hädelse. Hur kan ett folk med så hög kultur sjunka så lågt? Men varför ska vi egentligen förvåna oss över deras pakt med bolsjevikerna? De ogudaktiga har alltid trivts ihop ... Om det så gäller gemensam likplundring ...

Akseli instämde, även om problemen för honom nu som alltid var praktiska och hemmabetonade och hade ganska löst samband med världsfrågorna. Prosten bad om sin hälsning till pojkarna och sa att de var välkomna till prästgården om de kom på permission, och så gick han vidare. Hans vänlighet och kontaktsträvan väckte inte alldeles helhjärtat gensvar hos Akseli, som kände sig lite generad och pinsamt berörd. Sträckte herrskapet ut sin hand så tycktes den alltid ändå komma liksom ovanifrån. Så var det, ohjälpligen.

Mitt i raden av segrar kom meddelandet om det ryska genombrottet vid Summa. I två veckors tid hade denna lilla och tidigare okända by på Näset varit allmänt samtalsämne. Dess namn upprepades i varje nyhetssändning. Vareviga dag slutade krigskommunikén med orden:»Lokala inbrytningar vid Summa har slagits tillbaka genom motstötar och på kvällen hade våra trupper hela den främsta linjen i sin hand.»

»Frontuträtningen» och de nya ställningarna kunde inte hindra folk från att inse att någonting avgörande hade skett. Vid samma tidpunkt började det komma ända upp till tio kistor i gången till stationen.

Tidningarna publicerade krigskartor där man såg hur frontlinjen böjdes bakåt. Dag för dag kom den allt närmare Viborg. Också Koskelas prenumererade nu på ett blad, och Akseli tittade bistert på kartan.

— He kund nog bli farlit för döm om vi hadd kraft ... Jag sku tryck in sidon på döm där, där över Vuoksen ... Di kan nog gör e ännu ... Kanski di ha låti an kom me vett å vilja ...

Denna hoppfulla tanke hade sin rot i mottikriget på den östliga fronten. Kanske denhär djupa kilen skulle förvandlas till en verklig stormotti. Men när striderna nådde Viborgska viken utan att något motanfall hördes av satt Akseli dystert och glodde på kartan. Till slut sa han argt och förbittrat:

— Satan ... Jag borda sjölv va där.

Han kände det faktiskt som om saker och ting inte skulle ha skötts med tillräcklig energi vid fronten. De var slöa och dumma där. Känslan bemäktigade sig hela hans kropp. Om han bara hade kunnat grabba tag i situationen som i en järntrådsstump och vrida den på rätt.

Allt oftare hördes mullret från avlägsna flygbombardemang och allt oftare var horisonten röd på kvällarna. En klar och smällkall dag kom Juhani inrusande:

— He syns ... isstrimmona ...

De skyndade ut på gården och såg på en rad vita strimmor på himlen. Det hördes ett avlägset motorsurr. Akseli stod och tittade uppåt med förbittringen jäsande i sinnet:

— Om man sku ha nåenting ... nåenting ti fäll döm me ...

Trots lägets försämring hade folk inte förlorat hoppet. En gång stack sig Kivioja-Lauri inom hos Koskelas och berättade:

— Bombren lär ska böri ta slut ... I Åbo hadd di kasta ner mjölkstånkona fylld me steinan ... Å he böri väl närm sej slute annors å.

Han strök sig över knät och fortsatte skrodersamt och med minen hos den som vet:

— Jag ha nu hört om ett å anat ... Di skuter ihäl sina egna bakifrån me mastjingevären om di går bakåt, å tankluckona ha di låst me hänglåsen så int di slipper ut därifrån ... Jag ha hört nå lite ... Pojkin skrev. Han veit nå lite om saker å ting, för han ä sjafför åt ein genral.

Aulis hade faktiskt avtjänat värnplikten i biltrupperna och tjänstgjorde nu som chaufför vid en högre stab.

Leppänen-Aune gick från stuga till stuga. Arbetade gjorde hon inte så ofta nu längre, för hon fick så mycket gåvor och understöd och hade dessutom fått pension. Men var gång det kom bud om nya stupade brast hon i gråt, och sedan mindes hon alltid att upprepa:

— Han va så modi ... He bihövdest tri poliser för ti få an i bilen.

Elias färdades alltjämt omkring och sålde. Nu hände det att han hade ett eller annat kaffe- eller sockerpaket också i kappsäcken. Sådana varor var på kort nu, och eftersom ransonerna inte riktigt ville räcka till var det en lönande försäljningsvara. Krigsangelägenheterna lade han sig föga i. Han satt där på bänken och lyssnade till husfolkets samtal och inflickade bara sådant som:

— Joå. He ä två hårda pojkar på samma sido. Våran pojk å Gud.

Eller också härmade han en kyrkbyfru som hade tittat ut genom sitt fönster på den fyrtio grader kalla vinterdagen där utanför och sagt:»Så härligt för pojkarna att få kämpa i dethär vackra vädret.»

Siukola var lite vag och obestämd i tonen nuför tiden. I början av kriget hade han i sitt stilla sinne glatt sig åt ryssarnas ankomst. Han inbillade sig att det inte skulle dröja mer än en

440

vecka innan de var i Pentinkulma, och en gång sa han till sin hustru:

— Herrigud. I vilken stugo ska jag sätt handä herrgårdsherrn åsta bo? Nå, i vår föståss ... Vi ska va rättvis ... Du ska få hesama som du gav mej, ska jag säj åt an ... Å sedan ska vi skåd nå lite huru bra Rautajärvis röven håller för enpåkan. Men utåt måste han dölja sina verkliga åsikter och medge:

— Jaa. Nog är e ju så allti ... Fast int veit jag ... Om e nu ä nå stjillna för arbetaren. Vem som än krigar å vem som än angriper. Om man bara sku få bygg opp dehä lande ti allt större blomstring, jaa ... Åv han åsikten ha jag allti vari. På han tiden å då di vela marscher ti Ural.

När han och Koskela-Akseli träffades växlade de inte många ord. Hemma grymtade Siukola elakt till sin hustru:

— Vem sku ha trott he, då man minns han karn å. Men när man har en präkti gård å pengan på banken så finns e nog ander härskare å skapare än revolusjon. Jag tror handä fan ha blivi relisjös å.

Religiös var Akseli inte, men inte heller någon motståndare till religionen, i synnerhet inte nu då han såg vad den betydde för Elina i hennes nöd. Ibland på kvällarna innan de somnade brukade de prata om pojkarna, och då hände det att Elina sa:

— Blodin riktit stannar i mej då jag tänker på att he kund kom bud ti oss å ... Men så igen så tänker jag att allting ligger i Guds hand. Å man borda int få håll fast så hårt vi dehä jordelive ... För dö ska man ju i alla fall ...

Akseli försökte muntra opp henne:

— Int måst e ju händ. Nog ä di som lämnar ve liv ju allti flera än di som stupar.

Men i ensamma stunder liksom beredde hon sig för slaget. När hon tänkte på att sönerna kunde stupa gjorde hon sig samtidigt en mycket konkret föreställning om himlen dit de skulle få komma. Materialet till fantasibilderna fick hon ur gamla bibelillustrationer och ur sommarstämningarna hemma. Där var det mycket ljust och fullt med blommor. Sig själv såg hon gråtande nere på jorden, och pojkarna log när de tittade på henne däruppifrån och sa till varandra:

— Nog är e mor barnsli. Hon sku vänt nå lite nu bara, så slipper hon hit sjölv å.

Ibland när hon upplevde denna fantasibild särskilt starkt kände hon sig starkt lättad, och med lättnaden följde en egendomlig glädjedallring som steg ur bröstet upp mot strupen. Breven från pojkarna kom allt mera sällan, blev allt kortare och skrivna i allt större brådska. Vilho meddelade att han var sergeant och plutonchef nu. Det gjorde Akseli en smula stolt, men för Elina var sådana saker helt likgiltiga. Däremot kände hon en stor förtröstan när Kaarina en dag kom hem och berättade att en ängel hade visat sig på Näset. Så sades det ute i byn. Den hade uppenbarat sig på himlen vänd mot ryska sidan och brett ut vingarna över den finländska fronten.

Akseli och Juhani hade svårt att tro på det, men Kaarina var tvärsäker:

— Di sa att tusentals soldater hadd sitt on ... Hon hadd vari synli en lång tid ... Hon hadd utstråla nå slags ljus å vari hemst vacker.

Fadern ville inte opponera sig på skarpen utan sa:

— Vaför kan int utmatta mänskor si syner ... I upprore å, då karan va rikti slut, så börja buskan vander ikring å allt möjlit.

Elina var fylld av glädje och sa nästan klandrande:

— Vaför sku int en tåkodä syn va sann då? Huru kan du påstå att int e sku kunn va mytji mera sant än he som vi skådar för ögona våra vareviga da ... Om man sir tåkodä bara då man ä slut, så beror he bara på att man int bihöver änglan vi nå ander tillfäll. Nog sku di kunn kom var å när som helst om vi hadd förmågan ti be döm. Men då man ä så ogudakti så man ber fösst när man böri va slut.

Elinas iver och känsla av befrielse var så stor att hon började argumentera och resonera på ett sätt som annars var henne helt främmande. Och när hon märkte att hon hade talat bra blev hon ännu nöjdare och allt mera övertygad om att hennes resonemang var riktigt. När Akseli förstod det sa han:

— Jaa. Int vill jag tjat imot ... Å bra sku e va om e sku stäm ... Men om int fransmännen å engelsmännen komber snart, så veit man int hur e böri gå här.

Akseli hoppades på hjälp från de allierade. Det gick en massa rykten om saken. Men för Elina förslog ängeln hela kvällen, och hon somnade lugnt så snart hon kommit i säng.

VI

Det snöade, och därför kunde transporten ske på dagen. Trots kölden sov några av karlarna på lastbilsflaket, hopkrupna tätt intill varandra. Eero låg i halvdvala tryckt mot sidobrädet. Det blåste och yrsnön piskade hans ena kind som han inte riktigt fick vänd i lä på grund av kroppsställningen. Och att vända på hela kroppen gick inte, för ovanpå hans knän slumrade korpral Ylöstalo, brorson till den efter upproret avrättade Ylöstalo. För resten var kinden redan så frusen och stel att känseln nästan hade gått förlorad. Vid dethär laget hade Eero lärt sig att uthärda både köld och annat med apatisk seghet. Sedan mitten av februari hade de inte fått någon vila att tala om. Bara två nätter, i samband med förflyttningar, hade de sovit utom räckhåll för artillerielden. De hade ofta blivit förflyttade. När februarioffensiven började låg de i reserv bakom främsta linjen, men blev sedan kastade av och an, till och med insatta på grannarmékårens avsnitt. Ändå tyckte de att de på sätt och vis hade haft tur. Trots kölden och flygbombningarna kändes det alltid lite lättare under själva förflyttningarna.

Nu var de på väg bakåt för att vila. Först hade de haft svårt att tro på det, men Rautajärvi hade försäkrat att det var sant. Deras glädje var dock dämpad av utmattning och avtrubbning, och själva vilan vågade de knappt tänka på. Under veckornas lopp hade deras själar omärkligt byggt upp ett slags apatisk skyddsmekanism, och de hyste hela tiden en undermedveten rädsla för att den skulle gå i bitar.

Det sinnestillstånd vari de befann sig innefattade inte längre några förhoppningar eller förväntningar, inte ens på västmakternas hjälptrupper. Eero kände det likadant som alla de andra där han låg och tryckte sig mot lastflakets sidbräda. Hade han

443

ansträngt sig lite mera kunde det kanske ha varit möjligt att få lä för den snöpiskade kinden, men när allt kom omkring gitte han inte riktigt. Han skulle nog stå ut en sekund till, och så ännu en, och längre sträckte sig inte hans tideräkning. Ur ögonvrån såg han vägen rusa förbi, men lade märke till det på samma duvna och slöa sätt som han fäste sig vid tidens gång. Det han hade för ögonen existerade, det som inte syntes var borta, fanns inte alls.

Han kvicknade till en smula när han kände att bilen saktade farten för att slutligen stanna helt och hållet. De bilar som åkt före i kolonnen var också parkerade vid vägkanten. Invid dem stod några karlar.

Eero visste att de ännu inte var framme. Det var skog på alla håll runtomkring, och ett stycke framför syntes en vägvisare med namnskyltar. De hade alltså stannat vid ett vägskäl.

När bilen bromsade in vaknade några av de sovande och frågade sömndruckna om man var framme redan.

— Nä, int ä vi he ... Int veit jag vaför vi stoppa här.

Lärarn klev ur förarhytten och började gå framåt vägen. Också från bilar som stannat längre bak kom det officerare och underofficerare förbi. En del av karlarna klev ner från flaken, men många reste sig bara upp och lät strålen gå över kanten.

Efter en liten stund kom officerarna och underofficerarna tillbaka i klunga. De samtalade med låga röster. Lärarn stannade framför bilen. Han var skäggig och sotig som alla andra. Hans blodsprängda ögon hade sjunkit djupt i sina hålor och hans blick hade en egendomlig dyster glans. Han hade feber, men eftersom han var kompaniets enda officer hade han inte fått tillstånd att gå till truppförbandsplatsen. I flera dagar hade han plågats av halsont och feber, men trott sig orka ända till den utlovade vilan.

Han var kompanichef nu, om nu den befattningen var värd att nämna. För kompaniet var sammanpackat på denna enda bil: tjugosex man. Det var hela den stridande styrkan, indelad i två plutoner med var sin sergeant som chef. De var befordrade reservundersergeanter. Ända sedan den ryska storoffensiven på Näset började hade kompaniet inte fått något kompletteringsmanskap, och redan då var numerären starkt i underkant. Den förre kompanichefen fänrik Korri hade stupat för två dagar sedan, eller rättare sagt han hade utplånats fullständigt av en granatfullträff i skärvgropen där han låg.

Lärarn verkade deprimerad och hela hans gamla iver var sin kos. Han var lika apatisk som karlarna i kompaniet, inträngd någonstans i den innersta vrån av sin existens liksom de. Nu sa han med lågmäld röst:

— Jag har dåliga nyheter. Vi får ingen vila. Vi måste vända om här i vägskälet. Det blir att åka långt. Försök härda ut.

Någon skrattade bittert:

— Jag gissa ju he.

De övriga teg, sa inte ett ord om hela saken. På sin höjd uppmanade de sakta mumlande kamraterna att vända på sig eller ge lite mera plats.

Ylöstalo hade inte vaknat utan låg alltjämt utsträckt över Eeros knän och sov. Försiktigt lyfte Eero på honom en smula, vände sig själv i halvsittande ställning och försökte dra in huvudet innanför mantelkragen och snökåpans huva. Han kröp ihop så mycket han någonsin förmådde, slöt ögonen och försökte låta bli att tänka på något alls. När bilen knyckte i gång och passerade vägskälet tittade han inte ens efter vart de skulle. Efter en stund sjönk han in i en dvala där verkligheten omkring honom blandades med dunkla drömbilder. Tidvis fattade han att han befann sig på en lastbil som åkte iväg någonstans, men emellanåt hade han för sig att han var i korsun, i tältet, i skärvgropen och pratade med kamrater som redan hade stupat.

Granaterna kreverade inte i deras omedelbara närhet, och därför reagerade de knappast för dem. De avancerade i gles kolonn längs en slingrig och videbevuxen strand. Vid roten av ett buskage stötte de på en karl i svartnad snökåpa. Han låg på knä och liknade mest ett oformligt säckbylte, för han var tjockt klädd under kåpan.

— Ditåt. Det går en stig från de tre björkarna där. Men se opp för deras direktskjutande. Den eldar på där bakom udden ifrån.

Ylöstalo hade sovit hela vägen. Först när transporten var slut hade han vaknat, stelfrusen och styv, och fått veta att det inte alls skulle bli någon vila. Först hade han ingenting begripit utan frågat med köldstela käkar:

— Vahör hatans Vuohalmi ... Ä ... ä int vi i vi .. hi .. hila ...

När han slutligen förstod hur saken låg till var han inte ens kapabel att forma svordomarna ordentligt med sina styva käkar. Nu trampade han framåt i hälarna på Eero, mera utsövd än de andra och därför så energisk att han rent av kom sig för att tugga på en brödbit där han gick.

De var på väg för att göra en motstöt på en holme i Vuoksen, vars ena hälft fienden hade lyckats ta. Det var ett ganska vidsträckt landområde mitt emellan två flodarmar. Vägen över isen från stranden var inte lång, men en rysk direktskjutande kanon på motsatta stranden var placerad så att den kunde bestryka stället där de måste över.

Rautajärvi skyndade på stegen en smula och vinkade åt karlarna att följa exemplet. Stigen slingrade mellan granathålen i isen. Mannarna ökade inte takten, drog bara ner huvudet lite mera mellan axlarna och stirrade på stigen där de gick. När en granat från en pansarvärnskanon ven över dem och slog ner i strandbuskaget tog de ett par lite snabbare steg, men ingen så mycket som tittade åt sidan. En andra granat kreverade på isen nära stranden, en tredje åter bakom dem.

Eero var redan över på stranden i skydd av videbuskarna när den fjärde granaten kreverade alldeles bakom honom. Han kröp ihop och sprang ett par steg men såg sig inte om innan han hörde ett svagt rop:

— Koskela.

Han vände sig om och såg att Ylöstalo hade fallit på knä på stigen och vaggade av och an med kroppen. Snabbeldsgeväret låg på isen bredvid honom, och han försökte vränga av sig kassettväskan som hängde på hans rygg, men var gång han skulle dra armen genom remmen måste han i stället ta stöd med den för att inte falla. Eero gick tillbaka till honom, för följande man var ännu ett gott stycke ute på isen. Han böjde sig ner bredvid Ylöstalo och hjälpte honom av med väskan. Ylöstalo trevade efter snabbeldsgeväret och sa:

— Ta du hedä ... jag blir här nu ...

— Vart du träffa?

Ylöstalo föll framstupa, och Eero såg att hans snökåpa var uppsliten på ena sidan och att det rann blod ur revan.

— Jag blir kvar här nu ... jag är tröitt ...

— Hej ... rop bakåt ... rop efter sanitären ...

Karlen närmast bakom hade nu hunnit fram till stranden. Han ropade på sanitärer, och de som kom efter honom lät ropet gå vidare. Ylöstalo låg där med kinden mot den snöiga stigen och sa med matt röst:

— Morjens Koskela ... jag ä tröitt ... jag ska sov ... låt vara ...

Så drog han tungt efter andan för sista gången.

Eero tog snabbeldsgeväret och kassettväskan och lämnade kvar sitt eget gevär bredvid Ylöstalos kropp. Granaterna från den direktskjutande började åter slå ner på isen och udden omkring dem. Eero fortsatte framåt. Ett ögonblick undrade han om Ylöstalo hade vetat att han skulle dö eller om han faktiskt bara hade velat sova, men länge orkade han inte fundera på saken. Han skickade bud framåt till Rautajärvi om att Ylöstalo hade stupat. Efter en liten stund kom en fråga framifrån längs raden:

— Tog nåen snabbeldsgeväre.

— Säj att he blev gjort.

De låg i skyttelinje. Framför Eero bredde en liten ängsplätt ut sig. Den var bevuxen med några små björkar och buskar. Fienden låg inte alldeles i motsatta kanten av gläntan utan lite längre bakom i skydd av en gles björkskog. Det tycktes dåna och braka överallt. Granater flög visslande över holmen och kreverade där de nyss hade ryckt an. De svaga avfyrningssmällarna från deras egna granatkastare dränktes helt av mullret, och inte heller hördes de tolv små krevader som strax därpå följde i fiendens ställningar. Snön yrde i rökbemängda gråa moln, men ljudet överröstades av det övriga larmet.

Ett stycke till höger låg plutonchefen sergeant Ilola. Eero såg hur han stack upp huvudet och öppnade sin breda mun, men krevaderna, granaternas visslingar och gevärseldens smatter gjorde att han inte uppfattade orden. Ilolas anfallsorder var emellertid så välbekant att Eero utan vidare gissade vad det var sergeanten hade ropat:

— Dödscyklisterna startar. De skallrar i byttan.

Eero öppnade eld och tömde en Lahti-Saloranta-kassett. Han hade lagt fram en ny färdigt bredvid sig, bytte hastigt och satte sedan iväg i språngmarsch. Det var fullt med spår i snön, för kampen om ön hade pågått i flera dagar, men trots det var det ett tungt och besvärligt pulsande. De tjocka kläderna gjorde rörelserna långsamma och otympliga, och det kändes tydligt hur trött och svag han var i hela kroppen. När kulorna från fiendesidan började surra om hans öron hukade han sig ner men sprang vidare med hjärnan tom och försökte skutta i gamla upptrampade spår. Han nådde fram till en liten björk med en stam som inte var tjockare än en handled. Där kastade han sig ner och började skjuta. Från höger hördes Ilolas röst som drev på karlarna. I björksnåren runt omkring smällde ryssarnas explosiva kulor. Eero flåsade och försökte sikta mot de punkter därifrån han tyckte att elden kom fastän han ingenting såg av fienden. Han sneglade hastigt åt sidan och såg hur Ilola tog ett språng och föll framstupa i snön. Bråkdelen av en sekund undrade han om sergeanten stupade eller bara kastade sig ner. Han sköt ett par serier tills kassetten var tom, lösgjorde den, vände sig på sida och trevade efter en ny i väskan. Plötsligt kändes det som om han fått en våldsam spark i ryggen. Han domnade i hela kroppen, fick smärtor i huvudet och svindel. Förvirrat hann han tänka att detta var döden samtidigt som det genom hans hjärna drog en glimt av hopp om att han kanske bara var sårad. Så bredde domningen ut sig också i hans medvetande, och han kände sig egendomligt befriad, som en uttröttad människa strax innan hon somnar.

Medvetandet återvände i korta, overkliga bildglimtar. Han kunde inte begripa varför han hade avbrutna björkkvistar och tomma patronhylsor för ögonen. Han kände ett ögonblicks panik över sin förvirring och rådlöshet. Först när han hörde pustningar och ryskspråkiga viskningar bakom sig gick det upp för honom vad som hade hänt. Först då märkte han också att det alltjämt pågick skottlossning omkring honom. Han försökte kravla sig upp men lyckades inte röra en lem. Panikkänslan tilltog när han kände att någon trevade på hans rygg. En snabbeldsgevärspipa sköts fram över hans arm. På flamskyddet kände han igen sitt eget vapen. Det slog lock för hans öron när snabbeldsgeväret skakande och dallrande gav eld ovanpå honom. En ryss hade tagit det och sköt med hans kropp till stöd.

Hans uppskärrade, dunkla och duvna medvetande koncentrerades på en enda minnesbild. Under honom, i hans livrem, hängde en liten F.N.-pistol i sitt hölster. Han måste få fram den. Hans vänstra hand var alldeles nära kolvändan, men det krävde en oerhörd ansträngning innan han förmådde röra handen, och dessutom hade han en lädervante på. Han lyckades skrubba av sig vanten, men pillrade i vad han tyckte var en evighet med sina stela fingrar på hölstret innan han fick upp det. Snabbeldsgeväret hade tystnat för ögonblicket. Skytten bytte kassett. Också han var så pass spänd och uppskärrad att han inte lade märke till att kroppen framför honom rörde på sig en aning. När Eero äntligen hade pistolen i handen och säkringen avdragen samlade han alla sina återstående krafter till en enda häftig ansträngning och vände sig om med ett ryck. Rörelsen kom honom nästan att förlora medvetandet, men han såg framför sig ett mansansikte och en öppen mun som gav ifrån sig ett obegripligt högljutt vrål. Han sköt blint, det ena skottet efter det andra, med ett krampaktigt grepp om avtryckaren som med njuggan nöd gick tillbaka till utgångsläget. När magasinet var tomt och det inte kom flera skott höjde han armen och slog i full förvirring till den döde ryssen med pistolen. Han hann inte med mer än ett slag, för fyra meter därifrån höjde en annan ryss sitt gevär.

Där dog Eero Koskela, invid en liten björk på en holme i Vuoksen.

Följande morgon gjorde en skvadron från en avdelt lätt bataljon en ny motstöt. Inte heller den lyckades återerövra holmen, men den kom så långt att man fick Eeros, sergeant Ilolas och sex andra stupades kroppar därifrån. Rautajärvi hade blivit sårad i foten och resten av kompaniet hade dragit sig tillbaka till utgångsställningen. Det var kompaniets sista strid. Det upplöstes, och de återstående få karlarna fördelades på andra enheter.

Tre dagar senare stupade Voitto invid landsvägen Viborg—
Säkkijärvi. Det var en klar och solig marsdag. Högt uppe i det
blå brummade bombeskadrarna. Till vänster bakom skogsranden
steg väldiga rökpelare. Det var Viborg som brann. Karlarna ski-
dade i rad på ömse sidor om vägen. Mannen närmast bakom Voitto
frågade någonting, men han svarade inte utan stakade vidare med
ett slags dyster och surmulen beslutsamhet. Då kom där plötsligt
och oförmärkt smygande ett ensamt, trubbnosigt Rata-jaktplan
och lät en kulkärve spela längs vägen. Det hördes några varnings-
rop och karlarna kastade sig ner. Voitto hörde nog ropen och mo-
torvrålet, men i sin apatiska och trumpna utmattning tog han inte
ordentligt skydd utan ställde sig bara på knä på skidorna och
drog in axlarna en smula.

Kärven närmade sig hastigt, dödade honom och fortsatte spra-
kande och knastrande in i grenverket på granarna invid vägen.

VII

Prosten fick meddelande om Voittos död innan budet om Eero
hann fram.

Han begav sig inte genast till Koskela, utan väntade till föl-
jande morgon och gick till mjölkbryggan. Han hoppades att det
var Akseli själv och inte Juhani som kom med mjölken, för tan-
ken att tala om det för pojken kändes svårare.

Nervöst gick han fram och tillbaka tills han fick syn på Kos-
kelas häst och släde. Det var Akseli som kom. Förgäves för-
sökte prosten göra rösten stadig när han sa god morgon. Den
darrade starkt. Akseli märkte det, och redan av prostens första
stammande ord förstod han alltsammans:

— Jag har väntat på er ... jag .. jag har ett tungt budskap ...

Rösten brast för Akseli när han underligt gnisslande stötte
fram:

— Vem?

— Voitto ... Jag fick veta det redan i går ... Men jag vågade
inte ... Det är så synd om hans mor ... Om Akseli först kunde

450

förbereda henne. Så kommer jag sedan senare ... Det är bättre att hon får höra det av er ...

Akseli svarade inte. Prosten hörde hur han stönade och bet ihop tänderna. Med obändig kraft röck han stånkorna ur släden och dängde dem på bryggan utan att använda trappan. När det inte längre fanns något att göra stod han stilla ett ögonblick. Sedan tog han tömmarna, men släppte dem igen. Först därpå fick han fram några abrupta och avbrutna ord:

— ... ja ... hanses tur ... jag tänkt att ... int går e förbi oss ... då di ä tri ...

Prosten försökte säga något, men förmådde inte. Trots morgondunklet såg han hur Akselis ansikte förvreds av smärta och hur käkarna knöts som i kramp.

— Jag ville så gärna säja nånting ... Men vad kan jag väl säja.

— Jaja ... ja ... He som ha gått ... he ha gått ...

Akselis röst var plågat butter. Han satt på slädkanten. Prosten såg att han vände bort huvudet och förstod att han kämpade mot gråten.

— Det är tungt för mej också. Det har kommit åtta andra på en gång ... En av dem var far till en stor familj ... Sju minderåriga barn ... Och stor fattigdom ... Ni känner ju Laine från Hollonkulma?

Prosten talade om detta bara därför att han kände ett behov att säga något men inte kunde finna på ett enda ord som han inte redan på förhand förstod skulle vara av noll och intet värde för Akseli.

Akseli satt kvar på slädkanten. Efter en liten stund sa han med låg, darrande röst:

— Jag ork nog bär e ... men va ska e bli därheim ...

— Ja. Just därför tänkte jag ... Att om jag kommer utan förberedelse ... så gissar hon ändå ... Ni känner henne bättre ... ni kan förbereda henne ...

Akseli reste sig.

— He hjälper väl int här ...

Han vände hästen och åkte bort. Prosten lovade komma om en timme, och när Akseli hade försvunnit gick han hastigt tillbaka till huvudbyggnaden.

451

Elina såg genast på mannens ansikte och uppträdande att det var något särskilt på färde. Alla råkade vara samlade i stugan när han kom. Han försökte vända bort huvudet när han gick fram till knaggen för att hänga upp mössan och handskarna, och när Elina frågade om han hade givit fåren hö svarade han med ett enda korthugget ord. Trots det lade hon märke till hans underliga ton och tittade närmare på honom:

— Va är e nu?

— Ingenting.

Men han måste se henne i ögonen till slut, och av hans blick förstod hon genast alltsammans. I månader hade hon oavbrutet ängslats just för detta, och slutsatsen gav sig själv:

— Herrigud ... Int är e väl ... pojkan ...

Akseli satte sig på bänken och hans huvud böjdes. Med stor svårighet fick han fram ett enda ord:

— Voitto.

Elina stod vid bordet med en brödkorg i handen. Korgen sjönk ryckvis ner på bordet samtidigt som hon vände sig om efter något att sitta på. Hon vacklade fram till bänken och sjönk ner på den medan överkroppen liksom krympte ihop med små knyckar och kvävda jämranden. Juhanis mun förvreds och han rusade hastigt på dörren för att hinna ut innan gråten kom. Kaarina skyndade fram till modern. Chocken överflyglade hennes vanliga blyga återhållsamhet. Hon lindade armarna om halsen på Elina och upprepade ängsligt:

— Mor ... gör int så ... gör int så ...

Egentligen ville hon söka skydd hos modern, men Elinas darrning och kvävda stönanden gjorde henne så skrämd att hon i stället försökte vara beskyddande. Men så brast hon också i gråt. Akseli gick fram till Elina och bad henne följa med in i kammaren och lägga sig ett slag. Viljelös lät hon sig ledas dit. Först när hon lagt sig ner i sängen fick hon fram de första orden:

— Stackars barne mitt ... blödand ...

Juhani hade gråtande rusat över till nya sidan, och farmor förstod genast vad som hade hänt. Därför frågade hon bara vem av pojkarna det gällde, och när hon fick svaret trevade hon efter förklädessnibben, gned sig i ögonen och sa:

— Jasså.

Hon reste sig suckande och gick till gamla sidan medan Juhani blev kvar ute på gården där han travade av och an utan mössa och i bara ylletröjan.

När Alma kom in i kammaren skyndade Kaarina emot henne liksom lättad av att kunna ty sig till hennes hjälp. Alma satte sig på sängkanten, vaggade med kroppen, klappade Elina på skuldrorna och sa:

— Stackars mänsko ... stackars mänsko ... Men man borda nog ... He ha ännu alder funnist ein natt utan morron.

Elina svarade inte, grät bara och skakade i hela kroppen.

Emellanåt lugnade hon sig lite, men när hennes medvetande klarnade framträdde det skedda åter med förnyad styrka och ledde till en ny gråtattack. De andra försökte tala lugnande till henne, men hon uppfattade ingenting av vad de sa. När prosten kom gick alla andra ut ur kammaren och lämnade honom på tu man hand med Elina. Hon satte sig upp på sängkanten och prosten tog hennes hand mellan sina blåådrade gammelmanshänder:

— Försök härda ut ... Gud ska hjälpa er ... nu som alltid förr ...

Elina fick inte fram ett ord. Hon bara satt där och grät. Prosten försökte göra rösten tröstande och övertygande, och hans ord kom verkligen liksom djupare ifrån än vanligt. Den gamla bekantskapen gjorde fallet svårare än andra och berörde också honom själv in i roten av hans själ. Han försökte hitta på ett sätt att leda bort Elinas fantasi från de skräckbilder som han förstod rörde sig inom henne emedan hon allt som oftast upprepade med halvkvävd röst:

— ... blodi ... blodi ...

Prosten bad henne sluta upp att tänka på den sidan av saken:

— Minns honom som han var som liten pojke när ni hade vaggat honom till sömns ... Lika bra har han det nu ... Han är inte längre kvar där i sin kropp ... han är borta ... på ett bättre ställe ... Han har det lika gott nu som då.

Prosten lyckades. Trots att orden och påminnelsen om sonens barndom kom Elina att gråta ännu ymnigare leddes hennes tankar i alla fall bort från föreställningen om Voittos blodiga lik och den sprängande ångest den förde med sig. Prosten hade själv svårt att tala, höll ideligen på att brista i gråt också han, men han visste att det skulle förvärra saken och spände alla krafter för att bevara sitt lugn.

Småningom nådde prostens ord en fastare kontakt med Elinas medvetande. Hon började lyssna, och när de en halv timme senare kom ut ur kammaren tillsammans var hon redan kapabel att tala ganska behärskat om saken.

Sedan berättade prosten om de övriga stupade som hade kommit samtidigt. Några av dem var bekanta till Koskelas. Det kändes liksom lite lättare för Elina när samtalet fjärmades från deras egen olycka. Men allt som oftast slokade hennes huvud och darrade till av frambrytande snyftningar tills de andra åter lyckades dra in henne i samtalet och avvända hennes uppmärksamhet.

Innan prosten gick lovade han titta in ytterligare en gång. Familjen försökte ta i tu med dagens arbeten. Men det hände ofta att en hand stannade rådvill mitt i rörelsen. Vad var det nu igen som skulle göras? När det blev tid för nyheterna knäppte Juhani på radion. Rapporterna hade ännu inte börjat, och det kom sång ur apparaten. Sångaren hade en konstlad och krystad glädje i rösten, som om han ansträngt sig över hövan för att övertyga sig själv och andra om att han var rolig:

Vår korsu stadig och bastant, den håller för en elefant.
Pojkarna i godan ro, drar sig nöjda i sitt bo ...

— Stäng åv an!
Först när de övriga kröp till kojs gick Alma tillbaka till nya sidan. Långsamt stultade hon längs gårdsstigen med händerna under förklät. På tre håll syntes brandsken. Ett av dem visste hon kom från Tammerfors, för ibland när himlen var klar brukade man kunna se reflexer av den vanliga stadsbelysningen därifrån.

— Välsini å bivare ... All olyckli mänskor där ... Å stugon min ä oelda å allt ...

Till all lycka måste djuren skötas i alla fall, maten lagas och stugan städas. Var och en försökte på sitt sätt slå bryggor över

454

sorgen och pinan. Alma och Elina sjöng psalmer och Kaarina stämde ofta in. Juhani grät sin gråt någonstans i uthusknutarna och Akseli upprepade:

— Jag tänkt he. Int går e förbi. Då di ä tri där.

Det verkade som om själva denna inbillade oundgänglighet hade varit honom till något slags stöd. När han var ute i byn och träffade folk som beklagade sorgen upprepade han alltid samma sak:

— När man har tri där ... Så går int e förbi.

De skrev till Vilho och Eero och bifogade attest över Voittos död för att bröderna skulle kunna ansöka om permission till begravningen. Det var Kaarina som skrev, för Elina kunde inte nu.

Elina ville åka till stationen för att se på Voitto när kistan kom. Akseli nekade och tvekade, men gav slutligen efter. Kanske var det trots allt bättre att göra det nu än i kyrkan före begravningen. De åkte med häst och släde, och under färden försökte han förbereda Elina:

— Man veit ju int var e ha träffa ... Fast di visar int döm om e ha taji rikti svårt.

Det fanns många kistor i godsmagasinet på stationen. Där var ett par stationskarlar och några lottor sysselsatta med att ställa i ordning de döda innan de visades för sina anhöriga. Akseli frågade och en av lottorna svarade:

— Koskela? Här är di.

— Va ... är int e ein ...

— Här finns två Koskela.

Lottan spärrade upp ögonen av förvåning när hon såg Akselis min men förstod inte att sluta utan fortsatte:

— Två Koskela från Pentinkulma. Voitto och Eero. Den ena kom i dag och den andra i går.

Ett egendomligt slött leende bredde ut sig över Elinas ansikte, som hos en människa som blir förbluffad och rådvill och försöker fly och vika undan med ett generat och trubbigt grin. Hennes medvetande vägrade att fatta sanningen. Akseli hann gripa tag i henne innan hon svimmade.

En av stationskarlarna sprang hem efter kamfer, men innan han var tillbaka återkom Elina till medvetande. Ett par av lottorna gick hastigt därifrån när de såg den stirrande och stela blicken i hennes ögon. De lottor som stannade kvar brast i gråt och stationskarlarna lovade skaffa läkare. Akseli höll Elina i sina armar och talade till henne:

— ... vi ska skåd på pojkan ... ska vi skåd på döm ...

Han nickade åt lottorna, och de öppnade kistlocken. Akseli hade inte tänkt närmare på saken utan bara i sin oro gripit till den närmaste utvägen för att få Elinas uppmärksamhet fäst vid någonting över huvud taget. Men det visade sig vara en lycklig idé, för anblicken gjorde att Elinas omtöcknade medvetande åter klarnade. Gråtande gick hon fram till kistorna. Hon rörde i tur och ordning vid sönernas ansikten, sa deras namn och kysste dem på pannan.

Det var den trettonde mars. På hemvägen genom kyrkbyn fick Akseli och Elina höra om freden. Folk hade samlats i klungor för att diskutera. De talade lågmält, dystert och fåordigt och somliga kvinnor grät.

Om fredsvillkoren visste man ännu ingenting i detalj, bara att Karelen skulle gå förlorat och därmed även Viborg. Akseli försökte tala om freden för att få Elina ur hennes ångest och smärta åtminstone för några ögonblick, men hon satt apatiskt lutad mot slädkanten och fattade inte ens vad han sa.

Den trettonde mars var en klar och solig dag. Stugan på Koskela var fylld av vårligt solsken som kom den vitmenade ugnen och golvmattornas klara färger att lysa. Men husfolket satt eller gick omkring tyst och tigande, var och en försänkt i sin plåga. Faktum var dock att medvetandet om att även Eero hade stupat gjorde smärtan nästan lättare att bära, gav den sådana dimensioner att den fick en nyans av upphöjd tragik.

När fredsvillkoren lästes upp i radion utbytte de några trötta och likgiltiga kommentarer. En av dem frågade de andra vad det var ministern hade sagt, för en stor del av talet hade gått dem förbi i sorgens tankspriddhet.

På herrgården, prästgården och i de stora bondgårdarna hissades flaggorna på halvstång med sorgflor, men på Koskela brann belysningen hela natten. Scenen i godsmagasinet på stationen hade gjort Akseli så uppskrämd att han inte vågade sova, trots att

Elina allt emellanåt föll i dvala och mumlade klagande, obegripliga ord medan hon slumrade. Också Juhani och Kaarina vakade hela natten i stugan. Alma däremot sov inne hos sig. Hon vaknade dock allt emellanåt och stack sig ut på trappan för att lyssna efter ljud från huvudbyggnaden. När ingenting hördes suckade hon och gick tillbaka in, men dessförinnan kastade hon en blick upp mot himlen. Där uppe i det svaga gryende vårskenet glimmade marsnattens klara stjärnor.

NIONDE KAPITLET

I

Freden och uppståndelsen kring den gick till stor del Koskelas förbi. Förlusten av pojkarna och deras begravning tog dem så helt att de inte orkade intressera sig för annat. Men ute i byn hördes mångt och mycket om saken, allt efter vars och ens tonart. Det sades att också herrgårdsfrun hade gråtit och snyftat fram:

— Det hjälper inte med gråt på marknan ... eller hur det nu heter ... det hjälper inte på marknan.

Även prosten suckade tungt när han diskuterade freden med bysborna, men lite gladare lät han i alla fall när han tillade att hans son hade fått ett frihetskors av hög valör.

Det var bara Elias som gick omkring som vanligt, skjutande cykeln framför sig på den vårsörjiga vägen, och sa till folk:

— Nog lever man vidare här i världen. Jag mista min deil åv Kankaanpää jag å. Men denhä landsvägin ha hålli i alla fall.

Aune hade fått ett minneskors efter Valtu och gick omkring i byn och visade upp det. Nu fanns det ju redan en hel massa stupade, så hon väckte inte alls samma uppmärksamhet som i början. Men hon fick pension efter Valtu i alla fall och hade det därför för all framtid bättre än någonsin förr. Hon var inom hos Koskelas också och förevisade frihetskorset och grät och fick sällskap i sin sorg av Elina. Det gjorde att hon kunde känna sig som hennes jämlike, Elina som i alla fall var bondmora och även annars en kvinna som man hyste större aktning och respekt än vanligt för.

Nu när det inte längre var någon luftfara försiggick krigar-begravningarna på söndagen vid middagstid. Elina utstod påfrestningen bättre än man vågat vänta. Men när salutsalvorna ekade började hon darra i hela kroppen som om de träffat henne själv. Sönerna begrovs sida vid sida, och när mullen föll ner på kis-

458

torna viskade hon deras namn i tur och ordning. Kören sjöng, och man urskiljde postfrökens röst, för hon spetsade till vokalerna över hövan:

— Uu diira fusterland ...

Vilho hann inte hem till begravningen utan kom först en kväll några dygn senare. Ingen råkade titta ut när han klev över gårdsplanen, och därför stod han helt plötsligt och överraskande i stugan.

— Hälsningar från krige.

Elina blev så rörd att hon inte kunde låta bli att kasta sig om halsen på sonen, som lite blygt klappade henne på skuldrorna. Akseli sa med darr på rösten:

— Nå, du åtminstondes.

— Jaa, här ä jag. Men jag far snart igen.

Han var på väg till officersskolan i Kankaanpää och hade fått ett par dygns permission i samma veva. Han drog av sig kappan och hängde upp den. Kaarina och Juhani var lite generade av pur blyghet för att visa hur glada de var över broderns hemkomst. När hälsningarna var växlade satt alla tysta och lite rådvilla. De visste inte riktigt i vilken ända de skulle börja. Till slut sa Akseli:

— Du kund int kom ti begravningen.

— Nä. Jag fick breve så sent å. Vi va på marsch å posten vart väl lite bortblanda.

Vilho tittade i golvet, och så sa han lågt:

— Ha e hördest nå om huru di gick?

— Om Voitto veit man int. Om Eero hadd nåen skrivi att kroppen hadd lega på ryska sidon ein tid men att di hadd fått an därifrån sedan.

— Jaa.

Så övergick man till annat, för ingen ville tala om pojkarna. Familjen frågade Vilho om hans upplevelser, men han svarade korthugget och ovilligt:

— Int veit jag. He ä ju så stor offsersbrist, så däför skolar di väl såna som vi å.

— Skrev int du att du va plutonchef å allt?

— Jag va nog tillåme kompanichef ett tag ... Om man nu

kund kall he för ett kompani. Någer halvdö karar å int ein enda offser kvar ... Sedan kom e ju nog nya.

— Var e så slut då att man int kund nå meir?

Sonen tänkte några ögonblick innan han svarade:

— Somli påstår nog att vi sku ha orka ännu. Men jag tycker nog vi va slut ... Fast jag talar ju bara om ein liten punkt .. Om he som jag själv skåda.

Frågandet upphörde när de märkte att Vilho inte var hågad att berätta. Han hade undergått en märkbar förändring. Lugn och behärskad hade han alltid varit, men nu var det någonting tungt över hans lugn. Ibland reste han sig, gick fram till fönstret och tittade ut och återvände sedan till sin plats och satte sig på nytt.

Mor bäddade åt honom i gästkammaren. När alla redan hade lagt sig kom hon in i kammarn och frågade lite brydd:

— Sku du bihöv ein dyno till?

— Nä. He räcker nog me denhä.

— Jaha ...

Men hon gick inte, utan satte sig efter ett ögonblicks tvekan på sonens sängkant. De pratade en stund trevande och hackigt om Vilhos officersskola och om när han kunde tänkas bli fri från armén, och slutligen sa modern:

— Bara du sku slipp bort snart ... Så sku int e känns så tomt.

De orden verkade liksom befriande och nu började hon berätta:

— Då di sa att bådas kistor va där så svimma jag ... Jag va bortblanda ein stund å känd som jag sku ha tänkt dö på fläckin ... Ännu också är e så hemst då bildren komber för ögona. Men så tänker jag allti på att di har e bätter än va jag har e här ...

Vilho lyssnade tigande, och när modern hade slutat sa han bara:

— Jaa.

— Jag ha tänkt att di säkert mindes Gud där i hedä förskräckliga ... Kom du ti tänk på han nåen gång ...

Sonen vred sig en aning och sa:

— Jaa, nåen gång ... I början ...

Han gissade moderns tankar och fortsatte:

— Jag hadd nog bokslute klart åt he hålle ... Jag lärd mej ti ta allting som e kom ... Gick e ti sov, så sovd jag, å bihövd man int va rädd just för ögonblicke så tänkt jag int på heila alltihopa ... He fanns mång där som plåga nervren sina me att heila tiden vänt på nya konsentrasjoner å nya anfall ...

Elina fortsatte att tala om de stupade pojkarna. Då och då brast hennes röst. Vilho lyssnade och flickade in ett aller annat ord. Innan Elina gick frågade hon ännu en gång om dynan, och återgången till vardagen från stämningen nyss gjorde dem båda entonigare än vanligt. Men Elina kände sig mjuk och lätt om hjärtat när hon gick in i farstukammaren.

Trots att Vilhos ankomst var en ny stark påminnelse om att de andra pojkarna var och förblev borta gjorde den ändå husfolket bättre till mods. Större delen av familjens intresse koncentrerades på honom. Trots den sorgsna stämningen kände de en viss stolthet över hans kommendering till officersskolan. För Alma var en officer en mäkta hög potentat, för i hennes ungdom var det bara somliga herrgårdsherrar som hade haft sådana grader. Hon tittade beundrande på sonsonen där han vandrade av och an över stuggolvet, och så sa hon:

— Så du ska bli ein rikti herr då.

Vilho log road och svarade nånting skämtsamt. Själv var han inte så helhjärtat entusiastisk, för tanken på den kommande drillen kändes motbjudande. Ibland vandrade han tankfullt utomhus, tittade sig fundersamt omkring och svarade enstavigt på tilltal. Han var borta i byn också, men gick inte in någonstans. På Kivivuoris gårdsplan stod han en god stund och betraktade huset där det låg dött och tomt.

Han hade varit glad åt permissionen och hemkomsten, men nu när han gick omkring i byn och träffade människorna där upplevde han starkt hur trång och liten denna värld var. Samvaron med far, mor och syskonen var sist och slutligen det enda som betydde något. Själva byn med dess mänskor och dess liv verkade däven och stillastående på något sätt. Där han stod i vägskälet hade han på känn att det skulle bli svårt att återgå till den gamla livsföringen. När allt kom omkring var det kanske ändå inte så tokigt med officersskolan trots att det innebar att han inte skulle hemförlovas med de övriga reservisterna utan bli tvungen att tjäna över.

Ett halvt undermedvetet hopp närde han där han spankulerade i byn, och en dag gick det i uppfyllelse. Där kom Kylä-Penttis Kirsti från kyrkbyhållet, ledande sin cykel. Hon stannade och började prata, frågade hur Vilho hade haft det och beklagade sorgen efter bröderna.

Kirsti var i tjugoårsåldern, ingen skönhet egentligen, men frisk och välbyggd, och hos en tjugoåring verkar själva sundheten vacker. Hon stod där och vred på styrstångshandtagen och pratade med en storbondedotters värdiga tonfall.

Först när han fick syn på flickan kände Vilho en liten oro i sinnet, men den jämnade hastigt ut sig. Han hade dansat med Kirsti någon gång på skyddskårshuset, och det hade krävt en viss portion mod av sonen till en frigiven torpare, för Kirsti var ju dotter på ett stamhemman. Inte för att dansen nu hade något att betyda, men dessutom hade det hänt att han åkt sparkstötting med henne utför Mäenpää-backen, och det var redan något helt annat, för det innebar att man måste sätta sig över rangskalan i byn.

Djärvheten i det hela gjorde att bysborna hade fäst sig vid det, och ryktet hade nått också familjens öron. Visserligen hade Penttis aldrig varit särskilt måna om sin storbondevärdighet, men att umgås på jämställd fot i vardagslag var något helt annat än att göra närmanden till dottern i gården. För Penttis hörde nu en gång för alla till en annan kast än vanligt folk i byns ranghierarki; de företrädde rye- och väggbonadskulturen.

Vilhos egen inställning till saken var så oklar den gärna kunde. Han hade nog känt sig intresserad av Kirsti, men just för dendär ryekulturens skull hade han inte förmått reda ut det hela ordentligt ens för sig själv.

De stod en halvtimme i vägskälet, och under tiden kände Vilho hur allt det intresse han någonsin hyst för Kirsti slocknade ut. Vad han såg framför sig var en alldeles vanlig flicksnärta med mycket enkla och konventionella tankebanor och talesätt. Den saken kunde inte hennes värdiga bonddotterssätt rucka det minsta på. Det var inte en klart medveten tanke hos Vilho, han bara kände att flickan var honom fullständigt likgiltig när allt kom omkring. Han märkte nog att hon gärna ville fortsätta samtalet, i synnerhet när hon fick höra att han skulle till officersskolan. Men Vilho blev allt mera förströdd och ointresserad, och till slut sträckte han ut handen, sa adjö och gick.

På hemvägen tänkte han över saken. En liten vemodig besvikelse värkte i sinnet trots allt. Varför verkade Kirsti nu plötsligt så vanlig? Varför kändes allt så smått och obetydligt?

Vilho undrade om hans intresse i själva verket kunde ha berott just på dendär ryekulturen, på att den hade haft det obekantas lockelse. Men i skogarna vid Lemetti och Koirinoja hade hans landsbysjäl slitits sönder. Han hade en gång för alla förlorat förmågan att se upp till något eller någon. Vad hade folks rang för betydelse? Vid fronten hade han sett herrar och arbetare dö på samma sätt, med samma skräck och plåga i blicken.

Egentligen var han glad och nöjd när permissionen var slut. Det enda tråkiga var att skiljas från hemfolket.

II

Det kom evakuerade till byn och en familj inkvarterades på Kivivuori. Alla de gamla sakerna fördes nu över till Koskela. Jord behövde de inte överlåta åt karelarna, utan den togs från herrgården.

Rautajärvi blev hemförlovad direkt från krigssjukhuset och började strax arbeta för medborgerlig samling och försoning trots att han alltjämt haltade på sitt sårade ben. Han besökte alla sina stupade plutonkarlars hem, däribland Koskela.

— Jag kommer på vapenbrödernas vägnar för att framföra vårt deltagande i sorgen.

Ordet vapenbroder återkom ofta i hans mun nuförtiden. Han var till och med en av dem som genomdrev att de avrättade rödas grav fritogs från den bannlysning som hittills hade vilat över den. Också prosten var gärna med om saken, trots att en del av storbönderna och herrarna i kyrkbyn ansåg att det var farligt att dra fram sådant nu. Det vore bättre om båda parter glömde alltsammans, sa de. I själva verket ville de bara glömma sin egen andel i den tidens händelser.

Graven ställdes i ordning. Det gamla murkna spjälstaketet revs, epilobium och talltelningar rensades bort och platsen gjordes om till en stenomgärdad kulle. Den socialdemokratiska kommunalorganisationen anskaffade ett gravmonument som avtäcktes vid en högtidlighet. De avrättades kvarlevande anhöriga blev tillfrågade om de önskade att de döda skulle jordfästas, och de flesta ville det. Från Koskela var Alma med vid högtidligheten, men inte Akseli.

Juhani var skjutspojke åt Alma. Det hade samlats en stor folkmassa och arbetarföreningarnas fanor bildade hedersvakt. Prosten välsignade graven, och hans stämma darrade när han sa:

— Ni åttio bröder och systrar, ni bland vilka vi inte ens känner namnen på alla, hör till offren på vårt folks lidandesväg. Men vår Herre känner var och en av er och skall kalla er till sej på den yttersta dagen ...

Alma torkade sig i ögonen. Hon tänkte inte på högtidlighetens politiska betydelse, utan kände bara lättnad över att sönerna nu hade blivit riktigt jordfästa. Monumentets avtäckningstal hölls av Janne. Det var försonligt i tonen, men en del av de närvarande bönderna fick en disträ och frånvarande min när han sa:

— ... livet går vidare. Lidandet och de stupade ska vi glömma efterhand. Men på villkor att den dans som i tjugo år har trätts på denna grav nu får ett slut. Låt så vara att en som gör uppror är en brottsling, men han är dock en människa med anhöriga för vilka hans minne är kärt. Vi kan inte kräva av en mor att hon skall förbanna sin son som gjort uppror, ty hennes känslor är starkare än samhället och dess lagar. Också Finlands lag förbjuder att en brottsling skymfas för sitt brott, om han har fått sitt straff och sonat brottet. Det har de gjort som ligger här, och därför kan vi avlysa bannet över deras minne. Också våra generaler är nu överhöljda med ny ära, så inte heller för att förgylla den behöver skymfandet och bojkotten av dessa gravar fortsätta. Jag säjer de orden därför att vi inte har skäl att bara helt lätt glida förbi dessa frågor. För också efter den enighet faran nu har skapat kommer det en vardag.

Täckelset föll, och folk läste texten på stoden:

464

»Fallna med ära för frihet, broderskap och jämlikhet.»

Många kransar nerlades, bland annat en från skyddskåren. Den frambars av Rautajärvi och Haukkala-sonen, och på dess band stod det:

»Hedrande minnet av dem som gåvo livet för sin övertygelse.»

Men i utkanten av menigheten mumlade en gumma dystert till en annan:

— Di behövd ju int ha taji e åv döm.

Småpojkarna travade omkring på avrättningsplatsen och studerade trädstammarna, som var skadade och kådiga på de ställen där kulorna hade slagit in. De anhöriga lade ner sina personliga kransar och blomster. Bland dem som gick fram med en blombukett var Alma. Utom kransen från kommunalorganisationen lade Janne även ner en personlig krans till minne av Halme, som inte hade några släktingar i socknen och veterligen ingen annanstans heller. Han hade börjat sitt liv som ett utackorderat hjon, och var han kom ifrån fanns det inte längre någon som mindes.

Återkommen hem sa Alma förnöjd:

— Så nu ligger di i signa jord bägge två.

Men Koskelas hade ju färskare gravar också. Elina fick ett minneskors för båda sönerna. De placerades på hennes byrå bredvid Jussis röjningsmedalj och silverskeden som var Vilhos skidtävlingspris.

Karlarna blev hemförlovade från armén, men Vilho dröjde. Yngre årsklasser blev inkallade och en del reservofficerare och underofficerare kvarhölls i tjänst tills omställningarna var klara. Så kom det ett brev från Vilho, där han meddelade att han fått erbjudande att kvarstå i tjänst som fänrik på extraordinarie stat. Själv hade han nog tänkt sig att stanna, men ville i alla fall höra vad fadern ansåg om saken. Elina förundrade sig över att sonen inte ville komma hem och var rent stött och sårad, och Akseli skrev för första gången ett brev till Vilho:

»Min käre son.

Brevet ditt gör mig förundrad. Mor haver så väntat dig hem, och alla vi andra likaså. Det vill int gå så bra med arbetena här. Jag har icke villat befalla er, då jag tänker, att fullvuxna män-

465

niskor själva bestämma över sig själva. Men jag kan ej förstå, då nu även pojkarna äro borta, och du skall hava gården, då ju Juhani skall till Kivivuori. Jag kan ju ej konkurrera med militären om lönen, men jag duger ju icke länge mera att sköta gården, och då får du övertaga den. Jag kan ej förstå denna sak. Jag kan icke förstå, att jag sku ha varit så elak mot er att ni ska måsta fara hemifrån. Gör som du vill, men då mor också har väntat så. Tänk nu över saken en gång till.

Din far.»

Efter en tid kom det svar från Vilho. Han hade beslutat stanna, inte för lönens skull men för det allmänna lägets. För tid och evighet tänkte han ingalunda bli kvar i armén, utan bara tills det slutligen blev fred i världen. Allt var så osäkert ännu, också för Finlands del, och han tyckte det var bäst att vänta och se hur saker och ting utvecklade sig. Far kunde ju städsla främmande hjälp. Det skulle han säkert få för samma pris som han, Vilho själv, skulle kosta i mat och uppehälle.

Sonens förklaringar verkade lite ihåliga, och Elina var nedslagen. Hon tyckte det kändes som om pojken inte brydde sig om henne och hemmet, utan ville komma loss från familjen. Också Akselis tankar gick nog i liknande banor. Vilhos beslut kändes som en kränkning, för det var ju just för sönernas skull han hade slitit och släpat. Och nu skulle alltsammans ges på båten för officersstjärnors och pengars skull. Men svarsbrevet som han skrev var trots allt resignerat i tonen. Bitterheten skymtade fram bara i anmärkningen att han hoppades att sonen skulle komma på permission i alla fall, hur smått och enkelt det nu än var hemma.

Småningom försonade man sig med tanken. Vilho hade märkt att fadern var stött och försäkrade i nästa brev att han skulle komma tillbaka hem bara storkriget tog slut. Han motiverade ytterligare sitt kvarstannande med att det fanns fina jaktmarker och mycket vilt i gränstrakterna. Han tänkte skaffa sig hagelgevär och hund och börja jaga.

— Nog kund han ju ha gått ikring me bösson på ryggin här.

Sedan pojkarna stupade hade Akseli blivit deprimerad och liksom förlorat spänsten. Fredsvillkoren, landavträdelserna och den evakuerade befolkningens öde, som det talades så mycket om, kom honom inte vid. Under kriget hade han levat med i striderna med varje fiber av sitt jag, men i och med pojkarnas död var det slut med allt detta. Var gång han hade ärende till kyrkbyn gick han till hjältegraven, som nu hade prytts med marmorplattor. Det hände att folk som vandrade omkring på kyrkogården stannade och såg på honom där han stod länge orörlig och stirrade på plattorna med sönernas namn. Grät gjorde han inte. Ibland kändes det fuktigt under ögonlocken och käkmusklerna spändes, men det kom aldrig till någon utlösning av ångesten. Med tunga steg gick han därifrån utan att se eller hälsa på någon.

Arbetena på gården skötte han nog effektivt, men koncentrerade all sin uppmärksamhet bara på det han för tillfället hade för händer. Han försökte låta bli att tänka på framtiden, för var gång tankarna sökte sig åt det hållet greps han av djup beklämning. Till Elina sa han ibland tungt och bittert:

— He tycks int bli nå hållbart me mitt göras. Så snart jag komber fram ti trösklin så ramlar jag.

Mitt i sin egen sorg försökte Elina trösta mannen:

— Man måst försök lämn dehä jordiska ... Man får int bind sej ve tåko ... He finns sånt som int ä förgänglit.

Hennes ord hade verkligen stark täckning. Hon hade kommit över det svåraste. Pojkarnas foton, som först hade plockats ner från byrån, ställdes tillbaka. Det hände ofta att Elina blev stående framför dem, och när hon såg på dem kände hon att ångesten inte längre fick grepp om henne. Men den sommaren grånade hennes kraftiga ljusa hår.

De måste städsla hjälp i gården. Juhani var bara tretton år och klarade inte alla drängsysslorna. Kaarina däremot var redan kapabel att sköta ladugården så gott som på egen hand, och Alma gick också i land med ett och annat. För Summa, Maginotlinjen, städer och riken kunde bryta samman, men inte Alma. Hon stultade omkring i environgerna och småpratade hemtrevligt för sig själv:

— Jag ska plock lite ris under armen där ... he duger ti kaffeved ...

III

På vårvintern kom Vilho på permission. Faderns bitterhet hade redan lagt sig, och i sitt stilla sinne var han lite stolt över sonens officersgrad och ställning. När Vilho hade ärende till kyrkbyn åkte han med bara för att få promenera omkring där tillsammans med sin son fänriken.

När Rautajärvi fick höra att Vilho var hemma kom han till Koskelas och lade bort titlarna med honom:

— Eftersom vi nu en gång är officerskamrater.

Han kramade Vilhos näve så att det nästan gjorde ont och sa:

— Hädanefter Pentti.

En gång när Vilho var på hemväg från byn kom en av prästgårdens tjänsteflickor springande efter honom med andan i halsen:

— Prosten ber ti kom in.

Vilho efterkom uppmaningen även om han kände sig olustig, för han visste att han inte hade något att tala med prosten om. Han satt där i salen och berättade fåmält om sina öden och upplevelser. Tjänarinnan hällde i kaffe, och trots att prosten duade Vilho sa han till flickan:

— Slå i en kopp till åt herr fänriken.

Prostens respekt för Vilho var alltigenom äkta och ärlig. Dels hade också han hört ryktena om hur pojken hade utmärkt sig vid fronten, och dels inverkade officersgraden på saken. Vilhos framgång passade så väl in i prostens gammalfinska idealism. »Folket» fick inte stiga som klass betraktat, men ingenting hindrade att enskilda individer gjorde det tack vare personlig duglighet och strävsamhet. Egentligen var sådana personer en gnutta förmer än alla andra. När Vilho gick följde prosten honom ut på trappan och sa vänskapligt som till en jämlike:

— När du kommer hem så gå inte förbi. Kom och hälsa på. Jag är så ensam nu för tiden, jag också.

Han berömde Vilho för sina bekanta i kyrkbyn:

— Han är en präktig pojke ... Hos honom finns något av själva kärnan i det bästa hos vårt folk ... Jaja. Ibland kommer man att tänka på det förflutna. Vi har nog all orsak att glömma ... Hur många sånadär pojkar har inte betalt igen fädernas missgärningar till nationen. Som i dethär fallet också ... Två söner i hjältegraven och den tredje på vakt vid gränsen ... Nog måste vi anse att faderns gärningar är sonade.

Kaarina skulle föra ägg till butiken, och eftersom också hon ville stoltsera med officersbrodern bad hon Vilho följa med. Han begrep nog var skon klämde och var inte förtjust, men godlynt som han var gick han med henne i alla fall. På butiksgården stod Kivioja-Aulis som nyss hade blivit civil. Han var klädd i bästa kostymen och ulstern och gned sina fingerhandskklädda händer mot varandra. Han såg oavvänt på syskonen, och när de kom inom hörhåll sa han:

— Moss. Va veit en gammal?

De skakade hand eftersom det var så länge sedan de hade setts. Aulis mätte Kaarina oförskämt med blicken, liksom värderande och flickan rodnade och småskrattade generat.

— Å du ha sålt dej åt fan, sa han sedan till Vilho. Denne jakade skrattande och förklarade med några ord varför han stannat i armén. Aulis för sin del skällde ut hela armén och förklarade att han hade spottat tre gånger på karsernporten när han gav sig iväg. Han hade varit chaufför vid en högre stab och talade i förklenande och föraktfull ton om generaler.

Så fäste han åter uppmärksamheten vid Kaarina:

— Va veit flickon? Du ha vuxi till dej sen sist. Va har du i korgen?

— Äggen.

— Låt ein gammal drick ett.

Kaarina gav honom ett ägg. Aulis tog det, petade hål med en säkerhetsnål i dess båda ändar och sög ur det. Kaarina tittade på och kunde inte låta bli att säga:

— Usch. Huru kan du?

Aulis knäppte iväg det tomma skalet med fingrarna:

— Tack bara. Nog gick e annors, men kycklingsnäbben skrapa mej nå lite i halsen.

Kaarina gick in i butiken, och Aulis sa till Vilho:

— Hon har skoji ögon, hondä flickon eran ... Hon ha börja si bra ut.

Aulis märkte inte att Vilho stelnade till en aning innan han svarade i likgiltig ton:

— Vaför int.

Aulis föreslog att de skulle åka till kyrkbyn tillsammans på kvällen med Koskelas häst, men Vilho sa nej:

— Jag måst iväg i morron bitti. Int ids jag mera i kväll.

Kaarina kom ut ur butiken, och när de gav sig hemåt sa hon till Vilho:

— Förskräcklit va handä Aulis ä stor i mun.

Men hennes röst hade en nyans som gjorde Vilho lite brydd. Han svarade entonigt:

— He ä di ju heila schacke. Börjandes me Vicke.

— Han tror att allihopa ä förtjust i an, å ändå talar han så fult om allihopa bakom ryggin på döm.

— Jaa ... Var å ein har sitt sätt.

— Å så är an så högmodi för di har pengan å bilan ... Pyh. Jag sku int bry mej i ein tåkodä om di så hadd flygmaskinren.

Vilho log och sa:

— Bihöver du försäkra he så häftit då?

Kaarina stammade förvirrat fram någonting nekande och började sedan tala om andra saker.

Vilho tittade i smyg på systern. Först hade han någonting undrande och fundersamt i blicken, men så drog han munnen till ett välvilligt litet leende.

Ännu medan Vilho var på permission innehöll tidningarna meddelanden om tyska truppkoncentrationer på Balkan och i Polen. Från herrskapskretsar i kyrkbyn utgick ett viskande rykte att det fanns tyska trupper också i norra Finland. Sådant kom framtiden att te sig synnerligt osäker, och när permissionen var slut och Vilho skulle resa sa fadern:

— Du gjord väl klokt i alla fall. Då int man veit va e kan bli till här ännu.

Vilho lämnade efter sig hemma lite pengar samt en frihetsmedalj och vinterkrigets minnesmedalj som han fått efter kriget.

Också de placerades på byrån bredvid röjningsmedaljen, silverskeden och minneskorsen. Familjeklenoderna blev allt fler och fler.

Kriget började på Balkan. Hemma hos Koskelas talade man inte mycket om saken. Där pågick ett lokalt litet krig, för Kaarina hade velat börja gå på dans. Far förbjöd henne kategoriskt, men mor sa bara lite sorgset:

— Du sku stann bort nu ännu ... För pojkans skull å.

Men när hon såg att flickan fick tårar i ögonen av besvikelse tillade hon:

— Fast nog får du ju för mej ... Om bara far låter ...

Elina lyckades övertala Akseli att ge med sig. Han sa nog sitt ja lite vresigt, och Kaarina försökte dölja sin belåtenhet för att inte reta upp honom. När hon sedan skulle ge sig iväg och gick genom stugan tittade Akseli strängt på henne och sa:

— Å så i tid heim, å allena.

— Joå.

Det stod några unga karlar på skyddskårshusets gårdsplan, och Kaarina kände sig blyg och generad, i all synnerhet som hon kom ensam. När hon gick förbi hörde hon hur pojkarna fällde några anmärkningar om henne och hennes ankomst. Först när hon var inne i salen och stötte på några bekanta flickor kände hon sig lite lugnare.

När dansen började var hon en smula skrämd vid tanken på att bli uppbjuden, men när det kom ynglingar och bockade sig för flickorna på sidan om och framför och hon slutligen blev nästan ensam kände hon sig besviken. Till följande dans bjöds hon upp av en drängpojke från herrgården. Han var en gammal bekant från skoltiden, hade redan hunnit bli en smula berusad och försökte uppträda med galanta världsmannamanér. Sedan blev hon uppbjuden till varje dans. Delvis berodde det på att hon var med första gången och väckte en viss nyfikenhet bland pojkarna.

Varje gång hoppades hon att Kivioja-Aulis skulle bjuda upp henne, men ständigt gick han henne förbi. En hälsning hade

471

han nog nickat, men bara förstrött och i förbigående. Kaarina insåg ju nog också att hon hoppades för mycket, för Aulis dansade bara med de nättaste och mest eftertraktade flickorna. Han var avspänd och självsäker. När han bjöd upp bugade han redan på långt håll, sträckte färdigt fram armarna och gled ut i dansen ögonblickligen när han fick beröring med flickan.

Aulis var en mörk och stilig pojke med ett litet tycke av zigenare. Intrycket förstärktes ytterligare av hans nya svarta kostym och bländvita skjorta. Kostymen passade kanske inte riktigt för en danskväll mitt i sommarn, men den klädde Aulis alldeles utomordentligt, och han visste om det.

En flicka som Aulis just fikat efter blev bortsnappad mitt för näsan på honom, och han tittade sig hastigt omkring efter ersättning. Han råkade få blicken på Kaarina och bockade för henne. Flickan genomfors av en bävande glädjeilning trots att hon hann se och förstå att Aulis bjöd upp henne bara för att han gått miste om den han tänkt sig. Kaarina dansade än så länge klumpigt och osäkert, och nu gjorde spänningen och förvirringen henne stelare i kroppen än vanligt. Till en början sa Aulis ingenting utan dansade med halvslutna ögon som om han koncentrerat sig på musiken. Men efter ett varv öppnade han munnen:

— Du ha kommi åsta sving nå lite du å.

— Jaa.

— Skojit.

Sedan var han tyst en liten stund igen, och så började han prata allt möjligt smått strunt, mest skämtsamma anmärkningar om de övriga paren på dansgolvet. Kaarina började långsamt känna sig säkrare och naturligare och svarade på hans prat. Så teg de ett slag igen, tills Aulis sa:

— Tal nå lite.

— Vadå om?

— Int är e nåen stjillna. Bara du pratar. Du har så vacker röst.

Kaarina skrattade lågt och förnöjt. Hon trodde att Aulis skämtade, men han fortsatte med sina uppmaningar att hon skulle säga något. Kaarina hade verkligen en välljudande och klangfull stämma. Själv hade hon aldrig blivit medveten om det, men i Aulis öron lät hennes mjuka och kvinnliga tonfall så vackra att han efter dansen, då han stod i pojkhopen vid salsdörren, sa i upptäckarton:

— Hondä Koskelas flickon har perkeles kiva röst å skoji ögon ...

Allt som oftast såg han på Kaarina liksom för att få intrycket bekräftat, och han bjöd upp henne till nästa dans också. Det var en vals, och Aulis började känslosamt gnola orden med halvslutna ögon:

Nu tända sig stjärnor på natthimlens rund
och kanonerna tystna också,
den unge soldaten får vila en stund,
hans tankar till hembygden gå ...

Kaarina kände instinktivt Aulis vaknande intresse, och det försatte henne i en lätt upphetsning. Anspråkslös och ödmjuk som hon var hade hon till en början svårt att tro på det. Aulis hade länge varit föremål för hennes liksom för så många andra byflickors hemliga beundran. För resten gällde det inte flickor bara från Pentinkulma utan från snart sagt hela socknen. När Aulis körde blandtåget tävlade butiksbiträdena i kyrkbyn och stationsbyn om vem som skulle få klarera bilärendena. Och många gjorde totalt obehövliga resor med bussen och försökte se till att de fick platsen närmast bakom chauffören.

Allt sådant hade ytterligare ökat Aulis medfödda självsäkerhet och kaxighet. Han brukade ofta skryta för bypojkarna om olika »fall» och i detalj berätta hur den och den hade burit sig åt. Ibland påstod han sig ha fått till och med två flickor samma kväll och väste i örat på någon förtrogen kamrat, precis i samma stil som farfar Vicke:

— Ä jag int oslagbar?

Kaarina kände ett lätt styng av svartsjuka när en skock flickor under pausen slog sig i slang med Aulis och uppträdde som om de hade varit särdeles nära bekanta till honom. Dessutom talade de kyrkbyspråket, som nyss hade börjat sprida sig

473

också till Pentinkulma tack vare de täta förbindelser blandtåget hade skapat:

— Hej Aulis. Ä du på don på linjen i morron? Tar du mej gratis ti körkan?

Också pojkarna i byn uppträdde gärna som vänner till Aulis. För han var ju son till Lauri A. Kivioja och en skojfrisk och bekymmerslös »schaffare» med en syn på livet och ett sätt som i sin ledighet och frigjordhet avvek från den vanliga bymentaliteten.

I vinterkriget hade de dock varit med nästan allesammans, och det hördes högljutt prat i skocken vid salsdörren:

— Pojkar, då vi skida heim över ny gränsen å kompanie hadd namnupprop så va heila stridsstyrkon elva gubbar.

Om striderna på Balkan och det övriga storkriget fälldes smått föraktfulla anmärkningar. Ett slag blev det lite uppståndelse när smedens Leo började hoppa jämfota i förstugan och skrika:

— Ä herrigud. Vårt land vårt fosterland, me tusen sjöar. Nu ska vi vis lite hur e gick till ve Vuosalmi.

Ordningsmännen lugnade ner honom, men försiktigt, för de som hade varit ute i kriget hade visa privilegier, i synnerhet nu när det gick rykten och kannstöperier om ny mobilisering. Det var också till stor del därför många unga karlar gav sig hän åt ett slags yttersta-dagen-stämning.

När sista valsen började passade Aulis på och bugade för Kaarina. Det var ett tydligt tecken, för enligt gammalt bruk var slutvalsen ett slags valtillfälle. Då bjöd man upp den flicka man ville följa hem. Redan under första varvet frågade han också mycket riktigt:

— Sku e liksom finns nå möjliheiter ti få kom i lag me dej?

— Jag veit int riktit.

— He sku va trevlit om du snart sku böri veit.

Det lät nästan som en hotelse, och Kaarina hajade till.

— Nå, ti prästgårdens vägskäle, men int ända heim.

— He blev napp.

Valsen övergick i en marsch och publiken började troppa av. Några berusade blev lite oregerliga och stampade i golvet i takt med marschens rytm. Aulis hjälpte Kaarina på med kappan, och när han fått sin egen överrock drog han den på sig ute på trappan. Trots sin glädje var Kaarina lite rädd: alla såg ju, och de därhemma skulle säkert få veta.

Deras avtåg väckte uppmärksamhet just därför att Aulis var så eftertraktad. Det var fullt med folk på gårdsplanen och Kaarina gick genom hopen med blicken stint i marken och försökte skynda på stegen så mycket hon kunde. Men folkhopen strömmade ut på vägen. Pojkar svingade sina flickor upp på cykelramen eller släntrande bort i armkrok med dem. De som blivit utan partner gick i samlad skock och ropade och väsnades lite liksom till kompensation. I ett alsnår vid vägkanten höll ett gäng fyllhundar till. Alarna ruskade, och över det mera lågröstade mumlet hördes plötsligt ett rasande vrål:

— Jessus satan. Lika långt ha jag kravla i skyttegravsstumpan som du. Käftas int, eller så komber e ...

— Du ska int alls ... Veit du fan att man ha skåda rökan i Summa här va.

— Satan ... Gå undan. Nu komber e. Snart ska du få skåd på krutröken från Tolvajärvi satan ... Här ha jag bjudi karn på supar heiIa kvällen, å så ...

— Nå pojkar, ids int nu ... pojkar. Vi ä ju vapenbröder. Vi ska int gräl ... Vi skaffar ett kvinns nåenstans ...

— Satan, he ska int stann ve dehä ... Dra kniven din ur slidon, jag slår int ein vapenlös. Kollaafronten håller nog, he kan du va säker på, fänins hambus ...

Några av de förbipasserande stannade för att lyssna. Aulis ville också stanna, men Kaarina var skrämd och krävde att de skulle gå vidare, i all synnerhet som det kom några berusade på vägen bakom dem också, med armarna om varandras axlar. Smedens Leo och Aarne Siukola och några av herrgårdens drängar var med i hopen, och de ropade:

— Aulis, kom åsta ta en sup ... Lämn flickon där ...

Aulis sa nej och pojkarna lät honom vara i fred. De skränade inbördes och smedens Leo svor med underligt gråtblandat raseri i rösten:

— Brorsan strök me han ja. Sa .. tan. He sticker mej i lungon. Tisammans söp vi å slogdest ... men där ligger han me mull på tryne ... voj herrigud ...

Han överröstades av en sång som någon av de andra stämde
upp och som han också själv föll in i:

Och de blommande kullar i sommarens tid,
det är allt som i dag finnes kvar.
Där vilar de alla i gravarnas frid,
våra hjältar från krigsvinterns dar.
Men vid Raate och Summa och Kollaa de stod,
och friheten skänkte de oss,
nej, aldrig vi glömmer de pojkarnas mod
under krigsvinterstjärnornas bloss.

— Pojkar ... Är e nåen som vill slåss ... Kristus satan ...
Molotoff me sin armé, han fick nog på stjärnor se, å Kollaaälvens
is bär int ryssan på nå vis ...
Kaarina skyndade på Aulis, och i prästgårdens vägskäl slapp
de den skränande hopen, som drog vidare åt herrgården till. När
de blev på tu man hand stack Aulis Kaarinas arm under sin, och
hon drog inte bort den. Ett stycke från korsvägen sa hon till Aulis
att vända om och tittade samtidigt efter om någon kanske var
på benen i prästgården. Ingen syntes till, och när Aulis inte låt-
sades om hennes uppmaningar utan fortsatte vid hennes sida bryd-
de hon sig inte om att neka flera gånger. Men när de kom till
den vägkrök därifrån husen på Koskelas syntes sa hon:
— Nu måst du gå.
— Du får int va så grym. Ha man vandra såhä lång väg
så måst man få lön å.
— Nä, du måst gå nu.
— Ajaj, va smekand röst du har. Du känns så mjuk som ett
fågelbo heila flickon ... Låt mej stryk dej över håre nå lite. Jag
tycker om såntdä halmfärgat hår.
— Du ä då rikti gälin ... gå heim nu.
— Sku man månne kunn få en liten puss?
Aulis närmade sig och Kaarina drog sig bakåt:
— Nä. Jag går nu.
— Kom ut åsta åk bil nåen kväll. Så pass mytji bensin har
jag som int gubbin veit nå om ...
— Jag veit int.

Kaarina skulle ha sagt ja ögonblickligen, men hon var rädd att fadern inte skulle ge henne lov. När Aulis hade hållit på och bönat och tjatat en stund gav hon slutligen ett halvt löfte. De kom överens om att träffas vid prästgårdsvägskälet på ett bestämt klockslag, och var Kaarina inte där så betydde det att hon inte hade fått lov. Aulis försökte ännu en gång röva en kyss av henne, men hon flydde iväg tio meter bort. Först där stannade hon och sa adjö. Aulis såg ut att åtnöjas med sakernas tillstånd och sa:

— Moss. Kom säkert sedan.

Kaarina smög sig försiktigt in i sin kammare. När hon låg i sin säng försökte hon fundera ut ett sätt att övertala far. Det verkade hopplöst, men trots det var hon så uppskärrad av pur glädje att hon inte fick sömn förrän frampå morgonsidan.

Hon talade först med modern. Elina var inte alls förtjust i tanken, men hade inte hjärta att neka när hon såg hur orolig och ivrig flickan var. Hon till och med log åt Kaarinas barnsliga entusiasm, men så sa hon:

— Nog får du för min deil, men du måst sköit om dej ...

— Tal ni me far.

— Du måst nog tal sjölv fösst ... He ä bara he, att far int likar dem.

Den överenskomna dagen närmade sig, och det hjälpte inte: Kaarina måste tala med far. Rodnande och stammande rodde hon fram med sitt ärende och försökte framställa det så bagatellartat som möjligt. Akseli satt vid bordsändan och läste tidningen, och efter några ögonblicks tystnad hördes hans röst bakom det uppslagna bladet:

— Jasså. Ut åsta åk.

— Jaa.

— He sku nog va klokast ti lämn åkase i lag me han pojkin.

Kaarina vände sig bort och fadern gissade att hon var nära gråten. Han utkämpade en kort strid med sig själv, och så sa han nästan argt:

— Nå, far då, men he säger jag reint ut, att han ä ein sån skälm heila pojkin, så he sku va skäl ti akt sej nå lite ...

Kaarina sa inte emot. Hon kunde inte alls tänka på något annat än att hon verkligen hade fått lov. Ännu följande dag verkade far mäkta sträng, och dottern försökte vara ännu undergivnare och påpassligare än vanligt. Akseli hade ett samtal om saken med Elina också, och när hon lamt försökte ta Aulis i försvar brummade han lite snäsigt:

— Veit du att handä glopen räknar opp allihopa som han ha lega me för didä ander skojaren ... Hur sku e känns om din egen doter sku bli lagd ti samlingen?

— Nå, int bihöver man väl genast tänk på he värsta.

— Joå, nog då e gäller hedä schacke.

Han var vresig och ordkarg mot Elina också resten av dagen när han förstod att hon tog dotterns parti.

Kaarina klädde om sig inne i sin kammare. Sanni hade skaffat henne ett vackert tyg som hon låtit sy i kyrkbyn. Det var hennes bästa klänning, och egentligen borde hon inte ha fått använda den i ett sammanhang som detta, men hon hoppades att far och mor inte skulle lägga märke till det. Hon borstade tänderna flera gånger och sköljde munnen omsorgsfullt, för hon väntade sig halvt undermedvetet att Aulis skulle kyssa henne. Hon hade köpt parfym i smyg en gång, och nu stänkte hon av den i armhålorna och mellan brösten.

För att dölja sin glädje och uppsluppenhet tog hon på sig en vardaglig och likgiltig min när hon gick genom stugan, som om hon sett fram mot mötet lite uttråkat och halvt motvilligt. När föräldrarna påminde henne om att komma tidigt hem jakade hon hastigt och smet ut genom dörren.

I skogen före prästgårdens vägskäl tittade hon sig i spegeln ännu en gång, vände på huvudet för att se sin profil och försökte anlägga så tjusiga miner hon kunde. Sedan bet hon sig i läpparna för att få blodet att cirkulera bättre i dem.

Aulis satt redan i bilen och väntade. Han klev ut och höll artigt upp dörren för Kaarina, och hon slank hastigt in när hon fick syn på prosten som spankulerade omkring på prästgårdens gårdsplan. Aulis satte sig vid ratten, drämde igen dörren och sa:

— Gambel bisin lurar, jävlar i he.

När de åkte genom byn försökte Kaarina göra sig så liten och obemärkt som möjligt på sätet, men trots det fäste sig många vid deras färd. När de hade kommit förbi herrgårdsknutarna gav

478

Aulis mera gas. Han var en skicklig och säker bilförare trots att hans sätt att köra verkade nonchalant och slarvigt. Han gormade på mötande bilister och fotgängare, som alla i hans tycke bar sig galet åt på något vis. Nära kyrkbyn skulle en gammal gubbe till att kliva över vägen mitt framför bilen men drog sig tillbaka i sista sekunden. Aulis vevade ner rutan, stack ut huvudet och ropade bakåt:

— Stå stilla bara, strutt.

Kaarina skämdes men sa ingenting. Det var mycket folk i rörelse i kyrkbyn och Kaarina märkte att man tittade på henne. Alla kände Aulis, och i synnerhet ungdomarna var nyfikna på vem han kunde ha med sig i bilen. Aulis stannade, släntrade bort till kiosken, köpte en påse karameller och gav den till Kaarina:

— Ta här, men bjud gullegryne å.

De körde åt Tammerfors till. Att börja med pratade Aulis om bilen, vilka egenskaper den hade och i vilket skick den var. När han tröttnade på det ämnet frågade han vad de hade sagt till Kaarina hemma, och flickan försökte svara obestämt och osanningsenligt. Så övergick Aulis till grovsmicker och kallade till och med Kaarina för sin sångsvan. Hon småskrattade generat men samtidigt belåtet och sa nånting anspråkslöst om sig själv, men plötsligt drog hon instinktivt kjolen lägre ner över knäna och trängde därigenom bort en halvmedveten association som Aulis flirt hade väckt.

— Hördu, ska vi kör mot soluppgången. Sida ve sida å hand i hand.

— Du ä då nå ti förskräckli.

— Bensinen ha jag för resten stuli åv farsgubbin. Så du veit va allt jag ha gjort för din skull. Ein lång å lidelsefull kyss sku int alls va för mytji.

— Slut åv nu.

— Lovar du int så blir jag så dyster å förtvivla så jag kör kurvona rak.

Aulis gav mera gas. Mätaren steg hastigt till hundra, hundratio och så hundratjugo trots att vägen var svårt kurvig. I de tväraste svängarna tycktes bilen sladda hotfullt.

— Sakt åv ... du kör i dike.

— Låt järne gnid. Int har e järne nå förstånd.

479

— Jag ä rädd ... slut åv ...

— Ein puss.

— Slut genast ... du kör i dike.

— Ein puss. Eller ska vi ha mätaren ännu ett streck höger?

— Du ska få.

— Håll in, hästar. Dämpa er vilda galopp, sjungin sakta men jubland.

Aulis saktade farten och Kaarina lugnade sig men mindes i detsamma vad hon hade lovat i sin nöd. Aulis stannade, vände bilen och parkerade den vid vägkanten.

— Nå ja. Ett grepp om axlan, huvu lite bakåt, ögona halvsluti å läppan framåt så int tändren komber i vägen. Då blir e ein tekniskt rikti prestasjon.

Kaarina slöt ögonen, tryckte hastigt sina läppar mot Aulis mun och drog sig förskräckt tillbaka som för att fly.

— Va sku hedä föreställ? Sånadä ger herrskape varander då di säger ajö. Såhä ska e gå till.

Kaarina var så upphetsad att hon inte kunde andas genom näsan utan tyckte hon var nära att kvävas. Hon slet sig lös och såg rädd och skrämd ut:

— Nä ... nä ...

— Veit du, jag ä stjärno på dehä område. Jag suger ryggradin torr.

Kaarina drog åter ner kjolen över knäna med brådstörtade och knyckiga rörelser och sa:

— Nu far vi.

— Ein till.

— Nä ... jag måst gå nu.

Aulis bekymmerslösa min var sin kos. Han kastade en blick utmed vägen åt båda hållen, men ett stycke därifrån kom någon cyklande, och han fann för gott att starta motorn.

— Ein till sedan för återfärden.

Kaarina var tyst men synbart nervös där de åkte tillbaka mot kyrkbyn. När de for genom byn på nytt undvek hon nästan folks blickar, för det kändes precis som om de visste vad som hade skett.

Här och där syntes små grupper av folk som pratade ivrigt.

480

På kioskväggen hade ett plakat dykt upp, och omkring det hade samlat sig en hel hop karlar. Aulis bromsade in:

— Va är e fråga om?

Han sällade sig till hopen, läste texten på plakatet och pratade ett slag med karlarna. När han steg tillbaka in i bilen dängde han ilsket igen dörren efter sig, trampade onödigt hårt på gaspedalen och växlade hastigt om.

— Va var e där?

— Mobilisering, satan.

— Vadå för?

Aulis tycktes vara så uppbragt att han var argsint och ovänlig i tonen mot Kaarina också.

— Vadå för ... Hur ska jag veit va didä satans jästhuvuna har för sej. He har väl nå samband me gräle mellan tyskan å ryssan ... Å herrigud ändå ... å just nu till på köpe ...

Aulis körde hårt och fick därigenom utlösning för sin förargelse. Kaarina beskärmade sig och kände sig besviken också hon, fastän hon inte vågade tänka ut den tanken att detta var slutet på hela historien. Aulis körde henne nästan ända fram till Koskela och vände bilen på skogsvägen. Han svor och gormade:

— Nog är e. I tre månader ha man vari fri från didä satans lumpona. Å så nu igen ... Ränseln på ryggin bara perkele ... Å just nu ...

Småningom lugnade han sig och började göra närmanden. Han kysste Kaarina flera gånger, men när hon kände att hans händer började treva på hennes höfter ville hon slita sig lös.

— Du får int nå meir ... Jag lova ju bara ein.

— Ja, men då visst vi ingenting om mobiliseringen ... Nog måst du ha medlidand me en annan i dehä elände.

Och Kaarina satte sig inte heller till motvärn av alla krafter förrän Aulis lade handen på hennes knä. Då försökte hon vrida sig ur greppet och nekade honom ängsligt och stammande, men Aulis hade fått en stel och stirrande blick i ögonen och flåsade:

— Låt mej nu lite ... i morron måst jag far ... Nå ids int nu ... Hitler å ha sagt att man int får nek uniformren nåenting. Va snäll nu ...

Handen lyfte på kjolfållen och trängde sig med våld in mellan flickans sammanpressade knän. När den passerat knäskålarna gav motståndet efter och den sköt med kraft fram till målet. Men beröringen gjorde Kaarina så utom sig att hon slet sig loss med ett häftigt ryck, skrek till, fick upp dörren och rusade ut ur bilen. Hon stannade andfådd ett par meter ifrån den och började rätta till klänningen. Aulis klev också ur och sa:

— Kom tibakas ... Sidu ... en annan måst far i morron.

Kaarina hade blivit alldeles blek och lyckades med njuggan nöd pressa fram:

— Är e bara för den skull?

— Nåå ... ids int nu ... Sidu jag måst få ... kom nu.

Kaarina nekade, och besvikelsen vållade ett kortslutningsartat raseriutbrott hos Aulis. Han klev in i bilen, slog igen dörren och rivstartade så att bakringarna drog djupa spår i vägen. Men när han kört ett par tiotal meter stannade han, backade tillbaka till Kaarina, vevade ner rutan och började gorma:

— Satan, nog sitter man i bilen å åker å äter karamellren, men då ein annan sku bihöv nåenting så skidar man bara åt helvite ... Jojo. Kör omkring döm bara å bjud på karamellren å ta bysson på ryggin å stick iväg för ti dans efter didä jävla pampans pipon ... Bara en spark i ändon å så iväg, he ä allt ... Satan, du ä nog riktit åv Koskela-släkten. Noga som fan ... Men håll du done ditt, jävlar ...

Kaarina kippade efter andan med ögonen vitt uppspärrade och sa med stark darrning på rösten:

— Du ... du ä hemsk ... du ä rå ...

— Joå, men jag ska bara säj dej någer sanningar om dehä live, perkele ... Skäll på bara, skäll på bara. Hit me skuldstackaren bara, här finns från förr å. — Aulis pekade på sitt eget bröst.

— Kiviojas busen ja, men tvekar int ti säj någer sanningar ... Morjens.

Bakhjulen rev åter svårt i vägbanan. Det rosslade elakt i växellådan och bilen satte hastigt upp farten.

Kaarina vände hemåt. Hennes axlar skakade och det skymde för hennes ögon, men gråten var fullständigt ljudlös.

482

IV

Kaarina lyckades dölja sin sinnesstämning för föräldrarna, för nyheten om mobiliseringen som hon förde med sig överskuggade allting annat. Akseli fick onda aningar men försökte förringa det hela inför Elina. Den genomgripande upplevelsen av sönernas död gjorde sitt till för att hon inte skulle ta mobiliseringen så tungt. Men en gång såg hon på Juhani och sa:

— Du ä nu åtminstondes så ung än. Så han sista tar di väl int.

Frampå dagen kom Kivioja-Veikko, Lauris brorson, till Koskela. Han bad att få låna timmersågen men gjorde sig ingen brådska hem när han fått den. Han berättade att karlarna från Pentin-kulma hade åkt till kyrkbyn samma morgon under lärarns ledning. När Kaarina gick ut följde pojken efter och smög ett brev i handen på henne ute i farstun:

— Aulis sa att jag int får vis e åt nåen annan.

Kaarina gömde brevet i barmen och gjorde sig ärende till boden. Där läste hon det i ljuset från dörrspringan:

»Hej.

Om du har så pass med förbarmande att du läser dethär till slut. Tänker du att han ljuger och svänger sig så stämmer det inte. Jag sov ej mycket i natt då jag tänkte på detdär i går kväll, och mitt eget uppförande, som rent ut sagt nog var sisådär ganska bolsjevistiskt. Men egentligen så var det ditt eget fel, för du såg så tilldragande ut. Det lär väl inte ska vara lönt att be om förlåtelse, men om du ville höra på en förklaring. Jag tappa nerverna för dendär mobiliserningen, och därför så blev det som det blev. Jag vet nog mina fel, fast jag inte bryr mig om att basunera ut dem för alla satans grytöron. När man inte har fått någon uppfostran, så stöter man folk för huvu ibland. Men jag mena inte vad jag sade. Det kom alltihopa av att du var så lockande, och så när du tog allting tillbakas, så var besvikelsen så svår, att svälja plötsligt. Jag hade just tänkt, att föreslå, att vi skulle fortsätta med åkturen, då didär jästhuvuna virrade bort alltihopa. Nu löns det naturligtvis inte mera, nu när det är slut och bara minnena kvar. Men de äro också bra att ha med sig dit på ärans fält. Och om det skulle gå så, att en annan kommer hem med fötterna före, och ögonen hans inte mera kan beundra hembygdens skönhet, så tänk då på, att sista trösten, som den stackarn hade, var minnet utav en bilåkningsfärd. Nämligen början av den. Då den möjligheten också finnes, om det nu en gång blir stort rabalder, så för den skull sku du kunna glömma detdär slutet. Det skulle vara lättare att dö, om man visste, att man icke lämnar efter sig hat eller bitterhet. Om man till exempel sku måsta plågas länge, för det händer ju många gånger att döden gnager i många dagar, innan den blir klar med jobbet, så sku det vara lättare att plågas, om inga sådana minnen finnas. Ändå så är det förstås så, att man inte kan kräva, att du skall förlåta. Också om du sku se med egna ögon en sådan som jag plågas, så skulle du ha rätt att säga: Det är rätt åt honom. Men jag vet, att du har ett gott hjärta, och därför så har jag hopp, om medlidande. När jag får veta min adress där, så skriver jag. Om jag hinner. Nämligen om det ej blir krig, och om jag inte stupar genast. Veikko kommer med brevet, och han säger inte åt någon, för han är icke en sådan lösmynt en, som vi andra Kiviojas, vilket måste med sorg erkännas. Men om det går så, att vi icke mera ses, så hoppas jag, att du skulle få vandra på blommor genom hela denna jämmerdalen. Om du ej kan skriva svar på mitt brev, så adjö då, och glöm sjaffaren från i går kväll. Han borde ha hållit händerna bara på ratten. Om tio minuter far jag till Tavastehus, där jag skall inträda i tjänstgöring. Vart jag skall därifrån, vet jag ej, men Äran och Fosterlandet sända väl en någonstans.

Tag kungariket från mig. Och kronans glans också. Det allt är likt en elak dröm då dig jag tänker på.

Moss.»

Tårarna droppade stilla ner på Kaarinas kinder. När de nådde mungiporna slickade hon bort dem med tungan. Hon kände en dunkel skuldmedvetenhet och oro, och när hon tänkte på att Aulis möjligen kunde stupa kände hon sig nästan skyldig till det. Hon måste dröja sig kvar i boden en lång stund för att komma i balans. Under dagens lopp läste hon brevet på nytt allt som oftast. För varje gång dämpades skuldkänslan och nedslagenheten. På eftermiddagen märkte Elina att dottern hade en ovanlig glans i blicken och gick omkring som halvt i sömnen, men hon brydde sig inte om att försöka utforska orsaken.

Ett par dagar senare kom synemän för att granska Koskelas hästar, och den ena skrevs ut för arméns räkning. Akseli förde den själv till kyrkbyn. Han cyklade sakta med hästen efter sig. Pentinkulma verkade tyst och död nu när männen var borta. Men närmare kyrkbyn började det bli trafik på vägen. Socknens reservister hade ännu inte rest, och många stack sig hem i smyg för att hälsa på och ordna med saker och ting. Man hade blivit tvungen att lämna halvfärdiga beting, hustru och barn var ensamma och många hade bekymmer för deras försörjning. Det gällde kanske ännu att be en bonde om ved, hö eller något liknande, eller att be grannen som fick stanna hemma att hjälpa till lite med det viktigaste.

Akseli förde hästen till Yllös stallsinhägnad. Han uträttade butiksärenden och pratade ett slag med några bekanta reservister. Denhär gången var uppbrottsstämningen en annan än senast. Där fanns ingenting av det tysta och högtidliga allvaret i dödens skugga, som före vinterkriget, utan i stället en liten trötthet och ovisshet. Det var bara herrskapet som hade lyckats uppbåda sin gamla spänst. Akseli såg hur Rautajärvi hejdade en karl på bygatan:

— Hallå där. Knäpp knappen. Ni ska inte gå omkring som en annan kråkskrämma.

Karlen knäppte sin knapp och sällade sig mumlande till sina kamrater medan Rautajärvi fortsatte mot kommunalgården. Nu hade herrskapen befriats från det pinsamma i situationen som vinterkriget skapade. Då hade man varit tvungen att svansa för och förbrödra sig med vanligt folk. Nu var läget ett annat. Nu hade man det mäktiga Tysklands kraftresurser till stöd för sina attityder. Man talade om de tyska truppkoncentrationerna och angreppet som skulle börja och var övertygad om att Finland snart skulle ansluta sig till det.

Sommarn var så vacker också till råga på allt.

På hemvägen stötte Akseli på Siukola, och denhär gången sa han inte emot när Siukola kraxade:

— Snart så anfaller di ... Snart så anfaller di ... Jag sa åt
våran pojk att rym ti skogs. Han våga int. Jag sa att nog komber
e döden imot där å innan du ha hunni ti Ural ...

Akseli var nog också deprimerad på något vis. Det berodde inte
så mycket på tidsläget utan var mera en följd av den förlamning
pojkarnas död hade lämnat efter sig. Minnet av förlusten tyngde
alltjämt så svårt att hans humör inte orkade stiga. Det mesta han
kände var oro för Vilho och för arbetena på gården, som skulle
försvåras nu då det inte gick att få hjälp och den ena hästen
dessutom var borta.

Tigande lyssnade de ett par dagar senare till radiomeddelandet
att tyskarna hade inlett sitt anfall. När ryssarna sedan började bom-
bardera orter i Finland från luften och finländarna anslöt sig till
den tyska offensiven väckte inte heller detta någon större sinnes-
rörelse. Elina bara böjde på huvudet, där hon satt vid apparaten
och lyssnade. Kanske hon i all ödmjukhet förberedde sig på ett
nytt slag.

V

Man följde nog med krigsnyheterna, men utan överdriven iver.
Det fanns mycket arbete också. Höbärgningen blev försenad, det
var med nöd och näppe man fick höet i ladorna innan det var
skördetid igen.

Men ur radion ekade allt som oftast en sång:

> Till Ural, dit flyr Molotov och Stalin, lillefar.
> Det är dit ryssen drar med sin gamla samovar,
> så länge han ännu har byxorna kvar.
> Till Ural, till Ural, dit flyr nu var barbar.

Byn levde sitt stilla liv. Människorna skötte sina sysslor och
gick i oro för sina anhöriga vid fronten. På hösten dog gammelfar
på Kylä-Pentti, men det väckte ingen större uppmärksamhet. Det
var så många begravningar nu för tiden. Prosten gick åter om-
kring i de stupades hem och tröstade deras anhöriga, men började
småningom få allt mera nog av sysslan och överlät den i allt

större utsträckning åt adjunkten. I övrigt verkade också han uppiggad och mera entusiastisk än på länge. Ibland när han fick syn på Akseli vid mjölkbryggan kom han för att prata om krigshändelserna:

— De lär vara framme vid Svir nu ... Han är ju ett riktigt strategiskt geni, dendär Lagus. Det säjs att Kiviojas son är vid hans trupper.

Det var sant. Aulis var en av »Lagus schaffare», varom Vicke och Lauri höll bysborna nogsamt underkunniga, i all synnerhet som situationsrapporterna ofta innehöll meddelanden om de laguska truppernas avancemang.

Så en dag sa prosten:

— Min son har blivit befordrad till överste nu.

— Jasså, jaha.

— Han lär ha anfallit med mycket stor framgång.

Sedan frågade prosten om Vilho, och Akseli berättade att han fanns någonstans i Fjärrkarelen. Prosten bad om sin hälsning i nästa brev. När de skildes åt sa han liksom för att dölja sin entusiasm:

— Jaja. Bara nu saker och ting skulle klara opp sej hastigt, så vi fick fred här igen.

I kyrkbyn levde man påtagligare med i krigshändelserna. Här ordnades diverse fester också. Körer och hornorkestrar hade stor press och arbetsbörda. I somliga herrskapskretsar kannstöpte man om Storfinlands lysande framtid. Det hördes till och med antydningar om en ändring av statsskicket. Riksdagen kunde gott avskaffas, för det vapenbrödraskap som uppstått ute vid fronterna gjorde den obehövlig. Till följd av den nya eniga andan skulle partipolitiken försvinna, och med den även demokratin. Sådana tankar omhuldades närmast i gamla lappokretsar. Alldeles öppet kunde man ännu inte lägga fram dem, för det fanns så mycket som man måste ta hänsyn till än så länge. Bland annat sådana omständigheter som till exempel det tal Janne höll vid en vapenbrödrafest i kommunalgården och där han avsiktligt tog upp just dessa tankar och idéer, som hade kommit till hans öron på omvägar. Herrskapen förstod nog vilken adressen var när han anmärkte att det visserligen kunde uppkomma ett nytt

Europa, men att Finland var och förblev det gamla demokratiska Finland.

På tu man hand sa man sedan:

— Han har den gamla partimentaliteten kvar alltjämt. I sitt innersta är han nog inte med, men han är rädd att förlora sina väljare om han inte anpassar sej efter de fosterländska stämningarna.

Det var en stor tid man levde i. Ständigt kom nya segerbudskap med ständigt nya namn till förteckningen över erövrade orter. Tyskarnas framgångar hade visserligen avtagit, men det ansåg man var tillfälligt. Storfinland höll på att födas, den stora drömmen hos självständighetstidens studentgenerationer, drömmen på vars infrielse man fått vänta så länge.

Men så blev det höst och vinter. Kriget slutade inte utan skulle uppenbarligen fortsätta åtminstone till nästa vår.

Kaarina lyckades hemlighålla sin brevväxling med Aulis ganska länge eftersom det vanligen var hon själv som hämtade posten. Egentligen var tonen i breven närmast kamratlig. Ibland kunde nog flickans epistlar innehålla lite känslosammare ordalag, och varje gång sände hon hälsningar till »det karelska sånglandet». Men så en gång gick Akseli själv efter posten och hemligheten vart avslöjad. Kaarina försökte bagatellisera den och sa:

— Nå, vi skriver nu annors bara.

— Annors bara?

Fadern var vresig i många dagar, för han lyckades inte bli på det klara med hur han skulle ställa sig till saken. Till slut tycktes han ha smält den, eftersom han inte berörde den vidare.

Till julen kom Aulis på permission. Han hade meddelat om sin ankomst i ett brev, så att Kaarina visste att vänta honom. Till Koskela kom han genast första dagen, fastän Kaarina tyckte att han inte borde ha gjort det, för det försvårade saker och ting för henne. Aulis var undersergeant nu. Så fort han var innanför dörren gjorde han elegant ställningssteg, och sedan tog han allesammans i hand. Akseli frågade lite stelt om nytt från kriget, och Kaarina förstod instinktivt att Aulis' kaxighet inte var riktigt till hans fördel:

— Han jävlin kom åt ti smäll till alldeles överraskand. Jag försöka nog span ikring, men han kom nåenstans bakifrån, å he bara smattra i plåtan då han dro åpå me en serie.

De lyckades avtala träff på kvällen i prästgårdens vägskäl. Men saken var inte klar så utan vidare, för Kaarina kunde inte ge sig av i smyg. När hon bad om lov satt fadern först tyst en lång stund, och så sa han:

— Du får gå. Men jag säger reint ut, att jag hellre sku släpp dej nästan vart som helst än dit.

Stämningen var lite spänd och stel. Elina försökte säga något medlande, och Akseli lät saken bero, men när flickan hade gått sa han till Elina:

— Antingen måst e avbrytas nu genast i början, eller också ska e va allmänt känt.

Aulis stod redan i vägskälet och väntade. Han kom emot Kaarina, och eftersom brevväxlingen hade fört dem tillräckligt nära varandra bredde han ut armarna och hon steg utan tvekan rakt in i hans famn.

Invid vägen stod Koskelas vedtrave. Aulis drog ut ett par klabbar ett stycke, och de satte sig på dem. Efter den första omfamningen hade Kaarina gripits av blyghet, men lät kyssa sig i alla fall. Aulis frågade vad Akseli hade sagt om deras träff, och samtalet ledde fram till att han friade, fast han inte alls hade kommit till mötet med den tanken. Avgörandet föll när Kaarina förklarade att fadern krävde att de skulle sällskapa öppet. Då sa nämligen Aulis på en gång kränkt och skrodersamt:

— För min deil bihöver int e smusslas nå. Vi förlovar oss i morron.

— Du ska int skoj. Far ä arg.

— Jag skojar int alls. Hördu, jag tror jag ha gått i fällon rikti ordentlit.

— Vaför fällo?

— Förstår du int att jag friar till dej?

— Nä, ingalunda?

— Joho.

Kaarina måste ju tro honom. Aulis kysste och smekte henne och sa med låg röst:

— He känns underlit. Allting hos dej ä så mjukt. Klädren å allt. Men he biror väl på att man sjölv ha vari klädd i didä styv armélumpona så läng.

Kaarina skrattade lyckligt. Lite förvånad blev hon när Aulis lutade sitt huvud i hennes famn och sa:

— Du ä som ett fågelbo.

— Du ä rikti toku.

— Som ett fågelbo. Då jag va liten pojk å låg i sängen så tänkt jag ibland att jag låg i ett fågelbo, å då så kom sömnen genast. He ä likadant här.

— Du ska int somn där bara.

Hon sa det i skämtsam ton men smekte honom över håret och kände en stark moderlig ömhet. Men fågelungen reste sig och sa:

— Satan anamma. Tri veckor sku dehä krige räck. Å ännu syns int e nå slut på e. Sku int e va så, så sku vi böri genast.

Han tog Kaarina om skuldrorna, vaggade henne fram och tillbaka och sa:

— Jäklar hördu. Min gumma ska få sitt ve spegelborde från morron ti kväll.

Så sänkte han rösten igen och slöt Kaarina i sin famn:

— Men då får du int ha nå alls på dej. Silverfärga tofflor på föttren allra högst.

Tanken väckte genast behovet hos honom, och Kaarina fick kämpa emot för allt vad hon var värd.

— Nä, nä. Int på ett sånthä ställ.

Till slut gav Aulis upp efter att ha avpressat henne ett löfte om en lämpligare tidpunkt och ett bättre ställe. Sedan satt de där på sina vedträn och pratade till långt in på natten. Nu när saken verkade klar var Kaarina inte längre rädd för att komma sent hem. Aulis följde henne ända fram till trappan och lovade tala med Akseli följande dag. Men Kaarina själv måste nog förbereda honom.

Följande dag var julafton. På morgonen frågade Elina hur länge Kaarina hade varit ute, och när hon svarade sanningsenligt inföll Akseli:

— Vad gjord du där riktit ända ti mitt i natten?

Kaarina samlade sitt mod och berättade hur saken låg till. Akseli tittade ut genom fönstret en stund, och så bröt det lös:

— He blir reina olyckon. Jag känner han släkten så bra. Me våld böri jag int hinder nåen, men he ä min plikt ti säj reint ut. Han ä en slarver heila pojkin, å bätter sku he va ti ha dej å gråt nu än släpp dit dej åsta tjut för resten åv live.

Kaarina vände sig bort, satte sig på en stol med händerna för ansiktet och grät.

— Vaför ska an allti klandras? Va ä vi för underverk då, så vi allti ska måst kritiser å förakt ... Arbeita ha han gjort å lika väl ... å i krige ä han å ...

— I krige ä all karar i heila lande mellan tjugo å förti år. Här är e fråga om ein fästman å int om ein soldat ... Såleiss är e.

Akseli reste sig och gick med tunga och auktoritativa steg ut i köket. Elina kom fram till Kaarina, klappade henne på skuldran och frågade:

— Ä du rikti säker på då att du måst få an?

— Jo .. ho .. ho ...

— Nog går e far me på e, men he ä på ditt bästa han tänker.

— Vaför måst han hat an då?

— Int tror jag han hatar an.

Också Elina var tveksam i sitt innersta, men dotterns tårar fick henne att smälta helt och hållet och ge med sig. Hon hade ett långt samtal med Akseli, och det slutade med att han gav efter. Han lät till och med smått välvillig när han sa till Kaarina:

— Int bihöver du snyft. Jag säger bara som saken ä. Men själv ska du svar för e ein gång, så själv har du väl rätt ti välj bördon din å ... He må va hänt då.

Till och med det var nog för att göra Kaarina glad.

Ännu frampå dagen försökte Elina blidka Akseli ytterligare genom att påpeka att det i varje fall skulle bli ett fördelaktigt giftermål för Kaarina rent ekonomiskt sett. Sedan skyndade hon sig nog själv att i nästa andedrag bagatellisera den sidan av saken:

— Int för att nu rikedomen hjälper därvelag.

Akseli hade aldrig tillmätt familjen Kiviojas nyrikedom någon

491

betydelse, lika lite som förmögenhet över huvud taget. Han hade en undermedveten och instinktiv känsla av att den enda form av egendom som verkligen hade något värde var jorden.

När Aulis kom fram emot kvällen behärskade Akseli sig i alla fall och visade till och med lite vänlighet. Då pojken rodde fram med sitt ärende efter en liten begynnelsetrevan sparkade svärfadern in spe gungstolen i långsam gungning och sa släpigt, utan att helt kunna dölja en liten gnisslande spändhet i tonfallet:

— Jag vill int bistäm i tåkodä saker. Gör som ni tycker blir bäst. Jag har bara ett enda villkor, å he ä att saken ska va klar sedan.

Aulis var ödmjuk och foglig. Han lovade att genast låta göra förlovningsringar av sin farmors gamla, för nya fanns inte att få. Småningom tinade stämningen upp och Aulis stannade kvar på Koskela hela julaftonskvällen. Han försökte låta anspråkslös när han utlade sina stora framtidsplaner. Så snart kriget var slut skulle han sätta fart i familjen Kiviojas affärer. Far var gammal och över måttan försiktig, men han, Aulis, visste vad som skulle göras. Vid bordet smickrade han Elina för maten, och trots att hon till punkt och pricka begrep att han ställde sig in gick det sluga försöket hem i alla fall, så att hon senare på kvällen sa till Akseli:

— Men i grund å botten är an nog snäll å vänli.

På juldagen var det Kaarinas tur att gå över till Kiviojas. Lauri och hans hustru tog väl emot henne, så där uppstod inga svårigheter. När gamla Vicke kom över till Lauri och fick höra nyheten blev han rent yster och uppsluppen och kramade till och med Kaarina om knäna i sin entusiasm:

— He va tur för pojkin ... he var e. Men int gick e nå illa för dej heller.

Han viskade i örat på Kaarina:

— Han ä en dukti pojk ... på alla vis ... på he vise å. Han brås på mej ... Herri ... hördu flicko ...

Resten av sin permission tillbragte Aulis nästan helt och hållet på Koskela. Alma var storbelåten över att Kaarina hade förlovat sig, och ungdomarna höll till på nya sidan hos henne långa stunder, för gummans stillsamma leende var liksom en spegling av deras egen lyckokänsla där hon satt med händerna i skötet och rullade tummarna och tittade på dem:

— Just så, ja. Så ska e va ... He må nu sedan va krig eller va som helst ... Så måst man nog älsk. Gift sej å få barn ... Annors så sku ju denhä världen gå under som didä märkesmännen ställer till ... Småfolk som vi måst försöka håll opp de heila liksom. Ä me våra egna bra å bipröva konster ... Si, si bara va du glöder om kindren ... Nå, int ska du va blyg i onödon ...

I nyårshelgen kom Kivioja-folket över till Koskela på ett litet förlovningskalas och fyllde den vanligen så tysta stugan med skroderande och tobaksrök. Vicke och Lauri tvistade mest hela tiden om allt möjligt: krigsläget, svartabörspriserna och vem av dem som var klokast i det ena och det andra.

Frampå kvällen gav de sig iväg, men Aulis stannade kvar.

Akseli sa ingenting om det. På morgonen när Kaarina hade följt Aulis ända bort till byn och kom tillbaka ynklig och förgråten suckade fadern som om han svalt den sista resten av sin motvilja:

— Di må lev å låt som di vill.

IV

Akselis olust inför Kaarinas giftermål berodde inte bara på att han ogillade familjen Kivioja, utan hade samtidigt en djupare rot: i den nedstämmande känslan av att familjen skingrades och grunden för hela tillvaron sviktade. Ända sedan pojkarna stupade hade han då och då kommit att tänka på sin egen död och därvid alltid gripits av en häftig bävan inför känslan av livets meningslöshet.

Varför all denna ävlan? En vacker dag skulle det komma bud om Vilho. Dottern skulle försvinna ur hans liv. Sedan återstod bara Juhani, yngsta sonen. Akseli och han hade också kommit varandra närmare än förr på senare tider. I de svåraste stunderna av depression och betryck brukade han tänka att det ju skulle bli en kvar i alla fall.

Under sådana perioder hyste han intresse för Elinas religiositet. Ibland hade han velat diskutera sådana saker med henne, men var gång han skulle börja märkte han att han inte kunde.

I ensamma stunder kretsade hans tankar dock ofta kring dessa ting:

— Va ska allt tjän till om ingenting blir kvar? Vaför heila Koskela ... ända sedan första spadatage som far tog? Ska he tjän ti nå att slit heila live igenom? He sku gå av me minder å ... Å så bara tomhet ...

Sådana stunder var reflexer av en tyst själskris hos den femtiofemårige mannen. En man som hade inriktat hela sitt liv och all sin energi på konkreta, påtagliga ting och som nu, då allt var färdigt, spanade in i framtiden och såg bara tomhet.

Vilhos permissioner brukade dock pigga upp honom. Sonen hade blivit befordrad till löjtnant. På sin första permission berikade han klenodsamlingen på sekretären med ett frihetskors och följande sommar med ett till.

Men det viktigaste var ju sonen själv, hans stillsamma manlighet, som tycktes växa till sig för varje gång. När de pratade om kriget och läget ute i världen lyssnade fadern nästan ödmjukt trots att sonen hela tiden uppträdde respektfullt och tillbakadraget och inte gjorde något försök att dominera. Det var Vilho som första gången framkastade möjligheten av ett nederlag, och det skedde redan före Stalingrad, på sensommaren 1942, medan herrskapen i kyrkbyn ännu var i full färd med att samla in skolböcker till fjärrkarelska barn. Det var en kväll utanför ladugården där Akseli var i färd med att vända mjölkstånkorna upp och ner.

— Jag ska nog ta avsked så snart krige ä slut ... Men he kan slut hur som helst. Vi veit int var vi kan stå en vacker dag.

— Men går int didä tyskan framåt bra där då?

— Jaa, för allan del. Men tusen kilometer ä lite när he sku gäll ti avancer förtitusen. Är int jordens omkrets nånting åt he hålle ...

— Nå, hur går e sedan då, om he sku händ?

— He veit jag int nå om ...

Sonen tystnade och ville tydligen inte tala vidare om det. Han varken svor eller klagade, trots att hans tunga och fundersamma

494

blick tydligt visade att saken var honom allt utom likgiltig. När Akseli lite senare återkom till den ännu en gång svarade han bara:

— Jag kan ju int inverka på e. Däför är e väl bäst att int alls bekymmer sej om e. Går e int att slut fred så måst vi naturlitvis slåss.

Under permissionerna höll han sig för det mesta hemma. En eller annan kväll kunde han nog försvinna utan att tala om vart han skulle och utan att någon frågade, för att återkomma frampå morgonnatten och tyst gå in i sitt rum utan att väcka någon.

Var gång han hade rest kändes det svårare. Redan samma kväll brukade Elina skriva ett långt brev där hon lät allt sådant flöda ut som hon inte hade förmått få sagt medan sonen var hemma. Också Akseli var alltid nedslagnare än vanligt en tid efter Vilhos permissioner, tills dagarna åter började gå sin gilla gång.

Även Aulis tillbragte det mesta av sina permissioner på Koskela, men han och Kaarina färdades flitigt omkring i byn. De hälsade på släkten och demonstrerade för vänner och bekanta sin färska lycka, som bibehölls stark och het på grund av de långa påtvungna skilsmässorna. Under krigsårens lopp blev också Aulis så mycket manligare att Akseli någon gång då och då sa ett gillande ord om honom till Elina. Alltid när han kom på permission hade han med sig till Koskela kaffe och andra varor som det var ont om. Kaarina fick mera skor och klänningar än hon någonsin hade fått av föräldrarna i fredstid. Ibland kom Lauri också över med ett eller annat, den nya släktskapsförbindelsen till ära.

För Kiviojas hade faktiskt att ta av och ge av. Bilaffärerna var det visserligen inte så mycket bevänt med. Den bättre bussen hade armén lagt beslag på, och blandtåget och mjölkbilen gick med gengas som gjorde Lauri ständigt sotig och svart. Men de drev affärer med snart sagt vad som helst. När somliga av bönderna inte fick sina överlåtelsekvoter fyllda försåg Lauri dem med hö och spannmål, ingen visste varifrån. En gång åkte han fast för ett parti gummiskodon. Det var nu en småsak och egentligen bara till fördel, för polisen förleddes att tro att det kiviojaska jobberiet över huvud taget inte hade större omfång än så. Man silade mygg men märkte inte kamelerna. Akseli kunde inte undgå att få höra antydningar om allt detta av Aulis, och han förundrade sig:

— Nog är e underlit. Nog är e underlit. Sku nåen klokare kar för ett lass vetmjöl me lastbil ti Tammerfors så sku han åk fast ögonblickligen. Men handä tosingen klarar sej överallt. Han har gälinturen di talar om.

Akseli hade själv svårigheter med överlåtelsekvoterna. Ibland sa han förargat och hotfullt till Elina att han skulle ange Lauri, men det kunde han ändå inte förmå sig till. Alldeles rent mjöl i påsen hade han för resten inte själv heller. Elias kom dragande med sin kappsäck till Koskelas ibland, fick smör och fläsk och gav i utbyte än det ena, än det andra. Han trampade sina rundor som förr och tittade emellanåt in hos Aune, men inte så ofta numera. På stugbänken hos Koskelas pratade han på, i synnerhet om han råkade vara full:

— Handä Mussolini där i Italien ha di avsatt, men Pentinkulmas Mussolini, han bara frodas å sväller. Han pojkin transporterar me bil he som jag bär ikring i kappsäck.

Det hände att Elias stötte samman med Rautajärvi medan denne befann sig på permission, och vid ett sådant tillfälle frågade han illslugt:

— Herr löjtnantin står också'n på vakt där ve den stora älvens strand. Veit man nåenting om när ni liksom ska böri marscher iväg handä sista biten? Jag meinar dit i skogan ve Arkangelsk.

Rautajärvi orkade inte längre bli arg på Elias. Det fanns så mycket större saker att tänka på nu. Dessutom hade den slashasen ett visserligen bakslugt men dock respektfullt tonfall, som liksom stod hindrande i vägen för ens ilska.

Axelmakternas nederlag tycktes inte bekymra Rautajärvi så värst. Han hade faktiskt på egen begäran fått förflyttning till Fjärr-Karelen trots att de flesta av socknens reservister låg på Karelska näset, och under sina permissioner höll han föredrag på festerna i kyrkbyn om det nuvarande tillståndet därborta och om de åtgärder som planerades för att ansluta området till »riket».

Kriget fortgick. Det var cellull, papper, träskor, begravningar. Permittenterna hade med sig hem ringar, träaskkoppar och

496

vackert snidade fotoramar som de gjort vid fronten. Soldaterna hade tobak också, som civilbefolkningen led stor brist på, och tack vare den kunde exempelvis en backstusittare byta åt sig bättre skaffning i någon bondgård. De yngre bland permittenterna åkte genast dagen efter hemkomsten in till Tammerfors, och när de kom tillbaka samma kväll hade de flaskor med träkapsyl i ryggsäcken. Ett par tiotal årsklasser i den bästa åldern var ju konstant borta, och därför hade de permitterade ungkarlarna ett svårt bryderi på kvällarna med att avgöra vart de skulle styra kosan: möjligheterna var så många.

Efter ett par veckor reste de sin väg igen med de långa, långsamma permittenttågen genom vilkas dörrar det alltsom oftast kom tomflaskor utsinglande på banvallen och därifrån folk som stod på stationerna kunde höra sång och skrål:

Människolivet med sorg och betryck
det är tillfälligt, tillfälligt bara.
Ungdomens glädje och glimmande dryck,
den är tillfällig, tillfällig bara . . .

Krigsänkorna reste in till Tammerfors och bytte till sig svart klänningstyg mot smör och fläsk och spikade upp på sina väggar överbefälhavarens dagorder till Finlands mödrar. Hornorkestrarna spelade, körerna sjöng, herrarna höll tal och Marskalken stod i spetsen.

Men så kom den 9 juni 1944. I Pentinkulma var den dagen nog precis lik alla andra. På Koskela satte man potatis och hörde först på kvällen om den ryska offensiven. Anfallen hade visserligen avvärjts, men följande dag medgav rapporterna att de finländska trupperna hade börjat retirera.

Det pratades mycket om saken i byn, men ingen förstod vad som verkligen hände den dagen.

Vid sidan av de officiella kommunikéerna började det cirkulera alla möjliga rykten, ur vem vet vilka källor. Det sades att artillerikoncentrationerna och flygbombardemangen slungade upp en ständig femtio meter hög molnvägg av jord och damm ovanför frontlinjen och att hela regementen var sprängda eller nergjorda.

Men det fanns ännu mången som var tillitsfull. Kivioja-Lauri stod på butiksgården med magen i vädret och sa:

— Lagus sjölv lär ha fari ut ti främsta linjen. Så nu börjar e nog snart red opp sej.

Reservister av äldre årgångar som hemförlovats blev inkallade på nytt. Det samlades många kistor i gången igen på krigarbegravningarna, och gamla prosten började överlåta allt mera av sina sysslor åt adjunkten. Han orkade inte längre.

Polisen var hos Siukolas och letade efter Aarne som hade deserterat från fronten. Man fann honom inte, och hemma visste ingen något om honom. Skyddskåristerna i byn fick order att hålla ögonen på stugan för att se om han skulle dyka upp där, och Töyry-Arvo och andra låg många nätter i albuskarna och glodde på Siukolas dörr. Men pojken syntes aldrig till, och slutligen drogs vakthållningen in, för myndigheterna fick meddelande att han hade gripits och blivit skjuten.

Siukola själv blev anhållen, för när han fick bud om Aarnes öde sa han i butiken, gråtande och väsande mellan tänderna:

— Satans fasister. Han pojkin ska di få bital tiofalt ännu.

Bysborna hade sina egna bekymmer och fäste inte så stort avseende vid händelsen. I stillatigande väntan skötte de sina sysslor, bar sina sorger och begrov sina döda.

TIONDE KAPITLET

I

Ilmari vaknade. Från några kilometers håll hördes braket av ett flygbombardemang intefolierat av luftvärnets gläfsande skrällar. Fönsterrutorna och hela huset skakade sakta. Han låg i kammaren i en bondgård på Karelska näset på en brits gjord av bakbräden. På golvet under fönstret sov ordonnansen med mössan på huvudet och kappan dragen upp över ögonen. Från stugan och utifrån hördes steg och prat.

Ilmari satte sig upp och började dra stövlarna på. Han var alltjämt sömndrucken och råkade fästa blicken på den sovande ordonnansen. Mannen var ny, hade kommit i går kväll.

— Hej, du där!

Inte den minsta rörelse förnams under kappan. Ilmari drog av sig stöveln, som han redan haft halvvägs på foten, och slängde den alldeles intill karlen:

— Opp!

Mannen satte sig upp, grimaserande och plirande. Hans ansikte var kantigt och ögonen små, de påminde precis om grisögon, i synnerhet när de blinkade halvsömnigt under mösskärmen som var dragen djupt ner i pannan.

— Hallå där. Vem av oss ska koka surrogatet?

Mannen såg på Ilmari, sedan på stöveln som låg bredvid honom, muttrade ett slag och svarade:

— Nå, om översten kokar i dag så ska jag försök i min tur i morron.

— Vad är ni egentligen för en satans figur?

Mannen mumlade:

— Nog har väl stabsherran kaffe där ute.

Han steg upp medan han skrapade och klådde sig. Ilmari följde honom tigande med blicken. Karlen hade börjat intressera honom, så att han inte ens blev arg över de underliga svaren och hans konstiga uppförande.

— Finns där, så ta hit. Men finns där inte, så koka.

Karlen försvann ut genom dörren, och Ilmari tog stöveln och drog den på foten. Där han satt på britskanten gick han hastigt i tankarna igenom regementets ställning liksom för att ta situationen i besittning igen efter sömnen. Någonting att skryta med var läget inte, men sedan den nionde juni hade man fått vänja sig vid lite av varje.

Manskapsförluster, reträtter, förlorad materiel, villervalla.

Nu var det lite lugnare och fronten hade stabiliserats. Ytligt sett tycktes läget vara under kontroll, men Ilmari visste att det bara var tillfälligt.

Så kom han att tänka på två desertörer som hade avrättats föregående kväll, eller egentligen på en tredje som ståndrätten hade frikänt. Själv hade han krävt att alla tre skulle skjutas, men domarna hade tvekat. Ilmari drog lite föraktfullt på munnen. Den tredje var precis lika skyldig som de två andra, men domarna sparade hans liv för att döva sina samveten. Det var lättare att skjuta två om man benådade en.

— Och inte ens allt dethär har gjort slut på vanvettet. De tvekar inte att kasta trupperna i en eld där de smälter ihop för varje timme, men att skjuta en desertör blir en samvetsfråga ...

Hans tankar började kretsa kring läget i stort:

— För resten: tjänar det till något ens? Med sådant kan man hindra dem från att fly längre än till etappområdet, men förhindra dem att fly ur ställningarna kan man inte, för just då kan de inte tänka längre än näsan är lång. Fruktan för arkebusering och sådant börjar inverka först när de är utom omedelbar fara ... Det effektivaste vore förstås att befälet skulle ha tvångsmedel redan i linjen ... Ja, men det går inte att genomföra.

Han reste sig, gick ett slag över golvet och tittade genom fönstret ut på gården, där stabspersonal var i rörelse.

Exekutionerna hade i går och i dag kommit honom att tänka på det allmänna läget mera än vanligt, trots att hans kommendörsuppgifter inte gav honom mycken tid till det. Han stod en

500

stund stilla i fönstret och tittade. En och annan mening någonstans ifrån rann upp i hans sömnduvna medvetande:

— Nu bär det i väg, i väg ... Tuomas, Tuomas, hugg tag där i mitt rockskört ...

En stund kände han sig deprimerad och ångestfylld, men så ryckte han upp sig:

— Nå, så låt det bära av då.

Lätt var det inte. Hela världen tycktes ramla ihop över en och stjärnorna slockna. Allt som han strävat till och levat för maldes sönder av bomber, granater och larvkedjor, dag efter dag, vecka efter vecka.

Och inte var han general heller, fastän kriget hade varat i åratal. Ändå hade han tänkt att just ett krig skulle bli hans stora chans. Men man hade inte anförtrott honom en division.

Ilmari var bitter, och han erkände det för sig själv. Han anade att man ansåg honom alltför impulsiv och obalanserad. Det var egenskaper som hade satt stopp för hans bana på regementsnivå och vid överstegrad.

Han hade rätt i sina tankar. Saken hade diskuterats, och generalens hand hade rört sig uppåt och nedåt med flatan uppvänd, som om han vägt någonting i den:

— Väl många obetänksamma infall vid sidan av goda idéer. Har svårt att behärska helheter. Han är djärv och självständig, men alltför obalanserad. Såna som han har oturen på lur.

Några olyckor hade han dock inte vållat. Hans regemente hade visserligen blivit skingrat och drivet på flykt, men lika hade det gått med många andra regementen som hade råkat i tillräckligt svår press. Han hade gjort vad han någonsin förmått. Efter de första dagarnas katastroflägen hade han medvetet kastat sig in i kampen med all den själskraft han var mäktig. Han hade upplöst det lilla hov han samlat omkring sig på kommandoplatsen. Till sin hustru hade han sänt vigselringen och värdeföremålen, till dottern sitt foto i en fin björkram snidad av en fingerfärdig fälttelefonist. Lottan som varit hans älskarinna fick flytta längre bakåt. Han ville befria sig från allt som band och distraherade. Han erkände aldrig att en situation var hopplös. Hans oeftergivlighet snuddade vid gränsen till det farliga därför att den hotade att ta kål på hans sinne för de reella möjligheterna. Och den kunde inte hindra att regementets ställningar genombröts gång på gång.

Där stod han vid det låga fönstret med händerna i byxfickorna. Han närmade sig de femtio men verkade betydligt yngre. Den spänst han hade tränat upp under sitt långa militärliv höll alltjämt hans rygg rak och hans huvud högt, även om han just för ögonblicket stod hopkurad därför att fönstret var så lågt. Med fundersamma blickar följde han det som hände och skedde på gårdsplanen, men tankarna malde hela tiden bittert på krigsläget. Han tänkte till och med kätterska tankar om Mannerheim:

— Hur har vi hamnat i dethär? Med att trivas och ordna trivselkampanjer. Hela armén har vi spelat och sjungit in i en sömnig dvala. Tänk på vad som helst bara ni inte märker vad som är på väg att hända. Och hur hade den ryska storoffensiven kunnat slå ner som en blixt mitt i en sommarmorgon med fågelsång? Var hade det allseende ögat hållit hus? Hade man velat bedra sig själv också däruppe på toppen?

Rutan klirrade och darrade sakta hela tiden. Långt borta nära horisonten glimtade en flygplansformation i morgonsolen, och efter några ögonblick började huset skaka kraftigare. Men ljudet kom långtifrån, ett egendomligt dämpat dunkande. Ordonnansen kom in i kammarn med en kaffepanna i näven, ställde den på bordet och plockade fram koppar. Kommendörens hushåll hade blivit mycket asketiskt. Han drack inte sitt surrogat och åt inte tillsammans med staben utan ville ha sin mathållning för sig själv därför att han inte hade några regelbundna sovtider.

Ilmari satte sig på britskanten och började åter följa med ordonnansens förehavanden. Denne krafsade omkring ett slag och frågade sedan:

— Finns det nånting att dopp också?

— Satan anamma. Är det jag som ska skaffa fram allting färdigt i näven på er? Tog ni inte reda på saker och ting av er företrädare? Titta efter i kappsäcken där.

Karlen grävde i kappsäcken och hittade knäckebröd, smör och ost. Ilmari började dricka och sa:

— Nå, drick själv ni också.

Ordonnansen satte sig vid bordet mitt emot översten och drack.
Ilmari tittade alltjämt lika intresserat på honom. Mannen hade ett
drag av gränslös leda kring den brutalt krökta munnen och i blicken i sina små grisögon. Till råga på allt var han smutsig och
osnygg. När han drack sörplade han kraftigt och gav emellanåt
till en ljudlig fnysning ur sin täppta näsa.

— Vad var det ni hette nu igen?

— Rautala.

— Var det adjutanten som bestämde att ni skulle bli min ordonnans?

— Ja.

— Var kommer ni ifrån?

— Från fittan, herr överste, liksom alla andra.

Ilmari frustade till så att han måste torka brödsmulor av munnen.

— Jaså, men var fanns den fittan som ni kom ur?

— Nånstans väl ... Det har di aldrig berättat för mej.

— Ni var mej en egendomlig figur.

Karlen svarade inte, fortsatte bara att sörpla.

Rautala var bara tjänstförrättande ordonnans, men Ilmari gjorde honom till ordinarie, för mannens underliga trumpna råhet
fascinerade honom. Egentligen var det så att han innerst inne
gillade den. Därför svalde han också den fullständiga likgiltighet
Rautala visade hans överstegrad och kommendörsställning. Han
pratade ofta med karlen, trots att denne var tystlåten av sig och
vanligen öppnade munnen bara om han blev tilltalad.

— Har Rautala nån fästmö? Ni skriver inga brev och får inga
heller.

— Jag har int haft andra än fulla horor, å såna skriver man
sällan till ... Fan vet om di alla kan läsa ens.

Ilmari gnäggade.

Småningom framgick det att Rautala i det civila hade varit
ett slags landstrykare, ingen tjuv eller tiggare, utan en hemlös
diversearbetare som inte ens visste vem som var hans mor. Han
hade vuxit upp på ett barnhem någonstans. När han skötte sina
sysslor gick han slött omkring, försjunken i sin trumpenhet, och
sa någon något till honom svarade han om han gitte. Och tonen

och ordalagen i svaren var det ofta si och så med. Vanligen kom det bara ett kort gläfs:

— Fittan.

Det var inte utan att Ilmari hade svårt att smälta Rautalas uppförande ibland. Men när allt kom omkring tog det till hälften roade, till hälften beundrande i hans syn på mannen överhanden. Denna känsla ökade i styrka när det kom bombangrepp eller artillerikoncentrationer i närheten av stabsbyggnaden och det visade sig att de båda började etablera ett slags stilla tävlan om vem som gav sig makligast iväg till splitterskyddet.

Det hände att Ilmari frågade vad Rautala ansåg om världsläget, och då brukade han mumla till svar:

— En annan har int just nå att förlora.

En gnutta av mannens cynism smittade faktiskt av sig på Ilmari också, och ibland när han grubblade över läget satte han punkt för funderingarna med ett uttryck som Rautala ofta brukade använda:

— Samma ä de.

Kanske det verkligen var den rätta attityden till alltihop. Han hade försökt vara en helgjuten och rätlinjig människa, men ofta nog kände han själv att han inte alls var det. Egentligen innehöll hans beundran för Rautala en gnutta avund, för han tyckte att denne var sådan av födelsen som han själv hade velat vara.

När de pratade satt Rautala för det mesta på golvet och lutade sig mot väggen, för det var njuggt om möbler i kommendörens kammare. Mössan hade han alltid på huvudet, djupt nerdragen i pannan, också när han åt och sov, och sällan drog han av sig kängorna. Stabsofficerarna hade börjat avsky honom för hans buffliga uppträdande, men medvetandet om att han stod i gunst hos kommendören avhöll dem från att ge uttryck åt sin ilska. Det hände nog att någon undrande frågade varför översten ville ha en sådan karl till ordonnans, men Ilmari svarade skrattande:

— Han är min privata själasörjare. Han har kanske i sej något av det jag själv gärna ville vara. Han är en människa utan problem. Så helgjuten och ren att det inte finns den minsta spricka i honom.

504

Ilmari blev så inspirerad av sin egen tankegång att han började filosofera.

— Om en gång världen saknar vett och mening och Gud inte finns så är ju människan blott och bart ett djur. I så fall är kulturutvecklingen ingen utveckling alls utan degeneration. Det betyder att vi, vår art, har försämrats, och det är just vad vi har gjort. Och därför plågar vi oss själva med strunt, har allt möjligt religiöst och idealistiskt kram i våra själar. Det gör oss bara svaga där vi borde vara starka. Europa ramlar ihop, men han där inte så mycket som blinkar en gång. Han är den helgjutnaste av oss allihop därför att han är den mest djuriska.

Officerarna skrattade emedan de inte helt förstod Ilmaris tankegång.

Ofta fyllde kommendörsuppgifterna Ilmaris dagar och nätter till den grad att det sällan blev tid över för personliga funderingar. När det satt åt som hårdast kopplade han loss från allt annat och grymtade också till Rautala med sin jäktade och otåliga översteröst. Men när situationen lättade en smula och det blev tid över till en vilopaus inledde han en pratstund igen, gnäggade åt Rautalas stiltrogna oanständigheter och kände sig uppiggad.

En dag eldade Rautala bastun och Ilmari frågade om den var tillräckligt het:

— Nog finns där så mycke som översten tål.

— Jasså. Vem skulle komma ner först måntro, om vi försökte?

Rautala sparkade till en ryggsäck, kliade sig och grymtade:

— Va skryter ni för. Vi försöker.

— Ska vi slå vad om hundra mark?

— Gärna för mej.

De satt hopkurade på laven och Rautala slängde den ena skopan efter den andra på stenarna. Det blev Ilmari som måste kliva ner först. Skinnet skulle nog ha tålt mera, men inte lungorna. Han ville inte erkänna för sig själv att nederlaget förargade honom så pass som det faktiskt gjorde, och där han torkade sig häftigt och knyckigt sa han halvilsket:

— Ni har inte bara karaktär som en galt utan skinn som en galt också.

Och hans förargelse minskades inte av Rautalas muttrande svar:

505

— De sku liksom va hundra mark då ... Å jag måste rör på mej dessutom eftersom jag kasta löylyn ... Om man sku ha fått sitt stilla så ...

Men dagen därpå när Rautala var i färd med att gräva ett splitterskydd och hade överkroppen bar såg Ilmari brännsår på hans skulderblad och ropade nästan glatt:

— Jaså. Ni klarade inte biffen i alla fall. Ni har bränt skinnet.

Rautala fortsatte att gräva och svarade:

— Int va de fråga om att bränna skinne ... De va fråga om vem som satt längre på lavan.

Ilmari skulle till andra bataljonens kommandoplats. Han tog inte adjutanten med sig, utan Rautala. De gick i gåsmarsch, båda med maskinpistol i rem om halsen. Läget var ofta så förvirrat och fullt av överraskningar att Ilmari hade funnit skäl att ha vapnet till hands när han rörde sig ute i terrängen. Det oavbrutna mullret från linjen var redan så invant att de inte fäste sig vid annat än de närmaste koncentrationerna. Det hördes knatter av infanterivapen från linjen och plötsligt slog en artillerisalva vrålande ner ett par hundra meter framför dem. De stannade och lyssnade. Det var en vacker sommardag, varm och vindstilla. Egentligen kändes det konstigt att stå så och lyssna till explosionerna som bröt stillheten i deras omedelbara närhet. När det inte tycktes bli slut på krevaderna sa Ilmari:

— Vi rundar. Vi går via granatkastarställningarna.

— De smäller ju där med.

— Den vägen går det nog.

— Int löns de att gå dit nu.

— Ska vi bli stående här då?

— Satan. Int tänker åtminstone jag ränna dit utan vidare i onödan.

Sedan bastutävlan föregående dag hade Rautalas fräckhet börjat irritera Ilmari mera än tidigare. Halvt utan att tänka efter, bara av stundens infall, sa han:

— Är ni rädd så får ni gå tillbaka.

Han tittade på Rautala och fortsatte skrattande:

— Eller kommer ni med för en hundralapp?

Rautala sneglade på översten med sina små grisögon, och för

506

första gången såg Ilmari något som påminde om ett leende i hans ansikte:

— Ge den i förskott då. Bäst de ä så dör ni å så blir jag utan.

Ilmari rotade i fickorna och hittade några skrynkliga sedlar. Han plockade ut en hundramark och räckte den åt Rautala som tog emot den med helt allvarsam och saklig min och stack den i fickan.

De försökte runda koncentrationen, men den tycktes flytta sig just åt det håll där de skulle förbi. De måste göra omvägen allt längre. Framför dem låg nu en liten äng, och de började gå längs dess gärdsgård. Några granater som hamnat i utkanten av spärreldsområdet kreverade alldeles i närheten, och de hukade sig ner på marken. Just när de skulle resa sig efter en explosion kom det en ny. Rautala såg hur gärdsgården splittrades och det yrde ett moln av jord kring översten. Han tryckte sig till marken men lyfte genast på huvudet igen och tittade närmare efter. Översten försökte resa sig, men hans rörelser verkade underliga på något sätt. Rautala rusade framåt det tiotal meter som de hållit avstånd mellan sig under vandringen. Ilmari hävde sig upp på armarna men sjönk tillbaka igen. Han såg på Rautala och sa med ett förvånat hjälplöst uttryck i ögonen:

— Jag blev träffad.

Rautala märkte att överstens ena vrist var onaturligt förvriden, och det började pressas fram blod ur det söndriga stövelskaftet.

— Hjälp mej att sätta mej opp.

Rautala satte honom stödd mot gärsgården.

— De tog i bene.

— Nej ... i sidan åtminstone ...

Ilmari slöt ögonen, hans huvud böjdes bakåt, och ur munnen trängde en stönande rossling. Så frågade han med smärtflåsande röst:

— Hur är det med foten?

— De ä nog färdit me den.

— Lyft opp mej så jag får se.

Rautala stödde honom så att han fick foten inom synhåll.

— Karva av alltsammans och lägg på ett tryckförband.

Faktum var att foten hölls kvar bara av det sönderrivna stövelskaftet och några blodiga slamsor. Rautala försökte göra ett tryck-

507

förband av remmen till maskinpistolen, men det blev inte bra. Ilmari andades flämtande och stönande och befallde honom på nytt att kapa resterna av foten. När Rautala nekade fortsatte han egendomligt envist att kräva det:

— Det är ingen nytta med den i alla fall ... den har gått en gång för alla ...

— Di kan nog ta åv den på sjukhuse å.

Med en oerhörd ansträngning rätade Ilmari på sig där han satt lutad mot gärdsgården. Med förbittring och sammanbiten förtvivlan i stämman sa han:

— Hit med kniven.

Rautala muttrade emot men lydde. Ilmari var redan klar i hjärnan på nytt efter chocken vid explosionen och skärvträffarna. Han kramade om kniven i sin hand och försökte kämpa mot kraftlösheten som spred sig i hela kroppen. Han koncentrerade all uppmärksamhet han var mäktig på ingreppet som om han genom det hade velat gå till storms mot olyckan i hela dess vidd och övervinna den. Han bet ihop tänderna, skar loss slamsorna och grep tag i stövelfoten. Med sina sista krafter försökte han slänga den in i skogen, men kastet bar inte mer än en meter. Så lutade han sig tillbaka mot gärdsgården, och Rautala tyckte att han hade gråt i rösten när han sa:

— Där gick den. Det är slut med mej.

Rautala tog honom på ryggen och började bära honom tillbaka i riktning mot kommandoplatsen. Allt emellanåt trängde stönande läten ur hans mun, och Rautala ropade pustande:

— Kom å hjälp ... Hej, kom å hjälp ... Här ä en sårad ... Finns de ingen i närheten?

Han började vackla under sin börda och skrek därför med raseri i stämman:

— Var håller ni hus allihopa, satan ...

Men det enda svar som hördes var visslingarna och explosionerna från granaterna som alltjämt kreverade i närheten. Rautala var nästan förbi av utmattning när en telefonpatrull från granatkastarkompaniet äntligen hörde hans rop och skyndade till hjälp. Närmare kommandoplatsen stötte de på mera folk, och man fick fram en bår åt Ilmari. Han var redan till hälften medvetslös, men kände igen Rautala och fick glimten av ett leende i sin matta blick när han sa:

— Men ni hade inte mage att karva.

Fältsjukhuset låg nära fronten i en skola som var byggd helt kort före kriget. Det kom en ständig ström av sårade, och somliga som man inte hann ta under behandling genast måste lämnas ute på gården så länge. På grund av sin överstegrad fördes Ilmari raka vägen in förbi alla i kön. Dessutom var ju hans fall verkligen brådskande.

Benet amputerades, och trots att Ilmari hade förlorat mycket blod på grund av det dåliga tryckförbandet lyckades operationen tack vare blodtransfusionen. Men det hade trängt in skärvor i hans ena sida också, och de var farliga därför att de hade vållat skador på inre organ.

Det hände inte varje dag att en överste blev sårad, och därför levde hela sjukhuset i en viss spänning. Hela personalen var på fötter när han opererades, han fick ett rum för sig själv och de andra patienterna hörde uppskärrade röster i korridoren:

— ... Kom för en stund sedan ... Överste Salpakari ... Blev svårt sårad på en rond ute i linjen ...

— Ja, javisst ... överste, jägaröverste ... Mycket illa.

Trots alla chocker, allt blod, all död och allt lidande sjukhuspersonalen hade upplevt utövade rangordningen ändå instinktivt ett slags verkan — därav uppståndelsen och spänningen.

Ilmari återkom till medvetande, eller rättare sagt till medvetandets tröskel, efter operationen. Han hade fått en egen sköterska som hela tiden satt vid hans bädd. När hon såg att översten öppnade ögonen kallade hon på läkaren. Det var en äldre man, egentligen redan en gubbe, liten och kvick i rörelserna. Raskt kom han inmarscherande i rummet och frågade:

— Nå, hur står det till här då?

Men när han märkte Ilmaris grumliga blick slog han om. Överstens ansikte var likblekt. Ögonen hade sjunkit djupt in i hålorna och var kringvärvda av svarta skuggor. Läkaren gav några viskande direktiv åt sköterskan, och när han gick skakade han på huvudet i dörröppningen.

Ilmaris medvetande klarnade nog helt så småningom, men han hade svåra plågor och måste få morfin. Man meddelade hans närmaste anhöriga att han var sårad och bad dem besöka honom på fältsjukhuset. Sköterskan talade om det för honom, men han verkade närmast förargad och sa flämtande:

— Varför har de underrättat dem. Jag har inte sagt till om det.

— Kanske de tänkte att ni gärna ville se dem.

Ilmari teg några ögonblick, och så sa han:

— Jag ska alltså dö.

— Hur så?

— Eftersom de är hitkallade.

— Tvärtom. I så fall skulle de naturligtvis inte ha fått något bud.

Morfinet och plågorna gjorde Ilmari förvirrad. Ömsom frågade han när fadern och hustrun skulle komma, ömsom gav han order att de skulle skickas bort. Sköterskan förmanade honom med rutinmässig mildhet:

— Herr översten får inte prata. Nu måste ni bara vila.

När hon inte upphörde med sina förmaningar utbrast Ilmari till slut förargad:

— Dilla inte. Orkar ni inte höra på, så dra åt helvete. Jag har inte bett er sitta där.

Sköterskan ansåg att utbrottet hörde ihop med den sjukes tillstånd och blev inte stött. Emellanåt låg Ilmari i ett slags dvala och stönade svagt då och då, men varje gång väcktes han snart igen av smärtorna, och allt som oftast frågade han:

— Har min fru och min far kommit? Kommer min dotter också?

— De kommer nog allesammans. Men tågen blir försenade av bombardemangen nuför tiden.

— Skicka bort dem. Det är inte bra ... Jag vill inte ... det är tillräckligt annars också ... Det blir ingenting annat än gråt.

Men en stund senare ställde han samma fråga igen. Så tog förvirringen åter överhand och han började yra:

— Prästson och hedning. Prästson och hedning ... Mycket typiskt fenomen för resten ... Jag är en romare ... den sista ro-

510

maren ... De vill komma för att plåga mej ... De sliter sönder mej. Var och en vill ha en munsbit ... Men jag håller ihop ... En hednings själ är av koppar ... Rautala är den största hedningen ... Jag gillar helgjutna typer ... Cocktails tycker jag inte om ... Fast han är ett djur ...

I sina klarare ögonblick frågade han åter efter sina anhöriga, särskilt efter fadern, i en ton som om han önskat att denne skulle komma.

Följande kväll började huset skaka sakta och fönsterrutorna klirra så smått. Ilmari märkte det och frågade:

— Är det flygbombning?

— Det lär höras från Viborg, från fronten.

— Viborg har gått förlorat, därifrån kan det inte komma.

— Men fronten går ju där nära.

— Nå, må så vara då.

Läkaren stack sig allt som oftast in för att titta till honom. Vid ett sådant besök verkade Ilmari alldeles redig och klar och sa överraskande skarpt:

— Ni har gjort mig full med era sprutor. Jag begriper nog alltsammans.

— Nu ska ni vila. Ni pratar för mycket.

— Säj mej sanningen. Ni vet att jag ska dö.

— Det tror jag inte alls. Tvärtom tror jag att ni kommer att klara er. Jag försöker inte lura er. Skadorna är svåra, men ni har en stark fysik trots er ålder.

— Jag har själv byggt upp den ... Jag har aldrig varit slapp ... Men ni lurar mej nog i alla fall ... Hur kan ni för resten veta om jag dör eller inte?

— Det hör till mitt yrke att veta lite om sånt.

Ilmari flämtade till av smärta och sa sedan mumlande:

— Jag är också yrkesman ... Till mitt yrke hör det att dö ... Jag vill inte bli förd bakom ljuset ... Ska det bära iväg ... så är det bättre att veta ... Nå, tack i alla fall för er goda avsikt.

Läkaren gick för att inte matta ut patienten. Han föll i dvala, men vaknade snart och fäste sig igen vid att fönsterrutorna skallrade.

— Från Viborg ... Viborg har gått ... och mycket annat ...

Man fattar inte ännu hur mycket ... Hela Finland är förlorat ...
och jag med det. Det är rätt ... åt oss båda krymplingar ... Jag
föddes med det, och det bästa blir att jag dör med det. Jag är
född i Helsingfors. Och här dör jag ... Berusad av morfin ...
Jag känner det ... Jag är vid medvetande ... Det lönar sej inte
att prata ... för jag tror inte längre ...

Han tystnade och låg och teg så länge att sköterskan inte för-
stod vad han menade när han åter såg på de klirrande fönster-
rutorna och tillade:

— Men vi har en ståtlig begravning ...

Sedan mumlade han ytterligare några ord, så otydligt att de
inte gick att uppfatta. Vid elvatiden somnade han och vaknade
inte mera, utan dog vid halv ettiden på natten utan att komma
till medvetande.

Sköterskan täckte över honom med det vita lakanet och gick.
Sommarnattens ljusdunkel trängde genom fönstret in i det vit-
tapetserade lilla rummets enslighet. Allting där verkade lika orör-
ligt och stilla som konturerna av kroppen som avtecknade sig
under lakanet.

II

Vilho låg i en grop. Den tycktes skaka och gunga. Det rann
ner sand längs dess sidor. En granatskärva kom surrande genom
luften. Ljudet blev allt starkare, och det dunsade till på grop-
kanten.

— Hur i helvete kan di flytta elden så hastigt?

Vilho stack försiktigt upp huvudet men drog kvickt ner det
igen, för en rökpelare steg mot skyn alldeles i närheten. Jord-
klumpar rasslade ner i hans grop.

När krevaderna tog slut hörde Vilho stormningsropet. Infanteri-
vapnen knattrade redan. Till vänster hamrade Määttäs kulspruta
på för glatta livet. Nerhukad sprang Vilho förbi deras ställning
och hörde hur Honkajoki sa med rösten tjock av rädsla:

— Satan. Nu skulle det krävas raketavvärjningsvapen.

Otvivelaktigt. På vägen närmade sig tre stridsvagnar vilkas

kanoner piskade terrängen. Vilho passerade karlar som nervöst låg och sköt på pansarvidundren, naturligtvis helt utan effekt. Någon stupade för en granat från en av vagnarna, och det hördes ett ångestfyllt rop:

— Di mosar oss. Pojkaar. Di mosar oss.

— Håll er på platserna. Di mosar ingenting. Där finns minering.

Vilho skrek så mycket han orkade för att säkert göra sig hörd över larmet. Han visste att ett sådant rop lätt kunde vålla förvirring och panik om det inte uppfattades alldeles klart. I landsvägsdiket låg några näravvärjningskarlar. Vilho kröp fram till dem.

— Har ni buntladdningar?

— Ja, men det går int att komma nära med dem.

— Jag ska försök. Kom med, ett par man.

— Bättre att vänta i nån grop. Diket är för grunt.

Naturligtvis skulle det ha varit bättre. Men Vilho var alldeles övertygad om att det i så fall skulle bli för sent. Mannarna skulle fly innan stridsvagnarna hann fram till groparna.

Vagnarna var välkonstruerade numera och buntladdningarna hade börjat visa sig föga effektiva, men här fanns ingen annan möjlighet.

Vilho gav sig iväg. Två av karlarna följde honom. Den främsta stridsvagnen stannade och körde av vägen. Dess besättning kände sig tydligen redan säker på att motståndarna saknade pansarvärn. Annars skulle de ju ha skjutit för länge sedan. Vagnen närmade sig djärvt. Kulorna rasslade i tallarnas grenverk och automatkanonernas projektiler briserade vid vägkanten.

Rakt framför gjorde diket en krök runt en sten. Om han skulle lyckas ta sig fram dit.

Han lyckades. Han tryckte sig mot dikesbottnen och stenen och väntade. Vagnen började tveka men närmade sig dock alltjämt, hela tiden skjutande. Vilho försökte samla allt sitt lugn. Han visste av erfarenhet att det var kall beräkning som vägde tyngst i situationer som denna. Man fick inte sätta i gång för tidigt, och det gällde att koncentrera sig helt på uppgiften och inte tänka på faran, handla som om det gällt att träffa stridsvagnen under alldeles lugna och ofarliga förhållanden. Samtidigt gällde det att sätta allt på ett kort, för kastet fick inte misslyckas.

— Nu når jag den.

Vilho drog i utlösaren och reste sig på huk. Han lät kastet gå underifrån och det blev en vacker lyra. Buntladdningen landade på vagnen invid tornet, rullade en bit och exploderade på larvfotsskyddet. Kedjan brast, vagnen vände sidan till och stannade. Men Vilho såg det inte. Ögonblicket efter det buntladdningen hade lämnat hans hand blev han skjuten med maskinpistol från andra sidan vägen. Ett försök gjorde han att resa sig på armbågarna, men kroppen föll slappt ihop på dikesbottnen, och Vilho Koskela var död.

III

Ilmaris anhöriga hann inte till sjukhuset innan han avled. Prosten vände hem igen, men fortsatte genast till Helsingfors där begravningen skulle bli. En dag var han hemma, gick tyst omkring i rummen eller på gården, stod länge stilla och tittade ut över sjön och gick tungt suckande in igen.

Också på Koskela var sorgen på något vis präglad av utmattning när budet om Vilho kom. Elina hade redan länge väntat på slaget med huvudet ödmjukt sänkt. Där var motståndet det minsta möjliga. Hennes gråt var behärskad, och hon förmådde till och med trösta Kaarina och Juhani.

Akseli var lamslagen. Emellanåt såg man skuggan av ett förvridet och liksom avtrubbat leende i hans ansikte. På kvällen samma dag som meddelandet om Vilho kom gick han ut i stallet, satte sig på en kullstjälpt hackelseså och tittade sig slött omkring. För ett par veckor sedan hade de fått veta att också den utskrivna hästen hade stupat. Hans tanke trevade kring den saken också, och det med en envishet som om den hade varit av stor vikt och betydelse. Men så med ens fattade han:

— Hästen ... va sku jag me han.

Ödet hade oavbrutet hamrat på hans pansar utan att lyckas

bryta det. Men detta sista slag räckte till. Hans mun förvreds och pressade fram några halvkvävda ord:

— Herrigud, satan ...

Svordomen var som ett sista försök att dämma för. Men dammen brast, och han grät, en primitiv, våldsamt frustande gråt.

Vilhos kropp hade blivit kvar på fiendesidan, men det hade funnits så många ögonvittnen till händelsen att han upptogs bland de stupade och inte bland de försvunna. Dödförklarad och jordfäst blev han dock inte genast, utan den saken lämnades trots allt öppen tills vidare. Olyckligtvis egentligen, för det ledde till att då och då ett vanvettigt hopp dök upp där hemma — tänk om, ändå. Men så kom det ett brev från fältprästen i Vilhos bataljon, där han berättade närmare om händelsen och försäkrade att löjtnant Koskela var stupad. Därpå kom hans plånbok, hans senaste utmärkelsetecken och några persedlar som hade varit hans privategendom.

Efter det kändes det som om också det sista lilla hoppet hade slocknat.

Dagarna gick sin gång på Koskela, stilla och sorgsna. Det var bara Kaarina som visade sig lite piggare, för hon hade Aulis att oroa sig för. Vid fronterna hade det blivit tyst. Ryssarna hade avbrutit offensiven, men också i Pentinkulma rådde en stämning av betryckt väntan.

Egentligen var allting alldeles lugnt nu. Till och med ryktena hade tystnat, och freden kom nästan som en överraskning. Sedan började det åter hända saker och ting. Ryktessmideriet var i gång på nytt, det kom nyheter stup i ett, fredsvillkoren och de begynnande striderna mot tyskarna stöttes och blöttes. Siukola frigavs ur fängelset. På hemvägen tittade han in i butiken. Han hade magrat och såg avtärd ut. Gamla handelsman verkade både förvirrad och skrämd när Siukola sa:

— Nå, va min gör man nu då? Jag säger perkele ... Å döm som lät skjut pojkin min ska jag ha tag på om jag så ska rör opp himmel å jord ... Fast jag sku kunn svälj allt annat, men int he ...

Och hans mun förvreds till den gamla grimasen:

— Sa.. tan ...

Det kom karelare igen. De som tidigare bott på Kivivuori hade flyttat tillbaka till Näset, men nu kom det nya i stället. Och så började karlarna komma hem från armén. De fick sina hemförlovningspengar, och så fick de behålla uniformerna sedan axelklaffarna hade skurits bort. Alla moderna krig tycktes sluta med epålettkapning och jordutdelning, för det sades att inte bara karelarna utan också frontmännen skulle få jord.

Också Rautajärvi kom hem till sin hustru och sin stora barnaskara. Han hade befordrats till kapten, men militära grader stod inte högt i kurs längre, lika litet som egentligen någonting av allt det han hade drömt om och talat för. Han tog i tu med att undervisa barnen i Pentinkulma igen, men i stället för Jussitröjan var han nu iklädd vapenrock utan axelklaffar. Inte för att han skulle ha saknat kläder, utan för att han ville vara lik alla sina fattiga krigarbröder, som man kunde ta epåletterna av, geväret av, och till och med rätten att tala fritt, men inte äran.

När han stötte på en bysbo som hade kommit hem från fronten tog han honom i hand, såg honom allvarsamt och rakt i ögonen och sa manligt:

— Tjänare, tjänare. Du har klarat dej. Det var just tal om dej med några gamla vapenbröder som jag råkade träffa.

Siukola lurpassade på Rautajärvi för att komma åt honom i butiken i vittnens närvaro, och snart nog fick han sitt tillfälle. Han skrattade elakt och kraxande och dröjde en stund med att närma sig huvudsaken:

— Nå, säj, ä lärarin på väg dit ti Ural alltjämt?

Först ville Rautajärvi inte svara. Han var lite brydd och generad. Men Siukola fortsatte:

— Minns lärarin hedä käppkalase ... Håller ni på alltjämt å svingar enpåkan i takt me edssången?

Siukola började förlora självbehärskningen. De sista orden kom med ett ilsket väsande. Nu återfann Rautajärvi fattningen och orden:

— Eden har vi hållit. Och håller den framdeles med.

Siukola öppnade slussarna, och det var inte lite som kom. Men Rautajärvi svarade innan han gick sin väg:

— Ni segrat, makten tillhör er i dag. Jag är beredd, gör med mig vad ni vill, men lag skall överleva mig, som jag långt efter den blev till ... Den som har sett döden i vitögat i fem år är inte rädd för en Siukola.

Han gick ut ur butiken, egentligen helt nöjd med repliken. Men Siukola röck sig ilsket i kavajskörtet:

— Å herrigud ... handä ä nog ... Aj herrigud ... Va nyttar he till att slaktargarde blir förbjudi ... Då sånadä får va på fri fot ...

Men Siukola hade viktigare saker för sig. Nu började nämligen kampen om den skröpliga och halvdöda Arbetarföreningen Riento, som plötsligt vaknade till liv när också herrgårdens underhavande vågade ansluta sig till den. En kort tid blinkade de yrvaket, sneglade sig omkring, och när de uppfattade hur landet låg skyndade de att bli medlemmar utan att Siukola behövde slösa mycken tid och kraft på uppmaningar.

Ordförande efter Otto hade varit en man vid namn Mäkelä, son till den Mäkelä i vars ställe Akseli en gång i tiden hade invalts i styrelsen. Men föreningen hade inte hållit ett enda möte under hela kriget.

Mäkelä var en tystlåten och stillsam man, och Siukola var övertygad om att han skulle lyckas gripa makten i föreningen med bistånd av det nya medlemsgardet från herrgården. Men så fick man veta:

— Kivivuori sjölv komber hit.

Och Kivivuori kom, lite böjd, lite grå och åldrad, men lika slagfärdig och kampberedd som någonsin. Han hade inte vågat anförtro försvaret av de socialdemokratiska positionerna åt Mäkelä, som han visste inte skulle klara det.

Det blev ett långvarigt och stormigt möte som började klockan sju på kvällen och slutade halv tolv på natten. Siukola gick hätskt till anfall. Han öste över Janne alla synder från hela självständighetstiden: lapporörelsen, skyddskåren, kristiden, koncentrationslägren i Tyskland, till och med avrättningen av hans egen son, med den motiveringen att Jannes son hade varit rättsofficer i armén.

Janne lyssnade med utstuderat likgiltig min. Han hade låtit Siukola komma till tals först, eftersom han tyckte det var bättre att höra utbrottet och sedan gå till motattack. Han gick fram och ställde sig bakom bordet, tittade sig omkring ett slag, sträckte på halsen, lät blicken vandra bort mot dörren och sa:

— Hej. Hör ni. Är ytterdörren öppen? Det drar här.

Han låtsades fästa stor vikt vid försäkran att dörren var stängd, och först därpå började han:

— Jaa. Mycket har här pratats, å mycket finns det väl att prata om också. Siukola har hållit ett långt andragande, men han var så ivrig så det var lite svårt att få klarhet i vad han mena. Nå, Siukola har pratat mycket förr också, å han kan inte klandras för den saken. Det enda jag vill kritisera honom för i dethär sammanhanget är att han prata på fel ställe. Dethär är nämligen ett möte i en socialdemokratisk arbetarförening, men allt som Siukola sa var klar å tydlig kommunism. (Vem var e som hjälpt fasistren?) Siukola var det som hjälpte dem. Slöt en pakt med fascisterna å åstadkom ett världskrig. (Kivivuori var e som hjälpt fasistren. Han har Mannerheims bilden på väggen å allt.) Kivivuori har bara en bild på väggen, å den föreställer gamla Otto å hans Anna. (En noske var han å.) Jag tänker int börja tvista om vad en karl som är dö för länge sedan har haft för övertygelse. Frågan gäller vem som är vad just nu, å den saken har åtminstone klarnat här i kväll, att Siukola int är socialdemokrat. Därför får han lov att träda ut ur denhär föreningen å grunda en egen, där han kan arbeta för di mål som intresserar honom. (Kivivuori ä intressera åv ti rädd fasistren han.) Det enda Kivivuori är intresserad av är demokratin, folkväldet. Av att folk int ska behöva gå ikring å vara rädda för varandra, spetsa öronen för att uppfatta allt vad andra säjer å väga sina egna ord på guldvåg. Det är vad som intresserar Kivivuori. (Lappotiden. Då fick man ju säj va man ville.) Det fick man int, å det har vi erfarenhet av alldeles tillräckligt. (Å av knölpåkana.) Varför ska nu Siukola börja skryta med didär risbasturna? Jag fick nog stryk, jag med, men jag har viktigare saker att tänka på nu. Det gäller nämligen att se till att det äntligen blir slut på sådant här i landet. (Så att bara int fasistvännerna ska bihöva svar för gärningan sina.) Jag tänker åtminstone int börja

518

svara för fascisternas gärningar. (Hem å reljon å fosterland. Kivivuori drev ut å egga opp fattifolks söner å för ti försvar reljonen.) Nej, men friheten. För resten, jag tycker det är på tok att det ska blandas in religioner å gudar i dethär. Dethär är inget prästmöte. Siukola har nu hållit på å brottats med sin gud så länge jag kan minnas. Nånting egendomligt ligger det i att en mänska int böjer sej för Gud i himlen men nog bockar för mänskobilder som är fastspikade på en brädlapp å bärs ikring på gatan. Det är att gå tillbaka till medeltiden, historiens mörkaste tid, å vill Siukola tillbaka dit, så gå i frid, det är hans ensak, men socialdemokratin tänker int följa med. Våra mål är välstånd, fred å frihet åt människorna. Religionen låter vi vara vars å ens privatsak, men att bocka för mänskobilder, det vägrar vi ovillkorligen. Människan är en dyrbar sak, det dyrbaraste som finns här i världen, sku jag tro. Det sku vara att skymfa å förödmjuka henne att tvinga henne på knä för en annan människa. Siukola må krypa om han vill, han må kräla å sjunga sitt halleluja, det är hans sak, men den saken tas int opp på en socialdemokratisk arbetarförenings program.

Hela striden utkämpades i huvudsak mellan Janne och Siukola. När Janne hade slutat fick Siukola ordet på nytt:

— He va vapenbrödraandan som tala här i jånst. Nu måst man tal lite om arbetarsaken också imellan. Så int an glöms bort. Så int heila dehä möte blir ti ett enda försvar för fasistren å deras gärningar. Kivivuori tala här om att bock för bildren. Sjölv bockar Kivivuori för Mannerheims bild å ha slicka stövlan hanses. He minns vi nog ända sedan upprorstiden. Kivivuori blev utsläppt ur fånglägre å tidigare än ander, för fasistvännerna hanses släppt ut an. (Jag satt för mycket det lilla jag satt också, för jag gjorde int alls uppror.) Där hörd ni. Redan på han tiden förrådd Kivivuori arbetarnas sak. (Sku det int va klokast att int alls tala om den tidens förräderier.) Men jag talar bara om arbetarsaken, jag som int kan slinger mej å ro å hopa som handä Kivivuori. Han bara försöker ti slink igönom här. Som han allti ha gjort. Jag är int så klok som Kivivuori. (Nå, där tycktes du säj ett sant ord.) Men jag talar om he, att vi änteligen måst slipp fasistvälde här i lande, å nu när didä rikti fasistren håller sej lite tyst så böri

519

smygfasister såna som handä Kivivuori åsta stick opp i ställe. Kivivuoris sonen å va offser å lät skut arbeitaren. (Int en endaste en.) He veit man nog, då han ein gång va rättsoffser. (Int vet han nånting alls, pratar på bara.)

Janne var en alltför gammal och erfaren räv för Siukola. Då denne dessutom lätt blev upphetsad gjorde Janne genom sina inpass hans anförande förvirrat och förtog det all verklig övertygelsekraft. Janne själv däremot bevarade sin tillkämpade självsäkerhet och bemästrade situationen ända till slutet. Omröstningarna gick i hans favör, och det betydde att Siukola inte lyckades erövra Riento, utan blev tvungen att grunda en ny, kommunistisk förening. Bland herrgårdens underhavande fanns nog många som var mottagliga för hans idéer. I sin ängslan hade de hållit sig helt och hållet borta från politiken i ett par årtionden och var nu mera benägna för nya tankegångar än de gamla medlemmarna. Hela förändringen var dock så pass kraftig att de alltjämt liksom kippade efter andan, även om de inspirerade av sin nyvunna rörelsefrihet gärna uttalade sig i diskussionen och sa med stark tonvikt på orden:

— ... Om Fackföreningarnas centralförbund ...

Men deras ord var i alla fall bara otydliga ekon av Jannes och Siukolas tvekamp.

Eftersom mötet pågick så länge brydde sig Janne inte om att åka till kyrkbyn genast utan övernattade på Koskela. Han var trött men nöjd, och när husfolket frågade hur det hade gått svarade han skrattande:

— Nå, nog var det ju en helvetes bastu.

Han lade sig. Akseli ställde ytterligare någon fråga, men han sov redan.

På morgonen vaknade han sent, gäspade och kliade sig och frågade efter kaffe, som inte fanns, men nöjde sig med surrogat också. Elina bad honom stanna kvar den dagen, men han hade inte tid. Redan samma kväll skulle han vara i Salmenkylä, där en likadan dust väntade. Där tänkte han visserligen inte tala själv, men han skulle hålla sig i bakgrunden, göra upp de taktiska ritningarna och ge direktiv och råd.

— Jaa, så är det. För di andra är kriget slut, men för mej har det knappt börjat ... Man borde nog bli överförd till reserven småningom.

Elina satte sig beslutsamt ner för att tala allvar om saken. Det vore faktiskt dags för Janne att sluta flänga och gno och börja vila och ta det lugnt. Brodern medgav att det var sant och att han kände sig trött ibland. Men trots det visste han att han inte skulle kunna förmå sig att sluta. Så snart han ätit gav han sig iväg. Han verkade disträ och frånvarande när han sa adjö, för hans tankar hade redan börjat syssla med mötet i Salmenkylä.

Kivioja-Aulis blev hemförlovad senare än de flesta andra från Pentinkulma, för han hade varit med uppe i norr och slagits mot tyskarna. Han ville genast sätta i gång och förbereda giftermålet, och det hade ingen någonting emot hos Koskelas heller. Akseli sa till och med åt Elina:

— Vem veit, han kan ju reint åv änder åsikt om e drar ut.

Vigseln skedde på Koskela utan andra gäster än brudparets familjer. Den förrättades av prosten själv, och Elina torkade sig i ögonen när han förde pojkarnas öde på tal. Efteråt satt prosten kvar en stund. Men han verkade synnerligt tankspridd och förströdd. Han berättade att han tänkte ta avsked och flytta till Helsingfors, där också Ilmaris änka hade bosatt sig.

— Här är jag så ensam.

Sedan prosten gått blev stämningen friare. Vicke hade brännvin med sig och pratade på så ivrigt att spottet stänkte på Kaarinas brudklänning när han klappade om henne, blinkade och sa:

— Du sku ha taji ein gammal ... int duger e handä pojkin ti nåenting ...

Han bjöd opp Alma till dans för att visa hur ungdomlig han var alltjämt, men Alma skrattade kluckande och sa nej:

— Nog tror jag he me minder å.

När Vicke blev fullare började han berätta minnen från sin egen ungdom med dess marknadsresor och hästar. Mitt i allt brast han i gråt:

— Herrigud, där sto jag på kärron å pissa å sjöng då jag kom från Tammefoss ... Å gullmanen trava ... Å foltje skåda å sa att där komber Vicke från marknan ...

De övriga skrattade, och Vicke själv kraxade med. Men när bjudningen var slut fick Lauri lov att leda honom från Koskela, för hans ben ville inte göra tjänst.

Halmes hus hade en stor vind, och där inredde man bostad åt de nygifta. Medan byggnadsarbetet pågick bodde de åtskils hemma hos sig. Nog för att Aulis mest var på Koskela.

IV

Åter var det jorddelning i Pentinkulma. Det hade kommit evakuerade karelare till byn, och nu tog man ut lägenheter åt dem. Det mesta av jorden togs från herrgården och de största bondgårdarna. Också frontmännen fick tomter på ett par hektar, där de med tillhjälp av statslån kunde få bygga det hem de försvarat i förskott i fem års tid. Vad de sedan skulle leva på där och betala skulderna med var det egentligen ingen som visste, men där det finns arbete och hopp finns det liv.

Kivioja-Lauri karakteriserade de nya hemmanen genom att säga att de var en miljons gårdar med två miljoners skulder. Men hans lastbil fick fullt jobb just tack vare byggandet. Han hade köpt några gamla bussar på auktioner av överskottslager från armén. Det gamla blandtåget hade skrotats ner, och i stället trafikerade nu en riktig buss linjen mellan Hollonkulma och stationsbyn. Dessutom gick det två turer om dagen till Tammerfors.

Leppänen-Aune fick också lösa in sin stuga och tomt. Dessförinnan hann Preeti dö i fattighusets vedlider invid huggkubben, där han stod flitigt ända in i det sista, långsamt trevande efter klabbarna, halvblind som han var.

I trehundra år hade herrgården dominerat i byn, men nu sjönk den plötsligt i betydelse. Den förlorade mycket av sin jord och sin makt, och folk kom loss från dess inflytande. En sovjetrysk folkdanstrupp på turné besökte kyrkbyn, och Siukola lastade in sin anhängarskara i Kiviojas buss mitt i herrgårdsbacken när de skulle åka för att se föreställningen.

Men fortfarande talade bysborna som om ett under när de berättade om en gammal evakuerad karelargubbe som ville köpa en

gammal lada av herrgårdsherrn och tyckte priset var för högt:
— Hördu, herrn. Tror du jag ä en fåne, eller ä du en fåne
själv.

Skyddskårsgården blev ungdomsföreningshus, för Rautajärvi
hade grundat en ungdomsförening. I samband med den startade
han också en idrottsförening och började ordna tävlingar på sport-
planen igen. På fester och soaréer höll han tal om demokratin och
den nordiska rättsordningen och om armén, »som visserligen hade
lidit förluster men alltjämt obesegrad stod i sina ställningar när
freden kom».

Prosten tog pension och flyttade kort därpå till Helsingfors.
Innan han reste kom han till Koskela för att ta farväl och pratade
länge i synnerhet med Alma. De satt tillsammans på nya sidan
i flera timmar. Han lovade komma tillbaka till socknen för att
hälsa på någon gång, men sågs där aldrig mera efter sin avresa.

Prästgårdens jord fördelades nästan helt och hållet bland eva-
kuerade och frontmän. Akseli gick för att tala med Töyry-Arvo,
som satt i kolonisationsnämnden:
— Då jag ha undra om e sku pass me ett slags bytesaffär. Jag
sku ge åv Kivivuoris jorden åt karelaren, om jag kund få präst-
gårdsdelin åv kärre i ställe. Så sku man få e liksom i ett. He går
bätter ti bruk då liksom, när int e bli så långa vägar.

Arvo var lite reserverad men positivt inställd. Nog skulle det
gå an för hans del, om bara de övriga i nämnden var med om
saken. Akseli ombads rent av stiga in i kammaren och bjöds på
kaffe. Också Arvo måste avstå jord, och i synnerhet moran tycktes
gräma sig över det:
— Ska man ens kunn bruk tåkodä smålappar som blir kvar.
När di far iväg me alltihopa.

Akselis hemman var så litet att han inte behövde överlåta något,
men för att hjälpa upp sin egen sak medgav han:
— Jaa, int är e bra ti gör reina hackelsen heller.

De orden gjorde Arvo och hans mora riktigt gynnsamt stämda.
De frågade vänskapligt hur det stod till på Koskela, hur det var
med boskapen, årsväxten och så vidare. Det blev tal om Janne
öckså, och Arvo berättade att det i en del bondekretsar hade varit
fråga om att skaffa honom kommunalrådstitel. Det var Yllö-Uolevi

och Päkki som hade kommit fram med förslaget, och Töyrys för sin del understödde det.

— För han ha ju vari me i så mytji göromål.

Efter nederlaget och sammanbrottet hade det rått osäkerhet och oro bland bönderna. När Janne djärvt tog upp kampen mot kommunismen ställde de sig lite generade bakom honom. Uolevi hade dragit sig tillbaka från posten som ordförande i kommunalfullmäktige, och man hade styrt om att Janne fick överta uppdraget.

Akseli tyckte ju nog att Janne hade gjort sig förtjänt av titeln men var inte särskilt intresserad utan återkom till sitt eget ärende. Arvo lovade göra vad han kunde.

Efter att ha besökt också andra som hade inflytande på saken fick Akseli gott hopp om ett positivt avgörande, närmast därför att förslaget gick väl ihop med nämndens egna planer. Stycket från Kivivuori kunde bekvämt anslutas till en av de kolonisationslägenheter som skulle bildas av herrgårdsjorden.

Framgången piggade upp Akselis lamslagna sinne för en tid. Men det var bara helt tillfälligt. Sedan budet om Vilhos död hade han snabbt börjat åldras och gråna. Krafterna avtog och hälsan vacklade. Alma tittade ofta fundersamt på sin son, och det hände att hon sa till Elina:

— Han sörjer sej ti döds. Man rent ser huru an sjunker ihop.

Ofta hade han en slocknad och flackande blick. Arbetena på gården skötte han nästan mekaniskt utan att visa något större intresse för dem. När Aulis och Kaarinas bostad i Kiviojas övervåning blev färdig och de flyttade in där kändes livet ännu tommare och ödsligare. Akseli undervisade Juhani i skötseln av gården, och ofta hade hans direktiv och anvisningar ett drag av att han liksom ville lära pojken att klara det hela på egen hand. Så kom de första tecknen på hjärtkrångel, smärtor i bröstet och andnöd. Han gick till läkaren och fick digitalis, och bysborna sa:

— Han lever nästan helt å hålle på tablettren. Måst stopp döm under tungon allti då e böri känns. Int blir e nåenting av arbeite hanses mera heller.

För jordbytets skull hade Akseli ofta ärende till kyrkbyn, och ibland när han var där gick han in på kyrkogården och bort till krigargraven, där också Vilho nu hade fått sin platta. Någon större rörelse kände han dock inte längre. Därtill var hans sinne för tomt och tungt. Han stod där och tittade en stund, och så gick han långsamt tillbaka mot porten. Men när han efter en sådan färd klev av bussen i Pentinkulma såg folk på honom där han gick och sa till varandra:

— Men nog har e Koskelas stegen å blivi kort.

Ibland glömde han visserligen sitt tillstånd. Den gamla energin vaknade till liv och gången blev raskare. Men han måste genast sakta farten, ta sig för bröstet och låta andhämtningen lugna av. Sedan fortsatte han, med försiktiga steg och noga övervägande varje ansträngning.

Ibland gick han och hälsade på Kaarina, som alltjämt levde i ett tillstånd av lite barnslig lycka och gärna förevisade sitt nya hem för fadern. Egentligen var han varje sådan gång ute för att göra upp sitt testamente. Han hoppades att Kaarina inte skulle kräva ut sin andel av Koskela till sista slanten, för det skulle betyda att Juhani och gården råkade i svårigheter. Men han lyckades inte förmå sig till att ta ärendet till tals. Inte för att han skulle ha dragit sig för att diskutera själva saken, men för att han fann det svårt att prata om sin egen död med flickan.

Elina hade han börjat komma allt närmare. När de satt på tu man hand och pratade i den tysta stugan blev Akselis blick ofta ödmjuk och liksom lite skygg, och hans uttalanden var också stillsamma, inte kategoriska och tvärsäkra som förr. Han kände sig lugnare på något sätt när han lyssnade till Elinas rofyllda och mjuka röst och ord. I sådana ögonblick kändes det beklämmande att tänka på sjukdom och död. Det dök upp tankar på en ålderdom som kanske ändå kunde vara lycklig, alla förluster till trots. Han lovade städsla en tjänstflicka också, efter som det ännu inte hade varit fråga om något giftermål för Juhanis del och göromålen hotade bli för tunga för Elina trots att sonen till och med hade lärt sig mjölka — ett faktum som också det på sitt sätt var ett tecken på att all gammal tradition vacklade och gick under. Hjältarnas tid var sannerligen förbi när en karl utan att skämmas kunde böja sig under en ko och dra mjölk ur spenarna.

Elina lade märke till den förändring som hade skett med Akseli och förstod att ta tillräckligt finkänsligt på den. När hon och

Alma på söndagarna lyssnade till gudstjänsten i radio låg också Akseli på sängen i stugan, låt så vara att han försökte se ut som om han rent händelsevis hade legat där och vilat.

Sommaren 1947 överfördes prästgårdsdelen av kärret i Koskelas ägo. Lite av Kivivuoris jord fick de behålla trots bytesaffären, och den kunde användas exempelvis till betesmark.

En söndagseftermiddag gick Akseli ut för att ta sig en titt på markerna. Den nya jorden var gräsbevuxen och illa skött. Det växte vide i dikena och gräset var gammalt. Det vore bäst att genast låta en del av åkern ligga i träda och få den i ordentligt skick. Långsamt vandrade han längs havreåkerns dikeskant och såg på säden utan att känna särskilt stort intresse för den. När han kom fram till utfallsdiket blev han stående och betraktade det och gärdsgården därinvid som prosten Salpakari i tiden hade låtit sätta upp som ägogräns.

Nu var gärdsgården onödig och skulle bara stå i vägen. Den borde rivas. Han hoppade över diket, och då började det: en häftig smärta i bröstet och strupen. Han föll omkull, trevade efter gärdsgården, bet ihop tänderna och försökte resa sig, men orkade inte. Hans sista medvetna tanke gällde Elina.

— Vart tog far vägen?

Det var Elina som tittade ut genom fönstret och sa orden till Juhani som låg på sängen. Pojken antog att fadern var någonstans bakom gärdsgården eller buskarna, och det blev inte mera sagt om saken. Men efter en stund tittade Elina ut igen, och när Akseli alltjämt inte syntes till sa hon oroligt:

— Gå ut åsta skåd efter ... Han ha väl int fått nå anfall bara.

Juhani gick och fann fadern. Hans näve hade stelnat så hårt om gärdsgårdsstören att det var svårt att lossa greppet. Gråtande bar han hem fadern på ryggen. Elina kom utrusande. Pojken lade ner den medvetslösa Akseli på sängen i stugan och gav sig med detsamma iväg till Kivioja för att ringa efter läkaren. I förbifarten stötte han på farmodern som hade kommit ut på gården och sa till henne att gå in till Elina.

Elina satt vid sängen. När hon hade sett Juhani lyfta upp

Akseli på ryggen borta vid diket hade hon skrikit till och rusat ut för att möta dem. Men redan på vägen hade ångesten övergått i resignation. Hon torkade sig i ögonen med näsduken och sa kvävt till farmor:

— Man ... måst kunn ... kunna bär e ...

En enda gång förlorade hon behärskningen, kastade sig över Akseli, grät hejdlöst och snyftade:

— ... far ... far ...

När hon hade lugnat sig satt de och teg. Efter en lång tystnad sa Alma:

— Alla ha di dött opprätt.

Det dröjde inte länge innan Juhani, Aulis och Kaarina var där, och efter dem kom läkaren, som bara kunde konstatera att Akseli var död. När han hade gått klädde de av den döde och bar in honom i kammaren.

Kaarina och Aulis stannade till sent på kvällen. När Kaarina skulle gå omfamnade hon modern och snyftade fram någonting tröstande. Elina svarade:

— Man måst försök ... Att int oppres sej i onödon ...

Alma och Juhani gick och lade sig, men Elina vakade länge vid Akselis lik. Hon satt kvar ännu när sommarnattens dunklaste stund var förbi och fågelkvittret efter den korta tystnaden åter började, förebådande en ny dag.

V

Det var en lördagskväll på sommaren. Solen stod ännu högt på himlen. En bil kom körande från kyrkbyn åt Pentinkulma till. Vid ratten satt en yngling i tjugoårsåldern med kortsnaggat hår och en tunn pullover under kavajen. Det var Jannes sonson Jouko, som hade blivit student samma vår. Bredvid honom satt Janne, lite dåsig och självförsjunken ända tills pojken stannade bilen vid Ekbergsbacken och sa:

— Jag måst slå en drill.

Han klev ur bilen. Janne kvicknade till och klev också ur.

De hade kört ända från Helsingfors utan avbrott, och Janne hade blivit stel i sina gamla lemmar. Han gick fram och tillbaka och sträckte på dem, men stannade när det av ljuden att döma kom någon som gnolade och pratade för sig själv nedanför backen. Leende såg Janne på karlen, som ännu inte hade märkt dem. Han ledde en cykel och fortsatte att gnola och mumla för sig själv, men fick plötsligt en svår hostattack och vacklade och svajade på stället ett slag. Det var Elias. När han kände igen Janne ropade han mellan hostningarna med en underlig sorts fylleförtjusning i rösten:

— Herrigud ... Veit du att jag ska dö i da ...

Janne och pojken väntade tills Elias hann ända fram till dem. Janne tog i hand och hälsade, pojken likaså. Elias såg på dem några ögonblick där han stod och svajade, stödd mot cykeln. Janne märkte den halvt sluga, halvt hånfulla glimten i hans berusade blick, som liksom tycktes mäta sonsonen och honom själv. Så sa han konstaterande:

— Du ha kommi för ti skåd åpå lekplatsren från barndomen.

— Nånting i den stilen. Egentligen tänkte jag ta å hälsa på Elina ett tag. Hur mår hon där, tro?

— Va sku int hon må. Lever å bor där. Pojkin ä ju gift å.

— Ja. Jag vet. Jag har nog varit där efter det.

— Du bor i Helsingfoss nu?

— Jag har bott där i många år.

Åter fick Elias en värderande glimt i blicken, som om han försökt sluta sig till hur Janne levde och hade det.

— Ä hedä din bil?

— Nä. Den är pojkens.

Jouko hade hela tiden tittat smått road på Elias, och denne hade märkt det. Därför nickade han lite ringaktande åt Joukos håll och sa:

— Jasså. Handä glopens?

— Nä, utan min pojks. Dehär är sonsonen.

Elias glömde pojken och tittade på Janne igen:

— Ä du int nå slags bergsråd å?

— Jag är kommunalråd.

— Ja, jag känner ju int så noga till. Nå slags landshövding

tänkt jag nog att du va. Du har allti vari en tåkodä landshövdings-typ på nå vis.

Janne kände sig road, för han märkte Elias lilla elaka udd mot hans titel. Han försökte byta samtalsämne och frågade:

— Nå, du går ikring å säljer alltjämt?

— Joo. Å jag ha vänta på att di sku ge mej kommerseråds-titel. Ska du int köp en österrikisk cigarrettändare förresten? Du ska få lite rabatt för gamal bekantskaps skull.

Elias skulle redan till att öppna sin kappsäck, men Janne sa nej tack. Han behövde ingen cigarrettändare.

— Du sku ha köpt nu bara. Billit sku du ha fått an ... Sidu, Elkku klår ingen ... He gäller ti håll goa förbindelser me kund-ren ... Men hördu, herrigud. Handä Kiviojas pojkin ha blivi nå ti pamp. Nytt hus har di, å bilan deras kör land å rike runt som bara satan.

— Var det i kräfta som Lauri dog?

— Jaa. Kräfton åt opp Latte, å he hastit ... He va nog didä gengasbyttona under krige som han fick e från ... Men gambel Vicke lever än. Spradar ikring på vägen me magan i vädre.

Jouko hade blivit otålig och sa:

— Ska vi åka då?

Janne tryckte Elias hand:

— Lycka till med affärerna då bara. Hoppas di går bra.

När han kom närmare Elias vid handskakningen kände han stanken av denaturerad sprit. Elias gick, ledande sin cykel, och Janne tittade efter honom med ett lite inåtvänt leende och lyss-nade ett slag till hans monolog, som satte i gång igen:

— Ängen glittrar i solens sken, å åkerns mylla å blomster å trän ... Just he ja ... Dingeliding, fjäril sving ... Vacker ä som-markvällen. Så tragglar vi oss iväg så sakta då. Å böri magabälte spänn för hårt på vägin, så sticker vi oss in nåenstans.

Jouko satt i bilen och skyndade på farfadern, men Janne stod kvar och tittade efter Elias. Han hade redan hunnit ett stycke bort, och just innan han försvann bakom närmaste vägkrök stämde han upp en sång:

Jag är en gammal fiskare som bor här på ön
och Elmeri är namnet som jag bär.
Jag har levat och jag dör väl en gång här på sjön
på något fjärran ödsligt skär.

När Elias var utom synhåll klev Janne in i bilen. Pojken startade motorn och frågade:
— Vem var det?
— En som jag kände.
När de närmade sig prästgårdens vägskäl sa Janne:
— Vänd till höger. Vi ska ta en titt på Kivivuori.
Pojken lydde och parkerade på vägkanten invid Kivivuori. De steg ur och klev över ett strömstängsel som var draget längs vägkanten. Av huset fanns ingenting annat kvar än trappstenen och lämningarna av ugnsmuren, som redan var övervuxna med epilobium. Äppelträden var vildvuxna och nästan torra. Avfallna grenar låg under dem på marken. Men syrenerna invid trappan blommade alltjämt.

Janne satte sig på trappstenen och sonsonen blev stående bredvid. Han hade dragit av sig kavajen och höll den över axeln med pekfingret instucket i hängarstroppen. De tittade sig tysta omkring som för att återhämta sig efter den långa och snabba körningen.

Bakom Kivivuoris åkrar syntes den nuvarande karelska ägarens hus, som såg ganska nytt ut, och längre borta i skogsbrynet skymtade ett par frontmannahus, nya också de och omålade än så länge. I utkanten av den närbelägna sportplanen fanns nu en danslave, och runt den och på landsvägen rörde sig svärmar av ungdomar som i förbifarten kastade en blick på bilen och främlingarna på Kivivuoris gårdsplan. Några kände igen Janne och tycktes göra lågmälda kommentarer. Från laven hördes redan musik och dansbuller. Bakom den, på andra sidan sportplanen, syntes ett stycke av Kiviojas nya byggnad som stod på den forna platsen för Halmes hus.

Janne satt och sträckte på lemmarna. Pojken tittade bort mot dansbanan och konstaterade:
— Lantisarna steppar.

Så fäste han blicken på Janne, och det fanns en liten utmanande retsamhet i hans röst när han sa:

— Har farfar försjunkit i vemodiga minnen?

Janne småskrattade och svarade:

— Jag är int känslosam av mej. Det har jag aldrig varit.

Han var tyst ett ögonblick och fortsatte:

— Åtminstone int på det sätt som man i allmänhet menar med ordet.

Pojkens tonfall var ganska typiskt för arten av relationerna mellan dem. Han försökte gärna reta farfadern en smula, och denne för sin del hyste ett lätt förakt för pojken och hans attityder à la »den unga generationen». Sonsonen ansåg att farfadern borde ha drömt sig tillbaka till barndomen och barndomshemmet där han satt, eftersom han var gammal och därför »romantisk».

Jouko var en ung »europé», talade om existentialismen, alltings relativitet och den efterblivna finskheten. Han tyckte själv att han var intelligent och föraktade romantik och sentimentalitet. Och romantik och sentimentalitet, det var enligt hans mening nästan allting utom hans eget skolpojksmässiga vitsande. Farfadern var i hans tycke en gubbe som tiden hade ridit ifrån, även om han samtidigt hyste en viss beundran för den slughet och kraft som gjort det möjligt för honom att svinga sig upp från obetydlig torparson till ställningen som riksdagsman och kommunalråd med pension och allt. För övrigt drog han sig ingalunda för att be farfadern dela med sig av pensionen i form av fickpengar åt honom själv, om fadern av någon anledning råkade säga stopp.

— Sitter inte farfar och tänker nånting om dendär tiden när farfar var liten pojke och allt var bättre än nu? Och hur farfar har ryckts loss från hemtorvan och så vidare?

— Jag märker nog ingenting i den vägen. Men kanske du gör det, eftersom du tjatar om det.

— Jag får ingen kontakt med jorden. Har ingen känsla alls av att jag står på förfädrens jordplätt just nu.

— Nähä, undra på det. Du har ju så fina isoleringsplattor.

Janne kastade en menande blick på pojkens skor, som hade tjocka gummisulor, och pojken gav till ett lite tvunget skratt.

— När jag kommer ut på bondlandet tänker jag alltid på hornorkestrar och på trettitalet när allt var sådär nationellt. Med alla de romantiska idéerna och detdär. Ibland undrar jag över att farfar faktiskt också har varit lika tassig och tjafsat med i dendär politiken och allt sånt.

— Jaa, nog har farfar varit så pass tassig.

— Och vad har det varit för nytta med alltihop?

— Vad är klockan?

— Åtta.

— Utan farfar å hans politik så sku du kanske som bäst traska iväg från bastun på stigen där med sånadär primitiva nävertofflor på fötterna.

Pojken skrattade lite ansträngt. Ibland tyckte han faktiskt att farfar var lika vitsig och intelligent som han själv. Han började gestikulera livligt och elegant som för att demonstrera det smidiga i sina egna tankegångar:

— Det är inte så jag menar. Men jag menar att det blev krig ändå, trots alla idéer, eller för idéernas skull.

— Int för min idés skull. Min ideologi är int krigisk.

— Förstår farfar inte nu, att det inte är fråga om den ena eller den andra idén, utan över huvud taget om allt såntdär som kräver hornorkestrar.

— Ja, utan tvivel hör krig å hornmusik ihop. Jag har bara int lyckats hitta på något botemedel. Du måst försöka nu i din tur, du som är ung å har livet å möjligheterna för dej. Jag har tömt ut mina.

Pojken blev ivrig. Det berodde på att de hade diskuterat och disputerat livligt i början av resan. Men så hade Janne blivit trött och slutat prata. Sonsonens tankegångar hade stannat liksom på hälft, och nu rodde han fram med vad han inte hade hunnit få sagt tidigare. Han började utlägga sitt favorittema om det europeiska kulturinflytandets fördjupande och försökte uttrycka sig så effektfullt och intelligent som möjligt, för hur det nu var så ville han gärna ha farfaderns erkännande i alla fall. I sin iver trasslade han in sig och blandade ihop existentialismen och den europeiska själens omformning och mycket annat. Han tog kavajen från axeln och stack den under armen i stället för att få båda händerna fria att gestikulera och stryka under med. Men farfadern lyssnade

inte på honom, utan tittade leende på två unga flickor som gick längs stigen mot danslaven. Den ena hördes säga till den andra:
— Han ä så förskräcklit svartsjuk. En såndär outvecklad karaktär. De sto i en damtidning att den som ä svartsjuk har outvecklad karaktär å har all världens komplex ... Men hördu handä Lasse ... honom ska jag nog hämnas på än ...
Flickorna försvann ur sikte, men bakom alsnåret hördes ännu några ord:
— Jag ska nog hämnas på nå vis ... he ska jag ...
Pojken märkte att farfadern inte hörde på och tystnade därför och tittade också han bort mot danslaven. Det kom två ynglingar som inte lade märke till dem utan stannade vid alsnåret och tog var sin sup ur medhavd flaska:
— He sku ha vari bättre att far ti lavan i Salmi. Bättre bönor där. Nunorna ä kanske int så mytji ti skryt me, men motorerna på höger varvtal.
De var ivriga, fulla av den stigande berusningen och den begynnande kvällens entusiasm.
— Hej hördu. Lån mej ett gummi. Hondä jävla bönskin ä rädd å ger int utan. Väiski sku ha me sej några, men där i kemikaliehandeln va en ny ung jänto å såld, så killen vart blyg å köpt solglasögon.
Kamraten räckte över det begärda. De tog ytterligare en lång sup var, gömde flaskan i det höga gräset och gick. Den ena rätade på axlarna, rättade till kläderna, tittade först på sig själv och sedan på kumpanen och sa med skrytsam belåtenhet:
— Herrigud. Man ä nå ti sjentlemen.
Det hördes musik från laven. Så stämde en refrängsångare upp en schlager, troligen i megafon:

> Åter åt söder går svalornas stråt,
> ingen, ingen kan följa dem åt ...

Janne reste sig. Leendet försvann och han sa:
— Ska vi åka då. Di går i allmänhet tidigt till sängs där.
Pojken startade motorn och de åkte vidare. Men när de hade svängt vid prästgårdsvägskälet igen och passerade Leppänens

stuga ville Janne stanna på nytt. Aune stod nämligen ute på gården, skuggade med handen för ögonen och tittade på bilen. Pojken backade, för de hade redan hunnit en liten bit förbi. Janne klev ur och gick fram och hälsade på Aune.

Hon hade blivit ännu fetare än förr. Fast det var mitt i sommarn hade hon yllestrumpor som korvade sig nere vid vristerna. De bara benen var tjocka, smutsiga och fulla av åderbråck. När hon kände igen Janne kom hon fram med handen utsträckt och fnissade generat.

— Nå godda. Hur står de till?

Hon gned av handen mot klänningen och sa sött och insmickrande:

— Godda. Jag tänkt väl att he va råde sjölv, för bilen glänst å glimra så ... Godda ... godda ... Så man ha kommi hitåt ... Jag va ve Koskelas i går, men di visst ingenting om att kommunalråde sku kom.

— Ja, det blev av i all hast.

Janne frågade Aune hur hon hade det. Hennes blyghet började snabbt gå över, ordströmmen blev allt stridare, och hon slutade kalla Janne kommunalrådet och övergick till att dua honom.

— Å jag gick te sosialnämnden å sa att herrije om Kivivuori sku va här alltjämt så sku folk få nå rätt ... Jag lova dra saken ti lagstugon å sa att int har e pensionen efter pojkin nå ti skaff me folkpensionen, men di har nå rikti vargar där nu för ti sköit om foltje ...

Janne lyssnade en stund, sa adjö och klev in i bilen igen. Hans tankar dröjde kvar en stund vid Aune och hennes liv. Ett slag stack bror Oskar också dunkelt upp i hans medvetande, men i samma ögonblick svängde bilen in på vägen till Koskela, och han rycktes ur sina funderingar.

Juhani kom ut när de körde in på gårdsplanen. Han hälsade välkommen lite blygt och bad dem stiga på. I hälarna på honom kom hustrun med en liten pojke i famnen. Juhani hade gift sig med Kylä-Penttis yngre dotter Hilkka, och de hade redan sin förstling. Han hade kommit rännande så många gånger till Kylä-Pentti för att titta på deras nya skördetröska att gårdsfolket hade börjat begripa den verkliga orsaken och hjälpa till efter förmåga,

534

och därför hade det hela sedan gått ganska snabbt trots Juhanis blyghet. Det var allt utom fyskam att bli mora på Koskela nu, och familjen nästan knuffade iväg flickan. Inte för att hon hade något alls emot det själv heller.

Janne tittade på lillpojken och sa:

— Linlugg. Tycks va ett släktdrag riktit. Det måtte bero på jordmånen ... Men är Elina där på andra sidan?

— Jaa, jag ska gå å säj till.

— Vi kan ju gå dit.

Janne och Jouko gick över till nya sidan och lovade komma tillbaka senare. Elina hade fått syn på dem genom fönstret och kom dem till mötes ut på trappan. Hon var rörd och glad, för hon hade inte träffat brodern på långa tider. De gick in i stugan, där Alma sov halvsittande mot en hög dyna.

— Farmor. Vi fick främmand.

— Vaa.

Almas ögon blinkade grumligt i det lilla hoptorkade ansiktet. Hon hade fått åderknutar till och med i kindrynkorna, liksom på baksidorna av sina krumma händer. Hon flyttade på händerna med en viss ansträngning, men kände inte igen Janne.

— He ä Janne. Bror min. Minns int farmor honom?

— Jaa ... jaa. Höpp, pöpp, pöpp.

— Min äldre bror, Janne.

— Jojo. Höpp, pöpp, pöpp. Nog kommer e far snart ... Höpp, pöpp, pöpp.

Janne och Jouko slog sig ner och Janne sa:

— Minns int farmor mej? Jag ä Kivivuori-Janne.

Det tändes en glimt i gummans ögon när hon hörde rösten:

— Janne, Janne. Ä du sali Ottos pojkin?

— Jovisst.

— Som va i kommun å allt ... Jaa, joå, nog minns jag dej.

Och när hon väl kommit i gång började hon kvickna till. Visserligen blandade hon ihop gammalt och nytt huller om buller, förväxlade ibland Janne med Otto och tog Jouko för hans far Allan.

— Vem ä denhä unga herrn då?

— Det är min sonson.

— Jaha, han som ä domar ... Vi mista tri pojkar i krige ...
Han yngst sköiter gålin nu ... Di va Akselis pojkan ... Han äldst
va herr riktit. Ein tåkodä krigslöjtnant.

— Ja, visst minns jag ju dem. Jag har ju int varit härifrån
mer än några år. Kommer farmor int ihåg det? Hur gammal är
farmor?

Alma blinkade av ansträngning:

— Hundra år ä jag int.

Elina kom till undsättning:

— Farmor ä lite över nitti.

— Jaa. Hundra ä jag int. Didä veit nog ... Janne, Janne. Otto
känd jag, å Anna. Här sköiter yngsta pojkin gålin nuför tiden ...
Tri styckna mista vi i krige. Å han som va äldst va ein krigs-
löjtnant riktit ... Elina har mytji märken efter pojkan ... Vi
bor här tisammans, vi två ... Jag ä här ti påpack för henne ...
Gud vill int ta bort mej. Di ha köfft en traktor å, då di fick åv
hondä Hilkkas pengan från Kylä-Pentti, fast di måsta ju nog bital
dit ti Kiviojas sedan igen i sin tur ... Höpp, pöpp ...

Janne gav Elina en blick liksom för att säga att det var bäst att
lämna gumman ifred, och de reste sig.

— Ajö så länge. Vi kommer nog in å hälsar på ännu, men vi
ska ta å gå över till gamla sidan ett slag.

— Ja, ja. Di ha köfft en traktor, efter va hondä Elina berätta
... Å jag kan nog hör bullre gönom fönstre ännu, då han ä i
gång ... Han kosta mytji, säger di ... höpp, pöpp, Ottos sonin.
He va ju du som gift dej me dotern ti handä Silander, som strök
me i upprore.

— Just precis. De ä jag. Hon ba hälsa farmor ... Silanders
dotter alltså.

— Jaa. Nog minns jag Silander. Han hadd läst mytji ... han
va ein studera kar ...

De lämnade Alma och gick in i Elinas kammare. Hon bodde
numera i det som förr hade varit »pojkarnas kammare», men sov
i samma rum som Alma, för man vågade inte lämna henne ensam
på nätterna mera. Kammaren var liten och möblerad med sakerna
från Koskelas gamla farstukammare. På byrån som var inropad
på auktionen efter Emma Halme stod fotografier av alla barnen

536

med de tre stupade sönerna i mitten och Juhani och Kaarina yt- terst på var sin sida. Framför fotona låg släktklenoderna: Jussis röjningsmedalj, Vilhos silversked, hans frihetsmedalj och minnes- medalj från vinterkriget, hans båda frihetskors och så Elinas tre minneskors.

Elina ämnade först koka kaffe men tänkte sedan att man sä- kert ville bjuda traktering på gamla sidan och lät det därför vara. Hon frågade hur brodern levde och hade det, glad och nöjd över besöket. Jannes sonson lyssnade respektfullt och sva- rade stillsamt och väluppfostrat när Elina emellanåt riktade sig till honom. Henne kände han inte närmare, och därför glömde han helt och hållet bort sin attityd av intellektuell ungdom och förvandlades till en snäll och hygglig ung släkting som ville göra ett gott intryck. Dessutom verkade den vänliga blicken bakom glasögonen och den mjuka, lugna rösten hos denna milda grå- håriga kvinna respektingivande redan i och för sig. Jouko hade nog sett henne tidigare, men då hade han varit en liten pojke, och minnesbilden hade hunnit blekna.

De flyttade över till gamla sidan och drack kaffe där, och sedan hade det hunnit bli sängdags.

Det bäddades åt Janne i gästkammaren, och eftersom också den andra kammaren stod tom fick Jouko sova där. Janne satt halvt avklädd på sängkanten när Elina kom in och frågade om det var något han behövde. Nej, det gjorde han inte. Men Elina satte sig ner i alla fall, och brodern förstod att hon ville prata på tu man hand. Elina ställde frågor om Sanni och om Allans familj, och Janne svarade. Där satt han på sängkanten, lång och kutig och benig, smackade med sina löständer och var rädd för att systern skulle börja tala om Gud. Han gjorde sitt bästa för att hålla samtalet kvar i det vardagliga och frågade:

— Nå, hur har du haft det? Har du varit frisk?

— Jovisst. Nå lite värk i armar å bein bara ibland.

Elina gjorde en liten paus, just så lång som ombytet av stäm- ning krävde, och så började hon:

— Jag har lärt mej ti lev i försoning me min Gud. Förr va jag upprorisk å olyckli ... Men man måst kunn ... Fösst då jag såg Juhani kom bärandes på far längsme åkrin så skrek jag. He

537

kändest som jag sku ha blivi förlama över heila kroppen. Jag börja spring ditåt, men redan på gården så kom jag ti tänk på att int ... att man int får bit sej fast för hårt i denhä världen. För jag hadd pröva på så mytji plåga redan i live mitt å märkt att enda vägin ur e ä ti avstå ... Man kan int övervinn e på nå anat sätt än gönom att godta ... Så mång dödar tätt efter varander. Så fort man hämta sej efter ett dödsfall så kom ett nytt ... He känns som man sku bli rivi i stycken ... Men varje gång måst man lär sej ti säj, att han där opp veit bätter.

Janne fick ett litet hostanfall, munnen malde och smackade energiskt och han rörde nervöst på armar och ben:

— Jaja. Nog har alla att dras med ... Hur är det med gumman? Varför har ni int fört henne till kommunalhemmet?

Elina hade hunnit gripas av sina känslor, och nu när hon blev tvungen att byta samtalsämne sa hon lamt:

— Nå, när jag har tid ti sköit om henne här ... Ä vi ä rädd att hon dör om vi för dit henne.

— Jaja. Det kan ju så vara ... Fast där är det ju nog närmare till läkare å sådär.

— Int ä hon sjuk på nå vis. Äter bra också. Fast hon gör ju nog allt under sej föståss. Förstånde hennas ha bara vari liksom på avtagand di sista åren. Hon känner int igen mej heller all gånger.

Elina skrattade dämpat:

— För ett par dar sedan tala jag om huru Vilho stupa. Jag minns nu int hur e kom ti bli tal om e. Men då sa hon, att du ska int bry dej i he, han ha nu allti vari ein tåkodä som håller sitt för sej.

Janne småskrattade också. Stämningen lättade och syskonens känslor liksom fjärmades från varandra. Elina sa godnatt och gick.

Janne fortsatte att klä av sig. Han lade sig med underkläderna på. Visst hade han pyjamas i kappsäcken, men eftersom Sanni inte fanns till hands som övervakare brydde han sig inte om att dra den på sig. Att sova i underkläderna hörde till de vanor från ungdomen som han inte riktigt hade kommit ifrån.

Han låg på rygg i sängen. Tankarna kretsade kring samtalet nyss. Han kunde inte låta bli att fundera på det systern sagt

538

och på hennes inställning till livet och tillvaron. Nu när han själv hade dragit sig tillbaka och lämnat all aktiv verksamhet hade han ofta varit plågsamt orolig till sinnes och gripits av känslor av tomhet och depression.

Han tänkte på systerns religiositet och på den religiösa tron över huvud taget:

— Ja, strunt i det ... om hon en gång tror. Antingen det sedan är sant eller int. Det har hjälpt henne igenom ... Dendär pojken pratar å skroderar ... Tillvaron. Om han verkligen visste hur vanvettig den är ... Om det int finns nånting på andra sidan så är allting faktiskt vettlöst här på sidan också.

Han rörde oroligt på sig, nästan förskrämt, för han var rädd att tappa bort sig själv och försökte låta bli att tänka på hela saken. Men tankarna kretsade ohjälpligt kring den. Han funderade på sin barndom och ungdom: denna trånga existens med får, bladkärvar och dagsverken. Såg han sin nuvarande livsform mot den bakgrunden tedde sig det hela som en svindlande båge.

Men vad hade han själv fått ut av det till slut? En aktielägenhet på två rum och kök, en kommunalrådstitel och en känsla av tomhet.

Vad hade han då haft för mål? Egentligen inget alls, inget riktigt medvetet och klart mål. Aktiviteten hade fört honom med sig, uppgift hade fött upgift.

Han tänkte på sin son och sin sonson. Deras skolgång och miljö hade fjärmat dem från hans tankevärld. Det sörjde han egentligen inte över, men särskilt sonsonens attityder irriterade honom. Han tyckte att pojken var en narr och var besviken över återväxtens försvagning och obetydlighet.

Hans tomhet och betryck kändes som ett hårt grepp om hjärtat. Han steg upp och tog sin guldklocka med boett från bordet. Den hade han fått i gåva av kommunalorganisationen till sjuttioårsdagen. Han knäppte upp locket, såg på klockan men uppfattade inte hur mycket den visade.

— Här har di i alla fall nånting att hålla sej till. Di har sina bekymmer för torka å för regn ... I försoning me sin Gud ... Jaja. Riktigt fullvuxen har hon nu aldrig blivit ... Det beror på att mor höll henne så isolerad ... Hon blev efter i utvecklingen.

Beslutsamt klev han fram till fönstret och drog från gardinen för att släppa in gårdsplanens och åkrarnas vardagsverklighet i det nattliga rummet. Den lilla, halvt avsiktliga förargelsen drev de besvärande tankarna på flykten. Smackande och tuggande på tänderna lade han sig på nytt, tänkte att de fick lov att ge sig av tidigare än beräknat, och strax därpå sov han.

VI

Kaarina vaknade och tittade på klockan. Den var halv sju. Bädden bredvid var tom.

Hon klev ur sängen och lyssnade efter ljud från pojkens rum, men där var tyst. Han sov alltså fortfarande. Hon krängde morgonrocken på sig och drog upp persiennen. Solljuset som strömmade in i rummet piggade upp hennes sinne som var lite duvet efter sömnen och förnattens nedslagenhet. Hon gick ut i köket för att koka kaffe. Sedan hon ställt kastrullen på spisen gick hon tillbaka till sovrummet, slog sig ner vid spegeln och började sätta upp håret.

Från gårdsplanen hördes surret av en buss som startade på sin morgontur, och hon tänkte att garagen låg för nära det nya huset. Någon knackade på ytterdörren och hon trodde att det var Aulis som kom, men det var hjälpkarlen från mjölkbilen.

— He va ett brev i lag me stånkona från Koskelas.

Hon tog kuvertet, sa tack till karlen och gick tillbaka till sovrummet. Brevet var från Hilkka, som meddelade att morbror Janne hade kommit och bad dem titta in nån gång på dagen.

Kaarinas tankar sysslade med hennes egen oro. I vilket skick skulle Aulis komma hem? Om han kom alls.

Ytligt sett hade hon vant sig vid att han ofta var borta på affärsresor. Hon var övertygad om att han söp på hotell och restauranger under sina färder, och höll sig med främmande fruntimmer också, men hon hade märkt att det var lönlöst med gräl och gråt och försökt försona sig med tanken för sin egen sinnesfrids skull. Aulis brukade försäkra för henne att han var tvungen

540

att resa omkring på det viset. Affärerna krävde det. Det var omöjligt att sitta hemma och sköta alltsammans.

— Fast nu for han ju för att sälja dendä gamla bilen. Å de va nu int alls nödvändit. Å sprickan i ventilen tänker han tiga om.

Men det lättade i alla fall att tänka på mannens energiska slit för familjens bästa. Redan under faderns livstid var det i själva verket Aulis som ledde firman och utvidgade den. De ursprungliga bussarna var numera bara en mindre del av rörelsen. Aulis hade övergått till stora last- och tankbilar som körde långtrad mellan olika städer i landet. Men ibland blev Kaarina förfärad när hon tänkte på vilka skulder de hade. Alltsammans var byggt nästan på tomma intet. Bilarna var i själva verket inte deras, utan bankernas och oljebolagets. Men hittills hade Aulis klarat sig, och skulle kanske göra det i fortsättningen också, för rörelsen var onekligen inbringande även om räntorna satte åt honom hårt. Dessutom gjorde han affärer vid sidan om, så snart det yppade sig en chans. Han köpte och sålde i förbifarten nästan vad som helst. Till och med ett lass stulna bilringar hade han handlat med, en sak som Kaarina alltjämt inte kunde tänka på utan skam och rädsla, för Aulis hade mer än väl vetat om att det var tjuvgods.

Men när hon bekymrade sig för skulderna skrattade mannen bara sorglöst och sa:

— Den får int spela som ä rädd.

Kaarina hade motsatt sig det nya huset också och tyckt att de lika väl kunde ha bott i det gamla tills vidare. Förresten var huset onödigt lyxigt. Det hon fått ut från Koskela räckte inte ens till inredningen. När Aulis friade hade han sagt på sitt breda vis att hans fru skulle få sitta framför spegeln dagen i ända med silvertofflor på fötterna. Det kunde väl Kaarina ha gjort om hon haft lust. Men hon tittade sig inte så gärna i spegeln, som visade hur hon hade fetmat och hur hennes ögon hade blacknat. Det tog henne så mycket hårdare därför att hon trodde att mannen hade tröttnat på henne och sällskapade med andra just för den skull.

Kaffet kokade och hon gick ut i köket.

Pojken hade vaknat och kom barfota klafsande efter henne.

Kaarina strök honom lätt över huvudet, men han stötte bort hennes hand i yrvaken purkenhet. Hon gav honom kaffe, och han kravlade sig upp på knä på en stol och började dricka.

Pojken var fet och kulmagad, och Kaarina kunde inte låta bli att känna sig lite illa berörd av vetskapen att bysborna och deras egna anställda i smyg kallade honom för Lill-Vicke.

En bil bromsade in på gården. Pojken sörplade hastigt i sig resten av kaffet och rusade på dörren, och Kaarina hörde en munter stämma utifrån farstun:

— Nå hejsan. Va veit pappas lillkarl?

Aulis kom raskt inklivande med pojken i hälarna:

— Gomorron. Jag måste äta å ta ett par supar å kunde int köra i går kväll. Jag sov på hotell. Nå, va ha här hänt?

— Där har du kaffe. Va sku här hända. Morbror ä ve Koskelas, å di ba oss komma dit frampå dan.

Aulis högg tag i samtalsämnet och visade sig synnerligt ivrig över besöket, men när han märkte att Kaarina var förstämd och tyst sa han i led och sårad ton:

— Ja, ja. Jag gissa nog redan i går kväll me va miner man sku bli mottagen här. Men så tänkt jag att he behövs pengar å. Nämligen sådä ti vardags. Själslive ä skilt för sej liksom. Hyggliga å ädla mänskor behöver int nå pengar, men en sånhä vanli kar som jag klarar int mej utan. Jag behövde di sjuttitusen å, som jag vann på handä bilen. Men jag måsta ät å drick för han sakens skull.

— Int ha jag märkt att jag ha visa nå särskilda miner här.

Kaarina smålog, och Aulis drack kaffet till slut under tystnad. Sedan gick han in i ett annat rum tillsammans med pojken och pratade och skämtade livligt med honom om allt möjligt liksom för att lätta upp stämningen med sorglös vänlighet.

När Kaarina kom in i rummet blev Aulis rent självsvåldig:

— Slut nu redan. Sjuttitusen rent i förbifarten. Sprickan märkt di int alls heller. Nog kunde du åtminstone applåder nå lite åt pappa. Jag drömd där på hotelle å. Först om dej naturlitvis, men sedan om en väldi rad me ogudaktit stora långtradare längsme Finlands vägar. Di va römåla allihopa, å på alla stod de: Kivioja & Son. Å folk fråga åv varann, att vem månne didä Kivioja & Son kan va egentligen, som äger hela världen.

— He va ju en trevli dröm. Men vaför va di römåla? Färgen va väl från ögona dina. Du sku tvätt döm me kallt vatten så du sir ut som folk om vi en gång ska gå över te Koskela.

Aulis brast i skratt och sa:

— Mamma vitsar. De ä roligt.

Han klappade Kaarina på baken, satte sig igen och fortsatte med nästan barnsligt vädjande röst:

— Nog vet jag ju att de int ä rolit för dej att va här allena. Men du tycks int förstå att jag är tvungen ti göra som jag gör. De går int att gräva fram pengar ur en dynghög me rena händer ... Jag måst va likadan som di som jag gör affärer me. Jag kan int börja sjung frälsningsarmésånger för såna skojare. Jag drack fyra whisky å sku nog ha kunna köra hem för den delen, men om e sku ha råka hända nånting så hadd jag åkt fast. Däför kunde jag int komma.

— He förklara du ju redan.

— Jag gjord så. Men de tycks int bli klart ändå.

Aulis reste sig, såg stött ut och gick till badrummet för att raka sig. Medan han tvålade in hakan råkade han fästa blicken på sina ögon, som var lite svullna och rödkantade. Han drog på munnen vid tanken på föregående kväll. Han var belåten över affären, inte bara för pengarnas skull, utan också för att han lyckats lura motparten. Inte ens restaurangnotan hade han behövt klara, eftersom han hade hållit sig nyktrast i sällskapet. Den ena av köparna hade betalt hela kalaset för att göra intryck på två kvinnor som de haft med vid bordet. Aulis hade farit iväg med just den av dem som karlen i fråga hade fikat efter.

Mest av allt roade honom emellertid tanken på hur han hade gömt undan sina pengar och sedan låtsats slockna ovanpå alltihop då kvinnan antydde att hon behövde lite slantar. Han hade legat där i sängen och sluddrat fram otydliga ord utan mening och sammanhang och sneglat på fruntimret, som trevade i hans fickor men inte hittade annat än ett öppnat paket amerikanska cigarretter.

— Nå, de hade hon förtjäna.

Han tvättade sig i ansiktet och tog handduken från hängaren. Då råkade han få syn på orden »Pappas handduk», skrivna med Kaarinas handstil vid hans knagg och blev plötsligt förvirrad. Den segerglada stämningen var med ens borta och han började känna sig illa och underlig till mods. Han drev känslan ifrån sig men såg ödmjuk och försonlig ut när han kom ur badrummet.

— Hördu. Om vi sku tala ut om denhä saken nu. Jag veit att jag int borda va bort så ofta, men jag kan int gör nånting åt e.

Kaarina var i färd med att klä på pojken. Hon dröjde länge med svaret, men till slut sa hon sakta:

— Låt vara. Vi ha tala om dehä så mång gångor, men int ha e blivi nå annorlunda för he.

Kaarinas fjärhet skingrade samvetskvalen, och Aulis lät barnsligt stött igen när han svarade:

— Ja, vi ha prata. Men de tycks faktiskt int hjälpa me prat. Nå, kanske jag verkeligen ä en sån knöl som du tycker att jag ä. Men jag har int tid att syssla så mycke me didär djupandliheterna. Jag ä bara en sånhär självmade man, å de enda jag kan ä att försöka skaff brö i mun på oss på nå vis. Jag försöker få lite färdit åt pojken så int han ska behöva slit som jag ha måsta gör. Räcker int de till, så mera finns de i varje fall int hos mej.

Kaarina kände så väl till tonfallet som mannen tog till när han försökte vädja till hennes samvete. Hon var medveten om beräkningen i det men kunde trots allt inte undgå att bli påverkad. Kanske menade han verkligen ärligt vad han sa.

Hon började tina upp. Också därför att det gällde att få tvungenheten mellan dem att försvinna innan de gick till Koskelas. För Kaarina mindes mer än väl föräldrarnas varningar men var för stolt för att visa att det hade funnits något berättigat i dem.

Aulis började känna sig lättare till sinnes när han märkte att Kaarina mjuknade. Liksom för att ytterligare understryka sitt allvar gick han till bokhyllan. Den var ny, men de flesta av böckerna var Halmes gamla. Aulis läste dem ingalunda. Ibland brukade han nog bläddra i dem och titta lite här och där, i synnerhet på de anmärkningar med jämn och vacker handstil som ofta stod i marginalerna. Han var nämligen road av dem. Vanligen var

544

de helt korta, som till exempel:»Obegripligt. Mannen yrar. Motiveringen svag. Min herr, sanning är alltså det, som vi se. Alldeles riktigt. Även för svinet består sanningen av vad som finnes under dess tryne. Men att stanna därvid torde icke vara någon plikt.»

Aulis plockade ner en lärobok i engelska från hyllan. Han hade beslutat sig för att läsa engelska närmast på grund av sin beundran för de amerikanska penningpotentaterna. Han ville gärna kunna deras språk. Vid restaurangborden tyckte han om att berätta historier om finansmatadorer som hade börjat som springpojkar och brukade säga liksom stoltserande:

— Den som ha börja barfota vet va stövlarna kostar.

Men långt hade han inte hunnit med sin engelska. Han hade ingen läsenergi. Också nu tände han en cigarrett och lutade sig slappt tillbaka mot stolens ryggstöd med boken uppslagen i knät. Han hade inte läst mer än en enda mening:

»Tom is a boy.»

När Kiviojas kom var Koskelas i färd att beundra Juhanis nyinköpta traktor. Den stod i redskapsskjulet, ren och putsad. Juhani demonstrerade den med en trasselsudd i handen och gned allt emellanåt av ett eller annat ställe som hade blivit lite dammigt. Janne tänkte för sig själv att pojken antagligen skulle lida när han måste köra den ut på den leriga åkern. Där blev den ju smutsig, så dyr den var.

När Janne såg och hörde på Juhani kom han att tänka på gamla Jussi. Pojken påminde faktiskt mycket om farfadern både i ord och åthävor.

Kiviojas personbil körde in på gården, och de gick fram för att hälsa välkommen. Aulis vräkte sig hastigt ut, rundade bilen och hjälpte med demonstrativ omsorg Kaarina och pojken att kliva ur. Sedan drämde han fast dörren och skyndade hurtigt och energiskt iväg för att hälsa.

— Godda. Trevligt å träffas, trevligt å träffas.

Janne hälsade, tittade värderande på Aulis, log och sa:

— Jaha. Du ser välmående ut. Ingen nöd, ingen nöd.

Han sa något skämtsamt till Kaarina och lillpojken också. Sedan förhörde han sig närmare om Lauris död ungefär ett år tidigare och blev fundersam ett slag, tills han ryckte upp sig och började fråga Aulis hur det gick med affärerna.

Hilkka och Elina hade dukat i stugan, och gästerna gick in. Aulis hälsade käckt på svärmodern, som för sin del kastade en snabb blick på dottern och läste i hennes minspel att det hade hänt något tråkigt.

Under måltiden pratades det först om byns angelägenheter. Det var Janne som frågade. Hur mådde Vicke, och vad sysslade han med? Aulis berättade att gubben alltjämt orkade gå från gamla Kivioja hem till dem för egen maskin och att han gärna tog en sup om det bjöds.

— Nå, är det Rautajärvi som undervisar ungarna här alltjämt?

— Jaa. Å går an me sin ungdomsförening. Me folkdanser å folkvisor.

— Nå, Siukola då?

— Samma gnatare som allti förr. Pojken hanses va hos oss en tid som lastbilshjälpkar, men jag gav honom sparken. Jag lyssna på honom bra läng, men sa ti slut att jag anställd dej för ti lyft stånkor på bilflaken å int för att skäll på amerikanarna. Jag bockar int för kommunisterna som somliga andra. Blir de gnat om löner å arbetsavtal så får di pappren i handen. Själv kommer å går jag natt å dag, å jag vill int hör latmaskar gnälla.

Aulis talade med pondus och eftertryck för att låta kommunalrådet förstå att också han var en som kunde leda och befalla, men medan han pratade på hetsade han upp sig så att han mosade sönder all maten på tallriken med sin gaffel.

Janne tittade ett slag på Aulis, road över hans upphetsning, och sa i trivial ton:

— Men nog har väl en kommunist också förtjäna lönen sin?

Aulis skulle gärna ha fortsatt på samma tema, mest för att han ville visa den gamla politikern att också han förstod sig på samhället och det sociala. Men Janne var ohågad. Han vände sig till Juhani:

— Nå, du fick prästgårdsjorden sen?

— Jaa. Eller he va redan far som skött heila saken.

— Det är ju bra. Lättare att bruka när markerna hänger ihop. Har ni restbitarna av Kivivuori till betesmark då?

— Mestadels. Imellanåt måst vi så havra där när höije blir gamalt.

— Jaha, javisst.

Janne tittade ut genom fönstret:

— Å allt i gott skick. Ni har det bra, ni har det bra. Traktor å allt.

Juhani svarade inte genast. Han lyssnade med lite blandade känslor. Visserligen var han glad åt morbroderns beröm, men eftersom frågan om jordbrukarnas stora inkomster var föremål för en ständigt pågående offentlig diskussion sa han i smått klagande ton:

— Veit man här . . . Nog har e sina avisidor å.

Morbrodern märkte hans reaktion och sa finurligt:

— Jaa. När nu jordbruket int lönar sej. Int på nå vis.

Juhani rodnade just så mycket att det märktes. Det syntes att Jannes skämt gjorde honom förargad, och han svarade:

— Int löns e heller. Sku jag räkn sama pris åt mej sjölv som jag måst betal åt en främmand så sku jag snart va på landsvägin. Å traktorn ä ju int nå annat än ett verktyg. He va måsta på ti köp an, just därför att he int löns till håll sej me främmand arbeitskraft. Lönerna stiger varannan måna å stup i ett hittar di på all världens barnbidrag.

Jouko hade mest pratat med kvinnfolket och artigt bjudit omkring brödfat och tillbringare, men nu vände han sig till Juhani och frågade:

— Kunde man inte arrangera nå slags olycka. Lägga åkern under vatten eller nånting sånt. Får man int alla möjliga ersättningar för sådant?

Pojken sa det som ett skämt, men Juhani blev arg på allvar. Hans små koskelaögon blinkade ilsket, men samtidigt lite generat, för det var ju trots allt inte riktigt passande att gräla med en gäst. Rösten dallrade en smula av återhållen vrede när han sa:

— Reint ut sagt, så är e nog åt stassboan som didä stödpremierna går. Vaför ska di måst räknas jordbrukaren ti godo? Di blir ju utbetald för att stassboan ska få ät billit — å kom åsta

547

ligg på strändren me solglasögona på näsan å en bok i handen, som nu didä prästgårdssläktingan å ... Där masa di sej heila dan i går. Ä så smörjer di in sej me hudsalvona för ti bli jämnare stekt ...

Janne hade redan tröttnat på samtalet. Hans blickar flackade hit och dit, och munnen gav till och med ifrån sig ett litet ljud som påminde om en vissling. Systersonen tycktes ta det hela för allvarligt, och Janne ville byta ämne och grymtade redan någonting otydligt, men så gnistrade det till i honom ett slag i alla fall, och han sa:

— Jaa. Här sitter pojken vid bordet i en stabil gård å pratar som vaför en proletär ... Livet tycks göra oss alla bara orätt ... På sin tid ansågs en sån karl som du för förtryckare här i byn ... Ä kanske det finns nån som anser det i dag också ... Jaja, jaja. Solen har gjort sitt varv.

Jannes intresse slocknade definitivt. Han satt och trummade med fingrarna mot bordskanten, och Juhanis slutreplik om prästgårdsgästerna fick honom att säga:

— Ja, vem är kyrkoherde här nu?

— Korpivaara heter han. Salpakaris hjälppräst blev int vald fast han försöka.

— Dog int Salpakari nyligen?

— He ä nog en tri, fyra år sen redan.

— Jag har sett hans dotter ibland i Helsingfors, men int brytt mej om att gå fram å prata med henne, för jag kände ju henne så pass lite. Ä dendär överstens änka är också där, jobbar på något kontor. Fet å frodig.

Elina frågade vad Jouko skulle börja studera och han svarade att han inte var alldeles säker på saken ännu. Farfar ville ha in honom i statsvetenskapliga fakulteten, men själv var han mest intresserad av estetik och psykologi. Husfolket på Koskela var inte riktigt på det klara med vad sådana ämnen var för något och fortsatte inte att fråga, men Janne och pojken disputerade en stund. Jouko deklarerade att han inte brydde sig om politik och statsvetenskap, utan bara om kulturen, och Janne sa lite irriterat:

— När det kommer till kritan så vet du int vad du vill. Du

bara pratar. Du mal på tomgång. Du går på frihjul å därför så slänger å dänger remmen ... Nå, du ä ju så ung ... Nog blir du inkopplad på arbetsväxeln en dag, du också ... Jaha, jaha. Nå, än denhär pojken då, som äter med hela nunan. Vad ska det bli av honom då?

Kaarina matade sin son som smorde sig i ansiktet med smör. Morbroderns ord kom henne att rodna och skyndsamt torka av pojken i ansiktet. Kaarina hade ansträngt sig att vara sällskaplig och glad, men verkat nedslagen i alla fall. Nu fick Aulis sin chans att också här berätta om drömmen som han påstod sig ha haft på hotellet om den imponerande raden med långtradare och klargjorde därmed pojkens framtid.

Man reste sig från matbordet och flyttade ut i trädgården för att dricka kaffet där. När det var drucket började Janne tala om uppbrott, men Elina spjärnade emot av alla krafter, och han satt kvar ett par timmar till. Men han var olustig och uttråkad. Upplevelsen som besöket hade skänkt var redan liksom utsliten. Han tittade in för att säga adjö till Alma, men hon kände inte igen honom, och han brydde sig inte om att försöka väcka hennes medvetande. Sedan samlades alla på gården för att ta farväl. Sist skakade Janne hand med Elina och sa:

— Du sku komma åt Helsingfors till nån gång du också. När du nu en gång har tid.

— Lättare går e ju för dej ti kom hit. När ni nu har bil å allt.

— Nå, en vacker dag igen. En vacker dag igen.

Men Jannes försäkran verkade inte övertygande. Elina sa farväl med en varm och lite rörd blick, som kom också brodern att blinka till och få något generat och rådvillt i ögonvrån. Så hostade han, ryckte på sina beniga axlar och sa till pojken:

— Jaha. Så kör vi då.

Janne och pojken klev in i bilen. Den startade med en tvär sväng, varefter Jouko lät ratten snurra tillbaka till utgångsläget, lätt bromsande dess fart med handflatorna och med fingrarna sträckta rakt fram. Det vinkades på ömse håll, tills bilen försvann bakom riknuten.

En stund senare gav sig också Kiviojas iväg, och gårdsfolket

549

blev för sig själva. Kvinnorna dukade av och städade upp efter gästerna, och Juhani gick några varv runt gårdstunet. Allt verkade lugnt och tyst igen efter all bjudningsuppståndelsen. Han gick bort till redskapsskjulet, och det kom honom att minnas morbroderns ord vid middagsbordet. Han kände sig smått förargad fortfarande när han tänkte på dem.

— He duger nog ti åk bil där nu ... å grin åt ander ...

Men irritationen försvann när han kom in i skjulet och fram till sin traktor. Han gick runt den och beundrade den, kände och vred på knappar och spakar, tog trasselsudden och började torka dammet av hjulnaven. Maskinen var köpt förra veckan och hade ännu inte hunnit vara ute på åkern. Hur länge hade de inte funderat och övervägt innan köpet kom till stånd. Han hade varit inrest till Tammerfors flera gånger enkom för den sakens skull. Stått där i firmans utställningshall, gått tigande omkring och tittat, och efter en timmes tyst begrundan frågat försäljaren ett och annat om traktorns egenskaper. När han fått svaret hade han spankulerat omkring och tittat och tegat ytterligare en timme, och sedan hade han gått, mumlande:

— Jag ska vänt å funder lite till.

Tre gånger hade han varit där. Försäljarna hade slutat bjuda ut sin vara och följde i stället hemligt roade med hans själskamp. De formligen drog en lång suck när han slutligen vid det tredje besöket sa nästan viskande:

— Om jag sku ta an då.

Han gick ut ur skjulet men vände sig om i dörren och tittade ännu en gång på traktorn, njöt av dess former och dess nya fräscha färger och sköt ifrån sig den lilla känsla av ånger som ville sticka upp vid tanken på priset. På gårdsplanen stannade han ännu en gång och tittade ut över åkrarna. Klövern hade börjat blomma på ängarna. I mitten av veckan skulle han börja slå sitt hö. Tanken på det befriade honom från den sista gnuttan av den stämning besökarna försatt honom i. Höet växte på den gamla prästgårdsjorden, Prästgårdsåkern kallad. Den senaste tiden hade den visserligen börjat få en ny, allt mera rotfast benämning. Alma hade nämligen en gång på tal om Prästgårdsåkern nästan förgrymmad utbrustit:

— Int är e nåen prästgårdsåker. He ä fars lande, lika väl som allt anat här. Far var e som to opp e.

Därför hade de på skämt börjat kalla Prästgårdsåkern först för Farslande och sedan småningom för Fäderneslande.

Juhani gick in. Mor kom emot honom på trappan med en tallrik i handen och sa i förbigående:

— Jag ska för lite mat åt farmor, om hon sku ät.

Elina gick till nya sidan och väckte Alma. Hon stack maten med sked i gummans mun, som malde mekaniskt. Emellanåt strök Elina de hoptorkade och infallna mungiporna rena med skeden. Mitt i allt frågade Alma:

— Vem va här i jånst?

— He va Janne, bror min.

— Jaha. Va kackla didä hönsen så hemst för. Jag hörd genom fönstre.

— He va väl nåen som hadd värpt.

— Jaha.

När matningen var klar diskade Elina tallriken och gick in i sin egen kammare sedan hon sett att farmor sov med den insjunkna och rynkiga munnen halvöppen. Elina satte sig i gungstolen och knäppte på radion. Hon vred ner ljudet så att musiken blev tyst och dämpad. Stöket med gästerna hade gjort henne trött. Hon slöt ögonen och gungade sakta medan hon då och då stötte tåspetsarna i golvet för att hålla stolen i gång. Hon kände sig lite sorgsen på ett vagt och dunkelt sätt, utan att bli på det klara med orsaken. Kanske var det bara den vemodiga tanken på det förgångna, väckt av broderns besök. För via Janne hade tankarna börjat treva kring flydda tider. Det dök upp minnesbilder av hemmet och föräldrarna, av Akseli och av mångt och mycket i samband med dem. Otydliga och lösryckta kretsade bilderna i hennes medvetande och blandades upp med melodin och orden från en kör av folkskolbarn i radion:

I höga nordanländer
är en förgäten sjö
med öde, mörka stränder
och mången namnlös ö.

551

En junidag har isen flytt
när Lapplands korta sommar grytt;
oktobernatten binder
dess våg med is på nytt.

Elinas huvud sjönk bakåt mot gungstolens ryggstöd. I en guld-
kedja kring hennes hals hängde klockan hon en gång i tiden hade
fått i konfirmationsgåva. Den hade inte gått på många år och hon
hade inte brytt sig om att låta laga den, men bar den då
och då på söndagarna som ett smycke. Hon höll ögonen slutna,
men uttrycket som minnesbilderna väckt dröjde kvar i hennes an-
sikte. Hon log. Det var ett lite dallrande och sorgset leende, men
ett leende i alla fall. Fönstret stod öppet för den begynnande som-
markvällen. Solrodnaden skimrade över rummets tapeter, över spe-
geln och barnens fotografier på byrån och över utmärkelsetecknen
och minneskorsen på sammetsunderlaget.

Gungstolen saktade farten, rörde bara stilla på sig med långa
pauser, men leendet dröjde kvar i Elinas ansikte där hon lyssnade
på sången i radion:

En gång — det sägs så bara —
har lappen velat se,
hur djupt det kunde vara
i stora Enare.
Hans lina brast; där ljöd en sång:
»Jag är så djup som jag är lång.»
— Sen dess har ingen mätit
det djupet än en gång.